BASTEI
LÜBBE

Peter Sasgen

CODE RED

Thriller

Aus dem Englischen von
Dr. Wolfgang Crass

BASTEI
LÜBBE

BASTEI LÜBBE TASCHENBUCH
Band 15 966

1. Auflage: Februar 2009
2. Auflage: März 2009

Vollständige Taschenbuchausgabe

Bastei Lübbe Taschenbücher in der Verlagsgruppe Lübbe

Deutsche Erstausgabe

Titel der englischen Originalausgabe: »War Plan Red«
Dieses Werk wurde vermittelt durch die
Literarische Agentur Thomas Schlück GmbH, 30827 Garbsen

Textredaktion: Gerhard Arth
Titelillustration: Corbis GmbH
Umschlaggestaltung: Kirstin Osenau
Satz: Urban SatzKonzept, Düsseldorf
Gesetzt aus der Garamond
Druck und Verarbeitung: GGP Media, Pößneck
Printed in Germany
ISBN 978-3-404-15966-6

Für Karen

1. Teil

Der Plan

Tschetschenische Selbstmordattentäter töten über 1000 Geiseln in Moskauer Konzerthalle

Separatisten verschärfen Auseinandersetzungen mit russischen Streitkräften

MOSKAU (RIA-Novosti: 15. September 2006) ZUR SOFORTIGEN VERÖFFENTLICHUNG – Tschetschenische Separatisten haben bei einem Sprengstoffanschlag auf die Tschaikowsky-Konzerthalle, der Heimat des staatlichen Symphonieorchesters, über 1000 Geiseln getötet. Die Halle war anlässlich eines Konzerts mit Werken von Rachmaninow mit 1600 Männern, Frauen und Kindern völlig überfüllt.

Der Überfall in der russischen Hauptstadt wurde von 50 schwer bewaffneten Männern und Frauen durchgeführt. Sie gehörten zu einer Gruppe tschetschenischer Selbstmordattentäter, deren Ziel der Rückzug der russischen Streitkräfte aus ihrem Land ist. Die Terroristen waren mit automatischen Waffen, Handgranaten und Sprengstoff bewaffnet. Sie drohten den russischen Sicherheitskräften an, sämtliche Geiseln zu töten, falls ihre Forderungen nicht erfüllt würden.

Einer der vermummten Terroristen teilte einem Korrespondenten der amtlichen Nachrichtenagentur RIA-Novosti mit, dass im ganzen Theater Sprengsätze angebracht worden und die Geiselnehmer bereit seien, »sich für Tschetscheniens Unabhängigkeit zu opfern«. Sie drohten an, die Sprengsätze zu zünden, falls der Versuch unternommen würde, das Theater zu stürmen. Die Weigerung des russischen Präsidenten, mit den Terroristen zu verhandeln, hatte Anklagen vonseiten des bisher nicht identifizierten Anführers der Geiselnehmer zur Folge, der die Beendung der russischen Besetzung Tschetscheniens gefordert hatte.

Die Pattsituation endete, als Sicherheitskräfte versuchten, durch einen unterirdischen Wartungstunnel in die Konzerthalle einzudringen und das Feuer auf die Terroristen eröffneten, die daraufhin die Sprengsätze zündeten.

1

MURMANSK, KOLA-HALBINSEL, RUSSLAND

Radschenko zog die Schultern hoch, um sich vor dem bitterkalten Wind aus der Arktis zu schützen, und sprang aus dem Elektrobus Nr. 8, der nach Ulitsa Kipnowitsch fuhr. Seine Stiefel knirschten im Schnee, der jetzt, Anfang Oktober, von der Barentssee über die Taiga und die umliegenden Hügel mit ihren silbern glänzenden Birken herübergeweht war. Der weiße Mantel der Stadt verhüllte ihr düsteres, zerfallendes Herz. Wie eine geschminkte Hure, die einen arglosen Freier täuschen will. Eine Hure, die für ihre Bemühungen bezahlt wird, dachte Radschenko.

Die spärlich beleuchtete Straße lag vor ihm wie eine Schlucht zwischen den leeren Mietshäusern, die von den glänzenden Kabelsträngen der Elektrobusse durchzogen wurde. Radschenko fühlte sich völlig einsam, und einen Augenblick lang kam ihm der Verdacht, er könnte in eine Falle gelaufen sein. Er überquerte die Straße, blieb in einem schattigen Winkel abrupt stehen und lauerte auf eine Bewegung. Radschenko zündete sich eine Zigarette an, wartete noch einen Augenblick und ging dann weiter. Er hielt sich dabei sorgfältig im Schatten.

Das Hotel Nowi Poljarnii war ein hässlicher gelber Backsteinklotz. Radschenko betrat es durch einen unverschlossenen Hintereingang. Er ging an dem betrunkenen Nachtportier vorbei, der in der schäbigen Empfangshalle in dem unheimlichen blauen Licht eines alten Schwarz-Weiß-Fernsehgeräts vor sich hin döste. Vor dem Aufzug hielt er kurz an, dachte über den Lärm nach, den dieser verursachen würde, entschied sich dann dagegen und nahm stattdessen die Treppe, deren Geländer und Stufen unter seinem Gewicht knarrten. Als er im ersten Stock ankam, blieb er stehen und lauschte, hörte aber nur gedämpfte Stimmen hinter geschlossenen Türen. Irgendwo rauschte die Wasserspülung einer Toilette.

Im zweiten Stock wandte sich Radschenko nach links, suchte die richtige Zimmernummer und blieb vor der Tür stehen. Er holte tief Luft und klopfte zweimal. Die Tür wurde zögernd aufgezogen, und Radschenko glitt in das Zimmer. Er blickte sich rasch um: ein Doppelbett, ein abgestoßener Toilettentisch, vor dem ein Stuhl stand, ein angerostetes Waschbecken und herabgelassene Jalousien.

»Entspannen Sie sich. Wir sind allein.«

Radschenko wendete sich dem Amerikaner zu. Er war groß, hatte ein wettergegerbtes Gesicht und kurz geschnittenes, eisengraues Haar. Er trug eine gut geschnittene Khakihose und einen dicken Rollkragenpullover. Sein Russisch war elegant, fehlerfrei.

Vielleicht hatte er eine schöne blonde Frau. Hatten nicht alle amerikanischen Männer blonde Frauen? Was sie wohl denken würde, wenn sie wüsste, dass ihr Mann sich mit einem russischen Matrosen in einem Hotel in Murmansk traf?

»Wodka?« Der Amerikaner öffnete eine neue Flasche Sinopskaya, eine Edelmarke, die Radschenko noch nie getrunken hatte. »Zigarette?« Er deutete auf eine Stange Marlboro, die aufgerissen auf dem Bett lag.

Radschenko stürzte ein Glas von dem Wodka runter, der süßer schmeckte und glatter seine Kehle hinunterlief als jeder andere, den er bisher getrunken hatte. Der Amerikaner schenkte ihm nach.

»Ich sagte, entspannen Sie sich. Niemand weiß, dass Sie hier sind«, versuchte der Amerikaner ihn zu beruhigen.

»Haben Sie das Geld dabei?«, fragte Radschenko. Er ging zum Fenster und blickte durch einen Spalt an einer Seite der Jalousie nach draußen. Dort war nur das Gewirr von Fernsehantennen und Satellitenschüsseln auf dem Dach des Apartmentgebäudes nebenan zu sehen.

»Ja.«

»Dollar?«

»Ja.«

Der Amerikaner beobachtete Radschenko, der unruhig in dem Zimmer hin und her ging und dabei Wodka trank. Er blieb stehen, riss eine Schachtel Zigaretten auf und steckte sich eine an.

»Sie können sich die ganze Stange nehmen. Ich rauche nicht.«

Radschenko hatte gehört, dass die amerikanischen Männer und ihre blonden Frauen nicht rauchten. Zu gesundheitsschädlich. Alkohol und Sex aber gefielen ihnen. Normalerweise miteinander kombiniert. Er musterte den Amerikaner durch den Rauch, der von der Zigarette aufstieg.

Der Amerikaner setzte sich auf das Bett. Seinen Drink hatte er nicht angerührt. Schließlich sagte er: »Sind Sie ohne Probleme herausgekommen?«

»Die Idioten, die an dem Stützpunkt Wache stehen, passen überhaupt nicht auf. Wir kommen und gehen, wie es uns passt«, gab Radschenko verächtlich zurück.

»Niemand sonst hat gesehen, dass Sie fortgegangen sind? Vielleicht ein anderes Besatzungsmitglied?«

»Niemand.«

»Stehen Sie auf dem Flottendienstplan?«

»Ich habe heute die Mitternachtswache: von null Uhr bis vier Uhr früh.«

Der Amerikaner zog einen Ärmel seines Pullovers hoch und sah auf eine große Armbanduhr aus Edelstahl. »Dann haben wir viel Zeit. Ziehen Sie Ihre Jacke aus, und machen Sie es sich bequem.«

Radschenko blieb stehen. Er goss sich noch einen Wodka ein, behielt die Jacke aber an. »Wie viel zahlen Sie?«, fragte er, ohne die Zigarette aus dem Mund zu nehmen.

Der Amerikaner schwang die Beine auf das Bett, lehnte sich an das Kopfbrett und stellte sein Wodkaglas auf die Brust. Er trug ein Paar abgestoßene Gummistiefel. »Wie versprochen: Fünfhundert. Noch mal fünfhundert, wenn Sie machen, was ich will.«

Ein Vermögen, überlegte Radschenko. Mehr, als er jemals als Matrose in der russischen Marine verdienen könnte, der offensichtlich das Geld für die Bezahlung ihrer Mannschaftsdienstgrade ausgegangen war – ihrer Offiziere allerdings auch. Fahnenflucht und Selbstmorde waren allgegenwärtig, und man sprach bereits von Meuterei. Um die Lage noch zu verschlimmern, schien Radschenkos Vorgesetzter, der bisher mit eiserner Hand für Disziplin gesorgt hatte, nun ebenfalls seine Illusionen zu verlieren. Radschenko erinnerte sich daran, wie ihn ein tödlicher Schrecken durchzuckt hatte, als er ihn bei Diskussionen mit anderen Offizieren in der Messe des U-Boots K-363 belauschte. Und als dann die norwegischen Atomwissenschaftler, die den Atommüll auf dem U-Boot-Stützpunkt in der Olenya-Bucht erfassten, den Amerikaner und seinen Assistenten mit an Bord gebracht hatten, um die Mannschaft zu befragen, hatte Radschenko die Gelegenheit gewittert, etwas Geld zu verdienen, und ihn angesprochen.

Nun zog Radschenko doch seine Jacke aus und warf sie auf das Bett. Der Amerikaner sah ihn erwartungsvoll an. Radschenko spürte bereits die Wirkung des Wodkas, schenkte sich aber trotzdem nach. Der Alkohol würde es ihm leichter machen, die Leistung zu erbringen, für die der Amerikaner so bereitwillig zahlen wollte. Der Wind ließ die losen Scheiben klappern. Irgendwo wurde eine Tür zugeschlagen. Radschenko hörte, dass sich der Fahrstuhl in Gang setzte. Er kaute nervös an einem Fingernagel. So etwas hatte er bisher noch nie gemacht, und er wusste nicht recht, wie er anfangen sollte.

Der Amerikaner hielt fünf zusammengefaltete Hundertdollarscheine in der Hand. »Für Sie.«

Radschenko spürte die steigende Spannung. Er griff nach dem Geld und bemerkte im gleichen Augenblick, dass irgendetwas nicht stimmte. Der Amerikaner sprang aus dem Bett, und einen Augenblick später zersplitterte die Tür, wurde aus den Angeln gerissen, und zwei Männer stürmten in das Zimmer.

Regentropfen prasselten wie ein Trommelfeuer auf den schwarzen Stahl herab. Die Männer der Deckwache im Hauptquartier der US-Atlantik-Flotte in Norfolk, Virginia, zogen das Kinn tiefer in ihre triefnassen Matrosenjacken, um sich vor dem Wetter an diesem Morgen zu schützen. Unter Deck war es warm und trocken, aber dafür roch dort die eingeschlossene klimatisierte Raumluft nach Ozon. Commander Jake Scott winkte seinen Stellvertreter, Commander Manny Rodriguez, in die kleine Kabine, die in der USS *Tampa*, einem Kampf-Atom-U-Boot der Los-Angeles-Klasse, zugleich als Unterkunft und Privatbüro diente.

»Was gibt's, Skipper?«, fragte Rodriguez.

»ComSubLant (Admiralität U-Boot-Atlantik-Flotte), das ist

los!«, sagte Scott. »Der Squadron Commodore hat gerade angerufen. Ellsworth will mich sprechen.«

»Haben Sie Probleme?«

»Nicht mehr als sonst.«

»Hat der Commodore Ihnen gegenüber eine Andeutung gemacht, weshalb der Chef Sie sprechen will?«, fragte Rodriguez.

»Neue Befehle möglicherweise.«

»Mein Gott, Skipper, wir haben unsere Befehle doch schon.«

»Neue Befehle für *mich*.«

»Was?«

Die *Tampa* hatte gerade eine komplette Instandsetzung hinter sich und ihre Marschbefehle bereits erhalten. Nach einem Probelauf sollte sie für den späteren Einsatz aus Norfolk auslaufen. Scott war nun seit mehr als zwei Jahren der Kapitän der *Tampa*, und sie war seine Heimat. Was auch immer Ellsworth mit ihm vorhatte, der Admiral konnte sich auf einen Kampf gefasst machen. Insbesondere falls er den Oberbefehl über die *Tampa* aufgeben sollte. Sie war sein Schiff, und er wollte sie sich von niemandem wegnehmen lassen. Er dachte an Tracy. Jemand hatte sie ihm weggenommen, und jetzt das. Nein, das stimmte nicht: Tracy hatte ihn verlassen. Ein großer Unterschied.

Da waren alle diese Fahrten in feindliche Gewässer gewesen, um dort Informationen zu sammeln, all diese Wochen und Monate getrennt von ihr. Sie hatte sich beklagt, dass er mit der Mannschaft seines Boots eine engere Beziehung hatte als mit ihr. Auch die Anrufe hatten ihn verletzt. Wie dieser eine während des ersten Landgangs nach einer höllischen, sechzig Tage dauernden Patrouille vor Nordkorea. Er hatte den Hörer abgenommen und am anderen Ende im Hintergrund laute Musik gehört. Eine Männerstimme sagte: »Tracy, es ist Rick. Er fragt, ob du heute Abend einen mit draufmachen willst und wieder dieses scharfe rote Kleid anziehst.« – »Heute Abend nicht«, hatte Scott kalt erwidert und aufgelegt. Zumindest war er nicht zur Tür hereinspaziert und hatte sie in flagranti erwischt, mit Ricks Kopf zwischen ihren Beinen. Warum sollte er ihr Vorwürfe machen? Sie wollte schließlich nicht mehr als ein normales Leben, nicht so eines, wie er es ihr gegeben hatte. Er fragte sich, ob sie mit ihrem neuen Leben zufrieden war, ob die Dinge, die sie im Bett aufregend fand, auch dem Mann gefielen, mit dem sie jetzt zusammen war ... Gerade noch rechtzeitig riss er sich zusammen, bevor er wieder in gefährliche Depressionen verfiel.

Scott stand auf. »Ich soll mich um fünfzehn Uhr bei Ellsworth melden.«

»Was ist mit der Party im Offiziersclub?«, wollte Rodriguez wissen. »Findet sie trotzdem statt?«

»Die sagen Sie besser erst mal ab.«

Scott betrachtete den ganzen unerledigten Papierkram, der sich auf seinem Schreibtisch stapelte, Berichte und Korrespondenz, die auf seine Beurteilung und Unterschrift warteten. Am liebsten hätte er alles im Klo heruntergespült und wäre wieder auf See. Er nahm eine schmutzige Arbeitsjacke von einem Haken am Schott. »Passen Sie auf mein Schiff auf, Manny.«

Vizeadmiral Carter Ellsworth, Oberbefehlshaber der U-Boot-Atlantikflotte, musterte ihn durch eine Brille mit Drahtgestell und dicken Gläsern, die seine hellblauen Augen vergrößerten. Sein gütiger Gesichtsausdruck verbarg eine hinterlistige Persönlichkeit. Abgesehen von einer Kaffeetasse aus dünnem Porzellan war sein Schreibtisch leer. Flaggen, ein gerahmtes Bild des Präsidenten, eines des Verteidigungsministers und Plaketten mit den

Namen von US-U-Booten waren der einzige Schmuck in Ellsworths' spartanischem Büro.

»Betrachten Sie sich als von der *Tampa* abkommandiert«, eröffnete ihm der Admiral ohne Einleitung.

Scott hatte das Gefühl, als hätte er einen Schlag in den Magen erhalten.

»Sie sind vorübergehend für einen Sondereinsatz abgestellt. Der Stabschef hat Ihre Befehle. Sie können sie mitnehmen, wenn Sie gehen, *Captain.*«

»Captain?«, fragte Scott nach.

»Sie sind für Ihren neuen Auftrag befördert worden.« Ellsworth warf Scott einen Plastikbeutel zu, in dem sich zwei Adler für den Kragenspiegel befanden. »Inzwischen können Sie schon mal ausprobieren, ob die passen.«

Scott nahm seine Beförderung mit gemischten Gefühlen entgegen. Er hatte damit geprahlt und es sogar als Ehrenzeichen getragen, dass er wahrscheinlich der älteste Commander in der Navy war. Einmal war er bereits bei der Beförderung zum Captain übergangen worden, und wenn ihm das noch einmal passieren würde, dann wäre seine Karriere beendet. Ein neuer Einsatzbereich bedeutete jedoch, dass er den Oberbefehl über die *Tampa* abgab, und er hatte zu hart daran gearbeitet, sich zu rehabilitieren, um das zu tun.

»Karl Radford möchte Sie sprechen«, sagte Ellsworth. Er hob die Tasse an seine Lippen. Die Goldlitzen an seinem Ärmel leuchteten wie ein Blitzstrahl auf.

Diese Eröffnung gab Scott zu denken. Karl Radford, ein pensionierter Major General der US Air Force, war der Leiter des Strategic Reconnaissance Office, des Amtes für Strategische Aufklärung. Dieser ultrageheime Nachrichtendienst besaß auf der ganzen Welt Informations-Sammelstellen. Scott hatte schon immer den starken Verdacht gehabt, dass die meisten, wenn nicht sogar alle seine Aufträge auf See von der SRO angeordnet worden waren. Vielleicht sogar derjenige, der fast mit einer Katastrophe geendet hätte. Und ihm hatte man die Schuld dafür gegeben.

Ellsworth musterte Scott. Er sah einen Mann von Anfang vierzig vor sich, groß, mit dunklem Haar, in das sich bereits die ersten grauen Strähnen mischten. Das scharf geschnittene Gesicht und die Haltung verrieten, dass er mit Krisensituationen umzugehen wusste. »Haben Sie eine Ahnung, warum er mit Ihnen sprechen möchte?«

Scott zuckte mit den Achseln. »Nein, Sir. Und Sie?«

Ellsworth ignorierte die Frage und fuhr fort: »Schließen Sie noch Ihre zu erledigenden Aufgaben ab. Radford möchte Sie übermorgen in Washington sehen. Ist das ein Problem für Sie?«

»Er könnte sich vielleicht jemand anderen als mich aussuchen.«

Ellsworth machte ein entschlossenes Gesicht. »Was wollen Sie damit sagen, Scott?«

»Dass ich es vorziehen würde, das Kommando über die *Tampa* zu behalten. Was immer General Radford auch für mich vorgesehen hat, es kann nicht wichtiger sein als das, was ich gerade mache.«

Ellsworth schob die Tasse zur Seite. Seine hellblauen Augen waren dunkler geworden. »Lassen Sie sich mal was von mir sagen, Scott. Sie hängen nach wie vor an einem seidenen Faden. Sie haben Ihre zweite Chance bekommen, und Sie haben das Beste daraus gemacht, das will ich zugeben. Eine Menge Männer, die in der gleichen Lage waren wie Sie, mussten die Navy verlassen. Manche sind Vertreter bei Sears, andere lesen die Stellenanzeigen.«

Scott spürte, wie sich in seinem Hinterkopf Druck aufbaute.

Ellsworth war noch nicht fertig. »Diese Männer haben im Gegensatz zu Ihnen keine zweite Chance verdient. Ich habe aber nicht die Absicht, Ihnen noch eine zu geben.«

»Sir, ich habe hart darum gekämpft, und ich habe nicht die Absicht, meine Laufbahn, völlig mit meinen Kräften am Ende, an Land zu beenden.«

»Offensichtlich ist General Radford der gleichen Meinung. Er würde nicht einen der besten Kapitäne von SubLant anfordern, wenn es nicht verdammt wichtig wäre. Ganz sicher wichtiger als die Führung eines U-Boots. Er kennt Ihren Hintergrund, und alles andere weiß er auch. Er will jemanden, der Verstand hat und ihn auch zu gebrauchen weiß. Ich habe ihm gesagt, Sie würden ihn nicht enttäuschen.«

»Danke.«

»Jetzt lassen Sie sich einen Rat geben, Scott. Es gibt hier eine ganze Menge Leute, die Sie für einen Held halten und finden, dass Sie die Arschkarte gezogen haben – dass wir hohen Tiere einen Sündenbock gebraucht haben, und der waren eben Sie. Wir müssen hier das Ganze nicht noch einmal durchkauen. Was passiert ist, ist passiert. Aber denken Sie immer daran: Ich kenne Radford, und Helden beeindrucken ihn überhaupt nicht. Er wird Sie fertigmachen, wenn er auch nur eine Sekunde lang glaubt, dass Sie die Befehle, die er Ihnen gibt, so interpretieren und ausführen könnten, wie es Ihnen in den Kram passt. Versuchen Sie dieses Mal, sich an die Bestimmungen zu halten – und zwar an seine Bestimmungen, nicht an die von Jake Scott. Ich glaube nicht, dass Sie als Vertreter sehr viel Erfolg hätten.« Ellsworth erhob sich. »Das wäre dann alles. Ach ja, noch eines. Ist Rodriguez Ihrer Meinung nach voll für ein Kommando qualifiziert?«

Auch Scott stand auf. »Das ist er.«

»Ich begleite die *Tampa* auf ihrer Probefahrt. Ich will mir mal ansehen, wie er damit fertig wird. Mit dem Druck, meine ich.«

Scott griff sich mit der Hand an den Hinterkopf.

Ellsworth begleitete ihn zur Tür und schüttelte ihm unpersönlich die Hand. »Übrigens, es war Radford, der beim Personalamt Ihre Beförderung durchgedrückt hat, nicht ich.« Ellsworth legte einen Finger an seine Nase. »Leicht war es nicht, nehme ich an.«

Scott trank sein Bier aus und wickelte die Überreste einer chinesischen Mahlzeit in eine Papiertüte. Er sah wortlos auf eine CNN-Sprecherin mit einer kunstvollen Frisur und blendend weißen Zähnen, die leise über das bevorstehende Gipfeltreffen zwischen dem Präsidenten und seinem russischen Amtskollegen in der Zarenstadt St. Petersburg plapperte. Inzwischen hatte der Mehrheitsführer des Senats im Capitol ... Er drückte auf die Austaste, und sie verschwand.

Nudelreste, fettiges Papier und Pappbehälter landeten in einem Abfalleimer. Wurde der Müll donnerstags abgeholt? Oder war das der Tag, an dem der Recycling-Müll abgeholt wurde? Er hatte das Zeitgefühl für den Alltagsrhythmus des Lebens an Land verloren. Das Apartment war billig und lag nahe beim Stützpunkt, und das war alles, worauf es ihm ankam. Und dass seine Nachbarn sich um ihre eigenen Angelegenheiten kümmerten. Zwei Türen weiter wohnte ein Colonel vom Marine Corps, der bisher noch kein einziges Wort mit ihm gesprochen hatte.

Scott machte sich daran, eine Tasche für Washington zu

packen. Radfords Anforderung war, wie alles an ihm und der SRO, für Scott ein Rätsel. Verdeckte Operationen und ein Geheimbudget für ihre Durchführung verliehen Radford eine enorme Macht, Ereignisse in der ganzen Welt zu beeinflussen. Wie die Operation im Gelben Meer. Scott schüttelte sich innerlich. Ein Albtraum war das gewesen. Und obwohl die Untersuchungskommission ihn entlastet hatte, hatte das bei vielen seiner Vorgesetzten nicht die Zweifel an seiner Eignung beseitigt, ein Atom-U-Boot zu führen. Vielleicht würde die Anforderung durch Radford bei manchen etwas daran ändern.

Scott packte zu Ende und sah sich dann noch einmal um, um sich davon zu überzeugen, dass er nichts vergessen hatte. Sein Blick wanderte unwillkürlich zur Tür des Gästezimmers, in dem die Kisten mit den Überresten seines früheren Ehelebens standen. Er ließ die Tür verschlossen, um nicht daran erinnert zu werden. Es fiel ihm trotzdem schwer, besonders wenn er das Paar nebenan streiten hörte, deren Zankereien nur durch das Scheppern von zerbrechendem Geschirr unterbrochen wurden. Ganz anders als bei den Scotts, überlegte er. Sie hatten ihre Auseinandersetzungen immer in ohrenbetäubender Stille ausgetragen.

Die Erinnerung an das letzte Mal, als er Tracy gesehen hatte, war für immer in sein Gedächtnis eingebrannt. Ihr schöner voller Mund war zu einem schmalen, zornigen Strich zusammengepresst gewesen, und sie hatte ihn mit vor Wut dunkelviolett gefärbten Augen durchdringend angesehen. Um eine Szene zu vermeiden, wenn Rick sie mit seiner neuen Corvette abholen kommen würde, hatte sie mit ihrem Handy wie mit einer Pistole auf ihn gezielt und geschrien: »Raus hier! Verschwinde, oder ich rufe die Polizei!« Als Scott am nächsten Morgen wiedergekommen war, war Tracy verschwunden.

In dieser Nacht träumte Scott, er würde eine nordkoreanische Fregatte durch ein Periskop betrachten. Aus den beiden Schornsteinen quoll dichter Rauch, als sie herumschwang und Fahrt aufnahm. *Herrgott, sie haben uns entdeckt!* Einen Herzschlag später begann der Bug der Fregatte bereits das Gesichtsfeld des Periskops auszufüllen. Angst fuhr ihm durch die Glieder. Zu spät für Ausweichmanöver: Er hatte sich festgelegt. Die Kampfschwimmer mussten zurückgeholt werden. Er musste Torpedos abfeuern, die Männer retten, aber seine Befehle blieben unbeachtet, wurden von Tracys Kreischen übertönt: »Raus hier! … Raus hier!«

2

St. Petersburg, Russland

Dicke Wolken hingen tief über den vergoldeten Türmen und Kuppeln der alten Hauptstadt. Dichter Verkehr schlängelte sich um den Moskowski-Bahnhof und den Platz des Aufstands, mit seinem Gewirr aus nach Süden führenden Eisenbahngleisen, Oberleitungsbussen und Straßenbahnen. Am Newski-Prospekt schob sich der Verkehr zentimeterweise an einer schmalen Seitenstraße vorbei. Einige rostige Wolgas, Moskwitschs und Schigulis standen vor einer heruntergekommenen Reparaturwerkstatt am Ende der Sackgasse. Auf einem Grundstück daneben waren hinter einer Ansammlung von verbeulten Stoßstangen und Autotüren eine burgunderrote BMW-Limousine und ein grauer Volvo Kombi versteckt abgestellt.

Alikhan Zakajew wärmte sich an einem Ölofen in einer Ecke der Werkstatt. Auf dem Boden und den Werkbänken lagen ölverschmierte Werkzeuge, Ersatzteile und zerlegte Getriebe herum. Zakajew, ein ziemlich kleiner Mann, trug einen Marinemantel aus Kaschmir wie ein Cape über seinem zweireihigen Anzug. Er musterte mit zusammengekniffenen Augen eine Gruppe von kräftig gebauten, unrasierten und bedrohlich wirkenden Männern, die vor ihm auf einer Bank saßen. Einer von ihnen streichelte eine dürre schwarz-weiße Katze, die zufrieden ihre Krallen an seinem Hosenbein schärfte. Ein anderer spielte mit einer SIG-220-Pistole Kaliber .45 mit einem Laser-Visier, dessen roter Zielpunkt über die Wände, die Decke und Zakajew wanderte.

»Steck sie weg«, sagte Zakajew.

Die SIG verschwand sofort.

Zakajew passte es nicht, dass seine Anhänger gern mit ihren Waffen und teuren deutschen Autos protzten. Der Volvo Kombi war mehr nach seinem Geschmack.

Er strich sich über seinen bleistiftdünnen Schnurrbart. »Was machst du da?«, fragte er.

Eine attraktive junge Frau in einem Leder-Minirock, der durch ein sauberes Tuch unter ihrem Hinterteil vor Ölflecken geschützt wurde, saß auf einem Hocker und sah von einem dünnen Taschenbuch auf. »Ich lese.«

»Lesen kannst du später.« Zakajew deutete mit einer kurzen Kopfbewegung zu einem Lagerraum neben der Werkstatt, aus dem ein klägliches Wimmern zu hören war. »Sieh mal nach, was da so lange dauert.«

Das Mädchen war sehr groß und hatte riesige, stark geschminkte Augen. Sie trug eine dunkelrote Strumpfhose und hohe Stiefel mit Pfennigabsätzen, die ihre langen, schönen Beine betonten. Sie hielt sich ein Taschentuch vor die Nase, ging durch die Werkstatt in den Lagerraum und kam schon einen Augenblick später wieder zurück.

»Er sagt, es hat keinen Zweck«, berichtete das Mädchen durch das Taschentuch.

»Keinen Zweck?«

»Sieh es dir selbst an.«

Zakajew ging durch die Werkstatt und wich dabei vorsichtig Dreck- und Ölflecken aus. Der durchdringende Gestank von Fäkalien und Urin stach ihm in die Nase, aber er beachtete ihn nicht. Einen anderen Gestank konnte er nicht ignorieren: den nach verbranntem Fleisch und Haaren. Ein nackter Mann mit einem Körperbau wie ein Ringer hing an Drahtschlingen, die um seine Handgelenke gewickelt waren, von einem Flaschenzug, der an einem Balken in der Decke festgeschraubt war. Die Mechaniker in der Werkstatt benutzten ihn, um Motoren aus Autos zu heben. Die Last, die er im Augenblick zu tragen hatte, sah eher aus wie eine halb verkohlte Rinderhälfte.

Der Hüne war schwer verprügelt worden, und sein Haar hatte man zusammen mit seiner Kopfhaut weggebrannt, sodass nur noch die angesengte Schädeldecke zu sehen war. Zakajews Blick richtete sich auf den Schritt des Mannes, wo früher einmal dessen Genitalien gewesen waren. Nun sah er nur noch den Stumpf eines Penis und die verkohlten Überreste der Hoden. Nur seiner ausgezeichneten körperlichen Verfassung war es zu verdanken, dass er überhaupt noch am Leben war, oder vielleicht lag es auch an dem vielen Wodka, den er trank.

Ein weiterer Mann, ein riesiger, haariger Gorilla mit dunkler Brille und einem schwarzen Stirnband um den Kopf, trat von seinem Werk zurück. Er trug eine Lederschürze über seiner schwarzen Kleidung und hielt einen Schweißbrenner in der Hand, der mit seiner zischenden weißblauen Flamme durch gehärteten Stahl schneiden konnte.

Schweißtropfen blitzten wie Diamanten auf der Stirn des Gorillas. Er zuckte mit den Achseln und stellte mit einem Daumen die Gaszufuhr ab. Die Flamme stotterte, es knallte leise, und sie erstarb. »Aus dem kriegen Sie nichts mehr raus, General«, erklärte er.

»Es ist also der Winterpalast«, sagte Zakajew.

»Das hat er geschworen. Und ich glaube ihm.« Der Gorilla hängte das Schweißgerät und die Schläuche über zwei Gasflaschen, die an eine Lafette geschnallt waren, und wischte sich den Schweiß aus den Augen.

Zakajew musterte den Hünen – oder vielmehr das, was noch

von ihm übrig war –, der vor ihm am Haken hing. Der Gestank war überwältigend. Er erinnerte ihn an eine andere Situation in Tschetschenien. Er hatte damals mit seinen Männern die ganze Nacht im Nieselregen gewartet, der langsam die Kleidung durchweichte. Sie hatten sich in Grosny in den Ruinen an der Hauptstraße versteckt, an der Stelle, wo sie den großen Platz und die Sunja Newa überquert.

Hinter ihnen lag der Minutka-Platz, auf dem sich Flüchtlinge trafen, um Familienangehörige zu suchen oder Nahrungsmittel und Medikamente zu kaufen. Die russischen Streitkräfte hatten ihn schon wiederholt mit Artilleriefeuer und Luftangriffen belegt. Im Verlauf von mehr als acht Jahren Krieg waren dort Tausende von tschetschenischen Zivilisten getötet worden.

Nach dem russischen Angriff, der am Abend begonnen hatte, lagen mehr als ein Dutzend Frauen und Kinder niedergemetzelt auf dem Markt, der jetzt nur noch aus einem Haufen zerborstener Balken und zusammengeschossener Mauern bestand. Zakajew nahm an, dass sich die russischen Speznaz – die Spezialeinheiten – mit einem Nachfolge-Spähtrupp über das Ausmaß des Schadens informieren würden. Er sah sich seine Leute an, die zum größten Teil jung genug waren, um seine Söhne zu sein. Sie duckten sich in der Kälte, hielten ihre Waffen fest gepackt und dürsteten nach Rache. Es war eine Szene wie in einem Film: die gezackten Ruinen, beleuchtet von gelben Gasflammen aus gebrochenen Rohren, der Rauch, der schwärzer als die Nacht zum Himmel aufstieg. Nichts rührte sich, außer ein paar streunenden Katzen und Hunden und einem obdachlosen alten Mann auf Krücken, der nach einer Unterkunft suchte.

Er hörte es als Erster. »Sie kommen!«, zischte er.

Das nagelnde Geräusch eines Dieselmotors kam näher. Ein

russischer gepanzerter Truppentransporter vom Typ BTR-80 schob seinen mit Tarnfarben gestrichenen Bug wie ein Boot um eine scharfe Kurve und kam dort schaukelnd zum Halten. Er schwenkte seine Kuppel mit den daraufmontierten MGs über die freie Fläche vor ihm. Zakajew signalisierte den Russen per Handzeichen, weiterzufahren. Er wusste, dass sie besonders bei Nacht äußerst vorsichtig waren.

Wieder röchelte der Motor auf, und der BTR schob sich vorwärts. Entweder waren diese Russen ja Neuankömmlinge und hatten noch keine Angst, oder vielleicht waren sie auch ganz einfach nur dumm. Wie auch immer – Zakajew machte sich bereit. Er schob die Plastikabdeckung von einer RPG-7-Panzerfaust, zog den Sicherungsstift aus dem konischen Sprengkopf, hob die Waffe auf die Schulter und schob die Spitze durch eine Lücke in dem Gemäuer. Nun nahm er das schwerfällige Fahrzeug ins Visier, und als es direkt aus seinem Versteck vorbeikam, zog er den Abzug durch.

Zakajew duckte sich hinter eine Mauer, spürte aber trotzdem, wie ihm der Hitzeschwall der Explosion über Gesicht und Hände fuhr. Die Munition in dem BTR ging hoch, und die drei Mann Besatzung und sieben Speznaz stürzten aus den offenen Luken des Fahrzeugs nach draußen, wo sie von dem heftigen Feuer der Tschetschenen empfangen wurden.

Zakajew stand vor einem russischen Soldaten, der schwere Verbrennungen erlitten hatte. Ein halbwüchsiger Wehrpflichtiger, der nach seiner Mutter winselte. Der Gestank von brennendem Dieselöl, verbranntem Fleisch, Scheiße und Pisse hing schwer in der Nachtluft. Die anderen Russen waren tot. Wie lange war dieser Junge wohl schon in Tschetschenien?, fragte sich Zakajew. Höchstens ein paar Tage, der neuen Uniform und den blank geputzten Stiefeln nach zu urteilen. Seine Augen aber waren schon alt und voller Angst und Schmerzen. Auch Kummer. Aber nicht darüber, was seine Kameraden den Frauen und Kindern auf dem Minutka-Platz angetan hatten, sondern wegen seines Pechs, ausgerechnet in diese Hölle von einem Land geschickt worden zu sein. Er hatte wahrscheinlich gar keine Ahnung, warum die Tschetschenen von Russland die Freiheit wollten. Vielleicht hatte er an seine Freundin in Moskau gedacht und davon geträumt, ein Rockstar zu werden. Jetzt aber konnte er nur noch immer wieder wimmern: *»Mat', Mat' Mat'.«*

Zakajew schoss ihm in den Kopf.

»Wer war das?«, fragte sie.

»Wer?«

»Der Kerl da.« Das Mädchen trug einen herrlichen schwarzen Zobelmantel. Das seidenweiche Fell liebkoste ihre Schenkel, die von den dunkelroten Strumpfhosen bedeckt waren. Der Anblick zog einen Augenblick lang Zakajews Aufmerksamkeit auf sich. Wie sie so zusammen in dem Volvo saßen und von der Reparaturwerkstatt wegfuhren, sahen sie aus wie zwei erfolgreiche russische Unternehmer, die zu einer Konferenz mit ausländischen Investoren unterwegs waren. Oder wie ein älterer Mann mit seiner jungen Geliebten.

»Niemand.« Zakajew richtete seinen Blick wieder auf die Straße. Es herrschte noch immer lebhafter Verkehr. Verschraubte Metallbarrieren waren entlang dem Prospekt aufgestellt worden, denn man erwartete mit Sicherheit eine riesige Menschenmenge, wenn die Präsidenten mit ihren Begleitfahrzeugen durch die Stadt fuhren. Er wechselte die Spur, achtete dabei aber genau darauf, ob das *Kapick-kapick-kapick* des Blinkers vorher zu hören gewesen war. Ein Verstoß gegen die Verkehrsregeln könnte die Aufmerksamkeit der Miliz erregen. Ihre Ausweise sollten einer Überprüfung eigentlich standhalten, aber er wollte es nicht darauf ankommen lassen.

»Ali, sag es mir!« Sie drehte sich auf ihrem Sitz herum, zog sich langsam einen tiefroten Lederhandschuh aus, streckte ihre Hand nach ihm aus und streichelte ihn im Schritt.

»Ein FSB-Offizier.«

Das Mädchen stellte ihre Liebkosungen ein. Sie zog ihre Hand zurück und setzte sich wieder gerade hin. »Ali, ein FSB-Offizier?« Der russische staatliche Sicherheitsdienst – Federal'naja Sluschba Bezopasnosti, oder FSB – trug die Verantwortung für die Sicherheitsmaßnahmen während der Gipfelkonferenz.

»Wir haben die Risiken abgewogen«, sagte Zakajew. »Sie waren akzeptabel.«

Sein Instinkt hatte ihm verraten, dass der Winterpalast – das Versailles Russlands, das erst kürzlich restauriert worden war und nun wieder in seiner kaiserlichen Pracht erstrahlte – der Mittelpunkt der bevorstehenden Gipfelkonferenz zwischen den Präsidenten der USA und Russlands sein würde.

»Eine Tschetschenin arbeitet bei einem Catering Service in St. Petersburg. Diese Leute liefern die Mahlzeiten für den FSB«, erklärte Zakajew ihr. »Sie hat uns verraten, dass einer der Männer dort bei der Fahrbereitschaft der Presse arbeitet und Zugang zu den Ablaufplänen für die Gipfelkonferenz hat. Sie hat gesagt, der Mann würde manchmal nicht zu seiner Arbeit auf dem Parkplatz kommen, weil er betrunken ist. Die Aufpasser vom FSB würde das aber anscheinend nicht stören, weil dann seine Freunde für ihn einspringen.«

»Und den habt ihr euch geholt?«

»Gestern Abend, nach seiner Schicht. Ich nehme an, er wird

tagelang nicht vermisst werden, wenn er plötzlich verschwunden ist.«

Das Schneetreiben war inzwischen in Regen übergegangen. Die Scheibenwischer mühten sich ab, die verschmierte Windschutzscheibe zu säubern.

Seit mehr als einem Monat wimmelte es in St. Petersburg von amerikanischen und russischen Sicherheitsexperten, die die Gipfelkonferenz vorbereiteten. Teile des Dworzowaja Ploschad waren abgesperrt, und der Zugang zur Eremitage und dem Winterpalast, der ehemaligen Residenz von Zar Nikolaus II. und der russischen kaiserlichen Familie, war massiv beschränkt worden. Bereits ein ganzes Viertel der Stadt, von der Newa an südlich bis zum Obwodni-Kanal, war sowohl für den Verkehr als auch für Fußgänger gesperrt.

»Er hat uns erzählt, was wir über das Gipfeltreffen wissen wollten«, informierte Zakajew sie. »Den Ablauf. Zeiten und Daten. Alles.«

Zakajew hatte erfahren, dass nach den Feierlichkeiten zur Begrüßung des amerikanischen Präsidenten der russische Präsident mit seiner Frau für seinen amerikanischen Amtskollegen eine Führung durch den Winterpalast veranstalten würde. Sie würden zusammen Stücke aus dem persönlichen Besitz der Zarenfamilie besichtigen, die in dem Malachit-Zimmer ausgestellt waren, und dann würden sie zum Weißen Speisesaal weitergehen, wo die Bolschewiken 1917 von der Übergangsregierung Kerenskis die Macht übernommen hatten. Nach den Festlichkeiten und einem Staatsbankett fand das Gipfeltreffen in einer der Privatwohnungen Katharinas der Großen in der Eremitage statt.

»Aber Ali«, sagte das Mädchen, »irgendwann werden sie doch nach ihm suchen.«

»Bis die das organisiert haben, ist es längst zu spät«, sagte Zakajew verächtlich.

Er bog in den Newski-Prospekt ein und hielt vor dem Newski Palast Hotel an. Es war beliebt bei erfolgreichen europäischen Geschäftsleuten, die hier gern ihre Geliebten in der Eingangshalle vorführten oder in dem Restaurant bei Kaviar und Stör-Mousse ihre Geschäfte abschlossen. Es war der perfekte Ort für einen gesuchten Mann wie Zakajew, da er sich hier in der Öffentlichkeit verstecken konnte.

Scott richtete seinen Blick auf die fünf Zentimeter dicke Akte, die auf dem Deckel diagonale schwarze Streifen und die Beschriftung DIREKTOR – PURPUR trug.

Karl Radford stand hinter seinem Schreibtisch. Ohne sich um die Bestimmung zu kümmern, die das Rauchen in allen Regierungsgebäuden verbot, wechselte er seine Zigarette in die linke Hand, um mit der rechten die Akte aufzunehmen. Mit einer kräftigen Stimme, die zu seinem gedrungenen Körperbau passte, sagte er: »Man hat mir berichtet, dass Sie Frank Drummond kennen.«

»Konteradmiral Frank Drummond? Ja, Sir, den kenne ich.«

Radford musterte Scott durch einen Schleier aus Zigarettenrauch. »Wie gut kennen Sie ihn?«

»Er ist ein alter Freund. Mein Mentor. Ich habe bei zwei Fahrten unter ihm gedient – als stellvertretender Kommandeur auf der *Nevada*, und dann bei einem Verwaltungsposten in der Elektronischen Kriegsführung. Drummond hat außerdem ein paar Probleme bereinigt, die ich vor einer Weile hatte ... Aber ich nehme an, das wissen Sie bereits.«

Radford nickte.

Scotts Instinkt sagte ihm, dass hier Probleme in der Luft lagen, und er befand sich in höchster Alarmbereitschaft. »Warum die Fragen über Frank?«

Radford gab ihm darauf keine Antwort und fragte stattdessen: »Wie gut kennen Sie seine Frau?«

»Sehr gut. Sie und Frank sind vom gleichen Schlag. Sie machen sich immer Gedanken um Untergebene oder Personal. Vivian ist eine wunderbare, freundliche Frau. Sie haben zwar keine Kinder, aber sie hätten tolle Eltern abgegeben.« Was er nicht erwähnte, waren die Probleme, die lange Kommandos zur See mit sich brachten – größere Probleme noch für Kinder, die ohne den Vater aufwachsen mussten. »Die beiden lieben sich jedenfalls sehr.«

Radford sah tief in Gedanken versunken aus dem Fenster seines Büros in Crystal City, Alexandria, Virginia, auf den ununterbrochenen Strom von Scheinwerfern und Rücklichtern, die dort unten auf der I-395 am Pentagon vorbeizogen. Er beobachtete die Spätankömmlinge, die unten auf dem Parkplatz um die Pfützen herumgingen. Auf der anderen Seite des Potomac reichte die Spitze des Washington-Denkmals bis in die Wolken, die dunkel und regenschwer am Himmel hingen. Scott überlegte, dass die Szene draußen ein perfektes Spiegelbild seiner eigenen Stimmung wiedergab.

Radford wendete sich Scott zu und fragte abrupt: »Wissen Sie, ob Drummond homosexuell war?«

Scott schnappte nach Luft. Hatte er da richtig gehört? Sagte Radford wirklich, dass Drummond homosexuell war? Homosexuell *war?*

»Nun?«, fragte Radford nach.

»Frank Drummond ist kein Homosexueller«, sagte Scott bestimmt.

»Woher wissen Sie das?«

»Weil ich den Mann genau kenne. Ich habe jahrelang mit ihm zusammengearbeitet –«

»Das heißt nichts. Viele Männer verbergen das. Männer in der Navy.«

»Was soll das alles, General? In meinem Befehl, mich bei Ihnen zu melden, war keine Rede von Admiral Drummond.«

Radford schlurfte zu seinem Schreibtisch zurück. Er drückte seine Zigarette heftig in einem schweren Glasaschenbecher aus und betrachtete dann den verdrehten, platt gedrückten Stummel. Schließlich sagte er: »Frank Drummond ist tot.«

Scott sah Radford lange direkt in die Augen. »Tot? Wie ist es passiert?«, fragte er schließlich.

»Selbstmord. In Murmansk«, gab Radford knapp zurück.

Ein hässliches Bild formte sich vor Scotts Augen, aber er weigerte sich zu glauben, was er da vor sich sah.

Scott war seit über zehn Jahren mit Drummond befreundet. Sie hatten sich kennengelernt, als er als stellvertretender Kommandeur auf die USS *Hampton* abkommandiert worden war, einem Kampf-U-Boot der verbesserten Los-Angeles-Klasse. Drummond hatte sofort Scotts besondere Begabung als U-Boot-Mann erkannt und ihn bei seiner Karriere unterstützt, bis auch er ein eigenes Kommando bekommen hatte. Die Chemie zwischen den beiden hatte von Anfang an gestimmt, und später, als Scott Drummond an Land folgte, hatten sich Schnittstellen in ihren beruflichen Interessen ergeben, und ihre Freundschaft und der gegenseitige Respekt waren tiefer geworden. Drummond war mit Rat und Tat zur Stelle gewesen, als Scott die Schmerzen einer zerbrochenen Ehe ertragen musste und als wegen der Affäre im Gelben Meer beinahe seine Karriere zerstört worden war.

Scott konnte nicht glauben, was er da hörte. Er sprang auf. »Unmöglich!«, donnerte sein Protest über Radfords Schreibtisch. »Frank würde nie Selbstmord begehen. Niemals!«

Radford schlug die Purpur-Akte auf. Einzelne Passagen auf darin abgehefteten Blättern waren mit einem gelben Marker hervorgehoben. »Vor drei Tagen haben wir eine Eilmeldung von unserer Botschaft in Moskau bekommen. Frank Drummond ist tot in einem Hotel in Murmansk aufgefunden worden. Bei ihm war ein junger russischer Matrose, ebenfalls tot, der in dem U-Boot-Stützpunkt in der Olenya-Bucht auf der Halbinsel Kola stationiert war. In dem FSB-Bericht heißt es, dass die beiden Männer« – Radford setzte eine halb in schwarzem Horn gerahmte Lesebrille auf und sah in dem markierten Text nach – »nackt zusammen im Bett lagen und beide eine Schusswunde im Kopf hatten. Die verwendete Waffe, eine kleinkalibrige Pistole russischer Herstellung, wurde in Drummonds Hand gefunden.«

»Das ist Blödsinn!«

Radford warf Scott über den Rand seiner Brille einen grimmigen Blick zu, als wäre er ein Professor, der sich über einen starrsinnigen, aber brillanten Studenten ärgert. »Da, lesen Sie selbst.«

Es stand alles dort. Das Hotel Nowi Poljarnii. Wodka, Zigaretten, Geld. Ein amerikanischer Offizier, der als Konteradmiral Frank Drummond, US Navy identifiziert worden war. Der tote Seemann war ein gewisser Andre Radschenko, neunzehn Jahre alt, Vollmatrose, zugewiesen dem U-Boot K-363 von der russischen Nordmeerflotte. Die Selbstmordwaffe war eine russische PSM-Automatik, Kaliber 5,45 mm. Drummonds Leiche lag im zentralen Leichenschauhaus Moskaus, wo man auf Anweisungen von der Botschaft der USA wartete, wie damit zu verfahren sei.

Der Bericht war von dem untersuchenden FSB-Offizier, einem gewissen Yuri Abakow erstellt und vom zweiten Botschaftssekretär gegengezeichnet worden. Scott kannte den FSB, die Nachfolgeorganisation des alten KGB, und wusste von seinem Ruf, er wäre unfähig, wenn nicht korrupt. Der Bericht aber war unmissverständlich, und Scott sah keine Möglichkeit, wie man aus Unfähigkeit diesen offensichtlichen Selbstmord mit einem Mord hätte verwechseln können, und aus Korruption schon gar nicht. Was Frank Drummond in Murmansk zu tun gehabt hatte, wurde in dem Bericht nicht erwähnt.

»Weiß Mrs. Drummond schon, dass Frank tot ist?«, fragte Scott, sichtlich mitgenommen.

»Sie ist gestern informiert worden«, antwortete Radford. »Allerdings unter Auslassung bestimmter, äh, Einzelheiten. Man hat ihr gesagt, er sei im Verlauf eines versuchten Raubüberfalls getötet worden.«

»Haben Sie mit ihr gesprochen?«

»Nicht persönlich. Mein Stellvertreter. Mrs. Drummond war gerade aus London zurückgekommen. Sie hatte eine Woche mit ihrem Mann in St. Petersburg verbracht und war dann nach London geflogen, um dort vor ihrem Rückflug in die Staaten Freunde zu besuchen. Sie wollte auf der Stelle umkehren und nach Moskau zurückfliegen, aber wir haben sie davon überzeugt, dass das für sie nicht die beste Lösung wäre. Ich habe ihr gesagt, dass ich stattdessen Sie nach Moskau schicken würde, um Drummonds Leiche für das Begräbnis zurück in die Staaten zu begleiten. Da Sie fließend Russisch sprechen und sich dort drüben auskennen, war sie mit meiner Entscheidung einverstanden. Sie wollte noch mit Ihnen sprechen, wusste aber nicht, wo sie Sie erreichen konnte.«

»Dann möchte ich sie heute besuchen.«

»Vorher müssen Sie noch einiges erfahren«, sagte Radford. »Bitte setzen Sie sich.«

Scott bemerkte, dass sich ein weicherer Tonfall in Radfords eisige Stimme eingeschlichen hatte. Er bot Scott eine Zigarette an, die dieser ablehnte. Dann zündete er sich selbst eine an und stieß zwei Rauchschwaden durch die Nase aus. »Ich hätte Ihnen sofort mein Mitgefühl aussprechen müssen. Bitte akzeptieren Sie es jetzt. Es ist mir klar, dass es nicht angenehm ist, auf solche Art von Drummonds Tod zu erfahren.«

Scott sagte kein Wort. Radford nahm seine Brille ab und massierte sich den Nasenrücken mit Daumen und Zeigefinger.

»Drummond war auf einem Spezialeinsatz der SRO«, fuhr er fort. »Ich habe persönlich seine Abkommandierung dafür genehmigt. Er hat eine makellose Akte, völlig lupenrein. In jeder Beziehung ein außergewöhnlicher Offizier. Brillant sogar. Wie Sie wissen, war er außerdem Experte für Kernphysik und spaltbares Material. Aber die Akte eines Mannes – die harten Fakten, wenn Sie so wollen – erzählt einem nicht alles. Man muss auch die Unwägbarkeiten in Betracht ziehen, versuchen, den Charakter zu lesen, sich auf die Intuition zu verlassen und so weiter. Angesichts der Probleme, die Sie in der Vergangenheit hatten, werden Sie das sicher verstehen.

Ich akzeptiere Ihre Überzeugung, dass Drummond kein praktizierender Homosexueller war«, gab Radford ruhig zurück. »Ich muss aber andererseits das Beweismaterial prüfen, das der FSB vorgelegt hat. Und in diesem Fall hat ihr Beweismaterial Sie widerlegt. Bis mir gegenteilige Beweise vorgelegt werden, bleibt mir keine andere Wahl, als zu glauben, was ich über Drummond gelesen habe. In diesem Zusammenhang werden Sie in Ihrem Gespräch mit Mrs. Drummond keine Informationen aus dem Bericht weitergeben. Ist das klar?«

»Das ist klar.«

Radford unterbrach kurz, um mit einer Computermaus einen Flachbildschirm zu aktivieren. Datenmaterial erschien, dann ein Bild von Drummond. Radford gab ein Wort ein, klickte mit der Maus und wartete dann ab. Das Datenmaterial änderte sich, und er richtete seine Aufmerksamkeit wieder auf Scott.

»Wir haben es hier mit einer delikaten Situation zu tun. Wie Sie wissen, soll der Präsident in zehn Tagen in St. Petersburg an einem Gipfeltreffen mit dem russischen Präsidenten teilnehmen. Viele Themenbereiche sollen diskutiert werden, vor allem aber die Wirtschaftshilfe und der internationale Terrorismus. Der Präsident wird wahrscheinlich Russlands Bemühungen, den tschetschenischen Terrorismus auszuradieren, seine Unterstützung zusagen. Er ist bekanntlich für das Massaker verantwortlich, das neulich in dieser Konzerthalle in Moskau stattgefunden hat. Wir brauchen Russlands Unterstützung, wenn wir die Weiterführung unserer Reformbestrebungen im Mittleren Osten und besonders im Iran vor dem UN-Sicherheitsrat durchbekommen wollen. Ein weiteres Thema auf der Agenda des Präsidenten ist die Sicherung des russischen spaltbaren Materials von ihren zerlegten U-Booten. Es lagert noch in ihren Flottenstützpunkten auf der Halbinsel Kola und wächst ständig an.«

»Spaltbares Material aus stillgelegten U-Boot-Reaktoren«, warf Scott ein.

»Richtig. Drummond hat in Russland mit einer norwegischen Gruppe namens Earth Safe zusammengearbeitet. Sie versuchen zurzeit, das spaltbare Material zu inventarisieren und es für den Transport in sichere Lagerstätten vorzubereiten, die derzeit mit US-Mitteln gebaut werden. Er hat also mit Earth

Safe zusammengearbeitet, als er verschwunden ist und später tot aufgefunden wurde.«

Es war Scott klar, dass Drummond und Earth Safe sich eine herkulische Aufgabe vorgenommen hatten. Russlands chaotischer Umgang mit der Zerlegung ihrer ausgedienten Atom-U-Boote und der Entnahme des Kernbrennstoffs aus ihren Reaktoren hatte nicht nur riesige Landstriche in und um nordrussische Städte verstrahlt. Das spaltbare Material stellte außerdem ein verlockendes Ziel für Terroristen dar, die es sich zum Ziel gesetzt hatten, eine Kernwaffe zu bauen. Russland hatte von solchen Terroristen ebenso viel zu befürchten wie die USA. Die Vorstellung, dass tschetschenische Terroristen eine Atomwaffe in ihren Besitz bringen könnten, war zu schrecklich, um sie auch nur in Betracht zu ziehen. Da die russische Wirtschaft sich aber zurzeit erst langsam von den Jahren der Kontrolle durch die Kommunisten zu erholen begann, waren die Mittel für die Entsorgung dieser gefährlichen Materialien versiegt.

»Und Sie meinen, dass sich Drummond oben in Murmansk die Möglichkeit zu einer heimlichen Affäre geboten hat«, sagte Scott. »Und dann hat er die Gelegenheit genutzt, ja?«

»Ja, so sehe ich die Sache.«

»Also, ich nicht«, verkündete Scott bestimmt. »Drummond würde niemals für Sex bezahlen. Nicht bei einem erstklassigen Callgirl, und schon gar nicht bei einem jungen Mann. Außerdem hatte ihn seine Frau doch gerade erst in St. Petersburg besucht.«

»Was auch immer«, sagte Radford, den Scotts Meinung nicht zu beeindrucken schien. »Auf jeden Fall darf Drummonds Tod in keinster Weise das Gipfeltreffen stören oder zu einer peinlichen Situation führen.«

»Ich nehme an, der Präsident ist informiert worden.«

»Ich habe Paul Friedman von der Sache berichtet. Ich hielt es für besser, wenn der nationale Sicherheitsberater zuerst davon erfährt, damit er den Präsidenten um irgendwelche Minen herumführen kann, die ihn vielleicht in Russland erwarten.«

»Wissen die Russen Bescheid?«

»Wenn Sie damit den Kreml meinen, kann ich es Ihnen nicht sagen. Ich gehe davon aus, dass der FSB die Leute dort immer auf dem Laufenden hält, aber ob speziell über diese Sache, wer kann das sagen? Es könnte sich aber in jedem Fall für beide Seiten als peinlich erweisen.«

Scott vermochte an Drummonds Tod nichts Peinliches zu erkennen. Er wollte vor allem den Beweis erbringen, dass der FSB sich irrte, und damit den Namen dieses Mannes sauber halten. Und am besten fing er damit in Moskau an.

Wieder klickte Radford mit der Maus. »Drummond war im Besitz von sensitivem Material: Dokumente, CD-ROMs. Er hat es in der Botschaft untergebracht. Sie werden dieses Material also dort suchen, es versiegeln und so bald wie möglich mit der Diplomatenpost zurückschicken. Sorgen Sie außerdem dafür, dass sein persönlicher Besitz bereinigt wird. Wir wollen doch nicht, dass Mrs. Drummond eine unangenehme Überraschung erlebt.«

Scott ignorierte diese letzte Aufforderung. »Wer ist meine Kontaktperson in der Botschaft?«

Radford warf einen Blick auf den Monitor. »Ein Typ namens Alex Thorne. Zweiter Wissenschaftsattaché. Ich weiß nichts über ihn, nur dass er offensichtlich mit Drummond zusammengearbeitet hat und mit Earth Safe in Verbindung steht. Es könnte sein, dass er etwas über Drummonds Aktivitäten in und um Murmansk weiß. Seien Sie aber diskret. Laut Ihrem Befehl sind Sie ein CACO – Casualty Assistance Control Officer –, also ein Kontrolloffizier zur Unterstützung bei Todesfällen. Das Botschaftspersonal könnte Ihnen außerdem dabei behilflich sein, bürokratische Hindernisse bei der Freigabe von Drummonds Leiche zu überwinden.«

»Wo bin ich untergebracht?«, fragte Scott.

»In einem Hotel in Moskau. Wir möchten, dass Sie möglichst wenig auffallen. Die Russen beobachten die Botschaft nach wie vor, und es ist am besten, wenn sie Sie nicht täglich dort ein und aus gehen sehen. Sie haben die Erlaubnis, Zivilkleidung zu tragen, was Ihnen dabei helfen könnte, möglichst unauffällig zu bleiben. Das steht aber alles in Ihrem Befehl. Die Begleitpapiere für die Überführung der Leiche mit einer US-Frachtmaschine sind beigefügt. Sie werden mir Ihre Fortschritte melden. Dafür wird Ihnen der Sicherheitschef der Botschaft ein abgeschirmtes und gepanzertes Mobiltelefon aushändigen. Es wird zwar vorher eingestellt, aber benutzen Sie es nur im Notfall. Die Russen beherrschen die Entschlüsselung unseres Funkverkehrs inzwischen besser.«

»Wann reise ich ab?«, wollte Scott zum Schluss noch wissen.

Darauf folgte erneut ein Blick auf den Monitor. »Morgen Abend. Von Dulles nach London, dann zum Scheremetjewo II. Ein Mitglied der Botschaft wird Sie abholen. Ach ja, eines noch: Sie werden mit diesem Abakow zusammenarbeiten, dem FSB-Offizier, der den Bericht verfasst hat. Sehen Sie sich bei ihm vor. Eine Menge von ihren Leuten sind ehemalige KGB-Agenten, denen man nicht trauen kann.«

»Aye, aye, Sir.«

Ein strenger Ausdruck trat in Radfords Gesicht. »Admiral Ellsworth hat mir gesagt, Sie wären einer seiner besten Kapitäne, trotz allem, was in Ihrer Akte steht.«

Scott sah ihn an. »Na ja, wie Sie ja selbst meinten, General, sagt einem die Akte eines Mannes nicht alles.«

»Richtig. Jetzt erweisen Sie sich nur nicht als Fehleinschätzung von mir.«

Endlich erreichte Scott die Einkaufsmeile an der Route 7 am Stadtrand von Falls Church, Virginia. Eine Viertelmeile danach bog er in eine schmale Straße ein und fuhr an einer Reihe Bungalows aus den 60er Jahren und an Ranchhäusern vorbei, bis er ein Haus erreichte, das von einem reparaturbedürftigen Zaun umgeben war. Er bog in die Einfahrt und parkte hinter einem silberfarbenen Buick.

Das Anwesen der Drummonds machte einen ungepflegten Eindruck und war voller Unkraut, aber das Haus war offenbar kürzlich gestrichen worden. An die Garage gelehnt standen ein Grill und einige Gartenstühle, die nach Ende des Sommers vergessen worden waren. Wer sich wohl jetzt um solche Dinge kümmern würde, jetzt, da Frank tot war?

Die Heizung war eingeschaltet und verursachte Klopfgeräusche, aber trotzdem fühlte sich das Haus innen kühl und feucht an. Irgendwie hatte das mit Franks Abwesenheit zu tun. Dieses Gefühl war fast greifbar. Alles hier im Haus kam ihm vertraut vor: die vanillefarbige Holztäfelung, der unscheinbare Teppichboden, eine Glasvitrine mit Nippesfiguren aus dem Fernen Osten, Geschirr, Elfenbein-Buddhas, Reisschalen mit Perlmutt-Intarsien. Auf Regalen im Arbeitszimmer hatte Drummond seine Sammlung von Navy-Erinnerungsstücken verteilt: ein beschädigter Kaffeebecher, ein vernickelter Aschenbecher, Sturmfeuerzeuge mit den Emblemen der U-Boote, auf denen er gedient hatte. Belege für ein erfülltes Leben.

»Ich habe uns etwas zu essen gemacht«, sagte Vivian Drummond. Sie sah abgehärmt aus, und ihr standen Tränen in den Augen.

Sie saßen in der Küche, von der aus man in einen breiten, an einem Ende von einer Gruppe kahler Ahornbäume begrenzten Hof hinaussehen konnte. Vivian schob die Ärmel ihres violetten Pullovers hoch und goss Scott Kaffee ein. Sie servierte ihm frisch gemachten Geflügelsalat und gekühlten Weißwein, wie immer ganz die perfekte Gastgeberin. Alles war genau richtig, sogar zu diesem tragischen Anlass. Dann aber verlor sie ihre Selbstbeherrschung.

Scott nahm sie in die Arme und schaukelte sie wie ein Kind.

»Ich verstehe das nicht«, sagte sie. »Ich habe mich gerade in St. Petersburg mit ihm getroffen. Wir hatten einen wunderbaren Aufenthalt, voller Romantik, mit Abendessen und Theaterbesuchen. Er freute sich schon darauf, seine Arbeit dort abzuschließen und wieder heimzukommen. Es ist unfasslich. Ich kann nicht verstehen, wie so etwas passieren konnte. All die Jahre in den Booten, diese gefährlichen Fahrten, die ihm eine Höllenangst gemacht haben, und mir erst recht – nicht ein Kratzer, und jetzt das! Ein Raubüberfall in Murmansk.«

Es war Scott klar, dass die vom SRO erfundene Geschichte von dem Überfall, der aus dem Ruder gelaufen war, Vivians Schmerzen nicht lindern würde. Und nichts, was er sagen konnte, würde sein Schuldgefühl verringern, weil er sie hinterging.

»Vivian, hat Frank Ihnen erzählt, was er in Murmansk gemacht hat?«, erkundigte sich Scott.

Vivian tupfte sich die Augenwinkel ab, um den Schaden an ihrem Make-up möglichst gering zu halten. »Ich sehe furchtbar aus!«, brach es aus ihr heraus. »Nein. Er hat nie über

Dienstliches gesprochen. Niemals. Und eine gute Navy-Ehefrau fragt nicht.«

Sie versuchten, weiterzuessen, aber plötzlich war ihnen der Appetit auf die Mahlzeit vergangen. Vivian trank stattdessen ein Glas Wein. Sie stand auf, setzte sich hin und stand gleich wieder auf. »Ich glaube, hier kann ich nicht bleiben, Jake. Nicht mehr. Zu viele Erinnerungen. Ich werde das Haus verkaufen und in den Süden ziehen. Oder vielleicht nach Kalifornien.«

»Vielleicht sieht ja später alles anders aus«, sagte Scott. »Wir können darüber sprechen, wenn ich wieder zurück bin.«

Vivian ging zu ihm. »Jake, ich weiß nicht, wie ich meine Dankbarkeit zum Ausdruck bringen soll. Für Sie muss es doch auch furchtbar schwer sein, ihn zurückzubringen.«

»Ich bin ihm etwas schuldig. Ich bin ihm alles schuldig. Er wusste, was sie mit mir vorhatten. Er hat sie gezwungen, die Wahrheit zuzugeben. Sie wussten genau, dass wir von Glück sagen konnten, diese Sache lebendig überstanden zu haben und auch das Schiff zu retten. Alle, die an dem Unternehmen beteiligt waren, kannten die Risiken, die wir eingehen mussten – Ellsworth, die anderen auch …« Er fing sich wieder. »Tut mir leid, Viv. Ich wollte nicht davon anfangen. Nicht ausgerechnet jetzt. Es ist nur so, dass …«

»Ich verstehe das«, unterbrach sie ihn. »Frank würde das verstehen. Hat er das nicht immer getan?«

»Sicher.«

Jake spürte, dass Vivian den Anschein von stoischer Gelassenheit kaum noch aufrechterhalten konnte. Sie sackte in sich zusammen und stand kurz davor, erneut in Tränen auszubrechen. Er küsste sie auf die Wange und trat einen Schritt zurück. »Es dürfte nicht länger als eine Woche dauern. Ich kümmere mich um alles.«

»Werden sie Franks Mörder fangen?«

»Soweit ich gehört habe, arbeiten die russischen Behörden eng mit der Botschaft zusammen. Ich sehe mir das an.« Mit dieser Lüge würde er leben können.

Als es den Anschein hatte, dass Vivian nicht mehr weiter darüber sprechen wollte, wurde Scott klar, dass es für ihn Zeit zu gehen war. Doch sie nahm seinen Arm und sagte: »Eines ist da noch.«

Scott war bereits dabei, seinen Mantel überzuziehen. Er hielt inne.

»Als ich Frank in St. Petersburg getroffen habe, kam es mir so vor, als würde ihn etwas beschäftigen«, sagte Vivian. »Oh, wir hatten unseren Spaß, aber unter der Oberfläche hat etwas an ihm genagt, das habe ich bemerkt. Schließlich kannte ich ihn und seine verflixte Fähigkeit, zwei Menschen zugleich zu sein. Er verstand es, sich hinter einer Maske von absurd guter Laune zu verbergen, während ihn irgendetwas in seinem Inneren stark beschäftigte.«

»Hat er etwas darüber gesagt – irgendetwas, ganz gleich, was –, was ihm Kopfzerbrechen bereitet hat?«

»Nein. Nur einmal hat er etwas gesagt, das er scherzhaft meinte, das wusste ich: dass meine Anwesenheit in St. Petersburg ihn vor ihm selbst gerettet hätte.«

»Was genau hat er gesagt?«

»Dass er in Murmansk ein Blind Date hätte.«

3

St. Petersburg, Innenstadt

Das Mädchen mit den langen Beinen kam mit großen Schritten näher. Nur ein falscher Tritt in ihren Stiefeln mit den Pfennigabsätzen auf den Pflastersteinen, und es hätte schlecht für sie ausgesehen. Es wurde aber mit der Haltung eines routinierten Models ohne einen Fehltritt mit der schmalen Straße fertig. Sie verlief parallel zu dem Flüsschen Fotanka, südlich der Newa, und mündete in einen schönen kleinen Park mit Ruhebänken und einem Springbrunnen. Von ihm aus führten wie von der Nabe eines Rades drei weitere, ebenso schmale Straßen in andere Teile der Stadt. Einige Fußgänger schlenderten mit Einkaufsnetzen oder mit ihren Hunden gedankenverloren über den Platz.

Zakajew saß auf einer Bank in der Nähe des Springbrunnens, der zu Beginn der kalten Jahreszeit abgestellt worden war. In seinem Kaschmirmantel, den er sich eng um die Schultern gezogen hatte, sah er wie ein erfolgreicher Geschäftsmann aus, der sich eine kurze Erholung von der Hektik der Stadt gönnte. Neben ihm auf der Bank lag eine schmale Tasche aus weichem Leder mit Reißverschluss, wie sie bei den Besuchern aus dem Westen beliebt waren. Seine aber enthielt weder Vertragsentwürfe noch ein Mobiltelefon, sondern eine P7 – 9 mm-Automatik von Heckler & Koch und eine tschechoslowakische Splitterhandgranate.

Zakajew verfolgte mit bewundernden Blicken die Vorstellung des Mädchens, das mit klackenden Absätzen und dem weit schwingenden Zobelmantel näher kam, als ginge sie auf einem Laufsteg. Ihre in der Mitte gescheitelten schwarzen Haare fielen ihr auf die Schultern wie Flügel.

Damals, als er sie in seine Obhut genommen hatte, war sie vierzehn gewesen, hatte auf den Straßen von Grosny gelebt und war wegen ihrer Ruhr-Erkrankung halb verhungert. Sie war von den russischen Soldaten auf jede erdenkliche Weise vergewaltigt und liegen gelassen worden, weil sie sie für tot gehalten hatten. Ihre Familie war einfach verschwunden. Eines Nachts waren die Speznaz in ihrem Haus erschienen und hatten sie alle mitgenommen. Sie selbst konnte sich in der Scheune verstecken. Nachdem man ihre Familie mit vorgehaltener Waffe in einen Lastwagen verfrachtet hatte, musste sie mit ansehen, wie die russischen Halbwüchsigen in Uniform das Vieh erschossen, alles Essbare mitnahmen und dann Phosphorgranaten in das Haus und die Scheune warfen. Bei ihrer Flucht hatte sie nichts weiter retten können als die Kleider am Leib und das in Öltuch eingeschlagene Hochzeitsalbum ihrer Eltern.

Das Mädchen hatte sein Leben an Zakajew gebunden und betrachtete sich sogar als seine »Frau«, wogegen er keine Einwände vorbrachte. Persönlich gestattete er sich wegen seiner Verpflichtung für die Sache keine Bindung, denn die könnten Feinde benutzen, um ihn zu vernichten. Liebe bedeutete in seinen Augen Schwäche, und wenn ein Mann sich ganz der Sache gewidmet hatte, musste er stark sein. Er hatte schon früh gelernt, jede Gefühlsregung in sich zu unterdrücken. Für Zakajew war das Mädchen nur ein schönes Objekt, das ihm Vergnügen verschaffte. Trotzdem gab es auch für ihn Augenblicke, in denen er erkannte, was hätte werden können, wenn die Welt, wie er sie kannte, nicht zerstört worden wäre.

Das Mädchen hatte Zakajew erreicht. Er sah ihr zu, wie sie sich achtlos mit einer Hand durch die Haare fuhr, und überlegte sich fasziniert, wie sie es wohl schaffte, dieser Handlung eine so enorm erotische Qualität zu verleihen. »Hast du ihn gesehen?«, fragte er sie.

»Ja«, antwortete sie. »Er ist unterwegs. Und er ist allein.«

»Er ist nie allein unterwegs«, widersprach er ihr und strich mit einer Hand leicht über die Ledertasche. Dann klopfte er neben sich auf die Bank. »Setz dich. Das wird ihn ablenken, während wir reden.«

Das Mädchen setzte sich, schlug seine langen Beine übereinander und begann, eine spitze Stiefelspitze provokativ in Richtung eines gedrungenen Mannes zu schwenken, der vom Fluss her langsam auf sie zukam. Er hinkte leicht, die Folgen einer russischen Tretmine in Grosny. Der zerschmetterte Knochen war nicht richtig eingerichtet worden, aber darüber beklagte er sich nie. Für ihn gab es wichtigere Probleme. Das Gespräch mit Zakajew zum Beispiel.

Iwan Serow. Die bescheidene Art, seine einfache Alltagskleidung und sein unsteter Gang täuschten über die Tatsache hinweg, dass er der Anführer einer der gnadenlosesten *Mafija*-Gangs von ganz Russland war. Sie war mit ihrem Netz nicht nur tief mit der russischen Wirtschaft verflochten, sondern handelte außerdem mit allem, von Drogen und Waffen bis hin zu menschlichen Organen. Zakajew wusste, dass Serow hinter vielen hohen russischen Regierungsbeamten stand und in Bank- und Kreditbetrug, Kreditwucher und Schmuggeloperationen verwickelt war. Für Serow war die Kontrolle über sein milliardenschweres Imperium jeden Kampf wert, auch wenn es dabei um sein Leben ging.

»Fast hätte ich dich ohne deinen Bart nicht erkannt, Alikhan

Andrejewitsch«, sagte Serow. »Und mit diesem eleganten Schnurrbart.« Er ließ seinen Blick über Zakajews Gesicht, seine Kleidung und die Ledertasche mit ihrer Wölbung wandern. »Anscheinend bist du ja plötzlich reich geworden, was?« Er nickte dem Mädchen leicht zu und musterte es kurz.

»Was macht das Bein, Iwan Iwanowitsch?« Zakajew sah in ein Paar dunkle Augen unter buschigen Augenbrauen. Das übel zugerichtete Gesicht war blass und teigig, die Haut von der Kälte aufgeraut. Serow trug einen dicken Daunenmantel, und Zakajew fragte sich, ob der Mafioso darunter wohl eine kugelsichere Weste trug.

Das Bein? Serow zuckte mit den Achseln. Das war gar nichts. Er sah sich auf dem Platz um. Vielleicht schätzte er jetzt die Entfernungen ab und überlegte sich Fluchtwege. Nun setzte er sich neben die junge Frau. Sie wollte aufstehen, aber Serow legte ihr eine Hand auf den Schenkel und sagte: »Bleib doch, bitte.«

Nach einer längeren Pause sagte Serow: »Es ist eine weite Reise von Moskau nach St. Petersburg. Ich war schon eine ganze Weile nicht mehr in der Zarenstadt. Ich erkenne sie kaum noch wieder, so sehr hat sie sich verändert. All die Neubauten. Der Winterpalast ist schön. Ich hoffe, der amerikanische Präsident wird ihn zu schätzen wissen. Es heißt ja, Kultur interessiert ihn nicht, nur Geld.«

»Seine Frau soll ja angeblich Kunst lieben«, sagte Zakajew und schnaubte verächtlich.

»Sie war doch mal Filmschauspielerin«, gab Serow zurück. »Dann hat sie einen schwarzen Politiker geheiratet, der angeblich mit diesem – wie heißt er doch gleich wieder? – King marschiert sein soll. Und dann ist er Präsident geworden. So etwas ist nur in Amerika möglich. Doch er kommt nach Russland, weil er über Geschäfte sprechen will. Das kann nichts schaden. Wenn die Geschäfte zwischen den USA und Russland gut gehen, profitieren wir alle davon. Sogar du, Ali.«

»Er will außerdem dem Kreml zusichern, dass die USA im Gegenzug für Vorzugsbehandlung im Ölgeschäft und die Fortführung der Unterstützung des amerikanischen Kriegs gegen den Mittleren Osten nichts gegen das Massaker der tschetschenischen Zivilbevölkerung und die Zerstörung unseres Landes unternehmen.«

Serow runzelte die Stirn. »Wir müssen alle unsere geschäftlichen Interessen schützen, Ali«, wandte er ein. »Manche von uns waren sogar zu Kompromissen bereit, um die Vereinbarungen zu erreichen, die wir wollten. Vielleicht solltest du dir das auch überlegen. Den Amerikanern sind eure Sorgen nicht gleichgültig, aber ihnen sind die Hände gebunden. Sie meinen, sie könnten den Kreml dazu bringen, einzusehen, dass auf lange Sicht die Unabhängigkeit für Tschetschenien unausweichlich ist. Es wird aber Zeit brauchen.«

»Die haben wir nicht«, gab Zakajew barsch zurück. »Unser Volk wird ermordet. Die Russen foltern Kinder und alte Frauen, sie zerstören unsere Städte und Häuser ... Aber das weißt du ja alles.«

»Du bist zu ungeduldig.«

»Ach, wirklich? Der Krieg dauert jetzt schon über zehn Jahre. Er wird nicht vorbei sein, bis die Russen besiegt und auch ihre Städte und Menschen vernichtet sind.«

»Das habt ihr versucht, aber es hat nicht funktioniert. Die Aktion in der Tschaikowsky-Konzerthalle war ein Desaster. Der Tod von tausend russischen Zivilisten – darunter auch Frauen und Kinder – hat ihre Entschlossenheit nur gefestigt.«

Zakajew drehte sich um und sah Serow mit flammendem

Blick an. »Aber jetzt wissen sie, dass unsere Entschlossenheit nicht zu brechen ist. Jetzt werden sie das Schlimmste befürchten.«

»Was denn?«, fragte Serow höhnisch. »Dass ihr eine Million Russen tötet statt tausend?«

»Das sind nur Zahlen«, wich Zakajew aus.

»Dieses Mal wird der Kreml das Kriegsrecht ausrufen, wenn ihr auch nur hundert tötet.«

»Und das ist schlecht fürs Geschäft. Iwan Serows Geschäft.« Der Tschetschene lachte höhnisch auf.

»Genau«, gab Serow ungerührt zurück.

Eine ältere Frau, die einen Schnauzer an der Leine führte, ging an ihnen vorbei. *»Dobry den'!«*, sagte sie höflich.

Zakajew nickte ihr einen Gruß zu.

Serow lehnte sich an das Mädchen, das zwischen ihnen saß, und drehte seinen dicken Kopf Zakajew zu. Er roch nach Tabak und Knoblauch. »Ich habe um dieses Gespräch gebeten, Ali, um geschäftliche Dinge zu besprechen, die uns beide betreffen, nicht, um mir eine deiner Reden anzuhören.«

»Und ich habe dir gesagt, es gibt nichts zu besprechen! Außerdem halte ich keine Reden mehr. Dafür ist es zu spät.«

Serow ließ nicht locker. »Wenn es um Geschäfte geht, mein Freund, ist es nie zu spät«, sagte er jedoch in freundlichem Tonfall. »Besonders, wenn beide davon profitieren.« Er stand auf. »Komm, machen wir drei doch einen Spaziergang. Mein Bein tut mir weh, wenn ich zu lange sitze.«

Serow hakte sich bei Zakajew unter und lenkte ihn auf eine der schmalen Straßen zu, die zum Fluss führten. Mit einer plötzlichen, geschickten Bewegung, mit der Zakajew nicht gerechnet hatte, nahm er die dicke Ledertasche an sich und gab sie an das Mädchen weiter. »Sie kann sie doch für dich tragen, oder? Dein

Handy könnte klingeln. Ich möchte keine Ablenkungen bei unserem Gespräch.«

Serow lenkte Zakajew auf die Anischkow-Brücke, eine der schönsten der Stadt. »Ich habe eine Nachricht von der Bruderschaft für dich.« Er meinte damit die Moslem-Bruderschaft, eine islamistische Organisation, mit Basis im Mittleren Osten, die Zakajew und seine Leute mit Geld für Waffen versorgte. Die Zahlungen wurden über eine von Serows vielen Tarnorganisationen abgewickelt, wofür dieser eine enorme Gebühr verlangte. »Sie versprechen, dir alles zu geben, was du brauchst, um deinen Kampf gegen die russische Herrschaft über Tschetschenien innerhalb der Landesgrenzen fortzusetzen. Sie sind aber nicht bereit, irgendeinen Plan zu unterstützen, den du für einen weiteren Angriff gegen Russland selbst gefasst haben solltest. Mit anderen Worten, sie werden eine weitere Operation in der Größenordnung des Massakers in der Konzerthalle nicht unterstützen.«

»Glauben sie – glaubst *du*, der Kreml würde seine Truppen zurückziehen, wenn wir auf einmal aufgeben und Friedensverhandlungen anbieten?«, fragte Zakajew empört. »Niemals! Solange die russische Armee unser Land besetzt hält und dort Gräueltaten begeht, werden wir unseren Kampf fortsetzen. Was den Entwurf für eine neue Verfassung betrifft, so werden wir niemals eine akzeptieren, die der Kreml aufgesetzt hat. Wenn sie dort nämlich erst einmal glauben, dass wir unsere Entschlossenheit verloren haben, werden sie sofort mit voller Gewalt angreifen. Das ist das Einzige, was sie verstehen – Gewalt. Und wir werden ihnen mit der gleichen Gewalt begegnen. Wenn die Bruderschaft uns nicht unterstützen will, dann ist es eben so. Wir werden Unterstützung von anderen Organisationen bekommen, die für unsere Sache sind.«

»Der Augenblick könnte bald kommen, Alikhan Adrejewitsch, in dem du Alternativen ins Auge fassen solltest«, warnte Serow. »Es wird für die islamistische extremistische Bewegung immer schwieriger, Mittel zu beschaffen. Wenn du die Bruderschaft verärgerst, woher willst du dann das Geld bekommen, das du brauchst, um deine Operationen zu finanzieren? Die Leute kontrollieren doch den Geldfluss zu Organisationen wie deiner von den Saudis, Syrien, Libyen, dem Iran und sogar von Nordkorea. Sie werden dir einfach den Hahn zudrehen.«

»Deine eigene Organisation hast du vergessen zu erwähnen.«

»Ich bin doch nur ein Mittelsmann«, protestierte Serow. »Ich kontrolliere gar nichts. Du scheinst mich für mächtiger zu halten, als ich tatsächlich bin.«

Zakajew schnaubte verächtlich. »Nein, du hast unbegrenzte Macht, Iwan Iwanowitsch, und unbeschränkte Mittel. Warum streitest du das ab? Unsere Sache ist dir gleich. Dir geht es nur darum, dass du deine satten Vermittlungsgebühren verlierst, wenn die Bruderschaft uns die Mittel streicht. Also, lass dir sagen, wir haben noch andere Mittel, damit fertig zu werden. Unsere Leute sind mit ganzem Herzen dabei. Sie werden tun, was getan werden muss, egal, was es ist.«

»Genau das macht der Bruderschaft Sorgen. Und mir. Die Leute sind nicht dumm. Wir wissen beide, wie du denkst. Wir wissen aber auch beide, was möglich ist.«

Das Trio hatte nun die Nabe des Rades erreicht, wo sich die schmalen gepflasterten Straßen an einem Kreisel mit dem Springbrunnen als Mittelpunkt trafen. Die Straßen selbst waren von dreistöckigen Häusern aus der Zarenzeit gesäumt, die gerade zu ihrer alten Pracht restauriert worden waren und mit ihren cremefarbigen und weißen Fassaden glänzten.

»Und was genau ist, was du zu wissen meinst, Iwan Iwanowitsch?«, fragte Zakajew.

»Ich weiß zum Beispiel von dem Tod eines Amerikaners in Murmansk«, antwortete Serow. »Es gibt Gerüchte, deine Leute wären in diese Sache verwickelt. Warum?«

Zakajew blieb stehen und löste seinen Arm von Serow. Er drehte sich zu dem Mafioso um und sagte: »Die Gerüchte sind falsch. Du solltest sie nicht glauben.«

Serow packte Zakajew an den Aufschlägen seines Mantels. »Du hörst mir nicht zu, Ali. Wir werden alles verlieren, was wir gewonnen haben, wenn du mit einer weiteren groß angelegten Operation weitermachst. Wenn du etwas Großes planst – sogar noch größer als die Operation in der Konzerthalle – und du hast Erfolg damit, dann werden die Russen Tschetschenien in eine Wüste verwandeln.«

»Aber sie haben es doch bereits in eine Wüste verwandelt.« Einen Augenblick lang sah er zu dem Mädchen hinüber, das die Auseinandersetzung gespannt verfolgte. Dann richtete er sich wieder an Serow: »Frag sie, wenn du es nicht sowieso schon weißt, und sie wird es dir bestätigen.«

Einer der gefährlichsten Männer Russlands warf Zakajew einen drohenden Blick zu. Er zündete sich lange und umständlich eine Zigarette an. Als er weitersprach, war seine Stimme kalt und tonlos geworden. »Du bist nicht nur stur, Alikhan Andrejewitsch, du beleidigst mich außerdem.«

Zakajew schwieg.

»Aus rein praktischen Gründen empfehle ich dir«, sagte Serow eisig, »dass du es dir anders überlegst und zurückstellst, was du geplant hast, was es auch sein mag.«

Zakajew lächelte Serow hinterlistig zu. »Ist das eine Drohung?«

Serow sah auf die flach gedrückte braune Zigarette in seiner Hand herab, rollte sie zwischen Daumen und Zeigefinger hin und her und steckte sie wieder in den Mund. »Von Drohungen halte ich nichts«, sagte er.

»Dann geh zurück nach Moskau«, schnaubte Zakajew. »Wir haben uns nichts mehr zu sagen.«

Serow nahm die Zigarette aus dem Mund und verzog das Gesicht.

Zakajew, der ihn genau beobachtete, sah, dass sich Serows Körper fast unmerklich anspannte. Der Mafioso hob einen Arm über den Kopf und warf die Zigarette mit einem übertriebenen, theatralisch wirkenden Schwung in den trockenen Springbrunnen, wo sie zwischen dem verwelkten Laub und dem getrockneten Vogelmist mit einem kleinen Funkenregen landete.

Den Bruchteil einer Sekunde später hörte Zakajew das donnernde Geräusch von Reifen auf Pflastersteinen von den Hausfronten widerhallen. Er fuhr herum und sah, wie sich verängstigte Fußgänger an Hauswände pressten, als ein schwarzer BMW durch eine der Seitenstraßen angerast kam.

Fast gleichzeitig donnerte hinter Zakajew in einer anderen Straße vom Fluss her ein burgunderroter BMW über das Kopfsteinpflaster auf die Nabe zu. Die beiden großen Limousinen rasten mit quietschenden Reifen auf dem Kreisel um den Brunnen hintereinander her, als würden sie Fangen spielen. Ein Mann, der eine Skimaske über den Kopf gezogen hatte, lehnte sich aus dem offenen Fenster des schwarzen BMW und eröffnete das Feuer auf den burgunderroten Wagen hinter ihm.

Serow hatte sich zum Brunnen zurückgezogen und eine schwere Automatikwaffe aus seiner Manteltasche gezogen.

Zakajew hörte einen lauten Knall, und dann noch einen. Er sah, wie Serow an den Brunnenrand geschleudert wurde. Das Mädchen stand mit der Pistole, die sie aus der Ledertasche gezogen hatte, vor ihm, zielte auf Serow und wollte gerade noch einmal auf ihn schießen. Doch Zakajew zerrte sie über die Pflastersteine aus dem Zielbereich zu sich und fing dabei ihren Sturz mit seinem eigenen Körper ab.

Querschläger prallten von dem Brunnen und den Pflastersteinen ab. Jemand aus dem burgunderroten Wagen erwiderte das Feuer. Kugeln klatschten in die Karosserie des BMW und durchschlugen die Windschutzscheibe. Der schwarze Wagen flog seitlich aus der Kurve, knallte mit dem Heck an eine eiserne Bank, kam kurz ins Schleudern, schoss über den Bordstein und knallte frontal an die Mauer eines der zaristischen Häuser. Das Stahlblech knickte ein, und Stücke der geborstenen Windschutzscheibe flogen an die Mauer. Der Wagen prallte zurück, und die Köpfe des Fahrers und des Schützen wurden in die inzwischen halb leeren, blutverschmierten Airbags, die sich durch die Überreste der Windschutzscheibe geschoben hatten, gepresst.

Der burgunderrote BMW kam schleudernd zum Stehen. Die Türen flogen auf, und starke Hände zerrten Zakajew und das Mädchen in den Wagen. Zakajew spürte die brutale Beschleunigung und hörte, wie die Reifen durchdrehten, da sie auf den nassen Pflastersteinen nicht griffen. Das Mädchen lag auf dem Rücksitz flach auf dem Bauch im Schoß eines der Schläger aus der Reparaturwerkstatt. Die langen Haare umwehten sie, und die Strumpfhose war an beiden Knien zerrissen. Zakajew, der auf dem Boden des Wagens auf dem Rücken lag, bemerkte, dass sie die Pistole noch immer fest umklammert hielt und ihn triumphierend anblickte.

»Ich habe ihn erschossen!«, sagte sie. »Ich habe Serow erschossen.«

»*Dobro pojalowat'w Rossiyu* – willkommen in Russland, Captain Scott.«

Vor ihm stand eine hübsche Frau mit kurzem blondem Haar und einem ernsten Ausdruck im Gesicht. Sie trug Turnschuhe, Jeans und eine daunengefütterte Jacke über einem Rollkragenpullover. Eigentlich sah sie nicht aus wie die typische Begrüßung, die von der US-Botschaft hergeschickt wurde, um einen VIP abzuholen, dachte Scott, aber das war gut so. Unauffällig bleiben, hatte Radford gesagt.

»*Spasiba* – danke. Eigentlich soll mich hier ...«

»Alex Thorne abholen. Ganz recht. Die bin ich«, eröffnete sie ihm.

»Aber ich dachte –«

»Ja, ich weiß, was Sie dachten«, unterbrach sie ihn. »Mein Name ist Alexandra, aber alle nennen mich Alex.«

Sie gaben sich die Hand, während die Passagiere aus der Zoll- und Passkontrolle heraus um sie herumströmten.

»Bitte entschuldigen Sie meine Kleidung«, sagte sie, »aber ich habe erst vor einer Stunde erfahren, dass ich Sie abholen soll. Gehen wir?«

Vor dem Flughafengebäude drängte sie sich mit einem schwarzen SUV vom Parkplatz in den dichten Verkehr am Flughafen und fuhr zügig über die Internationale Schnellstraße auf den Moskauer Ring.

»Wo sind Sie untergebracht, Captain?«, fragte sie, jetzt ganz dienstlich.

»Jake.«

Sie lächelte. »In Ordnung. Jake.«

Er musterte ihr Profil, die gerade Nase, das feste Kinn und die vollen Lippen. Sie schob sich eine blonde Haarsträhne hinter ein Ohr und warf Scott einen Seitenblick zu.

»Im Marriott Grand«, sagte er. »Sie haben für mich das Budget überzogen.«

»Ich nehme an, Sie waren schon mal hier.«

»Während meiner letzten Reise.«

»Ah. Dann kennen Sie sich ja in Moskau aus.«

Er sah durch die getönten Scheiben des SUV auf einen Wald von Baukränen, der sich über die Silhouette Moskaus erhob. »Aber wie ich gehört habe, hat es sich inzwischen sehr verändert.«

»Das kann man sagen«, stimmte sie ihm zu. »Manche Teile Moskaus sind wie ein potemkinsches Dorf, während andere mehr wie die Vereinigten Staaten aussehen als die Staaten selbst. Überall entstehen Einkaufszonen. Wie wär's mit den verzogenen Jung-Shoppern dazu? Haben wir alles. Sogar Rap-Stars.« Sie kräuselte die Nase. »Und Terrorismus.«

»Der Angriff auf die Konzerthalle muss die Leute ziemlich nervös gemacht haben«, sagte er.

»Allerdings!«, erklärte sie. »Die Menschen hier haben Angst, es könnte bald wieder etwas passieren. Alles wird erst dann wieder zur Normalität zurückkehren, wenn Russland aus Tschetschenien abzieht. Aber selbst das muss noch nicht das Ende des Blutvergießens bedeuten. Die Tschetschenen sind total verroht und haben nur noch das eine Ziel, Russland irgendwie zu vernichten.«

»Welche Rolle spielen Sie dabei?«, erkundigte er sich.

»Meine Aufgabe ist es, dafür zu sorgen, dass tschetschenische Terroristen kein spaltbares Material in die Hände bekommen, um damit eine Strahlungsbombe oder eine Kernwaffe zu bauen. Oben im Norden liegt so viel Atommüll herum, dass es fast wie ein zweites Tschernobyl ist.«

»Ich weiß, dass das die radioaktivste Stelle der Welt ist«, sagte Scott. »Die russische Nordmeerflotte hat – wie viel? – etwa sechzig Atom-U-Boote stillgelegt, fast ihre gesamte Flotte. Das heißt, es gibt da mehr als hundert Atomreaktoren zu bewachen. Ist das zu schaffen?«

»So wie die Dinge zurzeit laufen, nicht«, erklärte Alex bestimmt. »Die Hauptsorge der russischen Navy ist die Bezahlung. Die Mannschaft eines stillgelegten U-Boots denkt ja wohl kaum in erster Linie an die Sicherheit. Außerdem sind viele Mannschaftsangehörige dienstunfähig. Vor einem Monat hat ein Matrose auf der U-Boot-Basis in der Olenya-Bucht erst fünf Menschen und dann sich selbst umgebracht. Eine Woche später hat eine Wache in einer Kernbrennstoff-Wiederaufbereitungsanlage seinen Chef und zwei Kollegen ermordet. Ein Terrorist könnte leicht in einen Stützpunkt hineinmarschieren und genug Kernbrennstoff stehlen, um damit eine Schmutzige Bombe zu bauen. Er braucht ja nur zwei Kilo Strontium 90 mit Semtex mischen und es in Moskau hochgehen lassen.«

»Was tun die Russen für die sichere Lagerung?«, wollte Scott wissen.

»Ein Witz ist das!«, meinte Alex empört. »Die meisten Boote rosten am Pier vor sich hin und könnten jeden Augenblick sinken. In Murmansk ist zum Beispiel ein altes U-Boot der Hotel-Klasse, das in einem Fjord vor Anker liegt, in so schlechtem Zustand, dass die Navy Angst davor hat, es wegzuschaffen, weil es dann sinken könnte. Was die Lagerung betrifft, so fließen die Betonbunker über von festem und flüssigem Müll. Schlimmer noch, sie haben jede Menge Reaktor-Aggregate der

Navy in die Barentssee versenkt. Wie heißt es doch so schön: Scheiße nie in den eigenen Hinterhof.«

Alex lenkte den SUV an einer Schlange langsamer Lastwagen vorbei, die vorgegossene Beton-Pfeiler zu einer Moskauer Baustelle fuhren. Ein anderer Verkehrsteilnehmer schien sich darüber zu ärgern und rauschte mit trotzig hochgerecktem Mittelfinger an ihnen vorbei.

»Die russische Wirtschaft fängt gerade erst an, sich zu erholen, und sie haben kein Geld, den Dreck wegzuräumen«, sagte sie. »Norwegen und die USA haben einen Vertrag mit Russland unterschrieben, hier beim Bau einer Wiederaufbereitungsanlage zu helfen. Das wird aber noch Jahre dauern. Inzwischen tobt in Tschetschenien ein Krieg – oh, oh!«

Scott bemerkte ihren Blick in den Rückspiegel. Ein hellgrauer Wagen mit blinkendem roten und blauen Licht auf dem Dach kam zügig näher und hängte sich an den SUV. Er hörte das vertraute Sirenengeheul und wusste, was jetzt kommen würde.

»Scheiße«, sagte Alex, die es ebenfalls zu wissen schien.

»*Gaischnik* – Verkehrspolizist?«, erkundigte er sich.

»GAI – Verkehrsinspektor. Er sieht die diplomatischen Kennzeichen und weiß, dass er von uns kein Bestechungsgeld bekommen wird. Er will uns nur ein bisschen ärgern.« Sie bremste und hielt am Randstreifen an.

»Ich muss mich wohl korrigieren«, sagte Scott. »Es hat sich nicht alles geändert.«

Der Beamte, der eine Ledermontur anhatte und eine verspiegelte Sonnenbrille trug, stieg aus dem Streifenwagen und kam näher. Er bedeutete Alex mit einer knappen Handbewegung, das Fenster herunterzulassen.

»*Vaditel'skie prava.*« Der Polizist sah an Alex vorbei auf Scott.

Alex richtete einen missbilligenden Blick auf den Beamten. *»Njet. Ya Amerikanski diplomat.«* Sie deutete auf sich und Scott.

»Ihren Führerschein«, verlangte der Polizist noch einmal, jetzt aber auf Englisch.

Sie reichte ihn ihm, und er behielt ihn, während er betont langsam um das Fahrzeug herumging und es untersuchte. Er klopfte auf einen Kotflügel und kam zu dem offenen Fenster zurück. Alex hielt ihm eine Hand hin, um das Dokument wieder entgegenzunehmen.

»Dieses Fahrzeug hat eine defekte Bremsleuchte«, eröffnete er ihr barsch.

»Vielen Dank, dass Sie uns darauf aufmerksam machen«, antwortete sie zuckersüß. »Ich werde das auf jeden Fall unserem Mechaniker in der amerikanischen Botschaft melden«, fügte sie hinzu, wobei sie *amerikanischen* und *Botschaft* besonders betonte. »Wenn Sie jetzt nichts dagegen haben, würde ich gern unsere Fahrt zu dem Treffen mit einem Mitglied Ihrer Regierung fortsetzen.«

»Es ist gefährlich, mit einem defekten Bremslicht zu fahren«, entgegnete der Polizist stur. »Das kann Unfälle verursachen, und Sie können verhaftet werden.« Der Beamte musterte Alex eindringlich. Vielleicht überlegte er, ob vielleicht doch etwas Schmiergeld herauszuholen war.

»Da haben Sie sicher recht, Herr Milizionär«, sagte Alex. Sie griff aus dem Fenster und nahm dem Polizisten ihren Führerschein aus der Hand. Bevor er reagieren konnte, hatte sie das Fenster geschlossen und fuhr los. »Arsch!«, war ihr einziger Kommentar.

Scott lächelte, sagte aber nichts. Das Einzige, was er bisher mit Alex gemein hatte, war das Interesse an Drummonds Tod.

Er fing jedoch bereits an, sie sehr zu mögen. Außerdem gefiel ihm die Art, wie sie ein Problem anging, und ihre Entschlossenheit, sich nicht einschüchtern zu lassen, bewunderte er. Wenn man es mit brandgefährlichem Material oder schmiergeldhungrigen russischen Polizisten zu tun hatte, bedeutete das einiges.

Alex setzte sich über das Funktelefon im Wagen mit dem diensthabenden Beamten der Botschaft in Verbindung und schilderte bis ins kleinste Detail die Begegnung mit dem *Gaischnik*. Sie gab außerdem ihre voraussichtliche Ankunftszeit im Marriott Grand an. »Nur für alle Fälle«, sagte sie dem Beamten.

Sie war eine attraktive Frau, und Scott fragte sich, ob sie sich vielleicht mit Drummond eingelassen hatte – und wenn ja, wie sie auf seinen Tod, und die Leiche eines nackten russischen Matrosen in seinem Hotelzimmer, reagiert hatte. Das waren nicht allein müßige erotische Gedanken von ihm. Er würde ihre Hilfe brauchen und musste ihr Vertrauen gewinnen, wenn er die wirklichen Hintergründe von Drummonds Tod aufdecken wollte. Er hatte kaum etwas in der Hand und nur wenig Zeit, um Antworten zu finden.

»Entschuldigung«, sagte Alex, als sie den Hörer wieder auflegte. »Ich hielt es für besser, wenn sie Bescheid wissen.«

Sie holte den Lastwagenkonvoi wieder ein und überholte ihn ein zweites Mal. Danach nahm sie die nächste Abfahrt zum inneren Ring und überquerte die Moskwa auf der Krymsky-Brücke. Der Verkehr hatte inzwischen etwas nachgelassen, und so entspannte sich Alex ein wenig, legte ein Handgelenk bequem auf das Lenkrad und erlaubte sich einen Seitenblick zu Scott.

»Ich nehme an, dass Sie eine Menge Fragen zu Franks Tätigkeiten hier haben«, sagte sie.

»Allerdings«, stimmte Scott ihr zu. »Ich habe eigentlich nur den Befehl, ihn nach Hause zu überführen, aber das ist nicht der einzige Grund, aus dem ich hier bin. Ich weiß, dass Sie in Fragen der nuklearen Sicherheit mit ihm zusammengearbeitet haben. Dass er der Verbindungsmann zu den Norwegern und Earth Safe war. Was noch?«

»Er war ein Pfundskerl. Wir waren mehr als nur Kollegen – wir waren Freunde. Er hatte immer eine gute Geschichte von seinen Einsätzen auf See auf Lager. Er ist nie ungeduldig geworden oder wütend. Außerdem war er ein guter Zuhörer. Als er starb, war ich völlig fertig.«

»Glauben Sie den Bericht über seinen Tod, den der FSB bei der Botschaft abgegeben hat?«

Sie presste die Lippen zusammen. »Ich weiß es nicht. Es schien kaum möglich … ich meine, dass Frank … schwul war. Ich weiß, dass er verheiratet war und seine Frau ihn auch in St. Petersburg besucht hat, aber trotzdem, ich weiß einfach nicht, was ich glauben soll.«

»Was hatte er in dieser Nacht in Murmansk zu tun?«, wollte Scott wissen.

»Ich bin nicht sicher«, antwortete Alex zögernd.

»Sie waren gemeinsam mit ihm dort, nicht wahr?«, hakte Scott nach.

»Eigentlich nicht dirckt. Wir waren seit zwei Wochen in Murmansk und haben dort Unterlagen durchforscht, Anlegestellen fotografiert und russische Marineangehörige befragt. Wir waren an Bord einiger U-Boote, die in der Olenya-Bucht zerlegt werden sollten, und haben ihre Ausrüstung und alles Mögliche katalogisiert. Wir waren aber auch an Bord eines Atom-U-Boots, das für eine Patrouille vorbereitet wurde.«

»Ein U-Boot, das noch im Dienst steht?«

»Ja, sogar ein ziemlich neues, wenn man das so nennen kann.«

»Wissen Sie noch, welches das war?«

»Eine Akula, die K-363.«

»Und was haben Sie dort an Bord gemacht?«

»Wir haben die Mannschaft befragt. Wir versuchen, die Basisdaten über die Fähigkeiten und den Ausbildungsstand der Mannschaft zusammenzustellen. Wie Sie wissen, werden die aktiven U-Boot-Mannschaften an der Kernenergie-Akademie der russischen Marine ausgebildet. Davon suchen wir uns manchmal einzelne Fachleute für eine Spezialausbildung über den Umgang mit atomarem Material auf dem Festland aus.«

»Erzählen Sie weiter«, forderte Scott sie gespannt auf.

»Ich war einen Tag bevor Frank am Dienstag alles in Murmansk abschließen sollte nach Moskau gefahren, um dort einen Bericht abzugeben. Mein Zug hatte aber wegen des schlechten Wetters Verspätung, und ich bin erst am Donnerstagmorgen in Moskau und der Botschaft angekommen. Ich habe eine Nachricht von Frank auf meiner Mailbox in der Botschaft vorgefunden, aber seine Stimme war so verzerrt, dass ich fast nichts verstehen konnte. Er hatte wohl ein Handy benutzt. Was ich verstanden habe, war, dass er am Freitag zurück nach Moskau fahren wollte, ihm aber etwas dazwischengekommen wäre. Na ja, wie auch immer, als er am Samstag nicht erschienen ist, habe ich die Norweger und den Standortkommandeur in der Olenya-Bucht angerufen. Beide sagten, er wäre Donnerstagabend nach Moskau abgereist. Dann habe ich bei der Polizei in Murmansk eine Vermisstenanzeige aufgegeben. Sie haben ihn am Sonntag gefunden. Mit dem toten russischen Matrosen. Und der Pistole.«

Alex sah Scott kurz an und wischte sich eine Träne aus dem Augenwinkel. »Ich weiß wirklich nicht, was ich glauben soll«, sagte sie betrübt und nachdenklich nach einer langen Pause.

Scott erzählte ihr von seiner Freundschaft mit Drummond, dem gemeinsamen Dienst bei der Navy und natürlich auch von Vivian.

»Dann glauben Sie also dem FSB-Bericht nicht«, sagte Alex.

»Nein.«

»Was ist Ihrer Ansicht nach mit Frank passiert?« So, wie sie Scott diese Frage stellte, schien sie bereits vorher zu wissen, welche Antwort er ihr geben würde.

»Ich glaube, er ist ermordet worden«, sagte Scott.

»Aber in dem Bericht stand –«

»Ich weiß, was darin stand: Selbstmord. Aber das ist Blödsinn.«

»Wer hätte ein Interesse daran, ihn zu ermorden?«, fragte Alex.

»Das weiß ich nicht. Ich brauche aber Ihre Hilfe, um das herauszubekommen.«

Sie überquerten den Twerskaja Prospekt, eine exklusive Einkaufsstraße mit teuren Boutiquen und Hotels. Trotzdem sah Scott auch hier eine McDonald's-Filiale, die gerade neben einem Prada-Laden gebaut wurde.

Alex warf Scott einen Seitenblick zu. »Wie könnte ich Ihnen wohl helfen?«, fragte sie skeptisch.

»Sie haben viel Zeit mit ihm während seines Aufenthalts in Murmansk zusammen verbracht«, erklärte Scott. »Vielleicht fällt Ihnen ja etwas ein, das uns weiterhelfen könnte. Wie zum Beispiel dieser Anruf mit dem Handy.«

»Den können Sie vergessen. Ich habe Ihnen doch gesagt,

dass wir damit nichts anfangen können, weil fast nichts zu verstehen ist.«

»Kannten Sie den russischen Matrosen, der gestorben ist?«, wollte Scott wissen.

»Nein. Ich weiß nur, dass er zur Mannschaft der K-363 gehört hat.«

»Woher kannte Drummond ihn dann? Welchen persönlichen Kontakt könnte schon ein wehrpflichtiger russischer Mannschaftsdienstgrad mit einem hohen amerikanischen Marineoffizier gehabt haben?«

»Keine Ahnung, Jake.«

»Das sind alles Dinge, die wir herausbekommen müssen«, sagte Scott eindringlich.

»Aber wie können Sie nur hoffen, den Mörder zu finden, wenn Sie nur hier sind, um Franks Leiche in die Staaten zu überführen? Sie haben einfach keine Zeit für irgendwelche Untersuchungen!«

»Ich werde mir die Zeit nehmen«, verkündete Scott grimmig.

»Jake, der Botschafter möchte die Sache mit Frank auf jeden Fall vor dem Gipfeltreffen abgeschlossen haben«, erinnerte Alex ihn. »Und Sie kennen doch die Russen und ihre Bürokratie: Die arbeitet im Schneckentempo. Der FSB wird Ihnen nicht helfen, weil er die Angelegenheit bereits untersucht und seinen Bericht abgegeben hat.«

»Ich treffe mich morgen Vormittag mit dem Offizier, der den Fall untersucht hat«, sagte Scott. »Yuri Abakow. Kennen Sie ihn?«

»Ich habe seinen Namen auf dem Bericht gesehen und bei einem seiner Leute eine Aussage gemacht, aber getroffen habe ich ihn noch nie.«

»Morgen werden wir versuchen, herauszubekommen, was Abakow sonst noch weiß.«

»*Wir?*«, fragte Alex nach.

»Sie kommen mit mir. Ich möchte, dass er erfährt, dass wir zusammenarbeiten.«

»Nein, nein, daraus wird nichts«, sagte Alex sofort. »Ich lasse mich da nicht reinziehen, Jake. Ich bin zweiter Wissenschaftsattaché, und meine Zuständigkeit ist darauf beschränkt, unbeaufsichtigtes atomares Material aufzuspüren, nicht, einen Mord zu untersuchen.«

»Sie glauben also auch, dass er ermordet worden ist. Das stimmt doch?«, fragte Scott.

Alex sagte nichts.

»Gerade haben Sie gesagt, Frank sei ein Freund gewesen, nicht nur ein Kollege«, erinnerte Scott sie.

Alex schürzte die Lippen.

»Nun, er war auch *mein* Freund, und wir sind ihm etwas schuldig«, sagte Scott.

Sie wollte etwas erwidern, aber er deutete auf das Marriott Grand, das auf der rechten Seite erschienen war. Sie hielt unter dem geschwungenen Baldachin an. Scott stieg mit seinem Gepäck aus, aber bevor er die Tür zuwarf, beugte er sich in den SUV hinein und sagte: »Morgen. Ljubljanska Ploschad. Kennen Sie die?«

»Selbstverständlich«, sagte Alex.

»Gut. Holen Sie mich dort genau um acht Uhr ab.«

»Jake, ich habe ihnen doch gesagt–«, versuchte sie zu protestieren.

»Tun Sie es für Frank.«

4

FSB-Hauptquartier, Moskau

Draußen überprüften zwei Wachen in einer verglasten Kabine die Ausweise. Im Innern gingen Offiziere in Stahlhelmen und Kampfanzügen mit Heckler & Koch MP5-Maschinenpistolen im Anschlag in der Eingangshalle des umgebauten ehemaligen KGB-Hauptquartiers auf und ab. Nach dem Massaker in der Konzerthalle war die ganze Stadt und ihr Sicherheitsapparat im Alarmzustand.

Scott wartete mit Alex vor den Fahrstühlen. Alex trug ein schwarzes Kostüm und einen weißen Rollkragenpullover aus Seide. An ihren Handgelenken glänzten Goldarmbänder. Das Licht von den versenkten Deckenlampen betonte ihr ebenmäßiges Gesicht und das makellose Make-up. Ihre Augen blitzten, und ganz offensichtlich genoss sie die Aufmerksamkeit, die sie mit ihrem veränderten Erscheinungsbild bei Scott erregte.

Ein Gong ertönte, und zwei Fahrstuhltüren glitten auf. Ihr Begleiter, ein junger FSB-Offizier, winkte sie hinein. Die Türen schlossen sich, die Kabine setzte sich in Bewegung, und unwillkürlich überlegte Scott, wie ironisch die Tatsache war, dass er und Alex in genau diesem Fahrstuhl vor nicht allzu langer Zeit in den Keller hinuntergefahren wären, aus dem es nur für sehr wenige Leute je eine Rückkehr gegeben hatte. Heute war nur das gedämpfte Summen des Fahrstuhls zu hören und nicht mehr die Schreie der gefolterten Häftlinge. Alex nickt ihm fast unmerklich zu, als hätte sie seine Gedanken erraten.

Sie erreichten den zehnten Stock in einem der ältesten Teile der drei Hochhäuser, die das FSB-Hauptquartier bildeten. Der Gang war mit abgewetztem Linoleum ausgelegt und wurde von summenden Neonröhren beleuchtet. In die Bürotüren waren altmodische Butzenscheiben eingelassen. Hinter einer davon konnte man die verzerrte Silhouette eines Mannes erkennen, der mit übertriebenen Gesten auf einen unsichtbaren Gesprächspartner einschimpfte.

»Bitte.« Ihr Begleiter wies sie durch eine offene Tür mit dem Schild »Direktorat Untersuchungen« in ein kleines überhitztes Büro.

Yuri Abakow trug eine Uschanka, deren Ohrenklappen fest nach oben gebunden waren. Sein teigig aussehendes Gesicht mit einem herabhängenden schwarzen Schnurrbart blieb völlig ausdruckslos. Er sah seine Besucher von seinem Platz hinter einem abgestoßenen hölzernen Schreibtisch an und entließ ihren Begleiter mit einer kurzen Handbewegung, als würde er eine Fliege verscheuchen. Der Mann verschwand ohne ein Wort.

»Inspektor Abakow?«, fragte Scott auf Russisch.

Der Beamte musterte Scott eindringlich. Besonders schien ihn seine kurze Lederjacke zu interessieren. »*Colonel* Abakow«, korrigierte er seinen Besucher. Bevor dieser sich für seinen Fehler entschuldigen konnte, sah Abakow zu Alex. »Wer ist das?«, fragte er, als wäre Alex nicht in der Lage, für sich selbst zu antworten.

»Dr. Alexandra Thorne«, sagte sie laut. »Ich bin zweiter Wissenschaftsattaché an der Botschaft der Vereinigten Staaten in Moskau.«

»Man hat mir nicht gesagt, dass sie an diesem Gespräch teilnehmen würde«, sagte Abakow zu Scott. »Wer hat das genehmigt?«

»Das war ich«, sagte Scott. »Haben Sie damit ein Problem?« Ohne auf eine Aufforderung zu warten, zog er für Alex einen Stuhl heran und rückte sich selbst einen zurecht.

Abakow nahm die Uschanka vom Kopf. Bis auf einen schmalen dunklen Haarkranz war er kahl, und die straffe Haut auf seinem Kopf reflektierte das Licht wie ein Spiegel. Sein Gesichtsausdruck hatte sich von gelangweilter Blasiertheit in deutlichen Ärger verwandelt.

»Sie sind hier nicht in den Staaten, Commander«, bellte er.

»Captain«, verbesserte ihn Scott.

»Sie haben hier keinerlei Befugnisse. Glauben Sie also nicht, dass Sie, nur weil Sie ein Amerikaner sind und Russisch sprechen, hier in mein Büro kommen und sich aufspielen können, als wären Sie Bloody Harry.«

»Der Mann hieß Dirty Harry.« Damit legte Scott seine Befehle vor Abakow auf den Schreibtisch. »Da sind meine Befugnisse. Wie Sie wissen, Colonel, bin ich hier, um die Überführung der sterblichen Überreste von Admiral Drummond in die USA zu begleiten. Man hat mir gesagt, ich würde die vollste Unterstützung vom FSB bekommen. Und natürlich von Ihnen. Dr. Thorne war die Verbindung zwischen Amiral Drummond, der US-Botschaft und den Norwegern. Sie hat sich bereit erklärt, mich zu unterstützen. Und da ich nicht die Zeit habe, mich mit irgendwelchem Mist herumzuschlagen, möchte ich so bald wie möglich anfangen.«

Alex' Fingerknöchel auf den Armlehnen ihres Stuhls färbten sich weiß.

Röte stieg in Abakows Gesicht und breitete sich über seine Glatze aus. Er erhob sich von seinem Stuhl hinter dem Schreibtisch. Abakow war zwar ein ganzes Stück kleiner als Scott, aber er hatte breite Schultern und kräftige, große Hände, die aussahen, als könnten sie im Ernstfall erheblichen Schaden anrichten. Eine dicke Ader begann an seinem Hals zu pulsieren.

»Ihr Amerikaner«, sagte Abakow, nun in sehr gutem Englisch, »ihr glaubt, euch gehört die ganze Welt. Ihr setzt eure Macht ein, um jede Opposition gegen eure kapitalistische Politik zu unterdrücken und dem Rest der Welt eure Werte aufzuzwingen. Uns in Russland bedroht ihr, wenn wir euch Widerstand leisten, und zugleich sagt ihr, wir hätten keine Bedeutung. Alles, was ihr tut, dient nur der Bereicherung von amerikanischen Firmen. Eure Aktivitäten verfolgt ihr immer nur mit Hintergedanken. Ihr seid Heuchler!« Abakows Stimme war im Verlauf dieses Sermons immer lauter geworden, und jetzt rollte sie wie Donner. »Am liebsten würdet ihr Mütterchen Russland erobern, damit eure Firmengruppen uns aussaugen können! Und euer Militär auch!«

Die Tür flog auf, ein Mann streckte seinen Kopf herein und sah sich um. »Yuri, ich kann Sie bis ganz hinten im Gang hören! Ist alles in Ordnung?«

Abakow holte Luft. »Ja, verschwinden Sie!«

Der Mann sah sich um, zuckte mit den Achseln und ging wieder. Abakow, dem offensichtlich die Luft ausgegangen war, setzte sich wieder hin.

»Sind Sie jetzt mit Ihrem Vortrag fertig?«, fragte Scott.

Abakow ignorierte ihn. Er hob eine Hand an die pulsierende Vene an seinem Hals und las Scotts Vollmacht durch.

»Was können Sie Ihrem Bericht über Drummonds Tod noch hinzufügen?«, fragte Scott, als hätte Abakows Ausbruch nie stattgefunden.

Abakow richtete sich empört auf. »Nichts!«, stieß er hervor. »Es steht alles darin. Admiral Drummond wurde tot mit einem anderen Mann im Bett gefunden. Die ballistische Untersuchung hat bestätigt, dass die Kugeln in ihren Köpfen aus der gleichen Waffe stammten, die wir in Admiral Drummonds Besitz vorgefunden haben.«

Scott tat das mit einer Handbewegung ab. »Ich zweifle die grundsätzlichen Fakten des Falles nicht an, Colonel. Gestatten Sie aber, dass ich Ihnen etwas erkläre.« Scott berichtete Abakow, was er über Drummond wusste, und führte im Detail ihre gemeinsame berufliche und persönliche Vorgeschichte aus. Zum Schluss sagte er: »Ich versichere Ihnen, er war nicht homosexuell.«

Abakow musterte ihn ausdruckslos. Er schien nicht überzeugt.

»Jetzt will ich Ihnen mal etwas sagen«, sagte er ruhig auf Englisch. »Ich bin seit fast dreißig Jahren Untersuchungsbeamter. Mit der menschlichen Natur kenne ich mich aus. Ich habe gelernt, nicht nur mit meinem Verstand zu denken« – er tippte sich mit einem dicken Zeigefinger an den Kopf – »sondern auch mit meinen Augen. Manchmal hat man die Wahrheit direkt vor sich und muss sie nur noch wahrnehmen. Manchmal springt sie sogar hoch und beißt einem in den Arsch. Da lag Admiral Drummond tot mit einem Kopfschuss in einem Hotelzimmer in Murmansk. Neben ihm lag ein junger Seemann, Andre Radschenko, ebenfalls tot. Admiral Drummond hatte in seiner Hand die Pistole, die benutzt worden ist, um den jungen Mann und sich selbst zu töten. Der Bericht verschweigt allerdings, dass die beiden Männer sehr nahe beieinanderliegend gefunden worden sind, man könnte sogar sagen, sie lagen sich in den Armen. Jeder hatte die Hand an den Genitalien des anderen, soweit man das nach Einsetzen der Totenstarre sagen konnte.«

Alex hob eine Hand an den Mund.

»Die Erfahrung sagt mir, dass diese beiden Männer vorhatten, sich miteinander zu vergnügen. Aber irgendetwas ist dabei aus dem Ruder gelaufen. Vielleicht hatten sie einen Beziehungsstreit. So etwas passiert doch ständig. Oder vielleicht ist es Admiral Drummond aufgegangen, dass er eines Tages zu seiner Frau zurückkehren würde, und er konnte den Gedanken nicht ertragen, seinen jungen Geliebten aufgeben zu müssen.«

»Unsinn!«, sagte Alex. »Nichts davon passt zu dem Frank Drummond, den ich kannte. Was Sie da eben beschrieben haben, hätte er niemals getan.«

Abakow richtete seinen Blick auf sie. Schließlich sagte er: »Waren Sie intim mit Admiral Drummond, werte Dame?«

»Was meinen Sie genau mit *intim?*«

»Hatten Sie Geschlechtsverkehr mit ihm?«

Alex fuhr zusammen. »Selbstverständlich nicht! Unsere Beziehung war rein beruflich.«

»Woher wollen Sie dann wissen, dass er nicht schwul oder bisexuell war?«, hakte Abakow sofort nach.

»Eine Frau weiß so etwas!«, erklärte Alex.

Abakow grinste geringschätzig. »Natürlich.«

»Ich möchte Admiral Drummonds Leiche sehen, bevor sie für die Überführung in die Staaten vorbereitet wird«, sagte Scott. »Alex?«

Sie nickte leicht mit dem Kopf.

»Können Sie das entsprechend vorbereiten, Colonel?«

Abakow sah entnervt zur Decke.

»Haben Sie damit ein Problem?«, fragte Scott.

»Das Problem, Captain, ist meine Abteilung, die personell unterbesetzt ist. Die wenigen Männer, die ich habe, sind total überarbeitet. Ein Besuch im Leichenschauhaus braucht Zeit, die besser für die Aufklärung von Verbrechen verwendet werden sollte. Ich selbst bin seit einer Woche nicht mehr zum Abendessen zu Hause gewesen, und meine Kinder haben vergessen, wie ich aussehe. Meine Frau ist darüber nicht erfreut.«

»Das tut mir leid«, sagte Scott.

»Ihnen tut das leid, ja.« Abakow deutete auf die Stapel von Akten auf seinem Schreibtisch und auf dem Boden. »Das alles hat sich im FSB aufgestaut, und ich habe nicht genug Leute, um es zu bearbeiten.« Er nahm eine Akte auf und schlug mit einem Handrücken darauf. »Hier zum Beispiel. Wir mussten ein Team nach St. Petersburg schicken, um einen FSB-Offizier zu suchen, der seit mehreren Tagen vermisst wird. Wir haben keine Ahnung, was mit ihm passiert ist. Außerdem hatten wir in St. Petersburg eine Mafia-Schießerei, bei der ein Mann getötet und ein weiterer vielleicht schwer verwundet worden ist, aber das wissen wir noch nicht genau. Wie es aussieht, hat der Tote zu Iwan Serows Organisation gehört, die wiederum Verbindungen zu Alikhan Zakajew hat, und der steckt unserer Meinung nach hinter dem Anschlag auf die Tschaikowski-Konzerthalle. Der Druck vom Kreml, Zakajew noch vor der Eröffnung des Gipfeltreffens zu finden, steigt ständig, von Ihrem Geheimdienst ganz zu schweigen.«

»Ist er Ihr Hauptverdächtiger?«, fragte Scott.

»Ja. Er ist ein Monster, dem es Spaß macht, Russen zu töten. Können Sie sich das vorstellen, tausend unschuldige Zivilisten zu töten? Je früher wir ihn finden und fangen, desto früher können wir diesem Terrorismus-Albtraum ein Ende machen.«

»Haben Sie irgendwelche Hinweise auf seinen Aufenthaltsort?«, wollte Scott wissen.

»Wir wissen nur, dass man oft dort, wo Serow sich aufhält, auch Zakajew findet.«

»Interessant. Was sagen Sie zu der Tatsache, dass Zakajew in St. Petersburg gewesen sein könnte?«, fragte Scott.

»Im Augenblick noch gar nichts«, antwortete Abakow ihm. »Wie auch immer, ich möchte diese Sache mit Drummond unbedingt zum Abschluss bringen«, fuhr er fort, um dieses unangenehme Thema zu wechseln. »Wir möchten schließlich nicht, dass so etwas wie dieser unglückliche Zwischenfall in Murmansk die Beziehungen zwischen den USA und Russland stört.«

»Genau meine Meinung«, sagte Scott.

Abakow setzte sich mit einer heftigen Bewegung seine Uschanka wieder auf und griff nach dem Telefon. »Ich informiere das Leichenschauhaus, dass wir kommen.«

Ein 9-mm-Geschoss war direkt unterhalb vom Ellbogen an Zakajews Unterarm entlanggeschrammt. Das Mädchen hatte die Wunde versorgt, bis die Schmerzmittel ihn benommen gemacht hatten und er eingeschlafen war. Als er aufwachte, hatte er Hunger und Schmerzen. Während er etwas aß, steckte das Mädchen einen Finger in die Löcher in den Ärmeln seines Kaschmirmantels und seines Sakkos, die beide steif von getrocknetem Blut waren, um ihm die Schussbahn zu zeigen. Nachdem seine Wunde von einem seiner Leute genäht worden war, hatten die Schmerzen eingesetzt. Er kannte sich aus mit Schussverletzungen. Er war in Grosny schon zweimal von russischen Speznaz angeschossen worden, und seine hässlichen roten Narben erinnerten ihn bis heute daran. Nach der letzten Schießerei war er sich nicht sicher, aber er hätte gern geglaubt, dass er von Serow persönlich angeschossen worden war.

Es war von vornherein eine Falle gewesen. Heutzutage

konnte man einfach niemandem mehr trauen, nicht einmal der Bruderschaft. Das Mädchen war sich zwar sicher, dass sie Serow zumindest angeschossen hatte, aber selbst wenn das stimmte, könnte er noch leben und bereits eine weitere Falle planen. Auf der anderen Seite hatte Serow nun nach der Schießerei einige Probleme, die er nur durch Bestechung von hohen Beamten der St. Petersburger Miliz und von Redakteuren in Zeitungen und TV-Sendern aus der Welt schaffen konnte. Außerdem würde er es mit dem FSB zu tun bekommen, der sich bereits wegen Terrorismus und krimineller Aktivitäten in höchster Alarmbereitschaft befand und die Stadt nach dem vermissten Schläger absuchte. Der Gedanke, dass Serow die Nachforschungen der Behörden vielleicht doch zu spüren bekommen könnte, verbesserte Zakajews Laune etwas.

Das Mädchen kam wieder herein und sah Zakajew zu, wie er sich unauffällige Alltagskleidung anzog, in der er wie ein Lehrer aussah, der vielleicht von einer kleinen technischen Hochschule in der Provinz zu Besuch hier war. Er rasierte seinen bleistiftdünnen Schnurrbart ab, setzte sich eine Uschanka auf und wickelte sich einen Wollschal um den Hals, um seine Verkleidung perfekt zu machen. Das Mädchen konnte mit ihren Stiefeln, der Lederjeans und dem dicken Pullover als eine seiner Studentinnen durchgehen.

Zakajew hörte das Funkgerät rauschen und knistern. Der Mann mit dem schwarzen Stirnband, der den Hünen gefoltert hatte, kam in das kleine Büro der Werkstatt, die übergangsweise als Zakajews Zentrale gedient hatte.

»Tut sich irgendwo etwas?«, fragte Zakajew.

»Noch nicht, General«, sagte der Mann. »Von Serow oder seinen Leuten ist nichts zu sehen. Wir haben überall nachgesehen, sogar in den Krankenhäusern. Vielleicht ist er ja tot.«

»Ihr habt eure Sache gut gemacht«, lobte Zakajew ihn. »Aber dieser Serow ist wie eine Katze, der hat sieben Leben. Ich habe das sichere Gefühl, dass wir wieder von ihm hören werden.« Er sah sich in dem schäbigen Raum um. »Sag den anderen, dass wir bald fertig sind.«

Der Mann ging mit seinem knackenden Funkgerät hinaus. Das Mädchen half Zakajew, einen kleinen schwarzen Trolley zu packen. Darin war Kleidung für später untergebracht. Ihre persönlichen Dinge hatte sie in einem roten Rucksack verstaut, wie er bei Studenten auf der ganzen Welt beliebt ist. Als sie mit diesen Vorbereitungen fertig waren, rief Zakajew seine Leute zusammen.

Er musterte ihre Gesichter. Sie hatten alle geschworen, den brutalen Mord an ihren Angehörigen in Tschetschenien zu rächen und ihre felsenfeste Loyalität ihm gegenüber zu beweisen. Sie hatten an seiner Seite gekämpft, hatten die Härten und Tragödien geteilt, die der Krieg in Tschetschenien mit sich gebracht hatte, und sie hatten zusammen Hunderte von russischen Soldaten getötet.

Zakajew erinnerte sich an einen Zwischenfall, bei dem der unstillbare Rachedurst ihn und seine Männer geradezu in einen Blutrausch getrieben hatte. Als ihm mit einem Sturmgewehr ein Zahn ausgeschlagen worden war, hatte er den Kupfergeschmack von Blut in seinem Mund geschmeckt. Er spuckte dem Russen sein Blut ins Gesicht, knallte ihm den Schaft seines eigenen Sturmgewehrs wuchtig in den Bauch und sah dann teilnahmslos zu, wie der Mann an seinem eigenen Erbrochenen erstickte. Zakajew blutete von dem Schlag in sein Gesicht noch aus dem Mund, und ihm verschwamm alles vor den Augen, als er über eine halb zerfallene Ruine sprang, die früher einmal ein Bauernhäuschen in einem kleinen Dorf bei Grosny gewesen war. Er duckte sich und ging neben dem Mädchen in Deckung.

Heuschrecken zirpten in der sommerlichen Hitze. Um die zerstörten Häuser und Bauernhöfe wellten sich die sanften grünen Hügel Tschetscheniens. An der menschenleeren Hauptstraße standen nur noch zerschossene Häuser. Überall sah er eingeschlagene Fenster, zerrissene Vorhänge, wo die Häuser nicht völlig ausgebrannt oder nur noch Ruinen waren. Ein rauchgeschwärzter russischer Laster lag am Straßenrand auf dem Dach wie ein riesiger verbrannter Käfer. Sechs Leichen lagen um ihn verteilt.

Mit dem Russen, den Zakajew gerade getötet hatte, waren es also jetzt sieben. Mindestens fünf weitere Russen waren in der Scheune gefangen. Die Spuren ihres Verbrechens waren deutlich zu sehen: An der Seitenwand der Scheune, in der sie sich versteckt hielten, hingen die gekreuzigten Leichen einer nackten jungen Tschetschenin und ihres Säuglings. Die russischen Soldaten hatten die Mutter vergewaltigt und sie dann zusammen mit ihrem Kind mit großen Stahlnägeln, die sie durch Hände und Füße getrieben hatten, an die Scheunenbretter genagelt. Die weißen Körper hingen mit gespreizten Armen und Beinen an den verwitterten Brettern. Zakajew und seine Leute hatten die Soldaten überrascht, wie sie mit Wodkaflaschen in den Händen um die Scheune standen und lachten.

Nach einem Treffer der Panzerfaust war der Lastwagen in die Luft geflogen und in einem Flammenmeer auf dem Dach gelandet. Die Toten blieben liegen, wo sie gestorben waren, mit verdrehten, zerschmetterten Gliedmaßen, manche Männer ohne Kopf. Die anderen hatten von der Scheune aus noch kurz Widerstand geleistet, aber sie wussten von Anfang an, dass das hoffnungslos war.

Nachdem sie sich ergeben hatten, hatte Zakajew sie die Frau und den Säugling abnehmen und ein Grab für sie ausheben lassen. Danach hatte Zakajew die um ihr Leben winselnden Russen Rücken an Rücken zu einem Kreis antreten lassen und sie wie ein Brennholzbündel zusammengebunden. Anschließend waren sie reichlich mit Benzin übergossen worden, und er hatte sie persönlich in Brand gesteckt.

»Ali?«, richtete sich jemand an ihn und riss ihn damit aus seiner Erinnerung an diesen Tag.

»Kämpfer!«, rief Zakajew. »Ihr habt eure Hingabe im Kampf für die Unabhängigkeit Tschetscheniens bereits unter Beweis gestellt. Wir befinden uns im Krieg, und für den Sieg werden wir gern unser Leben opfern. Uns stehen noch viele Kämpfe bevor, aber hier ist unsere Arbeit jetzt beendet. Ich entbinde euch daher von eurem Gehorsam mir gegenüber und entlasse euch nach Tschetschenien. Ihr werdet euch dort neu organisieren, neue Kader bilden und auf den Zusammenbruch Russlands vorbereiten. Wenn der kommen wird, wird es schnell gehen, vielleicht innerhalb von Tagen. Prorussische Regionalverwaltungen werden versuchen, die Ordnung in Tschetschenien aufrechtzuerhalten, aber sie werden ebenso scheitern wie ihre Marionettenregierung, weil es das Russland, wie wir es kennen, dann nicht mehr geben wird. Verbündet euch mit der neuen unabhängigen Regierung, die das alte Regime ablösen wird, so schnell ihr könnt. Sie wird für Tschetscheniens Zukunft stehen.«

Danach hielt jeder der Männer eine kurze, stockende Ansprache, in der er seinen Loyalitätsschwur auf Zakajew noch einmal erneuerte. Das Mädchen hatte eine Flasche Wodka besorgt. Es füllte Gläser, Becher und Blechtassen, mit denen die Männer auf Zakajew tranken. Danach verabschiedete sich jeder vor dem Aufbruch kurz privat von seinem Anführer. Der Mann mit dem schwarzen Stirnband wartete ab, bis die anderen gegangen waren. Erst dann sprach auch er mit Zakajew.

»Ich melde mich freiwillig, weiter unter Ihnen zu dienen, General, um sicherzustellen, dass Serow tot ist. Wenn er das nicht ist, werde ich ihn töten.«

Zakajew goss dem Mann und dann sich selbst noch einen Wodka ein. »Vergiss Serow. Er kann uns jetzt nicht mehr aufhalten. Niemand kann das. Geh mit den anderen zurück nach Tschetschenien.«

»Es war mir eine Ehre, unter Ihnen zu dienen, General«, sagte der Mann. »Vielleicht werden Sie irgendwann Grosny besuchen, und dann werde ich Ihnen meine neue Frau und meine Kinder vorstellen, damit Sie ihnen Ihren Segen geben.«

»Ja, irgendwann«, sagte Zakajew. Er dachte an das, was er selbst verloren hatte und was dieser Mann gewinnen könnte. »Gib einem deiner Söhne meinen Namen.«

Die Männer verluden ihre Ausrüstung in zwei Autos und fuhren los. Das Mädchen begann, nacheinander die Lichter in der Werkstatt auszuschalten. Ihr Besitzer, ein Tschetschene, würde am Morgen von einem Besuch bei Verwandten seiner Frau in Pskow zurückkehren und wie gewöhnlich seine Werkstatt aufmachen, ohne Zakajew oder seine Männer je zu Gesicht bekommen zu haben. Auch von dem frisch ausgehobenen Grab, das sich versteckt unter Autoersatzteilen hinter der Werkstatt befand, würde er nichts wissen.

Draußen sah Zakajew das Mädchen an. Der Rucksack hing auf seinem schmalen Rücken. Sie hatte das Haar zu einem Pferdeschwanz zusammengebunden, der unter ihrer Strickmütze heraushing. Für Zakajew war sie nicht mehr als ein schönes Kind. »Hast du Angst?«, fragte er sie.

»Angst vor dem Tod?«

»Auch das.«

Sie küsste ihn auf die Wange, sah sich ein letztes Mal um, schloss das Tor und legte den Riegel vor.

5

Moskau, städtisches Leichenschauhaus

Sein Fleisch sah kalt und hart aus, wie Alabaster. Scott berührte es nicht, sondern sah nur hin, als der Techniker ein Ende des Leichentuchs wie eine Zeltklappe hochhielt.

Er erkannte Drummond kaum wieder, was ihm seine Aufgabe etwas erträglicher machte. Die mehrere Tage alten eisgrauen Bartstoppeln auf den eingefallenen Wangen hatten das Gesicht stark verändert, und Drummond sah aus, als hätte man ihn aus einem Moskauer Rinnstein geholt. Scott dachte an Vivian, die in Falls Church darauf wartete, Drummonds Ausgehuniform frisch gebügelt und in einem Plastiksack verstaut bei dem Begräbnisunternehmen abzuliefern.

Scott sah sich ein kleines Loch in Drummonds linker Schläfe genau an, das mit rot verfärbter Watte verstopft war. An der gegenüberliegenden Schläfe sah er eine dicke Beule, die mit groben schwarzen Fäden vernäht war. Der anwesende Pathologe berichtete, dort sei unter einer Menge Gehirnmasse und Stücken der Schädeldecke das Geschoss gefunden worden, das sich quer durch den Schädel gebohrt hatte.

Alex hatte eine Hand vor den Mund gehoben und hielt sich im Hintergrund. »Das ist er, nicht wahr?«, sagte sie, nicht in der Lage, sich von dem Anblick loszureißen.

»Ja, das ist er«, sagte Scott.

Das Leichenschauhaus stank nach Tod und Antiseptika. Es war eine heruntergekommene Halle mit gesprungenen weißen und grünen Kacheln und abblätternder Farbe. Neonröhren, die über den in Zweierreihen aufgestellten Autopsietischen aus Edelstahl hingen, lieferten die einzige Beleuchtung. Auf einigen Tischen lagen abgedeckte Leichen, die darauf warteten, seziert zu werden. Die beiden Assistenten, die Gummischürzen und -handschuhe trugen, hatten sich bereit erklärt, ihre Tätigkeit zu unterbrechen, bis die Besichtigung der Leiche beendet war.

»Man hat eine Autopsie bei ihm durchgeführt«, sagte Scott, dem der lange vernähte Schnitt auf dem Torso sofort aufgefallen war. »Warum?«

Der Pathologe setzte zu einer Antwort an, aber Abakow schnitt ihm das Wort ab. »Das ist Standardprozedur. Wir prüfen nach, ob noch weitere Umstände zum Tod beigetragen haben könnten.«

»Ein Herzanfall oder ein Schlaganfall«, erklärte der Pathologe.

»Es ist ja wohl ziemlich offensichtlich, was die Todesursache war, oder?«, fragte Scott und bedeutete ihnen, dass das Leichentuch wieder heruntergelassen werden könnte.

»So scheint es«, sagte Abakow, »aber wir haben strikte Bestimmungen, die eingehalten werden müssen.«

»Wo ist der junge Mann, den sie zusammen mit ihm gefunden haben, dieser Radschenko?«, wollte Scott wissen.

»Weg«, sagte der Pathologe kurz.

»Was soll das heißen, *weg?«*, hakte Scott nach.

»Er ist seiner Familie übergeben worden, damit sie ihn beerdigen können«, erklärte Abakow. »Ich kann Ihnen sagen, dass er eine fast identische Schussverletzung am Kopf hatte. Rechte Eintrittseite. Deshalb ist das Geschoss bei ihm links ausgetreten. Es hat übrigens erheblich mehr Schaden angerichtet als bei Admiral Drummond.«

»Haben Sie die Geschosse?«, fragte Scott.

»Ich kann sie holen«, erwiderte der Pathologe und sah Abakow an.

Dieser nickte nur.

Sie warteten schweigend auf die Rückkehr des Pathologen. Abakow rauchte und sog dabei den Rauch tief in die Lunge. Der Rauch überdeckte den leichten Verwesungsgeruch, der von einer der verdeckten Leichen auf einem Nachbartisch ausging. Alex war blass geworden.

Der Pathologe kam mit einem blauen Plastikbeutel zurück, in dem sich zwei kleinkalibrige Geschosse befanden. Scott ließ sie in seine geöffnete Hand fallen. Die Kugel, die man Drummond entnommen hatte, war fast unbeschädigt. Das andere Geschoss war stark deformiert.

»Die Kugel hat den Schädel des jungen Mannes vollständig zerschmettert«, erklärte Abakow.

»Wo ist die Pistole, aus der sie stammen?«, erkundigte sich Scott.

»Die ballistische Abteilung hat sie.«

»Ich habe eine Frage«, meldete sich die noch immer blasse Alex zu Wort. »Haben Sie während der Autopsie überprüft, ob sich auf oder in den Leichen Sperma befand? Anders formuliert: Können Sie sagen, ob sie Sex miteinander hatten? Haben Sie Präservative gefunden?«

Der Pathologe zuckte mit den Achseln. »Wir haben keine solche Indizien gefunden. Es wäre sonst offensichtlich gewesen. Gewöhnlich zeigt das Rektum dann Spuren von Verletzungen –«

»Wir gehen davon aus«, fiel Abakow ihm ins Wort, »dass sie dazu noch nicht gekommen waren. Es gab keine Anzeichen sexueller Aktivitäten, und Kondome haben wir keine gefunden.«

Nach einer peinlichen Pause fragte Abakow: »Möchten Sie sonst noch etwas sehen?«

Scott ließ die Geschosse wieder in den Plastikbeutel fallen und verschloss ihn mit Daumen und Zeigefinger. »Das Hotelzimmer in Murmansk, in dem sie gestorben sind.«

»Was hat der Botschafter gesagt?«, erkundigte sich Alex. Sie reichte Scott einen eisgekühlten Wodka.

»Ein schönes Apartment haben Sie hier«, sagte Scott. Sie wohnte in einem modernen, aber phantasielosen Backsteinblock auf dem Gelände der US-Botschaft. Alex hatte es mit Tourismus-Postern von kalifornischen Sonnenuntergängen und Stränden in Florida etwas freundlicher gestaltet. Das spärliche Mobiliar war nüchtern und zweckdienlich, aber mit einer Sammlung von Vasen und Figürchen aus traditionellem russischem Gzhel-Porzellan, Lackdosen und Babuschka-Puppen aus dem Arbat war es ihr gelungen, der Wohnung einen warmen, persönlichen Charakter zu verleihen.

»Was hat er gesagt?«, fragte sie noch einmal.

»Ich habe nicht mit ihm gesprochen, nur mit dem stellvertretenden Leiter der Botschaft.«

»Mit Stretzlof? Er ist ein eingebildeter Trottel. Und ein Rüpel.«

»Das habe ich auch bemerkt«, sagte Scott. Er nahm eine wunderbare Reproduktion einer russischen Ikone aus dem sechzehnten Jahrhundert auf, die die Heiligen Jakob, Kosmas und Damian in herrlichen bunten Gewändern und mit einem Heiligenschein aus Gold zeigte, und betrachtete sie. »Sie haben einen guten Blick für solche Dinge.«

»Man muss genau hinsehen. Die Läden in Moskau verkaufen eine Menge Schund an die Touristen, aber wenn man sich umschaut, kann man exquisite Dinge finden. Wie zum Beispiel eine Tschechow-Erstausgabe, die ich dann aber nicht bezahlen kann.«

»Ich auch nicht«, sagte Scott. »Stretzlof möchte Drummonds Leiche so bald wie möglich nach Hause überführt haben. Ich hatte den Eindruck, dass es von einem hohen Offizier äußerst unpassend ist, sich in Russland ermorden zu lassen.«

»Stretzlof ist der Mann fürs Grobe in der Botschaft. Er hat auch die Leitung über die politische Abteilung. Haben Sie mit dem Beamten gesprochen, der für politische Angelegenheiten zuständig ist?«, erkundigte sich Alex.

»Nein. Hätte ich das tun sollen?«

»Er ist von Stretzlof persönlich ausgesucht worden. Er und Stretzlof haben die Russen manchmal absichtlich verärgert. Ich verstehe das nicht, weil wir sie ebenso sehr brauchen wie sie uns. Wir wollen, dass man uns im Mittleren Osten freie Hand lässt; sie wollen das Gleiche in Tschetschenien. Na ja, ich versuche trotzdem, meine Nase nicht in fremde Angelegenheiten zu stecken.«

Sie setzte sich hin, stützte das Kinn auf eine Faust und sah Scott an. »Wir sitzen hier nahe beieinander in dieser Gemeinschaft, und es ist schwer, niemandem auf die Füße zu treten«, sagte sie. »Sehen Sie sich vor, wem Sie zu nahe kommen.«

»Ich hatte ein kurzes Gespräch mit Brigadegeneral Carroll«, sagte er.

»Das ist der Militärattaché.«

»Er hat mir seine Hilfe angeboten, damit es schneller geht, aber ich habe ihm gesagt, wir hätten die Sache im Griff. Ich habe ihm allerdings nicht gesagt, dass wir nach Murmansk wollen.«

»Das hätten Sie vielleicht tun sollen«, sagte Alex nachdenklich. »Wenn Stretzlof dahinterkommt, trifft ihn der Schlag. Er wird Ihnen vorwerfen, Sie hätten Ihre Kompetenzen überschritten.«

»Es wäre nicht das erste Mal«, sagte Scott.

Sie sah ihn reserviert an. Er spürte, dass er es hier mit einer kühlen, analytischen Intelligenz zu tun hatte, und dass ihrer Aufmerksamkeit so schnell nichts entgehen würde.

»Es ist eine lange Reise«, fügte sie noch hinzu.

»Nur zwölfhundert Kilometer. Wir sind vor dem Abendessen wieder zurück. Außerdem ist es Abakows Hubschrauber und sein Benzin. Es wird also Onkel Sam keinen einzigen Penny kosten«, beruhigte er sie.

»Was erhoffen Sie sich eigentlich von der Reise nach Murmansk?«, fragte Alex.

Scott ging unruhig im Zimmer hin und her. Er schien förmlich vor Energie zu glühen. »Ich weiß es nicht. Auf jeden Fall will ich herausbekommen, was zum Teufel da passiert ist. Irgendjemand hat Frank und diesen Matrosen umgebracht, und ich muss wissen, warum. Vielleicht gibt es da etwas, das Abakow und seine Leute übersehen haben.«

Sie warf ihm einen fragenden Blick zu. »Wollen Sie damit andeuten, dass der FSB etwas vertuschen will?«

»Sagen Sie es mir!«, gab er zurück. »Was haben Sie beide in Murmansk getan, das so heikel gewesen sein könnte, dass jemand deshalb Frank umgebracht hat? Wissen Sie noch, was Abakow gesagt hat? Er glaubt, dass die USA versuchen, Mütterchen Russland zu erobern. Wenn jemand das glaubt und deshalb Frank ermordet hat, warum dann nicht auch Sie?«

Alex kaute nachdenklich an einem Fingernagel. »Wir führen keine geheimen Untersuchungen von Kernwaffen durch – wir kommen nicht einmal in deren Nähe. Abakow glaubt diesen

Unsinn, weil er sich nicht an das neue Russland anpassen kann. Er will alles so haben, wie es unter Breschnew war, als der KGB das Land geführt hat. Damals hat er regelmäßig sein Gehalt bekommen und konnte herumlaufen und in Russland die Leute einschüchtern. Heute muss er nett zu allen sein, besonders zu den Amerikanern. Er ist einfach ein Dinosaurier, der sich nicht an ein freundlicheres, sanfteres Russland gewöhnen kann.«

»Fällt ihnen irgendein Grund ein, warum jemand Frank und diesen Burschen umgebracht hat?«, fragte Scott.

»Ich habe es Ihnen doch gesagt, Jake, wir haben nur die Reaktoren und ihren Brennstoff inspiziert und inventarisiert, und außerdem die Stärke der Verstrahlung in den U-Boot-Stützpunkten überprüft«, beteuerte Alex. »Das war manchmal eine ganz schön langweilige Arbeit. Sie war eigentlich nur deshalb nicht immer langweilig, weil man mit Frank gut zusammenarbeiten konnte. Er hat sich außerdem immer ganz genau alles aufgeschrieben, was die Abfassung von Berichten erleichtert hat.«

Scott kippte seinen Drink hinunter. »Dann sollten wir vielleicht damit anfangen: mit Franks Aufzeichnungen!«

Alex gab einen Code in eine in die Wand eingelassene Tastatur ein und schaltete damit das zentral gesteuerte Sicherheitssystem der Botschaft für Drummonds Apartment ab. Sie blieb mit Scott im Flur stehen und lauschte dem Summen des Kühlschranks und dem Ticken der Uhr, die auf einem Tisch in dem winzigen Wohnzimmer stand. Wie Alex' Apartment war auch dieses hier spartanisch, aber im Gegensatz zu ihr hatte er keine Anstrengung unternommen, ihm eine persönliche Note zu verleihen. Einige zerlesene russische Magazine und ein National Geographic lagen im Wohnzimmer auf einem kleinen Tisch im skandinavischen Stil. Bis auf eine Kaffeemaschine und eine Schachtel mit vorportionierten Kaffeepäckchen war die kleine Küche leer.

»Frank hat immer in der Botschaftskantine gegessen«, sagte Alex, als hätte sie Scotts Gedanken gelesen.

»Er hat immer in der Kantine gegessen, wenn er das konnte«, bestätigte Scott.

»Seine schriftlichen Unterlagen hat er hier aufbewahrt«, sagte Alex. »Jedes Apartment ist mit einem Safe ausgestattet. Geheimes Material bleibt in der Botschaft, aber mit streng geheimen Dingen hatten wir sowieso nichts zu tun.«

Sie führte Scott an einem kleinen Schlafzimmer vorbei, in dem Drummond seine persönlichen Dinge aufbewahrte, zu einem noch kleineren Zimmer dahinter, das er offensichtlich als Büro genutzt hatte.

Ein Schreibtisch war vollgestellt mit einem Laptop, ordentlich aufgestapelten Aktenordnern, einem Laserdrucker und Paketen mit Kopierpapier. Kugelschreiber und Bleistifte standen sorgfältig aufgereiht in einem Keramikbecher mit einem aufgedruckten Smiley neben zwei Strahlungsüberwachungsgeräten, an denen Gürtelhalterungen befestigt waren. Links von dem Tisch hing ein Schredder an einem Gestell über einem leeren Papierkorb. Auf dem Fußboden waren weitere Akten und Schriftstücke sauber aufgestapelt. Drummond hatte offensichtlich alles in Ordnung gebracht, bevor er nach Murmansk gefahren war. Sogar der Bürostuhl war sehr ordentlich an den Tisch gestellt.

Scott setzte sich hin und schaltete die Schreibtischlampe an. Er nahm eine dicke Akte vom Stapel auf dem Boden und schlug sie auf. Es war der Entwurf eines Berichts, der mit Korrekturen im Text und am Rand übersät war. Scott überflog die ersten Seiten. Es ging um die Bedrohung, die verschwundenes spaltbares Material in Russland darstellte.

»Sagen Sie mir, wonach Sie suchen«, sagte Alex. »Vielleicht kann ich Ihnen helfen. Das ist doch hauptsächlich technisches Kauderwelsch.«

»Ich weiß nicht, wonach ich suche«, gestand Scott ihr. »Das ist ja das Problem. »Vielleicht gibt es hier ja etwas, das uns einen Hinweis liefern könnte.«

»Jake, das Einzige, was ich sicher weiß, ist, dass Radschenko der K-363 zugewiesen war. Wir waren an Bord, haben uns das Boot angesehen und die Mannschaft kennengelernt, aber ich kann mich nicht an ihn speziell erinnern. Ich meine, die Männer waren alle jung und haben mit ihrem Bürstenhaarschnitt eigentlich alle gleich ausgesehen. Frank hat einige Besatzungsmitglieder der K-363 zu Einzelgesprächen auf dem Festland bestellt, weil er feststellen wollte, ob sich der eine oder andere vielleicht für die Zusammenarbeit mit Earth Safe zur Sicherung des Materials eignen würde. Damit hatten wir einige Probleme, aber nichts, womit wir nicht fertig geworden wären.«

Scott war sofort hellwach. »Was für Probleme?«

»Der Captain der K-363 hat uns klargemacht, dass er uns nicht auf seinem Boot haben wollte und dass er definitiv keine Einzelgespräche mit seinen Männern an Land gestattete – oder sonst wo, nebenbei bemerkt.«

»Wie war sein Name – wissen Sie den noch?«, fragte Scott gespannt.

»Wie könnte ich den vergessen? Kapitan Dritten Grades Georgi Litwanow. Ein Mistkerl.«

»Kapitan Dritten Grades – also Commander. Was hat er gemacht?«

Alex runzelte die Stirn. »Er hat uns den direkten Befehl erteilt, von seinem Schiff zu verschwinden. Er hat sogar einem von seinen – wie heißen die doch gleich? – *Mitschman* –«

»Warrant Officers. Das sind hohe Unteroffiziersdienstgrade, fast schon so was wie ein Offizier.«

»Ganz recht – so einer sollte uns vom Boot eskortieren.«

»Und was ist dann passiert?«

»Na ja, Sie kennen ja Frank. Er hat einfach seinen Charme spielen lassen und damit die Situation entschärft. Es hat nicht lange gedauert, und er hat mit dem *Mitschman* Seefahrtsgeschichten ausgetauscht.«

»Und wie hat Litwanow darauf reagiert?«

»Was konnte er schon tun? Wir hatten die Genehmigung für unsere Arbeit vom Kommandeur der russischen Nordmeerflotte und vom Innenministerium. Das hat Litwanow zwar überhaupt nicht gefallen, aber er musste wohl oder übel mitspielen. Ich weiß zwar, dass der Kapitän eines Kriegsschiffs Gott ist, aber in diesem Fall musste er sein Königreich einer höheren Autorität überlassen.«

»Dieser Radschenko war ein *Krasnoflotez*, also Vollmatrose. Was hat er Drummond erzählt?«

»Das weiß ich nicht. Ich war bei dem Gespräch nicht dabei.«

»Aber Frank hat ihn abgelehnt.«

»Ja. Radschenko hatte kaum Erfahrung mit Kernenergie. Er war nicht mehr als ein niedriger Dienstgrad, der seine Ausbildung durch die Praxis bekam. Ich glaube, er hat außerdem noch Dienst als Koch in der Offiziersmesse getan.«

Scott fuhr sich mit den Fingern durchs Haar und sah sich auf Franks Schreibtisch um. »Das macht einfach keinen Sinn«, sagte er nachdenklich. »Sicher, Frank hat immer für seine Leute gesorgt, besonders für die Wehrpflichtigen. Er verstand ihre Probleme und wusste, dass ein Schiff und sein Kommandeur immer nur so gut sind wie seine Mannschaft. Trotzdem hätte Frank sich nicht unbedingt hingesetzt und mit seinen Leuten einen getrunken. Und mit diesem Jungen schon gar nicht. Trotzdem war er bei Frank in diesem Hotelzimmer.«

»Vielleicht hatte er Informationen, die Frank interessiert haben«, vermutete Alex.

»Aber welche?«

Sie presste ihre Lippen zusammen. »Das weiß ich nicht«, sagte sie schließlich.

»Okay, sagen wir mal, es war so, aber warum hat er sich dann mit ihm in einem so beschissenen Hotel getroffen? Und warum die Geheimhaltung?« Scott grübelte lange über diese Fragen nach und blickte auf den grauen Teppichboden, als wäre dort die Antwort aufgeschrieben. Schließlich sah er auf. »Hat Frank Ihnen denn gar nichts über dieses Treffen gesagt?«

»Nicht ein Wort. Nur dass er hier alles zum Abschluss bringen und dann zurück nach Moskau fahren wollte.«

»Haben Sie übrigens irgendeine Ahnung, wo sein Handy geblieben ist?«, fragte Scott weiter. »Ich habe es nicht auf der FSB-Liste seines persönlichen Besitzes entdeckt.«

Sie schüttelte den Kopf. »Das fehlt. Jemand muss es gestohlen haben.«

»Ohne die Geheimnummer ist es nutzlos«, sagte Scott.

Nach einer längeren Pause ließ Alex die Schultern herabsinken. »Vielleicht ...«

»Vielleicht was?«, hakte Scott nach.

»Vielleicht hatte Abakow doch recht, und Frank und der Matrose ...«

»Jetzt kommen Sie aber, Alex! Ich weiß, dass Sie das nicht wirklich glauben.«

»Ich möchte es nicht, aber ich kann mir einfach keinen anderen Grund denken, warum sich Frank mit einem völlig ungebildeten Marine-Wehrpflichtigen in einem Hotel in der Nähe des Stützpunkts treffen sollte. Es wäre doch alles in den Einzelgesprächen geklärt worden.«

»Dann muss es eben noch eine andere Erklärung geben«, meinte Scott und wandte sich wieder dem Schreibtisch zu. »Was ist mit seinem Computer? Vielleicht ist da etwas drauf, was uns weiterbringen könnte.«

»Das bezweifle ich«, sagte Alex skeptisch. »Der größte Teil des Materials, das er auf die Festplatte kopiert hat, war codiertes technisches Material, und die Zugangscodes dafür habe ich nicht.«

»Ich dachte, Sie hätten gerade gesagt, er würde das geheime Material in der Botschaftskanzlei lassen.«

»Das hat er auch. Trotzdem ist dieses ganze Zeug noch geheim, und deshalb hat er den Achtundzwanzig-Bit-Verschlüsselungscode benutzt.«

»Ist das nicht ein bisschen übertrieben?«

»Wahrscheinlich, aber er war ein vorsichtiger Mensch.«

»Ganz recht, und ein vorsichtiger Mensch würde sich nicht mit einem Matrosen aus der Olenya-Bucht in einem Hotel in Murmansk treffen, wenn es nicht verdammt wichtig wäre.«

Dazu sagte Alex nichts. Sie kniete sich neben Scott und fuhr den Laptop hoch, der auf dem Tisch stand. Er atmete ihren Duft ein, das leichte Parfüm ihres Shampoos in ihrem Haar. Das Menü erschien auf dem Schirm. Alex drückte ein paar Tasten und wartete. Eine Dialogbox verlangte einen Zugangscode. Sie versuchte verschiedene Kombinationen von Worten und

Einzelbuchstaben, aber jedes Mal erschien *Zugang verweigert*. Scott machte noch einige Vorschläge, aber sie erhielt mit ihnen das gleiche Ergebnis.

»Sehen Sie, was ich meine?«, sagte Alex. Sie klappte den Laptop zu.

Scott erhob sich und blies frustriert die Wangen auf. »Haben Sie heute Abend schon etwas vor?«

Sie hatten einen Tisch in einem der neuen eleganten Restaurants Moskaus in der Uliza Petrowka bestellt. An der Decke hingen sanft klimpernde Kristalllüster, die Kellner trugen Smokings, und in der Küche zauberte ein Koch aus Paris. Während sie ihre Drinks genossen, fragte Alex: »Warum interessieren Sie sich so für meinen Background?«

»Erstens einmal, weil wir zusammen arbeiten werden«, antwortete Scott. »Zweitens lerne ich nicht jeden Tag eine Frau kennen, die weiß, wie man eine Zwanzig-Megatonnen-Kernwaffe baut.«

Alex lachte auf. »Das kann man so nicht sagen«, antwortete sie. Als sie weitersprach, war ihre Stimme deutlich leiser geworden. »Ich weiß nicht, wie man eine solche Bombe baut. Ich weiß, wie sie funktioniert und was man dafür an Material braucht, das ist alles.«

»Das reicht voll und ganz. Also, erzählen Sie mir etwas über sich«, forderte er sie auf.

»Da gibt es nicht viel zu erzählen. Ich bin in Kalifornien aufgewachsen. Mein Vater war Journalist, und als ich noch klein war, wollte ich später auch mal Journalistin werden. Ich fand damals einen Beruf, in dem man Präsidenten und ausländische Regierungschefs interviewt, so ziemlich das Aufregendste, was ein Mensch überhaupt tun kann. Dann habe ich aber mein Talent auf dem Gebiet der Naturwissenschaften entdeckt und am USC Physik studiert. Nach dem Aufbaustudium habe ich eine Stelle am Brookhaven National Laboratory in Long Island bekommen. Ich hatte gerade dort angefangen, als sie entdeckten, dass radioaktives Tritium in das Grundwasser sickerte. Ich war in dem Team, das an der Lösung dieses Problems gearbeitet hat. Später hat man mir dann eine Stelle im US-Energieministerium als Verbindungsperson der Botschaft mit den Norwegern in Moskau angeboten. So bin ich in Moskau gelandet.«

»Ich bin beeindruckt«, gestand er ein.

»Wenn Sie damit sagen wollen, dass ich angebe, irren Sie sich. Das tue ich nicht. Sie wollten meinen Lebenslauf hören, und jetzt kennen Sie ihn.«

»Ich glaube keineswegs, dass Sie angeben«, wehrte er ab. »Es ist nur so, dass manche Leute ihr ganzes Leben brauchen, um so weit zu kommen, wo Sie jetzt sind.«

»Ich will Ihnen mühsame Umwege ersparen«, sagte Alex und lachte. »Ich bin achtunddreißig.«

»Und ledig?«

Darauf folgte eine kaum merkliche Pause. »Ich war eine Weile verheiratet. Jetzt bin ich ledig.«

»Wie ist es für eine unverheiratete Frau, in Moskau zu leben?«, erkundigte er sich.

»Kulturell ist es ungeheuer aufregend, sozial eher todlangweilig. Trotzdem, ich habe eine spannende Tätigkeit und lerne interessante Leute kennen, wie Frank Drummond. Wir hatten viel Spaß zusammen.«

»Was haben Sie denn so gemeinsam unternommen?«

»Frank interessierte sich für russische Geschichte, und ich habe ihm Dinge gezeigt, die ihn einfach fasziniert haben. Wir haben Museen besucht – nicht nur die üblichen, wie das Puschkin, sondern vor allem kleinere, die ich selbst entdeckt hatte, echte Juwelen in Apartments und Privatwohnungen in den Nebenstraßen Moskaus, die kaum jemand besucht. Er konnte es kaum glauben, was es da zu sehen gab.«

»Frank war eine absolute Seltenheit unter den Offizieren«, sagte Scott. »Er war belesen, kulturell auf der Höhe, und zugleich ein nachdenklicher Mensch. Und er hatte keine Angst davor, für seine Überzeugungen zu kämpfen.«

»Wie ist seine Frau?«, fragte Alex. »Ich muss einfach immer daran denken, wie schwer es für sie sein muss.«

Scott erzählte ihr von Vivian, auch von ihren Problemen und dem Schmerz. »Das gehört praktisch dazu, wenn jemand mit einem Angehörigen der Navy verheiratet ist«, sagte er.

Alex spürte eine Spur von Bitterkeit hinter dieser Bemerkung. »Wenn Sie die Frage gestatten, gibt es eine Mrs. Scott?«, fragte sie und hob ihr Glas mit Weißwein an die Lippen.

»Die gab es mal.« Scotts Gesicht wurde ernster. Er sah auf die Uhr. »Wenn man die Zeitverschiebung berücksichtigt, würde ich sagen, sie liegt jetzt gerade mit dem US-Militärattaché im Bett, mit dem sie letzten Monat nach Tokio geflogen ist.«

»Oh. Tut mir leid.«

Scott kippte seinen Wodka hinunter.

»Kinder?«

»Dazu war nie die Zeit.«

Alex nippte an ihrem Wein, und als Scott aufsah, trafen sich ihre Blicke. »Zu viel Dienst auf See, wollten Sie das sagen?«

»Wenn man das Kommando über ein U-Boot haben will, verbringt man zwangsläufig viel Zeit auf See. Ich war stellvertretender Kommandeur auf zwei Booten, und dann Kommandeur auf der *Chicago* und der *Tampa*.«

»Jetzt bin ich aber beeindruckt«, sagte Alex.

»Tracy war das allerdings weniger.«

»Also, wie ist sie denn so?«

Wie sollte man eine Frau beschreiben, mit der man vierzehn Jahre zusammengelebt hat? Er war versucht zu sagen, dass sie eine wunderschöne, eiskalte Schlampe war. Er erinnerte sich noch daran, dass Tracys unstillbares Bedürfnis nach emotioneller Unterstützung ihn ausgeblutet hatte. Das, und ihre Anfälle rasender Eifersucht ebenso wie diejenigen tiefster Depression. Ihre Trennung war furchtbar gewesen. Sie fand direkt nach seiner Rückkehr von jener Mission im Gelben Meer statt, und danach hatte er sich selbst nicht mehr wiedererkannt. In sich hatte er nur noch eine eisige Kälte gespürt.

Alex streckte die Hand über den Tisch und legte sie auf seine. Ihre Berührung schien ihm die Haut zu versengen. »Das klingt, als hätte sie Sie nicht mit diesem U-Boot teilen wollen.« Sie zog ihre Hand zurück und begegnete seinem durchdringenden Blick, ohne ihm auszuweichen.

»Und, was haben Sie so gemacht, wenn Sie mit Ihrem U-Boot unter Wasser im Meer herumgefahren sind?«, fragte Alex nach ihrem Essen, das ihnen auf einem silbernen Wagen von vier Kellnern und einem Sommelier serviert worden war.

»Informationen gesammelt«, antwortete Scott lakonisch.

»Also den Russen nachspioniert?«, bemerkte Alex frech.

»Nicht nur«, gab er zögernd zurück.

»Das klingt gefährlich«, sagte sie und sah von ihrer *Kulebiaka*, Lachs in einem Blätterteigmantel, auf. »Erzählen Sie mehr darüber.« Ihr offensichtlich nicht geheucheltes Interesse machte es ihm schwer, ihr die Antwort zu verweigern.

»Wir haben uns manchmal schon sehr weit vorgewagt, um das zu kriegen, was wir haben wollten«, gab er zu. »Wir sind schreckliche Risiken eingegangen. Manchmal war es sehr knapp, und … na ja, manchmal hat es eben auch nicht geklappt.« Und manchmal kommen dabei Menschen ums Leben, hätte er hinzufügen können, unterließ es aber. Und dass manchmal er es war, den die Navy sich aussuchte, wenn sie jemandem den Schwarzen Peter zuschieben wollte. Er war von Anfang an gegen die Mission im Gelben Meer zwischen China und Nordkorea gewesen. Das Wasser war dort einfach zu flach für U-Boot-Operationen, und außerdem betrachteten es sowohl Nordkorea als auch China als ihr Privatmeer. Warum sollte man also ein U-Boot in das Gelbe Meer mit einem Auftrag schicken, der praktisch ein Selbstmordkommando war, obwohl man genau wusste, dass beide Länder nur darauf warteten, ihre U-Boot-Abwehrverbände wie ein Rudel wilder Hunde hinter einem umzingelten Hasen herzuschicken?

»Was waren das denn für Informationen, die Sie den Leuten so unter der Nase weggeschnappt haben?«, fragte Alex weiter.

»Obskurer technischer Kram, der Sie nur langweilen würde«, antwortete er ausweichend.

»Sie meinen, Sie dürfen nicht darüber sprechen.«

»Ich habe Ihnen jetzt schon zu viel gesagt.«

»Vielleicht aber auch nicht genug«, erklärte sie geheimnisvoll.

Er legte seine Gabel ab und betupfte sich den Mund mit einer gebügelten Leinenserviette. »Was genau wollen Sie damit sagen?«, fragte er nach.

»Jake, jetzt überlegen Sie doch mal!«, forderte sie ihn auf. »Sie und Frank sind doch vom gleichen Schlag. Sie haben beide mit nachrichtendienstlichen Tätigkeiten zu tun, und streiten Sie das nicht ab. Könnte es vielleicht sein, dass Franks Arbeit als Verbindungsoffizier zu Earth Safe nur Tarnung war und er in Wirklichkeit für die CIA oder irgendeinen anderen Nachrichtendienst gearbeitet hat? Dass er nur in Murmansk war, um Informationen zu sammeln, und dass ihn das sein Leben gekostet hat?«

»Frank würde niemals zwei Herren dienen«, beteuerte Scott. »Er würde sich niemals so benutzen lassen.« Noch im gleichen Augenblick, in dem er das sagte, wurde ihm klar, wie falsch das war. Wie Scott hatte auch Drummond schon früher für die SRO gearbeitet, und das hatte er auch getan, als er ermordet wurden. Es wäre für Drummond eine Leichtigkeit gewesen, eine Rolle zu übernehmen, unter deren Mantel er Zugang zu einem U-Boot-Stützpunkt bekommen würde, der früher einmal zu den am schwersten zugänglichen auf der ganzen Welt gehört hatte. Aber aus welchem Grund? Es gab nur wenig, was die SRO oder die CIA über die einst so mächtige U-Boot-Flotte und ihre zerfallenden Stützpunkte auf der Kola-Halbinsel und im Fernen Osten nicht bereits schon wusste. Warum sollte man Drummond also nach Russland schicken, obwohl Alex Thorne und die Norweger mit den Aufräumungsarbeiten durchaus auch allein fertig geworden wären? Darauf wusste Scott keine Antwort.

»Ich frage mich nur dauernd, warum jemand Frank umbringen sollte«, sagte Scott. »Er war ein amerikanischer Marineoffizier, nicht irgendein Spion.«

Sie schnaubte verächtlich. »Sie haben doch Yuri Abakow kennengelernt. Für manche Leute ist das kein Unterschied.«

Nach dem Essen zogen sie ihre dicken Mäntel an, um sich vor der Moskauer Kälte zu schützen, und schlenderten die inzwischen leerer gewordene Uliza Petrowka entlang. »Erzählen Sie mir etwas über die Unterlagen, die Frank in der Botschaftskanzlei hinterlegt hat«, sagte er.

»Da gibt es nicht viel zu erzählen«, antwortete Alex und zuckte mit den Achseln. »Einzelne Botschaftsangehörige, selbst wenn sie der Botschaft nur übergangsweise zugewiesen sind, erhalten Lagerungsmöglichkeit der Sicherheitsstufe B für heikles Material. Es wird dann in dem gleichen unterirdischen Archiv aufbewahrt wie das streng geheime Material der Botschaft mit der Sicherheitsstufe A, aber in einem anderen Bereich. Frank hatte eine verschließbare Box, zu der er vierundzwanzig Stunden täglich Zugang hatte. Jack Slaughter ist der Sicherheitschef. Er leitet außerdem das Kommunikationszentrum und das Voicemail-System der Botschaft. Haben Sie ihn schon kennengelernt?«

»Stretzlof hat uns vorgestellt«, sagte Scott. »Ich habe Slaughter mitgeteilt, dass ich Befehl habe, Franks Unterlagen einzusammeln und sie mit der Diplomatenpost rüberzuschicken. Er schien eigentlich sehr hilfsbereit.«

»Das ist Slaughter tatsächlich.«

Scott blieb abrupt stehen. »Und Sie sagen, dass wir zu dem Verschlussmaterial der Sicherheitsstufe B vierundzwanzig Stunden täglich Zugang haben?«

»Ja«, erwiderte sie, drehte sich um und ging zu ihm zurück.

»Na, dann machen wir uns mal auf den Weg!«, entschied er und winkte ein Taxi heran.

Alex führte Scott durch die komplizierten Sicherheitsmaßnahmen der Botschaft, zu denen unter anderem Netzhaut-Scanner und Stimmerkennungsprogramme auf der B-Ebene tief unter den Straßen Moskaus gehörten. Der Offizier vom Dienst begleitete sie zu dem Verschlussbereich, wo Scott die Box mit Drummonds Unterlagen entgegennahm. Der Offizier vom Dienst wies ihnen ein Besprechungszimmer zu, schaltete sorgfältig das Besetztzeichen vor der Tür an und ging dann.

Scott bemerkte die merkwürdig geformten schallschluckenden Kacheln an den Wänden und der Decke des Raums, die ihre Stimmen dämpften und ein fast greifbares klaustrophobisches Gefühl vermittelten. Gefilterte Luft zischte durch ein Gitter in der Decke. Fast genauso wie an Bord der *Tampa*.

»Ist Ihnen kalt?«, fragte Scott.

Alex zuckte mit den Achseln und legte beide Arme um sich. »Nein, nur aufgedreht.«

Ihre gespannte Erwartung hatte sich auch auf Scott übertragen. »Dann los, an die Arbeit!«

Drummonds schriftliche Unterlagen und CD-ROMs waren sorgfältig geordnet. Der größte Teil davon trug die Bezeichnung »Vertraulich« oder »Geheim«.

»Darf ich mir das überhaupt ansehen?«, fragte Alex. »Ich habe keine Zugangsberechtigung für *Geheim*, nur für *Vertraulich*.«

»Kümmern Sie sich jetzt nicht darum. Kommt Ihnen irgendetwas hiervon bekannt vor?«, fragte Scott.

Alex las ein Dokument durch. »Ja, zum Teil. Das hier zum Beispiel ist fast der vollständige Zeitplan, den wir für die Suche nach unbeaufsichtigtem spaltbarem Material auf der Kola-Halbinsel aufgestellt hatten. Ich glaube eigentlich nicht, dass Sie hier irgendetwas finden werden, das Sie weiterbringen könnte.«

»Regel Nummer eins in der nachrichtendienstlichen Arbeit: Keine voreiligen Schlüsse«, ermahnte Scott sie.

»Das ist auch in der Naturwissenschaft die Regel Nummer eins«, gab Alex spitz zurück.

»Dann halten Sie sich an diese Regel!« Der größte Teil des Materials sagte Scott nichts, aber er wusste, wie leicht es war, etwas Wichtiges zu übersehen. »Das ist hier, als ob man in einem U-Boot durch das Periskop sieht: Manchmal sind da Dinge, die man nicht erwartet hatte. Glauben Sie mir, ich weiß das.«

Der Abend verging schnell. Und obwohl das Besprechungszimmer inzwischen ein Chaos aus Unterlagen, Notizen und CD-ROMs, die nur trockene technische Informationen über die Lagerung und den Umgang mit spaltbarem Material enthielten, war, weigerte sich Scott, eine Niederlage einzugestehen.

»Werden Sie das Besprechungszimmer die ganze Nacht brauchen, Dr. Thorne?«, fragte der Offizier vom Dienst, als er um Mitternacht von seinem Zimmer aus anrief.

Alex, die sich mit einem Papier in den Finger geschnitten hatte und gerade an der Verletzung saugte, nuschelte: »Nein, Hank, wir sind gleich fertig. Lassen Sie uns noch eine Viertelstunde.«

Sie warf Scott einen Blick zu und sagte: »Geben Sie es zu, wir jagen hier einem Phantom hinterher.«

Es klopfte an der Tür, und im gleichen Augenblick ging sie auf. Ein Mann mit dunkelblondem Haar, leger mit Jeans, bequemen Slippern und einem Flanellhemd bekleidet, kam in das Besprechungszimmer, ohne irgendwie um Erlaubnis dafür zu bitten.

»Hallo, David«, sagte Alex freundlich. Sie versuchte, sich

dabei ihre Verärgerung über diese Störung nicht anmerken zu lassen. »Kennen Sie Captain Scott schon? Jake, das ist David Hoffman, mein Chef. David ist der Leiter der Energieabteilung der Botschaft.«

Hoffmans Gesicht zeigte keine Regung. Scott ignorierte er vollständig. »Wo waren Sie denn, Alex? Ich habe Sie seit zwei Tagen nicht gesehen!«

Alex wischte sich eine lose Haarsträhne aus dem Gesicht und antwortete kühl: »Ich dachte, das hätte ich Ihnen gesagt, David. Ich unterstütze Captain Scott dabei, Admiral Drummonds Überführung abzuwickeln. Jake soll die Leiche des Admirals zurück in die Staaten begleiten, und –«

»Das habe ich gehört«, fiel Hoffman ihr ins Wort. »Ich habe außerdem gehört, dass Sie sich für morgen nach Murmansk abgemeldet haben. Darf ich fragen, warum?«

»Wir werden uns das Hotel ansehen, in dem Frank und dieser Matrose umgekommen sind«, mischte sich Frank ein. »Alex hat sich bereit erklärt, mich zu begleiten.«

»Ich halte das für keine gute Idee«, sagte Hoffman übellaunig. »Es gibt hier einige wichtige Dinge, die dringend zu erledigen sind. Erstens einmal die Einweisung für die Gipfelkonferenz.«

»David, ich habe Jake bereits versprochen, dass ich mitkomme«, erwiderte sie bestürzt.

»Wenn Sie gestatten, Mr. Hoffman«, sagte Scott. »Ich habe den Befehl, alle Einzelheiten über den Zwischenfall meinem Vorgesetzten in Washington zu melden. Der Bericht vom FSB ist zwar recht gründlich, aber es geht nichts darüber, sich einen Tatort persönlich anzusehen. Während unseres Aufenthalts dort möchte ich den U-Boot-Stützpunkt in der Olenya-Bucht besuchen, und den kennt Alex wie ihre Westentasche. Ich würde doch sagen, dass das ziemlich wichtig ist.«

Endlich sah Hoffman nun Scott direkt an. »Alex arbeitet für mich, Scott, und für die Energieabteilung, nicht für die US Navy, und ich leihe meine Leute nicht als Fremdenführer aus.«

»Wir machen hier doch keine Besichtigungstour«, gab Scott scharf zurück. »Ein amerikanischer Generalstabsoffizier ist in Russland ermordet worden. Ich brauche Alex' Hilfe, um seinen Mörder zu finden.«

»Soweit ich gehört habe«, widersprach Hoffman und sah an Scott vorbei auf das Chaos von Unterlagen auf dem Konferenztisch, »hat sich Drummond selbst das Leben genommen.«

»Dann haben Sie falsch gehört«, sagte Scott. Der Blick, den er Hoffman dabei zuwarf, drückte deutlich aus, dass damit für ihn jegliche weitere Diskussion über Drummond abgeschlossen war.

»David, wir sind gerade dabei, Amiral Drummonds Unterlagen zu verpacken.« Alex zeigte mit einer Armbewegung auf den Tisch. »Noch ein Tag, dann sind wir fertig.«

Hoffman fuhr sich mit der Zungenspitze über die Lippen. »Na gut, noch einen Tag. Aber das ist alles. Ich erwarte, dass danach wieder alle im Büro sind.«

»Danke, David!«, rief sie Hoffman hinterher, der sich bereits umgedreht hatte und grußlos hinausgegangen war.

Alex vermied es, Scott anzuschauen, während sie mit verschränkten Armen und gesenktem Kopf im Zimmer auf und ab ging. Schließlich sagte sie: »Es tut mir leid, aber ich hätte Sie vorwarnen müssen. David fühlt sich immer gleich angegriffen.«

»Und außerdem ist er eifersüchtig«, bemerkte Scott.

»Jake, das ist lächerlich«, protestierte Alex. »Er macht sich nur Gedanken wegen der Budget-Einschnitte im Außenministerium. Die Energieabteilung wird genau untersucht, und gewöhnlich fangen sie damit an, dass sie Nebensächlichkeiten streichen.«

Scott schob Unterlagen auf dem Konferenztisch umher. »Hält man die Sicherung von unbeaufsichtigtem spaltbarem Material für eine Nebensache?«, fragte er gereizt.

»Das Außenministerium zieht es vor, die Suche nach Material aus dem Kernenergiesektorin Zukunft privaten Organisationen mit der nötigen finanziellen Ausstattung wie Earth Safe zu überlassen. David macht sich Sorgen, er könnte zurück in die Staaten geschickt werden, um dort die Zerlegung eines alten Atomkraftwerks zu überwachen. Wollten Sie so eine Aufgabe haben?«

»Jeder bekommt das, was er verdient.« Scott nahm einen Stapel Unterlagen auf und legte sie sauber aufeinander.

»Hören Sie, ich regle das später mit ihm. Ich muss auch noch mit ihm zusammenarbeiten, wenn Sie wieder weg sind.«

»Haben Sie ein Verhältnis mit ihm?«, fragte Scott direkt.

Sie blieb stehen und warf Scott einen durchdringenden Blick zu. »Selbstverständlich nicht. Ich habe Ihnen doch gesagt, er ist mein Chef. Wir arbeiten schon lange zusammen. Ich mag David, und –« Sie stockte und sah zur Seite. »Mein Gott, warum erzähle ich Ihnen das alles?« Sie wartete einen Augenblick ab. Als sie sich wieder zu Scott umdrehte, sah sie, dass er intensiv ein Dokument musterte, das er in einem anderen Bericht gefunden hatte und nun mit seiner freien Hand auf dem Tisch ausgebreitet hielt.

»Bingo!«, sagte er triumphierend.

Alex trat an seine Seite. »Was gibt's denn?«

»Das ist er«, sagte Scott.

»Wer?«, fragte sie.

Es war offensichtlich, wie wichtig sein Fund war. Er legte einen Daumennagel unter einen Namen, der in Großbuchstaben im Text einer entschlüsselten Nachricht stand. »Dieser tschetschenische Terrorist. Alikhan Zakajew.«

Scott und Alex lasen die Nachricht gemeinsam.

////PURPUR // ABGEHÖRTE FUNKSPRÜCHE DEUTEN (GEN) AUF OPERATION VON ZAKAJEW IM BEREICH ST PETERSBURG UND NÖRDLICH // BESORGT WG MÖGLICHER TERMINIERUNG VON OPERATION(EN) AUF DATUM GIPFELTREFFEN // DRINGEND IDENTIFIZIERUNGS-BESTÄTIGUNG // KONTAKT AUTORISIERT // EXTREME VORSICHT // RISIKO VON DIPLOMATISCHEM ZWISCHENFALL ROT // PURPUR ENDE////

»Was bedeutet *Kontakt autorisiert?*«, erkundigte sich Alex.

»Dass Frank die Genehmigung für ein Treffen und ein Gespräch mit Zakajew hatte.«

»Aber warum? Zakajew ist ein Terrorist. Er bringt Menschen um.«

»Wir müssen Informationen haben, dass Zakajew eine Operation plant, die mit dem Gipfeltreffen zusammenfällt. Washington wollte, dass Frank sich genauere Informationen darüber besorgt und, wenn nötig, Zakajew sogar trifft, um sie zu verhindern.«

»Verhindern? Wie denn?«

»Indem er ihm etwas anbietet. Oder ihn tötet.«

Alex' Stimme verriet die Anspannung, unter der sie stand. »Wissen Sie überhaupt, was das bedeutet, was Sie da gerade gesagt haben? Das bedeutet, dass die Regierung der Vereinigten Staaten Kontakt mit Alikhan Zakajew hat, der gerade in Moskau fast tausend Zivilpersonen getötet hat.«

»Und Frank Drummond auch«, erinnerte Scott sie.

Der Milan-28-Hubschrauber stieg mit klappernden Rotoren vom Star- und Landeplatz des Tuschino-Flugplatzes nördlich von Moskau auf. Als er an Höhe gewann, schwenkte er nach Norden in Richtung Kola-Halbinsel ab. Moskaus graue Vorstädte verschwanden schnell und wurden von der kahlen, hier und da bereits schneebedeckten russischen Steppe abgelöst, die sich bis zum Horizont erstreckte.

Scott und Alex saßen in der Kabine angeschnallt in ihren Schalensitzen gegenüber dem regungslosen Yuri Abakow wie Fallschirmjäger, die unterwegs zu einem Absprung waren. Der Russe trug wieder seine Uschanka und dazu einen kurzen Mantel über Zivilkleidung. Die Atemluft hing in der beißenden Kälte, welche die zwei Elektroheizungen an der Decke bisher nicht hatten vertreiben können, wie Wolken vor ihren Gesichtern.

Zwanzig Minuten nach ihrem Abflug von Moskau drehte sich Alex in ihrem Sitz zur Seite, deutete aus dem Plexiglasfenster und sagte laut, um den Lärm der Rotoren und des Turbomotors zu übertönen: »Verblüffend. Wir sind fast schon über Rybinsk.«

Scott sah hinaus und konnte eine Ansammlung von Fabriken und Schornsteinen und weiter nördlich eine riesige Wasserfläche ausmachen, die wie gehämmertes Metall glänzte. »Woher wollen Sie das wissen?«

»Weil das da unten der See von Rybinsk ist. Und wenn Sie

nach Süden schauen, können Sie die Stadt Rybinsk an der Wolga sehen.«

»Sie hat recht«, sagte Abakow und reichte ihnen zwei Becher Kaffee, die er ihnen aus einer Thermosflasche eingegossen hatte. »Rybinsk ist ein großes Produktionszentrum. 1941 haben sie in der oberen Wolga einen Stausee gebaut, einen der größten der Welt.«

Schnell verschwand Rybinsk wieder hinter ihnen in der Ferne.

Scott lehnte sich in seinen Sitz zurück und nippte an dem heißen schwarzen Kaffee. Abakow begegnete kurz seinem Blick, sah dann aber wieder zur Seite. Scott nutzte diese Gelegenheit.

»Erzählen Sie mir etwas über Alikhan Zakajew«, forderte er Abakow auf.

Dieses Mal wich der Russe seinem Blick nicht aus. »Was soll ich Ihnen erzählen?«

»Wie er ist. Warum er Russland hasst.«

»Er hasst Russland«, sagte Abakow, »weil er Unabhängigkeit für Tschetschenien will und wir sie ihm nicht geben wollen. Also hat er einen Krieg begonnen, den er verliert, und jetzt will er uns für seine Fehler bezahlen lassen. So einfach ist das.«

»Die Wahrheit ist«, meldete sich nun Alex, »dass die russische Armee seine gesamte Familie umgebracht hat, seine Frau, seine Kinder und seine Eltern und Großeltern. Deshalb hasst er Russland. Warum geben Sie das nicht zu, Colonel?«

Abakow warf Alex einen zornigen Blick zu und sah dann aus dem Fenster.

»Ist das wahr, Colonel?«, fragte Scott.

»Zakajew war früher Major im KGB«, sagte Abakow und

sah Scott direkt an. »Ich lernte ihn Ende der achtziger Jahre in Moskau persönlich kennen. Aber er war damals schon ein harter Mann, wirkte ständig gehetzt. Er hat Karriere gemacht und ist zum Colonel befördert worden. Dann, während des gescheiterten Putschs von 1991, ist er verschwunden. Wir dachten schon, er wäre in den Westen geflohen, aber er war nach Tschetschenien zurückgekehrt und hatte sich den Aufständischen angeschlossen, die die Unabhängigkeit ausgerufen hatten. Jelzin hat Truppenverbände hingeschickt, die den Aufstand niederschlagen sollten. Zakajew war bei den tschetschenischen Guerillas inzwischen zum General aufgestiegen und hatte eine riesige Rebellen-Armee unter sich. Er hat gekämpft wie ein Löwe. Wir haben Verhandlungen angeboten, aber Zakajew hat abgelehnt. Deshalb« – Abakow warf die Hände in die Luft – »deshalb werden wir vielleicht einen richtigen Krieg gegen Tschetschenien führen müssen. Noch so ein terroristischer Anschlag wie der auf diese Konzerthalle, und Tschetscheniens Tage sind gezählt, fürchte ich.«

»Wie gut kannten Sie ihn?«, fragte Scott weiter.

»Wir haben zwei Jahre lang zusammen gedient, also genug, um jemanden kennenzulernen«, berichtete Abakow. »Er ist völlig ohne Furcht. Er zeigt niemals seinen Zorn und wird ganz selten laut, aber genau das macht ihn besonders bedrohlich. Außerdem lassen sich die Leute von seiner äußerlichen Ruhe oft täuschen. Sie halten ihn für einen Gentleman, weil er immer so leise spricht. Das ist aber nur eine Maske. In Wirklichkeit würde er für die Unabhängigkeit Tschetscheniens buchstäblich alles tun. Er ist ein Fanatiker.«

»Haben die Russen deshalb Zakajews Familie getötet? Weil er ein Fanatiker ist? Haben sie etwa gedacht, sie würden damit seinen Kampfeswillen brechen?«

Abakow überlegte kurz. »Ihr Amerikaner beurteilt uns von eurem eigenen Standpunkt aus, obwohl ihr alle Heuchler seid. Wenn wir Russen zum Schutz unseres Landes und unserer Bürger hart vorgehen, beschuldigt ihr uns, wir würden Unabhängigkeitsbestrebungen und demokratische Reformen abwürgen. Wenn ihr genau das Gleiche tut, rechtfertigt ihr es damit, dass ihr angeblich Freiheit und Demokratie schützt. Jetzt ist es aber anders. Wir bekämpfen eine Gruppe von Terroristen, die ganz Russland vernichten wollen. Gewalt muss man mit Gewalt begegnen. Das ist das Einzige, was Zakajew respektiert.«

»Warum haben Sie gedacht, Zakajew wäre in den Westen übergelaufen, als er aus dem KGB verschwunden ist?«

Abakow setzte seine Uschanka ab und rieb sich mit der flachen Hand über seine Glatze. »Es hat Gerüchte gegeben, dass die USA Zakajew gekauft hätten, damit er Unruhe im Kaukasus stiftet. Die USA wollten Russland so davon abhalten, gegen das Eingreifen der Amerikaner im Mittleren Osten, in Syrien und im Iran zu protestieren. Wir haben eine riesige Muslim-Bevölkerung und gute Gründe, sie auch in anderen Ländern in ihrem Kampf gegen den westlichen Imperialismus zu unterstützen. Es gibt Gerüchte, dass die USA tschetschenische Terroristen mit Geld und Waffen versorgt haben.«

»Warum sollten die USA das tun?«, fragte nun Alex.

»Um sicherzustellen, dass Zakajew Erfolg hat«, erklärte Abakow. »Ja, das ist wahr. Dann könntet ihr uns gegen die Tschetschenen ausspielen, indem ihr versprecht, dass ihr wegseht, während wir gegen Zakajew kämpfen, solange Russland wegsieht, während die USA die Regierungen im Irak und Iran stürzt. Was ihr als Quidproquo bezeichnet.«

»Glauben Sie, dass Zakajew noch immer Verbindungen zu

den USA hat?«, fragte Scott, was ihm einen Seitenblick von Alex einbrachte.

Abakow zuckte mit den Achseln. »Einen Beweis habe ich nicht, aber ja, das glaube ich.«

Der Hubschrauber flog durch ein paar Turbulenzen.

»Ist es möglich, dass Drummond ermordet worden ist, weil er etwas über Zakajews Verbindungen zu den USA wusste?«

»In dem offiziellen Bericht, den ich eingereicht habe, steht, dass Selbstmord die Todesursache war. Sie haben ihn gelesen.«

»Sicher habe ich das. Aber was ist mit dem inoffiziellen Bericht? Demjenigen, den Sie nicht eingereicht haben.«

»Ich verstehe nicht. Welcher inoffizielle Bericht?«, fragte Abakow gereizt.

Scott tippte sich an den Kopf. »Der in Ihrem Polizistengehirn. Der wirkliche. Derjenige, der Ihnen sagen könnte, dass Drummond vielleicht von Zakajew umgebracht worden ist.«

»Sie stellen zu viele Fragen«, sagte Abakow abweisend. Er löste seinen Gurt und ging nach vorne, um mit den Piloten zu sprechen.

Alex sprach leiser, obwohl Abakow sie nicht hören konnte, und sagte: »Werden Sie ihm von der Nachricht erzählen, die Sie in Franks Unterlagen gefunden haben?«

»Dafür könnte ich erschossen werden. Ich könnte außerdem erschossen werden, weil ich sie gelesen, aber Radford nichts davon gesagt habe.«

»Müssen Sie ihm das denn erzählen?«

»Das kommt darauf an, was wir in dem Hotel in Murmansk finden.«

»Was meinen Sie denn, was wir finden werden?«

»Wahrscheinlich gar nichts. Ich glaube aber, dass unser Freund hier mehr weiß, als er zugibt.«

Alex sah nach vorn zu Abakow, der in der offenen Tür hinter der Pilotenkanzel stand und über die Schulter eines Piloten durch die Frontscheibe hinaussah. »Dieser Gedanke könnte einem Angst machen.«

»Mehr Angst, als spaltbares Material aufzuspüren, damit Terroristen keine Bombe bauen können?«, fragte Scott.

»In gewisser Weise schon«, sagte Alex nachdenklich. »Radioaktives Material kann man sehen, aber Pläne, die hinter den Kulissen geschmiedet werden, nicht.«

»Haben Sie sich deshalb bereit erklärt, mit mir zu kommen? Um herauszubekommen, ob Frank ein Komplott aufgespürt hat?«

»Wenn Frank ermordet worden ist, dann will ich wissen, wer das getan hat und warum«, antwortete sie.

»Ich hoffe nur, David Hoffman wird es auch so sehen. Ich wollte Sie übrigens gestern Nacht nicht in Verlegenheit bringen, als ich Sie gefragt habe, ob Sie ein Verhältnis mit ihm haben.«

Sie stieß Scott spielerisch mit einem Ellbogen in die Rippen. »Doch, das wollten Sie. Wie auch immer, es geht Sie nichts an.«

»Ganz recht«, gab er ohne Zögern zu.

»Sehen Sie!« Alex deutete hinaus. »Dort im Westen können Sie gerade noch St. Petersburg erkennen.«

Scott sah eine kleine Spitze an einem relativ flachen Horizont. Es hätte ebenso gut ein niedriger Berg, ein Kiefernwald oder eine tief hängende Wolke sein können. »Wenn Sie es sagen.«

»Ich war noch nie in St. Petersburg. Ich habe aber gehört, dass es eine der schönsten Städte der Welt sein soll.«

»Und dazu offensichtlich unzerstörbar. Sie hat eine neunhundert Tage dauernde Belagerung durch die Nazis überstanden.«

»Das sagt uns etwas über den Charakter der Russen.«

»Ja, stahlhart.«

Minuten später döste Alex ein, den Kopf an Scotts Schulter gelehnt. Der Hubschrauber wurde von einem plötzlichen Windstoß aus Westen abrupt hochgehoben und sackte wieder ab, aber der Pilot richtete den Bug nach Backbord und flog in nördlicher Richtung weiter auf die Kola-Halbinsel zu.

6

Murmansk

Der warme Atem des Mädchens strich sanft über Zakajews nackte Schulter. Er betrachtete sie, wie sie schlafend dalag und überlegte, was sie alles durchgemacht, welche Schrecken sie überlebt hatte, um jetzt bei ihm zu sein. Er grübelte über das nach, was vor ihnen lag, und einen Moment lang fühlte er sich traurig, weil sie nie ein anderes Leben haben würde als das, welches sie jetzt führten. Als würde sie seine Gedanken fühlen, schlug sie die Augen auf und sah ihn an.

»Ich liebe dich, Ali«, flüsterte sie. Ihre Hand lag auf seinem flachen Bauch.

Etwas parfümierter Talkpuder blieb ihm an den Fingerspitzen kleben, während er über ihre samtweiche Hüfte strich. Er erinnerte sich noch daran, wie sie vor Angst zitterte, als er sie aus ihrem Versteck in dem ausgebombten Haus geholt hatte. Als er sie dort fand, hatte sie gelebt wie ein Tier. Sie war so abgemagert, dass sich ihre Finger wie Vogelkrallen angefühlt hatten, während er ihr aus den Trümmern in die Freiheit half. Sie hatte ihn mit ihren großen eingesunkenen Augen nur angestarrt, als würde sie das Schlimmste erwarten. Er würde ihr helfen können, sich körperlich wieder zu erholen, das wusste er, aber nicht, ob ihm das auch mit ihrer Seele gelingen würde. Trotzdem, sie war jung und ließ sich nicht so leicht unterkriegen und sprach auf seine Pflege und seine tiefe Zuneigung an. Wie oft hatte er ihr sagen wollen, dass er sie liebte, hatte aber dann die Worte nicht herausgebracht.

Sie lagen nebeneinander, ohne etwas zu sagen, streichelten sich nur, bis ihr Atem schneller ging und sie stöhnte und sich über ihn schob, sodass ihr langes schwarzes Haar um sein Gesicht fiel wie ein Zelt. Seine Zunge fuhr über die Spitzen ihrer kleinen, spitzen Brüste. Er drückte seine Hüfte hoch und drang in sie ein, während sie zugleich mit einer Hand durch sein Haar fuhr und ihm einen Kuss auf die Lippen drückte. Seine Beine wurden starr, und sein Leib wölbte sich, als er im gleichen Augenblick explodierte, in dem ihr schönes Gesicht sich im Orgasmus verzerrte.

Ihr Atem ging wieder normal. Sie setzte sich im Bett auf. Die Nachmittagssonne schien durch die Jalousien und zeichnete helle Streifen auf ihre schlanken Schenkel und die feuchten, zerwühlten Bettlaken. Zakajew ging nackt in dem Zimmer umher, inspizierte seine Ausrüstung und untersuchte die russische Marineoffiziersuniform, die er an die Badezimmertür gehängt hatte, auf Falten. Der Blick des Mädchens wanderte über seinen hageren, blassen Körper, der mit Narben von russischen Kugeln und Granatsplittern übersät war. Der frische weiße Verband an seinem Arm hatte fast die gleiche Farbe wie seine Haut.

»Wir verschwinden, wenn es dunkel ist«, sagte Zakajew. Sie hatten sich ein Zimmer in einem kleinen heruntergekommenen Hotel mit Blick auf den geschäftigen Hafen von Murmansk genommen. Hier stellte niemand Fragen, und jeder Blickkontakt mit Fremden wurde sorgfältig vermieden.

»Du wirst gut aussehen in deiner Marineuniform«, sagte sie. »Ich werde dich bestimmt küssen wollen.«

»Ein Maat darf einen Admiral auf keinen Fall küssen«, ermahnte er sie mit gespielter Strenge.

Sie hatten alles so oft durchgesprochen, und nun wartete sie ungeduldig darauf, endlich ihre Rolle zu spielen. Die Uniform, die sie tragen würde – Marinehosen, gestreifter Pullover, eine traditionelle russische Matrosenmütze mit einem Band –, lag ordentlich zusammengelegt auf einem Stuhl.

»Ali, setz dich her.«

Er ließ sie seinen Nacken, seine Brust und Brustwarzen sowie seine Hände küssen. Plötzlich stiegen ihr Tränen in die Augen. »Ali, es bleibt nicht mehr viel Zeit, nicht mal eine Woche, hast du gesagt.« Ihre Stimme zitterte. Er tat so, als hätte er das kaum hörbare Beben nicht bemerkt.

Er musterte sie mit kalter Objektivität. »Du hast doch gesagt, du hättest keine Angst vor dem Tod.«

»Die habe ich auch nicht. Ich habe mich freiwillig dazu entschlossen. Es ist mir egal, was mit mir geschieht, solange nur unsere Mission Erfolg hat. Trotzdem möchte ich wissen, ob du ... Ich möchte dich sagen hören ...«

»Lass das!« Er stand auf und drehte ihr den Rücken zu. Ja, er liebte sie, aber das durfte er nur sich selbst eingestehen. Wenn er ihr die Worte sagen würde, die sie so sehr hören wollte, würde das alles ändern. »Frag nicht! Sag jetzt nichts mehr. Wir waren uns darüber einig. Es ist alles vorbereitet, und nichts kann es mehr ändern.« Er drehte sich wieder zu ihr um. »Es ist Zeit, du musst dich vorbereiten.«

Sie stand wortlos auf und ging in das winzige Bad. Eine nackte Birne, die an einem verdrehten Kabel von der Decke hing, lieferte eine spärliche Beleuchtung. Sie blieb lange vor dem beschlagenen, mit Fliegendreck verschmutzten Spiegel über dem rostigen Waschbecken stehen und betrachtete sich. Dann nahm sie eine Schere und begann, ihr Haar abzuschneiden. Die langen, seidenweichen Strähnen fielen wie schwarzer Regen herab.

Zakajew schlug seinen Mantelkragen hoch. Ein scharfer Wind trug den Gestank von toten Fischen, Dieseltreibstoff, altem Papier und Abfall durch die menschenleere Straße. Sie führte zwischen Läden für Schiffsausrüstung und Lagerschuppen hindurch, in denen sich nur noch alte Versandkisten, Paletten und Abfall jeder Art befanden. Die Reifen schwerer Laster hatten Spuren in den gefrorenen Schnee gefräst, in denen man leicht ins Stolpern kam. Das Mädchen wäre in den ungewohnten Schuhen ihrer Uniform fast gestürzt, aber Zakajew konnte sie gerade noch am Arm festhalten.

Sie bogen von der Hauptstraße in eine schmale Nebengasse zwischen dunklen Lagerschuppen ein, die auf beiden Seiten wie die Wände einer Schlucht aufragten. Zakajew entdeckte die schiefe Holztür, die er an den kreuzförmig darangenagelten Armierungsbändern erkannte. Durch die Tür in der Backsteinmauer gelangte man über eine Treppe aus drei zerfallenden Stufen in ein Lagerhaus. Er sah die Gasse entlang und erkannte einen Lastwagen der Wachmannschaft, der wie verabredet an der Mauer am Ende des Hafens stand.

Zakajew zog die H&K P7 aus seiner Manteltasche, nahm die Pistole fester in die Hand und spannte sie. Dann klopfte er an die Tür und wartete. Ein plötzlicher Windstoß wehte ihm die Schöße seines Mantels zwischen die Beine.

Schwere Stiefel trampelten über einen Bretterboden. Riegel wurden zurückgeschoben, und die Tür schwang quietschend auf. Ein gedrungener Mann in abgetragener Arbeitskleidung mit einer ölverschmierten Mütze auf seinem fast kahl geschorenen Kopf stand in dem beleuchteten Rechteck der Tür.

»Hatten Sie vor, mich zu erschießen, Ali?«, fragte Kapitan Dritten Grades Georgi Litwanow.

Zakajew senkte die Pistole. »Gut sehen Sie aus, Georgi Alexejewitsch«, sagte er.

Sie traten ein, und Litwanow verschloss und verriegelte die Tür hinter ihnen. Erst dann betrachtete er sie von oben bis unten. »Kommt, lasst euch ansehen.«

Zakajew zog seinen Mantel aus. Das Mädchen reichte ihm die traditionelle russische Marinemütze, die er sich keck auf den Kopf setzte.

Litwanow trat zurück und musterte Zakajew in seiner Uniform eines russischen Konteradmirals mit goldenen Schulterbalken und Goldstreifen an den Ärmeln.

»Wirklich perfekt!«, sagte er. »Genau wie ein russischer Offizier.«

Nun richtete Litwanow seine Aufmerksamkeit auf das Mädchen in Matrosenjacke, Pullover und flacher Mütze. Er betrachtete ihre Uniform genau, bis er schließlich beifällig nickte. Ihre großen Augen, ihr dreieckiges Gesicht und ihr kurzes Haar verliehen ihr ein eigenartig androgynes, aber sehr attraktives Aussehen.

»Meine Männer könnten von dir noch etwas darüber lernen, wie man eine Uniform richtig trägt. Ha! Die russische Marine kann stolz auf euch beide sein.«

Das Mädchen sagte nichts, lächelte aber, um zu zeigen, wie erfreut sie darüber war, eine Inspektion durch den Kapitän des U-Boots K-363 bestanden zu haben.

Litwanow winkte sie eine kurze Treppe hinauf in einen kleinen Raum, der ihm als Büro diente. Durch zwei verdreckte Fenster konnte man auf das halbdunkle Lagerhaus unter ihnen herabsehen. Litwanow hatte Schwarzbrot, Salzheringe und eine Flasche Wodka auf einem der Schreibtische bereitgestelllt.

»Hatten Sie keine Probleme, hierher zu finden?«, erkundigte sich Litwanow.

»Nein, Ihre Anweisungen waren klar«, sagte Zakajew. »Wir haben vom Hotel aus einen Elektrobus genommen, und drei Blocks entfernt sind wir ausgestiegen.« Zakajew sah sich in dem Büro um und musterte die Einrichtung, zu der neben Aktenschränken und konventioneller Büroausstattung auch moderne Computer und Drucker gehörten. »Wie haben Sie das hier gefunden?«

»Ich mache dann und wann Geschäfte mit dem Besitzer«, klärte Litwanow ihn auf. »Er hat immer Interesse an überzähliger Ausrüstung, die die Nordmeerflotte nicht mehr gebrauchen kann. Besonders Ausrüstung aus Titan und Edelstahl. Er war in großzügiger Stimmung und hat uns sein Büro für unsere Besprechung zur Verfügung gestellt. Esst!«

Das Mädchen lehnte ab, aber Zakajew probierte von dem gesalzenen Fisch und nickte lobend. »Ist Ihr Boot bereit, auszulaufen?«

»Natürlich, General.« Litwanow machte eine kurze Pause, um sich eine Zigarette anzustecken. »Der Zeitplan ist knapp. Ich habe unsere Abfahrt so festgelegt, dass wir keinen anderen Schiffen begegnen, die die Hauptfahrrinne des Tuloma oder um die Insel Kil'din patrouillieren. Die normalen Abläufe sind zusammengebrochen und die Hafen-Kontrolleinheiten verfolgen Abfahrt oder Ankunft von Schiffen nicht mehr so wie früher, aber dann und wann erwischt man einen neuen Kapitän, der strikt nach Vorschrift vorgeht. Könnt ihr mir folgen?«

»Sicher. Und Ihre Mannschaft?«, fragte Zakajew.

»Handverlesen«, erwiderte Litwanow mit vom Zigarettenrauch heiserer Stimme. »Auf das Allernötigste reduziert. Mit anderen Worten, gerade noch genug, um mit dem Boot in See stechen zu können. Die Mannschaft übt jetzt seit einer Woche ununterbrochen, während wir an einem Pier in der Olenya-Bucht lagen. Sie können es kaum erwarten, dass es losgeht. Es sind gute Leute. All das hochgestochene Gerede von Pflicht, Ehre und Vaterland, mit dem man sie ständig vollquatscht, kann nichts an der Tatsache ändern, dass der Dienst auf einem U-Boot auf See hart ist, dass wir beschissenes Essen kriegen, unter ungewaschenen Männern leben, immer die Fürze und die Käsefüße der anderen zu riechen bekommen und in feuchten Kojen schlafen. Und für all diese Privilegien bekommen wir nicht einmal unseren Sold. Aber das wird sich jetzt ändern.«

»Es steht also außer Frage, dass sie voll und ganz dabei sind?«, fragte Zakajew.

Litwanows Gesicht erstarrte zu einer Maske, und seine Augen verengten sich zu Schlitzen. Er warf seine Zigarette auf den Boden und trat sie aus. »Zweifeln Sie daran, General, dass diese Männer, die ich persönlich ausgebildet habe, die Befehle befolgen werden?«

»Die Frage ist nicht, ob sie Befehle befolgen, sondern ob sie mit Leib und Seele hinter der Sache stehen.«

Litwanow sah ihn mit blitzenden Augen an. »Ich, Georgi Litwanow, Kapitan Dritten Grades der russischen Marine, Kapitän des U-Boots K-363, versichere Ihnen, dass jeder einzelne von ihnen bereit ist, sein Leben für die Sache zu geben!«, verkündete er. »Diese Männer kommen aus Städten und Dörfern in ganz Tschetschenien. Es ist kein Mann darunter, der nicht zumindesr ein Familienmitglied durch diese russische Mörderbande verloren hat. Ich brauche Ihnen das nicht zu sagen, General: Wenn ich ihnen nicht eine Möglichkeit geboten hätte, direkt in das Herz Russlands zu treffen, dann wären sie desertiert und hätten in Tschetschenien an Land gekämpft.«

»Und Sie, Georgi Alexejewitsch?«, fragte Zakajew ruhig.

Litwanow zog die Schultern hoch und ließ sie wieder herabsinken. »Was habe ich schon zu verlieren? Sagen Sie mir das!« Er sah Zakajew eindringlich ins Gesicht. »Ich habe ein Foto von meiner Frau und meinen Kindern, wie sie in ihren Särgen liegen. Mein Vetter hat es mir geschickt. Zuerst dachte ich, da macht jemand einen grausamen Scherz, und ich betete zu Gott, es wäre so. Ich musste um Urlaub betteln, und selbst dann haben sie mir nur drei Tage gewährt. *Drei Tage.* Mein Vetter hat sie in Sernodowsk begraben, dem Dorf meiner Ahnen wie auch Ihrer, General. Als ich dorthin kam und ihre Gräber sah, wurde mir schlecht. Ein Haufen Steine – nicht einmal ein richtiger Grabstein.«

Litwanow kippte einen Wodka runter, wischte sich mit einer Hand den Mund ab und fuhr sich dann mit der gleichen Hand über seine kurz geschnittenen Haare. »Ich diene in den Streitkräften eines Landes, das meine Familie getötet hat. Ich dachte immer, ich hätte einen guten Job, einen der besten, den Russland zu bieten hat. Ich habe meine Augen vor dem verschlossen, was da in Tschetschenien passiert.« Er dachte einen langen Moment nach, und dann sagte er: »Aber jetzt habe ich das Mittel in der Hand, zurückzuschlagen – hart! Ich habe also meine Entscheidung getroffen, und hier bin ich.«

Zu all dem sagte das Mädchen nichts, obwohl sich Litwanow direkt an sie gerichtet hatte, denn er wusste, dass sie die Schrecken der russischen Besetzung Tschetscheniens kannte – und weil er eine Tochter in ihrem Alter gehabt hatte.

»Wir haben alle unsere Gründe«, sagte Zakajew und presste seine Lippen zu einem schmalen Strich zusammen.

»Es ist schwer zu vergessen«, sagte Litwanow. »Manchmal überkommt es mich einfach.«

Irgendwo brummte ein Lastwagen vorbei, der wahrscheinlich Baumstämme in eines der großen Sägewerke in Murmansk transportierte, und ließ das ganze Lagerhaus erbeben.

»Dieser Matrose, Radschenko, und der Amerikaner? Was haben Sie darüber gehört?«, fragte Zakajew.

Litwanow schaufelte gesalzenen Fisch in sich hinein und sprach mit vollem Mund: »Nichts. In der Olenya-Bucht hat niemand irgendwelche Fragen gestellt. Radschenko gilt als Deserteur. Seine Akte, sein persönlicher Besitz, alles ist in das Hauptquartier der Nordmeerflotte in Seweromorsk geschickt worden. Es ist, als hätte es ihn nie gegeben. Und was den *Amerikanski* betrifft, so habe ich gehört, dass der Untersuchungsbeamte vom FSB sich weniger als eine Stunde in dem Hotel umgesehen hat. Dann hat er seinen Kram zusammengepackt und die Stadt verlassen. Der *Mitschman*, der dahintergekommen ist, was Radschenko vorhatte, ist einer meiner besten Männer.«

Die Zugluft in dem Lager ließ die Scheiben klappern. Das Mädchen fröstelte und zog seine Jacke enger um die Schultern.

»Es wird die nächsten ein oder zwei Tage kalt sein, aber die Luft bleibt klar«, sagte Litwanow und pulte sich eine Gräte aus den Zähnen.

»Dann ist es Zeit zu gehen«, erwiderte Zakajew. »Wie Sie bereits sagten, es gibt Patrouillen.«

Litwanow trank noch einen Wodka und wickelte dann das Brot und den Fisch in ein Stück Zeitungspapier. Den Abfall warf er in einen Mülleimer, und die Wodkaflasche steckte er in eine Außentasche seines Mantels. »Die Bewachung des Stützpunkts ist ein Witz, es existiert praktisch keine«, sagte er, als er mit dem Aufräumen fertig war. »Ein paar Wehrpflichtige mit ungeladenen Sturmgewehren. Wenn sie Ihre Uniform sehen, werden sie solche Angst bekommen, dass sie sich in die Hosen machen und uns sofort durchwinken, ohne Ausweise zu verlangen.«

»Und Sie?«, fragte Zakajew mit einem Blick auf Litwanows abgeschabte Kleidung.

»Sie wissen nicht, wer ich bin. Sie werden mich für Ihren Zivilfahrer halten.« Er deutete mit einem Daumen auf das Mädchen. »Und sie werden sie einfach ignorieren, weil sie denken, sie – oder er – gehört zu Ihnen.«

»Sind Sie sicher?«, fragte Zakajew noch einmal.

»Ja, ganz sicher. Der Stützpunktkommandeur ist ein Säufer und hat keine Ahnung, was direkt unter seiner Nase vor sich geht. Das ist hier komplett eine Bande von Säufern«, sagte Litwanow verächtlich. »Was glauben Sie, wie wir hier all die Waren rausschaffen, die wir verkaufen? Sie können mir in dem Punkt vertrauen.«

Sie standen in der Seitengasse an der verriegelten Tür, um ihren Augen Zeit zu geben, sich wieder an das Dämmerlicht anzupassen, damit sie sich orientieren konnten.

»Hier entlang«, sagte Litwanow.

Plötzlich beleuchtete ein Paar Autoscheinwerfer grell die schmale Gasse und blendete sie. Litwanow warf einen Arm hoch. Sie verharrten in dem harten weißen Licht und brauchten einen Moment, um zu reagieren.

»Runter!« Er packte das Mädchen, und sie rollten hinter der Betontreppe am Eingang des Lagerhauses in Deckung, während zugleich automatische Waffen losratterten, Kugeln von der Backsteinmauer, von Metall und Holz abprallten oder als Querschläger durch die Luft pfiffen. In der plötzlichen

Stille, die darauf folgte, hörte Zakajew leere Patronenhülsen über Stein und Eis rollen, und dann kam das charakteristische kurze Rasseln, als eine Patrone in das Patronenlager einer automatischen Pistole befördert wurde, wahrscheinlich von Litwanow.

Zakajew griff hinter sich und tastete blind umher. Das Mädchen hob leicht den Kopf. »Ich bin nicht verletzt«, sagte sie. Und dann: »Das ist er. Iwan Serow.«

Vor ihnen blitzte Mündungsfeuer auf, und wieder flogen Kugeln durch die Gasse.

Zakajew hob vorsichtig den Kopf und erkannte den charakteristischen Kühlergrill eines BMW zwischen den Scheinwerfern. Er vermutete, dass hinter dem Auto, das etwa zwanzig Meter weit entfernt mit zwei Rädern auf dem Bürgersteig direkt an der Wand eines Lagerhauses stand, drei Schützen lauerten. Und einer davon war Serow.

Ihm war nun alles klar. Trotz ihrer Vorsichtsmaßnahmen war man ihnen gefolgt. Serow hatte ihnen eine Falle gestellt, und er war direkt hineingetappt: die schmale Gasse, die Hafenmauer, der Hafen – eine ausweglose Lage, der sichere Tod für sie. Sie waren festgenagelt und konnten unmöglich den abgestellten Laster erreichen, der ihre einzige Fluchtmöglichkeit darstellte. Die Gasse war eine Bühne, und die grellen Halogenscheinwerfer machten es den Darstellern unmöglich, das Publikum zu sehen, das auf den Beginn der Vorstellung wartete.

Wieder blitzte Mündungsfeuer auf, und Schüsse ratterten. Stücke der Backsteinmauer und der Betontreppe vor ihnen regneten auf Zakajew und seine Begleiterin herab.

Er kam sich vor, als wäre er wieder in Tschetschenien. Russische Waffen ratterten überall um ihn und seine Männer herum. Die dumpfe Detonation einer Granate mit Raketenantrieb aus einer Panzerfaust war zu hören. Schreie der Verwundeten und Sterbenden. Der scharfe, süßlich schmeckende Pulverdampf, der sich in den metallischen Geruch von frischem Blut mischte. Sein eigenes Blut, das aus einer schrecklichen brennenden Wunde an seiner Hüfte sickerte und die festgetretene tschetschenische Erde in roten Schlamm verwandelte. Wasser und Munition wurden knapp, und dabei war es erst Mittag. Es würde noch Stunden dauern, bis es dunkel wurde und sie vielleicht in die Berge fliehen konnten. Litwanow, der auf dem Bauch hinter einer großen Transportkiste an der Mauer des Lagerhauses lag, knurrte etwas, das Zakajew in die Gegenwart zurückbrachte.

»General! Wer ist das da draußen? Was wollen die?«

»Es ist Iwan Serow, und er will mich«, gab Zakajew zurück.

»Scheiße! Sie haben doch gesagt, der wäre tot.«

Dazu sagte Zakajew nichts.

Litwanow, der flach auf dem Boden lag, zielte kurz und schoss einen Scheinwerfer aus. Sofort flammte in dem engen Spalt zwischen dem Wagen und der Backsteinmauer des Lagerhauses weißes Mündungsfeuer auf. Kugeln prasselten gegen das Mauerwerk, durchschlugen die Fenster und die Transportkiste und rissen Splitter aus Backsteinen, Glas und Holz.

Immer noch flach auf dem Boden, unterhalb des Schussfelds, schoss Litwanow einen weiteren Scheinwerfer aus. Das grelle Licht, in das sie gesehen hatten, ließ etwas nach, ging aber nicht ganz aus. Es wäre Selbstmord gewesen, einen Ausbruchsversuch zu dem Laster zu machen. Das Licht von den beiden Scheinwerfern würde völlig ausreichen, um sie wie Zielscheiben zu beleuchten. Es gab nur einen Ausweg für sie – sie mussten Serow und seine Leute töten.

Irgendwo in der Ferne begann eine Polizeisirene durchdringend zu heulen.

»Hören Sie das?«, knurrte Litwanow über die Schulter Zakajew zu. Der Schütze, der zwischen Mauer und Auto in Deckung lag, feuerte erneut.

Zakajew wartete ab, bis er die Silhouette des Mannes sah, die durch die Reflexion von dem glänzenden Lack des BMW von hinten beleuchtet wurde. Er legte seine linke Hand auf die Treppenstufe und hielt die rechte Hand, mit der er die P7 hielt, ruhig. Als er den Mann im Visier hatte, schoss er zweimal. Die erste Kugel durchschlug die Windschutzscheibe des BMW, und die zweite traf den Schützen wie ein Hammer in den Kopf. Er prallte an den Wagen, rutschte auf die Straße, und seine Waffe klapperte hinter ihm her.

Die beiden verbleibenden Schützen, die hinter dem Auto kauerten, schossen wild in die Gasse hinein. Zakajew und seine Gefährtin hielten sich gegenseitig fest, während die Kugeln über ihnen vorbeiflogen.

»Scheiße!«, fluchte Litwanow. Er arbeitete sich auf dem Bauch rückwärts wie eine Krabbe, bis seine Füße gegenüber der Stelle, an der Zakajew und das Mädchen Deckung gesucht hatten, an die Betontreppe stießen.

Noch mehr Sirenen. Irgendwo bellte ein Wachhund.

»Ali!« Das war Serow. »Ich bringe unsere Differenzen jetzt zu Ende!« In seiner Stimme klangen zugleich Abscheu und Resignation.

Zakajew sah sich um. Der Laster war zu weit weg. Serow war zu nahe. Die Polizei kam immer näher.

»Ali! Hörst du mich? Wir können hier nicht die ganze Nacht bleiben! Ich schlage dir ein Geschäft vor! Ein Geschäft, das uns beiden nützt!«

Zakajew griff hinter sich und packte das Mädchen am Arm. »Gib sie mir!«, zischte er ihr zu.

»Deine Freundin kann gehen!«, meldete sich Serow wieder. »Aber nicht Litwanow! Er bleibt, und wir bringen die Sache zu Ende!«

»Woher weiß er …?«, fragte das Mädchen.

Zakajew beachtete sie nicht, sondern schloss seine Hand um eine tschechische Granate. Es war eine URG-86 mit viereinhalb Sekunden Verzögerung. Wenn er die Zeit richtig schätzte und gut zielte, konnte er die Granate über die eisige Straße und unter den BMW schleudern.

Er gab dem Mädchen die Pistole. »Wenn ich es dir sage, schießt du das Magazin leer.«

»In Ordnung.«

»Georgi!«, rief Zakajew. »Bleiben Sie unten, aber machen Sie sich bereit, loszurennen!«

»Was haben Sie vor?«, wollte Litwanow wissen.

»Machen Sie, was ich Ihnen gesagt habe!«

»Ali?«, fragte das Mädchen.

Er gab ihr einen Stoß. »Jetzt!«

Sie eröffnete das Feuer. Die Kugeln prallten von dem BMW ab und flogen als Querschläger in die Nacht.

Zakajew zog den Sicherungsstift aus der Granate, ließ den Bügel los und warf sie um die Treppe herum, sodass sie über die eisige Straße in Richtung BMW holperte.

Das Magazin der Pistole war leergeschossen. Zakajew riss das Mädchen hinter sich zu Boden, als Serow und seine Leute erneut mit ihren automatischen Waffen das Feuer eröffneten, ohne sich um die näher kommenden Polizeiwagen zu kümmern.

Unter dem BMW erschien ein kleiner Lichtpunkt. Einen Augenblick später ging das Benzin im Tank gemeinsam mit dem Wagen in einem riesigen Feuerball hoch. Rotglühende Metallstücke flogen in die Luft und landeten auf den Dächern der Lagerhäuser. Die Druckwelle der ohrenbetäubenden Explosion raste durch die enge Gasse, eine Feuerwand rollte aus ihr auf die Straße zu und zwang die gerade ankommenden Polizisten, mit gezogenen Pistolen aus ihren Wagen zu springen und schnellstens in Deckung zu gehen.

Als Zakajew mit klingenden Ohren unsicher auf die Füße kam, sah er vor sich das brennende Wrack eines Autos, aus dem die Flammen an der Lagerhausmauer hochschlugen. Auch am Rand des Dachs qualmte es, wo brennende Autoteile gelandet waren. Wenige Meter vor Zakajew lag ein Rad, an dessen Leichtmetallfelge geschmolzenes Gummi hing.

Weitere Polizeiautos trafen ein, aber das Feuer hatte sich inzwischen über die gesamte Breite der Gasse ausgebreitet und sorgte dafür, dass die Beamten nicht zu ihnen gelangen konnten.

Zakajew, Litwanow und das Mädchen rannten zu dem Lkw und kletterten hastig hinein.

»Wir nehmen Nebenstraßen und umfahren den Hafen«, sagte Litwanow. »Die Hauptstraßen werden sicher gleich von der Polizei gesperrt.«

Ein Feuerwehrauto raste mit kreischenden Sirenen in der entgegengesetzten Richtung vorbei, dann noch eins, dem einige Polizeiautos folgten.

Zakajew schaute sich um und sah die Flammen, die hoch zum Himmel schlugen und die Unterseite der Wolken über dem Hafen rot färbten.

»Verfolgt uns jemand?«, fragte Litwanow.

»Nein«, beruhigte Zakajew ihn.

Litwanow fand die Kreuzung, die er gesucht hatte, und bog rechts ab, in nördlicher Richtung auf den Fluss Tuloma zu. Litwanow saß über das Lenkrad gebeugt und blies die Wangen auf. »General, ich dachte, Serow wäre tot«, sagte er schließlich.

Das Mädchen, das zwischen ihnen saß, bemerkte: »Jetzt ist er es jedenfalls.«

Der Laster fuhr zügig weiter nach Norden, auf die Olenya-Bucht zu.

Der nationale Sicherheitsberater Paul Friedman gab mit einer kaum merklichen Kopfbewegung und vorgeschobenem Unterkiefer zu verstehen, dass der Präsident der Vereinigten Staaten nicht erfreut war.

Karl Radford kam in das Oval Office und sank in einen Ohrensessel neben dem Präsidenten. Friedman saß ihm gegenüber auf einem Sofa. Er hatte die Knie ungeschickt aneinandergepresst und einen Stapel stark mitgenommener Akten mit der Aufschrift »Streng Geheim« darauf abgelegt. Das einzige Geräusch in dem Raum stammte von einer tickenden Tischuhr, die früher einmal Admiral Chester W. Nimitz gehört hatte. Sie war ein Geschenk von Radford zum Amtsantritt des Präsidenten, einem glühenden Bewunderer von Nimitz. Sie stand auf einem Ecktisch von Duncan Phyfe neben einer Büste von Nimitz.

Friedman und Radford warteten ab, während der Präsident ein Dokument las. Radford nahm an, dass es sich dabei um die Zusammenfassung der Einweisung handelte, die er auf Friedmans Befehl hin am Abend zuvor vorbereitet hatte. Ohne aufzusehen, sagte der Präsident, ein gut aussehender Farbiger in einem zweireihigen anthrazitfarbenen Anzug: »Guten Morgen, Karl.«

»Guten Morgen, Mr. President«, sagte Radford.

Die Zeiger der Nimitz-Uhr gingen auf sieben Uhr früh zu.

Der Präsident hörte auf zu lesen. Er stützte die Ellbogen auf die Armlehnen und legte die Fingerspitzen aneinander. »Dieser Scott«, sagte er zu Radford, »ich dachte, er hätte Anweisung, Drummonds Leiche nach Hause zu begleiten, nicht, eine unabhängige Untersuchung einzuleiten. Hier steht, dass Sie mit ihm gesprochen haben.«

»Ja, Sir. Gestern Abend.«

»Was hat er vor?«, erkundigte sich der Präsident.

»Er will den Beweis liefern, dass Drummond ermordet worden ist. Er glaubt dem FSB-Bericht nicht und möchte den Namen des Mannes reinwaschen.«

Friedman, ein gedrungener Mann mit dichtem, widerspenstigem Haar, das in Locken über seinem Hemdkragen hing, sagte: »Es überrascht mich, dass Sie die Reise nach Murmansk genehmigt haben. Ist das nicht riskant?«

»Wenn ich Scott befohlen hätte, von Murmansk wegzubleiben, hätte ihn das nur misstrauisch gemacht«, sagte Radford. »Ich war der Ansicht, dass eine Reise dorthin ihm beweisen würde, dass er auf dem Holzweg ist. Es gibt dort schließlich nichts zu sehen.«

Der Präsident sah ihn nachdenklich an: »Dieser Wissenschaftsattaché, Dr. Thorne. Was wissen Sie über ihn?«

»Dr. Thorne ist eine Frau, Mr. President«, antwortete Radford. »Ich habe mich da auch täuschen lassen. Sie hat mit Drummond zusammengearbeitet und kennt sich dort oben auf der Kola-Halbinsel aus.«

»Kann man ihr trauen?«, wollte der Präsident wissen.

»Scott hat für sie gebürgt.«

»Ich habe Scotts Akte gelesen«, meldete sich Friedman wieder. »Darin steht, dass er den Ruf hat, die Dinge selbst in die Hand zu nehmen. Es klingt ganz so, als würde er das gerade auch wieder tun.«

Der Präsident ließ seine Hände sinken. »Was meint er damit, Karl?«, fragte er.

»Sir, Paul bezieht sich auf eine Erkundungsfahrt eines U-Boots, die Scott vor einem Jahr für die SRO im Gelben Meer durchgeführt hat. Sie erinnern sich vielleicht noch, dass Ihr Vorgänger ein Spezialteam nach Nordkorea geschickt hat, das dort einen Präventivschlag gegen den Nuklear-Komplex in Yongbyon vorbereiten sollte. Die Nordkoreaner sind dem Unternehmen auf die Schliche gekommen, bevor es durchgeführt werden konnte. Scott hätte bei dem Versuch, ein SEAL-Team zu retten, beinahe sein Schiff verloren, das die Nordkoreaner eingekreist hatten. Er hatte den ausdrücklichen Befehl, sich zurückzuziehen und das Team dortzulassen, wenn etwas schiefgehen sollte, aber das hat er nicht getan.«

Der Präsident nickte. »Ich erinnere mich. Ziemlich mutig, würde ich sagen.«

»Aber ein direkter Verstoß gegen einen Befehl. Wir hätten beinahe ein Atom-U-Boot der Los-Angeles-Klasse an Nordkorea verloren. Es wäre ein riesiger Propagandaerfolg für sie gewesen, wenn es so gekommen wäre, und außerdem eine verdammte Provokation.«

»Ganz zu schweigen von dem nordkoreanischen Schiff, das er mit nur einem Torpedo versenkt hat«, fügte Friedman noch hinzu.

Der Präsident wischte den Einwurf mit einer Handbewegung beiseite und fuhr fort. »Ich möchte nicht, dass mir während meines Aufenthalts in St. Petersburg diese Drummond-Affäre in die Quere kommt. Ich stehe vor schwierigen Verhandlungen, und die Russen haben bisher bei jedem Problem, das wir lösen wollen, eine harte Position eingenommen.«

»Scott wird Russland verlassen haben, bis sie dort ankommen, Mr. President. Das garantiere ich Ihnen«, sagte Radford.

Der Präsident legte wieder seine Fingerspitzen aneinander. »Sehen Sie zu, dass er das tut, Karl«, sagte er ruhig.

»Ja, Sir.«

Friedman hob den Stapel Akten von seinen Knien auf das Sofa. »Irgendwelche Neuigkeiten über Zakajew? Ich sehe, dass er während der Lagebesprechung über eventuelle Bedrohungen nicht erwähnt wurde.«

»Unsere J-25-Kommunikations-Mitschnitte bringen nichts«, sagte Radford. »Es gibt seit fast neunzig Stunden keine Kommunikations-Aktivität zwischen Zakajew und seinen Leuten.«

»Das ist besorgniserregend«, sagte Friedman. Er warf Radford einen Seitenblick zu. Offensichtlich hoffte er, dass der SRO-Chef das bestätigen würde.

»Zakajew wird in ganz Russland gejagt«, sagte Radford. »Wahrscheinlich hält er sich irgendwo versteckt. Wenn er Drummond tatsächlich getötet hat, könnte er irgendwo zwischen St. Petersburg und Murmansk sein. Ich erwarte, dass er bald wieder auftaucht.«

»Genau das befürchte ich auch.« Friedman schob die Akten auf dem Sofa zur Seite und stand auf. »Und wenn er das tut, möge Gott uns und den Russen helfen.«

Der Präsident ließ seine Hände wieder sinken und runzelte die Stirn. »Jetzt übertreiben Sie aber, Paul.«

»Wirklich?«, sagte Friedman. Dann aber schien ihm einzufallen, mit wem er da sprach, und er schlug einen versöhnlicheren Ton an. »Ich bitte um Entschuldigung, Mr. President, aber was ich sagen wollte, ist, dass wir Zakajew bisher unterschätzt haben. Der Anschlag auf die Konzerthalle war ein Schock. Niemand von uns hätte sich jemals so etwas vorstellen können. Wir wissen jetzt, dass Zakajew unvorhersehbar ist und sich wie ein verdammter falscher Hund auch gegen uns wenden kann, wenn er will. Das hat er bewiesen, als er sich gegen die Russen gewandt hat. Wir haben ihn erschaffen, und jetzt haben wir die Kontrolle über ihn verloren. Ich bin nach wie vor der Überzeugung, dass es ein Fehler von uns war, ihn zu unterstützen und zu benutzen, um die Russen abzulenken. Und wenn sie jemals dahinterkommen, dass wir das getan haben, wird das das Gipfeltreffen platzen lassen und in vielen anderen Problembereichen unsere Anstrengungen zunichtemachen, die Russen auf unsere Seite zu bringen.«

»Ihre moralische Empörung ist gebührend vermerkt«, sagte der Präsident. »Sie dreschen aber altes Stroh. Was geschehen ist, ist geschehen, und wir können es nicht ändern. Jetzt müssen wir jedenfalls alle Anstrengungen unternehmen, die Russen davon abzubringen, einen richtigen Krieg in Tschetschenien und im Kaukasus anzufangen.«

»Sir, bei allem Respekt«, bemerkte Friedman, »die Russen haben bereits vor zehn Jahren dort einen richtigen Krieg angefangen.«

»Ich spreche hier von einem Krieg mit Kernwaffen«, antwortete ihm der Präsident. »Sie haben mit dem Einsatz von Atomwaffen gedroht, und wenn sie das tun, könnte das durchaus den Dritten Weltkrieg auslösen.«

7

Hotel Nowy Polyarnyy, Murmansk

Yuri Abakow zog die Jalousie hoch und blickte über das Gewirr von Fernsehantennen und Satellitenschüsseln auf den Häusern nebenan, die sich gegen ein rotes Leuchten am östlichen Himmel abzeichneten. Kurz vorher hatte eine dumpfe Explosion die Fensterscheiben klappern lassen.

»Ist das ein Feuer?«, fragte Alex.

»Sieht wie ein Großbrand in der Hafengegend aus«, bestätige Abakow ihr.

Scott stand mitten im Zimmer und musterte stirnrunzelnd das Bett, das heruntergekommene Mobiliar und die verdreckten Wände.

»Ich habe Ihnen doch gesagt, dass es nichts zu sehen gibt«, sagte Abakow etwas gelangweilt.

Es gab keinerlei Hinweise, dass in diesem Zimmer zwei Männer gestorben waren, keine Blutflecken auf dem Boden oder dem Bett. Scott zog die Tagesdecke und die Laken zurück und fand darunter eine billige, dünne Decke, die noch recht neu aussah.

»Zufrieden?«, fragte Abakow.

Scott stützte die Hände in die Hüfte und rührte sich nicht. Es war eine Jagd nach Gespenstern, auch wenn er das ungern zugeben wollte. Und doch ließ ihm irgendetwas keine Ruhe. Warum hier? Warum ausgerechnet mit Radschenko? Was übersah er?

Alex sah in eine Ecke der Kammer, in der sich ein abgestoßenes Waschbecken und ein fleckiger Toilettenschrank befanden, und die anscheinend als Badezimmerersatz diente. Ein Vorhang mit verblasstem Blumenmuster an einer rostigen Stange war alles, was die Intimsphäre schützte. »Dieser Schuppen ekelt mich an«, sagte sie.

»Das Sheraton Regis ist es wirklich nicht«, stimmte Scott ihr nachdenklich zu.

Alex ging in dem Zimmer umher, blickte sich um und berührte hier und da etwas. An der Tür blieb sie stehen und fuhr mit der Hand über das unbearbeitete Holz. Sie drehte an dem Türknauf, was Abakow als Signal auffasste, dass sie unbedingt gehen wollte.

»Wenn Sie fertig sind, schlage ich vor, dass wir gehen«, sagte er und schloss die Jalousie wieder. »Wir können morgen in Moskau alles zum Abschluss bringen, und dann können Sie Admiral Drummonds sterbliche Überreste übernehmen.«

»Scott, sehen Sie sich das mal an«, sagte Alex. »Diese Türangeln sind neu und frisch gestrichen. Die Tür selbst sieht auch neu aus. Ebenso das Schloss und der Beschlag.«

Scott untersuchte die schlecht durchgeführte Schreinerarbeit. Die Winkel passten nicht, und krummgeklopfte Nägel ragten aus dem angeschlagenen Holzrahmen.

»Dafür gibt es eine einfache Erklärung«, sagte Abakow und klopfte mit den Knöcheln gegen die neue Tür. »Die alte ist aufgebrochen worden und musste ersetzt werden.«

»Aufgebrochen?«, fragte Scott. »Warum denn?«

»Admiral Drummond hatte das Zimmer nur für eine Nacht angemietet. Als er am nächsten Morgen nicht herunterkam, um die Rechnung zu bezahlen, wurde der Portier misstrauisch. Er ging hinauf, um bei Admiral Drummond nachzusehen, aber der gab keine Antwort. Daraufhin hat der Portier die Tür aufgebrochen, und dann hat er die beiden Männer drinnen tot vorgefunden.«

»Warum hat er die Tür aufgebrochen?«, hakte Scott hartnäckig noch einmal.

»Er sagte, die Kette sei vorgelegt gewesen. Wie Sie sehen, ist sie ersetzt worden«, antwortete Abakow gereizt.

»Haben Sie die aufgebrochene Tür gesehen?«, erkundigte sich Scott.

»Nein. Die Polizei von Murmansk hat mir nur berichtet, sie wäre bei ihrer Ankunft eingetreten gewesen«, erwiderte Abakow immer ungeduldiger.

»Eingetreten?«

»Der Portier hat gesagt, er hätte sie eingetreten.«

»Ich möchte nur sicherstellen, dass ich das richtig verstanden habe ... Sie sind also von der Polizei von Murmansk hinzugezogen worden?«

»Nachdem sie entdeckt haben, dass einer der Toten ein Amerikaner war, der zu der US-Botschaft gehörte. Admiral Drummond hatte zu der Zeit, als er gefunden wurde, nichts an, was auf seine Identität hätte hindeuten können.«

»Wie lange nach der Entdeckung der Leichen sind Sie in Murmansk eingetroffen, um den Fall zu übernehmen?«, erkundigte sich Scott hartnäckig weiter.

»Warum wollen Sie das wissen?«, fragte Abakow gereizt zurück.

»Reine Neugier.«

»Nach zwei Tagen«, gab Abakow widerwillig zu.

»Hat die Polizei von Murmansk Tatortfotos gemacht? Und von der Tür?«

»Nur von dem Zimmer, nicht von der Tür.«

»Sie haben also die Leichen nie tatsächlich hier gesehen. Nur Fotos von ihnen in der Position, die Sie beschrieben haben?«

Abakow zögerte kurz, bevor er antwortete. »Ja.«

»Ich verstehe«, sagte Scott.

Er fuhr mit einer Hand über die hässliche grüne Tapete hinter der Tür und fühlte deutlich eine runde Vertiefung in dem Gips, die in der Größe zu dem Türknauf passte. Offensichtlich war die Tür aufgeflogen, als sie eingetreten worden war, und ihr Knauf hatte dabei diesen tiefen Eindruck im Gips hinterlassen.

»Dazu war viel Gewalt nötig«, stellte Alex fest. »Sehr viel.«

»Hatte der Portier denn keinen Generalschlüssel?«, fragte Scott. »Ich meine, warum sollte er die Tür aufbrechen?«

»Es ist nicht mein Hotel«, sagte Abakow barsch. Er war offensichtlich über Scotts Entdeckung verärgert, dass er aus erster Hand nichts über den Zustand der Leichen direkt nach ihrer Entdeckung wusste.

»Rufen wir doch mal den Portier hier herauf«, schlug Scott vor. »Vielleicht weiß er etwas.«

»Er hat uns bereits alles erzählt, was er weiß«, sagte Abakow ablehnend.

»Na ja, er könnte etwas vergessen haben«, erwiderte Scott, ohne sich davon beeindrucken zu lassen.

Abakow wurde rot und richtete sich auf.

»Ich habe nicht die Absicht, mich in Ihre Belange einzumischen, Colonel, falls Ihnen das Gedanken machen sollte«, beschwichtigte Scott ihn. »Ich möchte ihm nur ein paar Fragen stellen.«

Abakow verließ das Zimmer und stieg in den Fahrstuhl, der sich ächzend und laut klappernd in Bewegung setzte, und fuhr damit zur Eingangshalle hinunter.

Als sie mit Scott allein war, sagte Alex: »Abakow hat die Leichen also erst in der Gerichtsmedizin in Moskau gesehen. Am Tatort nur Fotos davon.«

»Ganz recht.«

»Dann beruht sein Bericht nur auf Informationen aus zweiter Hand, auf Berichten von den hiesigen Untersuchungsbeamten.«

»Wieder richtig.«

»Das bedeutet doch, dass sie mit Vorsicht zu genießen sind.«

Scott nickte.

»Und Sie glauben nicht, dass der Portier die Tür eingetreten hat, oder?«, fragte sie weiter.

»Der Alte, den wir unten gesehen haben? Niemals!«

»Wer denn dann?«

Scott fuhr sich mit einer Hand durchs Haar. Er hatte angenommen, es wäre so einfach, aber jetzt auf einmal war alles auf den Kopf gestellt worden.

»Sagen Sie es mir!«, forderte er Alex auf und sah sie an.

»Es war dieser Alikhan Zakajew, nicht wahr?«, vermutete sie. »Oder einer von seinen Leuten.«

Sie hörten, wie der Lift sich mit Abakow und dem Portier mühsam auf die Rückfahrt von der Eingangshalle machte.

»Zakajew muss gewusst haben, dass Drummond ihm auf der Spur war und dass er sich hier mit Radschenko getroffen hat«, sagte Scott. »Er hat Drummond und Radschenko getötet oder töten lassen, und dann hat er dafür gesorgt, dass es wie Mord und Selbstmord aussah.«

»Jake, warum wollte er es wie einen Selbstmord aussehen lassen?«, wandte Alex ein. »Warum hat er nicht einfach Drummond und Radford umbringen und dann die Leichen verschwinden lassen?«

»Weil das zu viele Fragen aufwerfen würde«, antwortete ihr Scott. »Mit einem kombinierten Mord und Selbstmord würde es für alle Beteiligten zumindest einen guten Grund geben, die ganze Sache zu vertuschen.«

»Na gut, so weit kann ich folgen, aber was hatte Drummond hier mit Radschenko vor, und wem oder was war er auf der Spur?«

Das Scherengitter ging rasselnd auf und meldete die Ankunft des Lifts. Scott legte einen Zeigefinger an die Lippen.

Der Portier verdankte seine trüben Augen wahrscheinlich zu viel Wodka und Fernsehen. Er sah aus, als wäre er mindestens siebzig, und roch wie das ganze Hotel – ungewaschen und muffig. Er war erbärmlich dünn, hatte Arme wie Stöcke, und seine weißen Haare standen senkrecht in die Höhe, als hätte er die Finger in eine Steckdose gesteckt.

»Wie heißen Sie?«, fragte Scott.

Der Alte sah erstaunt auf, als er einen Amerikaner gut Russisch sprechen hörte. »Nikita Fjodorowitsch«, antwortete er.

»Darf ich Nikita zu Ihnen sagen?«, fragte Scott höflich.

»So nennen mich meine Freunde.« Er sah sich mit dem geübten Blick eines Hoteliers um, der darauf zu achten hat, dass das Haus seinen guten Ruf nicht verliert. Er sah zu dem aufgeschlagenen Bett hinüber und runzelte die Stirn.

»Man hat mir gesagt, dass Sie die Toten in diesem Zimmer entdeckt haben.«

Nikita zögerte und warf Abakow einen Blick zu. »Erzählen Sie es ihm«, forderte Abakow ihn auf.

»Ich wusste nicht, dass da noch ein Mann bei dem *Amerikanski* im Zimmer war, bis ich es aufgebrochen habe«, sagte der Alte.

»Warum haben Sie es aufgebrochen?«, wollte Scott wissen.

Nikita strich sich über die weißen Bartstoppeln, während er überlegte. »Der Amerikaner war die ganze Nacht in dem Zimmer gewesen, und inzwischen war es der nächste Tag. Als er nicht heruntergekommen ist, um für einen weiteren Tag zu bezahlen, bin ich misstrauisch geworden. Hier bezahlt man immer jeden Tag, den man bleiben will, im Voraus.«

»Brechen Sie immer die Tür auf, wenn jemand nicht zahlt?«, fragte Scott ruhig.

Nikita hatte schrecklichen Mundgeruch, und als er schwer ein- und ausatmete, bevor er antwortete, wehte ein Schwall davon in Scotts Nase. »Ich war drei oder vier Mal oben und habe geklopft. Gerufen habe ich auch. Er hat keine Antwort gegeben. Ich habe dann bis Mittag gewartet, bis ich es gemacht habe. Man darf sie nie einen ganzen Tag ohne Bezahlung bleiben lassen.«

»Warum haben Sie nicht einen Nachschlüssel genommen, statt die Tür aufzubrechen?«, fragte Scott.

Nikitas Blick zuckte zu Abakow hinüber. »Ich habe der Polizei schon alles gesagt.«

»Erzählen Sie es mir noch mal«, forderte ihn Scott auf.

»Die Kette war vorgehängt.«

»Sie meinen, der Amerikaner hat sie vorgehängt?«

Scott bemerkte, dass Nikitas Hände, die von dicken blauen Venen überzogen waren, zu zittern begannen. Er verschränkte sie hinter seinem Rücken. »Ja, so war es«, bestätigte er.

»Warum sollte er das tun?«

Nikita zog eine Schulter hoch.

»Wie haben Sie die Tür aufgebrochen?«

»Ich habe sie eingetreten«, sagte der Alte trotzig.

»Diese neue Tür ist ganz schön dick«, bemerkte Scott. »War die alte auch so dick?«

Nikita zuckte mit den Achseln.

»Und Sie haben sich dabei nicht wehgetan?«, fragte Scott voller Anteilnahme. »Als Sie die Tür eingetreten haben, meine ich.«

Nikita sah ihn empört an, als hätte ihn der Amerikaner beleidigt. »Ich bin stärker, als Sie denken«, versicherte er und schlug sich mit einer Faust auf seine schmale Brust.

»Hat Sie jemand dabei beobachtet?«

»Nein.«

»Waren denn in dem Stockwerk keine anderen Gäste? Die müssten Sie doch gehört haben, oder? Sind sie nicht aus ihren Zimmern gekommen, um nachzusehen, was da los war? Das muss doch einen Riesenlärm gemacht haben.«

»Wir sind hier nicht in Moskau. Hier steckt man die Nase nicht in fremde Angelegenheiten.«

»Das verstehe ich nicht«, sagte Scott. »Wie meinen Sie das?«

»Ich glaube, er meint, dass alte Angewohnheiten aus der Zeit der Sowjetunion schwer abzulegen sind, Jake«, mischte sich Alex ein.

»Ich verstehe«, sagte Scott. »Und als dann alles vorbei war, wer hat dann die Tür repariert?«

»Ein Mann, der ab und zu Reparaturarbeiten in dem Hotel durchführt und die Rohrleitungen und die Elektrizität nachsieht. Er ist außerdem Kammerjäger.«

»Wann hat er sie repariert?«

»Gleich am nächsten Tag, als die Polizei fertig war.«

»Und vor der Ankunft von Colonel Abakow.«

Nikita zuckte wieder mit den Achseln. »Wir haben das Zimmer gebraucht.«

Scott gab Nikita sechshundert Rubel für seine Mühe und sah ihm nach, als er hinausschlurfte.

»Er lügt«, sagte Scott. »Er hätte es nie geschafft, diese Tür einzutreten. Er würde nicht mal aus einer Papiertüte rauskommen.«

Abakow sagte nichts, sondern probierte das Schloss auf beiden Seiten mit einem glänzenden Messingschlüssel aus, an dem an einer kräftigen Schnur ein Stück Holz mit der eingebrannten Nummer 312 hing. Nachdem sich Abakow so überzeugt hatte, dass das Schloss ordnungsgemäß funktionierte, verschränkte er die Arme vor der Brust und schniefte. Vielleicht wollte er den schwachen Geruch falscher Annahmen in sich aufnehmen.

»Jemand hat die Tür eingetreten und sie erschossen«, sagte Scott. »Dann haben sie Nikita gesagt, er soll sich eine Geschichte ausdenken, die Tür reparieren lassen und sonst den Mund halten. In Murmansk weiß jeder, dass man besser den Mund hält. Wie Sie von Alex gerade gehört haben, Colonel, alte Angewohnheiten aus der Zeit der Sowjetunion sind schwer abzulegen.«

Abakow machte nun doch einen etwas mitgenommenen Eindruck, als hätte sich sein Geschick als Ermittler plötzlich als nicht existent erwiesen. Die Ader an seinem Hals begann heftig zu pochen. »Wollen Sie mich wie einen Trottel dastehen lassen, Captain?«, fragte er heftig. »Was verheimlichen Sie mir eigentlich? Wer hat Ihrer Meinung nach Admiral Drummond ermordet?«

»Alikhan Zakajew«, antwortete Scott knapp. Abakow starrte ihn schweigend mit eisigem Gesicht an. Bevor er etwas sagen konnte, sprach Scott weiter: »Drummond ist nach Russland geschickt worden, um Zakajew zu finden. Mehr kann ich Ihnen nicht sagen. Zakajew wusste wahrscheinlich, dass Drummond ihn suchte, und wahrscheinlich auch, dass er sich in diesem Hotel mit Radschenko treffen würde – aber nicht für bezahlten Sex, sondern aus einem ganz anderen Grund. Er wollte Informationen. Deshalb hat Zakajew ihn und Radschenko getötet oder töten lassen.«

»Was denn für Informationen?«, fragte Abakow mit einem Hauch Skepsis in der Stimme.

»Es gibt nur eine Art von Informationen, die Radschenko ihm eventuell geben konnte, die Drummond interessiert hätten. Informationen darüber, dass irgendjemand, wahrscheinlich Zakajew selbst, vorhatte, spaltbares Material aus der Olenya-Bucht zu stehlen.«

»Wie sollte ein einfacher Matrose wie Radschenko an solche Informationen kommen?«

»Das weiß ich nicht, Colonel. Vielleicht hat er jemanden belauscht.«

»Wollen Sie mir damit sagen, dass Zakajew eine Atombombe bauen könnte, wenn er spaltbares Material hätte?«, fragte Abakow fassungslos. Er fuhr zu Alex herum. »Ist das möglich, Dr. Thorne?«

»Theoretisch ja«, antwortete sie. »Es wäre aber sehr schwierig, solch eine Bombe zu bauen. Er würde U-235 oder Pu-239 brauchen. Aber aufbereitetes Plutonium aus einem Marine-Reaktor lässt sich nicht leicht in einen kritischen Zustand bringen. Außerdem würde er einen Zünder brauchen und einen Pusher aus, sagen wir mal, Lithiumdeuterit, und dann –«

»Fehlt denn irgendwelches spaltbares Material aus der Olenya-Bucht?«, unterbrach Abakow sie ungeduldig.

»Soweit ich weiß, nicht«, antwortete Alex. »Aber das kann man nie mit hundertprozentiger Sicherheit sagen. Da oben liegt viel Müll herum, der ganz leicht zu stehlen wäre.«

»Wir wollen hier nichts überstürzen«, warf Scott ein. »Alex, hat Frank mit Ihnen je über die Möglichkeit gesprochen, dass

Terroristen spaltbares Material in die Finger bekommen und daraus eine Kernwaffe bauen könnten?«

»Nur rein theoretisch«, antwortete Alex. »Sicher, wir haben uns darüber unterhalten, über die technischen Möglichkeiten, und was dazu nötig wäre, aber wir sind zu dem Schluss gekommen, dass es ohne Hilfsmittel, die den Terroristen wohl kaum zur Verfügung stehen, praktisch unmöglich wäre. Sie bräuchten metallurgische Labors und verschiedene andere Einrichtungen. Was sie aber tatsächlich bauen könnten, das ist eine Strahlungsbombe, also eine Waffe, die radioaktives Material über einen weiten Bereich verteilen und so Menschen und Städte verstrahlen könnte.«

Abakow hatte inzwischen jegliche Skepsis abgelegt. Er sagte: »Wie viele Menschen würden sterben, wenn durch eine solche Bombe verstrahltes Material über ein dicht bevölkertes Gebiet verteilt würde?«

»Das kommt auf die Menge des verstrahlten Materials an, die Windverhältnisse, alle möglichen weiteren Faktoren. Unter den richtigen Bedingungen wären es sicher Tausende.«

»Und wenn sie sich Moskau als Ziel aussuchen würden ...?«, fragte Abakow.

»Colonel, die ganze Idee ist eigentlich so gut wie unmöglich«, sagte Alex beruhigend.

»Dr. Thorne, bitte glauben Sie mir, ich kenne Zakajew, und für ihn ist gar nichts unmöglich!«, widersprach Abakow ihr heftig. »Er hat in der ganzen Welt Kontakte zu Männern, die keine Sekunde zögern würden, Millionen von Menschen zu töten.« Abakows bisher barsche Art war inzwischen einer großen Besorgnis gewichen. Alex' Eröffnungen hatten ihn offensichtlich stark mitgenommen.

Scott stellte sich vor, wie der Terrorist Zakajew die Zutaten zusammenstellte, die er für eine Strahlungsbombe brauchen würde. Er sah eine heruntergekommene, versteckt gelegene Werkstatt in einem finsteren Seitengässchen irgendwo in Tschetschenien vor sich, und darin eine Gruppe von Terroristen, die damit beschäftigt waren, die Teile zusammenzufügen: den Sprengstoff, die Zündschnüre, den Timer, den äußeren Sprengstoffmantel. Das Einzige, das ihnen vielleicht fehlte, wären die Spaltungsprodukte, stark radioaktive Stoffe wie Strontium, Cäsium oder Kobalt. Sie hatten aber noch eine andere Möglichkeit, ihre Feinde anzugreifen, für die sie keine solche krude Strahlungsbombe bauen mussten. Dazu war es nur notwendig, eine bereits fertiggestellte Kernwaffe zu stehlen, aber solche Überlegungen sprach er nicht laut aus.

Scotts Gedanken wurden durch das Zirpen von Abakows Handy unterbrochen. Eine aufgeregte Stimme war zu hören, obwohl Abakow das Gerät fest an sein Ohr gedrückt hielt. Er ging zu der Jalousie, schob mit zwei Fingern die Lamellen auseinander und sah auf den roten Feuerschein am Himmel hinaus. »Ich sehe es gerade vor mir«, sagte er seinem Anrufer. »Ich bin in zehn Minuten da.«

Abakow beendete das Gespräch und richtete sich an Scott. »Es hat in der Hafengegend eine Schießerei und einen Bombenanschlag auf ein Auto gegeben. Es gab einige Todesopfer, und die Polizei von Murmansk meint, eines davon könnte Iwan Serow sein.«

»Der russische Mafia-Boss?«, fragte Scott.

»Genau«, bestätigte Abakow.

»Was haben Sie doch gleich wieder in Moskau gesagt, Colonel? ›Wo man Serow findet, findet man oft auch Zakajew.‹«

Von dem Auto war nur noch eine rauchende Hülle übrig. Ein ekelerregender Geruch hing in der Luft. Zwei bis zur Unkenntlichkeit verbrannte Leichen waren mit Plastikplanen abgedeckt. Die Körper waren grotesk verdreht, und die verkohlten Arme und Beine ragten in die Luft. Eine dritte Leiche war nur unterhalb der Gürtellinie verbrannt, die inneren Organe waren als schwarze, nicht identifizierbare Masse auf dem Boden verteilt.

Auf diese deutete Abakow mit einem Fuß. »Der hier ist ein Unterführer Serows«, sagte er.

»Woher wissen Sie das?«, fragte Alex, die sich eine Hand vor Mund und Nase hielt.

Das Gesicht des Toten war aufgequollen. Aus dem weit aufgerissenen Mund, aus dem allem Anschein nach kurz vor seinem Tod noch ein Schrei gekommen war, ragte eine graue Zunge.

»Wegen dem hier ...« Abakow kauerte sich hin und deutete mit einem Kugelschreiber auf zwei gekreuzte Dolche, von denen Blut heruntertropfte, die auf den Oberarm des Mannes tätowiert waren. Die Tätowierung war sichtbar, weil ihm Pullover und Jacke durch die Explosion, die den Wagen zerstört hatte, vom Leib gerissen worden waren. »Wir wissen, dass Serows Leute diese Tätowierung als Zeichen ihrer unverbrüchlichen Loyalität tragen. Es bedeutet, dass sie bereit sind, ihr Blut für ihn zu geben.«

»Wie romantisch«, sagte Alex spöttisch.

»Ich würde einen Wochenlohn darauf verwetten, dass eine von diesen beiden anderen Schönheiten Iwan Serow selbst ist. Eigentlich sieht es ihm ja nicht ähnlich, sich an einer so auffälligen Sache wie einer Schießerei zu beteiligen, aber inzwischen glaube ich, dass er auch an der Schießerei in St. Petersburg persönlich beteiligt war. Was für einen Grund er dafür auch hatte, er war wohl der Ansicht, dass die Angelegenheit hier nach seinen Bedingungen zu Ende gebracht werden müsste.«

»War es eine Privatfehde mit Zakajew?«, fragte Scott.

»Möglich ist alles«, brummte Abakow.

Nun war er in seinem Element. Er drängte sich zwischen den Feuerwehrleuten durch, die ihre Schläuche einrollten und Geräte verstauten, begrüßte hier und da einen Polizeibeamten aus Murmansk und sprach in einem rauen, abgehackten Polizeistil mit ihnen, während sie in den Brandüberresten herumstocherten und nach Beweismaterial suchten. Scott und Alex folgten ihm und stiegen dabei vorsichtig über verbrannte Autoteile.

»Das war mal ein BMW«, sagte Abakow über seine Schulter hinweg.

Er blieb stehen, um mit einem Polizeibeamten zu sprechen, der sie dann zu der niedrigen Betontreppe vor dem angesengten Lagerhaus führte. Drinnen wanderte der starke Strahl eines Scheinwerfers über Wände und Stützbalken, während der Lagerhausbesitzer den Schaden abschätzte.

Der Beamte zeigte Abakow drei kleine rußgeschwärzte vollautomatische Waffen, die auf einer Plane auf der obersten Stufe der Betontreppe ausgelegt waren.

»Mikro-Uzis«, sagte Abakow und klopfte mit seinem Kugelschreiber an eine. »Perfekt für den Naheinsatz in einem Zimmer oder einer schmalen Gasse, und sie lassen sich leicht verstecken.« Die kleinen 9mm-Maschinenpistolen hatten Zwanzig-Schuss-Magazine und einklappbare Schulterstützen. »Sie sind die Lieblingswaffen der russischen Mafia«, erklärte Abakow ihnen. Er hielt zwei kleine Metallgegenstände hoch. »Wissen Sie, was das hier ist, Captain?«

»Der Sicherungssplint und der Bügel einer Handgranate«, antwortete Scott.

»Einer tschechischen Handgranate«, fügte Abakow hinzu. »Die sind selten.«

»Hat die den Wagen hochgejagt?«, fragte Alex.

»Höchstwahrscheinlich«, antwortete Abakow.

Der Polizeibeamte sagte etwas zu Abakow, das Scott nicht mitbekam.

»Er sagt, sie hätten Patronenhülsen von zwei unterschiedlichen Kalibern um diese Treppe herum gefunden«, berichtete Abakow. »Einmal neun Millimeter, und dann noch Kaliber .25. Die .25er sind wahrscheinlich von einer tschechischen CZ 92. Da hat sich jemand ganz gut gegen Serow und seine Leute gewehrt. Die Granate hat es wohl zu ihren Gunsten entschieden. Wir werden diese 9mm-Hülsen mit denen vergleichen, die wir in St. Petersburg gefunden haben. Sie stammen wahrscheinlich aus der gleichen Waffe.«

»Dann glauben Sie also, dass Zakajew Serow getötet hat«, sagte Scott. »Und dass er fliehen konnte.«

Abakow zuckte mit den Achseln. »Ich glaube jedenfalls nicht, dass wir Zakajews Leiche auch hier finden werden.«

»Können wir reden?«, fragte Scott.

»Hmm, sicher«, sagte Alex, die vom Apparat ihres Büros in der Botschaft in Moskau aus telefonierte. »Aber könnten Sie sich kurz fassen?«

»Nicht am Telefon«, erwiderte Scott, der sofort spürte, dass sie nicht allein war. »In Franks Apartment. In einer halben Stunde?«

»Ich habe eigentlich ziemlich viel zu tun …«, sagte Alex

zögernd. »Ich habe es Ihnen ja gesagt, deshalb musste ich zurück nach Moskau.«

»Das haben Sie allerdings. Wenn Sie sich wegen David Hoffman Gedanken machen, sagen Sie ihm, ich würde alles später erklären.«

»Scott, Sie dürfen nicht –«, setzte Alex an.

»Tun Sie es einfach«, unterbrach Scott sie.

Alex fand Scott in Drummonds Unterlagen vertieft vor, die er für den Versand in die Staaten vorbereitete. Er hatte sie in Stapeln auf den Ablagebrettern in der Küchenecke ausgelegt. »Was ist denn so verdammt wichtig, dass es nicht bis nach der Arbeit warten kann?«, fragte sie aufgebracht. »Sie wissen, dass ich Ihnen helfen möchte, aber ich hatte kaum eine Chance, mich von unserem Ausflug nach Murmansk zu erholen, David sitzt mir im Nacken, und ich habe tausend Dinge für ihn zu erledigen.«

Scott wischte ihre Beschwerden mit einer Handbewegung beiseite. »Sagen Sie mir lieber, was Frank Ihnen aus Murmansk auf die Mailbox gesprochen hat, statt hier herumzuschimpfen«, forderte er sie auf.

»Jake, Herrgott noch mal!«

»Was hat er gesagt?«

Alex runzelte die Stirn. »Ich habe es Ihnen doch schon gesagt: nichts. Nichts, was ich verstehen konnte. Es war verzerrt, wie das bei Anrufen mit dem Handy oft der Fall ist.«

»Irgendetwas müssen Sie doch verstanden haben«, beharrte Scott.

Alex schnaubte vor Entrüstung. »Wenn Sie mir nicht glauben, hören Sie es sich doch selbst an.«

Scotts Gesicht hellte sich auf. »Soll das heißen, dass sie den Anruf noch auf Ihrer Mailbox haben?«

»Nein, die wird automatisch gelöscht, aber alle Anrufe in der Botschaft werden in der zentralen Sicherheitsdatenbank gespeichert.«

»Kann Jack Slaughter die Aufzeichnung finden?«, fragte Scott sofort.

»Wahrscheinlich schon«, antwortete Alex. »Fragen Sie ihn doch.«

»Das werde ich!«

»Und ich fahre jetzt zurück in mein Büro«, verkündete sie trotzig.

»Warten Sie. Wenn Slaughter die Nachricht findet, möchte ich, dass Sie sie sich zusammen mit mir anhören.«

»Sie scheinen das einfach nicht zu verstehen: Ich arbeite für David Hoffman, nicht für Jake Scott. Ich darf mich nicht hineinziehen lassen in Ihre ...«, sie suchte nach dem passenden Wort, »... Ihre Spielchen!«

»Spielchen?«, fragte er entgeistert zurück. »Halten Sie das für Spielchen? Zwei Männer sind tot – ermordet. Drei weitere sind bei einer Schießerei in Murmansk umgekommen. Es könnte sein, dass jemand spaltbares Material gestohlen hat, um damit eine barbarische Bombe zu bauen. Und Sie glauben, das sind Pläne, die ich mir zurechtgelegt habe?«

Sie ging zu ihm und legte eine Hand auf seinen Arm. »Jake, es tut mir leid, so habe ich das nicht gemeint. Das Wort war schlecht gewählt.«

Sein Blick glitt über ihr schönes Gesicht, als wollte er es sich einprägen. Er hörte sie atmen und roch den Duft ihres Parfüms. Sie hatte den Blick gesenkt, als würde sie ihren eigenen Gedanken nachhängen. Er fragte sich, ob sie schon jemals einen Mann Anteil an ihrem Seelenleben hatte nehmen lassen, und wenn es so war, was für eine Art Mann das wohl war.

»Ach Jake, Sie verstehen das nicht ...«, setzte sie noch einmal an.

»Dann erklär es mir.« Er legte einen Arm um ihre Taille und zog sie leicht an sich.

»Tu das nicht!« Ihr Atem flatterte über seine Wange.

»Was denn?«, fragte er leise.

Sie versuchte, sich von ihm zu lösen, aber er hielt sie fest. »Die Dinge sollen nicht noch komplizierter werden, als sie sowieso schon sind«, hauchte sie.

Scott hob ihr Kinn leicht an, sodass sie ihm in die Augen sah. »Alex, das braucht doch nicht kompliziert zu sein.«

»Das wird es aber, und das will ich zurzeit nicht!«, protestierte sie schwach. Sein Kuss beendete ihren Protest. Sie legte ihre Arme um seinen Hals und drängte sich an ihn. Als sie sich schon kurz darauf wieder von ihm löste, ließ sie jedoch zu, dass er die Hände um ihre Taille liegen ließ. Ihre Lippen glänzten feucht. »Jake, das gibt nur Ärger. Es war schön, aber es hätte nicht passieren dürfen.«

Vielleicht spürte sie selbst, dass ihrem Protest die Glaubwürdigkeit fehlte, denn sie trat von Scott zurück, ging zum Fenster und sah hinaus.

»Ist es wegen David Hoffman?«, fragte Scott.

»Nicht so, wie du meinst. Ich bin nicht in ihn verliebt«, beteuertc sie.

»Aber er in dich?«

Zunächst antwortete sie ihm nicht. Schließlich drehte sie sich vom Fenster weg und sagte leise: »Ich liebe dieses Land und seine Menschen. Ich weiß, dass das bestimmt melodramatisch klingt, aber ich bin der festen Überzeugung, dass ich durch meine Tätigkeit hier einen wichtigen Beitrag dazu leiste, Russland und die Welt sicherer zu machen. Als Frank in Moskau eintraf, war ich sicher, dass er dabei helfen könnte, diesem Albtraum ein Ende zu bereiten, vor dem wir auf der Kola-Halbinsel standen. Aber dann wurde er getötet.

Ich bin weder eine Glaubenskriegerin noch eine Politikerin, und ich möchte dir wirklich helfen, Franks Mörder zu finden, aber ich habe auch noch andere Verpflichtungen. Gegenüber den Menschen, zu deren Wohl ich arbeite, und gegenüber meinen Kollegen hier in der Botschaft. Wir sind nicht immer eine große, glückliche Familie, aber es ist eine enge Gemeinschaft.« Sie wendete sich nun ganz Scott zu. »Macht das für dich Sinn?«

»Sicher«, sagte Scott. »Hör zu, ich will dir hier keine Probleme machen. Wie du richtig gesagt hast, musst du weiter mit David leben, wenn ich nicht mehr in Moskau bin. Trotzdem brauche ich deine Hilfe. Du bist die letzte Person, die von Frank gehört hat – ja, ich weiß schon, die Nachricht war verzerrt –, aber vielleicht ist doch etwas zu verstehen, das deinem Gedächtnis auf die Sprünge hilft.«

Scott schwankte auf der Grenze zwischen Phantasie und Wirklichkeit. Seine nachrichtendienstliche Erfahrung hatte ihn gelehrt, auch die unbedeutendste Information zu beachten, selbst wenn sie noch so nichtssagend schien. Er hatte sich durch Drummonds Unterlagen gewühlt und eine Verbindung zwischen Frank und Zakajew gefunden. Abakow vermutete Kontakte zwischen Zakajew und Serow. Außerdem gab es auch eine Verbindung zwischen Radschenko, Drummond und der K-363 – was für Scott bedeutete, dass auch ihr Kapitän Georgi Litwanow im Spiel sein musste.

Noch etwas fiel ihm ein. Die erste Regel nachrichtendienstlicher Arbeit: Keine voreiligen Schlüsse. Zweite Regel nachrichtendienstlicher Arbeit: Bau dir eine Prämisse. Dritte Regel …

irgendetwas mit Logik und Vernunft, aber die waren hier nicht mehr im Spiel.

»Also gut«, sagte Alex, »Versuchen wir, meinem Gedächtnis auf die Sprünge zu helfen.«

»*Tauchmanöver einleiten!*«, ertönte es blechern aus der Sprechanlage.

Georgi Litwanow stand mit der Stoppuhr in der Hand in der Kommandozentrale und verfolgte eine Reihe von sorgfältig aufeinander abgestimmten Manövern, um das Kampf-Atom-U-Boot der Akula-Klasse mit seinen achttausend Tonnen Wasserverdrängung so schnell wie möglich unter Wasser zu bringen. Der Singsang der Befehle erfolgte in voller Lautstärke.

»Volle Tauchstellung für Bug- und Achter-Höhenruder! Gehen Sie runter auf einhundert Meter! Beide Maschinen halbe Kraft voraus!«

Litwanow drückte auf die Stoppuhr, merkte sich die abgelaufene Zeit und sah dann auf den Kompass. Die K-363 lief auf nördlichem Kurs aus der Olenya-Bucht aus.

Litwanows Blick wanderte zu Oberleutnant Karpenko hinüber, dem jungen Deckoffizier. Erwartungsvoll erwiderte er Litwanows Blick.

»Die russische Marine wird uns suchen, Sie Idiot!«, brüllte Litwanow. Seine Worte prasselten wie Kugeln aus einem Maschinengewehr auf Karpenko ein. »Glauben Sie vielleicht, wir könnten ihnen weismachen, wir würden nur eine Nachtübung durchführen? Niemals! Wenn ich den Befehl gebe, will ich, dass dieses Boot in dreißig Sekunden abgetaucht ist – nicht in fünfundvierzig oder sechzig. Kapieren Sie das?«

»Kapitan, ich –«

»Ich, ich, ich«, äffte Litwanow ihn nach. »Sind Sie nicht nur dumm, sondern außerdem noch taub?«

Karpenko zuckte während dieser Schimpfkanonade unter den Augen der Besatzung in der Kommandozentrale zusammen.

Plötzlich breitete sich eine bedrückende Stille in dem Boot aus. Litwanow sah mit wutverzerrtem Gesicht seine Offiziere und die Mannschaft an. Auch Zakajew und das Mädchen ließ er nicht aus, die sich in eine unbenutzte Ecke der rot beleuchteten Kommandozentrale gedrückt hatten, um der Mannschaft nicht im Weg zu sein.

»Der Tauchvorgang hat zweiundfünfzig Sekunden gedauert. Warum? Ich will Ihnen sagen, warum. Weil Sie für beide Maschinen nur halbe Kraft voraus befohlen haben, Karpenko, nicht volle Kraft voraus.«

»Kapitan, ich kann das erklären –«, krächzte der unglückliche Karpenko.

»Ruhe!«

Das Geräusch der Tropfen, die in die Bilge fielen, hallte durch die Kommandozentrale.

Litwanow steckte sich mit einem flackernden Streichholz eine Zigarette an. Nach ein paar Zügen sagte er zu seinem *Starpom* (stellvertretender Kommandeur), Kapitänleutnant Weroschilow, der an der Tauchstation Dienst hatte: »Sie werden Karpenko von der Wachliste nehmen, bis er dahintergekommen ist, wie man mit dieser Schüssel in dreißig Sekunden taucht.«

Weroschilow nahm Haltung an. »Jawohl, Kapitan.«

Litwanow richtete seinen Blick wieder auf Karpenko. »Wegtreten!«

Zakajew ging hinunter in den inneren Bereich der K-363, der nach ungewaschenen Körpern und nicht sauberen Toiletten stank. Er betrat die Offiziersmesse, wo Litwanow bei einem Teller Linsensuppe, Heringen mit Hafergrütze und einer Flasche Wodka saß.

»Darf ich mich zu Ihnen setzen, Kapitan?«, fragte er höflich.

Litwanow schickte den Messeburschen hinaus und schaufelte sich dabei weiter Essen in den Mund, das er ungeniert mit Wodka hinunterspülte. Zakajew setzte sich auf die ledergepolsterte Sitzbank gegenüber von Litwanow.

Nach einer Weile sagte der Kapitän, ohne dabei von seinem Essen aufzusehen: »Ich weiß, was Sie jetzt denken.«

Er schob die Wodkaflasche mit einer heftigen Bewegung über den Tisch, so dass sie fast umgekippt wäre. Zakajew konnte sie gerade noch mit einer Hand auffangen, bevor sie über den Rand rutschte. Er zog den Korken heraus und goss sich etwas in ein Glas, trank aber nicht.

»Der Erfolg dieser Operation hängt davon ab, wie gut die Mannschaft ihre Pflicht erfüllt«, sagte Litwanow weiter. »Fehler können wir uns nicht erlauben. Karpenko hat einen Fehler gemacht und muss den Preis dafür zahlen. Vor der Mannschaft zusammengestaucht zu werden unterstützt die Konzentrationsfähigkeit. Unser Leben und der Erfolg dieser Mission hängen davon ab, dass jeder Mann perfekt seine Pflicht tut.«

Zakajew wusste, dass Litwanow ein stolzer, engagierter Mann war und die felsenfeste Überzeugung vertrat, dass Widrigkeiten charakterbildend seien. Trotzdem sagte er: »Ihre Männer sind Freiwillige, keine Wehrpflichtigen.«

»Und? Weiter?«

»Sie kommen mir nervös vor. Vielleicht sind Sie zu hart zu ihnen.«

Litwanow schob Teller und Besteck zur Seite und zündete sich eine Zigarette an. »Im Gegenteil, meine harte Hand wird Wunder wirken. Wie Sie, General, lege ich besonderen Wert auf Charakterstärke und Opferbereitschaft. Sie werden nicht enttäuscht werden. Die Mission wird ein Erfolg. Ich garantiere es Ihnen.«

Zakajew glaubte ihm. Er war der abgespeckten Mannschaft vorgestellt worden, hatte seine Begleitern aber seinerseits nicht vorgestellt. Die Männer hatten auf ihr Erscheinen an Bord nur mit mäßiger Neugier reagiert. »Weil sie eine von uns ist, bedeutet ihnen der alte Seemannsaberglaube, dass eine Frau an Bord Unglück bringt, absolut nichts«, hatte Litwanow damals verkündet.

Die Matrosen der K-363, die zum Teil kaum zwanzig waren, erinnerten Zakajew mit ihrem spärlichen Bartwuchs, ihren kurzen Haaren und vor allem dem Ausdruck von freudiger Erwartung in ihren Gesichtern an die jungen Männer, die er in Tschetschenien befehligt hatte. Ihre Verbitterung war zu groß und ließ keine Zweifel an ihrem Sieg zu. Deshalb hatten die Matrosen ihre Entschlossenheit bekräftigt, sich selbst als Rache für ihre Familien zu opfern und die verhassten Russen zu vernichten. Sie hatten sich alle zugeprostet, Zakajew militärisch begrüßt, dem Mädchen zugenickt und waren dann wieder an ihre Arbeit gegangen.

Vorher waren Zakajew und das Mädchen an Bord der K-363 gegangen, wo sie in einem tiefen Fjord in dem U-Boot-Stützpunkt der russischen Nordmeerflotte in der Olenya-Bucht an einem zerfallenden Pier vor Anker lag. Der Fjord war von Hügeln umgeben, die mit Gebüsch und Birken bewachsen waren, und führte zu einem Kanal, der regelmäßig ausgebaggert wurde, und in die Barentssee mündete. Am Ende des Fjords lagen nicht weit von der K-363 zwanzig veraltete Atom-U-Boote aufgereiht wie Sardinen in einer Dose und warteten darauf, dass sie endlich mit der Zerlegung in der Werft an der Reihe waren. Zakajew, der in der Dunkelheit auf dem runden schneebedeckten Rumpf der K-363 stand und zum Ufer gegenüber sah, konnte gerade noch den Bug eines alten U-Boots mit Dieselmotor, das versenkt worden war, sehen, der in einem Winkel von fünfundvierzig Grad aus dem öligen Wasser des Fjords herausragte. Nicht einmal eine Boje markierte das Grab.

Starpom Weroschilow war aus einem offenen Luk gestiegen und sah sich um, um die Wetteraussichten zu überprüfen. »Es klart auf«, sagte er hauptsächlich zu sich selbst nach einem Blick zum Nachthimmel, wo sich Lücken in der Wolkendecke auftaten und hier und da sogar Sterne zu sehen waren. »Sinkende Temperaturen. Ruhige See.«

Litwanow erschien an Deck. »Starpom, lassen Sie zum Auslaufen vorbereiten!«, befahl er. »Wir laufen bei Hochflut aus.«

»Aye, aye, Kapitan.«

»Was ergab der letzte Appell?«

Das wusste Weroschilow auswendig. »Die dreiundzwanzig Mann, die Sie ausgesucht haben, sind an Bord. Der Rest – zehn Offiziere, acht Bootsleute, drei Maate, zehn Matrosen – sind auf Landgang und werden zurückgelassen.«

»Ausgezeichnet.«

Weroschilow hatte seinen Bericht erstattet und war dann nach vorne zu der Gangway gegangen, wo er ein dünnes schwarzes herabhängendes Kabel abklemmte, das zwischen dem Pier und der K-363 hing. Dieses Kabel ermöglichte telefonischen Kontakt mit dem U-Boot-Hauptquartier in dem weitläufigen Komplex des Marinestützpunkts Olenya-Bucht. Das Telefon klingelte nur äußerst selten, was Litwanow bestens passte.

Der Kapitän hatte zu der russischen Trikolore – weiß, blau und rot – hinaufgesehen, die am Turm an einer Stange flatterte, und dann drehte er sich zu Zakajew um und sagte: »Also, jetzt geht es los!«

Wenig später manövrierte Litwanow die K-363 weg vom Pier und führte sie in langsamer Fahrt im Schutz der Dunkelheit den Fluss Tuloma hinunter. Er hatte Zakajew auf die Brücke im stromlinienförmigen Turm des U-Boots eingeladen, und während sie lautlos den Fluss hinunterglitten, hatte er ihm wie ein Fremdenführer auf einer Kreuzfahrt die Sehenswürdigkeiten gezeigt: dunkle, verlassene Kriegsschiffe, die auf Reede lagen; zwei rostige und fleckige Transportschiffe für radioaktiven Abfall, die *Amur* und die *Vala*; den Letinski-Leuchtturm an dem Punkt, wo der Tuloma in die Kola-Bucht mündete, der aber nicht mehr in Betrieb war. Graupelschauer prasselten auf die K-363.

»So viel zum Wetterbericht«, hatte Litwanow gesagt und dann die Sirene, die das Tauchmanöver ankündigte, eingeschaltet.

Jetzt stand Litwanow am Kartentisch in der Kommandozentrale und kalkulierte Entfernungen und Peilungen. Er musterte die Karte und mahlte dabei unablässig mit dem Unterkiefer, als würde er eine lautlose Beschwörung vor sich hin murmeln, die nur er kannte. Er richtete sich an Starpom Weroschilow, der außerdem der Navigationsoffizier des Schiffs war: »Halten Sie diesen Kurs, bis wir die Kanal-Markierungsboje in« – er sah kurz zu dem Chronometer hoch, der über dem Kartentisch hing – »zwanzig Minuten passieren. Dann gehen Sie auf Kurs drei-fünf-null.«

»Aye, aye, Kapitan«, sagte Weroschilow und markierte ihren Kurs, der sie sechs Seemeilen westlich der Insel Kil'din vor der Kola-Halbinsel vorbeiführen würde.

Die K-363 schlich im Lautlosbetrieb unter Wasser mit fünf Knoten nach Nordosten. Die Spannung war stetig gewachsen und zeigte sich in den glatten Gesichtern der Matrosen, die in der Kommandozentrale Dienst taten und sich immer wieder nervöse Blicke zuwarfen. Es war ihnen klar, dass die Unterwasserfahrt der K-363 durch die Kola-Bucht einen groben Verstoß gegen die Bestimmungen der Nordmeerflotte darstellte und dass sie Gefahr liefen, von den russischen Schnellbooten angegriffen zu werden, die eindringende fremde U-Boote abfangen sollten.

Litwanow tippte auf die Karte und sagte: »Nichts von irgendwelchen Schnellbooten zu sehen. Das ist auch gut so – diese Idioten könnten in Panik geraten, wenn sie uns sehen, und anfangen, Wasserbomben zu werfen.« Er warf dem Mädchen, das in einem der weiten U-Boot-Dienstanzüge, der ihre schlanke Figur verbarg, steckte und neben ihm stand, einen Blick zu, um ihre Reaktion zu überprüfen. Sie begegnete seinem Blick gleichmütig mit ihren großen ausdrucksvollen Augen und sagte kein Wort.

»Was glauben Sie, wo befinden sie sich?«, fragte Zakajew.

Litwanow zuckte mit den Achseln. »Eventuell haben sie einen Wal gehört, ihn für ein U-Boot gehalten und sind Meilen von hier hinter ihm her. Oder vielleicht haben sie sich auch entschlossen, irgendwo zu lauern, um irgendeinen armen Fischer zu fangen, der seine Netze in einem verbotenen Bereich ausgeworfen hat. Das kann man nie wissen.«

»Wie gut sind ihre Lauschgeräte?«

»Ganz anständig. Sie haben am Rumpf montierte versenkte

Sonare, Torpedos, Schiffsabwehr-Raketen und Bordkanonen. Eklige kleine Dinger. Aber sie warten ihre Ausrüstung nicht, und außerdem werden sie träge, weil nie irgendetwas Aufregendes passiert. Jetzt, da die *Amerikanskis* uns nicht mehr nachspionieren wie früher, haben sie nichts mehr zu tun. Im Kalten Krieg haben sie die Nasen ihrer Boote der Los-Angeles-Klasse bis in das Tuloma-Delta gesteckt und –«

»Kapitan, Sonar. Kontaktpeilung auf null-fünf-null Grad!«

Litwanow griff nach dem *Kaschtan*-Mikro, das an einem Spiralkabel von der Decke hing.

»Feuerleitstelle, hier Kapitan. Entfernung?«

Die Entfernung wurde mit Hilfe von Mehrfach-Peilungen festgestellt. »Unter viertausend Meter.«

Litwanow schob sich vom Kartentisch weg und ging in den vorderen Bereich der Kommandozentrale, um in den Sonarraum hineinzusehen, wo eine Geräusch-Spitze aus einem grünen Wasserfall herausragte, der langsam über einen Monitor des Sonars nach unten lief.

»Kontakt wandert nach Südosten, Kapitan.« Der leitende Sonaroffizier, der gespannt den Kontakt verfolgte, sah nicht auf. »Schwaches Geräusch einer Doppelschraube – ich würde sagen, sechzig Umdrehungen.«

»Fünf Knoten«, sagte Litwanow. Er kniff sich in die Nase und wartete ab.

Eine Minute später sah der Sonaroffizier zu ihm auf. »Kontakt bewegt sich achtern von der Breitseite. Keine Veränderung der Geschwindigkeit.«

»Können Sie ihn identifizieren?«, fragte Litwanow.

Der Feuerleitcomputer durchsuchte seine Datenbänke nach einem passenden Geräuschprofil. »MPK-Schnellboot, Kapitan.«

Litwanow überlegte. Die K-363 war noch mehr als zehn Minuten entfernt von einem geplanten Kurswechsel nach Nordwesten und in die Barentssee, aber jetzt mussten sie diesem lästigen Schnellboot ausweichen. »Schwenken Sie zehn Grad nach links!«, befahl Litwanow knapp.

»Zehn Grad nach links schwenken, aye«, bestätigte der Steuermann.

Litwanow wartete ab, während sich die K-363 leicht drehte und ihren neuen Kurs einschlug. »Was ist?«

»Kontakt nimmt ab, Kapitan.«

Weroschilow fuhr sich mit der Zunge über die trocken gewordenen Lippen. Er hatte die Aktion auf der Karte verfolgt und einige Kurskorrektoren darauf von Hand vorgenommen. Normalerweise wurde der Kurs automatisch von einem Schreiber auf einer Acetat-Folie korrigiert. Er beobachtete außerdem die Wassertiefe unter dem Kiel und verglich sie mit den Informationen auf der Karte. Eine Messung mit dem Echolot würde sie bestätigen, aber ein »Ping«, das vom Meeresboden zurückgeworfen wurde, würde ihre Position verraten.

»Halten Sie diesen Kurs fünfzehn Minuten lang!«, befahl Litwanow. »Dann werden wir wieder unseren ursprünglichen Kurs einschlagen. Bis dahin ist er vielleicht wieder weg.« Er bemerkte, dass Zakajew ihn beobachtete. »Was habe ich Ihnen gesagt?«

Zakajew sah zu dem Mädchen hinüber. Sie machte einen gelassenen Eindruck, war zugleich aber von der ungeheuren Komplexität der Kommandozentrale fasziniert. Drähte und Kabel, manche davon so dick wie ein Männerarm, wanden sich wie Schlangen über jede freie Fläche am Rumpf. Männer saßen oder standen vor Kontrollschirmen und Konsolen voller roter, grüner und orangefarbiger Lämpchen, die den Status des Kernreaktors, des Feuerlöschsystems, der Bewaffnung, der möglichen Gegenmaßnahmen und der Rumpfdichte anzeigten. Andere Männer saßen auf bequem gepolsterten Bürosesseln und bedienten die Räder und Joysticks, mit denen sie Richtung und Lage des Bootes unter Wasser kontrollierten. Überall in der Abteilung ragte eine verwirrende Vielfalt von Ventilen und Bedienungselementen aus Rohren und hydraulischen Leitungen, die ihrerseits in alle erdenklichen Richtungen führten und allem Anschein nach von einer Horde wahnsinnig gewordener Klempner verlegt worden waren.

Litwanow stand mit verschränkten Armen und vor Konzentration gerunzelter Stirn bei der Periskophalterung und wartete auf neue Berichte vom Sonar.

»Alles klar, Kapitan. Kontakt lässt nach.«

Litwanow gab Order, den vorherigen Kurs wieder aufzunehmen. Dann befahl er: »Aufsteigen auf Periskoptiefe!«

»Periskoptiefe, aye. Vorne und achtern zehn hoch.«

Die K-363 stieg zur Oberfläche hoch.

Litwanow ging zum Nachtsichtgerät. Er bedeutete dem Steuermannsmaat, es auszufahren. Der zog den Periskophebegriff, und das dicke Rohr des Periskops stieg aus seinem Schacht im Deck auf. Der Kapitän klappte die Lenkungshaltegriffe des Periskops herunter, sobald diese über dem Schacht erschienen. Zunächst kauerte er sich nieder und drückte die Augen an die Gummiarmierung der Okulare, folgte dann aber dem aufsteigenden Periskop, bis er aufrecht stand. Zunächst schwenkte der das Gerät 360° herum, um sich vor Überraschungen zu schützen, dann richtete er es auf die Peilung, in der das Sonar das Schnellboot in langsamer Fahrt achtern auf der Steuerbordseite gemeldet hatte. Er schwenkte das Periskop wiederholt nach links und rechts.

Nichts.

Er suchte direkt achtern. Auch dort war alles klar, bis auf den grauen Vorhang eines Schneeschauers, der sich von der Insel Kil'din langsam auf das Meer hinausschob. Noch ein Schwenk von 360 Grad. »Alles klar. Periskop einfahren.«

Litwanow schob sich von dem herabsinkenden Rohr weg. »Kommen Sie. Genehmigen wir uns einen Drink.«

8

US-Botschaft, Moskau

Jack Slaughter hatte mehrere Stunden in einem Zimmer im Herzen des Kommunikationszentrums der Botschaft im zweiten Untergeschoss vor einer Konsole mit Computern und Monitoren gesessen. Er hatte sich über COMSEC – Communications Security (Kommunikationssicherung) – in die Kontrolle der gespeicherten Programmkontrolle des Mailbox-Systems eingeloggt und schließlich Drummonds Mailbox-Nachricht an Alex gefunden.

Mit Hilfe von Filtern und Modulationsverfahren war es Slaughter gelungen, viele der durch Signalschwund verursachten Fehler in der Nachricht zu überbrücken. Scott und Alex hörten sie sich mit Kopfhörern immer wieder an, aber trotz allem waren nur zwei Bruchstücke klar genug herausgefiltert worden, die einigermaßen verständlich waren: »Ich bleibe da« und »werde morgen zurückkehren«.

Während Slaughter weiter sein Glück versuchte, erklärte er Scott und Alex, wie kompliziert der Umgang mit Pfadabweichungseffekten, Hall-Unterdrückung und modulierten Signal-Parametern war. Schließlich drehte er sich mit seinem Bürostuhl herum und sagte: »Versuchen Sie jetzt, ob es besser geworden ist.«

Scott hörte genau zu, aber Drummonds Stimme war nach wie vor durch Nebengeräusche und Signalschwund stark verzerrt, und die Qualität der Nachricht war kaum besser geworden. »Haben Sie vielleicht eine Idee, was sonst noch funktionieren könnte?«, fragte er schließlich.

»Ich fürchte, nein«, sagte Slaughter. »Ich habe alles versucht, was ich so in meiner Trickkiste habe. Handy-Anrufe aus dem Norden sind notorisch schlecht. Schade, dass er nicht sein Satelliten-Telefon benutzt hat. Die russischen Boden-Relaisstationen müssen sehr weite Übertragungswege überwinden, die die Signale oft stark verzerren.«

»Was ist mit seinem abgeschirmten Handy?«, fragte Scott. »Warum hat er das nicht benutzt?«

»Gute Frage«, sagte Slaughter. »Haben Sie das übrigens inzwischen gefunden?«

»Nein.«

»Wer es auch immer gestohlen hat, es wird ihnen nichts nützen. Es ist gesperrt.«

Alex sah die Enttäuschung in Scotts Gesicht. »Schade, Jake, ich dachte, wir wären wirklich auf etwas gestoßen.«

Das Telefon an Slaughters Arbeitsplatz klingelte. Er nahm ab, hörte kurz zu und drückte dann auf den Warteknopf. »Es ist für Sie, Captain Scott, Mr. Stretzlof am Apparat.«

Scott und Alex wurden bereits vom Missionschef Viktor Stretzlof in einem der speziell abgeschirmten, absolut abhörsicheren Räume der Botschaft im ersten Stock erwartet. Er saß am Kopf eines langen, sargförmigen Mahagoni-Konferenztischs und trank mit einem Strohhalm Diätcola. David saß links neben ihm und musterte Alex und Scott mit versteinertem Gesicht.

»Nur zu Ihrer Information, Captain Scott«, sagte Stretzlof ohne Begrüßung, »die Benutzung des Kommunikationszentrums der Botschaft ist auf die Versendung und den Empfang von offiziellen Mitteilungen der Botschaft beschränkt. Es darf nicht für irgendwelche anderen Zwecke benutzt werden.«

Scott ließ sich nicht einschüchtern. »Jack Slaughter hat mir dabei geholfen, Nachrichten zu überprüfen, die Admiral Drummond an Dr. Thorne geschickt hatte, bevor er ermordet wurde«, sagte er. »Es war nach meiner Einschätzung wichtig zu erfahren, was er ihr mitzuteilen versuchte.«

»General Radford hat mich über den Inhalt Ihrer Befehle informiert«, sagte Stretzlof ernst. Er trug gern Hosenträger und gestärkte blaue Hemden mit weißem Kragen und Manschetten, die bei Bewegungen knisterten. So war es auch jetzt, als er sich zuerst Alex und dann Scott zuwendete. »Sie haben sie allem Anschein nach eklatant überschritten. Sie haben darüber hinaus Dr. Thorne in ihre Abenteuer mit hineingezogen. Wie mich David informiert hat, hat sie das von wichtigen Aufgaben in- und außerhalb der Botschaft ferngehalten. General Radford hat Ihnen ausdrücklich befohlen, Ihre Tätigkeit ausschließlich auf die Überführung der sterblichen Überreste von Konteradmiral Drummond sowie auf die Sicherung seiner Dokumente zu beschränken. Offensichtlich haben Sie sich wieder einmal bemüßigt gesehen, Ihren Auftrag auszuweiten.«

»Mr. Stretzlof, ich kann alles erklären –«, begann Alex.

Stretzlof unterbrach sie mit einer heftigen Handbewegung, die seine Hängebacken leicht zum Zittern brachte. »Ich möchte Captain Scotts Erklärung hören, nicht Ihre, Dr. Thorne.«

»Bei meinem *Abenteuer,* wie Sie das nennen«, meldete sich nun Scott zu Wort, »geht es um den Mord an einem amerikanischen Marineoffizier –«

»Das ist eine reine Vermutung von Ihnen, Captain, oder nicht?«, unterbrach Stretzlof erneut. »Der offizielle FSB-Bericht besagt, dass Drummond Selbstmord begangen hat.«

»Der FSB-Bericht irrt sich.«

»Ach, tatsächlich?«, sagte Stretzlof mit übertriebener Überraschung. »Und ich nehme an, Sie haben bombensichere Beweise, die den FSB widerlegen.«

»Allerdings bin ich bereits im Besitz von bestimmten Informationen. Und ich erwarte in naher Zukunft noch mehr. Alex – Dr. Thorne – hat mich bei der Untersuchung unterstützt. Meiner Überzeugung nach könnte Frank ermordet worden sein, weil er auf Informationen über Aktivitäten tschetschenischer Terroristen in Russland gestoßen ist.«

»Na so was, Sie sind ja ein richtiger Detektiv«, sagte Stretzlof spöttisch. Er schob seine Cola zur Seite. »Aber General Radfords Befehle autorisieren Sie nicht, eine polizeiliche Untersuchung in Russland durchzuführen.«

»Und ebenso wenig autorisieren sie Sie, Alex zu Ihrer Hilfe einzuspannen«, fügte Hoffman hinzu.

»Ich habe das freiwillig gemacht, David«, sagte Alex. »Da ich mit Admiral Drummond zusammengearbeitet habe, dachte ich, jede Information von mir könnte Captain Scotts Untersuchung unterstützen.«

»Da haben wir es schon wieder«, sagte Stretzlof. »Captain Scott ist nicht hier, um eine Untersuchung durchzuführen. Ist das klar?«

»Mr. Stretzlof, David, ich war selbst sehr skeptisch, als Jake mir von seinem Verdacht erzählt hat, Frank könnte ermordet worden sein«, gab Alex mit fester Stimme zurück. »Inzwischen habe ich aber Beweismaterial gesehen – zum Teil Indizien, das gebe ich zu –, das dem FSB-Bericht widerspricht. Außerdem glauben wir –«

»Alex, das genügt«, unterbrach Scott sie.

»Nein, lassen Sie sie ausreden«, sagte Stretzlof.

»Ich bin nicht autorisiert, unsere Erkenntnisse weiterzugeben, und sie ist es auch nicht«, beharrte Scott.

»Ach, wirklich?« Wieder war ein höhnischer Tonfall in Stretzlofs Stimme getreten. »So ein Glück für Sie, dass Sie Ihre Befehle auslegen können, wie es Ihnen gerade passt.«

»Sie liegen da völlig falsch, Mr. Stretzlof«, widersprach Scott. »Ich tue nichts dergleichen, und ich spiele auch nicht Detektiv. Ich versuche lediglich herauszufinden, warum ein Amerikaner in Russland ermordet worden ist. Wenn Terrorismus mit im Spiel ist, sollte Ihnen das auch Sorgen machen.«

Stretzlofs Gesicht war wie versteinert. »Erlauben Sie sich nicht, mir zu sagen, was mir Sorgen machen sollte oder nicht. Ich bin einigermaßen über Ihre Vorgeschichte informiert, Captain, und Sie scheinen eine Neigung dazu zu haben, Angelegenheiten selbst in die Hand zu nehmen, wenn Ihnen die Befehle, die Sie erhalten haben, nicht passen.«

»Wenn Sie sich die Mühe machen würden, sich die Tatsachen anzusehen, würde das Ihre Annahmen widerlegen«, sagte Scott.

Hoffman räusperte sich. »Alex, Mr. Stretzlof und ich haben beschlossen, Sie von einer weiteren Beteiligung an Captain Scotts Auftrag zu entbinden. Haben Sie das verstanden?«

»David, ich –«, setzte sie an.

»Haben Sie das verstanden?«, fragte Hoffman noch einmal.

Sie nickte.

»Gut. Der Präsident kommt nächste Woche Mittwoch in St. Petersburg an …«

»Ich kenne den Ablaufplan des Präsidentenbesuchs, David«, sagte Alex ungeduldig.

»Dann wissen Sie auch, dass wir noch viel zu tun haben, bis wir fertig sind.«

»Ich mache meine Arbeit!«, sagte Alex. Sie konnte nur mit

Mühe verbergen, wie ärgerlich und peinlich es für sie war, hier wie eine bessere Sekretärin behandelt zu werden.

»Lassen Sie es nicht an Alex aus«, sagte Scott zu Hoffman. »Ich habe sie zu der Zusammenarbeit mit mir in dieser Untersuchung abkommandiert, und Sie hat gute Arbeit geleistet.«

»Ich sagte es Ihnen schon, Scott, sie arbeitet für die DOE, nicht für die US Navy.«

Stretzlof hob eine Hand. »Und wie weit sind Sie mit Ihrer sogenannten Untersuchung gekommen?«, fragte er trocken.

»Ich beabsichtige, General Radford heute Abend die Ergebnisse mitzuteilen«, antwortete Scott kühl.

»Ja, tun Sie das«, sagte Stretzlof. Er schlug einen Aktenordner auf und nahm den Durchschlag einer Benachrichtigung heraus, den er Scott zuschob. »Das ist von General Radford. Sie können feststellen, dass es auch an mich gerichtet ist.«

Scott warf einen kurzen Blick auf die Nachricht und sagte: »Danke.«

Stretzlof stand auf. »Bis General Radford Ihre gegenwärtigen Befehle widerruft oder ändert, werden Sie während Ihres Aufenthalts in diesem Land Ihre Nachforschungen über Admiral Drummonds Selbstmord einstellen. Ich werde dem Botschafter von diesem Gespräch berichten und es zu Protokoll geben.«

Auch die anderen erhoben sich. »Ich werde General Radford von diesem Gespräch berichten und auch das zu Protokoll geben«, erwiderte Scott.

»Guten Tag«, sagte Stretzlof und ging hinaus.

Hoffman richtete sich beim Hinausgehen an Alex. »Wir haben um vier Uhr eine Personalversammlung.«

Als Alex allein mit Scott in dem abgeschirmten Raum war,

sagte sie: »Es tut mir leid. Stretzlof könnte einen kräftigen Tritt in die Eier vertragen. David auch.«

Scott reagierte darauf nicht, und so trat sie näher zu ihm. »Was will General Radford?«

Scott zeigte ihr die Nachricht. Sie lautete: SOFORT BERICHT ERSTATTEN.

Es klopfte an die Tür. »Darf ich reinkommen?«

»Wir sollen uns doch voneinander fernhalten«, sagte Scott.

Alex trat in Drummonds Apartment. Sie trug ihre daunengefütterte Jacke, eine Seidenbluse, Jeans und Sneaker. Ihr Haar sah frisch gewaschen aus, und sie roch gut. »Beruflich, nicht privat. Außerdem geht es Viktor oder David nichts an, was ich in meiner Freizeit mache.«

»Wie war die Personalversammlung?«, erkundigte sich Scott.

»Langweilig. Ich dachte mir, dass ich dich hier finden würde. Was machst du gerade?«

»Ich habe gerade Franks Sachen fertig eingepackt.« Scott deutete auf mehrere Kisten, die mit einem speziellen fälschungssicheren Band versiegelt mitten im Wohnzimmer auf dem Boden standen. Dabei waren auch zwei mit Reißverschluss versehene Kleidersäcke mit Drummonds Uniformen und Zivilkleidung sowie ein verbeulter Aluminiumkoffer. Er versetzte einer der Kisten einen Tritt. »Akten.«

Alex sah sich in dem Apartment um. »Es ist, als wäre Frank nie hier gewesen.«

»So will es Stretzlof haben«, stellte Scott fest.

»Hast du schon mit General Radford gesprochen?«, erkundigte sie sich.

»Ich war noch nicht bereit dafür.«

»Wird die Lage dadurch nicht noch schlimmer?«, fragte sie besorgt.

Scott schnaubte verächtlich. »Was kann er schon tun? Mich ohne Franks Leiche in die Staaten zurückbeordern?«

Alex legte ihre Arme um sich. »Hast du alles vorbereitet?«

»Der Papierkram ist fertig.« Er deutete auf einen Stapel Formulare auf dem Kaffeetisch. »Ich gebe das morgen an Abakow weiter. Momentan hat er mit den beiden Schießereien zu tun, der in St. Petersburg und der in Murmansk.« Er stellte seine Tätigkeit ein und sah sie an.

Sie erwiderte seinen Blick, sagte aber nichts.

»Hast du Lust auf einen Drink?«, fragte er schließlich. »Ich habe doch hier irgendwo eine Flasche gesehen.«

»Klar.« Alex zog ihre Daunenjacke aus und hängte sie über einen Stuhl.

Sie setzten sich auf das Sofa und tranken eisgekühlten Wodka. Alex legte ihre Füße auf den Kaffeetisch, passte dabei aber genau auf, dass den Formularen für Abakow nichts geschah. »Wenn du aus Russland wegfährst, gehst du dann wieder auf dein U-Boot?«

»Das liegt an Radford«, sagte Scott.

»Aber er ist doch nicht dein Vorgesetzter?«, wandte Alex ein.

»Jetzt schon. Er wird ein Wörtchen mitzureden haben, was nach diesem Auftrag in Moskau aus mir wird. Ich habe das Gefühl, dass er nicht glücklich darüber sein wird, dass ich – wie hat Stretzlof das gleich noch genannt? – *meinen Auftrag ausgeweitet* habe. Zu komisch!«

Alex überlegte, zögerte kurz, aber dann sagte sie: »Was hat Stretzlof gemeint, als er sagte, er würde deine Vorgeschichte kennen, dass du die Dinge gern selbst in die Hand nimmst?«

»Damit hat er einen Zwischenfall angesprochen, in den ich vor einer Weile verwickelt war. Ich hatte da ein paar Probleme«, sagte er ausweichend.

»Mit anderen Worten, du willst nicht darüber sprechen.«

Scott saß vornübergebeugt auf der Kante des Sofas und sagte kein Wort.

»Es tut mir leid.« Sie richtete sich auf und stellte ihr Glas auf dem Tisch ab. »Vielleicht sollte ich gehen.«

Er sah sich zu ihr um. »Nein. Geh nicht«, sagte er und griff nach ihrem Arm, um sie aufzuhalten.

Sie lehnte sich zurück und sah ihn von der Seite an.

Scott ließ sich in die Kissen sinken. »Es war ein Spezialauftrag. Wir hätten fast ein paar Männer verloren. Befehle gerieten durcheinander. Ich habe etwas getan, was ich eigentlich nicht hätte tun dürfen, und das verfolgt mich seitdem überallhin. Sogar bis nach Moskau«, stieß er bitter hervor.

Ein Teil seiner Vergangenheit war plötzlich aus einer dunklen Stelle hervorgebrochen, und er war sich nicht sicher, wie das geschehen konnte. Ihr Schweigen ließ ihn zögern, noch mehr darüber zu erzählen.

Er spürte ihre Wärme neben sich und fühlte den vertrauten Stachel des Verlangens. Er versuchte, sich auf die Realität zu konzentrieren und Phantasievorstellungen zu verbannen, aber sie hatte Gefühle in ihm geweckt, die er nach dem Abschied von Tracy für endgültig begraben gehalten hatte. Er bereute seinen vorausgegangenen unbeholfenen Versuch, festzustellen, wie verfügbar Alex war. Es durfte nicht passieren, hatte sie gesagt. Trotzdem, bei Gott, er hatte sich danach gesehnt.

Er spürte ihren Blick. »Alex, als ich heute –«

Sie legte ihm einen Finger an die Lippen. »Sag jetzt nichts.«

Scott zog ihren Kopf herab, und sie küssten sich. Ihr Mund

war weich und feucht, so, wie er ihn in Erinnerung hatte. Sein Mund wanderte zu ihrem Hals, ihrem Brustansatz und unter der weiten Seidenbluse zu ihrem Bauch. Seine Hände glitten über ihre warme, weiche Haut.

Alex richtete sich halb auf, um ihre Jeans aufzumachen. Scott nahm seinen Mund von ihren festen, wohlgeformten Brüsten und führte sie in das Schlafzimmer. Fast schmerzlich spürte er das Verlangen in seinem ganzen Körper, während sie dort standen und einander liebkosten. Sie lösten sich voneinander, und Scott zog sich schnell aus. Auch Alex ließ ihre Kleidung fallen und sank auf das Bett. Sie knieten sich nackt gegenüber, erforschten einander mit ihren Berührungen und ließen sich von der Wärme umfangen, die von ihren Körpern aufstieg. Langsam sanken sie aneinander. Alex zog Scott herab, um seinen Mund zwischen ihren Beinen zu spüren und seine Zunge in dem blonden Dreieck zu fühlen. Sie schloss die Augen und stöhnte leise, und dann sog sie scharf die Luft ein, biss sich auf die Lippen und kam so plötzlich, so explosiv, dass Scott davon überrascht wurde.

Trotzdem hörte er nicht auf, bis sie schließlich rief: »Mach es! Jetzt!« Scott stand schon kurz davor, die Kontrolle zu verlieren. Er konnte sich gerade noch rechtzeitig von ihr lösen, um in sie einzudringen und selbst explosionsartig zu kommen, bevor sie zu einem erneuten Höhepunkt fand.

Sie liebten sich noch einmal, aber diesmal ließen sie sich mehr Zeit. Schließlich ruhten sie erschöpft und miteinander verschlungen auf dem schmalen Bett. »Ich wollte die Sache nicht noch komplizierter machen«, sagte Alex.

»Komplizierter? Wie denn?«, fragte Scott. Er ließ mit geschlossenen Augen seine Hand träge über die seidenweiche Rundung ihrer Hüfte gleiten. Er fühlte sich unendlich zufrieden und wollte diesen Augenblick nicht enden lassen. In den Staaten wartete niemand auf ihn, und in diesem Moment war es so, als hätte es Tracy nie gegeben.

»Ich hatte eine Affäre mit David«, sagte Alex. »Die war aber schon vor deiner Ankunft vorbei. Er hat das nicht gut verkraftet und mir das Leben schwer gemacht.«

»Das hatte ich mir gedacht.«

»Und du hast vollkommen recht, er ist eifersüchtig auf dich«, gab sie zu.

»Du kannst ihm sagen, dass er das nicht sein muss. Ich bin nicht mehr lange hier.« Damit küsste Scott sie, setzte sich auf und schwang seine Beine aus dem Bett.

Alex lehnte sich von hinten an ihn. Er spürte ihre Wange an seinem Rücken, ihren Atem auf seiner Haut. »Das war wunderbar. Sei nicht wütend.«

»Ich bin nicht wütend«, versicherte er ihr. »Nur durcheinander.«

»Weswegen?«

»Wegen allem.«

»Das ist verständlich. Es gibt einfach zu viel, was wir nicht wissen.«

»Na ja, auf jeden Fall wissen wir, dass zwischen Zakajew, Drummond und Radford irgendeine Verbindung besteht.«

»Ist es für dich eine Enttäuschung, dass Frank für Radford gearbeitet hat?«, fragte sie.

»Für Frank war das nur ein Auftrag. Wahrscheinlich wusste er selbst nicht, worin er da verwickelt war. Das sagen sie einem nie.«

»Aber warum haben sie ausgerechnet Frank geschickt? Kannte er Zakajew?«

»Daran habe ich auch schon gedacht. Es ist möglich, dass sie sich vor sehr langer Zeit kennengelernt haben, als Frank in Afghanistan war«, sagte Scott nachdenklich.

»Was meinst du damit?«, fragte Alex.

»Wahrscheinlich ist es nur ein Gerücht, aber es könnte auch etwas Wahres daran sein. Das ist doch immer so. Frank war ein Meister in der Planung und Durchführung von Spezialeinsätzen am Boden gegen die Taliban und El Kaida in Afghanistan. Damals waren dort auch tschetschenische Einheiten. Offensichtlich haben sie uns mit Informationen versorgt, wenn wir sie im Gegenzug in Tschetschenien gegen die Russen unterstützten.«

»Mein Gott, du meinst, wir haben den Tschetschenen bei ihrem Kampf gegen die Russen geholfen? Warum sollten wir das tun?«, fragte Alex fassungslos.

»Damit die Russen den Terrorismus bekämpfen, was wiederum US-Interventionen im Iran und in Syrien rechtfertigen würde. Hör zu, das sind komplizierte Dinge, und ich weiß nicht mehr, als ich dir gerade gesagt habe. Es braucht aber nicht viel Phantasie, um sich vorzustellen, dass wir vielleicht die eine oder andere Sondereinheit in die Gegend um Grosny geschickt haben, die Rebellen ausbilden sollte.«

»Hätten die vielleicht auch Zakajew ausgebildet?«

»Möglich ist es immerhin«, überlegte Scott. »An diesem Punkt ist eigentlich alles möglich.«

»Wissen die Russen das?«, fragte Alex weiter.

»Wenn ja, dann könnte das das Ende für Radford – Herrgott noch mal, vielleicht sogar für den Präsidenten selbst – in Washington bedeuten. Besonders, wenn man noch Zakajews Anschlag letzten Monat in Moskau berücksichtigt.«

»Mit anderen Worten, wir haben Zakajew erschaffen.«

»So weit würde ich nun auch wieder nicht gehen.«

»Wir wissen aber jedenfalls, dass Radford Frank nach Russland geschickt hat, damit er Zakajew findet. Wenn auch nur, um ihn zu stoppen, bevor er noch einen terroristischen Anschlag ausführt.«

»Kann sein. Wie auch immer, für mich ist es zu spät, herauszubekommen, was Frank wusste, das ihn das Leben gekostet hat. Ich bin übermorgen nicht mehr hier.«

»Vielleicht kann ich dir helfen«, sagte Alex und küsste Scott in den Nacken.

Er drehte sich zu ihr um. »Wie denn?«, fragte er.

»Vielleicht kann ich an Informationen kommen, die das Puzzle vervollständigen.«

»Wie könntest du das schaffen?«

»So richtig sicher bin ich nicht, aber ich habe Freunde hier, die ihrerseits wiederum Freunde haben. Es wäre riskant, ich weiß, aber trotzdem …«

»Das ist viel zu riskant. Außerdem, selbst wenn du etwas herausbekommen würdest, was würdest du damit anfangen? Mir einen Brief schicken oder bei mir zu Hause anrufen?«

»Da hätte ich doch eine bessere Lösung«, antwortete Alex. »Ich kann eine Stimmnachricht in meiner gesicherten Memo-Ablage hinterlassen und dir den Zugangscode dafür geben. Dann kannst du sie abhören.«

»Gesicherte Memo-Ablage? Was zum Teufel ist das denn?«

»Das gehört zum Mailbox-System der Botschaft. Man wählt seine Telefonnummer an, gibt einen COMSEC-Code ein, und nach der Aufforderung wählt man einen Zugangscode aus sechs Zahlen und drei Buchstaben. Damit kommt man in die Memo-Ablage, und dann kann man eine Nachricht hinterlassen.«

»Und das ist völlig sicher?«, fragte Scott aufgeregt.

»Völlig«, versicherte ihm Alex. »Das ist für wichtige Nachrichten eingerichtet worden. Später kann man sie dann im Kommunikationszentrum auf eine CD-ROM runterladen oder für eine Akte ausdrucken. Ich habe mein Memo-System ständig benutzt, als wir da unten in der Olenya-Bucht waren. Das spart Zeit – man muss sich nicht hinsetzen und einen Bericht oder ein Memo in einen Computer eingeben. Wenn man das Memo nicht braucht, löscht man es oder man speichert oder bearbeitet es. Man kann sich von jedem Telefon in der Welt in die Memo-Ablage hineinwählen. Wir haben unsere Spezialhandys benutzt, weil sie mit den Zerhackern im Kommunikationszentrum kompatibel sind.«

»Warum hast du mir das nicht früher gesagt?«

»Es kam mir nicht wichtig vor«, lautete Alex' einfache Antwort.

Scott seufzte schwer. »Hatte Frank auch so ein Memo-System?«

»Bestimmt. Wir alle habe das.«

»Hat er es in der Olenya-Bucht benutzt?«

»Ich weiß es nicht, wahrscheinlich schon ... O mein Gott, jetzt verstehe ich, worauf du hinauswillst: Frank könnte in dieser Memo-Ablage Informationen über das Treffen mit Radschenko hinterlassen haben.«

Scott sah, dass sie eine Gänsehaut bekommen hatte. »Zieh dir etwas an«, forderte er sie auf. »Wir haben zu arbeiten.«

Scott wählte den COMSEC-Code, der nach Alex' Angaben das Memo-System aktivieren würde.

»Sie haben Zugang zu einem sicheren Kommunikationssystem der Botschaft der Vereinigten Staaten verlangt«, meldete

sich eine Frauenstimme vom Band: »*Um Zugang zu dem System zu erhalten, geben Sie bitte Ihren sechsstelligen Zugangscode ein, und warten Sie dann die Aufforderung ab, Ihren Bestätigungscode aus drei Buchstaben einzugeben.*«

»Okay, dass Frank eine Memo-Ablage hatte, wissen wir jetzt«, stellte Scott fest. »Und jetzt?«

»Wir könnten Frank Slaughter nach dem Zugangscode fragen«, schlug Alex vor.

»Vergiss es!«, meine Scott dazu. »Das würde Stretzlof herausbekommen, und dann weiß er, was wir vorhaben. Wir müssen den Code selbst herausbekommen. Vielleicht ist er bei Franks Sachen dabei.«

»Wenn es so wäre, dann wäre er auf einer Plastikkarte«, sagte Alex. »Sie müsste kleiner als eine Kreditkarte sein.«

Scott öffnete eine der versiegelten Kisten mit Drummonds Unterlagen und begann, sie zu durchwühlen. Alex öffnete währenddessen eine weitere Kiste.

»Mir ist gerade etwas eingefallen«, sagte sie. »Diese Karten zerstören sich selbst, oder vielmehr verblassen sie nach sechs Wochen, und man kann sie nicht mehr lesen.«

»Und wie lange war Frank hier, ein halbes Jahr?«, fragte Scott.

»Ungefähr. Verdammt!«

Scott wusste, dass Frank in Sicherheitsfragen nie unvorsichtig gewesen war. Er hätte niemals einen Code auf einen Zettel geschrieben, den er dann mit sich herumtrug. Er hätte den Code auswendig gelernt. Das Erinnerungsvermögen arbeitet nicht immer fehlerfrei, und manchmal vergisst man auch wichtige Dinge. Er hätte also eine Gedächtnisstütze gehabt, damit das nicht passierte. Es sei denn, eine solche Gedächtnisstütze hätte er nicht gebraucht.

Scott nahm den Hörer ab und hielt ihn nicht zu dicht ans Ohr, damit Alex zuhören konnte, während er sich Zugang zu dem Memo-System verschaffte.

Wieder meldete sich die Frauenstimme vom Band: *»... geben Sie bitte Ihren sechsstelligen Zugangscode ein, und warten Sie dann die Aufforderung ab, Ihren Bestätigungscode aus drei Buchstaben einzugeben.«*

»Was wirst du eingeben?«, fragte Alex.

»Die Rumpfnummern der beiden U-Boote, über die Frank das Kommando hatte: 767 und 778.«

»Die was?«

»Ich erkläre dir das später.« Scott gab die Zahlen ein. Ein Signal ertönte, und dann meldete sich wieder die Stimme: *»Bitte geben Sie Ihren Kontrollcode aus drei Buchstaben ein.«*

»Das glaube ich nicht!« Alex sah Scott mit offenem Mund erstaunt an.

Er brachte sie mit einer Handbewegung zum Schweigen und gab SSN ein.

Wieder ein Signal, und dann: *»Zugang gewährt. Sie haben Zugang zu der sicheren Memo-Ablage, Ebene eins. Beachten Sie alle Anweisungen, die für die Aufzeichnung, Abhörung und den Ausdruck von hier abgelegten Dokumenten zutreffen. Nach Abschluss des Vorgangs geben Sie J-Stern ein, wenn Sie das Dokument ausdrucken wollen. Geben Sie T-Stern ein, um ein gespeichertes Memo in der zeitlichen Reihenfolge der Ablage abzuhören. Geben Sie X-Stern ein, um den Löschungs- und Vernichtungsvorgang einzuleiten. Warnung: Der Löschungs- und Vernichtungsvorgang kann nach der Einleitung nicht unterbrochen werden!«*

Scott gab T-Stern ein. Eine Sekunde später brach Drummonds Stimme unter Begleitung eines lauten Grundrauschens von dem gesicherten Handy wie ein elektrischer Schlag aus dem Hörer.

»*Aufzeichnung erfolgt um zwanzig Uhr am vierten Oktober null sechs … bestätige Gespräch mit einem gewissen Andre Radschenko, Vollmatrose, zugeteilt dem U-Boot K-363 der russischen Nordmeerflotte, in dem Hotel Novy Polyarny in Murmansk …*«

Die Worte rauschten mit einer Wucht an Scott vorbei, dass er sie fast spüren konnte.

»*… Radschenko ist im Besitz von Informationen, die ich für echt halte … Tschetschenische Terroristen unter dem Befehl von General Alikhan Zakajew … wiederhole, Alikhan Zakajew …*«

Alex schlug die Hand vor den Mund.

»*… planen eine Operation gegen den U-Boot-Stützpunkt in der Olenya-Bucht …*«

Alex parkte den ausgeliehenen Skoda vor einem mit Graffiti beschmierten Wohnblock am Wiazki Prospekt und schaltete die Scheinwerfer aus. Kinder spielten zwischen Autowracks auf einer Straße voller Abfall im gelbgrünen Schein einer einzelnen Natriumlampe Fußball.

»Du kannst es dir noch anders überlegen und in die Botschaft zurückfahren«, sagte Scott. »Noch ist es nicht zu spät.«

»Nein«, sagte Alex bestimmt. »Ich habe gesagt, ich würde es machen, und ich mache es auch. Außerdem kann mich Stretzlof mal kreuzweise gernhaben. David auch.«

Scott lehnte sich zu ihr hinüber und küsste sie. »Dann komm. Er erwartet uns.«

Sie gingen an Kinderwagen und Mülleimern vorbei eine Betontreppe hinauf. Das Haus roch nach Urin und Küchendunst. Babys schrien, Paare stritten sich, und irgendwo plärrte eine russisch synchronisierte amerikanische Sitcom aus einem Fernseher. Abakows Wohnung befand sich im vierten Stock. Sie blieben davor stehen und klingelten.

Abakow öffnete ihnen persönlich die Tür und winkte sie herein. Er sah übermüdet aus, hatte sich offensichtlich heute noch nicht rasiert und trug zerknitterte Kleidung und ausgetretene Hausschuhe. Seine Gattin, eine hübsche junge Frau mit dichtem orangerotem Haar, stand in der Tür der winzigen Küche. »Meine Frau, Elaina«, stellte er sie mit einer beiläufigen Handbewegung vor.

Ihr schien das nichts auszumachen. »Willkommen! Kommen Sie doch herein! Fühlen Sie sich wie zu Hause«, begrüßte sie die Gäste fröhlich.

Die Wohnung war klein, wenn man bedachte, dass Abakow als hochrangiger Untersuchungsbeamter des FSB für russische Verhältnisse eigentlich gut verdiente. Das allein bedeutete aber nicht viel, denn Scott erinnerte sich daran, dass Männer wie Abakow oft monatelang kein Gehalt bekamen, die Rechnungen aber trotzdem weiter bezahlt werden mussten. Deshalb kam für die Abakows eine größere, modernere Wohnung nicht in Frage.

Vom Wohnzimmer aus ging ein einzelnes Fenster auf das mit Müll übersäte Grundstück, von dem der Lärm des unter viel Geschrei durchgeführten Fußballspiels heraufhallte. Abakow bot Scott und Alex einen Platz auf dem abgenutzten Sofa an, auf dem noch eine zusammengefaltete Tageszeitung lag. Abakow selbst ließ sich in einen durchgesessenen Lehnstuhl sinken.

Elaina brachte eine Flasche Gjelka-Wodka mit seinem charakteristischen weiß-blauen Etikett und Teller mit geräuchertem Stör, Kaviar, selbst eingelegte saure Gurken und dreieckig zugeschnittene Stücke Schwarzbrot herein.

Abakow sah ihr nach, als sie wieder hinausging. »Entschuldigen Sie Elaina«, sagte er in Englisch. »Sie ist jung und hat gern Gäste, aber leider haben wir die nicht oft. Eigentlich wollte sie Hühnchen-*Tabaka* machen, aber ich habe ihr gesagt, dafür würde die Zeit nicht reichen.«

»Sie ist sehr hübsch«, bemerkte Alex.

»Ich war Witwer«, erklärte Abakow. »Wir haben uns kennengelernt, und jetzt habe ich wieder eine Familie.«

»Vielen Dank, dass Sie uns so kurzfristig empfangen«, sagte Scott.

»Sie hatten Glück. Ich bin gerade erst aus St. Petersburg zurück.«

»Haben Sie irgendwelche Informationen, wo Zakajew sein könnte?«, fragte Scott.

»Keine«, stellte Abakow lakonisch fest. »Mit einer Vermutung hatte ich allerdings recht. Diese Patronenhülsen, die wir in Murmansk gefunden haben, stammen aus einer der Waffen, die bei der Schießerei in St. Petersburg benutzt worden sind. Was jedoch Zakajew betrifft: Der ist verschwunden. Aber Sie sagten, Sie hätten etwas Wichtiges. Lassen Sie mal sehen, was Sie da haben.«

Abakow massierte sich die Stirn, während er Drummonds Memo las, das Scott im Kommunikationszentrum der Botschaft ausgedruckt hatte. Er wusste genau, dass es eine schwerwiegende Verletzung der Sicherheitsbestimmungen darstellte, Abakow dieses Dokument lesen zu lassen. Er und Alex könnten dafür bestraft werden. Es blieb ihm aber keine Zeit, bei der Botschaft oder der SRO Sondergenehmigungen zu beantragen, die sie vielleicht nie bekommen würden. Das schien auch

Abakow klar zu sein, denn er sagte: »Sie gehen da beide ein großes Risiko ein. Ich dürfte das eigentlich gar nicht sehen.«

»Das Risiko ist es mir wert, wenn wir damit einen terroristischen Anschlag verhindern können«, antwortete ihm Scott.

Abakow atmete schwer aus. »Wie beurteilen Sie die Sache?«

»Es ist offensichtlich, dass Zakajew entweder den Diebstahl von spaltbarem Material oder etwas noch Gefährlicheres plant.«

Abakow sah Scott durchdringend an. »Was könnte in Zakajews Hand noch gefährlicher sein als gestohlenes spaltbares Material?«, fragte er.

»Ein Atom-U-Boot.«

Abakow schnaubte. »Nein, unmöglich!«, stieß er hervor. »Er kann unmöglich ein U-Boot stehlen.«

»Wenn ihm jemand dabei hilft, vielleicht schon.«

»Wer?«, fragte Abakow, der nun zumindest die Möglichkeit nicht mehr ganz auszuschließen schien.

»Irgendjemand in der Olenya-Bucht. Georgi Litwanow zum Beispiel, der Kapitän der K-363, des U-Boots, auf dem Radschenko gedient hat.«

»Dazu bräuchte er eine absolut loyale Mannschaft«, erklärte Abakow.

»Die hat er vielleicht schon«, sagte Scott.

Abakow fuhr sich mit einer Hand über seine Glatze und versuchte, diese Möglichkeit zu verdauen. Schließlich sagte er: »Es gibt in den russischen U-Boot-Stützpunkten Sicherheitsmaßnahmen, die verhindern, dass Terroristen hineingelangen.«

»Da sagt Alex aber etwas anderes«, widersprach Scott.

»Die Sicherheitsmaßnahmen in der Olenya-Bucht gibt es nicht«, bestätigte Alex ihn. »Niemand bewacht die U-Boote, die dort vor Anker liegen. Die U-Boot-Mannschaften sind für ihre Sicherheit selbst verantwortlich, niemand sonst. Der Stützpunkt-Kommandeur weiß nicht mal, wie viele U-Boote er hat oder in welchem Zustand sie sind. Wenn eines davon am Pier versinken würde, würde er das tagelang nicht erfahren.«

Abakow war ernst geworden. »Spaltbares Material zu stehlen ist eine Sache, aber gleich ein ganzes U-Boot ...« Er bemerkte, dass Alex jemandem hinter ihm zulächelte und winkte. Er drehte sich um und sah einen kleinen Jungen, der aus einem Nebenzimmer um die Ecke linste. »Sascha!«, sagte Abakow. »Ich dachte, du sitzt an deinen Hausaufgaben.«

Sascha bekam Gesellschaft von seiner jüngeren Schwester, die in einem Schlafanzug mit Giraffenmuster zu ihm kam. Sie versteckte sich hinter Sascha und musterte von dort interessiert Scott und Alex.

»Die sind ja süß!«, sagte Alex.

»Das ist Saschas Schwester Nina«, stellte Abakow sie vor. »Jetzt sagt gute Nacht, ihr beiden.« Darauf folgte ein kurzer Wortwechsel zwischen Abakow und seiner Frau. Elaina entschuldigte sich für die Unterbrechung und scheuchte die Kinder zurück ins Nebenzimmer.

»Hören Sie«, sagte Scott, »diese Sache können wir nicht einfach auf sich beruhen lassen. Wir müssen etwas unternehmen. Sie müssen die Leute in der Olenya-Bucht und im Hauptquartier der Nordmeerflotte alarmieren.«

Abakow fuhr sich mit einer Hand über den Mund. »Das kann ich nicht«, erklärte er.

»Was zum Teufel soll das heißen, Sie können das nicht?«, rief Scott empört.

»Ich kann nicht Alarm schlagen, ohne dass ich einen felsenfesten Beweis dafür habe, dass dieses Memo von Admiral Drummond echt ist und die Information darin zutrifft. Das würde mir sonst niemand glauben.«

»Wollen Sie damit sagen, dass Drummond das erfunden haben könnte?«, fragte Alex.

»Natürlich nicht. Aber Drummond ist tot, offiziell ein Selbstmörder. Radschenko ist auch tot, und ausgerechnet der soll nach diesem Memo Informationen darüber haben, dass Zakajew in der Olenya-Bucht etwas vorhat.«

»Aber Sie wissen doch so gut wie ich«, sagte Scott heftig, »dass Drummond ermordet worden ist, um ihn daran zu hindern, uns vor genau diesem Plan zu warnen – Zakajews Plan.«

»Dafür haben wir keinen Beweis«, beharrte Abakow. »Wir haben nicht mehr als Indizien und Verdachtsmomente.«

»Wir haben Drummonds Memo«, erinnerte ihn Scott. »Das liefert den Beweis, dass es sich hier nicht um ein Rendezvous unter Homosexuellen handelte. Er hat also nicht Radschenko und dann sich selbst umgebracht. Dieser Hotelportier hat niemals im Leben die Tür von Drummonds Zimmer eingetreten. Das waren Zakajews Leute, und die haben die beiden dann umgebracht. Sie besitzen die identischen Patronenhülsen, die beweisen, dass er sowohl an der Schießerei in St. Petersburg als auch an der in Murmansk beteiligt war, bei der Serow umgekommen ist. Vielleicht hat ihr Streit sogar mit der Operation in der Olenya-Bucht zu tun. Was brauchen Sie denn noch?«

»Eine ganze Menge«, gab Abakow zurück. Auch seine Stimme war nun lauter geworden. »Zum Beispiel, wie und wo ist Radschenko an diese Information gelangt? Vielleicht hat er die Geschichte nur erfunden, um an Drummonds Geld zu kommen.«

»Auf so was wäre Frank nie hereingefallen«, protestierte Alex.

»Wie können Sie da sicher sein?«, erwiderte Abakow. »Drummond war auf der Suche nach Zakajew, und er war sicher ganz versessen auf jede Information, die ihn vielleicht zu ihm bringen könnte. Und was Litwanow betrifft, so haben wir nicht das Geringste in der Hand, was ihn mit Zakajew in Verbindung bringen könnte, bis auf die Tatsache, dass Radschenko zu der Mannschaft seines U-Boots gehört hat.«

»Colonel, Ihre Argumente treffen zu«, gestand Alex ein. »Also ... könnte man jetzt nicht irgendwie Informationen über Litwanow besorgen? Vielleicht findet sich in seiner Akte etwas, das ihn mit Zakajew in Verbindung bringt.«

»Ja, vielleicht. Dafür braucht es aber Zeit.« Er sah auf das Memo und nagte an seiner Faust.

»Dann denken Sie doch bitte auch mal daran: In einer Woche treffen sich die Präsidenten der USA und Russlands zu einer Gipfelkonferenz in St. Petersburg«, sagte Scott.

Abakow sah ihn fest an. Schweißperlen traten ihm auf die Glatze.

»Ich bin kein Experte für russische U-Boote«, fuhr Scott fort, »ich weiß aber, dass manche von ihnen in der Lage sind, SS-N-21 Cruise Missiles mit Atomsprengköpfen abzufeuern. Die haben eine Reichweite von über sechzehnhundert Seemeilen. Das sind knapp dreitausend Kilometer. St. Petersburg kann von einem solchen U-Boot von einem Radius aus als Ziel gewählt werden, der sich vom Nordatlantik bis zur Barentssee erstreckt.«

Daraufhin sagte lange Zeit keiner mehr etwas. Der Lärm der spielenden Kinder, die mit ihrem Fußball eine Mülltonne umschossen, hallte laut zu Abakows Wohnung hoch.

Der russische Polizist erhob sich langsam. »Ich glaube, wir sollten der Olenya-Bucht wohl besser einen Besuch abstatten.«

Kapitan Ersten Grades Gennadi Titow, Kommandeur des U-Boot-Stützpunktes Olenya-Bucht der Nordmeerflotte, kam in sein Büro gestürmt. Er wurde dort von Scott, Alex und Yuri Abakow bereits erwartet. Titows Gesicht war aufgeschwemmt und von Äderchen durchzogen. Er schien über seine Verspätung verstimmt und mühte sich noch ab, die Uniformjacke zuzuknöpfen. Sein Stabschef stellte die Besucher vor.

»Dr. Thorne, es ist wie immer ein Vergnügen, Sie an Bord zu haben. Ihre Besuche sind für mich immer ein Genuss –«

»Das ist kein Höflichkeitsbesuch«, unterbrach Abakow ihn barsch. »Wir haben es mit einer möglichen Bedrohung der Sicherheit zu tun.«

»Das hat mir mein Adjutant bereits mitgeteilt«, sagte Titow, nun weniger freundlich, und richtete seinen Blick auf Abakows waldgrüne FSB-Uniform mit ihren Goldlitzen und Auszeichnungen. »Er hat aber gesagt, Sie hätten sich am Telefon etwas geheimnisvoll gegeben. Ich frage Sie also direkt: Was hat diese angebliche Bedrohung der Sicherheit mit dem Stützpunkt Olenya-Bucht zu tun?«

In Uniform schien Abakow ein völlig anderer Mensch zu sein. Seine Bewegungen waren knapp und ökonomisch, und er sprach mit autoritärer Stimme. »Wie Sie wissen, Kommandeur«, sagte er, »wurde ein Matrose von diesem Stützpunkt, der Vollmatrose Andre Radschenko, abkommandiert auf das U-Boot K-363, in Murmansk ermordet aufgefunden.«

»Ja, er wurde zusammen mit« – hier schwenkte Titow seinen Blick zu Alex – »Konteradmiral Drummond gefunden. Mein Beileid, Dr. Thorne. Was wollten Sie sagen, Colonel?«

»Wir glauben, dass Radschenko vielleicht ermordet worden ist, weil er etwas von einem Plan einer Terroristengruppe erfahren hat, ein U-Boot aus der Olenya-Bucht zu stehlen.«

Titows Augen verengten sich zu Schlitzen, als ihm die Bedeutung dieser Mitteilung aufging. Er warf den Kopf zurück und lachte bellend. »Von wem ist dieser schlechte Scherz? Von Ihnen, Colonel?« Er lachte noch einmal. »Oder von irgendeinem Idioten im FSB, der nichts Besseres zu tun hat, als sich Märchen auszudenken?«

»Das ist kein Märchen«, gab Abakow ruhig zurück. »Wir sind im Besitz von Informationen, die uns Anlass zu der Vermutung geben, Alikhan Zakajew könnte den Plan gefasst haben, ein Atom-U-Boot von diesem Stützpunkt zu stehlen.«

»Unsinn!«, verkündete Titow und wischte sich die Augen ab, als hätte er gerade Tränen gelacht. »Sie wissen offensichtlich nicht, wovon Sie sprechen, wenn Sie glauben, ein Terrorist könnte einfach ein U-Boot stehlen.« Er drehte sich halb zu seinem Adjutanten herum, der bisher kein Wort gesagt hatte. »Habe ich recht, Leutnant?«

Der junge Offizier, der sich bisher unterwürfig im Hintergrund gehalten hatte, zupfte an seiner ungebügelten Uniformjacke und nickte.

Titow, abrupt ernst geworden, fuhr zu Alex herum. »Habe ich das Ihnen zu verdanken?«, sagte er mit zusammengebissenen Zähnen. »Haben Sie sich mit Ihren norwegischen Freunden nicht schon genug in Angelegenheiten der Marine eingemischt? Vielleicht möchten Sie noch mehr Schaden anrichten, indem Sie hier Gerüchte verbreiten, wir würden in der Olenya-Bucht Terroristen Unterschlupf gewähren? Oder war das Admiral Drummond, der solche falschen Gerüchte verbreitet hat?«

»Selbstverständlich nicht«, antwortete Alex ruhig. »Sie wissen doch genau, dass Earth Safe, Admiral Drummond und ich unser Bestes getan haben, um zu verhindern, dass spaltbares

Material Terroristen in die Hände fällt. Wir haben uns niemals eingemischt. Wir können aber einen terroristischen Übergriff auf diesen Stützpunkt nicht verhindern. Es ist Ihre Verantwortung, für Sicherheit zu sorgen, nicht unsere.«

»Sie vergreifen sich im Ton, Kommandeur«, sagte Scott. »Geben Sie nicht Dr. Thorne die Schuld für Ihre Versäumnisse. Soweit ich das erkennen kann, ist dieser Stützpunkt ein Schweinestall, und Sicherheitsmaßnahmen gibt es nicht. Als wir hereingefahren sind, war am Tor keine Wache, die unsere Ausweise überprüft hätte. Ihre aktiven U-Boote haben keine Deckwache, und die anderen hat man einfach liegen lassen wie Schrott. Herrgott noch mal, die Hälfte ihrer U-Boot-Flotte liegt am Pier und rostet vor sich hin. Die andere Hälfte ist nicht einmal seetüchtig. Terroristen könnten in diesen Stützpunkt einmarschieren und auf jedem U-Boot, das ihnen gefällt, an Bord gehen.«

Titows Gesicht war tiefrot geworden. »Was glauben Sie eigentlich, wer Sie sind, mir hier zu sagen, die U-Boot-Flotte der russischen Marine würde vor sich hinrosten?«, herrschte er Scott an. »Unsere U-Boote sind die besten der Welt, besser als Ihre Los-Angeles-Klasse und Ihre Seawolfs, und sie sind in einem Spitzenzustand. Und was ihren Diebstahl durch Terroristen betrifft, ich sage Ihnen, das ist unmöglich.«

»Nicht, wenn sie Unterstützung bekommen«, entgegenete Abakow.

»Von wem?«, fragte Titow scharf.

»Von Kapitan Georgi Litwanow«, sagte Scott.

»Sie sind verrückt! Litwanow ist einer der besten U-Boot-Kommandeure der Nordmeerflotte. Er würde sich niemals mit Terroristen einlassen.«

»Wussten Sie, dass er Tschetschene ist?«, fragte Scott.

Titow überlegte kurz. Er legte eine Hand auf seinen Schreibtisch, um sich abzustützen. »Ein Tschetschene ...? Ja, natürlich wusste ich das. Sein Familienname war früher mal Litwanajew, aber sein Vater hat ihn dann zu Litwanow geändert.«

»Warum bekommt ein Tschetschene den Befehl über ein russisches Atom-U-Boot?«, fragte Abakow.

»Warum? Weil er Russland gegenüber ebenso treu ist, wie er es der früheren Sowjetunion gegenüber auch war. Und der Marine. Kapitan Litwanow wurde mit dem Roten Stern und der Roten Fahne ausgezeichnet. Es ist weithin bekannt, dass es eine beliebte Politik der Sowjets war, bestimmte wichtige Positionen in der Marine mit tschetschenischen Offizieren zu besetzen. Er wurde wahrscheinlich als junger Offizier von seinen Vorgesetzten gefördert, weil er tüchtig war, und schließlich hat er das Kommando bekommen.«

»Wussten Sie auch, dass seine Frau und seine Kinder in Tschetschenien von russischen Speznaz getötet worden sind? Und dass er aus dem gleichen Dorf stammt wie der Terrorist Alikhan Zakajew?«, fragte Alex nun.

»Na und? Und woher soll ich überhaupt wissen, ob das wahr ist, was Sie da sagen?«, erkundigte sich Titow, dem allmählich die Tragweite all dieser Informationen klar zu werden schien.

»Ich habe vor meiner Abreise aus Moskau Erkundigungen über Litwanow eingezogen«, eröffnete ihm nun Abakow. »Auf der Fahrt zur Olenya-Bucht habe ich dann den Bericht erhalten.«

Titow runzelte die Stirn.

»Wissen Sie, wo Litwanow zurzeit ist?«, erkundigte sich Scott.

»Selbstverständlich!«, polterte Titow. »Er ist an Bord seines U-Boots hier in der Olenya-Bucht.«

Der Adjutant räusperte sich. »Die K-363 liegt im nördlichen Fjord«, fügte er noch hinzu, als würde seine Kenntnis dieses Details den Anschein von Normalität bestätigen.

»Wir möchten ihn befragen«, sagte Scott.

Titows Hand fuhr durch die Luft wie ein Fallbeil. »Das werde ich nicht zulassen. Seine Loyalität steht außer Frage!«

»Was allerdings auch außer Frage steht, das sind die Lücken in den Sicherheitsmaßnahmen, auf die wir überall in diesem Stützpunkt stoßen«, mischte sich nun Abakow wieder ein. »Vielleicht sollte ich den Oberkommandeur der Nordmeerflotte darüber informieren, dass sie eine Untersuchung des FSB darüber verhindern, warum es solche Lücken gibt, während Russland gegen tschetschenischen Terror kämpft.«

Titow presste seinen Mund zu einem schmalen Strich zusammen. Sein Blick zuckte von Abakow zu Scott, und dann zu Alex. »Ich kann sie alle drei von diesem Stützpunkt entfernen lassen.«

Abakow zuckte mit den Achseln und sagte: »Wie Sie wollen, Kommandeur.«

Titow wendete sich ab und wich dem Blick seines Adjutanten aus, der ihn flehentlich ansah. Der Stützpunktkommandeur steckte sich eine Zigarette an, nahm einige tiefe Züge und drückte sie dann wieder aus. Er nahm den Hörer des Telefons, das auf seinem Schreibtisch stand, und wählte sichtlich wütend eine Nummer. »Geben Sie mir Kapitan Litwanow auf der K-363. Ja, ich warte.«

Er trommelte nervös mit seinen Fingern auf dem Schreibtisch und vermied dabei sorgfältig jeden Blickkontakt mit seinen Besuchern. Ungeduldig rückte er Stifte, Unterlagen, Akten, ein benutztes Glas und eine Tasse zurecht.

»Ja?«, bellte er schließlich in den Hörer. »Na, dann schicken

Sie eben jemand dort rüber, aber sofort!« Er knallte den Hörer auf die Gabel. »Die Direktverbindung zur K-363 ist gestört«, erklärte er. »Vielleicht hat Litwanow sich einen anderen Ankerplatz gesucht. Sie gehen direkt hin und schauen nach. Es dauert nicht lange.«

Scott warf einen schnellen Blick zu Alex hinüber. Sie rollte die Augen zur Decke.

Bedrücktes Schweigen senkte sich über den Raum. Titow starrte das Telefon an, als könnte er es so zum Klingeln bringen. Er räumte noch einmal seinen Schreibtisch auf und sah mit überdeutlich zur Schau gestellter Konzentration Schriftstücke durch. »Litwanow hat an Bord seines Boots Übungen durchgeführt«, sagte er schließlich, als die drückende Stille unerträglich wurde. »Nie gönnt er seiner Mannschaft Ruhe, auch im Hafen nicht. Es würde mich nicht überraschen, wenn er gerade eine Alarmübung hätte und wir ihn deshalb nicht erreichen können.«

»Kommandeur, soweit ich weiß, hat er einem beachtlichen Teil seiner Mannschaft Landgang gewährt«, sagte sein Adjutant.

Das schien Titow aufzumuntern. »Da, bitte, sehen Sie! Litwanow ist eben doch ein vernünftiger Mensch.«

Draußen vor Titows Büro rumpelten schwere Laster über die schadhafte Straße. In anderen Zimmern klingelten Telefone. Ein alter Fernschreiber ratterte los. Titow rauchte eine Zigarette nach der anderen. Scott betrachtete einen Plan des Stützpunkts. In dem Labyrinth von Fjorden drängten sich überall U-Boote, die auf ihre Verschrottung warteten. Bei einer oberflächlichen Zählung kam er auf mehr als einhundertzehn Boote. Eine riesige und gefährliche Aufgabe, die die russische Marine noch anzupacken hatte.

Endlich klingelte das Telefon. Titow stürzte sich darauf. »Was ist?« Er sprang auf. »Unmöglich!« Er lauschte einer Stimme, die vom anderen Ende auf ihn einquäkte. Wie vom Donner gerührt ließ er schließlich den Hörer sinken und drehte sich zu Abakow um. Er war totenblass geworden.

»Die K-363!«, stieß Titow hervor. »Sie ist verschwunden …«

2. Teil

Die Jagd

9

Washington D. C.

Karl Radford blickte von seinem Coq au Vin auf und sah, wie der Chef der SRO-Sicherungstruppe gerade mit verlegenem Gesichtsausdruck in das nicht öffentlich zugängliche Speisezimmer des Restaurants kam.

»Liebling, wie komme ich nur auf die Idee, dass unser Abend gleich zu Ende ist?«, fragte Radfords Begleiterin.

Radford küsste ihr die Hand. »Immer optimistisch bleiben, Liebste.«

Er entschuldigte sich und dirigierte seinen unwillkommenen Besuch in einen kleinen, gerade leerstehenden Cocktailraum neben dem Restaurant. »Also, lassen Sie hören.«

»Sir, Anruf von Captain Scott aus Moskau. Sie haben ihn zu ihrem Wagen durchgestellt, für den Fall, dass Sie den Anruf gleich hier entgegennehmen wollen.«

»Darauf können Sie sich verlassen!«

Plötzlich war Radfords Traum, den er sich den ganzen Abend ausgemalt und liebevoll mit Details ausgeschmückt hatte – in dem sich seine Begleiterin langsam das Höschen auszog, während er sich auf dem Bett ihres Apartments in Foggy Bottom in Satinbettwäsche räkelte und ihr genüsslich zusah –, restlos geplatzt. Er setzte sich auf den Rücksitz seines gepanzerten Mercury Marquis, den er in der Tiefgarage unter dem Restaurant abgestellt hatte, nahm den Hörer auf und erhielt sofort die Meldung: »Ihr Anruf ist durchgestellt, General.«

»Was zum Teufel ist da los bei Ihnen, Scott?«, fragte Radford gereizt. »Sie hatten doch Befehl, sich sofort zu melden. Jetzt erfahre ich von Stretzlof, dass Sie auf eigene Faust arbeiten.«

»Das stimmt nicht, General«, sagte Scott.

»Warum sind Sie dann in der Olenya-Bucht? Ich will eine Erklärung, und zwar sofort.«

»Ja, Sir, die wollte ich gerade liefern.«

In den nun folgenden zehn Minuten erstattete Scott Radford einen vollständigen Bericht. Dazu gehörte auch seine Entdeckung der Nachricht von Drummond über Zakajew, Scotts Überzeugung, dass Drummond ermordet worden war, und vor allem das Verschwinden der K-363.

»Großer Gott! Wie lange ist das U-Boot denn schon weg?«, fragte Radford und machte sich zugleich Notizen.

»Wir glauben, zwei Tage.«

»Und niemand hat sie beim Auslaufen beobachtet?«, fragte Radford fassungslos.

»Das Einzige, was wir in der Hand haben, ist ein Bericht einer U-Boot-Abwehreinheit. Sie haben mit dem Sonar eine Dreihundert-Hertz-Signatur aufgefangen, wie sie für eine Akula wie die K-363 typisch ist. Sie war auf Kurs in die Barentssee. Das hätte natürlich auch eines von unseren sein können ...«

»Keines von unseren Booten operiert zurzeit dort oben. Wie sicher sind Sie, dass Zakajew an Bord dieses U-Boots ist?«

»Alles deutet darauf hin, und zwar angefangen mit Drummonds Rendezvous mit dem russischen Matrosen in Murmansk. Und natürlich Ihr Befehl, dass er mit Zakajew Kontakt aufnehmen sollte, ich nehme mal an, um ihn umzustimmen.«

»Sie nehmen viel zu viel an, Scott, verdammt noch mal! Sie waren gar nicht dazu autorisiert, diese Nachricht überhaupt zu lesen. Das war eine eklatante Verletzung Ihres Befehls, für die ich Sie –«

»Ich widerspreche Ihnen da gar nicht, General«, antwortete Scott ruhig. »Auf der anderen Seite haben wir zurzeit ein U-Boot, das sich in der Hand von Terroristen befindet und das in der Barentssee kreuzt.«

»Wie ist es bewaffnet?«

»Also, das ist noch nicht ganz klar. Offensichtlich sind ihre SS-N-21 Cruise Missiles nach ihrer letzten Fahrt von Bord geschafft worden. Soweit der Standortkommandeur das feststellen kann, sind sie noch in sicherer Verwahrung auf dem Arsenalschiff, auf dem die Bewaffnung von U-Booten eingelagert wird. Die Buchführung bei der russischen Marine ist unter aller Sau. Es gibt also bisher noch keine hundertprozentige Garantie, dass sie tatsächlich ohne die Cruise Missiles ausgelaufen ist. Sie hat aber auf jeden Fall einen Teil ihrer normalen Ladung an Anti-U-Boot- und Anti-Schiffs-Torpedos – wie viele genau, lässt sich offensichtlich hier nicht feststellen. Angeblich verfügt keines davon über Atomsprengköpfe.«

»Woher wollen sie das so sicher wissen?«

»Alle ihre Torpedo-Atomsprengköpfe sind letztes Jahr ausgebaut worden und in Sicherheit.«

»Na, das ist wenigstens etwas!«, seufzte der General schwer.

»Wenn Zakajew aber tatsächlich St. Petersburg angreifen will, dann kann er doch wohl auf keinen Fall von der Barentssee aus einen Torpedo in den Hafen schießen, oder?«

»Wie sieht sein Plan demnach aus?«, fragte Radford.

»Ich weiß es nicht, General«, gab Scott zu. »Und das bereitet mir genauso viel Kopfzerbrechen wie der russischen Marine und dem FSB.«

»Wir alle wissen, dass die Marine der Russen in einem

furchtbaren Zustand ist«, sagte der General. »Dort sind die Schiffe fast so knapp wie die Mannschaften. Eigentlich fehlt es an allem. Glauben Sie, die könnten das U-Boot finden?«

»General, sie haben keine andere Wahl!«, erklärte Scott. »Sie müssen es einfach finden.«

»Na schön, ich berichte dem Präsidenten, was vorgefallen ist. Ich will versuchen, ihn dazu zu bringen, dass er das Gipfeltreffen absagt, aber ich glaube nicht, dass er das tun wird. Und wenn die Russen dieses verdammte U-Boot nicht finden können, müssen wir es eben für sie tun.«

»Da könnten Sie auf Widerstand stoßen«, meinte Scott. »Schließlich spielt sich die Angelegenheit in ihrem eigenen Hinterhof ab, nicht unserem. Außerdem dürfen Sie nicht vergessen, dass die K-363 einen ganz ordentlichen Vorsprung hat. Selbst wenn die Russen mit unserer Beteiligung an der Suche einverstanden wären, müsste das von unserer U-Boot-Abwehr erst organisiert werden. Zakajew muss eigentlich nicht mehr tun, als den Russen einen Schritt voraus bleiben, bis er so weit ist, eine Rakete zu starten – wenn er welche dabeihat. Dann knallt es nur noch, und die Sache ist vorbei.«

»Ich alarmiere den Generalstabschef und den Kommandeur der Atlantikflotte«, versprach der General. »Sie werden unsere Operationen dann mit den Russen koordinieren wollen. Und was Sie betrifft, Scott – Sie unternehmen nichts. Sie sind in der Angelegenheit der Verbindungsoffizier, aber lassen Sie um Himmels willen ihre Alleingänge!«

Radford bestellte ein Taxi für seine Begleiterin, machte sich eine Notiz, ihr ein Dutzend Rosen zu schicken, und dann tätigte er noch einen Anruf. Zehn Minuten später stieg er vor Paul Friedmans Haus in der Dumbarton Street in Georgetown aus seinem Auto. Zwei Leute mit rauschenden Handfunkgeräten empfingen ihn an der Tür und überprüften seinen Ausweis. Ohne Zweifel waren um das Haus noch weitere Agenten postiert, die er aber nicht sehen konnte. In Friedmans Arbeitszimmer fand er den Präsidenten der Vereinigten Staaten mit einem Drink in der Hand in einem Sessel vor. Dicke Schwaden von Zigarrenrauch hingen im Zimmer.

»Karl, schön, Sie zu sehen«, begrüßte ihn der Präsident und wedelte mit seinem Drink durch die Luft. Er saß Friedman gegenüber an einem kleinen Tisch, auf dem noch die Überreste eines Sandwichs und Krümel von Kartoffelchips lagen. Ein Eisbehälter und eine Flasche Bourbon standen auf einer Anrichte. Vor dem Präsidenten auf dem Fußboden waren überall Unterlagen verstreut, auf die er trat, als er aufstand, um Radford zu begrüßen.

Radford wusste, dass der Präsident manchmal Friedman besuchte, um Poker zu spielen, um der formellen Atmosphäre des Weißen Hauses zu entkommen. Statt aber wie sonst seinem nationalen Sicherheitsberater ein paar Dollar abzuluchsen, hatte er sich heute Abend auf das Gipfeltreffen mit dem russischen Präsidenten vorbereitet.

»Einen Drink, Karl?«, bot Friedman seinem Besucher an.

Radford schüttelte ablehnend den Kopf.

Sowohl der Präsident als auch Friedman musterten Radford gespannt, ohne dabei ihre eigene Unruhe verbergen zu können.

»Was ist passiert, Karl?«, fragte Friedman.

»Probleme«, gab Radford knapp zurück und informierte sie dann ausführlich anhand seiner Notizen. Die beiden hörten aufmerksam zu, ohne ihn zu unterbrechen. Als er seinen Bericht abgeschlossen hatte, sprach er seine Empfehlungen aus und bat den Präsidenten, das Gipfeltreffen abzusagen.

Der Präsident stand auf und wischte sich Krümel vom Schoß. »Das sind allerdings Probleme«, sagte er. »Und irgendwie scheinen sie Captain Scott zu verfolgen. Trauen Sie denn seiner Beurteilung der Lage?«

»Unbedingt, Sir. Er ist direkt vor Ort in der Olenya-Bucht und bekommt aus erster Hand mit, was sich da zusammenbraut. Ich gebe zu, es erscheint äußerst unwahrscheinlich, aber wir müssen tatsächlich davon ausgehen, dass Zakajew entschlossen ist, die russische Regierung zu stürzen.«

»Indem er mich, meinen russischen Amtskollegen und ein paar Millionen russische Bürger mit Atomraketen umbringt?«, fragte der Präsident fassungslos.

»Ich möchte dazu noch einmal wiederholen, was Scott mir gesagt hat: dass die Russen sicher sind, dass an Bord dieses U-Boots keine Cruise Missiles sind, also keine Atom- oder konventionellen Sprengköpfe. Trotzdem dürfte es im Augenblick wohl am klügsten sein, zunächst einmal davon auszugehen, dass sie es trotzdem sind.«

»Haben Zakajew und sein Komplize, dieser ...«

»Georgi Litwanow«, warf Radford ein.

»... irgendwelche Forderungen an uns oder die Russen gestellt?«, erkundigte sich der Präsident.

»Nein, Sir, noch nicht«, antwortete Radford. »Wir haben aber einfach nicht die Zeit, auf ein Ultimatum von ihnen zu antworten oder auf Verhandlungen zu warten. Eine solche Situation hat es noch nie gegeben, und einen Fehler können wir uns nicht leisten.«

Der Präsident stellte sein halb leeres Glas zur Seite. »Okay, Karl, dann sollten wir wohl jetzt am besten mit dem Verteidigungsministerium und dem Generalstab reden, um sie über die Lage aufzuklären.« Er richtete sich an Friedman. »Paul, wenn wir schon dabei sind, Sie sollten für heute Abend ein Gespräch mit dem russischen Botschafter vereinbaren. Wir müssen herausbekommen, was sie wissen, damit wir unsere Bemühungen koordinieren können, mit dieser Krise fertig zu werden. Nachdem ich mit dem Botschafter gesprochen habe, spreche ich direkt mit dem Kreml.«

»Ja, Sir. Ich werde mich außerdem mit Admiral Grischkow in Verbindung setzen, dem Kommandeur der Nordmeerflotte.«

»Kennen Sie ihn persönlich, Karl?«, erkundigte sich der Präsident.

»Ja, Sir. Er ist ein Überbleibsel der Putin-Ära, aber er ist ein Mann, mit dem man arbeiten kann.«

»Gut. Was sonst noch?«

Nun meldete sich Friedman zu Wort. »Sir, ich würde es trotzdem für klüger halten, das Gipfeltreffen abzusagen –«

»Kommt nicht in Frage!«, erklärte der Präsident bestimmt. »Dann fällt die Presse über uns her, weil wir uns von Terroristen erpressen lassen. Die Russen sind in dieser Sache der gleichen Meinung, da bin ich mir sicher.«

»Sir, ich muss protestieren«, widersprach ihm Friedman. »Ich bin auch der Meinung, dass wir den Forderungen von Terroristen nicht nachgeben dürfen, aber trotzdem ist die Lage im Augenblick für ein Gipfeltreffen einfach zu gefährlich. Es könnte im Gegenteil Zakajews Pläne stören und einem Angriff auf Russland zuvorkommen, wenn Sie Ihre Teilnahme an dem Treffen absagen. Bei allem Respekt, Sir, Sie dürfen einfach nicht Ihr Leben und das von Millionen unschuldiger Menschen riskieren. Und wenn Zakajew seinen Plan tatsächlich ausführt, könnte es durchaus passieren, dass die Russen mit Kernwaffen zurückschlagen, und das würde nicht nur Tschetschenien zerstören, sondern die gesamte Kaukasus-Region. Das könnte den Dritten Weltkrieg auslösen!«

»Schöne Rede, Paul«, sagte der Präsident, »aber das Gipfeltreffen wird wie vorgesehen stattfinden. Also, wie wäre es, wenn Sie den russischen Boschafter anrufen würden.«

Zakajew schloss die Tür seiner Kajüte, weil er allein sein wollte. Die K-363 war so groß, dass jeder Offizier seine eigene Kajüte hatte, und er konnte frei aus mehreren auswählen, weil so viele Offiziere von Litwanows Mannschaft zurückgelassen worden waren. Diejenige, die er gewählt hatte, war groß – sogar größer als die von Litwanow – und gut ausgestattet. Sie verfügte über eine bequeme Liege, einen Schreibtisch, Stühle und sogar eine Toilette mit Dusche und einer Ausstattung wie in einem Luxushotel. In der Kajüte befand sich außerdem ein Bildschirm, der mit der Brücke verbunden war und die Bilder zeigte, die durch das Periskop zu sehen waren.

Zakajew setzte sich auf die Kante seiner Koje und zog den Reißverschluss einer Segeltuchtasche auf. Er holte ein kleines handgenähtes Lederetui mit Farbbildern seiner Frau und seiner drei Kinder heraus, den einzigen, die er von ihnen hatte.

Irina. Wie sie lächelte und vor ihrem weiß getünchten einstöckigen Haus im kaukasischen Grosny posierte. Frühling war es damals gewesen, und sie hatten in dem kleinen Garten am Haus Blumen gepflanzt. Sie hatte so getan, als wäre sie wegen seiner umständlichen Handhabung der alten Argus-C3-Kamera ungeduldig geworden und hatte sich ihr dunkles Haar aus dem Gesicht gestrichen. Dabei hatte sie an ihrer Wange einen Strich aus Schlamm zurückgelassen, der dann später auch auf dem Foto zu sehen war und sie ihrer Meinung nach wie eine *Krestyanka* – eine Bäuerin – aussehen ließ. Es war sein Lieblingsbild von Irina und zeigte sie gleichermaßen von ihrer verführerischen wie von ihrer verwundbaren Seite. Die Kinder waren dazugekommen, und nachdem er die Fotos gemacht hatte, hatten sie sich gewaschen und waren zum Haus von Zakajews Mutter gegangen, um dort gemeinsam zu essen. Eine Woche später waren Irina, die Kinder und seine Mutter tot.

Es waren damals schon wochenlang Gerüchte im Umlauf gewesen, dass russische Speznaz, unterstützt von Panzereinheiten, in den Außenbezirken von Grosny auf der Suche nach einer Aufständischen-Einheit gewesen seien, die einen russischen Vorposten überfallen und zehn Soldaten getötet hatte. In der Nachbarschaft der Zakajews hatte sich darüber aber niemand groß Gedanken gemacht, weil die gesuchten Aufständischen sich nach Norden zurückgezogen hatten.

Zakajew nahm gerade an einer taktischen Besprechung mit Mitgliedern der Muslim-Bruderschaft in der Innenstadt von Grosny teil, als er einen verzweifelten Anruf von seinem Onkel erhielt, dass sich bei ihm zu Hause eine Tragödie abspielte. Als er angekommen war, war es zu spät gewesen. Sein Haus war zusammen mit einigen anderen von russischen Panzern plattgewalzt worden. Irina, die Kinder und seine Mutter hatte er in dem kleinen Garten gefunden, von MG-Kugeln zerfetzt.

Als er sich so ihre Bilder ansah, fiel ihm der weißbärtige Dorfälteste wieder ein, der gesagt hatte: »Für einen Tschetschenen ist der Tod unwichtig. Am wichtigsten für einen Tschetschenen ist es, für seine Familie und sein Land gelebt zu haben und zu sterben.«

Jemand klopfte leise an die Kajütentür, und eine Stimme fragte von draußen: »Ali?«

Er verstaute die Bilder und öffnete die Tür.

»Möchtest du lieber allein sein?«, fragte das Mädchen. Sie hatte ihre eigene Kajüte neben der Zakajews.

»Nein. Komm herein.«

Sie musterte ihn, wie er in seinem dunkelblauen U-Boot-Overall vor ihr stand. Sie hatte den gleichen an, nur dass ihrer zu groß und an den Armen und Beinen hochgekrempelt war. »Ich wollte bei dir sein«, sagte sie. »Störe ich dich?«

»Nein, du störst mich nicht«, versicherte ihr Zakajew. Er hielt sie an beiden Armen und küsste ihre Stirn.

»Du siehst bedrückt aus«, sagte sie. »Machst du dir wegen irgendetwas Sorgen?«

Er ließ sie los, und die beiden setzten sich zusammen auf die Liege. »Ich habe noch einmal unseren Plan überdacht. Litwanow wird jetzt bald eine Antenne ausfahren, damit wir CNN abhören können, um herauszubekommen, ob die Amerikaner das Gipfeltreffen abgesagt haben. Wenn ja, dann bedeutet das, dass die Amerikaner und die Russen uns jagen, weil sie wissen, dass etwas passieren wird. Dann können wir erwarten, dass wir auf amerikanische oder russische Marineverbände stoßen werden; aber Litwanow ist gut, und das macht mir keine Sorgen.«

Sie lehnte sich an ihn und sagte: »Halt mich fest.«

Er legte einen Arm um sie, und sie drehte sich zu ihm hin. Er sehnte sich nach ihr, nach Irina und den Kindern. Der Schmerz war nur deshalb erträglich, weil er wusste, dass er frei sein würde, wenn er seine Familie gerächt hatte.

Litwanow warf einen Blick auf das Schiffschronometer. »Gehen Sie auf Periskoptiefe!«, befahl er. »Und achten Sie darauf, dass Sie keine Luftblasen verursachen!«

»Periskoptiefe, zwanzig Meter, aye«, bestätigte Starpom Weroschilow. Die Rudergänger bewegten behutsam die Steuerknüppel und brachten die K-363 durch eine Kombination aus Schüben von den Turbinen und hydrodynamischen Bewegungen der Tauchruder sanft zur Oberfläche.

»Bereitmachen für Aktualisierung Ihres Trägheitscomputers!«, bellte Litwanow Weroschilow an.

»Bereitschaft hergestellt, aye.«

Litwanow erklärte Zakajew, was da gerade vor sich ging, behielt dabei ab immer den Tiefenmesser im Auge. »Wir benutzen unser Molnyia-3-Satellitensystem für die Navigation und die Steuerung unserer Waffen. Es steht mit unseren Orbita-Bodenstationen in Verbindung und kann jeden beliebigen Standort auf der Erde auf einen Meter genau bestimmen.«

Er wartete nicht auf die Bestätigung, dass die K-363 Sehrohrtiefe erreicht hatte. »Periskop ausfahren!«, befahl er, ging in die Hocke und packte die beiden Griffe. Das Periskop summte, während er es zweimal um seine Achse schwenkte. Der angeschlossene Monitor zeigte das Bild, das Litwanow durch das ausgefahrene Periskop sah: eine sanfte Dünung und ein paar unerschrockene Möwen, denen das eiskalte Wetter nichts ausmachte.

»Alles klar«, verkündete Litwanow. »Den Funkmast ausfahren.«

Der Funkmast, der in der Lage war, mit seinen Sensoren Radar- und Funksignale von Schiffen und Flugzeugen aufzufangen, erhob sich über die Wasseroberfläche.

»Irgendwas zu hören?«, fragte Litwanow, ohne seine Augen von dem Periskop zu lösen.

»Ein schwacher Seitenbandkontakt«, meldete der Funkoffizier. »Peilung drei-fünf-null. Signalstärke eins.«

»Wahrscheinlich ein Frachter«, vermutete Litwanow. »Er richtete das Periskop auf die für das Signal gemeldete Peilung, sah aber nichts. Was es auch gewesen sein mochte, inzwischen war es über die Krümmung der Oberfläche verschwunden, wo sich der Horizont mit dem Himmel zu einer grauen Wand vereinigte.

»Funkmast runter!«, befahl Litwanow. »Fahren Sie die GPS-Antenne aus!«

»Aye, Kapitan.«

Weroschilow machte sich bereit, ihre Position mit einer Satellitenpeilung neu zu bestimmen.

»Jetzt wollen wir doch mal sehen, was CNN so über uns zu berichten hat. Antenne ausfahren!«

Ein kleines Fernsehgerät, das über dem Kartentisch montiert war, erwachte zum Leben. Ein diagonales Lichtband rollte über seinen Schirm.

Als die beiden Antennenmasten ausgefahren wurden, drückte der Steuermannsmaat auf eine Stoppuhr, um so im Auge zu behalten, wie lange sie über der Wasseroberfläche waren. Er streckte eine Hand zu einem Rack aus und schaltete einen DVD-Recorder an, als gerade das CNN-Logo erschien und die Erkennungsmelodie für die stündliche über Satellit verbreitete Nachrichtensendung einsetzte.

Die Sprecher, eine Frau und ein Mann, plapperten über die Entwicklungen an der Wall Street, im Mittleren Osten und einen Flugzeugabsturz in Spanien. Darauf folgte ein Werbeblock und dann der Wetterbericht für Westeuropa.

»Kommt schon, bringt endlich das, was wir hören wollen«, drängte Litwanow.

»Eine Minute«, verkündete der Steuermannsmaat.

Der russische Präsident erschien mit seinem Außenminister im Bild.

»Was sagt er denn?«, fragte Litwanow. »Ich kann der englischen Übersetzung nicht folgen.«

Der Steuermannsmaat dolmetschte: »Der, äh, Präsident freut sich auf seine Begegnung mit, äh, dem amerikanischen Präsidenten in St. Petersburg. In ihrem Gespräch wird es unter anderem um den Internationalen Währungsfonds, den internationalen Terrorismus und die Zukunft Tschetschenien gehen.«

»Haben Sie das gehört, General?«, fragte Litwanow. »Die Zukunft Tschetscheniens. Ha!«

Nun brachte CNN einen kurzen Bildbericht über die Kämpfe vor Grosny und schaltete dann um zu der zerstörten Tschaikowski-Konzerthalle in Moskau, wo Bulldozer sich in die Trümmer schoben.

»Zwei Minuten.«

»Genug«, entschied Litwanow. »Alle Masten einfahren!«

Der Bildschirm wurde dunkel.

Paul Friedman schob die Überreste eines Cheeseburgers zur Seite, als der gesicherte Split-Screen-Monitor für Konferenz-Schaltungen im Lagebesprechungs-Raum des Weißen Hauses zum Leben erwachte. »Genau rechtzeitig«, sagte er und wischte sich die Hände an einer Leinenserviette ab.

Karl Radford rückte den Notizblock und einen Stift zurecht. Vor ihm wurden vertraute Gesichter scharf: im Pentagon Verteidigungsminister Dale Gordon und der Generalstabschef Admiral Jack Webster; in Norfolk der Kommandeur der U-Boot-Atlantikflotte, Admiral Carter Ellsworth; in Moskau der Kommandeur der Flotte und Oberkommandeur der russischen Marine Wjatscheslaw Staschinski; in Seweromorsk der Oberkommandeur der Nordmeerflotte der russischen Marine Vizeadmiral Mikhail Grischkow.

»Ich möchte gleich zur Sache kommen, Gentlemen«, sagte Friedman. »Die Empfehlungen, die wir in dieser Konferenz ausarbeiten, werden zur Überprüfung und Ausführung durch unsere jeweiligen Vorgesetzten vorgelegt. Wir alle hatten Zeit, die Zusammenfassungen unserer Stäbe zu lesen und zu verdauen. Es ist keine Übertreibung, zu sagen, dass tschetschenische Terroristen, die mit dem gestohlenen russischen Atom-U-Boot K-363 bewaffnet sind, eine außerordentliche Bedrohung für die Welt, für Russland und für unsere jeweiligen Regierungschefs darstellen. Ich möchte daher dringend empfehlen, dass wir uns heute Morgen voll und ganz darauf konzentrieren, eine Antwort auf eine Frage zu finden: Hat irgendjemand von Ihnen eine Idee, wie diese Bedrohung aus der Welt geschafft werden könnte?«

Darauf folgte ein kurzes Rascheln von Papieren, bis sich Oberkommandeur Staschinski auf Englisch mit einem harten Akzent meldete: »Ich verwehre mich gegen die in Ihrer Zusammenfassung vorgebrachte Andeutung, dass die russische Marine bezüglich des Diebstahls der K-363 unvorsichtig war und dass wir die alleinige Verantwortung für diese Krise tragen. Das Tschetschenien-Problem ist nicht allein das Problem Russlands.«

»Admiral Staschinski –«, versuchte Friedman einzuwerfen.

»Die Vereinigten Staaten«, fuhr Staschinski fort, ohne ihn zu beachten, »sind für diese Krise ebenso verantwortlich wie jeder andere.«

»Admiral Staschinski, nichts in diesem Bericht deutet an,

dass die russische Marine unvorsichtig war«, erklärte Friedman. »Eine genauere Analyse der Ereignisse, die zu dem Diebstahl der K-363 geführt haben, hat Zeit. Vielleicht haben Sie bereits einen Lösungsvorschlag für unser dringendstes Problem, über den wir diskutieren könnten.«

Staschinski machte mit seinem grob geschnittenen Gesicht und den buschigen Augenbrauen auf dem Bildschirm einen bedrohlichen Eindruck, den er mit seinem Tonfall noch verstärkte. »Es gibt nur eine Lösung, und wir haben bereits die notwendigen Maßnahmen ergriffen, um einen Erfolg zu garantieren: Wir haben U-Boot-Abwehreinheiten in die Barentssee abkommandiert. Wir haben außerdem als zusätzliche Sicherheitsmaßnahme Norwegen und Schweden über diesen Schritt informiert, den wir aber als Übung erklärt haben. Es wird Zeit benötigen, aber ich bin zuversichtlich, dass wir die K-363 finden werden. Eine Funkbotschaft an die Piraten an Bord der K-363, mit der sie zur Aufgabe aufgefordert werden, wäre sinnlos. Hier hilft nur Gewalt.«

»Unglücklicherweise hat Ihre Regierung unsere Hilfe abgelehnt, Admiral«, sagte Friedman.

»Wir sind durchaus in der Lage, dieses Problem ohne Ihre Hilfe zu lösen!«, polterte Staschinski.

Verteidigungsminister Gordon, ein ehemaliger Bürgerrechtsanwalt und Banker an der Wall Street, der mit dem Präsidenten persönlich befreundet war, ließ sich davon nicht beeindrucken und fragte: »Wie zum Teufel wollen Sie angesichts der immer dürftigeren Mittel, die Ihnen zur Verfügung stehen, eines Ihrer eigenen U-Boote finden, von einer Zerstörung einmal ganz abgesehen?«

»Im Gegenteil!«, fuhr der Oberkommandeur der Nordmeerflotte Grischkow dazwischen. »Wir verfügen über Verbände, die dieser Aufgabe durchaus gewachsen sind. Was Sie da sagen, ist einfach nicht wahr –«

»Mikhail«, unterbrach Friedman ihn, »lassen Sie Minister Gordon ausreden.«

»Worauf ich hinauswollte«, führte Gordon seinen Gedanken fort, »ist nur, dass wir es mit einem Riesengebiet zu tun haben. Mein Gott, sehen Sie sich das an!«

Der Großbildschirm an einer Wand wurde kurz blau, und dann erschien eine detaillierte Karte der Barentssee.

Webster, Gordons Partner am Verhandlungstisch, nahm den Faden auf. »Das Gebiet, das Sie durchsuchen müssen, Mikhail, und zwar schnell, erstreckt sich vom norwegischen Finnmark im Westen bis zum Weißen Meer im Osten, und von der Halbinsel Kola im Süden bis nach Spitzbergen im Norden.«

»Die Gegend ist uns recht gut bekannt«, sagte Grischkow ironisch.

»Es wird Tage dauern, bis Sie Ihre U-Boot-Abwehreinheiten organisiert und losgeschickt haben«, fuhr Webster fort, ohne den Einwurf zu beachten. »Und über welche Mittel verfügen Sie denn? Weniger als dreißig Korvetten, zwei Führungsschiffe, und dann noch ein paar alte Be-12-Amphibien-Boote, einige Ka-25-Hubschrauber und Propellermaschinen vom Typ Il-38.«

Nicht darauf herumreiten!, dachte Radford. Er wusste nur zu gut, dass die U-Boot-Abwehrverbände der US-Marine ein Schattendasein führten und sowohl die Oberflächen- als auch die U-Boot-Streitkräfte stark reduziert worden waren. Außerdem wusste Radford, dass SOSUS, das Sound Surveillance System (Lauschsystem) der Navy, praktisch eingemottet war. Gordon und Webster würden Einheiten von anderen Standorten abziehen müssen, wenn sie mit den Russen eine effektive

Suche durchführen wollten, falls die das überhaupt zulassen würden.

»Admiral Staschinski, warum wollen Sie es der US-Marine nicht gestatten, Ihnen zu Hilfe zu kommen?«, fragte Gordon.

»Aus Eitelkeit«, flüsterte Friedman hinter vorgehaltener Hand Radford zu, der zustimmend nickte. »Schlicht und einfach.«

»Wagen Sie es nicht, uns Vorträge über unsere Mittel zu halten!«, bellte Grischkow. »Wir jagen außerdem eines unserer eigenen U-Boote, und wir behalten uns selbst das Recht vor, es aufzuspüren und zu versenken, und nicht die US-Marine.«

»Die Barentssee ist kein russisches Privatmeer, Gentlemen«, warf Carter Ellsworth ein. »Das ist internationales Gewässer, und der Zugang steht uns frei. Die USA haben ein großes Interesse daran, die K-363 und diese Bande von Terroristen zu finden. Ihre Nordmeerflotte ist nicht stark genug, diese Aufgabe allein zu erledigen, und bis Sie sich dazu durchgerungen haben, das zuzugeben, könnte es zu spät sein, die Katastrophe noch abzuwenden.«

»Gentlemen, wir schweifen ab«, sagte Friedman. »Ich brauche konkrete Vorschläge, die ich dem Präsidenten vorlegen kann. Wir dürfen hier keine Zeit mit einer Diskussion über mögliche Methoden oder Revierstreitigkeiten verschwenden.«

»Admiral Grischkow«, meldete sich nun Radford, »was können Sie uns über Kapitan Dritten Grades Georgi Litwanow sagen, das uns einen Hinweis darauf liefern könnte, wie er vielleicht zu schlagen ist?«

»Litwanow ist ein brillanter Offizier und denkt selbstständig, was zugegebenermaßen in den russischen U-Boot-Verbänden eine Seltenheit ist. Deshalb wird er schwer zu finden und ... zu eliminieren sein.« Er hatte für alle offensichtlich das Wort *töten* vermieden. »Ich wüsste keine Schwäche, die wir ausnutzen könnten. Er ist zu unberechenbar. Und er steht zu seinen Überzeugungen. Er wird tun, was zur Ausführung des Plans notwendig ist. Dessen können Sie sich sicher sein.«

»Wir wissen, dass Litwanow als Vorgesetzter hart durchgreift«, sagte Radford. »Ließe sich das vielleicht zu unserem Vorteil ausnutzen?«

»Ich sehe da keine Möglichkeit«, sagte Grischkow. »Wenn Sie meinen, er könnte sich vielleicht als zu streng erweisen und deshalb einen Fehler machen, rechnen Sie nicht damit. Er und seine Mannschaft sind dafür zu diszipliniert.«

Radford hatte sich ausführliche Notizen zu Litwanow gemacht. Es musste einfach eine Möglichkeit geben ...

Verteidigungsminister Gordon sagte: »Admiral, was können Sie uns über die Bewaffnung der K-363 sagen? Nach unseren Informationen hat Kapitan Ersten Grades Titow in der Olenya-Bucht Captain Scott versichert, dass das U-Boot nicht mit Cruise Missiles bewaffnet ist, nur mit Torpedos. Trifft das zu?«

Grischkow rutschte unruhig auf seinem Stuhl hin und her und warf Staschinski einen Seitenblick zu. »Titow, ach ja? Nun, das scheint zuzutreffen. Alle SS-N-21 wurden nach der Rückkehr der K-363 von ihrer letzten Fahrt von Bord geschafft. Ich habe mich persönlich genau bei den Versorgungsoffizieren in der Olenya-Bucht erkundigt, und sie bestätigen, dass die Raketen alle vorhanden sind. Es ist bei uns eine Standardvorschrift, dass unsere Boote die Raketen abladen, bevor sie andocken, aber nicht die Torpedos.«

»Warum die nicht?«, fragte Radford nach.

»Weil es sehr schwierig ist, Torpedos aus einem Boot der Akula-Klasse auszuladen. Wie Sie sicher aus eigener Erfahrung mit Ihren Booten der Los-Angeles-Klasse wissen, müssen alle vorderen Abteilungen und Decks des U-Boots neu konfiguriert werden, und da wir knapp an Mannschaften sind, versuchen wir, das zu vermeiden. Manchmal entfernen wir die Zünder von den Torpedos, aber nicht immer.«

»Ich habe persönlich die Entscheidung genehmigt, dass unsere Boote ihre Torpedos behalten dürfen, solange sie im Hafen liegen«, erklärte Staschinski.

»Sie sind also sicher, dass die K-363 nur Torpedos an Bord hatte, als sie ausgelaufen ist?«, erkundigte sich Gordon.

»Ja«, sagte Grischkow.

»Wissen Sie, wie viele davon an Bord sind?«, fragte Webster.

»Wir glauben, etwa zwölf, also die Hälfte der normalen Ladung.«

»Und keiner davon hat einen Atomsprengkopf?«, hakte Gordon nach.

»Natürlich nicht. Gemäß den Vereinbarungen von START III haben wir alle unsere Torpedos mit Atomsprengköpfen zerlegt und ihr spaltbares Material internationaler Kontrolle unterstellt. Die Torpedos an Bord der K-363 besitzen konventionelle Sprengköpfe.«

»Ich habe damit gemeint, ob vielleicht doch in dem allgemeinen Abrüstungsdurcheinander ein Atomsprengkopf rein versehentlich übersehen worden und an einem Torpedo geblieben ist«, bohrte Gordon nach. »An einem, der jetzt an Bord der K-363 ist.«

»Wollen Sie damit andeuten, dass wir Lügner sind, Minister?«, brauste Grischkow auf. »Dass wir den START-III-Vertrag verletzt haben?«

»Selbstverständlich nicht. Aber angesichts der vorliegenden Situation sollten wir nichts als gegeben annehmen.«

»Sie können annehmen, was Sie wollen, Minister«, sagte Grischkow. »Wir gehen auf jeden Fall davon aus, dass alle Cruise Missiles, die früher an Bord der K-363 waren, sicher ausgeladen und gelagert sind, und dass alle Atomsprengköpfe von den Torpedos entfernt wurden.«

»Bei allem Respekt, Admiral Grischkow«, wandte Jack Webster ein, »ich will Ihnen ja gern glauben, dass Sie davon überzeugt sind, aber wenn Ihre Versorgungsoffiziere sich irren, und so etwas ist ja schon vorgekommen, und jemand hat sich bei einem dieser Babys verzählt, dann haben wir Probleme.«

»Die einzige Möglichkeit, eine Katastrophe sicher zu verhindern«, sagte Friedman, »ist es, Zakajew zu finden und zu versenken. Und nach allem, was ich gehört habe, lässt sich das nur bewerkstelligen, indem man die Barentssee mit U-Boot-Abwehreinheiten und Kriegsschiffen überschwemmt. Ist das richtig?«

»Und mit U-Booten«, bemerkte Ellsworth.

»Warum denn U-Boote?«, fragte Friedman.

»Kurz gesagt, weil die das gelernt haben.«

»Sie meinen, ein U-Boot könnte die K-363 aufspüren, sich an sie heranschleichen und sie versenken?«

»Eines von unseren könnte das.«

Friedman hob ruckartig den Kopf. »Könnte ein russisches U-Boot das auch?«

Ellsworth warf Webster einen Blick zu. »Nun, das kann ich nicht so ohne Weiteres sagen ...«

»Admiral Staschinski?«, fragte Friedman.

»Selbstverständlich.«

Das schien Friedman nicht zu verstehen. »Warum in Gottes Namen schicken Sie dann nicht U-Boote los, um die K-363 zu finden?«

Grischkow sah zu Staschinski hinüber, dessen graues Gesicht wie versteinert war.

Jetzt verstand Friedman nur zu gut. »Wir haben momentan nicht die Zeit für taktische Manöver, Gentlemen. Wir stehen vor einer Krise. Wenn Sie uns etwas zu sagen haben, dann sagen Sie es, verdammt noch mal!«

Staschinski kniff sich in seine rote Nase. *»Da«*, brummte er.

Grischkow nickte Staschinski auf dem Bildschirm zu und gestand dann traurig, fast so, als wollte er sich entschuldigen: »Wir haben nur zehn Atom-U-Boote – ein Sewerodwinsk, sechs Akulas und drei Sierras – die zurzeit in der Nordmeerflotte aktiv sind, und die K-363 ist eines davon.«

Radford und Friedman tauschten erstaunte Blicke. Nur zehn Atom-U-Boote! Wie passte das mit den nachrichtendienstlichen Berichten von der SRO zusammen, die ihnen vorlagen? Diese Frage stellte sich Radford und machte sich geistig eine Notiz, das herauszubekommen.

Grischkow berichtete weiter: »Drei Boote sind auf Patrouillenfahrt im Atlantik. In der Olenya-Bucht werden drei weitere gerade überholt, und zwei liegen im Trockendock. Damit bleibt nur ein Atom-U-Boot, die K-480, eine Akula, die baugleich mit der K-363 ist und sofort auslaufen könnte. Der Kapitän der K-480, Sergei Botkin, ist aber ein junger, unerfahrener Oberleutnant. Und Botkin würde Litwanow niemals finden, bevor der ihn im Visier hat. Es wäre ein erfahrender U-Boot-Kommandeur nötig, Litwanow aufzuspüren, und so leid es mir tut, es steht uns in der Olenya-Bucht keiner zur Verfügung.«

»Oh doch, einer schon«, sagte Radford.

Friedman konnte scheinbar Radfords Gedanken lesen, denn

er deutete zustimmend auf den SRO-Direktor. Auch Ellsworth wusste sofort, wer gemeint war.

»Captain Jake Scott ist in der Olenya-Bucht und erwartet unsere Befehle«, sagte Radford. »Er ist ein erfahrener U-Boot-Mann – einen besseren werden Sie nicht finden, so hat man mir gesagt. Er spricht außerdem Russisch.« Er sah, wie Ellsworth zustimmend den Daumen hob. »Ich schlage vor, dass Sie ihn auf die K-480 schicken und auf Litwanow loslassen.«

Staschinski machte ein Gesicht, als hätte er gerade einen Herzanfall erlitten. *»Njet! Njet!«*

»Doch!« Ellsworth knallte mit der flachen Hand auf den Tisch des Besprechungszimmers in Norfolk. »Veranlassen Sie das, und er wird dieses U-Boot finden, und versenken wird er es auch.«

»Ausgeschlossen, absolut unmöglich!«, brüllte Staschinski. »Ein Amerikaner auf einem russischen Boot? Unmöglich!«

»Können Sie uns hören, Jake?«, fragte Ellsworth.

»Einigermaßen. Tut mir leid, dass ich so lange gebraucht habe, bis ich mich wieder melden konnte.«

Scott sprach von Titows Hauptquartier aus über das abgeschirmte Handy per SRO-Satellit direkt mit dem Lagebesprechungsraum im Weißen Haus.

»Hatten Sie Gelegenheit, die K-480 zu inspizieren?«, erkundigte sich Ellsworth. »Wie ist ihr Zustand?«

»Nicht gut, aber schlecht auch nicht. Sie könnte eine Überholung gebrauchen, aber insgesamt betrachtet ist ihr Zustand recht gut.«

»Wie steht es mit der Mannschaft?«

»Wir brauchen einen anderen technischen Offizier. Dem

gegenwärtigen Chefingenieur fehlt die Erfahrung mit Kernreaktoren.«

»Kann Titow einen Ersatzmann auftreiben?«

Scott warf einen Blick zu Titow hinüber. Der Kommandeur machte einen erschöpften Eindruck und war wieder einmal damit beschäftigt, die Gegenstände auf seinem Schreibtisch zurechtzurücken. »Vielleicht kann er einen von einem anderen Boot abkommandieren.«

»Was ist mit diesem Kapitän, Botkin?«, erkundigte sich Ellsworth.

»Für den gilt das Gleiche, aber ich glaube, mit etwas Unterstützung kommt er schon klar. Der technische Offizier aber nicht.«

»Veranlassen Sie das Nötige. Litwanow hat zwei Tage Vorsprung vor Ihnen, Jake. Die Sache ist keineswegs sicher.«

»Verstanden, Admiral.«

»Wenn Sie sonst noch etwas brauchen ...«

Scott sah zu Alex und Abakow hinüber, der sich nervös die Glatze massierte. »Ja. Ich möchte für Dr. Thorne und Colonel Abakow die Genehmigung, mich auf dieser Mission zu begleiten.«

»Jetzt hören Sie mal, Jake ...«, setzte Ellsworth an.

»Tut mir leid, Admiral, aber das muss sein. Dr. Thorne ist Kernphysikerin und kennt sich mit den Gefahren von Strahlung aus, und da wir nicht wissen, was Zakajew vorhat, brauche ich möglicherweise ihre Sachkenntnis. Colonel Abakow kennt Zakajew persönlich und hat im alten KGB mit ihm als Kollege zusammengearbeitet. Außerdem war er der leitende Ermittlungsbeamte bei Admiral Drummonds Tod. Das reicht doch wohl.«

»Sind sie damit einverstanden, oder haben Sie sie bisher nicht einmal gefragt?«

Scott suchte den Blickkontakt mit Alex und Abakow. »Sie sind nicht versessen darauf, wissen aber, wie wichtig es ist.«

Nach einer Pause, während der sich Ellsworth kurz beraten hatte, meldete er sich wieder: »Also gut, Jake. Auf Ihre Verantwortung. Sonst noch etwas?«

»Ja, Admiral. Ich möchte, dass Sie David Hoffman anrufen, Dr. Thornes Chef in der Botschaft in Moskau, und die Angelegenheit persönlich für sie erledigen.«

»Verdammt noch mal, Jake, Sie wissen doch, dass ich ihm nicht sagen kann, was da vor sich geht!«, protestierte Ellsworth.

»Ich bin sicher, da wird ihnen etwas einfallen«, antwortete Scott ungerührt.

Ellsworth verzog das Gesicht und sagte: »Na schön, ich überlege es mir. Also, wie schnell können Sie auslaufen?«

»Heute Abend.«

»Codes und Kommunikation?«

»Wir werden unser Kommunikationspaket für ELF und ZEVS umkonfigurieren.«

»Admiral Staschinski hat sich bereit erklärt, Ihnen die neueste Version zur Verfügung zu stellen, damit Sie Ihre Maßnahmen mit ihnen koordinieren können.«

»Wir werden jede Hilfe brauchen, die wir kriegen können.«

Radford saß allein im Lagebesprechungsraum und grübelte besorgt über die Möglichkeit nach, dass die Russen es sich anders überlegen könnten. Aber wie könnten sie das? Jake Scott stellte die einzige echte Chance dar, die sie hatten, die K-363 zu finden, und Friedman hatte seine gesamte Überredungskunst eingesetzt. Als der nationale Sicherheitsberater endlich gegangen war, hatte er völlig erschöpft ausgesehen.

Radford sammelte seine Unterlagen ein. Er hatte keine Ahnung, ob Scott diese Aufgabe würde meistern können oder nicht, aber was es auch immer gewesen war, das ihn damals während dieser verdammten Mission im Gelben Meer dazu getrieben hatte, seinen Hals zu riskieren, es trieb ihn auch jetzt.

10

Die Barentssee, innerhalb der Hundert-Faden-Kurve

»Anzeigen grün«, verkündete der Starpom.

Sergei Botkin überprüfte die Anzeige für die Öffnungen im Rumpf: Sechs Reihen heller grüner Lichter bestätigten die Tauchbereitschaft der K-480.

Botkin hatte registriert, dass Scott jede seiner Maßnahmen seit der Abfahrt aus der Olenya-Bucht genau verfolgte. Er räusperte sich und gab den Befehl: »Das Boot abtauchen!«

Eine Sirene heulte zweimal durchdringend laut, gefolgt von dem Warnruf »Tauchen! Tauchen!« von dem Leutnant, der bei Botkin als Starpom Dienst tat.

Scott beobachtete, wie der Tauchgang ablief, um sich ein Bild von der Tüchtigkeit der jungen Offiziere und Mannschaftsmitglieder an den Kontrollgeräten des Boots zu machen. Bei der Operation eines U-Boots an der Oberfläche oder unter Wasser gab es keinen Spielraum für Fehler.

»Bug- und Achter-Kammern fluten«, ordnete der Starpom, der als Tauchoffizier eingeteilt war, an. »Zehn Grad abwärts.«

Die Luft aus den Ballasttanks entwich mit einem lauten Rauschen durch die Ablassrohre. Sofort neigte sich das riesige U-Boot nach vorne und schob seine stumpfe Nase in das Wasser der Barentssee.

»Gehen Sie auf neunzig Meter Tiefe!«, befahl Botkin.

»Neunzig Meter, aye, Kapitan.«

Meerwasser rauschte über den Rumpf, gluckerte in die

Hohlräume der Aufbauten und stieg schnell auf beiden Seiten des Turms hoch. Ein Wasserhammer pochte und verstummte kurz darauf wieder. Die hydraulische Pumpe des Schiffs stöhnte protestierend, als wäre sie ein Mann auf dem Totenbett. Irgendwo im Pumpenraum unter der Kommandozentrale schlug laut Metall an Metall, das Scott durch die Sohlen seiner Stiefel spürte. Und dann begann der Rumpf durch den steigenden Wasserdruck zu ächzen und zu knarren, sodass einige der unerfahrenen Leute besorgte Blicke tauschten.

Scott wusste, dass die K-480 ein angeschlagenes Schiff war, und nahm sich vor, die Logbücher für die technischen Untersuchungen der wichtigsten Ausrüstungsgegenstände genau darauf zu überprüfen, ob, beziehungsweise wie lange die Wartungen aufgeschoben worden waren. Die Tatsache, dass wichtige Geräte und Maschinen von Ausfall bedroht waren, wenn man sie am allernötigsten brauchte, wurde von den russischen U-Boot-Mannschaften im Gegensatz zu ihren amerikanischen Kollegen als unabänderliche Tatsache akzeptiert. Die russische Marine hatte eine lange Geschichte von U-Boot-Katastrophen – Untergänge, Zusammenstöße, Reaktor-Unfälle –, die nie gemeldet worden waren. Genauso verhielt es sich mit deren Todesopfern. Er stand also nicht allein vor der Aufgabe, die K-363 aufzuspüren und zu versenken, er musste auch Alex, Abakow und die Mannschaft heil zurückbringen. Als er sich so den Allgemeinzustand der K-480 ansah, war er nicht mehr sicher, ob es überhaupt möglich war, diese Mission zu überleben.

Scott warf einen Blick über die Schulter zu Yuri Abakow. Das Gesicht des Colonels glänzte vor Schweiß, und sein Overall hatte dunkle Flecken an den Achseln. Scott sah, wie der Mann schwer schluckte, um den Druck in seinen Ohren auszugleichen, und er fragte sich, ob der russische Polizist es inzwischen bereute, dass er sich der Mission angeschlossen hatte, und jetzt viel lieber bei seiner Frau und seinen Kindern in ihrer kleinen Wohnung wäre.

Alex dagegen schienen der Lärm und das scheinbare Chaos um sie herum nichts auszumachen. Sie hatte unbedingt mit an Bord gewollt und immer wieder gesagt: »Es steht mittlerweile zu viel auf dem Spiel, um jetzt noch einen Rückzieher zu machen.« Einen Augenblick lang gestattete sich Scott den Gedanken, dass ihre Entscheidung vielleicht auch mit ihren Gefühlen für ihn zu tun hatte und was vielleicht möglich werden könnte, wenn sie zurückkehrten. Falls sie zurückkehrten. Reines Wunschdenken, ermahnte er sich selbst.

Alex glich mit ihrem Körper die Abwärtsneigung des Decks aus und warf ihm einen Blick zu.

»Gut festhalten!«, schrie er. Wegen des Lärms der Maschinerie und dem Knarren und Ächzen des U-Boot-Rumpfs bei seiner Tauchfahrt durch das eiskalte Wasser war fast kein Wort zu verstehen.

»Tiefe jetzt fünfzig Meter, Kapitan!«

»Sehr gut!«, rief Botkin.

Scotts Aufmerksamkeit wechselte von Alex zu einem Ventil, an dem in Russisch EINSPEISUNGSVERTEILER stand und aus dem Meerwasser von der Decke sprühte. Er befahl einem Leichtmatrosen: »Schließen Sie dieses Ventil!« Wieder machte sich Scott in Gedanken eine Notiz, es im Auge zu behalten.

»Achtzig Meter, Kapitan!«

»Blasenablass verringern!«

Die Männer an der Tauchstation zogen die Kontrollgriffe zurück und flachten so den Neigungswinkel der Höhenruder leicht ab.

»Fünfundachtzig Meter, Kapitan!«

Eine riesige Kakerlake hastete über ein Kontrollpaneel. Der Matrose davor schlug zu, zerquetschte das Ungeziefer mit der flachen Hand und wischte sich dann die Überreste am Hosenbein ab.

Scott spürte Botkins Blick von der anderen Seite der Kommandozentrale. Der junge Kapitän grinste ihm verlegen zu, als wollte er sich für die Schäden entschuldigen, die Scott bemerkt hatte. Botkin war eher schmächtig gebaut und sah mit seinen hellblonden Haaren und Augenbrauen, die fast weiß waren, so gar nicht aus wie die Heldenbilder des russischen U-Boot-Mannes, die von der Marine verbreitet wurden.

Scott konnte mit Botkin fühlen. Er war das typische Produkt der postsowjetischen Marine in ihrem erbarmungswürdigen Zustand und ihrem so verzweifelten Mangel an qualifizierten Offizieren für die Führung ihrer Atom-U-Boote, dass man dem Tschetschenen Georgi Litwanow den Befehl über ein Waffensystem übertragen hatte, das er nun mit seinem Kumpanen Zakajew gegen Russland einsetzen konnte. Wahnsinn!

»Tiefe neunzig Meter, Kapitan!«

Botkin erteilte dem Steuermann einen Befehl, und die K-480 ging innerhalb der Hundert-Faden-Kurve auf einen neuen Kurs. »Wünschen Sie eine Besprechung, Captain Scott?«, fragte Botkin nun auf Englisch.

Scott rollte eine Seekarte aus, die Botkin an den Ecken mit Bedienungshandbüchern und einem Aschenbecher beschwerte. Alex, Abakow, Botkin und der Starpom Navigationsoffizier drängten sich um ihn. Bis auf das leise, hohe Summen des Gyroskops in seinem Gehäuse und das tiefere Brummen des Kühlungsgebläses im Brandkontroll-Computer herrschte nun Stille in der Kommandozentrale.

Scott fuhr mit einer Hand über die Karte und sagte: »Dies ist unser primäres Suchgebiet: die Barentssee.«

»Aber das ist für eine Suche doch ein ungeheuer großes Gebiet«, sagte Abakow.

Scott ließ seine Finger gespreizt über die Karte laufen, um so die Entfernungen grob zu schätzen. »Mehr als achthunderttausend Quadratkilometer.«

Abakow stieß einen leisen Pfiff aus.

»Die Zeit ist ein weiterer Faktor«, sagte Scott. »Uns bleiben nur Tage, um die K-363 zu finden. Nach dem Funkspruch, den wir von der Zentrale der Nordmeerflotte in Seweromorsk erhalten haben, haben sie eine U-Boot-Patrouille zwischen Spitzbergen und Novaja Semlja eingerichtet.« Er zeigte sie ihnen, ein Archipel und zwei große Inseln nördlich vom Polarkreis vor Russlands Nordostküste.

»Langstrecken-Il-38er patrouillieren im Süden in Richtung Kola-Halbinsel. Die Nordmeerflotte hat außerdem fünfzehn Korvetten entlang einer Linie vor der Küste der Kola-Halbinsel postiert.«

Die Kola-Halbinsel, eine tundraähnliche Verlängerung der skandinavischen Halbinsel, war von Inseln mit tief eingeschnittenen Fjorden umringt. Im Westen markierte das norwegische Nordkap, der nördlichste Punkt Europas, die unsichtbare Demarkationslinie zwischen der Barentssee und dem Nordatlantik vor Norwegen.

»Die Nordmeerflotte plant, nach Norden abzuschwenken und diese Linie mit weiteren Schiffen zu verstärken, um so den Suchbereich einzuengen«, erklärte Scott ihnen weiter.

»Wie eine Zange«, sagte Alex.

»Genau.«

»Und wie wird die Suche ablaufen?«, fragte Abakow.

»Die Il-38er werden Tausende von Sonarbojen abwerfen, die das Geräusch der Kühlpumpen und der Turbogeneratoren aus dem Reaktor der K-363 auffangen können – den Dreihundert-Hertz-Ton. Die Patrouillenschiffe verwenden passive Schlepp-Sonar-Reihen. Wenn sie den Kontakt mit dem U-Boot hergestellt haben, werden sie es verfolgen und dann mit Zielsuch-Torpedos angreifen.«

»Entschuldigen Sie, Captain Scott«, wendete Botkin ein. »Litwanow verfügt über Mittel, einer Entdeckung zu entgehen. Wenn er in tiefen Gewässern ist, gibt es dort thermische Schichten, die das Sonar ablenken, während die Sonare in flachen Gewässern vom Grund reflektiert werden und es erschweren, bei all den Echos das richtige Ziel zu identifizieren.«

»Ganz richtig. Wir haben es hier mit einem schlauen Kapitän zu tun«, sagte Scott, »der dazu mit einem der besten U-Boote der russischen Marine unterwegs ist – eine Akula, wie dasjenige, auf dem wir sind«, fügte er für Alex und Abakow hinzu.

»Wie leistungsfähig sind sie?«, fragte Abakow.

»Sie sind vergleichbar mit den verbesserten 688er-Booten der Los-Angeles-Klasse der US-Marine. Sie haben einen 190-Megawatt-Kernreaktor und schaffen unter Wasser eine Spitzengeschwindigkeit von dreiunddreißig Knoten – das sind cirka achtunddreißig Meilen in der Stunde. Sie besitzen außerdem hochmoderne Sonaranlagen und sind extrem leise, also schwer aufzuspüren.«

»Vor allem aber können die Akulas fast siebenhundert Meter tief tauchen«, warf Botkin mit kaum verhohlenem Stolz ein.

Abakow beugte sich leicht aus der Hüfte vor, um sich die Karte genau anzusehen. »Ich verstehe jetzt, aber trotzdem könnte die K-363 überall sein.«

»Das ist wahr«, sagte Scott. »Wenn Zakajew aber einen Angriff auf das Gipfeltreffen in St. Petersburg plant, muss die K-363 in Reichweite ihres Ziels bleiben. Das engt die Suche etwas ein.«

Der Starpom, der zwischen Scott und Botkin stand, deutete auf eine markierte Stelle im Arktischen Meer weit nördlich von der Patrouillen-Linie der Il-38er, die die Nordmeerflotte eingerichtet hatte.

»Die Stelle, auf die er deutet«, erklärte Scott, »markiert die theoretisch maximale Distanz, von der aus eine SS-N-21 ihr Ziel erreichen kann: sechshundert Seemeilen, oder knapp über elfhundert Kilometer. Aber so weit wird Zakajew nicht weg sein wollen. Ich bin bereit zu wetten, dass er sich innerhalb eines Winkelbogens nördlich von der Olenya-Bucht befindet. Und nicht zu weit vom Land entfernt.«

»Wie kommst du darauf?«, fragte Alex.

»Weil ich das auch tun würde, wenn ich St. Petersburg angreifen wollte«, erklärte Scott. »Der Angriff ist das Einzige, was für ihn wichtig ist – nicht, mit der russischen Armee Katz und Maus zu spielen. Und je kürzer die Entfernung zum Ziel, desto geringer die Chance, die Rakete abzufangen und zu zerstören.«

»Trotzdem, wie können wir die K-363 jemals finden?«, sagte Alex niedergeschlagen.

»Unsere beste Chance ist es, ihr möglichst nahe zu kommen, um ihre Dreihundert-Hertz-Geräuschsignatur mit dem Sonar aufzufangen. Leicht wird es nicht, aber wenn wir sie finden, können wir sie versenken.«

Alex hatte die Ellbogen auf den Tisch gestützt und den Kopf in beide Hände gelegt. »Sie versenken? Aber wie?«

»Mit einem U-Boot-Abwehrtorpedo«, sagte Scott.

»Na schön, wir oder die Russen schießen die K-363 also in Stücke. Was wird dann aus ihren Kernreaktoren?«

»Das kommt darauf an. Wenn das Reaktorgehäuse nicht beschädigt ist, sinken die Reaktoren zusammen mit dem Schiff. Falls doch – sagen wir mal, der Kern wird durch eine Explosion freigelegt –, dann enden die Brennelemente auf dem Meeresboden.«

Darauf hob Alex ihren Kopf. »Du weißt doch auch, dass die Russen seit Jahrzehnten Marine-Reaktoren einfach auf dem Meeresboden entsorgt haben, oder? Das gehört zu den größten Problemen, vor denen Earth Safe steht. Vor dem Kontinentalschelf der Kola-Halbinsel wurden Tausende von Kubikmetern radioaktiver Abfall abgeladen. Außerdem ist da noch der Atlantik. Die K-219, die 1986 sechshundert Meilen östlich der Bermudas gesunken ist, hatte zwei Reaktoren und war mit Atomraketen bestückt. Diese Raketen waren mit jeweils zwei Sprengköpfen von je einer Megatonne Sprengkraft ausgerüstet – das sind etwa zweihundert Pfund Plutonium mit einer Halbwertszeit von rund zwanzigtausend Jahren. Dieser Schiffsuntergang allein hat das Potential für eine ökologische Katastrophe von unvorstellbaren Ausmaßen. Irgendwann werden die Reaktoren und die Sprengköpfe verwittern. Dann wird ihr radioaktiver Inhalt freigelegt, und das Meer wird verseucht. Wenn der Reaktor der K-363 unter Wasser zerstört wird, wird es noch schlimmer.«

»Du gehst davon aus, dass er zerstört wird«, sagte Scott.

Alex warf Scott einen spöttischen Blick zu. »Können U-Boot-Torpedos etwa zwischen einem Reaktorgehäuse und den anderen Teilen eines U-Boots unterscheiden?«

»Nein«, gab Scott ruhig zurück. »Aber Akulas haben einen doppelwandigen Rumpf, und Torpedos zur U-Boot-Abwehr sind so konstruiert, dass sie die äußere Wand durchschlagen, die Innenwand zusammenbrechen lassen und das U-Boot so zerstören, aber nicht das ganze Schiff in die Luft jagen.«

»Wenn ein Torpedo die Außenwand eines Reaktorgehäuses trifft, reicht die Explosion dann aus, um den Reaktor zu zerstören?«, fragte Abakow.

»Nicht unbedingt«, antwortete Scott. »Diese Reaktorgehäuse sind so konstruiert, dass sie auch schweren Beschädigungen standhalten. Es ist gut möglich, dass der Reaktor das überstehen würde.«

»Vielleicht aber auch nicht«, meinte Alex.

»Entschuldigen Sie bitte, Captain Scott, aber der Funkoffizier meldet den Empfang einer ZEVS-Nachricht«, unterbrach Botkin.

Die Funkanlage der K-480 war so umkonfiguriert worden, dass sie Satellitenübertragungen sowohl von den USA als auch von Russland empfangen konnte.

»ZEVS? Was ist das denn?«, fragte Alex.

»Für die Kommunikation mit U-Booten unter Wasser benutzt die Marine bei den Russen und den Amerikanern extrem niedrige Frequenzen, die als ELF bekannt sind«, erklärte ihr Scott. »Der ELF-Sender der USA befindet sich auf der oberen Halbinsel von Michigan, derjenige der Russen, den sie als ZEVS bezeichnen, ist in Archangelsk.«

»Und wie funktioniert das?«

»ELF- und ZEVS-Sendungen dringen sehr tief unter die Meeresoberfläche. Sie rufen dann ein U-Boot auf Sehrohrtiefe hoch, um codierte Kurz-Funksprüche von Satelliten in der Erdumlaufbahn zu empfangen. Das Problem dabei ist nur, dass ELF-Datenübertragungen so verdammt langsam sind, dass es Minuten dauert, bis der Identifizierungscode eines U-Boots vollständig übertragen ist. Das zwingt das U-Boot, entsprechend lange an der Oberfläche zu bleiben, bis es den Kurz-Funkspruch empfangen hat, und während dieser Zeit ist es extrem verwundbar.«

»Erbitte Erlaubnis, auf Periskoptiefe zu gehen, um ZEVS zu empfangen«, meldete sich der Starpom.

»Also gut«, sagte Botkin.

»Kapitan, bitte verdoppeln Sie die Sonarwache«, sagte Scott. »Ich möchte nicht von Litwanow kalt erwischt werden.«

Vor der Westküste Norwegens schob sich die K-363 gegen eine Unterwasserströmung.

»Wie viel Wasser unter dem Kiel?«, fragte Litwanow von der Periskop-Plattform.

Weroschilow biss sich auf die Unterlippe. Die norwegische Küste war als Friedhof für Schiffe bekannt, die unkartierten Untiefen und scharfen Klippen zu nahe gekommen waren.

»Lotung!«, brüllte Litwanow.

»Zehn Faden, Kapitan.«

Litwanow schaltete den Vergrößerungsfaktor des Periskops einige Stufen höher. »Sehen Sie sich das an«, sagte er und überließ Zakajew seinen Platz am Periskop.

Er sah ein Paar Scheinwerfer, die sich auf einer aus dem massiven Fels gesprengten Straße am Westhang des Vest-Fjords nach Süden bewegten. An der Spitze der Halbinsel konnte er einen Leuchtturm ausmachen, der die Schiffe vor flachen Gewässern warnte.

»Sehen Sie irgendwelche guten Restaurants?« Litwanow lachte. »Die Norweger machen einen fantastischen *Fiskepudding* mit Schellfisch. Wir könnten vielleicht einen Mann an

Land schicken, der uns was davon holt.« Er lachte noch einmal.

Zakajew fand das alles nicht lustig. Litwanow hatte darauf bestanden, praktisch direkt an der norwegischen Küste entlang in Küstengewässern zu kreuzen, um so der Entdeckung zu entgehen und die Schifffahrtswege der Handelsschiffe zu vermeiden. Die Angst davor, auf Grund zu laufen, hatte die Mannschaft nervös und Weroschilow widerborstig gemacht. Bisher waren sie nur den Schiffen norwegischer und japanischer Fischer und einigen angerosteten Küstenloggern begegnet. Und ausgerechnet jetzt dachte Litwanow ans Essen. Na schön, sollte er doch, überlegte sich Zakajew. Viel Zeit blieb nicht mehr, um an all die Dinge zu denken, die früher einmal das Leben lebenswert gemacht hatten.

Er trat von dem Gerät zurück und winkte das Mädchen herbei, damit sie auch einen Blick hindurchwerfen konnte.

»Schnell jetzt. Was siehst du?«, fragte er sie.

»Lichter. Lichterketten, die sich im Wasser widerspiegeln.«

Litwanow warf einen schnellen Blick auf die schräge Leuchtspur des Sonar-Schirms in der Kommandozentrale und sah, dass sich ein unidentifizierter Kontakt der K-363 näherte. Er sprang auf die Periskop-Plattform und schob das Mädchen zur Seite.

Er sah die Lichterkette. Rote und grüne abwechselnd aufleuchtende Lichter auf einem Schiff, das aus dem Vest-Fjord emporragte. Für Litwanows an die Nacht gewöhnten Augen kam ihm an seinen Aufbauten etwas bekannt vor ... Er schaltete auf Infrarot um, und ein geisterhaftes Bild tanzte vor seinen Augen: die Wärmeableitung der Turbinen und Schornsteine eines Schiffs von Fregattengröße.

»Umschalten auf Schmalbandsonar!«, befahl Litwanow.

»Aye, Kapitan«, bestätigte der Steuermann Litwanows Befehl.

Auf dem Sonarschirm verschwand die schräge Linie und wurde durch eine horizontale Reihe tanzender Spitzen ersetzt. Das System des Sonars brauchte Zeit, um die empfangenen Lautfrequenzen über Filter laufen zu lassen und sie mit bereits gespeicherten Signaturen zu vergleichen, um sie eventuell zu identifizieren.

»Periskop einfahren.«

»Was gibt es?«, fragte Zakajew.

Litwanow stand mit verschränkten Armen bei dem Periskop und rührte sich nicht. »Vielleicht nichts. Aber vielleicht doch ...«

Die Reihe tanzender Signatur-Spitzen auf dem Monitor erstarrte, während der Computer die Datenbank nach einer Entsprechung durchsuchte. Für Zakajew hatten sie keine Bedeutung, aber trotzdem schienen sie plötzlich ein Eigenleben zu entwickeln. Er spürte, dass die nächsten Minuten eine kritische Phase ihrer Mission bringen könnten.

Der Monitor meldete mit einem Piepsen eine Übereinstimmung: Zwei Linien aus blauen und grünen Spitzen deckten sich.

»Eine Fregatte der Oslo-Klasse, Kapitan. Die KNM *Narvik*, F-304.«

»Periskop ausfahren. Die schaue ich mir noch mal an.«

Während die K-363 langsam von der Küste wegschwenkte, hielt Litwanow weiter das Periskop auf die Fregatte der Königlichen-Norwegischen Marine gerichtet. Dass sie hier den Pfad der K-363 kreuzte, absichtlich oder zufällig, entlockte Litwanow einen Kommentar zur Lage.

»Sie ist eine dieser älteren ASW-Fregatten. Wahrscheinlich ist sie mit einem variablen Tiefensonar ausgerüstet. ASW-Raketen. Entweder läuft sie zu einer Übung aus, oder –« Er führte seinen Gedanken nicht zu Ende.

»Kapitan – neuer Kontakt. Peilung eins-acht-null, kommt ebenfalls näher. Klingt verdammt nahe.«

Das Sonar tastete den neuen Kontakt ab.

Eine Minute später: »Fregatte der Oslo-Klasse, Kapitan. Die KNM *Trondheim*, F-302. Sie hat immer noch diese Kerbe in der Backbordschraube.«

Litwanow schwenkte das Periskop auf 180 Grad. »Ich habe sie schon einmal gesehen. Sie fährt zusammen mit der *Narvik*. Periskop einfahren!«

»Wie konnten die Norweger wissen, dass wir hier sind?«, fragte Zakajew.

»Sie haben ein SOSUS – Sound Surveillance System, ein Lautüberwachungssystem. Das ist ein unter Wasser verlegtes hydrophonisches System, das die Amerikaner zur Verfolgung unserer U-Boote entwickelt haben. Die Informationen des norwegischen Systems gehen in eine Zentrale in Stavanger, wo sie U-Boote anhand der Aufzeichnungen ihrer Motor- und Schraubengeräusche identifizieren. Früher einmal waren die amerikanischen SOSUS-Reihen auf dem Meeresboden an Engpässen in der Nähe Grönlands, bei Island und den Britischen Inseln verteilt. Sogar in der Barentssee. Aber wir haben die Kabel zerschnitten und die Reihen zerstört. Die Amerikaner haben es schließlich aufgegeben, sie ständig zu reparieren, und verwenden das System nicht mehr. Das norwegische System ist auch nicht mehr voll einsatzbereit. Zum Glück für uns sind ihre Küstengewässer voller Klippen und Untiefen. Außerdem variiert der Salzgehalt. Unter solchen Bedingungen ist Sonar unzuverlässig und gibt oft falschen Alarm. Das könnte auch einer sein. Wir werden es bald erleben.« Litwanow prüfte die Navigationskarte. »Wir sind hier, direkt nördlich von diesen zwei kleinen Inselgruppen vor der Spitze der Lofoten.«

Weroschilow hatte die automatische Kursaufzeichnung genau beobachtet, die die Signale des Trägheits-Lenksystems des Schiffs verarbeitete. Der Schreiber des Geräts unter dem hintergrundbeleuchteten Kartentisch hatte den Weg der K-363 verfolgt, der jetzt als Kreis mit einer offenen Seite auf dem mit Gitternetzlinien markierten Azetonblatt abgebildet wurde.

»Wir schwenken um neunzig Grad von unserem gegenwärtigen Kurs ab und gehen auf lautlose Fahrt. Wenn die Fregatten nach Westen abdrehen, ist ihnen wahrscheinlich unser Gebiet zugeteilt worden.«

Litwanow gab die notwendigen Befehle. Ein Turbogenerator wurde abgeschaltet, um die jetzt schon minimale Lautsignatur der K-363 weiter zu reduzieren, desgleichen jegliche Maschinen und Geräte, die nicht für den laufenden Betrieb vonnöten waren, wie Ventilatoren und Geräte zur Sauerstofferzeugung, die Wasser in Wasserstoff und Sauerstoff spalteten.

»Werden sie uns finden?«, flüsterte das Mädchen Zakajew zu. Er legte einen Arm um ihre Schultern und fühlte, wie sie zitterte. Er flüsterte zurück: »Keine Sorge. Litwanow weiß, was er tut.«

In der Gefechtszentrale an Bord der Fregatte KNM *Trondheim* ging Kapitänleutnant Gunnar Dass von der Königlich-Norwegischen Marine unruhig auf und ab. Während er einen Zigarettenstummel ausdrückte, riss er eine neue Schachtel Zigaretten auf.

»Commander – Dringlichkeitsmeldung trifft ein.«

Dass drehte sich auf dem Absatz um und ging mit großen Schritten zu dem piepsenden Multex-Terminal. Er nahm die Nachricht aus dem Drucker, überflog sie und ging dann zur

Brücke. Captain Harald Bayer, der Kapitän der *Trondheim*, unterbrach seine Unterhaltung mit einem anderen Offizier und winkte Dass, ihm in das Brückendeck zu folgen, wo sie vor dem eiskalten, heftigen Wind geschützt waren.

»Oberkommandeur Flottenhauptquartier Stavanger, Captain.«

Bayer las die Nachricht im roten Licht einer Gefechtslampe. »Wir haben also einen zweiten möglichen U-Boot-Kontakt.«

Er ließ die Signalwache kommen, die ein Klemmbrett mit einer gerade entschlüsselten Nachricht in der Hand hielt. Diejenige, um die es Bayer ging, war vor einer knappen Stunde eingetroffen. Er sah sie noch einmal kurz durch und las dann die Nachricht erneut, die Dass gerade aus dem Multex genommen hatte.

»Vielleicht ist dieser letzte Kontakt ein echter Kontakt. Irgendwelche Überlegungen dazu, Mr. Dass?«, erkundigte er sich.

»Ob das vielleicht wieder die Russen sind, um uns etwas zu beweisen? Aber was? Dass sie uns entwischen können?«

Bayer sah auf das Meer hinaus, wo sich über der norwegischen Küste die ersten Vorboten der Morgendämmerung zeigten. »Das haben die Russen vor Jahren vor Schweden versucht. Die Schweden konnten sie nicht aufspüren und waren schon bereit, das auch zuzugeben, als das russische U-Boot im Skagerrak auf Grund gelaufen ist. Ich glaube, eine solche Blamage würden die Russen nicht noch einmal riskieren.«

Dass sah seinen Kapitän ausdruckslos von der Seite an. In seinem dicken khakifarbigen Brückenmantel mit dem hochgeschlagenen Kragen, einem weißen Seidenschal um den Hals und dem Fernglas an einem Riemen um den Hals ähnelte Bayer entfernt einem europäischen Filmstar, dessen Name Dass aber nicht einfiel.

»Da kam doch vorhin eine Benachrichtigung vom Hauptquartier, dass die Russen ein Manöver planen«, sagte Bayer. Er blätterte die Meldungen durch. »Ja, hier ist sie.«

»Es könnte möglicherweise eines von ihren U-Booten sein, Sir«, vermutete Dass.

»*Möglicherweise* reicht nicht, Mr. Dass«, gab Bayer zurück. »Stavanger möchte, dass wir sicher sind.«

Bayer unterstrich die Kontakt-Koordinaten in der letzten Meldung aus dem Hauptquartier. »Steuermannsmaat!«

»Aye, Captain.«

»Arbeiten Sie einen Kurs aus, um eine Durchsuchung dieses Bereichs zu beginnen. Ich möchte eine geschätzte Ankunftszeit.«

»Aye, aye, Captain.«

»Signalwache.«

»Aye, Captain«, kam sofort die Antwort.

»Machen Sie sich bereit für ein visuelles Signal an die *Narvik*: ›Haben zweiten unbestätigten Kontakt. Stopp. Übernehme Führung. Stopp. Koordinaten, Kurs, Geschwindigkeit, was sonst dazugehört...‹«

»Aye, aye, Captain«, sagte die Signalwache, die sich Notizen gemacht hatte.

Bayer ging unruhig im Brückendeck auf und ab. Der Stahlboden unter seinen Füßen vibrierte im Rhythmus der Laval-Ljungstrom-PN-20-Dampfturbinen. Die inzwischen dunkelgrau gewordene See plätscherte und zischte an den glatten Seiten der Fregatte entlang. Es würde wieder ein grauer Tag werden.

Ungeduldig fuhr Bayer herum. »Bootsmannsmaat?«

»Sir. Empfehle Kurs zehn Minuten drei-zwei-null, dann zwölf Minuten null-vier-eins. Geschätzte Ankunftszeit bei zwanzig Knoten um null-fünf-eins-null Uhr.«

»Sehr gut«, sagte Bayer. »Senden Sie das zur *Narvik*, Signalwache.«

»Aye, aye, Sir.«

»Neuer Kurs: Drei-zwei-null Grad«, lautete der nächste Befehl. »Beide Maschinen auf zwanzig Knoten. Mr. Dass.«

»Sir?«

»Bereitmachen für Abwurf von VDS-Reihen. Wollen wir doch mal sehen, ob wir diesen Eindringling nicht finden und an die Oberfläche zwingen können.«

Abakow hielt mit einem etwas erschrockenen Gesichtsausdruck eine Nachricht in einer Hand und rieb sich mit der anderen seine Glatze. »Sie haben den vermissten FSB-Offizier in St. Petersburg gefunden.«

Sie saßen in der Messe. Dem ZEVS-Befehl war ein komprimierter Funkspruch gefolgt, der vom FSB-Hauptquartier in Moskau über die Nordmeerflotte an die K-480 weitergegeben worden war. Abakow war von ihr sichtlich schockiert.

»Seine Leiche war hinter einer Autoreparaturwerkstatt in St. Petersburg vergraben. Zakajew und seine Leute haben sie als Hauptquartier benutzt. Der Mann ist gefoltert worden und hat schwerste Verbrennungen. Das hat er nicht verdient.«

»Es tut mir leid, Yuri«, sagte Alex und legte eine Hand auf seinen Arm.

Abakow strich sich über den Schnurrbart und dann über seine Glatze. »Schweine.«

»Wie haben sie ihn gefunden?«, erkundigte sich Scott.

»Einer von Zakajews Leuten ist in St. Petersburg beobachtet worden, als er in einen Zug eingestiegen ist. Er wurde festgehalten und verhört. Er hat ihnen von dem Offizier und der Schießerei in St. Petersburg erzählt.«

»Wusste er irgendetwas über den Plan, St. Petersburg anzugreifen?«, fragte Scott gespannt.

»Nein. Laut dieser Nachricht ist er im Verlauf des Verhörs gestorben, bevor sie ihn danach fragen konnten.«

Abakow äußerte sich nicht weiter darüber, was genau mit »im Verlauf des Verhörs gestorben« gemeint war. Alex konnte es sich denken, biss sich auf die Lippe und verzog das Gesicht.

»Da wäre noch etwas«, berichtete Abakow weiter. »Die Gerichtsmedizin hat die Leichen von Serow und zweien seiner Leute identifiziert, die in Murmansk umgekommen sind. Außerdem soll Zakajew in Begleitung einer jungen Frau von etwa siebzehn oder achtzehn Jahren sein. Ihren Namen kennen sie nicht, nur dass Zakajew ihr in Tschetschenien das Leben gerettet und sie ihm dafür ihr Leben übereignet hat.«

»Was heißt das konkret?«, fragte Alex.

»Das ist eine alte tschetschenische Sitte: Du rettest mir das Leben, und dafür bin ich dir alles schuldig. Das ist eine Verbindung, die nur der Tod auflösen kann. Verstehen Sie?«

»Wie ist das mit der Verbindung gemeint?«

»Sie ist seine Frau und muss alles tun, was er ihr sagt. Sie lebt nur dafür, ihm zu dienen. Ihr ganzes Leben lang.«

»Sie meinen, wie eine Sklavin?«, fragte Alex entgeistert.

»Das ist keine Sklaverei«, widersprach Abakow. »Die Tschetschenen sind sehr loyale Menschen. Deshalb wollen Zakajew und Litwanow auch Rache für den Tod ihrer Angehörigen.«

»Es ist mir egal, wie loyal sie sind!«, stieß Alex empört hervor. »Das ist trotzdem Sklaverei. Sie wird gezwungen, etwas zu tun, was sie vielleicht nicht will.«

»Das bezweifle ich«, meinte Abakow. »Sie ist schließlich

eine Terroristin wie die anderen auch. Wahrscheinlich war sie an dem Anschlag in Moskau beteiligt. Irgendwann wird sie sich eine Bombe umschnallen und sich in einem überfüllten Einkaufszentrum in die Luft jagen.«

»Das ist ein hässlicher Gedanke«, sagte Alex.

»Terrorismus ist ein hässliches Geschäft«, erwiderte Abakow trocken.

»Höchstwahrscheinlich ist das Mädchen doch mit Zakajew an Bord der K-363«, bemerkte Scott.

»Dann ist sie ganz sicher bereit, zusammen mit Zakajew, Litwanow und seinen Leuten zu sterben«, erklärte Abakow.

Ein Koch mit einer verdreckten weißen Schürze kam mit heißem Tee und Dosenpfirsichen in die Messe, die er in erstaunlich dünnen, gut erhaltenen weißen Porzellanschalen und -tassen servierte.

»Yuri, was können Sie mir über Zakajew erzählen?«, fragte Scott und bediente sich von den Pfirsichen, die hart und mehlig, aber süß waren. »Vielleicht etwas, das wir gegen ihn und Litwanow einsetzen könnten.«

Es war die Zeit für den Wachwechsel. In den schmalen Gängen vor der Messe drängten sich Seeleute auf dem Weg zu ihren Kojen, der Mannschaftsmesse oder ihren Stationen aneinander vorbei.

Als die Unruhe sich wieder gelegt hatte, sagte Abakow: »Sie müssen sich klarmachen, wie Zakajew denkt. Er ist unberechenbar und wird genau das tun, was Sie nicht erwarten. Er hat das Geschäft des Terrorismus in Afghanistan gelernt. Er war nichts als ein einfacher Wehrpflichtiger, als die Sowjets in dem Land einmarschiert sind, um die Regierung zu stürzen und Babrak Karmal einzusetzen. Zakajew war Muslim und hat deshalb schnell eine Nische in der sowjetischen Sicherheitsabteilung gefunden, weil man dort Agenten brauchte, die die Mudschaheddin infiltrieren konnten. Er wurde vom KGB ausgebildet, und nach dem Sturz von Karmal wurde Zakajew speziell ausgewählt, um KGB-Agenten zu organisieren und auszubilden, die Konflikte innerhalb der Mudschaheddin schüren sollten.

»Er hat sie in der Nadelstich-Taktik, im Einsatz von Autobomben und Selbstmordattentätern ausgebildet, um die Zivilbevölkerung zu terrorisieren. Nach dem Abzug der Sowjetunion aus Afghanistan und dem Sieg der Taliban kehrte Zakajew nach Moskau zurück. Er hatte dort beim KGB den Ruf eines Teufelskerls.«

»Weil er immer das Unerwartete getan hat«, sagte Scott.

»Genau. Und weil er brutal war. Außerdem war er bereit, Risiken einzugehen, auf die sich sonst niemand einlassen wollte. Als wir uns 1989 kennengelernt haben, wurde ich dem Zweiten Obersten Direktorat des KGB zugeteilt, der Inneren Sicherheit und Spionageabwehr. Nach dem Zusammenbruch der Sowjetunion war der Kreml entschlossen, um jeden Preis eine Unabhängigkeitserklärung Georgiens von Russland zu verhindern. Wir haben seinerzeit an einem Plan gearbeitet, den damaligen georgischen Präsidenten Eduard Schewardnadse zu diskreditieren. Zakajew wurde Berater in Guerilla-Taktik. Er hat uns ganz eindeutig klargemacht, dass er für die subversiven Taktiken keine Geduld hatte, die der KGB im Kalten Krieg entwickelte und einsetzte, also für Desinformationskampagnen und Arbeiter-Unruhen. Stattdessen hat er uns ständig bedrängt, in Tiflis und anderen georgischen Städten Bombenanschläge gegen die Zivilbevölkerung zu verüben, um damit zu beweisen, dass Georgien unter Schewardnadse in Anarchie versinkt. So könnte seiner Meinung nach Russland einen Einmarsch rechtfertigen. Dann aber ist etwas passiert, das alles verändert hat.«

»Die tschetschenische Unabhängigkeitsbewegung«, schlussfolgerte Scott.

»Genau.«

Abakow goss sich heißen Tee nach. »Nach dem gescheiterten Putschversuch in Moskau von 1991 erklärte Tschetschenien seine Unabhängigkeit. Es dauerte nicht lange, bis die russische Armee in Tschetschenien verdeckte Operationen durchführte, um eine Abspaltung zu verhindern. Schließlich schickte man Zakajew von Moskau nach Grosny, um dort eine Gegenbewegung ins Leben zu rufen, die die tschetschenische Regierung zu Fall bringen sollte.

Als Zakajew in Tschetschenien eintraf, verstand er plötzlich, was er in Afghanistan und Georgien nicht verstanden hatte: Dass hier ein Volk frei von der russischen Unterdrückung sein wollte. Und als er dann sah, wie die Russen in Tschetschenien vorgingen, dauerte es nicht mehr lange, bis er sich gegen den KGB und den Kreml auflehnte. Er lief über und zog mit seiner Familie von Moskau nach Grosny. Dort setzte er die gleichen Taktiken wie in Afghanistan und Georgien ein, jetzt aber gegen die Russen.

Der Krieg eskalierte. Nachdem seine Angehörigen von Speznaz getötet worden waren, schwor er, dass er die russische Regierung stürzen würde. Am Anfang trauten ihm die Tschetschenen nicht, aber als er die gleichen Taktiken wie vorher gegen die Mudschaheddin und die Georgier nun gegen die Russen anwandte, setzte die russische Armee eine Belohnung auf seinen Kopf aus. Er wurde über Nacht zum Helden Tschetscheniens und zum General befördert. Man hielt ihn dort für unbesiegbar. Er war gnadenlos und lockte russische Soldaten in den Hinterhalt, schoss ihre Flugzeuge und Hubschrauber ab, ließ ihre Offiziere ermorden und die russische Armee dadurch total hilflos erscheinen. Er ließ Bomben in Moskauer Mietshäusern hochgehen, Züge entgleisen und Banken ausrauben. Dann kam der Bombenanschlag auf die Konzerthalle. Und jetzt St. Petersburg.

Bei jeder Operation machte Zakajew das Unerwartete. Und wie ich Ihnen schon sagte, halten manche Leute es für möglich, dass er Hilfe von den Amerikanern bekam, um Russland in Tschetschenien zu schwächen und scheitern zu lassen, während die USA im Mittleren Osten einmarschierten. Zakajew hat viel Erfahrung, und er ist hart. Und er steht voll hinter seiner Sache.«

»Aber unbesiegbar ist er nicht«, warf Scott ein und beobachtete dabei genau Abakows müdes Gesicht.

»Nein, unbesiegbar ist er nicht«, gestand Abakow ein. »Kein Mensch ist das.«

Das Telefon in der Messe klingelte. Scott nahm es von der Wandhalterung und hörte Botkin sagen: »Captain Scott, die Kommunikationsabteilung bekommt gerade noch eine ZEVS-Übertragung aus Archangelsk.«

Alex und Abakow folgten Scott in die Kommandozentrale, wo ein Funkoffizier in seinem engen, heißen Funkraum inmitten von Funk- und Chiffriergeräten über seinen Empfänger gebeugt saß.

»Definitiv von der Nordmeerflotte abgeschickt«, sagte Botkin. »Wir haben *D* für *Delta* empfangen.«

Sie blieben vor dem Funkraum stehen, bis auch der Rest des Rufzeichens für die K-480, *F* für *Foxtrot* und *R* für *Romeo* eintraf und aus dem Drucker kam. Das *Z* für *Zulu*, das an den Schluss der Sendung angehängt war, lieferte die Bestätigung, dass die Nachricht vom russischen ZEVS-Sender in Archangelsk abgeschickt worden war und eine komprimierte Schnellsendung mit wichtigen Informationen zur Abrufung in einem Molnija-3-Satelliten gespeichert bereitstand.

Alex ging nach vorne in die Kommandozentrale, und als Scott sie einholte, sah er, dass sie beunruhigt war.

»Was hast du?«, fragte er sie.

»Ich dachte nur ... an dieses tschetschenische Mädchen, von dem Yuri uns erzählt hat ...«

»Was ist mit ihr?«

»Wie ist sie mit Zakajew und Litwanow auf dieses U-Boot gekommen? Sie ist doch noch fast ein Kind!«

»Sie ist aber auch eine Terroristin«, sagte Scott leise, damit ihn die anderen nicht verstehen konnten.

»Du meinst wohl, sie wurde zu einer Terroristin *gemacht.* Von den Russen. Möglicherweise von uns.« Sie sah Scott eindringlich an. »Stell dir vor, du würdets in einem Land aufwachsen, in dem du töten musst, wenn du am Leben bleiben willst, nur um dann dein Leben einem Terroristen wie Zakajew zu übereignen.«

»Es kommt darauf an, auf welcher Seite des Zauns du stehst«, antwortete Scott. »Für sie und die Tschetschenen ist Zakajew ein Held. Offensichtlich ist man in Washington dahintergekommen, dass seine Art von Terrorismus genau das ist, was man dort braucht. Bis jetzt.«

»Mit anderen Worten, die Moral deiner Einstellung wird von der Realpolitik bestimmt.«

Offensichtlich waren sie in eine Welt eingedrungen, in der es keine klaren Antworten mehr gab. Es war die gleiche Welt, in der auch Frank Drummond gelebt und die ihn das Leben gekostet hatte. Im Gegensatz zu Alex war dieses Mädchen an Bord der K-363 für Scott nur eine abstrakte Vorstellung, aber deshalb nicht weniger gefährlich. Keineswegs abstrakt jedoch war die Möglichkeit, dass Zakajew mit ihrer Hilfe oder ohne sie St. Petersburg in die Luft jagen könnte.

Alex wartete noch immer auf eine Antwort.

»Richtig«, gab er schließlich zu.

»Nachricht für Sie, Captain Scott«, sagte Botkin und hielt ihm eine dechiffrierte Nachricht hin.

Nachdem Scott sie gelesen hatte, verkündete er Alex und Abakow in der Kommandozentrale: »Das ist von Admiral Grischkow in Seweromorsk. Er sagt, alle SS-N-21-Cruise Missiles und Atomsprengköpfe sind nachgewiesen. Er verkündet kategorisch, dass sich keine an Bord der K-363 befinden.«

»Dann verändert das alles«, sagte Alex.

11

Die norwegische Küste

»Diese Schweine haben ihre Sonar-Schleppreihen ausgeworfen. Hört euch das mal an.«

Litwanow schaltete einen Lautsprecher an. Das außergewöhnlich empfindliche MGK-503-Sonar der K-363 hatte nicht nur das Geräusch der Schrauben aufgenommen, sondern auch das darüber liegende Zischen der geschleppten Rezeptoren.

»Sie hängen an einem Kabel, das mit einer hydraulischen Winde über einen Kran auf den Heckaufbauten der Fregatte abgelassen wird. Sehr kompliziert.«

»Können sie uns hören?«, fragte Zakajew besorgt.

»Kommt darauf an. Diese Schleppreihen werden von dem Geräusch des Schleppschiffs nicht beeinträchtigt, und sie haben einen weiten Aufnahmeradius. Die Reihen verformen sich aber, während sie durch das Wasser geschleppt werden, und sie können falsche Kontakte melden.« Litwanow schaltete den Lautsprecher ab. »Es ist außerdem äußerst schwierig, ein U-Boot im Lautlos-Betrieb in Küstengewässern aufzuspüren. Es gibt dort zu viele Anomalien am Meeresboden, und dazu störende Hintergrundgeräusche.«

Litwanow musterte den Kurs der beiden norwegischen Fregatten, der aufgenommen und von Weroschilow mit einem Wachsstift auf einer Folie über der Seekarte aufgezeichnet wurde. Die Fregatten hatten die Spitze der Lofoten hinter sich gelassen und drehten nach Nordosten ab.

»Sonar, Bericht«, forderte Litwanow an.

»Kontakte auf Peilung eins-eins-null.«

»Kurs?«

Eine kurze Pause, dann: »Null-fünf-zwei, Kapitan.«

»Steuern Sie auf zwei-zwei-null!«, befahl Litwanow.

Die K-363 schwenkte langsam auf einen Kurs ein, der ungefähr dem der zwei Fregatten entsprach.

»Feuerleitstelle, können Sie ihren Abstand schätzen?«

»Ja, Kapitan ... etwa sechstausend Meter, fünfundvierzig versetzt.«

»Starpom, Tiefe?«

Weroschilow schwitzte stark. »Tiefenangabe nur nach der Karte, Kapitan ...«

»Das weiß ich, verdammt noch mal!«

»Sechsunddreißig Meter und ansteigend.«

Litwanow richtete sich an Zakajew. »Die Norweger laufen in Formation fünfundvierzig Grad versetzt, wobei die Fregatte auf der Seeseite vorn liegt. Ich denke, sie könnten auch Geister jagen, nicht uns. Wenn wir uns an ihnen vorbeischleichen und sie nicht reagieren, haben wir's geschafft.«

»Wir sind wohl in sehr flachem Wasser, oder?«, erkundigte sich Zakajew.

»Ja. Unsere Seekarten sind nicht auf dem neuesten Stand, und es ist riskant, so nahe am Ufer zu tauchen, aber so fällt es ihnen schwerer, uns zu finden.«

»Und wenn wir auf Grund laufen?«, fragte Zakajew.

Litwanow tat so, als hätte er das nicht gehört.

Der Generalstabschef Jack Webster, der sich im Pentagon aufhielt, und der Kommandeur der U-Boot-Atlantikflotte Carter

Ellsworth, zurzeit in Norfolk, erschienen auf dem Split-Screen-Monitor.

»Guten Morgen, Gentlemen«, meldete sich Paul Friedman. »Admiral, Webster, möchten Sie sich zu dem letzten russischen Kommuniqué äußern?«

»Wir sind wohl noch einmal knapp davongekommen«, erklärte Webster. »Die Russen natürlich auch. Diese Akula oben in der Barentssee ist im Grunde zahnlos. Sicher, sie ist mit Torpedos bewaffnet, aber uns kann sie damit nichts tun. Jetzt ist es Sache der russischen Nordmeerflotte, sie aufzuspüren und zu beschließen, was sie unternehmen wollen.«

»Admiral Ellsworth?«, erkundigte sich Friedman.

»Ich bin der gleichen Meinung«, antwortete der Admiral. »Litwanow und seine Terroristen können eigentlich nichts tun. Na ja, sie könnten ein paar Handelsschiffe bedrohen und die Russen ordentlich herumhetzen, aber das ist auch schon alles. Ich vermag wirklich nicht zu sehen, was sie erreichen wollen. Wie Jack sagte, sie sind zahnlos.«

»Admiral Webster, Sie haben also keinen Zweifel daran, dass die Cruise Missiles tatsächlich alle nachgewiesen sind?«, fragte nun Radford.

»Nein, Sir. Ich bin fest davon überzeugt, dass das stimmt. Ich habe mit Grischkow gesprochen – Carter und ich –, und er hat bereitwillig Auskunft über die Lagerung und Sicherung ihrer SS-N-21er und die Atomsprengköpfe ihrer Torpedos gegeben.«

»In Grischkows Bericht über die Inventarlisten ihrer Raketen waren sogar die Seriennummern der einzelnen Waffen und ihre Weitergabeprotokolle aufgelistet«, sagte Ellsworth.

»Ihre Datenerfassung ist nicht so weit entwickelt wie unsere«, sagte Webster, »aber einen Grund, die Angaben zu bezweifeln, gibt es trotzdem nicht. Für sie steht schließlich genauso viel auf dem Spiel wie für uns.«

»Jack, wie sieht die gegenwärtige Aufstellung der Russen aus?«, fragte Radford.

Auf dem Monitor erschien eine bunte Darstellung des Nordatlantiks, der Barentssee und des größten Teils von Osteuropa. Rote Deltas, die die russischen U-Boot-Abwehrverbände darstellten, waren wie Konfetti in der Barentssee verteilt.

»Wie Sie sehen können, General, laufen russische U-Boot-Abwehrverbände von ihren nördlichen Stützpunkten in die Barentssee aus.«

Die Darstellung wurde auf eine Vergrößerung umgeschaltet, und nun organisierten sich die Deltas in einem ungefähren Halbkreis von Spitzbergen bis Nowaya Semlja.

»Die Russen versuchen, eine Schlinge um die K-363 zu legen und sie zuzuziehen«, sagte Webster. »Sie sind nicht so günstig aufgestellt, wie das möglich wäre, aber ich denke, sie haben eine reelle Chance, dieses U-Boot zu finden. Man sollte natürlich bedenken, dass es der Besatzung so vorkommen muss, als würden sie wie ein gehetztes Tier in die Enge getrieben. Es dürfte also nicht überraschend sein, wenn Litwanow zuerst zuschlägt. Wenn er das aber tut, dann wissen die Russen, wo er ist und können sich um ihn kümmern.«

»Was ist mit Scott?«, fragte Friedman. »Welche Rolle kann er noch spielen, nachdem nun offensichtlich keine direkte Bedrohung der Gipfelkonferenz mehr vorliegt?«

»Es hat sich nichts geändert, Mr. Friedman«, sagte Ellsworth. »Die Russen können nach wie vor jede Hilfe gebrauchen, die sie kriegen können. Scott ist für den Notfall da, wenn die K-363 aus der Barentssee auszubrechen versuchen sollte – vorausgesetzt, er findet sie vorher nicht selbst.«

»Aber werden die Russen Scott und die K-480 nicht zurückrufen wollen, nachdem die Bedrohung jetzt nicht mehr so akut ist?«, gab Friedman zu bedenken. »Es wird ihnen doch sicher nicht gefallen, dass Scott ihnen da über die Schulter sieht und eine genau Analyse ihres Potentials vornehmen kann.«

»Ja, Sir, das ist definitiv eine Möglichkeit«, sagte Ellsworth. »Aber bis es so weit ist, befindet sich Scott, wie Sie richtig bemerkt haben, in der einzigartigen Lage, uns Antworten auf Fragen zu liefern, die uns seit Jahren beschäftigen. Wie einfach diese Akulas aufzustöbern sind, zum Beispiel, und ob sie durch diese neuen, automatischen zielsuchenden Torpedos außer Gefecht gesetzt werden können, die die Russen zum Einsatz gegen uns entwickelt haben. Uns ist zu Ohren gekommen, dass sie Probleme damit haben, zwischen den amerikanischen und russischen Täuschkörpern zu unterscheiden. Solch eine Chance bekommen wir vielleicht nie wieder.«

Die Darstellung der Barentssee verschwand, und Ellsworth und Webster erschienen wieder auf dem Monitor.

Friedman trommelte mit einem Goldfüller auf dem Konferenztisch herum. »Admiral Ellsworth, Sie haben gerade gesagt, dass Sie herausbekommen möchten, ob eine russische Akula von diesen neuen Torpedos der Russen außer Gefecht gesetzt, also versenkt werden könnte.«

»Ja, Sir, das habe ich.«

»Ich darf also davon ausgehen, dass die Russen Ihrer Überzeugung nach die K-363 versenken werden, statt sie einzufangen und Litwanow und Zakajew zu verhaften?«

Ellsworth stellte seine dünne Porzellantasse auf ihren Unterteller und berührte einen Mundwinkel mit einer Fingerspitze. »Die K-363 einzufangen, das ist nicht so einfach. Die Reichweite eines Atom-U-Boots ist praktisch nur durch die

Menge ihrer mitgeführten Nahrungsmittel beschränkt. Selbst wenn die K-363 gefunden wird, sehe ich keine Möglichkeit, sie zu fangen oder die Terroristen zur Kapitulation zu zwingen. Wenn sie sich ihrer Sache wirklich so verpflichtet fühlen, wie es den Anschein hat, wird den Russen gar nichts anderes übrig bleiben, als dieses U-Boot zu zerstören.«

»Könnten sie es denn nicht zwingen, auf Grund zu laufen und es dann entern?«

»Selbst wenn die Russen es in seichten Gewässern in die Enge treiben, müssten sie eine Möglichkeit finden, sich Zugang zu verschaffen. Ich weiß nicht, wie sie das schaffen wollen, ohne jeden an Bord zu töten. Darauf würde es für eine Kommandoeinheit hinauslaufen.«

»Admiral Webster?«, fragte Friedman.

»Ich kenne mich mit U-Booten nicht aus, also schließe ich mich Carter an. Ich bin aber davon abgesehen der Meinung, dass die Russen nach den Ereignissen in Moskau gar nicht die Absicht haben, diese Terroristen gefangen zu nehmen. Selbst wenn sie glauben sollten, sie könnten dann von ihnen etwas über spätere Pläne erfahren, werden sie sich meiner Meinung nach entschließen, an den Leuten ein Exempel zu statuieren und ihnen keine Möglichkeit geben, in einem Moskauer Gericht ihre Hassparolen in die Fernsehkameras zu schreien.«

»Admiral Ellsworth, wenn Terroristen eines unserer U-Boote stehlen würden, würden wir es versenken?«, erkundigte sich Friedman.

Ellsworth wurde blass. »Mr. Friedman, ich hoffe, dass wir uns mit diesem Problem nie befassen müssen.«

»Das ist klar, aber angenommen, Sie müssten?«

Ellsworth verschränkte seine Finger auf dem Tisch und blickte auf sie herab, sodass auf dem Bildschirm nur noch sein Kopf zu sehen war. Schließlich sah er wieder auf und richtete seinen Blick direkt auf die Videokamera. »Ich will Ihre Frage einmal so beantworten«, sagte er, »unsere U-Boot-Besatzungen sind dafür ausgebildet, ihr Schiff niemals aufzugeben. Eine amerikanische U-Boot-Besatzung, die von einer direkt bevorstehenden Übernahme ihres Boots durch feindliche Kräfte bedroht ist, hat den strikten Befehl, es zu zerstören.«

»Verfügen Sie an Bord über die dafür notwendigen Mittel?«

»Ja«, sagte Ellsworth grimmig.

»Und russische U-Boot-Besatzungen auch?«

»Das nehme ich an.«

»Es lässt sich also mit einiger Sicherheit sagen, dass die K-363 entweder von den Russen oder von den Terroristen selbst zerstört werden wird.«

»Ja«, sagte Ellsworth bestimmt.

»Ich danke Ihnen, Gentlemen«, sagte Friedman. »Ich werde Ihre Zeit nicht mehr länger beanspruchen.«

Der Videoschirm wurde schwarz.

Friedman bedeutete seinem Sekretär und dem Assistenten, dass sie sich daranmachen sollten, Konferenzprotokolle anzufertigen. Die Tür schloss sich hinter ihnen, und Friedman schwenkte auf seinem Stuhl zu Radford herum.

Der intensive Blick des nationalen Sicherheitsberaters war wie ein Laser auf ihn gerichtet. »Was meinen Sie dazu, Karl?«

»Wir bewegen uns hier auf extrem dünnem Eis, Paul«, sagte Radford. »Die Russen werden Gift und Galle spucken, wenn sie herausbekommen, dass wir ihnen einen Schritt voraus sind.«

»Aber das werden sie nicht, oder?«, fragte Friedman.

»Das werden sie wohl, wenn wir unsere Verbände losschicken.«

»Und was dann? Was sagen wir dann den Russen? ›Ach, das tut uns aber leid, wir wollten Ihnen wirklich sagen, was wir vorhaben, aber wir haben es einfach vergessen?‹ Ich glaube nicht, dass die Russen das gut aufnehmen würden, Paul.«

»Was können Sie schon machen? Ich sage es Ihnen: Gar nichts! Ganz richtig, gar nichts! Wir werden ihnen einen Gefallen getan haben, und sie werden kein Wort sagen.«

Friedman und Radford blieben eine Weile still, überlegten sich Ansätze und prüften Möglichkeiten. Beide Männer wussten, dass sie die Konsequenzen irgendwelcher zukünftiger Operationen nicht ignorieren durften, denn schließlich war der Präsident der Vereinigten Staaten direkt betroffen.

Radford sah auf die Uhr. »Ich soll nach dem Essen den Präsidenten informieren. Lassen Sie mal sehen, was Sie haben.«

Radford drückte auf die Fernbedienung für den Videomonitor. Er wurde zuerst blau, und dann erschien ein Bild der Westküste Norwegens, das von einem SRO-KH-13-Aufklärungssatelliten aufgenommen worden war. Auf dem Schirm war Norwegen tiefrot und das Meer davor erbsengrün abgebildet.

»Das ist gestern aufgenommen worden«, sagte Radford. »Was wir hier sehen, ist das Stück zwischen dem Nordkap und Vannöy.« Er drückte auf einen Knopf auf der Fernbedienung, und auf dem Bild erschien eine weiße Pfeilspitze. Er ließ die Pfeilspitze die Küste hinunterwandern bis zu einem dunkelblauen zigarrenförmigen Fleck einige Meilen nördlich von Söröy.

»Wir haben dieses Ziel bei einer blau-grünen Laserabtastung um acht Uhr dreißig erfasst.«

»Ein U-Boot.«

»Darauf können Sie wetten.« Radford führte die Pfeilspitze

hinter den Fleck und ließ sie hin und her springen. »Sehen Sie das da, das wie eine Feder aussieht? Eine Kielwasser-Wärmespur. Eine typische U-Boot-Signatur.«

»Atom-U-Boot oder Diesel?«

»Könnte beides sein. Was die Identifizierung dieses Objekts so sehr erschwert, ist die Tatsache, dass es sich in Küstengewässern befindet, in norwegischen Küstengewässern, wo man eigentlich normalerweise kein Atom-U-Boot erwarten würde. Ein Diesel-U-Boot vielleicht, aber kein Atom-U-Boot. Und schon gar nicht eine Akula. Die sind einfach zu groß für Operationen in Küstengewässern.«

»Von wem ist das Ding also?«

Radford antwortete nicht und schaltete das Bild weiter. »Vierundzwanzig Stunden später. Jetzt sehen Sie das Stück zwischen Vannöy und Andfjorden.« Er führte den Lichtzeiger zu dem blauen Fleck. »Das gleiche Ziel, aber jetzt weiter südlich. Von wem das ist? Ich würde gern glauben, dass es Zakajew in der K-363 ist.«

»Aber sicher sind Sie nicht.«

»Ich weiß, was Sie von mir hören wollen, Paul, aber ich kann nicht mit Sicherheit sagen, dass es die K-363 ist. Wir haben diese Bilder allen erdenklichen Analysen unterzogen, aber eine sichere Identifizierung ist einfach nicht möglich.«

Friedman wuchtete sich von seinem Stuhl, blieb stehen und sah auf Radford herab. »Herrgott noch mal, Karl, was könnte es denn sonst sein außer der K-363?«

»Wir und die Russen sind nicht die Einzigen mit einer U-Boot-Flotte. Die Norweger haben Diesel-U-Boote, und die Schweden auch.«

»Unsinn. Sie haben doch diese norwegischen Funksprüche abgefangen. Sie sagen, sie hätten einen SOSUS-Kontakt gehabt.«

»Ihr SOSUS ist nicht sicher.«

Friedman packte seine Unterlagen zusammen. »Ein U-Boot-Kontakt ist ein U-Boot-Kontakt. Was wollen Sie denn noch?«

»Das will ich Ihnen sagen. Verraten Sie mir, was Zakajew vorhat. Warum sollte er mit einem gestohlenen russischen U-Boot nach Süden fahren? Er weiß doch, dass seine Überlebenschancen da gleich null sind. Was hat er nur vor, dass sich ein solches Opfer lohnt?«

»Er ist ein Terrorist, Karl. Diese Leute denken irrational und nicht wie wir. Was haben sie sich wohl davon versprochen, in Moskau über tausend Zivilisten zu töten? Dass die Russen kapitulieren würden? Menschen töten, das ist alles, was sie können. Sie sind voller Hass. Sie wollen für ihre Sache sterben. Zakajew und sein Freund Litwanow wollen Märtyrer sein. Na schön, den Wunsch werde ich ihnen gern erfüllen, weil das alle unsere Probleme lösen wird.«

Jetzt stand auch Radford auf. »Paul, Sie verstehen nicht, was ich meine. Ein Terrorist stiehlt doch nicht ein russisches U-Boot, das nicht mit Cruise Missiles oder Torpedos mit Atomsprengköpfen bewaffnet ist, nur um zu beweisen, dass er das kann. Nein, Zakajew hat etwas vor, und wir haben keinen Schimmer, was das ist. Das ist es, was mir eine solche Höllenangst macht, und Ihnen sollte es das auch machen.«

Der Oberkommandeur der russischen Marine, Flottenadmiral Wjatscheslaw Staschinski belegte mit seinen Büros den Großteil des siebten Stocks des Russischen Marinehauptquartiers im Bolschoi-Kislowski-Prospekt 6 in Moskau. Sie konnten es an Luxus mit dem jedes westlichen Industriellen oder eines Film-Moguls in Hollywood aufnehmen.

Der Oberkommandeur der russischen Nordmeerflotte, Admiral Mikhail Grischkow registrierte die beeindruckende Veränderung der Einrichtung seit seinem letzten Besuch im Hauptquartier und verspürte einen kurzen Anflug von Neid. Er hatte sich in Seweromorsk mit heruntergekommenem, altem Mobiliar zufriedengeben müssen, mit fleckigem Anstrich, mit Böden aus gesprungenen grünen und schwarzen Asphaltplatten, die eher zu einem Krankenhaus gepasst hätten als zu einem Flottenstützpunkt.

Die Flotte hatte nicht die nötigen Mittel für Treibstoff oder Ersatzteile für ihre Schiffe, für den Sold der Mannschaften und Offiziere, aber für die Anschaffung von erstklassiger Holztäfelung, dickem Teppichboden und eine schwarze Ledergarnitur hatte sie offensichtlich die Mittel. Ebenso für die schön gerahmten Ölbilder russischer Kriegsschiffe – des Lenkraketen-Kreuzers *Petr Welikiy*, des Atomunterwasserkreuzers *Kursk* und anderer, diskret indirekt beleuchtet. *Irgendwann*, dachte Grischkow …

Staschinskis Adjutant, ein Kapitan Ersten Grades mit einer goldenen Achselschnur, half Grischkow aus seinem Mantel und nahm dessen Mütze und Handschuhe entgegen. Der Offizier zog sich erst zurück, nachdem er sich davon überzeugt hatte, dass eine dampfende silberne Teekanne und Teegläser mit silbernen Griffen attraktiv arrangiert auf einem Tisch zwischen zwei Sesseln einer Sitzgruppe vor dem Kamin bereitstanden.

»Mikhail Wladimirowitsch«, sagte Staschinski und stand auf. Er hatte in Hemdsärmeln an einem riesigen Schreibtisch gesessen, der nach Grischkows Einschätzung in etwa einem halben Kilometer Entfernung am anderen Ende des riesigen Zimmers stand. »Schön, dass Sie es einrichten konnten, herzukommen.«

Grischkow watete durch den flauschigen Teppich und streckte seine Hand aus. Einen militärischen Gruß gab es nicht. Stattdessen gaben sich die beiden Männer einfach die Hand, als wären sie Geschäftsleute, die sich zu Vertragsverhandlungen trafen. Grischkow aber ließ sich nicht täuschen.

Staschinski äußerte sich zunächst nicht, obwohl auf seinem Schreibtisch eine Seekarte ausgebreitet lag, die er mit einer Lupe untersucht hatte. Als Ergänzung zu seiner Begrüßung sagte er noch: »Sie sehen gut aus, Mikhail. Ich hasse diese Videokameras bei Konferenzschaltungen. Sie lassen einen Mann alt aussehen.«

Staschinskis Gesicht sah verquollen und blass aus. »Admiral Staschinski, ich fühle mich geehrt«, sagte Grischkow.

Staschinski deutete auf einen Sessel. Grischkow nahm Platz und zog eine Packung Zigaretten mit dem groben schwarzen russischen *Machorka*-Tabak heraus. Er bot Staschinski eine davon.

»Ich muss mich inzwischen auf sechs pro Tag beschränken, und drei habe ich schon geraucht. Wenn ich meine Ration überschreite, habe ich nichts mehr, worauf ich mich heute Abend freuen kann. Aber es macht mir nichts aus, wenn Sie rauchen. Ich bitte Sie sogar darum.«

Staschinski goss Tee ein; Grischkow steckte sich eine Zigarette an und zog genüsslich daran. Er beobachtete verstohlen Staschinski, als er von dem heißen Tee nippte und seine Gedanken sortierte. Staschinski sah dabei in den Kamin, in dem gusseiserne Scheite von versteckten Gasflammen rotglühend erhitzt wurden.

»Also, wo sind Litwanow und die K-363?«, fragte Staschinski. »Ist er geflohen oder verschwunden?«

»Verschwunden?«

»Sie wissen doch, wie bei einem Zaubertrick.«

Grischkow zog sich an der Nase. »Er ist irgendwo da draußen, aber wir brauchen mehr Zeit, um ihn zu finden.«

»Woher wollen Sie wissen, dass er noch in der Barentssee ist?«

»Er kann unmöglich an unserem Patrouillen-Kordon vorbeigekommen sein«, beharrte Grischkow.

»Aber der ist doch voller Löcher!«

»Wir haben diese Löcher verstopft, so gut wir konnten. Sicher, wir könnten mehr Sonar gebrauchen, mehr Flugzeuge, mehr Schiffe, aber im Grunde genommen war unser Netz dicht. Litwanow ist gut, aber ich glaube nicht, dass er rauskommt. Außerdem haben wir die K-480 als Verstärkung unserer Verbände.«

Staschinski schnaubte verächtlich. »Das ist doch nur ein Werbemanöver. Ich habe es der K-480 nur gestattet, in der Barentssee zu operieren, damit die Amerikaner uns in Ruhe lassen.«

»Können Sie ihnen ihre Besorgnis verübeln? Die Bedrohung für St. Petersburg schien auf jeden Fall bis jetzt durchaus real.«

»Und jetzt, da sich diese Bedrohung verflüchtigt hat, will ich, dass die K-480 zurückgerufen wird. Ich werde es nicht zulassen, dass ein amerikanischer Spion von einem unserer eigenen U-Boote aus jeden unserer Schritte an Washington meldet. Es ist schon schlimm genug, dass sie unsere Stärken und Schwächen ebenso genau kennen wie wir. Umso wichtiger ist es, Litwanow zu finden und diesem Problem mit den Terroristen ein Ende zu bereiten.« Staschinski ließ Grischkow etwas Zeit, das zu verdauen. Dann fragte er noch: »Können Sie diese Sache mit der K-363 vor der Gipfelkonferenz zum Abschluss bringen?«

Grischkow versteckte sich einen Moment hinter einer beißend riechenden *Machorka*-Wolke. Schließlich wedelte er sie beiseite und sagte: »Das kann ich Ihnen nicht versprechen. Ich kann unmöglich voraussagen, wie lange es dauern wird.« Er überlegte sich, ob Staschinski nicht nur wegen der Sache mit Litwanow Druck bekam, sondern auch, weil es für die russische Marine einfach zu peinlich war, sich ein topmodernes Atom-Kampf-U-Boot direkt unter der Nase wegstehlen zu lassen. Er konnte nur raten, welches Schicksal Kommandeur Titow erwartete. Gefängnis, wenn er Glück hatte.

Staschinski rutschte in seinem Sessel hin und her. Sein Blick war starr auf die rotglühenden Scheite im Kamin gerichtet. »Dann muss ich Ihnen sagen, Mikhail Wladimirowitsch, dass Sie drei Tage haben, um das U-Boot zu finden«, sagte er düster.

Grischkow richtete sich abrupt auf, und Asche fiel auf seinen Schoß. »Drei Tage!«

Staschinskis Blick zuckte zu Grischkow hinüber. »So lautet der Befehl des Präsidenten. Er will dafür meine Zusicherung.«

Grischkow erhob sich unsicher. Zigarettenasche rieselte von seinem Schoß auf den üppigen Teppich herab. »Unmöglich! Das kann ich nicht zusichern. Wir haben keine Kontrolle über die Lage oben im Norden.«

»Ein Mitglied der Duma hat bereits Fragen gestellt. Offensichtlich hat jemand aus dem FSB Informationen durchsickern lassen – falsche Informationen dazu –, dass ein U-Boot nach einer Patrouille überfällig ist. Der Mann aus der Duma glaubt, dass eines von unseren vermisst wird und vielleicht gesunken ist. Das ist eigentlich gar nicht so schlecht – auf jeden Fall besser, als wenn die Presse dahinterkommt, dass wir Befürchtungen haben, ein Terrorist mit einem U-Boot würde St. Petersburg mit einer Rakete bedrohen.«

»Ich bin kein Politiker, Admiral. Ich mache keine Versprechungen, die ich nicht halten kann.«

Staschinski sah zu Grischkow hoch, der in bedrohlicher Haltung vor ihm stand. »Ich fürchte, Sie verstehen da etwas nicht ganz, Mikhail Wladimirowitsch. Sie haben drei Tage Zeit, die K-363 zu finden, oder ich sehe mich gezwungen, Sie als Kommandeur der Nordmeerflotte zu ersetzen.«

Grischkow musterte Staschinski, sah aber kein Mitgefühl in seinem Gesicht. »Und werden Sie mich außerdem verhaften, weil ich den Tschetschenen Litwanow für das Kommando über die K-363 empfohlen habe?«

»Machen Sie sich nicht lächerlich«, sagte Staschinski kalt. »Niemand macht Ihnen deshalb Vorwürfe.«

»Nein? Wie beruhigend zu wissen, dass die Schuldzuweisungen gerecht verteilt werden.«

»Was soll das heißen?«

»Werden die Angehörigen des Auswahlkomitees, die meiner Empfehlung gefolgt sind, mit einer Bestrafung rechnen müssen?«

»Das kann ich nicht beantworten. Nur die Zeit wird das erweisen.«

»Ja, das wird sie bestimmt«, sagte Grischkow. »Vielleicht werden die Protokolle der Sitzungen des Auswahlgremiums rein zufällig verschwinden. Und dann ist nur noch meine Empfehlung mit meiner Unterschrift aufzufinden.«

»Sie vergreifen sich im Ton! Niemand hat ein Wort davon gesagt, Sie oder sonst irgendjemand wäre schuld.«

»Verlassen Sie sich darauf, das kommt noch.«

»Finden Sie die K-363, und niemand wird Fragen stellen.«

Grischkow drückte heftig seine Zigarette in einem Porzellanaschenbecher aus. »So sieht es also aus? Ich soll die K-363 innerhalb von drei Tagen finden, oder ich muss mich auf die Entlassung und ein Untersuchungskomitee gefasst machen.«

»Der Präsident möchte die Angelegenheit vor der Gipfelkonferenz geklärt haben«, gab Staschinski zurück. »Das ist alles.«

»Dann sagen Sie dem Präsidenten, dass ich mehr Schiffe und Flugzeuge brauche, wenn ich diesen Teufel Litwanow finden soll. Vielleicht kapiert er jetzt, was ich schon seit Jahren sage: dass die Marine zusammenbricht, dass wir nicht die Mittel haben, unsere Aufgabe zu erfüllen, und dass wir nicht ständig weiter Schiffe auf die Weltmeere hinausschicken können, die mit schlecht ausgebildeten Wehrpflichtigen unterbesetzt sind, dass wir weder genug Nahrungsmittel für unsere Mannschaften haben noch Treibstoff, Waffen oder Ersatzteile. Richten Sie ihm das von mir aus, Admiral. Vielleicht bekommt er das endlich in seinen dicken belarussischen Schädel, dass wir keine Wunder tun können, nur um die Amerikaner zu beeindrucken.«

»Sind Sie fertig?«

»Nein. Geben Sie mir mehr Schiffe und Flugzeuge, selbst wenn wir dafür den gesamten Norden leerfegen müssen, um alles, was wir haben, in die Barentssee zu werfen.«

»Das kann ich nicht. Sie werden mit den Mitteln auskommen müssen, die Sie haben.«

Grischkow starrte Staschinski an, aber dieser ignorierte den durchdringenden Blick. »Noch etwas: Wenn Sie die K-363 finden, soll sie aufgebracht werden, nicht versenkt. Ist das klar?«

Grischkow sah seinen Chef ungläubig an. »Wer hat diese Entscheidung getroffen? Der Kreml? Ich dachte, wir wären uns einig, dass wir mit Terroristen nicht verhandeln.«

»Niemand hat etwas von Verhandlungen gesagt. Wie auch

immer, das sind die Befehle des Präsidenten. Und ich bin wie er der Meinung, dass es nützlich wäre, zu erfahren, was Zakajews Organisation in Zukunft vorhat.«

»Aufbringen, ja?«, fragte Grischkow noch einmal mit schwerer Stimme.

Staschinski schienen plötzlich die Möglichkeiten aufzugehen, die es mit sich bringen könnte, wenn Zakajew gefangen würde, denn er sagte: »Hat die K-363 Explosivladungen für Notrettungen an Bord?«

»Nein, die wurden aus all unseren U-Booten ausgebaut, um zu verhindern, dass ein Matrose mit einem Groll sie im Hafen oder sogar während einer Patrouillenfahrt hochgehen lässt. Wir haben eine ganze Reihe von Wehrpflichtigen verhaftet, die mit so etwas drohten. Es erschien uns so am klügsten.«

»Wenn das so ist, was würden Sie tun? Ein Netz über die K-363 auswerfen und sie wie einen Fisch einholen?«

»Vielleicht. Ich dachte aber an etwas Komplizierteres. Wie die Bergung der *Kursk*.«

»Ich verstehe nicht.«

»Wenn wir sie finden, sorgen wir dafür, dass sie unter Wasser bleibt, hetzen sie in flaches Wasser, und dann können wir sie vielleicht mit einem schweren Bergungsschiff heben.«

Grischkow deutete auf das Bild der *Kursk* über dem Kamin. Das Atom-Angriffs-U-Boot *Kursk* der Oskar-II-Klasse unter dem Kommando von Kapitan Ersten Grades Gennadi Pablo Liachin war gesunken, nachdem einer seiner Torpedos explodiert war. Bei dieser für die russische Marine ungeheuren Katastrophe sank das U-Boot mit einhundertachtzehn Mann an Bord in der Barentssee. Monate später hatte ein schweres Bergungsschiff das Wrack gehoben und nach Hause gebracht.

Staschinski richtete seinen Blick von dem Bild der *Kursk* auf Grischkow. »Sie haben Ihre Befehle, und ich habe noch heute eine Besprechung mit dem Präsidenten.«

»Dann, mit Ihrer Erlaubnis, Admiral …«, sagte Grischkow kalt.

Staschinski ging zu seinem Schreibtisch und klingelte nach dem Adjutanten, der augenblicklich Grischkows Sachen hereinbrachte.

»Eine Sache noch!«, rief Staschinski Grischkow, der bereits hinausgegangen war, hinterher. »Ich will diesen *Amerikanski* Scott aus der Barentssee und runter von der K-480 haben!«

12

SÜDLICH DER LOFOTEN

»Sie kleben uns am Arsch und kommen immer näher«, sagte Litwanow.

Er hatte die Abdeckungen rechts abnehmen lassen, und das Sonar hatte die beiden Norweger direkt hinter ihnen aufgenommen. Noch näher an das Ufer konnten sie nicht mehr. Die K-363 schrammte schon jetzt beinahe am Meeresboden entlang.

»Rechtes Ruder zwanzig Grad!«, befahl Litwanow.

»Zwanzig Grad, aye«, bestätigte der Rudergänger.

Litwanow wischte sich das Gesicht mit einem Ärmel ab. Er warf einen Blick auf den Kompass-Überträger, der den Kurs auf zweihundertvierzig Grad meldete. Er wartete kurz ab, bis sich der Kurs auf zweihundertfünfundvierzig geändert hatte, und gab dann einen neuen Befehl: »Diesen Kurs halten!«

»Aye, Kurs halten.«

Der Rudergänger gab eine leichte Kurskorrektur ein, um den Schwenk der K-363 nach rechts zu stoppen.

»Kurs so halten!«, befahl Litwanow.

»Aye, Kurs zwei-fünf-null halten.«

Wieder wischte sich Litwanow das Gesicht ab. Er richtete sich an Zakajew: »Wir werden diesen Kurs halten und sie über unser Heck passieren lassen, während wir uns zugleich wegbewegen.« Er sah kurz zu dem Mädchen hinüber. Sie machte einen ruhigen Eindruck, aber Litwanow wusste genau, dass sie Herzklopfen hatte. Das hatten sie alle. »Das schaffen wir schon«, beruhigte er sie.

»Das weiß ich«, antwortete sie. »Ich habe keine Angst.«

»Feuerleitstelle?«, erkundigte sich Litwanow.

»Ziele stetig auf Kurs zwei-eins-acht. Geschwindigkeit zehn Knoten. Entfernung fünf Kilometer.«

Zakajew, der inzwischen mit den komplizierten Geräten in der Kommandozentrale etwas vertrauter war, warf einen Blick auf das digitale Pitotmeter, das die Geschwindigkeit der K-363 im Wasser anzeigte: drei Knoten. Das war gerade noch schnell genug, so hatte Litwanow ihnen erklärt, um das Boot bei Lautlos-Betrieb trotz der Meeresströmungen manövrierfähig zu halten.

Das Mädchen hörte das Geräusch zuerst, das durch den Rumpf drang, und neigte den Kopf, um genauer hinzuhören.

»Schrauben«, sagte Starpom Weroschilow und sah nach oben, als könnte er dort erkennen, was sie an der Wasseroberfläche erwartete.

Die Männer an ihren Stationen in der Kommandozentrale verstummten und lauschten. Von oben ließ das stetige Geräusch der rotierenden Schrauben mit ihrem *Kisch-Kisch-Kisch-Kisch* den Schiffsrumpf vibrieren wie eine Stimmgabel.

»Feuerleitstelle?«, fragte Litwanow noch einmal nach.

»Keine Veränderung, Kapitan ... Warten Sie!«

Das *Kisch-Kisch-Kisch-Kisch* wechselte in eine höhere Tonlage.

»Kapitan, Ziele schwenken zu uns ein: neuer Kurs ... zwei-vier-null.«

»Geschwindigkeit?«

»Nach wie vor zehn Knoten.«

Zakajew befürchtete schon, der Sonar der Norweger hätte ein verdächtiges Geräusch aufgefangen, aber vielleicht änderten sie auch nur ihr Suchmuster. So oder so führte ihr Kurs direkt zur K-363, und bald würden sie direkt über das U-Boot hinweg passieren.

Kisch ... kisch ... kisch ... kisch ...

Litwanow ging unruhig in der Kommandozentrale auf und ab. Er musterte die Navigationskarte und warf dann wie Werochilow einen Blick nach oben, als wollte er die näher kommenden Fregatten ausmachen.

Etwa fünfundsechzig Meter über der K-363 mischte sich nun das rhythmische Zischen der beiden Sonar-Rezeptoren, die die beiden Fregatten hinter sich herschleppten, in das *Kisch... kisch ... kisch ... kisch* der Schrauben.

Zakajew spürte die Nässe unter seinen Achselhöhlen. Wenn Litwanow nicht eine Kursänderung befahl – und zwar bald –, würden die beiden Jäger an der Oberfläche direkt über sie hinwegfahren.

»Rechts schwenken auf drei-drei-null!«, befahl Litwanow, als hätte er die Gedanken der Norweger gelesen.

Die K-363 schwang um neunzig Grad nach rechts weg von den Fregatten. Litwanow wartete eine volle Minute ab, bis das Boot den langsamen, lautlosen Schwenk abgeschlossen hatte, und dann ordnete er eine Kursänderung von einhundertachtzig Grad nach Südsüdosten an. »Steuern Sie Kurs eins-fünf-null.«

Zakajew verfolgte die langsame Bewegung der Kompassnadel, während das U-Boot Gegenkurs einschlug. Bei seinem Kriechgang brauchte es fast fünf Minuten für das Manöver, und dann war der Bug der K-363 direkt auf die näher kommenden Fregatten gerichtet.

Litwanow griff nach oben, zog ein Mikro herunter und hielt es sich vor den Mund. »Feuerleitstelle!«

»Hier Feuerleitstelle, aye, Kapitan«, meldete sich Arkadi, der oberste *Mitschman* des SC1-Kommunikationssystems.

»Zielerfassung.«

»Aktiviert.«

»Zielpeilung?«

»Null-sechs-acht Grad, gemeinsame Erfassung.«

»Entfernung?«

»Achttausend Meter.«

»Einstellung der Detonationsentfernung zehn Meter.«

»Eingestellt.«

»Torpedoraum: Bereit für Flutung der Rohre eins und drei.«

Zakajew stürmte quer durch die Kommandozentrale auf Litwanow zu. Weroschilow reagierte im letzten Moment und sprang zwischen die beiden Männer. »Was tun Sie da?«, fragte Zakajew aufgebracht.

Die Mannschaftsmitglieder in der Kommandozentrale erschraken über Zakajews Ausbruch, erstarrten an ihren Stationen und sahen auf ihre Instrumente herab. Das Mädchen stand da, als hätte es Angst, sich zu bewegen oder nur zu atmen. Nur noch das *Kisch-kisch-kisch-kisch* war zu hören.

»Ich mache mich bereit, die Torpedos abzufeuern«, sagte Litwanow und schob Weroschilow zur Seite.

»Sind Sie verrückt?«

»Nein, vorsichtig. Wenn diese beiden Fregatten uns finden, sind wir erledigt. Sie werden Alarm schlagen und uns dann verfolgen, bis Verstärkung eintrifft, und das heißt sowohl Russen als auch Amerikaner.«

»Aber Sie können doch diese Schiffe nicht torpedieren! Das sind Norweger, und die sind neutral.«

»Und gefährlich.«

Die Sprechanlage gab ein quäkendes Geräusch von sich. »Torpedoraum in Bereitschaft, Kapitan. Zwei TEST-71-M-Torpedos sind aktiviert.«

Ohne den Blick von Zakajews blitzenden Augen zu lösen, sagte Litwanow, der sich sichtlich bemühte, seine Wut unter Kontrolle zu halten, in das Mikro: »Zielerfassungssonar aktivieren.«

»Aktiviert, aye. Bereit für Flutung der Rohre eins und drei, Kapitan.«

Zakajew fuhr sich mit der Zungenspitze über die trockenen Lippen. Er wusste nichts über die normalen Vorgänge an Bord eines U-Boots, und das war ihm auch klar. Litwanow hatte den Oberbefehl, und daran konnte Zakajew nichts ändern. Die Mission war gefährdet, und es bestand die Möglichkeit, dass sie scheiterte und zusammen mit der K-363 unterging.

Wieder quäkte es aus der Sprechanlage: »Feuerleitstelle, Kapitan. Bereit für Abschuss der Torpedos.«

Captain Bayer blickte von der *Trondheim* durch sein Fernglas auf das wogende Norwegische Meer hinaus. Er erwartete kein Periskop, das an der Spitze einer Feder aus Kielwasser durch das Wasser zog. Trotzdem hatte irgendetwas den Alarm in Stavanger ausgelöst.

Er meinte, er hätte gesehen, wie in einem Wellental kurz etwas aufstieg und sofort wieder verschwand, und legte beide Ellbogen gegen die Windschutzscheibe, um das schwere 7x50er-Glas ruhig zu halten. Möwen. Dann hörte er die Stimme von Sonaroffizier Garborg aus dem Brückenlautsprecher.

»Captain, möglicher Kontakt direkt voraus!«

Bayer drehte sich um. »Mr. Dass.«

»Aye, Sir, ich habe es. Entfernung?«, fragte Dass in der Informationszentrale nach.

»Unter achttausend Meter.«

»Irgendwelche Übereinstimmungen?«

»Das Signal ist zu schwach. Nur eine Spur.«

»Funkleitstelle!«, bellte Bayer.

»Aye, Sir?«, meldete sich der Wachhabende.

»Kontaktieren Sie die *Narvik* über Sprechverkehr. Informieren Sie sie über unseren Kontakt. Peilung und was noch dazugehört. Anfrage, ob sie bestätigen können.«

»Aye, aye, Sir.«

Bayer richtete das Fernglas auf die weiße Gischt, die um das Kielwasser schäumte. Er wusste, dass da nichts zu sehen war, aber sein Bauchgefühl sagte ihm, dass sich da draußen ein U-Boot versteckte und in tiefes Wasser zu entkommen versuchte.

Die Fregatte stampfte mühsam durch das Wasser und bewegte sich ständig auf und ab. Bayer stützte sich weiter an der Windschutzscheibe ab, schwang das Fernglas nach Steuerbord und sah, wie ein weißer Brecher über den Bug der *Narvik* schäumte. Der Himmel im Osten war nicht heller geworden – eigentlich sogar dunkler. »Verdammtes Wetter«, murmelte Bayer vor sich hin. Das war tatsächlich etwas, worüber sich ein Kapitän Gedanken machen konnte, wenn sein Schiff einen sieben Tonnen schweren Sonarsender am Ende eines zehn Zentimeter starken Kabels fünfzig Meter unter der Oberfläche schleppte. Das gepanzerte Kabel, das achtundvierzig Paare von Signalleitungen führte, war nicht unzerstörbar, und vor einem Jahr war Bayer eines davon gerissen, als er einen Kontakt untersuchen wollte, der sich dann als biologisch herausstellte. Er überlegte sich, ob er die Geschwindigkeit drosseln sollte, entschied sich aber dagegen.

Bayer schlug mit dem Handballen auf den Sprechknopf der Anlage vor ihm, ohne seine Handschuhe auszuziehen. »Mr. Garborg, hier spricht der Captain.«

»Aye, Captain?«

»Ihr Schweigen gefällt mir nicht, Mr. Garborg. Ich möchte ständige Meldungen über Entfernungen und Peilungen.«

»Aye, Sir. Im Augenblick bekommen wir nur Streuung, nichts Positives.«

»Auf Breitband?«

»Ja, Sir.«

Wieder einmal waren geographische Bedingungen, Salzgehalt, Jahreszeit und Zustand der See auf der feindlichen Seite, überlegte Bayer.

»In welchem Rhythmus?«

»Eintausend bis dreißigtausend Meter, Sir.«

»Gut. Bleiben Sie dran, Mr. Garborg.«

»Aye, aye, Sir.«

Bayer schaltete das Sprechgerät aus und drehte sich zu seinem Ersten Offizier um. »Mr. Dass.«

»Sir?«

»Schicken Sie Mr. Mayan hinunter zum Sonar. Ich möchte, dass sie seinen heißen Atem im Genick spüren.«

»Aye, aye, Sir.« Dass ging vorsichtig über das schaukelnde Deck zum Kommunikationszentrum, wo Waffenoffizier Mayan und seine Techniker damit beschäftigt waren, das Feuerleitsystem der *Trondheim* zu überwachen.

»Captain, die *Narvik* sendet«, verkündete der wachhabende Funkmaat. Er trug ein Mikro und ein Headset, das über eine lange Verbindungsschnur in ein Funkgerät eingestöpselt war.

»Und?«, fragte Bayer. »Ich bin nicht taub. Geben Sie mir die Kurzversion.«

»Von der *Narvik*: ›Kontakt über drei Abschnitte negativ. Erwarte Anweisungen.‹«

Bayer blies die Wangen auf. »Schicken Sie ihnen ... schicken Sie ihnen: ›Kontakt gestört. Behalten Sie gegenwärtiges Suchmuster bei.‹«

Am liebsten hätte Bayer Garborg noch einmal angefahren, überlegte es sich dann aber anders. Er stapfte zur Backbordreling, sah nach achtern und betrachtete den riesigen Kran mit der Winde, der auf dem Heck montiert war. Von ihm aus führte das dicke schwarze Sonarkabel von einer Kabeltrommel mittschiffs über die Seiltrommel direkt in das brodelnde Kielwasser der *Trondheim*, das sich hinter dem Schiff wie ein Brautschleier bis zum Horizont erstreckte. Er blickte nach Süden zur *Narvik* hinüber, die sich durch die Wellen kämpfte, und sah dort den gleichen Aufbau mit Geräten, Kabeln und fliegender Gischt.

Bayer fuhr auf dem Absatz herum. »Sonar!«, bellte er in das Mikro. »Hier spricht der Captain! Was zum Teufel ist da unten bei euch los? Haben wir Kontakt?«

»Negativ, Sir«, antwortete Mayan. »Keine Anzeichen auf allen Rezeptoren.«

»Nicht einmal biologische?«

»Nichts, Sir.«

»Das glaube ich nicht!«

»Wie bitte, Sir?«

Bayer sah nach Norden und überlegte. Er zweifelte nicht daran, dass es ein russisches U-Boot war, das er da jagte, aber offensichtlich hatte er die Entschlossenheit des Kommandeurs unterschätzt, sich auf keinen Fall entdecken zu lassen, eine Herausforderung, die Bayer nicht auf sich beruhen lassen konnte. Mein Fehler, dachte er. Das wird mir nicht noch mal passieren.

»Kapitan, die Norweger drehen nach Süden ab.«

Litwanow nickte.

»Haben sie den Kontakt zu uns verloren?«, fragte Zakajew.

»Den hatten sie nie«, sagte Litwanow knapp.

Zakajew beobachtete Starpom Weroschilow, als er den Doppelkurs der norwegischen Fregatten auf der Karte einzeichnete, ein lang gestrecktes, weites »U«, das sie auf Südkurs brachte.

»Dieser norwegische Kapitän wird seinen Weg zurückverfolgen. Bis er gewendet hat, sind wir weg.«

Zakajew spürte, wie sich die Anspannung legte. Auch das Mädchen bekam wieder etwas Farbe im Gesicht.

Litwanow, der nun breit grinste, schaltete das Mikro an. »Feuerleitstelle sichern, Torpedostation sichern.«

Die Leute in der Kommandozentrale entspannten sich. Sie tauschten zufriedene Blicke und zeigten einander den hochgestreckten Daumen.

Noch einmal schaltete Litwanow das Mikro an. »Mischa … wo sind Sie?«

Das Sprechgerät brummte kurz, und dann meldete sich der Versorgungsmaat. »In der Kombüse, Kapitan.«

»Mischa, geben Sie Brot und Wodka für alle aus.«

»Sofort, Kapitan.«

Litwanow warf Zakajew und dem Mädchen einen Blick zu. Sie wussten genau, was er dachte: dass dies wahrscheinlich eine ihrer letzten Feiern sein würde.

»Es ist vorbei«, sagte Alex.

»Was denn?«, fragte Abakow. Er kam in die Messe und setzte sich zu Alex und Scott an den Tisch. Er sah müde aus und hatte rot geränderte Augen. Die K-480 war auf Tauchfahrt zwanzig nautische Meilen nördlich von Gramvik, Norwegen, unterwegs nach Süden.

»Wir sind von der Nordmeerflotte zurückgerufen worden«, sagte Scott. Er reichte Abakow einen ausgedruckten Funkspruch, der war vor weniger als zehn Minuten von dem Molniya-3-Satelliten eingetroffen und in Kopie auch an Norfolk gegangen war. »Sie wollen eine Empfangsbestätigung und eine geschätzte Ankunftszeit in der Olenya-Bucht.«

Abakow las die Mitteilung durch. »Hier steht aber nichts davon, dass sie die K-363 gefunden hätten. Ich verstehe das nicht.«

»Ich nehme an, dass sie sich von uns nicht mehr über die Schulter sehen lassen wollen«, vermutete Scott.

»Mit anderen Worten, nachdem sie sich jetzt keine Gedanken mehr über Atomraketen und Torpedos machen brauchen, wollen sie die K-363 lieber selbst jagen und auch das Lob dafür kassieren.« Abakow rieb sich die Augen. »Vielleicht ist es gut so. Ich bin für diese Art von Arbeit nicht geschaffen. Ich möchte endlich wieder festen Boden unter den Füßen spüren. Außerdem wird die Luft hier immer schlechter.«

Die Luft in der K-480 war tatsächlich dick und verbraucht. Scott hatte schon längst bemerkt, dass die Kohlendioxyd-Konzentration angestiegen war. »Wir haben ein Problem mit dem Kohlendioxydwäscher«, sagte er.

»Wo ist denn Botkin?«, fragte Alex.

»Der arbeitet an dem Wäscher.«

»Ich finde, das ist eine gute Idee«, sagte sie. »Damit wir nicht ersticken, meine ich. Und das ist nicht das Einzige, woran er arbeiten sollte. Das Essen ist grauenhaft. Die Duschen mit kaltem Meerwasser und die Kakerlaken auch, und der Abfall, der sich in der Kombüse auftürmt.«

Abakow sagte kein Wort. Er hörte einfach nur zu.

»Ich habe dir ja gesagt, das wird keine Vergnügungsfahrt«, sagte Scott. »Der Starpom hilft Botkin, aber wir haben keine Ersatz-Thermokupplung oder Filter. Die Außentür der Müllauswurfanlage klemmt. Irgendjemand hat einen Vierzig-Pfund-Sack mit verfaulten Kartoffeln in den Schacht gestopft, und der hat sich verklemmt. Gegen die Kakerlaken kann ich nichts unternehmen, aber angeblich hat jemand aus dem Maschinenraum chemische Fallen aufgestellt. Was die Salzwasserduschen betrifft – die Süßwasservorratstanks sind verseucht.« Er sah Alex zu, wie sie schlaffe blonde Haarsträhnen unter ihre russische Matrosenmütze schob, und betrachtete die sanft geschwungene Linie ihres Kiefers. »Sonst noch etwas?«

»Danke, jetzt geht es mir wirklich schon viel besser.«

»Nur ein Wort der Warnung: Es kann noch schlimmer werden.«

»Was meinst du damit? Wir sind doch gerade in die Zivilisation zurückgerufen worden, oder?«

»Darüber wollte ich mit euch beiden sprechen.«

Alex sah ihn mit Augen an, die ebenso rot gerändert waren wie die von Abakow, und sagte: »Ich glaube, ich ahne, was gleich kommt.«

»Hier stimmt doch etwas nicht«, sagte Scott und richtete sich an Abakow. »Yuri, Sie haben doch mal gesagt, Zakajew wäre unberechenbar.«

»Das ist er auch«, bestätigte Abakow.

»Dass er immer das Unerwartete macht. Dass er seiner Sache felsenfest verpflichtet ist.«

»Richtig.«

»Ein U-Boot zu stehlen, das ist eine tollkühne terroristische Tat, würden Sie das nicht auch sagen?«

»Ja. Besonders, wenn man die Planung bedenkt, die dafür nötig war.«

»Worauf willst du hinaus?«, fragte Alex.

»Der Diebstahl der K-363 war doch nur dann sinnvoll, wenn, wie wir alle dachten, Zakajew eine Cruise Missile an Bord hat, die er auf Moskau oder St. Petersburg oder sonstwohin abschießen kann. Das hat er aber nicht. Was soll das Ganze also? Litwanow weiß doch genau, dass er früher oder später aufgespürt und versenkt wird. Was werden sie dann bewiesen haben? Gar nichts! Zakajew stirbt, und seine Sache stirbt mit ihm. Das passt einfach nicht zusammen.«

»Ich habe Kopfweh von der schlechten Luft«, sagte Alex, »und du machst es noch schlimmer, Jake, wenn du hier versuchst, mir Zakajews Überlegungen verständlich zu machen. Daraus wird nichts. Niemand schafft das.«

»Trotzdem hat Jake recht«, sagte Abakow. »Zakajew würde für seine Sache sterben, aber nur, wenn er damit sein Ziel erreicht.«

»Und was ist sein Ziel?«, fragte Alex. »Weiß das irgendjemand? Weiß er es überhaupt selbst?«

»Natürlich weiß er das«, sagte Scott. »Und die Tatsache, dass er keine Atomraketen oder Torpedos hat, ändert gar nichts. Er ist nach wie vor gefährlich, und wir müssen ihn finden.«

»Die Russen müssen ihn finden«, verbesserte Alex ihn. »Wir sind zurückgerufen worden, schon vergessen?«

»Nicht unbedingt.«

»Was soll das heißen?«, fragte Abakow.

»Vielleicht ist der Funkspruch der Nordmeerflotte ja verstümmelt oder gar nicht angekommen. Vielleicht hatten wir Probleme mit unserem Funkgerät und konnten ihn nicht empfangen. Vielleicht *irgendetwas*. Ich sage nur, dass wir Zakajew unter allen Umständen finden müssen, und auf die Russen können wir uns nicht verlassen.«

»Jake, du kannst doch den Befehl nicht ignorieren!«, protestierte Alex.

»Rein technisch betrachtet ist der Rückrufbefehl an Botkin gerichtet, nicht an mich. Außerdem würden wir es als Niederlage eingestehen, wenn wir jetzt aufgeben. Hört zu, es ist riskant, aber wir dürfen einfach nicht aufgeben, wenn potentiell noch so viel auf dem Spiel steht.«

Er wollte ihr irgendetwas sagen, irgendetwas Persönliches, um die düstere Stimmung aufzuhellen, die sich über sie alle gesenkt hatte, aber als ihr Blick auf ihn fiel, kam es ihm so vor, als würde sie direkt durch ihn hindurchsehen.

»Du bist der Müllmann der Navy, nicht wahr?«, fragte Alex plötzlich scharf.

»Was zum Teufel soll das denn heißen?«

»Das soll heißen, dass sie dich losschicken, um ihren Dreck wegzuschaffen und alles wieder in Ordnung zu bringen: Bring Frank Drummond nach Hause, finde die K-363, versenke sie, wenn du das schaffst, aber bau keinen Scheiß. Und vor allem sieh bloß zu, dass niemand den Dreck sieht. Wenn du das nicht schaffst, na schön, Pech gehabt, aber du bist entbehrlich. Sehe ich das richtig?«

Für einen langen Moment sagte Scott nichts. Es war nicht immer so gewesen, aber dann war irgendwann der Tag gekommen, von dem an es so lief. »Dies ist ein eiskaltes Geschäft. Raum für Fehler gibt es da nicht.«

»Aber du hast ein paar gemacht.«

»Was soll ich dazu sagen?«

»Erzähl uns, was damals im Gelben Meer passiert ist.«

Darauf folgte eine lange Stille.

Schließlich stand Abakow auf und sagte: »Ich bin dann in meiner Kajüte.«

»Bleiben Sie hier, Yuri«, sagte Scott. »Das können Sie ruhig auch hören.«

Die Erinnerung an diesen Zwischenfall brach mit bitterer Wut in sein Gedächtnis. Er fing an zu erzählen, sah sie dabei aber nicht an. »Wir waren in der Sohan-Bucht im Norden angekommen, um ein SEAL-Team in Nordkorea abzusetzen. Mein U-Boot, die *Chicago*, hatte ein neu entwickeltes Gerät dafür dabei, ein Mini-U-Boot, das zehn Leute mit ihrer Ausrüstung transportieren kann. Ich konnte wegen Untiefen nicht direkt an die Küste, aber dem Gruppenführer der SEALs war das recht. Wir hatten raue See, und meiner Einschätzung nach konnten sie es nur schaffen, wenn ich sie in der Nähe der Flussmündung bei Sinanju absetzen konnte.«

»Was war ihr Ziel?«, fragte Abakow.

»Die Kernforschungsanlage von Yongbyon.«

»O mein Gott!«, sagte Alex.

»Die Nordkoreaner hatten gesagt, sie hätten genug Plutonium für zwanzig Bomben, und es gab schon Drohungen, sie würden sie auch einsetzen oder an Terroristen verkaufen. Die Forschungsabteilung der Army konnte keine zuverlässigen Informationen darüber bekommen, was die Nordkoreaner wirklich vorhatten und ob sie tatsächlich Kernwaffen hatten oder nur blufften. Die Russen und die Schweden hatten zwar für uns in ihren Botschaften einige Krypton-85-Aufspürgeräte eingebaut, die eine Wiederaufbereitung von Uran melden würden, aber die Ergebnisse waren widersprüchlich. Inzwischen hatte die Forschungsabteilung ein neues satellitengestütztes Überwachungsgerät entwickelt, aber das musste irgendwie in die Gegend von Yongbyon geschafft werden. Die Geräte waren als in der Gegend heimische Pflanzen getarnt.«

»Was meinst du damit, heimische Pflanzen? So was wie ein Unkraut, das es in der Gegend gibt?«, fragte Alex.

»Genau. Nur dass die Dinger aus Kunststoff waren und Miniatur-Spürgeräte und -Sender hatten. Sie wurden mit einem langen Dorn in die Erde gerammt. Das sollten die SEALs erledigen.«

»Und, was ist passiert?«, fragte Alex.

Was passiert war? Wahrscheinlich würde er nie erfahren, wie man in Nordkorea von der Mission erfahren hatte. Wahrscheinlich hauptsächlich durch Glück, hatte er sich immer wieder eingeredet, bis er es schließlich selbst glaubte. Manche Details waren noch immer unklar, aber an das meiste erinnerte er sich noch so deutlich, als wäre es gestern gewesen.

Der junge SEAL-Lieutenant und seine Männer hatten tatendurstig darauf gewartet, endlich ihre Mission durchzuführen. Scott hatte sich mit seinem U-Boot vorsichtig in Flachwasser vorgetastet, nachdem er sich mit einer vorausgeschickten unbemannten Unterwasser-Drohne davon überzeugt hatte, dass keine Minen voraus drohten. Das Mini-U-Boot war nachts vom Deck der *Chicago* heruntergehoben worden und hatte dann unter dem Schutz des morgendlichen Schiffsverkehrs an der Küste Fahrt in Richtung Flussmündung aufgenommen.

»Und in dem Augenblick waren auf einmal die Nordkoreaner da«, berichtete Scott. Mit einem Geräusch wie von einer Geschirrspülmaschine, an diesen Gedanken erinnerte er sich noch genau. Ein verdammtes Diesel-U-Boot der sowjetischen

Romeo-Klasse, das sie in Nordkorea nach chinesischen Konstruktionsplänen nachgebaut hatten. Es war offensichtlich von Namp'o aus in Unterwasserfahrt die Küste hochgetuckert.

»Es bestand keine Gefahr, dass wir entdeckt werden würden, nicht von dieser alten Schüssel. Aber dann erschienen noch eine Fregatte und zwei Küstenwachboote, und damit wurde die Sache richtig heiß. Die Nordkoreaner hatten anscheinend ein Hafen-Überwachungssystem für die Aufspürung von Kampfschwimmern und deren Transportmittel. Als sie anfingen, Anti-Taucher-Handgranaten abzuwerfen, war mir klar, dass die Mission gescheitert war.«

»Und was hast du dann gemacht?«, fragte Alex.

»Ich hatte strikten Befehl, mich sofort zurückzuziehen, wenn etwas schiefgehen sollte, und unter keinen Umständen das Boot zu riskieren.«

»Anders formuliert, du solltest die SEALs im Stich lassen.«

»In einem Notfall waren sie entbehrlich.«

»Aber du hast gegen den Befehl verstoßen.«

Scott nickte. »Ich konnte sie doch nicht zurücklassen.«

»Wie hast du sie denn wieder an Bord bekommen? Das muss ja ein Albtraum gewesen sein!«

Ein Albtraum, der ihn noch immer verfolgte. Scott hatte das Laser-Navigationssystem aktiviert, das das Mini-U-Boot der SEALS zurück zu der *Chicago* führen sollte. Dann hatte er zwei Täuschkörper abgefeuert, die die Geräuschsignatur eines chinesischen Kampf-U-Boots der Ming-Klasse abgaben. Der erste davon lenkte die beiden Küstenwachboote von den SEALs ab und führte sie auf eine Verfolgungsjagd von der Mündung flussaufwärts. Der zweite war direkt auf das koreanische U-Boot gerichtet und löste dort eine so heillose Verwirrung aus, dass der Koreaner auf Grund lief.

Mit der Fregatte aber verhielt sich die Sache anders.

»Das Mini-U-Boot der SEALs hatte unseren Leitstrahl erfasst und war bereit, sich wieder an unserem Deck zu verriegeln. Aber dann hatte diese verdammte Fregatte Glück und erfasste uns mit ihrem Sonar.«

Scott sah die Fregatte der Soho-Klasse noch vor sich, wie sie kehrtmachte und sich auf die *Chicago* stürzte wie ein Hund auf der Spur eines Hasen. Für ihn begann nun ein Wettlauf, die SEALs an Bord zu bringen und sich in tiefes Wasser in Sicherheit zu bringen, bevor die Fregatte angriff. Scott wusste genau, dass er diesen Wettlauf verlieren würde, wenn er nicht gegen alle Bestimmungen verstieß, vor allem aber gegen die Befehle, die er für die Mission erhalten hatte.

»Schnellschuss Rohr eins! Ziel eins!«, hatte Scott befohlen, und einen Augenblick später: »Feuer!«

Er erinnerte sich noch an den dumpfen Schlag des Druckluftkolbens, der den Ausstoß des MK-48-Torpedos anzeigte.

»Und was ist dann passiert?«

»Gar nichts. Die Nordkoreaner haben kein Wort darüber verloren. Wir hatten eigentlich erwartet, dass jetzt ein Sturm der Empörung losbrach und vielleicht sogar eine Kriegserklärung kommen würde. Nichts als Schweigen. Sie haben wohl angenommen, ein chinesisches U-Boot, das in ihren Hoheitsgewässern herumgeschnüffelt hat, hätte sie angegriffen.«

»Aber was war mit der Fregatte?«

»Versenkt.«

»Ihr habt sie tatsächlich versenkt?«, fragte Alex fassungslos.

»Komplett in die Luft gejagt.«

»Und nach eurer Rückkehr nach Norfolk haben sie dich durch den Fleischwolf gedreht.«

»So könnte man es sagen. Die Navy warf mir vor, ich hätte eklatant gegen Befehle verstoßen, die Gesetze der Kriegsführung verletzt und mein Schiff in Gefahr gebracht. Sie haben mir sogar noch einige weitere Anschuldigungen an den Kopf geworfen, wo sie gerade schon mal dabei waren.«

»Aber du hast doch diesen SEALs das Leben gerettet. Hat das denn gar nicht gezählt?«

»Für die SEALs vielleicht schon, aber nicht für Admiral Ellsworth. Er war kurz davor, mich an die Wand stellen zu lassen, als Frank Drummond eingegriffen hat.«

»Und jetzt bist du ihr Müllmann«, stellte Alex fest.

Paul Friedman hatte sich zu seiner Besprechung im Außenministerium verspätet und nahm im Oval Office gegenüber vom Schreibtisch des Präsidenten Platz. Der Präsident musterte seinen Nationalen Sicherheitsberater über seine Lesebrille hinweg und sagte: »Was hat der russische Botschafter gesagt, Paul?«

»Ein Wort: *njet*«, antwortete Friedman lakonisch.

Der Präsident nahm seine Brille ab und warf sie achtlos vor sich auf den Schreibtisch. »Sie hatten also recht, Karl. Die Russen wollen in dieser Sache eine harte Position beziehen.« Radford überlegte kurz. »Hat Zamorin denn sonst noch etwas gesagt, oder hat er wieder wie üblich den Undurchschaubaren gespielt?«

»Nein, Sir, eigentlich war er ganz lebhaft«, antwortete Friedman dem Präsidenten. »Trotzdem konnte er nichts anderes melden als ein Nein der Russen, trotz Ihrer eindringlichen Bitte, an der Jagd nach der K-363 beteiligt zu werden. Sie bestehen nach wie vor auf ihrem Recht, das selbst zu erledigen.«

»Idioten!«, sagte Radford.

»Und außerdem weigern sie sich absolut, ihren Rückruf für die K-480 zu widerrufen«, sagte Friedman. »Und wir werden sie ganz sicher nicht umstimmen können.«

»Können wir diesen norwegischen Meldungen und Satellitenbildern denn trauen, Karl?«, fragte der Präsident.

»Ja, Sir«, erklärte Radford bestimmt. »Deshalb sollten wir dort in der Gegend unbedingt etwas in der Luft haben. Wir haben Pablo-3Cs über Island und Spanien, die wir dorthin verlegen können. Ich habe mit Gordon gesprochen, und er und Webster können das noch heute veranlassen, wenn wir des wollen. Wir sollten eine U-Boot-Abwehrgruppe in den Skagerrak verlegen, um dieses Loch dicht zu machen. Außerdem könnte Ellsworth es schaffen, zwei seiner Atom-U-Boote in die Gegend um Norwegen und Schweden zu schicken.«

»Das würde aber wiederum die Russen verärgern, Karl«, gab Friedman zu bedenken.

»Paul, es geht hier um internationale Gewässer!«, protestierte Radford.

Friedman richtete seinen Blick auf den Präsidenten. »Sir, wenn wir einen Kordon um diesen Bereich legen, werden die Russen explodieren.«

»Und was sollten wir Ihrer Meinung nach tun?«, fragte Radford. »Einfach zusehen, wie die Russen Zakajew einfangen und zum Sprechen bringen? Bedenken Sie doch mal, welche Folgen es bei der Gipfelkonferenz hätte, wenn die Russen ihn uns an den Kopf werfen? Bei allem Respekt, Mr. President, ich halte nach wie vor Ihre Entscheidung, diese Konferenz nicht abzusagen, für kurzsichtig. Ihre Sicherheit steht an oberster Stelle, und solange wir Zakajew nicht gefunden und ausgeschaltet haben, fühle ich mich in der gegenwärtigen Lage verdammt unwohl.«

»Ich kann Ihre Besorgnis ja verstehen, Karl«, antwortete der

Präsident. »Aber diese Entscheidung steht, und – Zakajew hin oder her – ich reise morgen ab. Die Diskussion ist beendet. Was Scott betrifft, so haben Sie und Admiral Ellsworth ja übereinstimmend gesagt, er hätte einen guten Instinkt. Glauben Sie nach wie vor, er könnte Zakajew finden?«

»Ein ganz klares Ja zu beidem«, sagte Radford. »Er hat tatsächlich einen fast untrüglichen Instinkt, wenn ihn das auch manchmal in Schwierigkeiten bringt. Ellsworth glaubt aber, dass er es mit ein bisschen Hilfe von uns allein schaffen kann. Und was wir tun, wissen die Russen ja nicht.«

»Sie kennen doch Zakajew, Karl. Sie haben mit ihm gearbeitet und ihn in Afghanistan und Tschetschenien unterstützt. Wie ist er als Gegner einzuschätzen?«

»Er ist äußerst gewissenhaft. Plant jeden Schritt ganz genau. Aber außerdem ist er skrupellos und risikobereit. Das ist Scott allerdings auch.«

»Was wollen Sie damit sagen?«

»Wenn Scott glauben würde, er hätte auch nur eine Fünfzig-zu-fünfzig-Chance, Zakajew zu erwischen, würde er ihn verfolgen, wenn wir ihm das befehlen würden.«

»Wie stehen denn seine Chancen, die K-363 aufzuspüren und zu versenken?«, fragte Friedman.

»Schlechter als fünfzig zu fünfzig.«

»Dann stehen die Aussichten also von Anfang an schlecht für ihn?«, fragte der Präsident noch einmal nach.

Radford nickte. »Besser wird es nicht, wenn es U-Boot gegen U-Boot geht.«

»Wo ist die K-480 jetzt, Karl?«

»Ein Stückchen nördlich von Gamvik, Norwegen.«

»Können wir mit Scott sprechen, ohne dass die Russen Wind davon bekommen?«

»Ja, Sir. Halt, das nehme ich zurück – sie merken es, wenn wir etwas per ELF und Kurzwellen-Funkspruch schicken, aber sie können es nicht dechiffrieren.«

»Können wir die Kurzwellen-Funksprüche der Russen an die K-480 abhören?«

»Manche, aber nicht alle. Wir glauben zum Beispiel, dass sie ihren Rückrufbefehl stündlich zur vollen Stunde wiederholt haben, aber Scott hat nicht reagiert, was die Russen wiederum verärgert. Bis wir es ihm befehlen, wird er nicht nachgeben. Ich habe den starken Verdacht, die Russen wissen genau, dass er seine Antwort absichtlich hinauszögert, bis er seine Befehle von uns hat.«

»Darüber hat sich Zamorin bereits beschwert«, warf Friedman ein. »Er hat uns beschuldigt, wir hätten Scott befohlen, dass er ihre Funksprüche ignorieren soll.«

»Soll er doch«, sagte der Präsident. »Was ist aber mit diesem Botkin, dem ursprünglichen Kommandeur der K-480? Unterliegt er nicht dem gleichen Rückrufbefehl?«

»Doch, Sir, technisch gesehen schon. Scott ist aber Botkins vorgesetzter Offizier, und damit kann er ihn übergehen.«

»In diesem Punkt möchte ich absolute Klarheit: Besteht keinerlei Zweifel daran, dass Scott den Oberbefehl über dieses U-Boot hat?«

»Sir, wiederum technisch gesehen, ist er nicht der Kommandeur des U-Boots, sondern Botkin. Scott ist aber der Oberbefehlshaber der Suchoperation nach der K-363. Damit ist Botkin zwar der Kommandeur des U-Boots, aber Scotts Untergebener.«

»Und das heißt, dass Botkin Scotts Befehle befolgen muss.«

»Wenn diese Befehle den Einsatz betreffen, ja, Sir. Wenn ich fragen darf: Was sollen diese Fragen?«

Der Präsident hob eine Hand. »Diese abgefangenen norwegischen Funksprüche – was können wir mit denen anfangen?«

Radford suchte Kopien der Funksprüche aus seinem Ordner für das Einsatzgespräch. »Schwer zu sagen, Sir. Die Leute hatten auf jeden Fall irgendeinen Kontakt über SOSUS – wir haben ihren Alarm für die betroffenen Einheiten abgefangen –, aber wir können nicht sicher sagen, ob es die K-363 war.«

Der Präsident erhob sich von seinem Stuhl und stützte mit verschränkten Armen sein Kinn auf eine Faust. »Dann benutzen Sie doch mal Ihre Kristallkugel, Karl. Könnten dieser norwegische SOSUS-Kontakt und die Satellitenaufnahmen von Kielwasserspuren der K-363 verursacht worden sein?«

»Ich weiß, was Sie von mir hören wollen, Mr. President: dass es die K-363 an der norwegischen Küste entlang unterwegs nach Süden war. Das weiß ich aber nicht. Es gibt da zu viele Variablen und zu viele Unbekannte. Zum Beispiel –«

Der Präsident unterbrach ihn mit einer Handbewegung. »Karl, verschonen Sie mich mit dem Scheiß. Ja oder nein?«

»Na ja, ich nehme an, es hätte die K-363 gewesen sein können«, gestand Radford widerwillig ein.

»Hätte gewesen sein können …?«

Radford tauschte mit Friedman einen Blick. Der Sicherheitsberater nickte fast unmerklich.

»Welche anderen Länder haben U-Boote in dieser Gegend?«, fragte der Präsident.

»Keine, von denen wir wissen, Sir.«

»Dann muss es doch wohl die K-363 gewesen sein, oder?«

Radford zögerte. »Ja, Sir, aller Wahrscheinlichkeit nach war sie es.« Er wollte das näher ausführen, wurde aber vom Präsidenten erneut mit einer weiteren Frage unterbrochen.

»Welches Ziel hat sie zurzeit?«

Wieder zögerte Radford mit seiner Antwort. »Nach unseren Informationen würde ich sagen, die Ostsee. St. Petersburg ist nur von dort aus auf dem Seeweg erreichbar.«

Der Präsident setzte sich wieder hinter seinen Schreibtisch und deutete mit einem Finger auf Radford. »In diesem Fall möchte ich, dass Sie eine Nachricht an Scott schicken.«

13

Die Barentssee

Botkin blieb eisern. »Ich kann diesen Befehl nicht befolgen, Captain Scott. Ich bin russischer Marineoffizier, kein amerikanischer. Ich befolge nur russische Befehle.«

Alle Anwesenden in der Kommandozentrale, darunter auch Alex und Abakow, verfolgten gespannt die Szene. Botkins junger Starpom, der nicht wusste, an wen er sich wenden sollte, hielt den dechiffrierten Funkspruch aus Norfolk, der die Konfrontation zwischen Botkin und Scott ausgelöst hatte, in der Hand.

»Der Funkspruch weist uns an, dass wir Kurs nach Süden nehmen und die K-363 abfangen sollen«, sagte Botkin. »Ich aber habe den Befehl vom Kommando der Nordmeerflotte, in die Olenya-Bucht zurückzukehren.«

»Der Verlegungsbefehl aus Norfolk ersetzt den Rückruf in die Olenya-Bucht, Leutnant«, sagte Scott bestimmt. »Würden Sie also jetzt freundlicherweise einen Kurs nach Süden berechnen und mit voller Kraft losfahren?«

Botkin kaute an seiner Unterlippe. »Bei allem Respekt, aber ich muss die Ausführung Ihres Befehls verweigern, Sir.«

Scott sah Botkin so lange in die Augen, bis dieser den Blick senkte. Scott nahm dem Starpom die dechiffrierte Nachricht aus der Hand. »Danke, Starpom. Bitte nehmen Sie Ihren Dienst wieder auf.«

»Aye, aye, Sir.« Er wollte offensichtlich keinen weiteren Streit auslösen und zog sich langsam zurück.

»Kapitan Botkin«, sagte Scott. »Folgen Sie mir bitte in die Offiziersmesse.«

Scott schob sich an den anderen vorbei und ging vor.

Botkin folgte ihm in die Offiziersmesse und sagte: »Captain, ich –«

Scott fuhr zu Botkin herum, sodass ihre Gesichter nur noch wenige Zentimeter voneinander entfernt waren, und sagte: »Jetzt hören Sie mal zu! Entweder Sie befolgen meine Befehle oder ich mache Sie vor der Mannschaft fertig und enthebe Sie Ihres Kommandos. Ist das klar?«

Botkin zog sich bis an die Kante des Tisches, der in der Messe stand, zurück und erstarrte.

»Also, ich warte.«

»Ja«, sagte Botkin schließlich.

»Ja, was?«, bohrte Scott nach.

»Ja, Captain Scott«, antwortete Botkin dünn.

»Und widersprechen Sie nie wieder einem Befehl von mir vor der Mannschaft. Ist das auch klar?«

»Ja, Captain Scott«, sagte Botkin noch einmal.

Scott trat einen Schritt zurück. »Wegtreten!«

Botkin wischte sich das Gesicht ab und fuhr mit einer Hand über den verblassten Overall, um die Falten glatt zu streichen.

»Sie gehen jetzt sofort in die Kommandozentrale zurück und geben den Befehl, diesen rostigen Eimer nach Süden zu wenden und schnellstens in die Ostsee zu verschwinden!«

»Was soll ich Admiral Grischkow sagen?«

»Überlassen Sie das mir.«

»Ja, Captain Scott. Übrigens, da ist noch etwas ...«

»Was denn?«

»Ich kann Ihnen nicht versprechen, dass wir mit voller Kraft fahren können. Unsere Hauptkühlpumpen sind seit mehr als achtzehn Monaten nicht mehr gewartet worden.«

»Das habe ich in den Wartungs-Logbüchern schon gesehen. Was sonst noch?«

»Der Sauerstoffgenerator. Er funktioniert noch immer nicht richtig. Der Kohlendioxydbrenner hat eine fehlerhafte Kupplung.«

»Haben wir ein Ersatzteil?«

»Nein.«

»Schaffen wir eine Notreparatur?«

»Wie bitte?«

»Können wir das unter Verwendung von anderen Teilen notdürftig hinbekommen – vielleicht Teile vom Kontrollgerät des Wärmetauschers?«

»Vielleicht.«

»Dann setzen Sie jemanden daran.«

»Aye, Captain.«

»Also los. Uns wird die Zeit knapp.«

»Maschinenraum, volle Kraft voraus!«, befahl Botkin.

Scott spürte die Vibration des Decks, als die K-480 volle Fahrt aufnahm. Die Hauptmaschinen am Heck des U-Boots trieben die siebenblättrige Schraube auf volle Leistung und schoben das Boot vorwärts.

»Auf zweihundert Meter Tiefe gehen.«

»Zweihundert Meter, aye, Kapitan.«

Scott und die Wachhabenden hielten sich fest, während die Rudergäste die K-480 mit ihren Joysticks in einem Winkel von fünfzehn Grad nach unten brachten. Der Rumpf knarrte und ächzte unter dem höheren Druck im tieferen Wasser. Irgendetwas in der Kommandozentrale war nicht richtig verstaut gewesen und krachte auf den Boden.

Scott verfolgte die Veränderung des Tiefenmessers. Die Geschwindigkeit des U-Boots war bereits auf dreißig Knoten gestiegen. Er wusste, dass die Akulas bis zu vierunddreißig Knoten schaffen konnten, die K-480 vermutlich nicht mehr, wenn man ihren Allgemeinzustand in Betracht zog. Er beschloss, sich mit dreißig Knoten zufriedenzugeben, falls die Leute im Maschinenraum das aus ihrem Reaktor herausholen konnten.

»Kapitan, alle zwei Stunden Lauschmanöver durchführen!«, befahl Scott.

»Aye, aye, Sir«, sagte Botkin.

Scott wusste zwar, dass die Russen woanders beschäftigt waren, aber Norfolk hatte vor den Norwegern gewarnt, die nach Kontakten suchten. Wenn sie Glück hatten, würde sich die K-480 an ihnen vorbeischleichen – mit viel Glück.

Der Tauchoffizier meldete sich: »Sir, passieren jetzt einhundert Meter.«

Der Rumpf protestierte lautstark. Der Knall eines Druckausgleichs in einer Leitung ließ Botkin zusammenzucken. Er warf peinlich berührt einen Blick zu Scott hinüber, dann ebenso schnell zur Anzeige des Sonars, das keine Kontakte meldete.

»Sir, passieren jetzt einhundertfünfzig Meter.«

»Höhenruder ausgleichen!«, befahl Botkin.

Das Deck kam langsam wieder in die Waagerechte. Achtern brummten die Turbinen.

»Ich bin dann in der Messe«, sagte Scott.

»Was hast du Botkin zu gesagt, dass er es sich anders überlegt hat?«, fragte Alex.

»Ich habe ihn vor die Wahl gestellt – entweder befolgt er meine Befehle oder er schwimmt in die Olenya-Bucht zurück, aber ohne seine Eier.«

Abakow trat zu ihnen.

»Was beschäftigt dich außerdem noch, Alex?«, fragte Scott.

Sie stand mit verschränkten Armen da und sah ihn wütend an. »Wenn du mir auch noch die Eier abreißen willst, muss ich dich enttäuschen.«

»Es tut mir leid.«

Alex ließ ihre Arme herabsinken. »Wir müssen reden.«

»Nur zu.«

»Wie können wir die K-363 finden und versenken, bevor sie die Ostsee erreicht?«, wollte Alex wissen. »Sie hat einen Riesenvorsprung.«

»Den hat sie, aber wir können sie einholen. Hier, schau dir mal die Seekarte an.« Er drehte sich zu Alex und Abakow um. »Wir können einen Tag oder vielleicht zwei mit voller Kraft fahren, was uns ein bisschen näher heranbringen wird. Später müssen wir unser Tempo aber wieder drosseln und uns einen südlicheren Kurs suchen, damit wir nicht der norwegischen U-Boot-Abwehr in die Hände fallen. Litwanow steht vor dem gleichen Problem.«

»Warum die Norweger?«, fragte sie weiter.

»Die Nordmeerflotte hat als Tarnung für ihre Suchoperation an sie und die Schweden eine Mitteilung geschickt, dass sie in nördlichen Gewässern Flottenmanöver durchführen wollen. Glaub mir, die Norweger werden sich eine solche Gelegenheit nicht entgehen lassen, die Aktivitäten der Nordmeerflotte zu belauschen«, erklärte Scott ihr. »Die machen sich dort unheimlich viele Gedanken, dass jemand in ihre Hoheitsgewässer eindringen könnte. Litwanow wird sich also vorsehen müssen, weil die Norweger nämlich dieses U-Boot-Abwehrspiel sehr, sehr gut beherrschen. Sie werden auch nicht zögern, innerhalb ihrer Hoheitsgewässer Wasserbomben abzuwerfen. Das haben sie schon öfter getan, und Litwanow wird sich der Küste entlang anschleichen müssen, wenn er nicht entdeckt werden will. All das braucht Zeit. Auf der anderen Seite müssen wir uns auch vorsehen, dass wir nicht erwischt und mit Wasserbomben beworfen werden. Wenn Litwanow es aber tatsächlich schafft, an den Norwegern vorbeizukommen, muss er außerdem noch durch das Skag und das Katt.«

Scott deutete auf das Skagerrak und das Kattegat, die beiden breiten Ausläufer der Nordsee zwischen Norwegen, Schweden und Dänemark. Diese Meeresarme waren relativ schmal, und die Durchfahrt war für ein U-Boot auf Unterwasserfahrt besonders gefährlich.

»Wenn er da durchkommt, muss er noch durch diese Meerenge hier, bevor er in die Ostsee gelangt«, erklärte Scott weiter. Er deutete auf eine enge, niedrige Meerenge zwischen West-Dänemark und der Südspitze Schwedens, eine Hauptwasserstraße für den Schiffsverkehr durch die Ostsee. »Wenn er da durchkommt, hat er es geschafft.«

»Ist das machbar?«, fragte Abakow.

»Ja«, sagte Scott knapp.

Alex sah sich die Seekarte an. Sie betrachtete die Meerenge mit ihren schmalen schiffbaren Zonen, Untiefen und Sandbänken. »Wie soll es ein U-Boot jemals da hindurchschaffen, ohne auf Grund zu laufen oder gesehen zu werden?«

»Es gibt da gewisse Methoden«, antwortete Scott ihr.

»Sie trinken zu viel«, sagte Zakajew.

»Na und?«, gab Litwanow spöttisch zurück. »Viel Zeit bleibt nicht mehr. Was macht es also aus?« Er goss sich noch ein Glas Wodka ein und verschloss die Flasche.

»Das gibt ein schlechtes Beispiel. Wenn die Männer Sie betrunken sehen, machen Sie sich Sorgen. Sorgen schwächen ihre Entschlossenheit.«

Litwanow warf Zakajew einen düsteren Blick zu. »Sind Sie also jetzt auch noch ein Fachmann für Psychologie, General, oder was?«

Das Mädchen rutschte unruhig auf seinem Stuhl, der vor dem schmutzigen Tisch in der Messe stand, hin und her. Die Reste von gekochtem Fisch, Hafergrütze und Kerne türkischer Aprikosen waren auf Tellern und Untertassen darauf verteilt.

»Ali«, warf sie ein, »Kapitan Litwanow darf trinken, so viel er will. Dies ist sein Schiff, und wir sind seine Gäste.«

Litwanow schlug mit der flachen Hand so fest auf den Tisch, dass die Teller und Bestecke in die Luft sprangen. »Eine echte Diplomatin! Geradezu brillant, finden Sie nicht? Und dazu hat sie recht. Dies ist mein Schiff, und ich darf trinken, so viel ich will.« Als wollte er das beweisen, stürzte er den Wodka hinunter und goss sich einen neuen ein.

»Hören Sie auf Ihre Frau, Ali«, sagte Litwanow. »Sie weiß, wovon sie spricht. Um meine Mannschaft brauchen Sie sich übrigens keine Sorgen zu machen. Sie braucht keine Unterstützung von mir, um ihre Entschlossenheit zu stärken. Die Männer brauchen nur dieses mörderische Schwein von einem Präsidenten aus Weißrussland zu sehen, und sie tun alles, was sie geschworen haben.«

»Ja, Georgi, Sie haben sicher recht. Ich wollte doch nur vorschlagen –«

»Ich weiß genau, was Sie sagen wollten«, unterbrach ihn Litwanow. »Dass ich zu betrunken bin, um das Boot zu führen. Na ja, meine Männer wissen, was sie zu tun haben. Deshalb habe ich sie ausgewählt. Ich könnte mich jetzt im Augenblick schlafen legen und müsste mir um nichts in der Welt Sorgen machen.«

Starpom Weroschilow steckte seinen Kopf herein und sah sich um.

»Konstantin! Sagen Sie es ihm!«

»Was soll ich ihm sagen, Kapitan?«

»Sagen Sie ihm, wie unverbrüchlich Sie hinter dieser Mission stehen.«

»Aber sicher, Kapitan. Das tun wir doch alle. Das weiß der General aber. Wir sind Profis. Wenn wir sagen, wir würden etwas tun, dann tun wir es auch. Für unsere Familien. Für unser Land.«

»Na bitte, was habe ich Ihnen gesagt?«, sagte Litwanow.

»Kapitan …«, erwiderte Weroschilow. »Wir haben etwas auf unserem Überwachungssystem. Möglicherweise eine P-3 Orion von der US Navy.«

»Das ist kein Zufall«, sagte Litwanow. »Es war zu erwarten, dass auch die Amerikaner ihre Nase hier reinstecken würden. Es überrascht mich nur, dass es so lange gedauert hat. Wir empfangen stündlich zur vollen Stunde ZEVS-Funkrufe. Moskau versucht verzweifelt, jemand zu erreichen. Erraten Sie, warum? Ich schon.«

Litwanow erhob sich unsicher und musste sich an den über ihm aufgehängten Wandschränken, die mit Büchern und Bedienungsanweisungen vollgestopft waren, festhalten.

»Die scheißen sich im Kreml wegen uns in die Hosen. Darauf können Sie wetten.«

»Befehle, Kapitan?«, fragte Weroschilow.

Litwanow strich sich mit der Hand über seine unrasierte Wange. »Haben Sie CNN abgehört?«

»Ja. Sie haben gemeldet, der Präsident der USA wäre um fünfzehn Uhr US-Zeit von der Andrews Air Base nach St. Petersburg abgeflogen.«

»Ich hoffe, er hat einen schönen Flug. Ihnen allen wünsche ich einen schönen Flug.«

Um sich zu orientieren, sah Litwanow auf den Kompass- und Kursanzeiger an der Stirnwand. »Nur ein Kontakt auf dem Überwachungssystem?«

»Bis jetzt.«

»Also, dann wollen wir hier nicht herumtrödeln. Gehen Sie auf Lautlosfahrt, und nehmen Sie Kurs auf Navfjord. Dorthin ziehen wir uns zurück und warten ab, bis diese P-3s weg sind.«

»Aye, aye, Kapitan.« Weroschilow ging los, um seine Befehle auszuführen.

»Was ist Navfjord?«, wollte das Mädchen wissen.

»Ein Tiefwasser-Fjord nördlich von Bergen«, sagte Weroschilow. »Dort finden uns die Amerikaner und ihre P-3 Orions nicht.«

»Und die Norweger?«, fragte Zakajew.

»Was ist mit denen? Glauben Sie vielleicht, sie erwarten in ihrem eigenen Hinterhof ein russisches U-Boot?«

»Vielleicht hat Moskau sie alarmiert«, sagte Zakajew. »Vielleicht ist das der Grund dafür, dass wir auf diese beiden Fregatten gestoßen sind.«

»Nein«, erklärte Litwanow bestimmt. »Selbst wenn sie im Flottenhauptquartier inzwischen entdeckt haben, dass wir nicht in der Barentssee sind, und wenn sie von unseren Plänen wissen, würden sie niemals den Norwegern sagen, dass sie uns suchen sollen. Das wäre einfach zu peinlich. Genauso wenig würden die Norweger irgendetwas von einem geheimnisvollen Sonarkontakt nach Moskau melden. Die Amerikaner haben tatsächlich ein Interesse daran, wie die Sache ausgeht, aber von denen wollte Moskau auch keine Einmischung. Stellen sie sich doch einmal vor, es wäre umgekehrt und Moskau wollte ein amerikanisches U-Boot in der Karibik suchen oder vor der Ostküste der USA. Unmöglich.«

»Der amerikanische Präsident ist unterwegs nach St. Petersburg«, sagte das Mädchen. »Wenn sie von uns wissen, warum haben sie die Gipfelkonferenz nicht abgesagt?«

»Ich vermute, meine kleine Schönheit, dass sie keine Panik auslösen wollen«, erwiderte Litwanow. »Außerdem würde es einen ganz schlechten Eindruck machen, wenn es so aussähe, als würden sich Washington oder Moskau Sorgen machen.«

Zakajew nickte zustimmend.

»Wen versucht Moskau denn so verzweifelt zu erreichen?«, wollte das Mädchen wissen, während sich Litwanow an ihr vorbeizwängte.

»Was?«, fragte Litwanow verständnislos.

»Sie sagten doch, sie würden stündlich Funkrufe aussenden.«

Litwanow lehnte sich an den Türrahmen. »Es ist noch ein U-Boot irgendwo da draußen.«

»Welches denn?«, erkundigte sich Zakajew etwas beunruhigt.

»Dasjenige, das sie losgeschickt haben, um uns zu versenken.«

»Periskop ausfahren!«, befahl Litwanow.

Das Backbord-Suchperiskop rastete in seine Führung ein und stieg hoch.

Er hatte ein einziges *Ping* vom Tiefenmesser riskiert, um die Bestätigung dafür zu bekommen, dass der Fjord tief genug war, um in ihn einzufahren. Es waren ihm fast achthundert Meter öliges Wasser unter dem Kiel gemeldet worden.

Nun packte er die Griffe des hochsteigenden Periskops und richtete sich auf. Er schwenkte das Gerät über den Fjord und einen dichten Tannenwald, der direkt bis zum Wasser reichte. Am schmalen Ende des Fjords bildete das Muttergestein eine Schlucht mit steilen Wänden. Als Litwanow sich die Szenerie von seinem niedrigen Standort aus betrachtete, kam sie ihm vor wie ein frischer, prähistorisch anmutender Riss in der Erdoberfläche.

Er untersuchte die nächste Fjordküste genau auf Häuser oder Straßen, sah aber nichts, was darauf hindeuten würde, dass dort Menschen waren, die das Periskop bemerken konnten, das wie ein Pfahl mitten aus dem Fjord ragte. An der Spitze einer kleinen Insel am Ausgang des Fjords bemerkte er eine Ruine. Die stärkere Vergrößerung zeigte aber, dass es sich dabei nur um einen Trümmerhaufen aus behauenen Steinen und eine fast vollständig umgestürzte Mauer handelte. Er schwenkte das Periskop an der Ruine vorbei und hielt es an, als er drei Rehe aus dem Wald brechen sah. Sie erstarrten plötzlich, stellten ihre Schwänze und Ohren auf und sahen wie gebannt auf das schimmernde Wasser des Fjords hinaus.

Litwanow gestattete sich ein Lächeln. »Periskop einfahren. Schwebe-Automatik einschalten. Periskoptiefe halten.«

»Periskoptiefe, aye«, bestätigte Weroschilow von der Tauchstation aus. »Schiff in Schwebezustand bringen.«

Litwanow wartete ab, bis er die Bestätigung dafür erhalten hatte, dass die K-363 sauber ausgetrimmt war und das U-Boot regungslos zwanzig Meter unter der Oberfläche des Fjords ruhte. »ESM-Mast ausfahren!«, befahl er. »Wollen wir doch mal sehen, ob dieses laute P-3 hier in der Gegend ist.«

Kurz klang das Summen einer Hydraulikpumpe durch die Kommandozentrale.

»Kontakt, Kapitan. Schmalband-Spektrum. Identifiziert als Such-Radar der US-Navy vom Typ APS-118. Peilung null-zwei-null, Bewegung nach links. Signalstärke fünf.«

»Amerikanski?«, fragte Zakajew.

»Ja, wahrscheinlich von Keflavik aus«, sagte Litwanow. »Sie fliegen eine nord-südliche Suchschneise.«

Das Mädchen stand neben Zakajew und sah Litwanow mit seinen großen Augen an.

»Keine Sorge«, beruhigte er sie. »Das wird sie bald langweilen, und danach schauen sie sich wieder ihre Filme oder Fernsehsendungen an. Dann können wir nach Süden fahren.«

Karl Radford sah in das eingefallene Gesicht von Konteradmiral Grischkow. Die Farbeinstellung des Videokonferenzschirms in Radfords Büro in Crystal City stimmte nicht hundertprozentig, denn Grischkows Gesicht sah nicht nur eingefallen, sondern geradezu grün aus.

»Guten Morgen, Mikhail«, sagte Radford.

»Auch Ihnen einen guten Morgen, Karl«, sagte Grischkow. »Vielen Dank, dass Sie so kurzfristig eine Konferenz ermöglicht haben. Es wird nicht lange dauern.«

»Nehmen Sie sich so viel Zeit, wie Sie brauchen, Mikhail. Ich weiß, dass das kein Höflichkeitsanruf ist.«

Bei Grischkow in Seweromorsk war es drei Uhr früh. Er saß vornübergebeugt an seinem Schreibtisch, rauchte eine Zigarette und starrte auf ein Glas dampfenden Tees, das vor ihm stand. »Nein, ein Höflichkeitsanruf ist das nicht«, sagte er.

»Was kann ich für Sie tun, Mikhail?«, fragte Radford.

»Admiral Staschinski weiß nicht, dass ich mit Ihnen spreche, Karl. Er wird es hoffentlich auch nicht erfahren.«

Radford zeigte keine Überraschung. »Dies ist eine sichere Leitung. Sie kann nicht abgehört oder sonstwie überwacht werden.«

»Danke.«

Radford wartete ab und spielte mit dem Glas Scotch mit Wasser, das er wie gewöhnlich am Ende eines Arbeitstages trank. »Können Sie mir bitte sagen, Karl, was Sie mit Captain Scott und der K-480 angestellt haben?«

Radford zögerte kurz, bevor er antwortete. »Ich weiß nicht, was Sie meinen. Wir haben gar nichts mit ihnen angestellt. Ich weiß, dass Sie sie zurückgerufen haben. Haben sie denn den Befehl nicht bestätigt?«

»Nein. Wir haben versucht, uns über ZEVS mit der K-480 in Verbindung zu setzen, aber sie antworten nicht. Ich dachte, Sie könnten vielleicht wissen, warum.«

»Das ist mir völlig neu, Mikhail. Sie wollen doch nicht etwa andeuten, dass ihnen etwas zugestoßen ist, oder?«

Der Rauch von Grischkows Zigarette ließ ihn die Augen zusammenkneifen. »Das dürften Sie besser wissen als ich. Ihnen stehen Quellen zur Verfügung, die wir nicht haben.«

»Uns liegen keine Berichte über irgendwelche Unfälle vor. Auf der anderen Seite ist unsere SOSUS in dieser Gegend nur in Bereitschaft, nicht aktiv.«

»Ich habe damit Ihre neuen Lasersatelliten gemeint.«

»Sie sind gegenwärtig nicht in diesem Bereich aktiv.«

»Mit anderen Worten, Sie wissen nicht, warum Scott nicht auf unsere Funkrufe reagiert.«

»Vielleicht kann er nicht.«

»Ja, ich habe auch schon an die Möglichkeit gedacht, dass sie ein Kommunikationsproblem haben könnten. Das ist aber extrem unwahrscheinlich.«

»Dann weiß ich nicht, was ich Ihnen noch sagen soll, Mikhail. Ich wünschte nur, ich könnte Ihnen helfen.«

»Dann darf ich Ihnen eine Frage stellen: Haben Sie mit ihnen kommuniziert?«

Radford nahm einen Schluck von seinem Drink. Seine Gedanken rasten. Er hatte Grischkows Frage kommen sehen, weil er wusste, dass die Russen ELF- oder VHF-Signale nicht knacken konnten, die an US-U-Boote auf Patrouillenfahrt um die Welt geschickt wurden. Und schon gar nicht konnten die Russen feststellen, an welche U-Boote Funksprüche geschickt worden waren, auch nicht, ob die K-480 darunter war.

»Ja, wir haben mit ihnen kommuniziert.«

»Wann zum letzten Mal?«

»An dem Tag, an dem Sie den Rückrufbefehl erteilt haben. Wir haben eine Anfrage an Scott geschickt, um den Empfang von ihm bestätigen zu lassen, und das hat er getan.«

»Und was hat er zu Ihnen gesagt?«, fragte Grischkow misstrauisch.

»Jetzt kommen Sie, Mikhail ...«

»Ich bitte Sie nicht um die Preisgabe von Geheiminformationen. Ich will nur eines wissen: Hat er den Empfang unseres Rückrufbefehls bestätigt und seine Rückkehr in die Olenya-Bucht zugesagt?«

»Ja, das hat er getan.«

»Das war vor vierundzwanzig Stunden. Die K-480 ist weder zum Stützpunkt zurückgekehrt noch hat Botkin zweimal täglich seine Position durchgegeben, wie das befohlen war. Dieser Offizier, den Sie an Bord haben, dieser Scott, er ist doch das, was man einen Hasardeur nennt, nicht wahr?«

»Scott würde einen direkten Befehl nicht missachten«, sagte Radford nach kurzem Zögern.

»Einem direkten Befehl von Ihnen, meinen Sie wohl.«

Radford behielt eisern die Beherrschung. »Was wollen Sie damit sagen, Mikhail?«

»Tun Sie mir den Gefallen und hören Sie mir zu, wie ich laut nachdenke, Karl. Ich glaube, dass Captain Scott einen geheimen Marschbefehl nach Süden erhalten hat, in die Gewässer um Norwegen und Schweden.«

»Einen geheimen Befehl von wem?«

Nun war bei Grischkow eine leichte Verärgerung in der Stimme zu hören. »Von jemandem in Ihrer Regierung. Jemandem ganz oben.«

»Welchen Grund sollten wir haben, Scott mit der K-480 nach Süden, nach Norwegen und Schweden zu schicken?«, fragte Radford ruhig.

Grischkow drückte seine Zigarette aus. »Weil Sie glauben, dass dort das Ziel von Zakajew und Litwanow ist.«

»Das ist absurd, und das wissen Sie genau!«, protestierte Radford. »Zakajew und Litwanow sind in der Barentssee. Wenn Sie Probleme damit haben, sie zu finden, dann geben Sie nicht uns die Schuld. Wir haben unsere Hilfe angeboten, aber Sie haben abgelehnt. Wenn Sie es sich anders überlegt haben, sagen Sie es, aber kommen Sie nicht mit irgendwelchen unausgegorenen Theorien, wir hätten Scott befohlen, Ihre Befehle zu ignorieren. So etwas würde doch keinen Sinn ergeben.«

»Ach, nein? Auf jeden Fall hat allem Anschein nach irgendetwas ernsthaft Ihr Interesse geweckt. Wir haben einen plötzlichen Anstieg von P-3-Beobachtungsflügen über dem fraglichen Bereich und sogar weit südlich bis zum Skagerrak festgestellt, ebenso eine verstärkte Aktivität der norwegischen U-Boot-Abwehr. Vielleicht ist die K-363 tatsächlich nach Süden unterwegs – und war es die ganze Zeit. Sie haben deshalb Scott angewiesen, unserem Rückruf nicht zu gehorchen. Außerdem soll er die K-363 aufspüren, um sie mit Torpedos zu versenken – und auch in der Ostsee, wenn das nötig sein sollte.«

»In der Ostsee? Wie kommen Sie denn auf diese Idee? Was zum Teufel gibt es denn in der Ostsee, das eine Bande Terroristen in einem U-Boot interessieren könnte? Doch sicher nicht Kaliningrad oder diesen alten, heruntergekommenen U-Boot-Stützpunkt, den Sie dort haben? Oder glauben Sie, Zakajew hat vor, sich in den Golf von Riga zu schleichen und dort einen Ihrer alten Flugzeugträger oder Raketenkreuzer zu versenken? Ist es das?«, fragte Radford spöttisch.

Grischkow zündete sich eine weitere Zigarette an. Er wedelte sich den Rauch vor dem Gesicht beiseite und sagte: »Das weiß ich auch nicht. Deshalb habe ich um dieses Gespräch gebeten. Ich hatte gehofft, Sie würden mir sagen, was aus der K-480 geworden ist, wenn wir von der K-363 schon nichts wissen. Inzwischen werden nämlich beide vermisst.«

»Was soll das heißen, die K-363 wird vermisst?«

»Sie ist nicht in der Barentssee.«

»Woher wissen Sie das?«

»Bitte, Karl, wir armen Russen haben zwar nicht mal halb so viele Überwachungssatelliten oder Schiffe, über die Sie verfügen, aber gänzlich ohne Mittel sind wir auch nicht. Außerdem sind wir nicht dumm. Wir haben alle unsere Kräfte in der

Barentssee zum Einsatz gebracht und nichts gefunden. Glauben Sie mir, wenn die K-363 dort wäre, hätten wir sie inzwischen gefunden.«

Radford schob seinen Stuhl zurück. Der eisgekühlte Scotch hatte einen nassen Ring auf dem Untersetzer hinterlassen, und er berührte ihn geistesabwesend mit einer Fingerspitze. Grischkow klammerte sich offensichtlich an Strohhalmen fest, aber nun hatte er einen erwischt, ohne sich darüber klar zu sein.

»Ich muss Ihnen das sagen, Karl, ich habe nur noch einen Tag Zeit, die K-363 zu finden. Wenn ich es nicht schaffe, wird Staschinski mich ablösen.«

Fast tat der Russe Radford leid, aber er sagte noch immer nichts.

»Mein Bauchgefühl sagt mir, dass die K-363 sich nicht in der Barentssee versteckt hält«, sprach Grischkow weiter, der von den widerstreitenden Gefühlen, die in Radford einen Kampf ausfochten, nichts zu bemerken schien. »Also sagen Sie mir vielleicht jetzt die Wahrheit. Haben Sie Erkenntnisse darüber, ob Litwanow in die Ostsee unterwegs ist?«

Radford hatte sich die Antwort schon zurechtgelegt. »Nein, die haben wir nicht.«

»Ich verstehe. Sie wissen natürlich, dass die einzige Möglichkeit, St. Petersburg auf dem Seeweg zu erreichen, durch die Ostsee und den Finnischen Meerbusen führt.«

»Ja, das weiß ich.«

»Vielen Dank, dass Sie unser Gespräch vertraulich und abhörsicher gehalten haben. Ich weiß das zu schätzen.«

Ein Dampfhammer pochte in seiner Brust. Er brauchte Luft, konnte aber nicht atmen. Es kam ihm vor, als würde sich alles um ihn in Zeitlupe bewegen: sein Schiff, die Mannschaft, die nordkoreanische Fregatte, die direkt auf sie zurauschte. Er versuchte, Alex zu warnen, aber es war zu spät.

»Was?«

Das Gesicht des Starpom erschien in seinem Gesichtsfeld. »Captain Scott, Sir, es tut mir leid, Sie zu wecken, aber Sie werden in der Kommandozentrale gebraucht. Sonarkontakt.«

Das Summen der Maschinen. Gedämpfte Stimmen. Die feuchte, vertraute Atmosphäre der K-480 mit ihrem charakteristischen Gestank.

Scott war jetzt völlig wach und schwang die Beine von der Koje herunter. »Was ist los?«

Zunächst rasselte der Starpom ihren Kurs, ihre Geschwindigkeit und die Position südlich von Vega, Norwegen, herunter. Dann kam er endlich zur Sache: »Die Lauschgeräte haben die Signale von zwei Schiffsschrauben aufgenommen, Peilung direkt voraus.«

»Ich bin unterwegs.«

In der Kommandozentrale wurde er von einem blassen Botkin empfangen. »Zwei Schiffe. Norwegische Fregatten. Beide haben eine Schlepp-Sonarreihe ausgeworfen.«

Die taktische Planung hatte bereits einen Torpedo-Angriff auf sie ausgearbeitet.

Scott nickte kurz Alex und Abakow zu, die auch gerade eintrafen. Dann musterte er die Karte der norwegischen Küste mit ihrem filigranen Gewirr von Inseln und Fjorden. »Sie sind hier«, informierte er die beiden, »und sie kommen direkt auf uns zu. Wir können sie oben hören, ihre Lauschgeräte sind passiv. Sie lauern definitiv auf etwas.«

»Die K-363?«, fragte Abakow.

»Darauf können Sie wetten«, sagte Scott.

»Dürfte ich dann eine Bemerkung machen?«

»Nur zu.«

»Ich will mich nicht als Taktiker in der Seekriegsführung aufspielen, aber nach allem, was ich bisher gesehen habe und was mir mein Gefühl sagt, sind Zakajew und Litwanow längst weg – nach Süden. Die Norweger dort oben sind wie zwei Polizisten, die unter dem Bett nach einem Dieb suchen, der sich schon längst durch die Hintertür davongemacht hat. Sie verschwenden ihre Zeit mit der Suche nach ihnen, und stattdessen werden sie uns finden –«

Das Geheul eines APD – eines Air Particle Detectors – unterbrach ihn. Einen Sekundenbruchteil später begann eine rote Warnlampe zu blinken.

Botkin, der neben der Periskophalterung stand, erstarrte erschreckt.

Eine weibliche Stimme plärrte aus den Lautsprechern eine aufgezeichnete Ansage: »Zustand Rot, Schott sieben! Zustand Rot, Schott sieben!«

»Druckabnahme!«, warnte der Starpom. Ohne einen Befehl abzuwarten, ordnete er langsame Fahrt an, um den Ausstoß des Reaktors zu reduzieren.

»Was ist denn?«, schrie Alex, um den Lärm zu übertönen.

»Leck in der Reaktorkühlung!«, krächzte Botkin.

»Reaktor abschalten!«, befahl Scott.

Der Starpom aktivierte die Schaltung und antwortete einen Moment später: »Nichts!«

»Zur Reaktor-Kontrollstation!«, brüllte Scott. »Los, schnell!«

Matrosen pressten sich an die Wand, als Scott und Alex durch die Gänge rannten und über Schottabdichtungen sprangen, um zur Reaktorkontrollstation zu gelangen.

Am hinteren Ende von Schott sechs fanden sie den Chefingenieur und den obersten Antriebsingenieur schreckensstarr vor der Konsole der Reaktorkontrolle. Ihre Overalls waren dunkel vor Schweiß, und sie hatten bereits die Sauerstoff-Atemgeräte und die silberfarbenen Schutzanzüge ausgepackt. Blinkende rote Alarmleuchten und der durchdringend dröhnende Alarm ließen die dunkle Kammer wie eine Szene aus der Hölle aussehen.

Die beiden Ingenieure machten sich nun daran, ihre altmodischen Atemgeräte anzulegen, Gesichtsmasken mit Sichtscheiben und elastischen Sauerstoffschläuchen, die mit Gastanks am Gürtel oder dem zentralen Sauerstoffsystem des Schiffs zusammengesteckt werden konnten.

»Legen Sie die weg!«, befahl Scott ihnen. »Hier drinnen gibt es keine giftigen Gase.«

Die Männer zögerten zunächst, führten den Befehl dann aber widerwillig aus.

»Reißen Sie sich zusammen!«, brüllte Scott sie an.

Er schob die verängstigten Ingenieure zur Seite. Ein Blick auf die Instrumente auf der Konsole bestätigte ihm, dass die APD-Anzeige tatsächlich rapide angestiegen und irgendwo in der Hauptkühlanlage ein Leck entstanden war, durch das etwa vierhundertfünfzig Liter pro Minute austraten. Eigentlich hätte sich der Reaktor sofort automatisch abschalten müssen, aber das hatte er nicht getan. Wenn der Reaktor nicht abgeschaltet und das Leck nicht schnell abgedichtet wurde, oder wenn das Kühlsystem nicht genug Wasser lieferte, dann würde der Kern des Reaktors trocken arbeiten und mit katastrophalen Folgen heiß laufen. Die K-480 war plötzlich ein mögliches zweites Tschernobyl.

»Warum hat sich der Reaktor nicht abgeschaltet?«, brüllte Scott, um den Lärm der Alarmsirene zu übertönen.

»Ich weiß es nicht«, gab der junge Chefingenieur zurück.

»Die Dämpfungsplatten haben sich nicht gesenkt, wie sie das eigentlich sollten. Ich – ich habe so etwas noch nie gesehen.«

Scott wusste, dass die russischen wie die amerikanischen Marinereaktoren Hafniumplatten oder -stäbe für die Kontrolle der Energieabgabe eines Reaktors benutzten. Wurden die Platten zurückgezogen, steigerte sich die Kernspaltung, was Wärme und damit Energie erzeugte. Umgekehrt verlangsamte oder »löschte« eine Versenkung der Platten die Abgabe, indem sie die im Verlauf der Spaltung produzierten Neutronen absorbierten.

In den frühen Tagen der Reaktorentwicklung während des Zweiten Weltkriegs hatte sich dafür die Abkürzung SCRAM – für *Safety Control Rod Axe Man* (Sicherheitskontrollaxtmann) – eingebürgert, denn damals wurde ein einziger Kontrollstab einfach an einem Strick über dem Reaktor aufgehängt, und den schlug dieser Mann im Notfall einfach mit seiner Axt durch, worauf der Kontrollstab in den Reaktor fiel und ihn abschaltete. Inzwischen war diese Prozedur etwas komplizierter geworden.

Scott deutete auf zwei rot blinkende Warnlichter auf dem schrägen, hüfthohen Teil der Konsole. »Die Dämpfungsplatten sind noch immer zurückgezogen. Der automatische Freigabe-Mechanismus muss versagt haben – wie alles andere auf diesem Schiff. Und schalten Sie diesen verdammten Alarm aus. Die Norweger sind davon inzwischen wahrscheinlich auch schon taub.«

Der Chefingenieur suchte hastig den entsprechenden Schalter und legte ihn um. Die nun folgende Stille war erdrückend.

»Jake, die Kerntemperatur steigt schnell an«, meldete Alex und deutete auf die große, zentral angebrachte Temperaturanzeige auf dem Kontrollpaneel mit seinen Schaltwegen und der komplizierten Darstellung des Reaktor-Röhrensystems in Rot und Blau. An manchen Teilstücken des Diagramms meldeten Zeichen in Gelb und Schwarz *Apasnost!* – Gefahr!

»Leiten Sie eine manuelle Senkung ein!«, befahl Scott dem Chefingenieur. »Außerdem soll jemand Botkin suchen! Sagen Sie ihm, er soll schnellstens herkommen!«

»Eine manuelle Senkung habe ich schon versucht«, sagte der Ingenieur. »Sie hat nicht funktioniert.«

»Na, dann versuchen Sie es eben noch mal!«

Ein Handrad vor der Mitte der Konsole kontrollierte die Senkungsrate der Platten in den Reaktorkern. Der Ingenieur drehte das Rad bis zum Anschlag herum, aber die Platten rührten sich nicht.

»Ich verstehe das nicht. Sie hätten sich doch senken müssen!«, rief der Ingenieur und fuhr sich mit einer Hand durch die schweißnassen Haare. »Wenn sie das nicht tun, wird der Reaktor heiß laufen und sich durch den Schiffsboden schmelzen.«

»Spielen Sie das noch mal ab«, sagte Captain Bayer.

Bayer, Dass und der Sonar-Wachoffizier Garborg lauschten angespannt dem hohen Ton, der von dem Schleppgerät aufgefangen und vom Schiffscomputer aufgezeichnet worden war.

Garborg deutete auf die grüne Sinuskurve, die zur Analyse auf einem Monitor gezeigt wurde. »Sir, beachten Sie die Regelmäßigkeit der Wellenscheitel. Ganz klar mechanisch – also definitiv ein von Menschen produziertes Geräusch.«

»Haben Sie eine Ahnung, was es ist?«, erkundigte sich Bayer.

»Ein Signal«, antwortete Dass.

»Klar, aber was für ein Signal?«

»Ein Unterwassernotsignal?«

Von dieser Möglichkeit schien Bayer nichts zu halten, denn er schwieg dazu. »Ja, ein Notsignal von einem U-Boot«, sagte er schließlich nach einiger Überlegung. »Von einem russischen U-Boot.«

Dass und Garborg sagten nichts.

»Die *Narvik* hat es auch gemeldet«, sagte Bayer. »Länge?«

Garborg sah in seinen Notizen nach. »Fünf Minuten, acht Sekunden. Geschätzte Entfernung zehn Kilometer.«

»Können wir mit Hilfe der Peilung der *Narvik* und unserer Aufnahme eine genaue Position bekommen?«, fragte der Captain.

»Wir können es versuchen, Sir«, antwortete Garborg. Er zog sich zurück, um daran zu arbeiten.

»Was meinen Sie, Mr. Dass? Ein Notsignal? Oder was sonst?«

»Oder ein Alarm.«

Bayer legte nachdenklich einen Finger ans Kinn. »Eine Schadensmeldung. Ein Schaden, der schwer genug ist, um an Bord eines U-Boots nicht nur einen Alarm auszulösen, sondern auch, um es langsamer werden zu lassen, oder vielleicht sogar noch schlimmer.«

»Etwas, das es zwingen würde, aufzutauchen und sich zu identifizieren.«

»Genau. Schauen wir doch mal, was Mr. Garborg für uns herausbekommt. Vielleicht können wir das Ganze ein bisschen beschleunigen.«

»Jake, mein Gott, sieh dir die Kerntemperatur an«, sagte Alex. Die Nadel der Temperaturanzeige hatte den Normalbereich verlassen.

Botkin stürmte plötzlich mit wildem, angstverzerrtem Gesicht in den Reaktorkontrollraum. »Das Warnsignal – ein Strahlungsleck –«

»Ein Leck in der Kühlung«, beruhigte Scott Botkin. Er sah, dass sich hinter Botkin nun auch Abakow in den Reaktor-Kontrollraum schob. »Entspannen Sie sich.«

Botkin zeigte auf die Temperaturanzeige und rannte an die Kontrollkonsole. Die schwarze Nadel der Anzeige zitterte nun am Rand des roten Bereichs. »Der Kernbrennstoff wird schmelzen!«, rief er. »Wir müssen sofort auftauchen!« Botkin riss das Handmikro an sich. »Ballasttanks leeren! Wir haben einen Not...«

Scott riss Botkin das Mikro aus der Hand. »Befehl annulliert!«

»Wir werden alle sterben –«

Scott packte Botkin mit beiden Händen am Overall und drückte ihn gegen die Konsole. »Niemand wird sterben!«, herrschte er ihn an.

Ihm war klar, was Botkin, was jeder auf einem Atom-U-Boot fürchtete: eine Kernschmelze. Um sie zu verhindern, musste jemand in den Reaktorraum, während der Reaktor noch kritisch war und die Kernschmelze drohte, um dort die Dämpfungsplatten von Hand herunterzulassen.

»Ingenieur, suchen Sie nach den Schaltplänen des Kühlsystems!«, befahl Scott.

Der Ingenieur machte einen Spind auf und suchte hektisch zwischen unordentlich verstauten Betriebsanleitungen und zusammengelegten Plänen herum. Er fand die von Scott verlangten Schaltpläne und breitete sie auf der Konsole aus.

Während Scott sich mit den beiden Ingenieuren beriet, fragte Abakow Alex: »Was steht uns bevor?«

»Im Fall einer Kernschmelze könnten Skandinavien und Osteuropa vor einem zweiten Tschernobyl stehen«, antwortete Alex. »Die freigesetzte Radioaktivität könnte außerdem einen großen Teil von Russland verseuchen.«

Das hörte Botkin und heulte auf: »Aber das ist ja eine Katastrophe!«

Alex erklärte weiter die Lage. »In Tschernobyl hat sich der Reaktor überhitzt und eine Kernschmelze verursacht. Danach sprengten zwei Wasserstoffexplosionen das Dach des Reaktorgebäudes weg, sodass tödlich radioaktives Material in die Atmosphäre austrat. Es wurden nicht nur in Russland viele Menschen einer hohen Radioaktivität ausgesetzt, sie hat sich später über Nord- und Mitteleuropa ausgebreitet. Millionen von Menschen waren davon betroffen.«

»Ich erinnere mich noch«, sagte Abakow. »Menschen wurden krank, und es kam zu Fehlgeburten ...«

»Strahlung schädigt die menschlichen Zellen und das zentrale Nervensystem. Sie verursacht außerdem Krebs und Genschäden. Hohe Strahlungsdosen können innerhalb von Tagen oder sogar Stunden zum Tod führen. Die Langzeitwirkungen von niedrigeren Dosen sind genauso schlimm. Deshalb tragen wir Dosimeter, um aufzuzeichnen, wie lange wir einer wie hohen Strahlung ausgesetzt waren. Keine Dosis ist harmlos, und wiederholte geringe Srahlungsmengen können sich im Körper ablagern und langfristig zu Schäden führen.«

»Wie funktionieren diese Reaktoren überhaupt, und was passiert bei einer Kernschmelze, wie Sie das nennen?«, erkundigte sich Abakow.

»In einem U-Boot-Reaktor wird wie in einem zivilen Kernkraftwerk durch angereichertes Uran eine Kettenreaktion in Gang gesetzt. Die Kernspaltung setzt Wärme frei, die Wasser in Dampf verwandelt, und der wiederum treibt die Turbinen des U-Boots an. Diese Turbinen aktivieren Turbogeneratoren, die ihrerseits die Schrauben und die anderen Systeme an Bord des U-Boots antreiben.

Der Reaktor selbst ist eine Art Behälter, der sich unter einer Stahlkuppel befindet. Die Kettenreaktion läuft von allein, braucht aber eine stetige Zufuhr von Kühlwasser, um die Wärme abzuleiten. Fließt dieses Kühlwasser nicht mehr, erhitzt sich der Urankern, schmilzt durch den Reaktorboden und schließlich, wie der Chefingenieur schon sagte, auch durch den Rumpf des U-Boots. Dieser überhitzte Kern wird dann das Meerwasser in radioaktiven Dampf verwandeln und ihn in die Atmosphäre schießen.«

»Sie meinen, wie eine Atombombe?«

»Nicht exakt wie eine Bombe, aber genauso tödlich.«

Botkin stöhnte auf. »Mein Gott, ich kann nicht glauben, dass das wirklich passieren könnte!«

Scott löste sich von dem Röhrensystem der Kühlanlage und sagte über die Schulter: »Genau deshalb muss jemand in den Reaktorraum, den Reaktor manuell abschalten, das Leck finden und es abdichten.«

Botkin war allem Anschein nach nicht in der Lage, zu begreifen, was getan werden musste, und dann entsprechend zu handeln.

Scott hatte die Untersuchung der Kühlanlage des Reaktors abgeschlossen und richtete sich an den obersten Antriebsingenieur. »Wie ist Ihr Name, Matrose?«

»Leonid, Sir.«

»Also gut, Leo, halten Sie sich bereit, auf Batteriebetrieb umzuschalten, wenn die Turbogeneratoren gesichert sind. Nach der Abschaltung des Reaktors werden wir Notstromenergie brauchen.«

»Aye, Captain.« Leonids Hände tanzten über das Verteilerpaneel, legten Schalter um und kippten Kontrollhebel, die ihrerseits Schaltkreise freimachten, durch die von den Speicherbatterien Energie in die Notbetriebmaschinen des Boots fließen und die Schrauben antreiben würden.

»Jake, was ist mit dem Dieselgenerator?«, fragte Alex.

»Wenn die Norweger nicht schon den Alarm gehört haben, werden sie ganz sicher unseren Schnorchel bemerken. Nicht nur das, sie werden den Motor hören.«

Selbst wenn die Dämpfungsplatten gesenkt und der Reaktor damit abgeschaltet werden konnte, mussten sie einen Weg finden, um Wasser zum Kern zu bringen und ihn zu kühlen, das wusste Scott. Und es könnte Stunden dauern, bis das Leck im Hauptkühlsystem abgedichtet war. Währenddessen würden sie eine andere Energiequelle benötigen, um die Systeme des Schiffs in Betrieb und die Schrauben am Drehen zu halten. Die Batterien waren die einzige verfügbare Energiequelle.

»Dieser Antriebsmotor schluckt verdammt viel Energie«, sagte Scott und beobachtete dabei die zuckende Nadel des Ladungsmessers. Ihm war klar, dass der Reparaturmannschaft des Boots weniger als drei Stunden Zeit blieb, ein Wunder zu vollbringen, bis die Batterien leer waren. Wenn die Batterien verbraucht waren, bedeutete das auch den Untergang der K-480. Ihr blieb dann nur die Wahl, entweder zu sinken oder in norwegischen Hoheitsgewässern aufzutauchen.

Scott griff nach dem Mikro, das an einem elastischen Kabel hing. »Kommandozentrale, hier Reaktorkontrollraum.«

Der Starpom meldete sich. Scott hörte das Zittern in der Stimme des Mannes. »Captain Scott, was geht dort vor sich, wo ist der Kapitan?«

»Sie bekommen Ihre Befehle von mir, Starpom«, teilte Scott

ihm knapp mit. »Halten Sie sich nach der Abschaltung des Reaktors bereit, sofort auf Befehle zu Notantrieb zu reagieren.«

Nach einer kurzen Pause antwortete der Starpom ebenso knapp: »Aye, Kapitan. Verstanden.«

Scott schaltete das Mikro ab und sagte: »Ingenieur, wo ist die Handüberbrückung der Dämpfungsplattenkontrolle?«

Der Chefingenieur wischte sich den Schweiß vom Gesicht. »Über der Reaktorkuppel. Eine mechanische Verriegelung. Wenn die mit einem Spezialwerkzeug entriegelt ist, wird sie die Platten freigeben, und dann erledigt die Schwerkraft den Rest. Aber wie Sie bereits sagten, muss dafür jemand in den Reaktorraum.«

»Während der Reaktor sich in einem kritischen Zustand befindet und Kühlflüssigkeit austritt?«, fragte Alex nach. Ihrem Gesichtsausdruck nach zu schließen war es ihr erst jetzt ganz aufgegangen, was Scott gesagt hatte. »Aber das ist Selbstmord!«, sagte sie schließlich fassungslos.

Der Reaktor der K-480 befand sich mittschiffs auf der tieferen Ebene von Schott sieben. Der Raum war rundum stark abgeschirmt, um die Mannschaft für den Fall, dass der Reaktor mit seiner Ladung aus angereichertem Uran kritisch wurde, vor der austretenden Strahlung zu schützen. Ein ebenfalls abgeschirmter Tunnel lieferte der Mannschaft einen sicheren Fluchtweg durch Schott sieben zu dem Maschinenraum achtern in Schott acht. Auf halbem Weg durch den Tunnel ermöglichte eine Schleuse wie in einem Raumschiff den Zugang zu dem Reaktorraum.

Obwohl die Strahlung innerhalb dieses Raums während des Betriebs eine hohe Intensität erreichte, konnte sich ein Mensch in einem Dampfschutzanzug und mit einem Atemgerät für kurze Zeit – knapp fünf Minuten – im Reaktorraum aufhalten. Scott wusste aber, dass es mehr als fünf Minuten dauern würde, die Dämpfungsplatten zu senken und so das nukleare Feuer zu löschen.

»Es ist die einzige Möglichkeit«, sagte der Chefingenieur zu Alex.

»Jake, du darfst nicht erlauben, dass da jemand hineingeht«, sagte Alex. »Das ist ein Todesurteil.«

»Irgendjemand muss es tun«, sagte Scott. »Wenn wir den Reaktor nicht abschalten, sind wir alle tot – und eine ganze Menge unschuldige Menschen dazu.«

»Dann lass das Boot auftauchen und den Reaktorraum fluten. Ergib dich den Norwegern.«

»Das kannst du nicht ernst meinen.«

»Doch, das meine ich todernst. Zum Teufel mit Zakajew.«

»Du würdest tatsächlich kein einziges Leben riskieren, um das Schiff zu retten und vielleicht einen terroristischen Angriff abzuwehren?«, fragte Scott ungläubig. Er starrte sie an und wartete auf ihre Antwort.

»Ich mache es«, sagte Abakow. »Zeigen Sie mir, wie es geht.« Alle wendeten sich dem FSB-Beamten zu. »Die Sache ist das Risiko wert.«

»Nein, Yuri, Sie dürfen da nicht reingehen«, beschwor Alex ihn. Sie wendete sich Scott zu. »Jake, lass das nicht zu!«

»Ich bin der Chefingenieur«, sagte Leonid. »Ich gehe.« Er hob einen Dampfschutzanzug und ein Atemgerät vom Boden auf.

Botkin trat von der Kontrollkonsole weg und nahm Leonid den Anzug und das Atemgerät ab. »Nein. Das ist meine Verantwortung. Ich bin der Kapitän dieses Schiffs. Außerdem weiß ich, wie die Platten abgelassen werden.«

Alex wollte etwas sagen, aber Scott hielt ihren Arm mit eisernem Griff fest.

Botkin schob ein Bein nach dem anderen in den Anzug und zog ihn sich dann über die Schultern. »Ingenieur, stellen Sie einen Arbeitstrupp zusammen. Nachdem ich die Dämpfungsplatten gesenkt habe, können die Leute zu mir reinkommen, das Leck suchen und es abdichten.«

»Aye, Kapitan«, sagte der Chefingenieur.

Scott meldete sich zu Wort. »Kapitan, Sie brauchen einen Rucksackcontainer für Ihren Sauerstoff, nicht nur dieses Atemgerät. Mit dem Gürtelbehälter reicht es nur für zehn Minuten.«

»Wir haben keine Rucksackcontainer«, antwortete Botkin ruhig.

Scott zeigte keine Überraschung. »Dann nehmen Sie wenigstens einen Ersatzbehälter mit.«

»Ich bin da drinnen fertig, bevor ich einen Ersatzbehälter brauche«, sagte Botkin. »Das sollte ich zumindest, oder es ist sowieso alles vorbei.«

Botkin zog sich das Atemgerät über Kopf und Gesicht und stellte die Gurte ein. Nachdem er das Gerät überprüft hatte, kam sein Atem in kurzen, schnellen Stößen. »Postieren Sie ein Dekontaminationsteam vor die Luftschleuse, wenn ich rauskomme«, sagte er. Seine Stimme klang gedämpft durch die Maske. »Sonst verstrahle ich das ganze Schiff.«

Leonid half Botkin dabei, die Arme in den glänzenden Anzug zu schieben und ihn zu schließen. Er zog das gummierte Material dicht über die Maske und schloss dann ein Zweiwege-Kehlkopfmikrofon an, damit Botkin mit der Reaktorkontrolle in Verbindung bleiben konnte. Zum Schluss stülpte Leonid die weite Kapuze mit den rechteckigen Sichtfenstern wie eine Schweißerhaube über Botkins Kopf und führte das Kabel des Kehlkopfmikrofons durch einen versiegelten Ausgang auf die Außenseite. So ausgerüstet, sah Botkin aus wie ein Astronaut. Leonid trat zurück und gab ihm mit einem hochgestreckten Daumen ein Zeichen.

Botkin war durch den voluminösen Anzug mit seinem beschränkten Gesichtsfeld offensichtlich leicht desorientiert. Er watschelte unsicher auf die offene Tür zu, die zu dem abgeschirmten Tunnel und der Luftschleuse führte. Kurz davor legte Scott ihm eine Hand auf die Schulter und hielt ihn an. Irgendwie hatte der junge Kapitän die innere Kraft gefunden, die er brauchte, um in die tödliche Falle des Reaktorraums zu treten, und dafür verdiente er eine Anerkennung.

Scott deutete einen militärischen Gruß an. »Alles hängt jetzt von Ihnen ab, Kapitan. Alles!«

Botkin hob eine Hand und trat in den Tunnel.

3. Teil

Der Kampf

14

Über dem Nordatlantik

Die *Air Force One* flog in dreizehntausend Metern Höhe nach Osten. Der Präsident hatte die Schuhe ausgezogen und döste in einem bequemen Sessel. Ein großer Stapel Informationsmaterial lag unberührt auf dem Tisch neben ihm. Die First Lady saß in ein Taschenbuch vertieft ihrem Mann gegenüber. Ihre feinen Gesichtszüge waren von dichten Locken umgeben, und ihre Haut hatte die Farbe von poliertem Rosenholz.

Der Vorhang, der den Privatbereich vom Rest der Maschine trennte, bewegte sich leicht. Die Gattin des Präsidenten sah auf und erkannte Paul Friedman, der durch einen Spalt in dem Vorhang sah.

»Es tut mir leid, Mim«, sagte Friedman. Wie nur wenige andere Mitarbeiter des Präsidenten genoss er das Privileg, ihren Spitznamen benutzen zu dürfen.

»Kann das nicht warten?«, fragte sie verärgert.

Friedman schüttelte den Kopf.

Auch die First Lady schüttelte den Kopf. »Mein Gott, keinen einzigen Augenblick hat er Ruhe.« Sie markierte die Stelle in dem Buch, an der sie aufgehört hatte zu lesen, mit einem Finger und weckte den Präsidenten behutsam.

Er schlug die Augen auf. »Sind wir denn schon da?«

»Nein, Liebster, St. Petersburg ist noch fast fünftausend Kilometer weit weg.«

Der Präsident gähnte, und erst jetzt bemerkte er Friedman.

»Was gibt's denn, Paul?« Sein Blick fiel auf den roten Ordner in der Hand seines Sicherheitsberaters. »Probleme?«

»Vielleicht. Wir haben gerade eine Meldung von Karl erhalten.« Er warf der First Lady einen Blick zu.

»Also, wenn ihr mich dann entschuldigen würdet«, sagte sie. »Ich gehe in die Bordküche.«

Als Friedman allein mit dem Präsident war, sagte er: »Karl kann gerade nicht persönlich mit Ihnen sprechen. Laut seinem mündlichen Bericht hat Grischkow bestätigt, dass die Russen versucht haben, die K-480 zu kontaktieren, aber ohne Erfolg, und dass sie auf ihre Rückkehr in die Olenya-Bucht warten.«

Nun gab Friedman schnell die Besprechung zwischen Radford und Grischkow wieder und betonte dabei besonders den Verdacht der Russen, die K-363 könnte unterwegs in die Ostsee sein. »Außerdem steht Grischkow kurz davor, seines Kommandos enthoben zu werden, weil er die K-363 in der Barentssee nicht gefunden hat. Wie auch immer, auf jeden Fall hat Karl Grischkows Anschuldigungen zurückgewiesen, ebenso die Behauptung, wir wüssten, dass die K-363 in die Ostsee unterwegs wäre.«

Der Präsident nahm die Informationen zur Kenntnis und fragte dann: »Hat Grischkow ihm geglaubt?«

»Das weiß ich nicht«, gab Friedman zurück. »Grischkow ist ein alter Fuchs. Ich kann mir eigentlich nicht vorstellen, dass Karls Zusicherung, an den Anschuldigungen wäre nichts Wahres dran, ihn davon überzeugen konnte, dass das auch stimmt. Man muss sich aber die Frage stellen, ob Grischkow nach seinem Gespräch mit Karl noch immer davon überzeugt ist, dass die K-363 auf dem Weg in die Ostsee ist, und ob er in diesem Fall nicht seinen Hals retten wollte, indem er das Staschinski erzählt.«

»Und in diesem Fall ...«

»Nehmen wir einmal an, Staschinski glaubt Grischkow. Er wird dann alles, was ihnen zur Verfügung steht, in die Ostsee schicken, bevor Scott Zakajew aufs Korn nehmen kann.«

Der Präsident stand auf, um sich die Beine zu vertreten. Der Privatbereich für ihn und seine Frau war mit einem dicken Teppichboden, einer Leder-Sitzgruppe, einer Bar und modernster Unterhaltungselektronik ausgestattet wie ein erstklassiges Hotelzimmer. Außerdem sorgte die Schalldämpfung dafür, dass das Dröhnen der großen Turbodüsen der Boeing nur als leises Brummen zu hören war.

»Einen Drink, Paul?«, erkundigte sich der Präsident.

»Nein, vielen Dank, Sir«, lehnte Friedman ab.

Der Präsident goss Scotch über knackende Eiswürfel und sagte, mit dem Rücken zu Friedman gewandt: »Was haben die Russen zurzeit in der Ostsee?«

Friedman schlug den roten Ordner auf und suchte nach der entsprechenden Seite. »Nach dem Zusammenbruch der Sowjetunion und besonders nach dem Sturz Putins eigentlich nicht mehr viel. Die Mittel dafür sind so gut wie versiegt, von Neuanschaffungen einmal ganz zu schweigen. Sie müssen sich dort also mit dem zufriedengeben, was sie haben. Das Hauptquartier für die Ostsee ist in Kaliningrad, und dort in der Nähe, in Baltiysk, befindet sich auch ein Stützpunkt. In Kronstadt liegen einige veraltete Kriegsschiffe und eine Hand voll ältere Diesel-U-Boote, die aber zum größten Teil nicht mehr für seetüchtig gehalten werden. Außerdem noch ein paar Aushilfsschiffe und Küstenwachboote, aber das war's eigentlich auch schon.«

Der Präsident drehte sich zu Friedman um. »Keine U-Boot-Abwehr?«, fragte er.

»Keine nennenswerte, bis auf einige Küstenwachboote mit Wasserbomben und veralteten Raketen. Nichts, was einem Kapitän wie Litwanow Sorgen bereiten würde.«

»Oder Scott?«

»Oder Scott.«

»Wenn ich Sie also richtig verstanden habe, hat sich eigentlich nichts verändert, oder? Die Russen rennen in der Barentssee ihrem eigenen Schwanz nach, ihre Ostseeflotte, wenn man sie so nennen will, ist ein Schrotthaufen, sie sind sich unsicher, was unsere Absichten betrifft, und Grischkow könnte bald einen Tritt in den Hintern bekommen.«

»Ja, Sir, so in etwa sieht es aus«, bestätigte Friedman.

»Dann sollten wir Scott aus dem Weg bleiben und nicht dadurch unsere Karten aufdecken, dass wir alles dorthin schicken, was wir haben, bis wir das unbedingt müssen. Karl wollte Ellsworth mit seinen Atom-U-Booten dort haben, was ich aber für eine schlechte Idee halte. Das können Sie ihm auch sagen. Da sind zwei russische U-Boote unterwegs, in dem einen sitzen die Guten und im anderen die Bösen. Ich möchte auf keinen Fall, dass unsere Leute die Falschen versenken.«

Hitze. Überwältigende, drückende Hitze. Und Dampf. Fast wäre Botkin instinktiv aus dem Reaktorraum zurück in die Luftschleuse getreten. Stattdessen tastete er sich vorwärts auf das überhitzte Reaktorgehäuse aus Edelstahl zu, das er durch das schmale Sichtfenster in seiner Kapuze vor sich sah. Es sah aus wie ein riesiger Kessel mit einem abgerundeten Deckel, der von einem Gewirr aus glänzenden Leitungsrohren und Ventilen umgeben war. Seine Sicht wurde von Wolken radioaktiven Dampfes behindert, die durch den offenen Stahlrost unter seinen Füßen aufstiegen. Unter sich sah er eine wahre Schlangengrube aus verschlungenen Rohrleitungen, Halterungen und Verbindungsstücken, konnte das Rohr mit dem Leck jedoch nicht ausmachen.

Je näher Botkin dem Reaktor kam, desto heißer wurde ihm. Schweiß strömte ihm am Körper herunter, tränkte seinen Overall und setzte sich an der Innenseite des gummibeschichteten Anzugs ab. Er hatte das Gefühl, als wäre die Atemmaske an seinem Gesicht festgeklebt. Er wischte sich mit einer Hand die Sichtscheibe seiner Kapuze ab und bemerkte erst jetzt, dass fast die gesamte Wärmeisolierung an dem Reaktorgehäuse und den Rohrleitungen aus irgendeinem Grund entfernt oder, was wahrscheinlicher schien, gestohlen worden war.

Botkin schob sich trotz der Hitze weiter und fand das Kontrollpaneel auf der Steuerbordseite des Reaktors. Er suchte nach der Anzeige für die automatische Einspeisung der Kühlflüssigkeit. Fast kein Durchfluss mehr! Sein Herz machte einen Sprung, als er die Anzeige für die Temperatur im Reaktorkern sah: fünfhundert Grad Celsius und steigend! Ein blinkendes rotes Lämpchen auf der Schalttafel meldete einen Unterdruck in der Wasserreinigungsanlage, ein weiteres meldete einen kurz bevorstehenden Ausfall in der Hauptkühlschlange am Zusatzverstärkereingang. Die Reparaturmannschaft würde ein Ersatz-Kühlsystem einbauen müssen, um dann die dicht verschweißten Ventile aufzuschneiden, das Leck zu umgehen und dann wieder auf Druck zu bringen.

Botkin klingelten die Ohren. Waren das die ersten Anzeichen der Verstrahlung? Er versuchte, sich ins Gedächtnis zu rufen, was er während der Kernkraft-Schulung über die Strahlungskrankheit gelernt hatte. Irgendetwas mit Gammastrahlung. Und Alphapartikeln. Und Rems. Wie viel Rems er wohl jetzt gerade abbekam? Mehr als hundert? Zweihundert? Wie viele waren tödlich? Er konnte sich an fast nichts mehr erinnern, nur noch daran, dass es unter allen Umständen strikt verboten war, den Reaktorraum zu betreten, wenn der Reaktor sich in einem kritischen Zustand befand.

Botkin klingelten deshalb die Ohren, weil jemand über die Sprechanlage mit ihm in Verbindung zu treten versuchte. Er verstand bei dem lauten Zischen des entweichenden Dampfes kein Wort. »Wiederholen!«, sagte er. »Wiederholen!«

»Dämpfungsplatten ...«

Das Mikro würgte ihn. Am liebsten hätte er es abgerissen. Die Kapuze auch. Der sperrige Anzug schränkte seine Bewegungsfreiheit ein. Er überlegte sich, ob er vielleicht schon starb.

»Ausfall in der Hauptkühlschlange am Zusatzverstärkereingang!«, rief Botkin in das Mikro.

»Verstanden!« Das war Scott.

Er stellte sich den Reparaturtrupp vor, der sich die Werkzeuge und Ersatzteile für die Reparatur zurechtlegte, und hörte, wie ihm jemand »Dämpfungsplatten« ins Ohr zischte. Er wollte brüllen: »Ja, ich weiß, ich habe nur noch wenige Minuten, um den Reaktor abzuschalten!«

Botkin zwang sich dazu, weiterzugehen.

Er fand das Spezialwerkzeug für die manuelle Freigabe der Dämpfungsplatten in einem gelben Spind neben dem Kontrollpaneel. Das Werkzeug, ein langer vernickelter Unterbrechungsstab, hatte einen großen Schraubenschlüssel an einem Ende. Er nahm das Gerät in die Hand, schob sich, halb vom Dampf und auch vom Schweiß geblendet, der ihm in die Augen lief, um das Reaktorgehäuse herum, bis er die angeschweißten Tritte und Haltegriffe fand, die zu der Kuppel des Reaktors und dem Entriegelungsmechanismus der Dämpfungsplatten führten. Die Hitze, die das abisolierte Reaktorgehäuse ausstrahlte, trieb ihn jedoch zurück. Er hatte das Gefühl, dass die Haut unter seinem Anzug bereits verbrannt war und Fetzen davon an der Gummibeschichtung des Anzugs klebten.

Botkin erinnerte sich an etwas, das er bei der Ausbildung in einem Reaktornachbau in der Schulungsstätte für Kernkraft gesehen hatte. In dem Reaktorraum an Bord russischer Atom-U-Boote waren nur wenige Sicherheitsvorkehrungen eingebaut, aber eine hatte er als Scherz miterlebt, um unerfahrene Offiziere in der Ausbildung zu erschrecken.

Er fand das, wonach er suchte, fast direkt über seinem Kopf: ein Flutungsventil für Notdekontamination. Aber ausgerechnet die Kette, die zur Aktivierung des Ventils diente, fehlte. Sie war entweder nie eingebaut oder wie die Reaktorisolierung des U-Boots »enteignet« worden.

Wenn er es irgendwie schaffte, dieses Ventil zu öffnen und das Sprühwasser auf sich und die Oberfläche des Reaktorgehäuses zu lenken, könnte sie dadurch genügend gekühlt werden, dass er den Freigabemechanismus der Dämpfungsplatten erreichte, ohne dabei gegrillt zu werden wie ein Hähnchen. Außerdem würde es dazu beitragen, den Dampf, der aus dem Leck strömte, zu kondensieren und so die Reparatur zu erleichtern.

Obwohl Botkins Bewegungsfreiheit durch den Anzug stark eingeschränkt war, packte er den Schraubenschlüssel fest an, stellte sich auf die Zehenspitzen und hieb das andere Ende des Werkzeugs gegen das Ventil, um es so aus der Verschraubung zu lösen, damit das Wasser heraussprühen konnte. Er hatte kaum noch die Kraft, das schwere Werkzeug mit einer Hand zu schwingen und sich dabei mit der anderen an dem an die Wand geschweißten Haltegriff festzuhalten. Er hoffte nur, dass das

Ventil nicht abgeschaltet worden oder an einer leeren Rohrleitung angebracht war. Wenn es so war, war alles vorbei.

Das Werkzeug prallte scheppernd von dem Ventil ab. Botkin hatte die Befürchtung, es könnte sich festgefressen haben. Nur wenige Systeme an Bord der K-480 waren jemals getestet worden, und gewartet schon gar nicht. Er versuchte es noch einmal, verfehlte das Ventil dieses Mal aber ganz und wäre fast von der Sprosse gerutscht. Als er den Haltegriff fester packen wollte, um nicht zu stürzen, berührte er das Reaktorgehäuse. Er zuckte sofort zurück, aber trotzdem blieb ein großes Stück silberfarbiges Gummi des Anzugs am Gehäuse hängen.

Botkin spürte einen stechenden Schmerz und wusste, dass er sich schwer verbrannt hatte. Er dachte an Rems, Verstrahlungsdosen und Blut im Stuhl. Er dachte an Scott und die anderen, die darauf warteten, dass er den Reaktor abschaltete.

Irgendjemand rief ihn über das Sprechgerät, aber er ignorierte es.

Botkin umschloss das Werkzeug fest mit der Hand und konzentrierte sich. Er wusste, dass er kaum noch Kraftreserven übrig hatte. Das Atmen fiel ihm bereits schwerer, da sein Luftbehälter fast leer war.

»Du Dreckding!«, brüllte er und schwang das Werkzeug mit aller Kraft.

Ein Schwall Wasser ergoss sich aus dem Ventil über Botkin und das Reaktorgehäuse. Botkin hätte vor Überraschung fast sein Werkzeug in die Grube unter seinen Füßen fallen lassen, konnte es aber gerade noch festhalten, während er sich durch Dampfwolken kämpfte und sich auf die inzwischen nasse Reaktorkuppel warf.

Er fand den Freigabemechanismus der Dämpfungsplatten und klappte die Schutzabdeckung darüber nach oben. Botkin tastete mit den Handschuhen über den Verschluss. Seine Finger erschienen ihm dabei wie dicke Silberrohre, die sich nicht biegen lassen wollten. Er tastete nach den beiden Sechskantschrauben auf den Klammern der Dämpfungsplatten, setzte den Schlüssel an die erste und drehte sie auf, so schnell er konnte, obwohl er das Werkzeug nur schemenhaft erkennen konnte.

Botkin benötigte weniger als eine halbe Minute, die Klammern zu lösen und beide Platten in den Kern abzusenken. Einen Augenblick später hörte er, wie sich die Sicherheitsverriegelungen des Reaktors hoben und das System sich abzuschalten begann. Er meinte auch, das Flackern der Notbeleuchtung gesehen zu haben, als die Energieversorgung auf Batteriebetrieb umschaltete, war sich aber nicht sicher. Erschöpft und ausgebrannt rutschte er an der Seite des Reaktors herunter und versuchte, dabei das Werkzeug nicht in die Grube fallen zu lassen. Unten landete er auf Händen, Knien und der Stirn.

Mit beinahe berstender Lunge riss er sich die Kapuze herunter und sog tief die mit Wasser, Dampf und radioaktiven Partikeln gesättigte Luft ein. Er hörte, wie die Luftschleuse aufging und jemand nach ihm rief. Die Stimme war aber viel zu weit weg, um sie erkennen zu können. Außerdem war ihm das alles völlig gleichgültig. Er hatte das Schiff gerettet, und das genügte.

»Nichts.« Captain Bayer behielt das Schiff-zu-Schiff-Sprechfunkgerät einen Augenblick länger als nötig in der Hand, als wollte er seine Niederlage nicht zugeben, aber dann hängte er es wieder auf. »Die *Narvik* sagt, sie haben nichts.«

Sein Erster Offizier Dass schien es genauso wenig zu verstehen. »Nun, wir hatten definitiv etwas, Sir. Was es auch war, jetzt ist es weg.«

Garborg stimmte ihm zu.

»Nicht weg, Mr. Dass – versteckt«, sagte Bayer und sah über das unruhiger werdende Meer zu der schlanken grauen Silhouette der *Narvik* hinüber, die die *Trondheim* begleitete. Was Bayer nicht erwähnte, war, dass er nun schon das zweite Mal an der Nase herumgeführt worden war. Von einem Russen, da war er sich sicher.

Seine weißen Zähne blitzten im Halbdunkel. »Schicken wir eine Meldung nach Stavanger. Sagen wir ihnen, was wir haben, und erbitten Erlaubnis, unseren Suchbereich nach Süden zu verlegen. Sie werden zumindest wissen wollen, was da auf sie zukommt. Dann können Sie der *Narvik* mitteilen, dass wir unsere Zelte hier abbrechen und dass sie ihren Schleppsonar wieder einholen sollen.«

»Aye, aye, Sir«, sagte Dass. Er drehte sich um, um Bayers Befehl auszuführen, blieb aber noch einmal kurz stehen und sagte: »Nerven haben die Leute, das muss man ihnen lassen, nicht wahr, Sir?«

»Und verdammt gut sind sie außerdem.« Bayer hob das Fernglas an die Augen, sah nach Süden und sagte: »Das Problem ist nur, dass ihre Boote so leise sind wie die amerikanischen 688er. Stellen sie einen entschlossenen Kapitän ans Ruder, und die Leute können fahren, wohin sie wollen, und was sie da machen, steht ihnen auch frei.«

»Die See wird rauer, Kapitan.«

»Schlecht für sie, gut für uns«, sagte Litwanow. »Schlechtes Wetter beeinträchtigt ihren Sonar.«

»Unseren auch?«, fragte Zakajew.

»Ja, aber wir jagen nicht, wir lauschen.«

Die Wellen an der Oberfläche brachten das U-Boot leicht zum Schaukeln. Zakajew wurde etwas übel, und er erinnerte sich daran, dass U-Boot-Leute manchmal seekrank wurden, weil sie normalerweise unter Wasser blieben und Wellengang deshalb nicht gewöhnt waren.

»Achten Sie auf die Tiefe!«, befahl Litwanow. »Passen Sie auf, dass wir nicht die Oberfläche durchbrechen!« Die K-363 stieg langsam nach oben, während Litwanow seinen scharfen Blick fest auf den Tiefenmesser gerichtet hielt. »Funkmast ausfahren!«, befahl er schließlich zufrieden.

Eine tief sitzende Ermüdung hatte Zakajew geschwächt. Die Anspannung, die klaustrophobischen Lebensbedingungen, die Unbequemlichkeiten des Lebens in einem U-Boot, all das hatte er in den Auswirkungen nicht vorausgesehen. Auch das Mädchen war erschöpft, ihr hübsches Gesicht wirkte schmal und ausgezehrt, und ihr kurzes schwarzes Haar lag fettig und verfilzt dicht an ihrem Kopf. Trotzdem beschwert sie sich nicht.

Zakajew stellte staunend fest, wie sehr Litwanow hier in seinem Element war. Fast schien es für ihn wie ein Spiel geworden zu sein, und Zakajew fragte sich, ob Litwanow dann, wenn der Moment kam, an dem er alles zu Ende bringen musste, seine Entscheidung bereuen oder es sich sogar anders überlegen würde. Unwahrscheinlich, dachte er, denn Litwanow hatte seine Mannschaft bereits ab und zu an ihre Verpflichtung erinnert, ihren Schwur zu erfüllen. Inzwischen blieben sie durch das Spiel, das sie mit den Norwegern spielten, immer wachsam, und es lenkte sie davon ab, was nun schon bald auf sie zukam.

»Wie werden sie es machen?«, hatte das Mädchen Zakajew gefragt.

»Mit Sprengladungen«, hatte er geantwortet.

»Werden sie das Schiff hochjagen?«

»Nein, nur die entscheidenden Teile.«

»Wird es danach noch lange dauern?«

»Eine Stunde, vielleicht weniger.«

Das akzeptierte sie, und sie nickte zustimmend.

»Hast du Angst?«, hatte er sie gefragt.

»Nicht, wenn wir zusammen sind.«

Zusammen, überlegte er. Trotzdem, angenehm würde es nicht werden, aber er machte keinen Versuch, sie von ihrer Überzeugung abzubringen, es wäre so, als würde man einschlafen. Er war jedoch bereit, ihr zu helfen, wenn es so weit war.

»Kapitan, Kontakt durch elektronische Überwachung!« Die Meldung brachte Zakajew zurück in die Gegenwart der Kommandozentrale. »Ich bekomme vier X-Band-Radarpeilungen von Handelsschiffen und zwei landgestützte. Außerdem einen Decca-TM-Radar, wahrscheinlich eine Fregatte der Oslo-Klasse.«

»Funkmast einfahren. Sonar?«, erkundigte sich Litwanow.

»Erfasste Geräuschquellen sind stark gestört, Kapitan. Trotzdem habe ich auch da vier Kontakte, vielleicht einen fünften. Die vier sind definitiv Handelsschiffe mit einer Schraube.«

Litwanow stellte befriedigt fest, dass die Kontakte bereits als Alpha eins bis fünf in das Feuerleitsystem eingegeben worden waren.

»Wie viel Wasser unter dem Kiel?«

»Sechzig Meter«, meldete Weroschilow.

»Bringen Sie uns auf dreißig Meter Tiefe. Vorsichtig, nicht weiter.«

»Aye, Kapitan, dreißig Meter.«

»Diese vier Kontakte sind Handelsschiffe, die von und nach Stavanger unterwegs sind«, erklärte Litwanow Zakajew. »Von denen werden wir auf unserem Weg nach Süden noch mehr begegnen, und wir werden sie benutzen, um unsere Einfahrt in den Skagerrak zu tarnen. Im Kattegat können wir uns ein Handelsschiff auf dem Weg nach Süden aussuchen, uns dranhängen und ihm direkt durch die Meerenge in die Ostsee folgen. Und vielleicht schaffen wir es so auch, diese verdammten norwegischen Fregatten abzuhängen, die sie ständig losschicken.«

Zakajew erinnerte sich wieder daran, was er auf der Karte gesehen hatte: zwei schmale Wasserstraßen zwischen Norwegen, Dänemark und Schweden, und eine Meerenge in der Form einer Sanduhr zwischen Dänemark und Südschweden namens Öresund. Während ihrer Planungssitzungen in St. Petersburg hatte Litwanow davor gewarnt, dass eine Fahrt durch den Öresund, bei der sie unentdeckt blieben, schwierig und gefährlich werden würde. Er hatte die Befürchtung geäußert, dass der Öresund mit stationären Sonargeräten und anderen Verteidigungsanlagen gespickt war, die die Dänen und Schweden vor der Einfahrt fremder U-Boote warnen sollten. »Können Sie es trotzdem schaffen?«, fragte Zakajew ihn damals. »Aber sicher kann ich das!«, hatte Litwanow prahlerisch geantwortet.

Nun befahl Litwanow: »Die Sonarwache verdoppeln! Wir nähern uns schwedischen Gewässern. Starpom, Sie haben das Ruder. Ich bin in der Offiziersmesse.«

»Er wird sterben, wenn wir ihn nicht an Land schaffen«, sagte Alex. Sie legte eine kühle Hand auf Botkins Stirn. »Fühlen Sie selbst. Er glüht förmlich und braucht ordentliche medizinische Versorgung.« Sein Gesicht war von Strahlungsverbrennungen gerötet und angeschwollen durch Ödeme.

Scott fühlte Botkins Wange, sagte aber nichts. Was sollte er auch sagen? Botkin hatte das Risiko gekannt, auf das er sich einließ, bevor er in den Reaktorraum gegangen war.

»Jake, hast du überhaupt gehört, was ich gesagt habe?«

»Ich kann rein gar nichts tun«, antwortete Scott.

»Alex, Jake hat recht«, sagte Abakow, der zusammengesunken in der Tür zur Krankenstation stand. Die Luft war miserabel und wurde ständig schlechter, und das sah man Abakow wie allen anderen an. »Wir können für Botkin nichts tun, außer es ihm so erträglich wie möglich zu machen.«

»Wir können ihn doch nicht einfach sterben lassen!«, protestierte Alex.

»Was ist denn die Standardbehandlung bei Strahlungsschäden?«, erkundigte sich Abakow.

»Transfusionen, um die Anzahl der weißen Blutkörperchen zu steigern, und in schweren Fällen Knochenmarktransplantationen. Er hat aber neben seinen Strahlungsschäden auch thermische Verbrennungen, und die können zu Infektionen und zum Tod führen.«

»Haben wir denn Medikamente an Bord? Morphium?«, fragte Abakow.

Alex drehte sich zu dem Funkunteroffizier um, einem jungen Mann mit pickliger Haut und schlechten Zähnen, der zugleich Dienst als Schiffsarzt tat.

»Nicht viel Morphium, Sir, höchstens ein halbes Dutzend Ampullen«, musste dieser zugeben. »Mehr genehmigen sie für unsere U-Boote nicht. Wir haben Antibiotika und Brandsalben. Das ist alles, was ich für ihn tun kann.«

»Es tut mir leid, Alex«, sagte Scott. Er richtete sich wieder an den Unteroffizier. »Geben Sie ihm Morphium, wenn er es braucht, solange welches da ist.«

»Aye, Kapitan.«

»Entschuldigst du mich bitte?«, sagte Scott.

»Wo willst du denn hin?«, fragte Alex.

»Achtern in den Reaktorkontrollraum, und dann in die Kommandozentrale, um die Norweger im Auge zu behalten.«

»Darf ich dir etwas sagen? Du siehst furchtbar aus. Du brauchst unbedingt Ruhe.«

»Die brauchen wir alle. Wir haben aber keine Zeit dafür.«

»Sollen sich doch die Ingenieure Gedanken um den Reaktor machen. Du kannst doch sowieso nichts machen, und außerdem ist er nicht beschädigt worden.«

»Das Ganze war verdammt knapp, aber die Reparaturmannschaft hat hervorragende Arbeit geleistet. Ich habe vom Chefingenieur stündliche Berichte über den Zustand des Reaktor angefordert – nur für alle Fälle.«

»Na schön, aber wie ist deine körperliche Verfassung?«, fragte Alex nach.

»Da gibt es nichts, was etwas bessere Luft nicht kurieren würde.« Er setzte sich eine russische Matrosenmütze auf den Kopf und ging nach vorne.

Alex' Schultern sackten herab. Sie sah zu Abakow hinüber. Der Polizist sagte: »Wir müssen seine Befehle befolgen. Jake ist jetzt der Kapitan.«

Die Wache rührte sich, als Scott die Kommandozentrale betrat. Der Starpom nahm Haltung an, was weder die russischen noch die amerikanischen Dienstvorschriften verlangten.

»Ihre Meldung, Starpom?«, fragte Scott.

»Wachbereitschaft zwei im gesamten Schiff, Sir. Steuern auf Kurs eins-sieben-null. Geschwindigkeit zehn Knoten. Tiefe null-drei-null Meter. Reaktor normal, beide Turbinen online.

Batterieladung abgeschlossen. Um fünfzehn Uhr dreißig haben beide Ziele ihren Schleppsonar eingeholt und den Kurs auf eins-sechs-acht geändert. Zielpeilung eins-fünf-null und eins-fünf-neun. Geschwindigkeit der Ziele achtundzwanzig Knoten. Entfernung fünfzehn Kilometer und steigend.«

»Ausgezeichnet«, sagte Scott.

»Danke, Kapitan.«

Obwohl es an Bord eines U-Boots keine Geheimnisse gab, hatte Scott doch einen Rundgang durch das Boot gemacht und die Mannschaft über Botkins Zustand und sein Verhalten informiert, mit dem er eine Katastrophe verhindert hatte. Er bemerkte sofort die tiefgreifende Veränderung, die sich bei der Mannschaft einstellte. Die Männer waren nicht mehr mürrisch und gleichgültig, sondern bemühten sich, bei ihrem amerikanischen Kapitän einen tüchtigen Eindruck zu machen. Ihre vorherige offen zur Schau gestellte Verachtung Botkins war verschwunden. Er hatte mit seinem Heldenmut ihren Respekt und bei manchen Männern sogar Bewunderung geweckt.

»Behalten Sie den gegenwärtigen Kurs und die Geschwindigkeit noch zwanzig Minuten bei, bis wir sicher sind, dass beide Ziele außerhalb Sonarreichweite sind. Dann gehen wir mit beiden Maschinen auf volle Kraft.«

»Aye, Kapitan.«

»Chefelektriker.«

»Sir?« Der Chefelektriker, mit Ende zwanzig einer der ältesten Männer an Bord, war vor dem Hauptkontrollpaneel der elektrischen Anlage in der Kommandozentrale auf Wache.

»Sind Sie mit dem CO_2-Wäscher weitergekommen?«

»Ich habe zwei Leute darangesetzt, Kapitan. Sie glauben, sie können das ausgebrannte Teil reparieren. Maslow bastelt zurzeit ein Ersatzteil Marke Eigenbau, wie Sie es nennen würden.«

»Ausgezeichnet.«

Der Elektriker grinste Scott schief an.

Als Scott aus der Kommandozentrale ging, hatte er zum ersten Mal seit ihrer Ausfahrt aus der Olenya-Bucht das Gefühl, dass er eine Mannschaft und eine einigermaßen reelle Chance hatte, die K-363 zu erwischen.

Im SOSUS-Kontrollzentrum in Stavanger, Norwegen, lauschte Bootsmann Niles Horve mit seinem Kopfhörer angestrengt dem regelmäßigen Rotieren einer Schiffsschraube aus dem Skagerrak. Er hörte die vertrauten Geräusche der Erztransporter, Containerschiffe, Fischerboote und des Fährverkehrs von und nach Kristiansand, einer Hafenstadt an der Südspitze Norwegens. Er hörte aber auch noch etwas anderes: einen schwachen Dreihundert-Hertz-Ton. Einen Augenblick später war er verschwunden.

Um die Störgeräusche zu neutralisieren und das Flüstern positiv zu identifizieren, aktivierte Horve zusätzliche Filter und Modulationsprüfer im Untersuchungsgerät für das akustische Spektrum und hörte sich das Ergebnis noch einmal an. Obwohl das norwegische SOSUS-Netz, das nach dem Vorbild des US-Netzes angelegt war, leistungsstarke computerisierte Signalprozessoren benutzte, war doch ein Sonarexperte wie Horve nötig, um ein spezifisches Ziel aus der enormen Anzahl von Schiffen herauszuisolieren und zu identifizieren, die täglich in allen Richtungen Sektor fünf im Skagerrak durchquerten.

Horve saß über seine Konsole gebeugt und stellte sich mit geschlossenen Augen die SOSUS-Reihen auf dem Meeresboden vor. Jede Reihe bestand aus einem Bündel von vierundzwanzig in einem Tank versiegelten Hydrophonen. Jeder Tank – es gab im Skagerrak und Kattegatt Dutzende davon – war über eine gepanzerte Leitung mit unterseeischen Kabeln verbunden, die Daten an den Sammelpunkt an Land weitergaben. Dafür waren Horve und andere Techniker wie er eingeteilt. Das System war alt, aber obwohl Teile davon nach dem Ende des Kalten Krieges aus Ersparnisgründen abgeschaltet worden waren, funktionierte es noch.

Horve isolierte das kurze Geräusch, das seine Aufmerksamkeit erregt hatte und begann dann, das generierte Signal mit der Wiedererkennungsdatei des Computers abzugleichen. Zugleich wurden Position, Geschwindigkeit und Kurs des Verursachers festgestellt. Weniger als eine Minute später hatte der Computer eine Entsprechung gefunden und auf Horves Monitor angezeigt. Der Bootsmann schreckte auf – eine russische Akula! Auf Nordostkurs unterwegs mit sieben Knoten. Und das in norwegischen Hoheitsgewässern!

Horve griff nach dem roten Telefon, das ihn mit dem Wachoffizier verband.

Captain Thore Jacobsen zog unter dem kalten Blick des Sicherheitsbeamten, der vor der SOSUS-Kontrollstelle Dienst hatte, seinen eingeschweißten Ausweis durch den Spalt des Abtastgeräts. Die Anlage war mit einer Reihe von elektronischen Sensoren gesichert und wurde von einer schwer bewaffneten Wachmannschaft beschützt. Der korrekte Autorisierungscode erschien, und der Terminal piepste einmal. Schwere Riegel schnappten zurück, die Tür zu der Kontrollstelle schwang bis auf ein kaum hörbares hydraulisches Zischen lautlos auf, und Jacobsen, der kommandierende Offizier der Anlage, trat ein.

Der Wachoffizier begrüßte Jacobsen und führte ihn in ein

kleines Konferenzzimmer, in dessen Computer Horve das gerade von ihm analysierte und identifizierte Material hochgeladen hatte.

»Ja, definitiv eine Akula«, bestätigte Jacobsen, nachdem er sich das Signal angehört und die Sinuskurve auf einem Bildschirm verglichen hatte.

»Wir haben es über eine Dualphase laufen lassen, und das Ergebnis war positiv«, sagte der Wachoffizier. »Verdammt leise, diese Akulas. Horve hatte großes Glück, sie zu finden, besonders bei dem Lärm des schlechter werdenden Wetters.«

»Gute Arbeit!«, sagte Jacobsen und trat von den zahlreichen Computern zurück.

»Danke, Captain. Es tut mir nur leid, dass wir kein längeres Stück für die Analyse aufnehmen konnten.«

»Konnten Sie sie nicht noch mal erwischen?«

»Ich habe es versucht, aber sie war weg, und wir konnten sie nicht mehr orten. Ich habe mir die Bänder der Sektoren fünf bis acht angehört, sogar bis in die Gegend von Göteborg, aber es war nichts mehr zu hören.«

»Irgendeine Chance, dass die Russen umgekehrt sind?«

»Wenn sie das getan hätten, hätte ich es gehört.«

»In diesem Fall wollen wir mal sehen, was unsere schwedischen Kollegen zu sagen haben.«

»Ich habe den Funkverkehr, den Sie von Captain Bayer wollten, Sir«, sagte der Wachoffizier. »Wir haben außerdem eine deutliche Zunahme an Überwachungsflügen von amerikanischen P-3s.«

»Danke.« Jacobsen kratzte sich an der Wange. »Sieben Knoten. Der Russe ist im Schleichbetrieb unterwegs, und das in Küstengewässern. Er versucht definitiv, uns aus dem Weg zu gehen. Was hat er vor?«

Jacobsen blätterte durch Bayers Bericht über die Kontakte, die dieser gerade im Norden mit einem schwer aufzuspürenden Ziel gehabt hatte. »Das heißt doch nichts anderes«, sagte Jacobsen als Antwort auf seine eigene Frage, »als dass Bayer früher Kontakt mit genau dem gleichen Russen hatte. Haben Sie diese Bänder auf Übereinstimmungen überprüft?«

»Ja, Sir. Störung durch Wärmeabstufungen. Keine positive Identifizierung möglich.«

Jacobsen nickte. »Dieser Russki hat sich auf dem ganzen Weg nach Süden dicht an der Küste gehalten. Der hat nichts Gutes im Sinn, würde ich sagen.« Er drehte sich zu der Karte an der Wand um. »Zeigen Sie mir doch mal, wo er Ihrer Meinung nach gerade ist«, forderte er Horve auf.

Horve stand auf und deutete auf eine Stelle an der norwegischen Küste in der Nähe von Bergendal. »Genau hier.«

»Sehr gut. Lassen Sie die Sektoren fünf bis acht rund um die Uhr überwachen. Wenn Sie etwas bekommen, geben Sie es direkt an mich weiter.«

»Aye, aye, Sir.«

»Inzwischen lassen wir Bayer und seine Gruppe hier herunterkommen. Was steht sonst noch zur Verfügung, das ich dem Kommandeur empfehlen könnte?«

»Wir haben zwei neue Fregatten der Norsk-Klasse, die gerade Bereitschaftsdienst in Stavanger machen. Die könnten aktiviert werden.«

»Sehr gut.« Jacobsen schüttelte beunruhigt den Kopf. »Diese verdammten Russen! Der Kalte Krieg ist vorbei, und dennoch können wir ihnen noch immer nicht trauen. Aber vielleicht können wir sie an die Oberfläche jagen und ihnen eine Lektion erteilen.«

15

Östlich von Stavanger, Norwegen

»Wie geht es ihm?«, fragte Scott.

Botkins Haut war übersät mit schlimmen Blasen, und die Ödeme hatten sich ausgebreitet. Sein Gesicht war so angeschwollen, dass er fast nicht mehr zu erkennen war.

»Nicht gut«, sagte Alex heiser. »Er wird es nicht schaffen.«

Scott ließ keine Schuldgefühle zu. »Er hängt am Tropf. Das wird ihm etwas helfen. Und er ist so mit Betäubungsmitteln vollgedröhnt, dass er keine Schmerzen hat.«

Alex lehnte sich an die obere Koje, in der Botkin lag. Sie presste die Stirn gegen die Handrücken und hielt sich an der Seitenstange der Koje fest. So blieb sie einen langen Moment stehen, bis Scott sie sanft berührte und sie den Kopf hob. Sie sah erschöpft aus.

»Lass dich vom Doc ablösen.«

»Nein, es geht mir gut«, sagte Alex. Sie zog die Decke zurecht, mit der Botkin zugedeckt war, und überprüfte den Tropf, obwohl das nicht nötig war.

»Wir haben über unsere Empfangsgeräte Anzeichen für norwegische und schwedische Aktivitäten aufgenommen. Zum Teil gar nicht weit weg von uns. Ich dachte, das würde dich vielleicht interessieren.«

»Suchen sie uns?«

»Sie wissen, dass ein U-Boot in der Gegend ist. Vielleicht

wissen sie nicht, dass wir sogar zu zweit sind. Jedenfalls noch nicht.«

Alex drehte sich um und lehnte sich, mit einem Daumen in einer Tasche ihres Overalls, an das Gestell der Koje. Sie sah Scott an, löste ihren Blick aber sofort wieder von ihm. Mit der anderen Hand versuchte sie, ihr Haar in Ordnung zu bringen. »Es tut mir leid, dass ich so grauenhaft aussehe.«

»Es gefällt mir, wie du aussiehst.«

»So wie jetzt? Komm schon! Wenn das hier vorbei ist, setze ich mich eine Woche lang in ein *Banya.*« Sie meinte damit das bei den Russen sehr beliebte Dampfbad. »Riecht es in allen U-Booten so schlimm wie in dem hier?«

»Hast du schon mal den Begriff *Schweineboot* gehört?«

»Ich glaube, ja.«

»In der Frühzeit der U-Boote war das eine durchaus passende Beschreibung davon, was die Matrosen darin ausgehalten haben. Während des Zweiten Weltkriegs ist er irgendwie aus der Mode gekommen, aber ich finde, unsere gegenwärtige Lage beschreibt er ganz gut.«

»Das würde ich allerdings auch sagen.« Sie zupfte an ihrem Overall und rümpfte die Nase.

Er hätte sie gern noch einmal berührt, aber irgendwie schien der Augenblick dafür vorbei zu sein.

»Wie hält sich Yuri denn?«, fragte sie.

»Ausgezeichnet, jetzt, da das Sauerstoffgerät wieder funktioniert. Er ist in der Kommandozentrale und versucht sein Glück an der Tauchstation.«

»Ach, wirklich?«

»Der Starpom weist ihn in den Gebrauch der Höhenruder ein. Er lernt schnell, ein wahres Naturtalent.«

»Da hat er ja etwas, das er seinen Kindern erzählen kann,

wenn er zurückkommt.« Sie stockte kurz. »Falls wir zurückkommen.«

»Ich dachte, es würde dich auch interessieren, dass wir schlechtes Wetter bekommen haben. Das wird unsere Manöver überdecken, allerdings die der K-363 auch. Es könnte bald ein bisschen gefährlich werden.«

»Das weiß ich.«

Er löste sich von der Koje und wollte gehen, aber Alex legte ihm eine Hand auf den Arm. »Wenn wir nach Hause kommen ...«

»Wir kommen nach Hause.«

Sie küsste sein ölverschmiertes Gesicht. »Danke.«

»Kümmere dich um Botkin«, sagte er und ging hinaus.

Scott hatte eine Karte vor sich ausgebreitet und stach mit der Spitze eines großen Zirkels direkt in Gotland, das vor der Ostküste Schwedens in der Ostsee lag.

»Gotland ist ein gutes Versteck für ein U-Boot, das in der Ostsee operiert. Glauben Sie mir, ich weiß das, weil ich nämlich selbst schon da war und es benutzt habe, um mich vor russischen Marineeinheiten zu verstecken.«

Der Starpom sah von der Seekarte auf und nickte Scott in widerwilliger Anerkennung zu. »Man hat uns gesagt, Sir, dass amerikanische U-Boote in der Ostsee nachrichtendienstliche Aufträge durchgeführt haben. Ich habe das damals nicht geglaubt, aber jetzt weiß ich es besser.«

»Zugleich«, fuhr Scott fort, »operieren wir dann in Küstengewässern, und das schränkt die Jagd nach einem U-Boot sehr ein.«

»Flache Küstengewässer«, sagte Abakow.

»Richtig. Turbulenzen, Wassertiere in Küstennähe, Klippen und Sandbänke, Trübheit und Verschmutzung. All das sind Risikofaktoren für die Unterwasser-Navigation und stört den Sonar. Wir müssen also dorthin fahren, wo unserer Erwartung nach die K-363 auch hinfährt, nur dass wir versuchen müssen, zuerst da zu sein.«

»Und eine Falle zu stellen.«

»Das ist nicht so leicht, Kapitan«, sagte einer der Offiziere.

»Nein«, gab Scott zu. »Ich erwarte, dass sie sich weiter dicht an der Küste halten, was es uns erschweren wird, sie zu finden, von vertreiben ganz zu schweigen. Wenn wir uns auch an die Küste halten, werden wir sie nie erwischen. Ich schlage vor, dass wir stattdessen so schnell wie möglich den Skagerrak durchqueren, bei Skagen die Nordküste Dänemarks umfahren und dann zusehen, ob wir sie vielleicht auf ihrem Weg nach Süden in der Nähe der Insel Anholt abfangen können.«

»Aber Kapitan, die Dänen und die Schweden werden uns hören, oder nicht?«, fragte der Starpom.

»Dieses Risiko müssen wir eingehen.« Scott sah sich die gespannten Gesichter der U-Boot-Mannschaft an. »Also dann, Periskop ausfahren. Funkmast ausfahren.«

Der Mast stieg in die Höhe, und Lämpchen an der Kontrolltafel leuchteten auf.

»Verschiedene Kontakte, Kapitan. Auf See und von Land, Radar, VHF, UHF, hauptsächlich Handelsschiffe.«

Obwohl es stockdunkel war und sich ein Sturm aufbaute, herrschte noch dichter Schiffsverkehr, denn Skagerrak und Kattegat bildeten einen Engpass für Schiffe auf dem Weg in Häfen von Dänemark und Schweden oder in die Ostsee. Dieser Schiffsverkehr konnte jedoch bei Unterwasserfahrt ein Risiko darstellen, falls sich genug Kapitäne entschließen sollten, vorsichtig zu sein und im geschützten Norden der Meerenge vor Anker zu gehen, um den Sturm abzuwarten.

»Sonar, Meldung.«

»Zahlreiche Kontakte, Kapitan. Zu viele, um sie voneinander zu unterscheiden. Keiner in direkter Nähe.«

Scott fuhr das Periskop zu seiner vollen Höhe aus, um der schweren Dünung zu entgehen, die immer wieder die Spitze überflutete und ihm die Sicht nahm. Er schwenkte das Gerät einmal ganz herum, sah aber nur einen undurchdringlichen Regenvorhang, der auf die wogende See niederging und auf dem Sonar als stetiges Zischen wie eine Störung im Funkverkehr zu hören war. Er schaltete auf Infrarot und sah die Wärmeableitungen von den Maschinenanlagen zweier riesiger Frachter, die auf dem Weg nach Westen waren.

»Periskop einfahren. Gehen Sie auf Kurs null-sieben-null. Bringen Sie das Boot auf einhundert Meter. Beide Maschinen volle Kraft voraus.«

Scott setzte darauf, dass der Lärm von Regen und Wind auf dem Wasser ihre Turbinen übertönen und ihre schnelle Fahrt verdecken würde. Er wartete ab, während die Nase der K-480 sich senkte und das Boot auf fünfundzwanzig Knoten beschleunigte.

Während er in der Kommandozentrale stand, kehrten seine Gedanken noch einmal voller Mitleid zu Botkin zurück. Auf der einen Seite fühlte er sich in seiner Rolle als Kapitän einer russischen Akula nicht recht wohl, aber auf der anderen Seite genoss er die Macht, die damit verbunden war. Nichts war vergleichbar mit dem Gefühl vollständiger Freiheit und Eigenverantwortlichkeit, das die Führung eines U-Boots mit sich brachte, selbst wenn es ein russisches war.

»Neuer Sonarkontakt, Kapitan«, kam die Meldung und riss Scott aus seinen Überlegungen. »Schwach, aber schnell: Ein Schiff mit zwei Schrauben.«

»Vielleicht eine U-Boot-Abwehrfregatte. Können Sie sie identifizieren?«

»Aye, Kapitan, definitiv eine Fregatte, möglicherweise Norsk-Klasse, aber da bin ich nicht sicher.«

»Eine von ihren neuen. Peilung?«

»Regen und unsere Fahrgeschwindigkeit stören ... Peilung ... eins-neun-fünf, jetzt eins-neun-vier, eins-neun-drei ...«

»Bleibt achtern zurück«, bemerkte Scott.

»Ist weg, Kapitan.«

Einen Augenblick lang überlegte Scott, ob er auf langsamere Fahrt gehen sollte, um genauere Werte zum Kontakt zu erhalten, entschied sich aber dagegen. »Los, Bewegung! Beide Maschinen volle Kraft voraus!«

»Aye, Kapitan, beide Maschinen volle Kraft voraus.«

Vorne wurden die Befehle ausgegeben, und aus dem Maschinenraum kam die Bestätigung.

Die Turbinen fuhren hoch. Scott spürte, wie die Schrauben mehr Energie bekamen. Irgendwelche Bedenken, die er wegen möglicher Schäden an dem Reaktor gehabt hatte, verschwanden, als die K-480 auf dreißig Knoten beschleunigte.

»Ich schwöre es Ihnen, Kapitan, es war eine Akula.«

»Sind Sie absolut sicher?«, fragte Litwanow.

Der Mann am Sonar nahm den Kopfhörer ab, hängte ihn sich um den Hals und sah zu seinem Kapitän hoch, der besorgt bei der Sonarkonsole stand. »Ich schwöre es, Kapitan, beim Grab meiner Mutter! Es war eine Akula. Ich habe gehört, wie sich ihre Pumpen angeschaltet haben. Und hier« – er deutete auf die hohen Ausschläge auf dem Schirm – »habe ich die Signatur zuerst mit einem Boot der norwegischen Ula-Klasse und dann mit einem deutschen Dieselboot vom Typ 207 abgeglichen, aber beide waren negativ.«

»Vielleicht ein schwedisches Boot? Von der Gotland- oder der Näcken-Klasse? Oder eine amerikanische 688I?«

»Nein, Sir, eine Akula. Wie wir.«

Litwanow überlegte. »Haben Sie eine Peilung? Sie war auf einem südöstlichen Kurs«, sagte er schließlich.

»Ich glaube, null-drei-zwei, aber nicht konstant.«

»Kommt er näher?«

»Ich glaube, ja, Kapitan, aber sicher bestätigen kann ich es nicht.«

»Dann fahren wir nach Südosten und suchen ihn.« Litwanow klopfte dem Mann am Sonar anerkennend auf die Schulter. »Gut gemacht. Gut.«

»Also?«, fragte Zakajew, als Litwanow wieder zurückkam.

»Anscheinend haben wir Gesellschaft. Ein russisches Boot. Eine Akula.«

»Wie können Sie da so sicher sein?«, wollte das Mädchen wissen.

»Ich habe es schon einmal gesagt: Jemand ist hinter uns her. Moskau hat nicht einfach rein zufällig eine Akula zur Hand, die im Skagerrak und Kattegat herumschnüffelt. Nein, da jagt uns jemand.«

Litwanow überlegte und fuhr sich mit einer Hand über die Bartstoppeln.

»Aber wer könnte dort das Kommando haben?«, dachte er laut nach. »Wir haben doch so wenige tüchtige Kommandeure.« Nachdenklich betrachtete er Zakajew. »Egal. Jetzt, da wir wissen, dass er da draußen ist, können wir ihm eine Falle stellen und ihn versenken.«

»Eine Falle stellen? Wo?«, fragte Zakajew.

»Ich glaube, irgendwo in der Nähe des Öresunds«, sagte Litwanow. »U-Boot-Kapitäne sind wie Katzen. Sie schleichen sich an, aber neugierig sind sie auch. Kennen Sie das alte Sprichwort?«

»Ja«, antwortete das Mädchen. »Neugier ist der Katze Tod.«

»Dann wollen wir doch mal die Katze locken.«

Bootsmaat Horve hörte es, wollte es aber nicht glauben: eine zweite Akula, die auf nordöstlichem Kurs mit Höchstgeschwindigkeit durch den Skagerrak schoss. Er lauschte mehrere Minuten den wummernden Motoren und wirbelnden Schrauben. Er hatte noch nie eine Akula in natura gesehen, nur auf Bildern, war aber beeindruckt von der wunderschönen stromlinienförmigen Hülle und besonders, wie flach sie im Wasser lag. Er hatte einmal eine weiterentwickelte Version eines amerikanischen U-Boots der Los-Angeles-Klasse aufgenommen und erinnerte sich daran, wie leise es war. Aber das russische Boot war auch leise, vielleicht sogar noch leiser als das amerikanische, wenn sie wollten. Doch warum machte der Russe so einen Lärm, während er den Skagerrak überquerte? Er entschied, dass man den Russen nicht nur nicht trauen konnte, sondern dass sie auch verrückt waren.

Horve wartete so lange, bis er eine hervorragende Aufnahme der Geräuschsignatur auf seinem Monitor hatte, und griff dann nach dem Telefon.

Es gefiel Captain Thore Jacobsen gar nicht, was er da sah: zwei Akulaprofile mit der Bezeichnung A-1 und A-2.

»Seit mehr als zwei Stunden kommt von keinem von beiden auch nur ein Pieps«, sagte Horve. »Die haben wir verloren.«

Jacobsen massierte sich die Nasenwurzel. »Aus Karlskrona melden sie auch, sie hätten keinen Kontakt.« Er meinte damit das Hauptquartier der schwedischen Marine. »Das überrascht mich aber nicht. Ihr SOSUS-Netz ist alt und sehr dünn. Sie haben sich bereit erklärt, zwei Schnellboote von Hälsingborg aus loszuschicken. Wenn das Wetter besser wird, lassen sie vielleicht einen Hubschrauber starten.«

Jacobsen drehte sich zu der Wandkarte um.

»Wenn unsere Informationen zutreffen, lässt der Kurs sowohl von A-1 als auch A-2 vermuten, dass sie sich in der Gegend von Göteborg treffen werden. Darauf sollten wir unsere Anstrengungen konzentrieren.«

»Commander Bayer kommt aus dem Süden hoch«, berichtete der Wachoffizier. »Diese beiden Fregatten der Norsk-Klasse aus Stavanger dürften Bayers Gruppe etwa um achtzehnhundert erreichen.«

»Sehr gut«, sagte Jacobsen. »Ich werde das Oberkommando informieren. Wir könnten uns vielleicht überlegen, was das für ein Spiel ist, das die Russen da spielen.«

Captain Bayer musterte die dechiffrierten Mitteilungen aus Stavanger. »Zwei Kontakte. Sie haben zwei Akulas positiv identifiziert.« Er sah zu seinem Ersten Offizier Dass auf, der ebenso überrascht schien wie er selbst. »Wir sind autorisiert, sie zum Auftauchen zu zwingen.«

»Eine davon muss das U-Boot sein, das wir an der Westküste aufgespürt haben, Sir.«

»Das bedeutet, dass der Scheißkerl an uns vorbeigekommen ist.«

Dass sagte dazu nichts. Bayer kochte wegen dieser Schlappe noch immer.

»Sehen wir uns das doch mal an«, sagte Bayer. Mit vorsichtigen Schritten ging er über das schwankende Deck zur Informationszentrale, gefolgt von Dass.

Er schob den wehenden Vorhang beiseite und klopfte an die Tür zur Zentrale, die sofort aufflog. Waffenoffizier Mayan und Sonaroffizier Garborg empfingen den Captain.

»Das haben wir gerade bekommen«, sagte Bayer. Er reichte Mayan die Nachricht, der sie las und an Garborg weitergab.

Bayer kreiste mit einem Finger einen Bereich vor der Küste bei Göteborg in Schweden ein. »Stavanger meint, hier wäre der mögliche Begegnungsbereich.«

»Der ist groß«, stellte Dass fest.

»Das kann man sagen«, stimmte Bayer ihm zu. »Zu groß. Aber wir werden Hilfe von der *Norsk* und der *Kalix* bekommen.«

Mayan las die Nachricht noch einmal durch. »Sir, wir sind praktisch schon in schwedischen Hoheitsgewässern. Ist das alles, was sie uns schicken, zwei Küstenwachboote?«

»Es wird reichen müssen. Wir müssen inzwischen eine Patrouille vor Göteborg einrichten. Wie Sie wissen, Gentlemen, gibt es in diesen Gewässern keine Beschränkungen für U-Boote, die hier auf dem Weg in die Ostsee durchfahren, aber sie sind verpflichtet, das nur aufgetaucht und mit vorschriftsmäßiger Voranmeldung zu tun. Wenn es jemand getaucht versucht, so ist das eine ganz andere Sache. Das riecht nach Geheimhaltung und verletzt außerdem Verträge, die abgeschlossen worden sind, um in Kriegszeiten die Durchfahrt kriegführender Nationen durch neutrale Gewässer zu verhindern.«

»Sir, wenn wir sie finden, greifen wir sie dann an?«, fragte Garborg und schwankte leicht mit den Bewegungen des Schiffs.

»Ja«, sagte Bayer bestimmt, fügte dann noch hinzu: »Aber nur, wenn wir sie innerhalb des norwegischen Hoheitsgebiets erwischen.« Er konnte gerade noch rechtzeitig einen leeren Kaffeebecher festhalten, der beinahe von dem plötzlich schrägen Kartentisch gerutscht wäre. Er reichte ihn an Garborg weiter. »Ich möchte hier keinen internationalen Zwischenfall wie zu Zeiten des Kalten Krieges verursachen, aber wir müssen unsere Rechte durchsetzen.«

»Könnten sie zum Öresund unterwegs sein?«, fragte Mayan.

»Wer weiß, was die vorhaben«, sagte Bayer. »Das sind Russen, und die stellen bizarre Dinge an. Ich meine, Sie haben doch schon mal von russischem Roulett gehört, oder?« Er tippte auf die Karte. »Wenn die *Norsk* und die *Kalix* eintreffen, können sie als westliches Ende der Patrouille vor Anker gehen. Wir sollen in keiner Weise den Handelsverkehr stören. Außerdem wird dieses Wetter unsere Sonarüberwachung massiv beeinträchtigen.«

Garborg verzog das Gesicht. Es war ihm klar, wie schwierig es werden würde, das Kabel und den Sonarrezeptor auszubringen.

Offensichtlich waren auch Bayer ähnliche Gedanken durch den Kopf gegangen. »Passen Sie auf Ihre Matrosen auf, Mr. Garborg«, warnte ihn der Captain. »Ich möchte nicht, dass jemand über Bord geht. Erst recht nicht wegen eines verdammten Russen.«

Mikhail Grischkow stieg in vornehmer Zivilkleidung vor einem grünen Flügeltor zu dem Nowodevischi-Friedhof am Luschnetski-Prospekt aus einem schwarzen Schiguli. Er wartete so lange, bis der Wagen zum Parkplatz gefahren war, und dann ging er zum Kiosk und kaufte eine Eintrittskarte für den Friedhof.

»Eine Führung?«, erkundigte sich der Verkäufer.

Grischkow schüttelte den Kopf, wendete sich ab und blieb einen Augenblick stehen, um den Astrachan-Kragen seines Mantels hochzuschlagen. Es war ein öder, grauer Tag in Moskau, und es sah nach Schnee aus. Er war froh, dass er Hut und Handschuhe mithatte.

Grischkow staunte darüber, wie sich die Zeiten geändert hatten. Mehr als dreißig Jahre war der Friedhof ohne Erklärung für die Öffentlichkeit geschlossen gewesen. Natürlich hatte jeder den Grund dafür gewusst: Der umstrittene Nikita Chruschtschow war nach seinem Sturz durch Leonid Breschnew hier begraben worden und nicht wie andere führende Persönlichkeiten des Kreml auf dem Roten Platz. Während des Kalten Kriegs hatte man den Besuch seines Grabes als Verbrechen gegen den Staat betrachtet. Dann kam Glasnost und mit ihr Chruschtschows Rehabilitierung. Danach war der Friedhof wieder für die Bürger geöffnet worden, die nun sein Grab besuchen konnten oder auch die Gräber anderer berühmter Russen wie Anton Tschechow oder des Komponisten Alexander Skrjabin.

Es ärgerte Grischkow, dass Admiral Staschinski an einem so kalten Tag auf Chruschtschows Grab als Treffpunkt bestanden hatte. Auf der anderen Seite war Staschinski nur Wochen nach der Kubakrise, in der Chruschtschow Kennedy bekanntlich bei den Eiern hatte, als Kadett in die Sowjetmarine eingetreten.

Vielleicht hatte er nun einen Grund, an diese längst vergangenen Ereignisse zu erinnern. Grischkow senkte den Kopf und überlegte, wie viel angenehmer diese Erinnerung in Staschinskis luxuriösem Büro bei Tee vor dem Kamin gewesen wäre.

Ein kalter Wind von der Moskwa wehte Grischkow welke Blätter an die Hosenbeine. Er hielt seinen Hut fest, der ihm wegzufliegen drohte, und machte sich entlang der zentralen Allee auf den Weg zu dem einst berüchtigten Grab am anderen Ende des Friedhofs. Dann und wann nickte er einer *Babuschka* zu, einer jener Großmütter, die bei jedem Wetter über den Friedhof verteilt waren, um für ein kleines Trinkgeld den Touristen den Weg zu bestimmten Gräbern zu zeigen.

Vor sich sah er den schwarz und weiß gemusterten Grabstein; schwarz und weiß, um die Kontraste, wenn nicht die Widersprüche von Chruschtschows Herrschaft zu symbolisieren. Grischkow fand es hier angenehm ruhig. Nur das Klappern eines Hubschraubers, der nordöstlich die Moskwa hinaufflog, und das Rauschen des Verkehrs auf der Schnellstraße, die südlich an dem Friedhof vorbeiführte, störten den Frieden.

Zuerst sah Grischkow Staschinski nicht. Erst nachdem eine Gruppe von sechs amerikanischen Touristen nach der Besichtigung des Grabes weiterging, bemerkte er den Admiral. Er stand ebenfalls in Zivilkleidung da und hatte die Hände tief in die Taschen seines Mantels gesteckt.

Staschinski schien Grischkows Anwesenheit zu spüren, oder vielleicht war es auch nur ein Angehöriger seiner Sicherheitseskorte, der hinter einem benachbarten Grabstein hervortrat.

»Mikhail Wladimirowitsch!« Staschinski zog einen Handschuh aus und kam mit ausgestreckter Hand auf Grischkow zu. »Aber Sie sind ja allein!«

Grischkow warf einen kurzen Blick auf die Eskorte. »Ich bin es gewohnt, allein zu sein.«

Staschinski runzelte die Stirn. »Sie sollten sich schützen. Heutzutage ist in Russland jeder ein Ziel.«

»Ich fühle mich hier bei Ihnen sicher, Admiral.«

Staschinski ließ das auf sich beruhen und führte Grischkow näher an Chruschtschows Grab. »Ich bin früher recht oft hierhergekommen, aber inzwischen nur noch zweimal im Jahr«, bemerkte er. »Danke, dass Sie mir den Gefallen getan haben.«

Grischkow sagte nichts.

Staschinskis Gesicht sah in der beißenden Kälte grau, fast tot aus und war mit kleinen Flecken weißer Bartstoppeln gesprenkelt, die er beim Rasieren nicht erwischt hatte. »Ich möchte mich für mein unhöfliches Benehmen bei unserem letzten Gespräch entschuldigen. Es war nicht fair von mir, Sie wegen Dingen zu kritisieren, über die Sie keine Kontrolle haben. Ich spreche natürlich über die Operation in der Barentssee. Ich habe inzwischen mit dem Präsidenten gesprochen, und er versteht das jetzt.«

»Bitte, Sie brauchen sich doch nicht zu entschuldigen!«, protestierte Grischkow.

Sie hatten nun das Grab erreicht und blieben stehen. Staschinski stand mit gefalteten Händen und leicht gesenktem Kopf davor und betrachtete den kalten Marmor. »Irgendwie ist es doch ironisch. Finden Sie nicht auch, dass Chruschtschow der Architekt seines eigenen Sturzes war? Seine Anklage gegen Stalin, der Bruch mit China, die Kubakrise. Das scheint mir doch eine angemessene Lektion für unsere gegenwärtige Lage.«

»Welche Lage wäre das, Admiral?«, fragte Grischkow nach.

»Unsere Konfrontation mit den Amerikanern.«

Auf ihren Schultern begannen sich Schneeflocken zu sammeln, die vom Himmel heruntertanzten.

»Ich habe alles gelesen, was über Chruschtschow geschrieben worden ist«, sagte Staschinski. »Er hat Fehler gemacht, aber er war ein großer Mann. Bitte denken Sie jetzt nicht, ich würde empfehlen, wir sollten zu den Verhältnissen jener Zeit zurückkehren, aber damals hatten wir alle ein gemeinsames Ziel vor Augen, zumindest wir vom Militär. Das war natürlich vor Ihrer Zeit. Wir haben damals um das Überleben unserer Mutter Russland im Krieg gegen die Amerikaner gekämpft.«

Grischkow sagte noch immer nichts.

Schneeflocken fingen sich in Staschinskis Haar. Er wischte sie weg und sagte: »Chruschtschows einziger Fehler war nur, dass er nicht hart genug war. Er hatte Kennedy bei den Eiern und hat ihn davonkommen lassen. Hätte er seinen Plan durchgezogen, dann hätte er ihm Konzessionen abringen und unsere Raketen in Kuba lassen können.«

»Und er hätte einen Atomkrieg auslösen können«, erwiderte Grischkow.

»Ich habe mir das vorliegende Material genau angesehen, und ich glaube nicht, dass es dazu gekommen wäre. Kennedy war schwach und unerfahren. Er stand doch ganz kurz davor, sich in die Hosen zu scheißen und nachzugeben, aber dann hat Chruschtschow seinen großen Fehler gemacht.«

»Er hat Kennedys Entschlossenheit überschätzt und als Erster kapituliert.«

»Jetzt verstehen Sie, worauf ich hinauswill.«

»Sie meinen, wir sollten in der Sache mit der K-363 gegenüber den Amerikanern eine härtere Position beziehen.«

»Aber sicher. Wir wissen, dass sie die K-363 vor uns finden und versenken wollen.«

Grischkow registrierte beiläufig, dass der Schnee nun dichter fiel.

»Die Amerikaner wollen auf keinen Fall, dass uns Zakajew in die Hände fällt«, sagte Staschinski. »Sie wollen ihn tot sehen.«

Grischkow nickte.

»Sie wollen nicht, dass er uns Dinge erzählt, die den USA schaden könnten«, erklärte Staschinski weiter. »Dinge, die ihnen bei der Gipfelkonferenz und ihren Umsturzplänen für Syrien und den Iran von Nachteil wären, für die sie unsere Unterstützung brauchen. Vor allem aber wollen sie verhindern, dass wir von ihrer Einmischung in Tschetschenien und der Unterstützung eines Terroristen wie Zakajew erfahren.«

Grischkow begegnete Staschinskis Blick. »Ich dachte, dieses Gerücht wäre ein für alle Mal gestorben.«

Erneut schnaubte Staschinski. »Gerüchte haben die unangenehmen Eigenschaften, wiederzukommen wie ein böser Traum. Eines will ich Ihnen sagen, Mikhail Wladimirowitsch: Meine Informationen kommen von ganz oben, von einem Mann, der in Moskau ganz oben sitzt und Zugang zu streng vertraulichen Informationen hat – zu Informationen, die so geheim sind, dass sie außer dem Präsidenten nur drei Leute zu Gesicht bekommen.«

»Und einer davon sind Sie.«

»Es steht alles da. Nicht schwarz auf weiß, klar, keine konkreten Beweise, nichts, was vor Gericht Bestand hätte. Immer gibt es Vorbehalte und Einschränkungen und verschiedene Interpretationsmöglichkeiten. Wenn man aber zwischen den Zeilen liest und den gesunden Menschenverstand walten lässt, ist klar, warum die Amerikaner so versessen darauf sind, Zakajew zu erledigen. Weil sie Blut an den Händen haben.«

Grischkow überlegte, wie jemand von ganz oben solch belastendes Material über US-Kontakte zu Zakajew und den tschetschenischen Terroristen in die Hände bekommen haben könnte. Inzwischen sprach Staschinski weiter: »Es war dieser amerikanische Marineoffizier Drummond. Er hat es nicht geschafft, Zakajew ruhigzustellen, und das hat bei den Amerikanern die Alarmglocken schrillen lassen.«

»Ja, ich erinnere mich an diesen Drummond. Er wurde doch unter mysteriösen Umständen in Murmansk ermordet. Ein Matrose war auch beteiligt.«

»Das war eine abgekartete Sache, Mikhail Wladimirowitsch, das versichere ich Ihnen. Zakajew steckt dahinter. Der FSB hat den Fall untersucht und einen Bericht darüber vorgelegt. Jetzt haben wir diesen *Amerikanski*, diesen Scott an Bord der K-480«, knurrte Staschinski. »Die K-480! Ein russisches Atom-U-Boot mit zwei Amerikanern an Bord; einer davon ist wenigstens Marineoffizier, aber der andere ist eine Frau. Eine *Frau!* Was habe ich mir bloß dabei gedacht, als ich das erlaubt habe? Ich sollte mich auf meinen Geisteszustand untersuchen lassen!«

»Sie ist eine Naturwissenschaftlerin«, versuchte Grischkow ihn zu besänftigen.

»Eine Spionin ist sie!«

»Aber da ist doch noch dieser FSB-Offizier, Abakow. Er ist doch Russe.«

Staschinski winkte ab. »Die Amerikaner behaupten noch immer, sie hätten keine Ahnung, wo die K-480 ist. Wie Sie berichtet haben, wollen sie uns glauben machen, sie würden die Möglichkeit prüfen, dass das U-Boot vielleicht gesunken ist.«

Grischkow nickte. Auf Staschinskis Haar sammelte sich immer mehr Schnee, ebenso auf Grischkows Hut. Sie sahen zwei Touristen auf sich zukommen. Einer hielt einen aufgespannten grün, weiß und rot gemusterten Cinzano-Regenschirm in der Hand.

»Wir müssen Zakajew und Litwanow unbedingt vor den Amerikanern finden«, sagte Staschinski. »Selbst wenn das bedeutet, dass wir alle unsere Verbände aus der Barentssee nach Süden verlegen müssen.«

»Das wird Tage dauern.«

»Dann setzen Sie inzwischen in der Ostsee alles ein, was Sie dort haben. Alles. Selbst wenn Sie jeden Hubschrauber und jedes Flugzeug, jedes Hilfsschiff, jeden Tanker und jede Barkasse, die wir haben, dafür abkommandieren müssen. Tun Sie es einfach. Die Amerikaner verstehen nur Gewalt und Entschlossenheit. Wir müssen ihnen ganz klar demonstrieren, dass wir dazu fähig sind.«

»Ich werde tun, was ich kann«, versprach Grischkow. »Ich muss Ihnen aber sagen, Amiral, dass wir in der Ostsee gar nicht gut vertreten sind. Das wissen die Amerikaner auch. Wenn wir Ihren Befehl ausführen, könnte das ein falsches Signal aussenden und uns verzweifelt erscheinen lassen.«

»Im Gegenteil, das wird die Ostsee verstopfen und es ihnen erschweren, ungehindert zu operieren. Ich bin für alles, was ihre Jagd auf die K-363 behindern wird.«

»Sie könnte unsere eigene Jagd auf die K-363 aber auch behindern.«

»Wir suchen doch nur ein U-Boot, nicht eine ganze Flotte.«

»Eigentlich ist es aber so, dass wir es mit zwei U-Booten zu tun bekommen könnten, falls dieser Amerikaner Scott auch erscheint. Es dürfte schwierig werden, sie zu unterscheiden. Ich möchte nur ungern einen Fehler machen und das falsche versenken. Das könnte durchaus passieren, wissen Sie. Und wenn es passieren würde, dann würden sich die Amerikaner vor Wut in die Hosen scheißen.«

Staschinski lächelte und deutete auf Chruschtschows Grab, das allmählich vom Schnee weiß wurde. »Ich glaube, Nikita würde das gefallen.«

16

Nördlich von Anholt

Nachdem die Sonarabteilung stundenlang Dutzende von falschen Kontakten überprüft hatte, kam endlich die Meldung: »Kapitan, Kontakt! Ein U-Boot – eine Akula!«

Scott setzte sich einen freien Kopfhörer auf und lauschte angestrengt. Wie oft hatte er auf Patrouille vor der Kola-Halbinsel, im Atlantik vor Spanien und einmal sogar vor der Küste von South Carolina schon Akulas gehört?

»Schwach. Ganz schwach. Eine Dreihundert-Hertz-Linie auf Peilung null-drei-zwei. Das ist ganz sicher die K-363.«

Scott hatte ihre halsbrecherische Hatz durch den Skagerrak nördlich von Læsøgedrosselt und mit der Jagd nach der K-363 begonnen. Zunächst war nichts zu hören außer dem üblichen Quietschen und Knarren des Lebens unter Wasser, dem Stöhnen von verrutschendem Sand, Geröll und Abfall auf dem Meeresboden und dazu das Geräusch der Wellen im Wind. All das zusammen lieferte die perfekte Tarnung für ein U-Boot.

Scott hatte gezögert, den hochempfindlichen Schleppsonar des U-Boots aus dem Verschlag bei der hinteren senkrechten Flosse holen zu lassen, weil er befürchtete, das Geräusch seiner Ausbringung könnte die K-363 alarmieren. Bisher verließ er sich bei der Suche nach ihrem Zielobjekt allein auf den passiven MGK-503-Bugsonar der K-480 und das feine Gehör seiner Männer am Sonar.

Die K-363 war leise, aber nicht völlig lautlos. Ihre langsam rotierende siebenblättrige Schraube produzierte eine Spirale aus platzenden Luftblasen und Druckwellen mit niedriger Amplitude, die vom Meeresboden abprallten und von der Küste nach außen abgestrahlt wurden. Ganz allmählich hatte der MGK-503-Sonar die Deckung der K-363 abgestreift. Nach etwa einer halben Stunde Suche begann eine grüne Spitze – ein Dreihundert-Hertz-Ton – über den Videomonitor im Sonarraum zu wandern.

»Feuerleitstelle. Entfernung?«

»Unter zwanzig Kilometer, Kapitan.«

Scott sah sich den Tiefen-Thermographanzeiger an. Die K-480 war von einer Kaltwasserschicht umhüllt, die das Geräusch der K-363 in langsamer Fahrt direkt in den Sonar der K-480 getragen hatte.

»Peilung?«

»Drei-drei-null, geradeaus.«

»Ausgezeichnet. Können Sie den Basiskurs bestimmen?«

»Aye, Kapitan.«

»Dann wollen wir mal sehen, ob wir näher rankommen können, ohne entdeckt zu werden«, erklärte Scott Abakow, der inzwischen schon ein beachtliches taktisches Verständnis entwickelt hatte.

»Vielleicht hat er uns schon gehört«, sagte Abakow, »und er erwartet uns.«

»Könnte sein«, sagte Scott. »Er operiert aber jetzt schon am Rande seiner technischen Möglichkeiten, weil die Zielerfassungsfähigkeit seines Sonars beeinträchtigt ist.«

»Weil er sich in Küstengewässern befindet?«

»Genau. Vielleicht gelingt es uns, uns an ihn anzuschleichen und ihm einen Aal direkt von hinten reinzujagen.«

Scott sah auf die Feuerleitkonsole. Die vier 650-mm-Torpedorohre der K-480 waren mit Anti-Schiffstorpedos vom Typ 65–76 geladen, und die 533-mm-Rohre waren mit akustischen drahtgesteuerten TEST-71-M-U-Boot-Abwehrtorpedos bestückt. Sie hatte außerdem sechs 400-mm-Bugrohre mit akustischen Ablenkungsködern. Reihen von grünen Lämpchen auf der Feuerleitkonsole zeigten den Status der Torpedos und Ablenkungsköder an.

»Kapitan, hier Feuerleitstelle. Ziel befindet sich auf Basiskurs eins-fünf-zwei Grad.«

Scott legte ein Lineal an der Kompassrose an und sah, dass die K-363 direkt auf die Einfahrt zum Öresund zusteuerte. Der gegenwärtige Kurs der K-480 war die Hypotenuse eines rechtwinkligen Dreiecks, während der Kurs der K-363 die Höhe bildete. Wenn sich nichts änderte, würden sich die beiden U-Boote an der Spitze des Dreiecks treffen.

»Er ist unterwegs in die Ostsee«, sagte Abakow, der sich über Scotts Schulter die Seekarte angesehen hatte.

»Verdammt richtig. Starpom, ordnen Sie Gefechtsbereitschaft an, aber machen Sie das mündlich. Ich möchte nicht, dass unsere Freunde uns hören.«

Die Männer in der Kommandozentrale und anderen Teilen des U-Boots hatten die kleinen Veränderungen aufmerksam verfolgt, die in einem U-Boot während der Verfolgung eines Ziels vonstatten gehen. Sie hatten sich schon vorher in der Nähe ihrer Gefechtsstationen aufgehalten und auf diesen Befehl gewartet. Nun traten sie in Aktion.

Scott blickte sich in der Kommandozentrale um und sah die Kursberechner an der Feuerleitstelle, die bereits an der Arbeit waren, die Hilfskräfte an ihren vielen Kontrollgeräten, die voll bemannte und kampfbereite Tauchstation. Aus allen

Teilen des Schiffs trafen die Meldungen ein: Maschinenraum, die Verschläge der Hilfsmotoren, die Reaktorkontrolle. Im Torpedoraum, ein Deck unter der Kommandozentrale, hatten die Männer an den Torpedos bereits die notwendigen Tests an ihrem Aal durchgeführt, die Schaltkreise überprüft und die Verbindungen zur Feuerleitstelle in der Kommandozentrale gecheckt.

»Alle Stationen bemannt und bereit, Kapitan«, meldete der Starpom.

Als die K-480 näher kam und sich die relative Peilung zur K-363 damit änderte, veränderte sich auch die taktische Darstellung auf dem Planungsschirm der Feuerleitstelle. In stetigem Fluss wurden die Informationen aktualisiert, die die Torpedos brauchten, um ihr Ziel zu finden.

Scott sah, dass Alex unauffällig in die Kommandozentrale schlüpfte. Sie hatte Botkin versorgt und sah völlig erschöpft aus. Abakow sagte etwas zu ihr, das Scott nicht verstand, und sie schüttelte verneinend den Kopf.

»Was ist los?«, fragte sie Scott.

»Wir haben Sonarkontakt zur K-363. Ich weiß nicht, was innerhalb der nächsten Stunde passieren wird, aber du kannst gern hierbleiben.« Er musterte ihr müdes Gesicht. »Wie geht es Botkin?«

»Unverändert.« Sie sah sich um, als würde sie die Kommandozentrale zum ersten Mal sehen, die Lichter, die Geräte und die Männer selbst, die angespannt vor Erwartung waren. »Wird es jetzt ernst, Jake? Gehst du jetzt auf die Jagd?«

Die Spannung war inzwischen fast greifbar geworden. Die Männer, die so konzentriert ihre Aufgaben erfüllten, hatten inzwischen einen Punkt erreicht, an dem sie von allem, was um sie herum vor sich ging, nichts mehr wahrnahmen. Dies war der Augenblick, für den sie ausgebildet worden waren, und schon bald würden sie vielleicht die Belohnung genießen können. Die Anspannung hatte sich auch auf Alex übertragen. Bewusst oder unbewusst klammerte sie sich so fest an das Geländer um die Periskophalterung, dass ihre Knöchel weiß hervortraten.

Eine Erklärung war überflüssig. Sie sah selbst, dass schon sehr bald etwas Außergewöhnliches passieren würde. Scott fragte sich, ob es wirklich so einfach sein würde und er die K-363 beim ersten Kontakt mit einem sauberen Schuss versenken könnte. Er wusste, dass es nie so einfach war, und dämpfte seine Vorfreude auf diesen Schuss mit einer Dosis Wirklichkeit. Alles Mögliche konnte passieren, und wahrscheinlich würde es das auch. Wenn man das nicht außer Acht ließ, bekam man vielleicht selbst keinen Torpedo in den Arsch.

»Kapitan, Sonar! Mehrfache Kontakte in einer Peilung auf einem Bogen von eins-zwei-null bis zwei-zwei-null ... Fregatten der Norsk-Klasse ... und ... die Fregatten der Oslo-Klasse, die wir schon früher gehört haben!«

Scott setzte den Kopfhörer auf und hörte die Geräusche von Schiffsmaschinen, die von der schweren See verzerrt wurden. »Sind Sie sicher?«, fragte er den Mann am Sonar.

»Positiv, Kapitan. Ich habe sie abgerufen, und sie stimmen überein. Sehen Sie.«

Ein Satz Geräuschprofile entsprach genau den beiden Fregatten der Oslo-Klasse. Die Schiffe der Norsk-Klasse waren neu, und die russischen Boote hatten die Einzelprofile noch nicht aufgezeichnet, sondern besaßen nur die Signaturen des charakteristischen Geräuschs ihrer Laval-Ljungstrom-Gasturbinenantriebe. Das Bild war jetzt etwas klarer geworden, und es gefiel Scott gar nicht, was er sah – eine Reihe von norwegischen U-Boot-Abwehrfregatten, die die K-480 zur K-363 hintrieben.

»Die werden uns nach Süden jagen, ob uns das gefällt oder nicht«, sagte Scott. »Das führt uns direkt in die Zufahrten zum Öresund. Wenn die Schweden bisher noch nicht alarmiert waren, sind sie es jetzt.«

Abakow warf einen kurzen Blick auf die Seekarte. Der Öresund lag in schwedisch-dänischen Gewässern. »Was ist mit den Dänen?«, fragte er.

»Ihre U-Boot-Abwehr ist praktisch nicht vorhanden, also werden sie sich darauf verlassen, dass die Schweden den Sund abschirmen, damit kein U-Boot auf Tauchfahrt durchkommt. Völlig abriegeln können sie ihn wegen des regen Handelsverkehrs dort nicht.«

Scott sah den besorgten Ausdruck in Abakows Gesicht. »Ganz recht, wir stehen kurz davor, in eine Ecke gedrängt zu werden.«

»Kapitan, ich habe Kontakt mit zahlreichen Zielen.«

»Haben Sie die Akula?«, fragte Litwanow.

Der Mann am Sonar nickte langsam. »Ich glaube, ja, eine Dreihundert-Hertz-Linie, aber schwach. Verdeckt von den Fregatten und Handelsschiffen. Peilung null-neun-fünf. Entfernung nimmt ab um fünfzig Meter pro Minute.«

»Feuerleitstelle, wie sieht das auf dem Rechner aus?«

»Entfernung unter zwanzig Kilometer, Sir, vielleicht weniger.«

Litwanow warf Zakajew einen Blick zu, um ihn daran zu erinnern, wie richtig seine Prognose gewesen war: Es würde tatsächlich äußerst schwer werden, durch den Sund zu kommen.

Litwanow hatte außerdem von den Gefahren berichtet, denen sich U-Boote auf dem Weg zum Sund gegenübersahen. Die russischen Navigationskarten warnten vor sich ständig verändernden Bedingungen am Meeresboden, die sich auf die Tiefe auswirkten, vor alten Minenfeldern, dem Ost-West-Fährenverkehr zwischen Schweden und Dänemark, und schließlich noch vor gefährlichen Strömungen. Weroschilow hatte Litwanow außerdem noch an das niedrige Wasser im Kattegat erinnert. Hier war das Meer im Durchschnitt nur dreißig Faden tief, noch flacher als in den Zufahrtswegen zum Sund.

»Wir lassen diesen lauten Mistkerl dicht an uns rankommen, und dann haben wir eine Überraschung für ihn«, sagte Litwanow.

»Wollen Sie ihn torpedieren?«, fragte Zakajew.

»Nur wenn ich muss«, antwortete Litwanow.

»Was haben Sie dann vor?«

Litwanow besprach sich jedoch bereits mit seinen Männern am Sonar und gab keine Antwort.

»Wo sind diese Fregatten?«

»Nördlich, Peilung jetzt null-neun-fünf.«

»Was haben wir an Handelsverkehr?«

»Hauptsächlich Diesel mit einer Schraube, Kapitan.« Er deutete auf die Tonkaskaden, die an den Sonarschirmen herabkrochen. »Vier große, wahrscheinlich Containerschiffe und Ro-Ros.« Damit meinte er die Roll-On/Roll-Off-Frachter, die eine gemischte Fracht von PKWs, Lastern und Containern transportierten. »Die Ziele haben Kurs auf den Sund und fahren parallel zu unserem. Der Kurs führt sie östlich an Anholt vorbei.«

»Das Wetter hält sie kein bisschen auf«, bemerkte Litwanow. »Ein richtiger Güterzug. Sie wollen entweder nach Helsingborg oder nach Kopenhagen.« Litwanow drehte sich zu Zakajew und dem Mädchen um und grinste. »Nur schade, dass wir keine Zeit für einen Besuch haben. Kopenhagen ist eine schöne Stadt.«

Er ging zur Periskophalterung.

»Dann wollen wir uns die ganze Sache doch mal anschauen. Auf Periskoptiefe gehen.«

Er hatte recht: Ein wahrer Güterzug von Schiffen zog vor dem ausgefahrenen Periskop hinter einem Schleier aus Regen und Nebel wie Blechenten in einer Schießbude vorbei. Die grünen Positionslichter und die Reihen von weißen Lichtern an den Freidecks und Aufbauten beleuchtete die Schiffe wie ein Jahrmarkt. Litwanow ließ den Zug mit starker Vergrößerung vorbeiziehen und rief sie einzeln auf.

»Ein Containerschiff. Als Nächstes ein Gastransporter.« Er sah die Buchstaben LNG *(Liquid Natural Gas)* in sieben Meter hohen weißen Lettern auf dem Schiffsrumpf, und auf dem Hauptdeck vier riesige Kuppeln, die Container für das Flüssiggas. »Als Dritter ein Ro-Ro. Der Letzte ist ein Containerschiff, ein Riesending, mehr als hundertfünfzigtausend Tonnen. Periskop einfahren.«

»Also, was machen wir?«, fragte Zakajew noch einmal.

»Mir gefallt das Containerschiff. Vielleicht fährt das mit uns huckepack in den Sund.«

Captain Bayer war stolz auf seine Leistung, zugleich aber ein wenig enttäuscht. Die gerade in Dienst gestellte Fregatte *Kalix* mit ihrer völlig unerfahrenen Mannschaft hatte es tatsächlich geschafft, zu einer der beiden Akulas Kontakt herzustellen. Sie befand sich südlich von ihrer gegenwärtigen Position bei Anholt. Er bereute jetzt seine Entscheidung, den Schleppsonar der *Trondheim* auszubringen, denn er würde in den beengten Gewässern ihre Manövrierfähigkeit behindern. Die *Narvik* und die *Norsk* hatten bereits angefangen, ihn wieder einzuholen. Er wollte den Russen ganz für sich, aber jetzt würde er ihn teilen müssen.

»Wir haben es eilig, Mr. Garborg«, hatte er gesagt, »aber ich will keine Verletzten.« Garborg konnte Bayers Sorge um die Matrosen verstehen, die mit dem sperrigen Gerät auf dem Heckaufbau des Schiffs arbeiteten, aber der Druck war trotzdem spürbar. Er wusste, dass Bayer unruhig auf der Brücke hin und her ging und auf die Bestätigung wartete, dass der Schleppsonar eingeholt worden war.

»Irgendwelche Nachrichten von der *Kalix?*«, fragte Bayer seinen Ersten Offizier Dass.

»Sie hat noch immer passiven Kontakt, Sir.«

»Haben wir einen offenen Kanal nach Stavanger?«

»Ja, Sir. Der Funkoffizier hört ständig mit. Sie sind in Bereitschaft.«

Bayer hatte bereits befohlen, den Kurs in Richtung auf den Sonarkontakt zu ändern. Im Augenblick konnte er also nicht mehr tun als ungeduldig warten. »Die Empfangsbedingungen sind sehr schlecht«, sagte Bayer zu Dass. »Es überrascht mich, dass die *Kalix* überhaupt einen Kontakt bekommen hat, aber noch mehr, dass sie ihn halten kann.«

Bayer sah nach achtern zu dem hell erleuchteten Heck, wo Matrosen in blauen Schutzhelmen sich um die Winde drängten. Er verfolgte, wie das triefende Kabel langsam auf die Trommel gewickelt wurde. Es kam ihm vor, als würde das Einholmanöver ewig dauern.

»Wie sieht es auf unserem Radar aus?«, fragte Bayer, ohne den Blick vom Heck zu lösen.

»Diese vier schweren Pötte ziehen noch immer hintereinander nach Süden, Captain.«

Bayer begann erneut, auf und ab zu gehen. »Behalten Sie sie im Auge. Vielleicht werden wir sie aus dem Bereich fernhalten müssen, in dem diese verdammte Akula operiert. Das wird ihnen zwar nicht gefallen, aber sie haben keine Wahl.«

»Aye, aye, Sir.«

Wieder ging Bayer zehn Minuten auf und ab, bis endlich Garborgs Vollzugsmeldung kam, dass der Schleppsonar aus dem Wasser war. Bayer fuhr auf dem Absatz herum und rief Dass zu: »Beide Maschinen volle Kraft voraus. Gehen Sie auf Wachbereitschaft zwei.«

»Aye, aye, Sir. Volle Kraft voraus. Wachbereitschaft zwei.«

Auf der Signaltafel begannen Lämpchen aufzuleuchten, als die verschiedenen Stationen antworteten. Das Deck begann unter den Füßen zu vibrieren. Der Bug der Fregatte hob sich, als ihre Schrauben Schub aufnahmen.

»Funkoffizier!«

»Aye, Sir.«

»Funkspruch an die *Narvik* und die *Norsk*: ›Folgen baldmöglichst und so weiter.‹ Funkspruch an *Kalix*: ›Position halten, bis wir aktiv auf Sonar gehen, dann Schleppsonar ausschalten.‹ Mr. Dass.«

»Sir?«

»Wir sind an der Grenze der Sonarreichweite, aber Sie können in fünf Minuten auf *aktiv* gehen. Und halten Sie die Waffensysteme bereit.«

»Ich habe drei Pings, Kapitan.«

»Die Norweger«, sagte Scott. »Sie nehmen die K-363 ins Visier.«

»Was könnte sie daran hindern, uns auch ins Visier zu nehmen?«, fragte Abakow.

»Wenn wir es nicht schaffen, ihnen aus dem Weg zu gehen, gar nichts.«

Scott musterte die taktische Darstellung. Drei norwegische Fregatten, die mit aktivem Sonar pingten; die K-363 irgendwo südlich von Norwegen und wahrscheinlich kurz davor, den Öresund zu erreichen; vier Handelsschiffe, nördlich von der gegenwärtigen Position der K-363, die auf den Sund zuliefen.

»Wenn wir da jetzt unsere Nase reinstecken, handeln wir uns wahrscheinlich ein paar Wasserbomben von den Norwegern ein. Wenn wir aber nichts tun, könnte Litwanow in den Sund einlaufen, bevor die Norweger ihn aufhalten können.«

»Sehen Sie mal, der Sund ist nur etwa fünfeinhalb Kilometer breit«, sagte Abakow, der sich so weit über die Seekarte heruntergebeugt hatte, dass er sie praktisch mit der Nasenspitze berührte. »Könnten die Schweden den nicht abriegeln?«

Durch den Öresund führten nur zwei schmale, relativ flache Schifffahrtsrinnen. An manchen Stellen war das Wasser weniger als zehn Faden tief. Auf der dänischen Seite machte der Sund bei Kronborg Pynt eine scharfe Linkskurve, bevor er sich zur Zufahrt nach Stockholm verbreiterte. Irgendwie erinnerte das Scott an zwei Zugangsschächte im Schlachthof.

»Wahrscheinlich werden sie es nicht riskieren, dass ein U-Boot in der Fahrtrinne sinkt«, sagte Scott. »Es wäre besser, die K-363 festzunageln, bevor sie durchkommt oder Kopenhagen erreicht.«

»Kapitan!« Der Mann am Sonar reichte Scott einen Kopfhörer. »Irgendwas …!«

Scott hörte das vertraute schrille *Ping* der norwegischen Sonare. Dazwischen mischte sich das regelmäßige Wummern der Schrauben der näher kommenden Handelsschiffe.

»Yuri, hören Sie sich das mal an«, sagte Scott. »Sie sind jetzt auf aktiv gegangen. Das wird ihnen aber nicht viel nützen, weil Akulas eine echoabweisende Beschichtung auf ihrem Rumpf haben, die den aktiven Sonar durcheinanderbringt. Trotzdem, man kann nie wissen. Die Norweger könnten Glück haben.«

Abakow hörte das Mahlen der Schrauben und das unheimliche, kristallklare *Ping* der Sonare.

»Ruder hart steuerbord! Kurs eins-fünf-null!«, befahl Scott.

»Ruder hart steuerbord, aye«, kam die Bestätigung.

Die K-480 drehte bei, um den näher kommenden Fregatten und Handelsschiffen auszuweichen. Scott sprach im Stillen ein Gebet, dass sie nicht vom Sonar der Norweger erfasst würden, die nach der K-363 suchten.

»Starpom, gehen Sie auf Periskoptiefe. Es wird Zeit, dass wir uns einmal umschauen.«

»Sie haben uns gefunden!«, rief Litwanow.

Zakajew wurde blass. Er hörte die *Pings,* die vom beschichteten Rumpf abprallten, und spürte die Schallimpulse, die ihn um den Verstand zu bringen drohten. Das Mädchen erkannte, wie schockiert er war, und schlug eine Hand vor den Mund. Sie wusste, dass es hier kein Versteck gab.

Litwanow sah nach oben, als könnte er die Sonarimpulse

sehen, die sie aufgespürt hatten. So viel zu der echoabweisenden Beschichtung der K-363. Wahrscheinlich fehlten Teile davon. Er gab eine Reihe von Befehlen an den Rudergast und den Maschinenraum. Die K-363 nahm Fahrt auf und drehte nach rechts bei. Sie hinterließ mit diesem Manöver einen Wirbel im Wasser, um das Sonar der Fregatten durcheinanderzubringen. Er zählte bis zehn und befahl dann: »Einen Geräusch-Simulationsköder Typ LA abfeuern!«

Es dauerte einen Moment, bis das Auswurfrohr im Bug geflutet und der Druck ausgeglichen war. Dann hatte der Luftschub in dem Rohr genug Druck aufgebaut und spuckte eine Geräuschquelle in den Verwirbelungsstrudel am Heck der K-363, die wie ein amerikanisches U-Boot der Los-Angeles-Klasse klingen sollte.

Die K-363 vollendete ihre Kehre weg von dem Köder. Litwanow beobachtete genau den entgegen dem Uhrzeigersinn rotierenden Kompass und ordnete dann an: »Geradeausfahrt, jetzt! Stetig auf Kurs zwei-sieben-null! Sonar ...?«

»Keine Veränderung, Kapitan.«

Die Fregatten hatten ihren Kurs beibehalten.

»Sie sind nicht darauf hereingefallen«, erkannte Litwanow. »Wie wäre es dann damit! Feuerleitstelle!«

»Feuerleitstelle, aye«, kam sofort die Bestätigung von dem *Mitschman* an der Konsole der Feuerleitstelle, während Woroschilow die Dateneingabe überwachte.

»Bereitmachen für Zielerfassung.«

Litwanow warf einen kurzen Blick zu Zakajew hinüber. Das Gesicht des Generals war zu einer Maske erstarrt, aber es war ihm klar, dass es keine Alternative gab.

Litwanow befahl: »Zielerfassung ... Ziel zwei!«

»Ziel zwei?«, fragte der *Mitschman* zurück.

»Sind Sie taub?«, brüllte Weroschilow ihn an. »Der Kapitan sagte Ziel zwei!«

Schlagartig kam wieder Leben in Zakajew. Er hatte es inzwischen gelernt, die Sonarkontakte abzulesen, aber noch bevor er protestieren konnte, schnitt Litwanow ihm das Wort ab. »Das ist die einzige Möglichkeit!«

Die *Pings* über ihnen wurden immer intensiver und schriller. Zakajew hörte das zornige Mahlen der Schrauben vom Norden her auf sie zukommen. Er erkannte, dass er und seine Kampfgefährten hier einen Punkt erreicht hatten, von dem aus es keine Umkehr mehr gab. Sie mussten sich wehren.

»Bereitschaft für Flutung der Rohre eins und zwei!«, befahl Litwanow.

»Rohre eins und zwei bereit für Flutung.«

Der Datenschirm auf der Konsole der Feuerleitstelle piepste, und eine vertikale weiße Linie erschien.

»Feuer vorbereitet und Peilung berechnet, Kapitan«, meldete der *Mitschman*.

Im Torpedoraum fuhren die eingebauten Computer der beiden 53–65-Schiffsabwehr-Torpedos hoch.

»Rohre eins und zwei fluten, und Außentore öffnen!«, befahl Weroschilow.

Der *Mitschman* an der Konsole der Feuerleitstelle bestätigte, dass sich beide Außentore geöffnet hatten. Er klappte den Schutz der Sicherheitsabdeckung über den rot blinkenden Auslöse-Knöpfen zurück, dann die Abdeckung selbst, und kippte beide Verriegelungen nach vorne auf die Aktivposition. Sofort schalteten die Lampen von Rot auf Grün. Im Torpedoraum baute ein elektrischer Impuls den Luftschub in den Torpedorohren auf.

Litwanow sah zur Überkopfanzeige auf, dann zu Zakajew hinüber.

Der dicke Finger des *Mitschman* schwebte über dem Knopf mit der Beschriftung Rohr eins.

»Rohr eins, Feuer!«, befahl Litwanow, und einen Moment später: »Rohr zwei, Feuer!«

Bayer zwang sich dazu, sich zu bewegen, die Arme und Beine in Gang zu setzen, das Gehirn arbeiten zu lassen. Der LA-Geräusch-Simulator hatte ihn nicht getäuscht: Das war nicht mehr als ein Versuch der Russen gewesen, Verwirrung zu stiften. Dann aber hatte er Garborgs Aufschrei gehört: »Torpedos im Wasser! Torpedos im Wasser, Steuerbord auf Peilung null-acht-null!«

Bayers Befehl folgte automatisch. Einen Sekundenbruchteil später spürte er, wie sich das Deck unter seinen Füßen nach links neigte, spürte, wie die *Trondheim* abdrehte, und hörte, wie eine Tasse und ein Teller auf dem Deck zersplitterten.

Der Brückenlautsprecher, der mit der Kommandozentrale verbunden war, erregte seine Aufmerksamkeit, als er das durchdringende hohe Heulen der Zielerfassung der beiden Torpedos hörte. Unmöglich, dachte Bayer. Das kann doch nur ein Irrtum sein! Er hörte das bedrohliche Piepsen des aktiven Sonars der Torpedos auf der Jagd nach ihren Zielen. Es war kein Irrtum.

Bayer schwenkte das Fernglas nach Backbord und sah, dass die *Narvik* und die *Norsk* ebenfalls mit voller Kraft ihren Kurs änderten, und dann sah er den hell erleuchteten Güterzug von Handelsschiffen, die unbeirrt und ahnungslos weiter nach Süden zogen.

»Captain, Torpedos ziehen weit auf Steuerbord vorbei!«, meldete Garborg aufgeregt aus der Kommandozentrale. »Sie haben uns verfehlt!«

»Was? Wie weit verfehlt?«

»Um fast tausend Meter...«

Ein Alarmsignal meldete sich in Bayers Kopf. »Mr. Dass!«

»Sir?«

»Kontaktieren Sie diese Handelsschiffe! Sagen Sie ihnen, es handelt sich um einen Notfall! Sie sollen sich verteilen! Bewegung!«

Dass rannte aufs Brückendeck zum Funktelefon.

»Funkoffizier!«

»Sir?«

»Rufen Sie die *Narvik* und die *Norsk*. Sagen Sie ihnen, sie sollen wieder in Formation mit uns gehen und neue Befehle abwarten. Dann verbinden Sie mich mit Stavanger.«

»Aye, Captain.«

Bayer rannte Dass auf das Brückendeck nach. »Rudergast, dreißig Grad nach rechts schwenken!«, befahl er, um die *Trondheim* damit wieder auf die Reihe von Handelsschiffen zu richten. Im Hintergrund hörte er, wie Dass versuchte, eines der Schiffe per Funktelefon zu erreichen, jedoch ohne Erfolg.

»Sind die denn taub?«, fragte er Dass über die Schulter hinweg. Er fuhr herum. »Steuermannsmaat, schalten Sie die Schiffssirene an, und lassen Sie sie heulen, bis sie auf uns aufmerksam werden.«

Die *Trondheim* drehte nach rechts ab. Ihr Bug kämpfte sich dabei durch die stürmische See, und ihr Vorderdeck und der vordere Kanonenturm wurden von den Wellen überspült. Die *Trondheim* zeigte danach genau in die Mitte der Reihe von Handelsschiffen.

Das durchdringende, sich regelmäßig wiederholende Geheul der Schiffssirene ließ Bayer zusammenzucken. Wahnsinn, dachte er, hier feuert ein russisches U-Boot mitten im Frieden Torpedos auf unbewaffnete Handelsschiffe ab! Wahnsinn oder nicht, das war ganz klar eine Kriegshandlung, und er war mit seinen Männern darin verwickelt. Und die Menschen auf diesen Handelsschiffen auch.

»Was ist mit Stavanger?«, fragte er gereizt. »Haben wir Verbindung mit Stavanger?«

»Ich versuche es weiter. Wir haben den offenen Kanal verloren.«

Bayer stand auf dem Brückendeck seines Schiffs und überlegte, welche riesigen Informationsmengen in diesem Augenblick in der Feuerleitstelle eintrafen und dort von den Computern verarbeitet wurden. Deshalb hatten sie den offenen Kanal verloren, über den er Stavanger darüber informieren wollte, dass hier gleich ein Krieg ausbrechen würde.

Bayer hob sein Fernglas und sah sich die Reihe von Handelsschiffen an. Seine Gedanken rasten. Wie schnell waren diese Torpedos? Fünfzig Knoten. Zeit bis zum Einschlag? Weniger als drei Minuten.

Endlich hatte Dass jemanden mit dem Funktelefon erreicht. Eine Signallampe auf der Brücke des vorderen Schiffs begann zu blinken.

»Antworten Sie ihnen!«, befahl Bayer.

Der Mann am Funkgerät hielt eine Hand über den Hörer und rief: »Stavanger, Captain!«

Bayer rührte sich nicht. Er stand wie zur Salzsäule erstarrt mit dem Fernglas vor den Augen da und starrte auf die riesigen weißen Lettern LNG auf der Seite des Handelsschiffs. Er überlegte kurz, ob er dem Rudergast noch einen Befehl geben sollte, um ihre Fahrt in Richtung auf die Reihe von Handelsschiffen zu stoppen, die zum Teil schwer mit hoch aufgestapelten Containern beladen waren. Das Schiff mit den vier riesigen grünen Kuppeln mit flüssigem Erdgas aber war es, das seine gebannte Aufmerksamkeit eine Ewigkeit, wie es ihm schien, auf sich lenkte, bis die ganze Welt in dem grellen Licht von Millionen Sonnen in Flammen aufging.

Dann kam die Druckwelle, und schließlich die Gluthitze, als sich der Flüssiggastanker vor Bayers Augen in Feuer und Rauch auflöste.

Die Unterwasserdruckwelle hätte die K-480 beinahe um die eigene Achse gerollt. Gerade noch rechtzeitig hatte Scott eine Warnung rufen und das Periskop einfahren können, bevor die Druckwelle sie noch vor dem ohrenbetäubenden Donner der Explosion traf. Er hatte den LNG-Tanker längst gesehen und auch den Kurs der beiden Torpedos verfolgt, aber er hatte nicht glauben wollen, was Litwanow vorhatte, bis es fast schon zu spät war.

»Starpom, Schadensbericht von allen Stationen. Stellen Sie fest, ob sich jemand verletzt hat.«

»Aye, Kapitan.«

»Yuri, gehen Sie nach achtern, und sehen Sie nach Alex und Botkin.«

Inzwischen waren drei Minuten seit der Explosion vergangen. Sie waren ihm wie Stunden vorgekommen. Die Kommandozentrale selbst war nicht beschädigt worden, aber überall lagen Bruchstücke und Scherben auf dem Deck und knirschten unter den Stiefeln. Die Tauchwache hatte das Boot getrimmt und ausgerichtet, und es war wieder unter Kontrolle. Scott hatte sich zuerst davon überzeugt, dass die K-480 noch seetauglich war, und nun überprüfte er die taktische Lage.

»Kapitan, ich zähle fünf bis sechs Kontakte«, meldete die Sonarwache, während Scott zugleich mithörte.

Ein Kontakt, ein Handelsschiff, schwamm noch, war aber in zwei Hälften zerbrochen. Die anderen beiden Handelsschiffe, die voll beladen gewesen waren und deshalb tief im Wasser gelegen hatten, waren gesunken. Scott konnte deutlich ihre Schotte und voll beladenen Lagerräume ächzen und stöhnen hören, die zusammenbrachen und sich mitsamt ihrer Ladung mit Wasser füllten. Ein drittes Schiff, der unglückliche Flüssiggastanker, war vollständig verschwunden.

Scott nahm den Kopfhörer von einem Ohr.

»Diese vier Kontakte hier, Sir, sind die norwegischen Fregatten. Drei davon treiben tot im Wasser, die vierte hat Fahrt nach Süden aufgenommen. Ihr Sonar ist auch wieder aktiv.«

»Sie sind auf der Jagd nach der K-363.« Noch während Scott zusah, erschienen aus allen Himmelsrichtungen neue Sonarkontakte auf den Bildschirmen. »Rettungsoperationen. Dort oben ist gleich eine ganze Menge los.«

»Sir, es tut mir leid, aber wir haben den Kontakt mit der K-363 verloren«, meldete der Mann am Sonar.

Scott wusste, dass das U-Boot unter dem Schutz der Geräusche der sinkenden, zusammenbrechenden Schiffe in den Öresund verschwunden war.

»Spielen Sie die Torpedoabschusssequenz noch einmal ab. Sehen Sie zu, ob wir nicht über die Abschussstelle die Position der K-363 feststellen und so ihre Spur wieder aufnehmen können.«

»Aye, Kapitan.« Der Mann am Sonar setzte das Wiederholungsprogramm in Gang.

Scott sah Abakow in die Kommandozentrale kommen. »Wie geht es Alex?«, fragte er den Russen.

»Sie ist unverletzt, aber angeschlagen. Ich habe ihr gesagt, sie soll sich hinlegen.«

»Gut. Botkin?«

Abakow zuckte mit den Achseln.

»Behalten Sie sie im Auge.«

»Kapitan, alle Abteilungen sicher«, meldete der Starpom. »Keine Verletzten.«

»Ausgezeichnet«, sagte Scott. Er sah sich die Männer in der Kommandozentrale an. Sie standen alle an ihren Stationen und warteten auf weitere Befehle. »Auf Periskoptiefe gehen. Sehen wir uns mal an, was da vor sich geht.«

Ein Handelsschiff im Kattegat torpediert, zahlreiche Opfer, fremde U-Boote in Gewässern, die eigentlich norwegisches, dänisches und schwedisches Hoheitsgebiet waren. Unwillkürlich zog Scott den Kopf ein. Ein Aufschrei würde sich erheben, wenn das die Weltöffentlichkeit erfuhr.

Er gab sein Okay, und das Periskop wurde ausgefahren. Über den Monitor rollten diagonale Streifen, die sich in Lichtpunkte verwandelten, als die Spitze des Periskops die Wasseroberfläche durchbrach. Ein kurzer Schwenk bestätigte Scott, was er zu sehen erwartet hatte: brennende Trümmer, die Strahlen von Suchscheinwerfern, eine schwer angeschlagene norwegische Fregatte und ihre zwei Begleiter. Schaukelnde, blinkende Lichtpunkte auf der Wasseroberfläche zeigten die Positionen von Überlebenden mit Lampen an.

»Periskop einfahren. Gehen Sie auf Kurs eins-vier-null. Langsame Fahrt voraus. Lassen Sie das Video noch einmal mit halber Geschwindigkeit ablaufen.«

Die Wiederholung bestätigte, dass eine der norwegischen Fregatten bei der Explosion von mehr als zwei Millionen Kubikmetern auf minus hundertsechzig Grad gekühltem Flüssiggas schwer beschädigt worden war. Durch den Einschlag der Torpedos war das Gas an Bord des Schiffs mit der Gewalt einer kleinen Atombombe hochgegangen, und jedes Schiff in unmittelbarer Nähe war versenkt worden oder sah nur mehr aus wie ein Wrack. Die dadurch ausgelöste Flutwelle musste kleinere Schiffe in der Umgebung überflutet und zahlreiche Bauten an der Küste zerstört haben.

Scott betrachtete die Männer und wusste, dass ihnen die gleichen Gedanken im Kopf herumgingen wie ihm: Die Tschetschenen waren offensichtlich fest entschlossen, einen Krieg zu beginnen.

Der Präsident der Vereinigten Staaten hatte gerade eine Besichtigung der Sommerresidenz Katharinas der Großen mit dem restaurierten Bernsteinzimmer sowie eine Aufführung von Schwanensee im Mariinski-Theater in St. Petersburg hinter sich. Nun saß er in seinen Räumen im Winterpalast, zog sich die Schuhe aus, lehnte sich zurück und nippte an einem eisgekühlten Sinopskaia-Wodka.

»Und die nennen St. Petersburg die Verbrechenshauptstadt Russlands«, stöhnte er. »Das sehe ich aber ganz anders. Ich habe heute so viel Kultur mitbekommen, dass es mir bis an mein Lebensende reicht. Auf der anderen Seite sollen sie ja hier eine verdammt gute Pornoindustrie haben. Haben Sie sich denn schon eine Live-Vorführung angesehen, Paul?«

Der nationale Sicherheitsberater spürte, wie er rot wurde. »Nein, Sir.« Ihm war nicht danach, mit seinem Chef Späßchen zu machen, aber er lächelte trotzdem. Er trug wie der Präsident formelle Abendkleidung und stand mit einem Glas Kvass in der Hand mitten im Zimmer. Sein Lächeln war jedoch schnell wieder verflogen und hatte einem besorgten Gesichtsausdruck Platz gemacht.

»Geben Sie mir eine Minute, Paul, damit ich verschnaufen kann. Es war ein langer Tag, und vor mir liegen noch drei Tage mit Konferenzen und Gesprächen. Und ich kann keinen Kaviar mehr sehen.« Der Präsident sah müde aus und trank noch einen Schluck Wodka. »Hatten Sie schon Gelegenheit, mit Subitow zu sprechen?«, fragte er. Er meinte den russischen Verteidigungsminister.

»Etwa ein halbes Dutzend Mal«, sagte Friedman. »Und mit seinem norwegischen Amtskollegen und anderen auch.«

»Und die Presse?«

»Da hat noch niemand etwas gesagt. Ein Reporter der *New York Times* wollte wissen, was ich darüber gehört hätte, aber er hat anscheinend die Version von einem Unfall geglaubt. Ich weiß allerdings nicht, wie lange sich das aufrechterhalten lässt, aber bisher ist es für uns noch okay.«

»War es das, Paul? Hatte Zakajew das die ganze Zeit vor? Einen Erdgas-Tanker zu torpedieren und den Skandinaviern einen Höllenschrecken einzujagen?«

Friedman war die unverhüllte Skepsis des Präsidenten nicht entgangen. »Nein, Sir. Das war es nicht, was er vorhatte.«

»Es ist doch unwahrscheinlich, dass die Russen deshalb klein beigeben werden, oder?«

»Wohl kaum. Das war nicht mehr als ein Ablenkungsmanöver, um den Norwegern zu entkommen.«

Der Präsident grübelte darüber nach. »Fragen wir doch mal, was Karl dazu meint«, sagte er schließlich. »Wo sind wir untergebracht?«

»In der Bibliothek.«

Der Präsident zog sich die Schuhe wieder an und stand auf.

Zwei Männer vom Secret Service, die sich bisher im Hintergrund gehalten hatten, knöpften ihre Sakkos zu und machten sich bereit, ihn den Gang entlang zu der kleinen Privatbibliothek zu begleiten, die früher einmal Nikolaus II. benutzt hatte. Zu einem dritten Agenten, der ihm die Tür aufhielt, sagte er: »Sagen Sie der First Lady, sie soll nicht auf mich warten.«

Zwei tragbare Videomonitore standen angeschlossen auf einem abgenutzten Tisch. Farbige Anschlusskabel schlängelten sich über den Parkettboden zu einer kompakten Videokamera, die auf den Präsidenten gerichtet und mit einer Satelliten-Richtantenne verbunden war. Ein aus Einzelsegmenten zusammengesetzter Partikel-Sicherheitsschirm um die Anlage schützte den Präsidenten vor Lauschangriffen.

Der Präsident zog sich einen Stuhl vor einen Monitor und sagte: »Guten Tag, Karl.«

Ein Techniker setzte eine Aufzeichnung auf DVD in Gang.

»Guten Abend, Mr. President. Es tut mir leid, dass es für Sie so spät geworden ist.«

Friedman, der neben dem Präsidenten vor einem weiteren Monitor saß, sagte: »Karl, wie ist der aktuelle Stand?«

»Sir, nach norwegischen Angaben haben wir es schätzungsweise mit achtzig Toten und achtzehn Vermissten zu tun. Wir haben Bestätigung dafür erhalten, dass vier Schiffe versenkt worden sind. Ein fünftes, die norwegische Fregatte *Trondheim*, wurde schwer beschädigt. Der Kapitän und zwei weitere Besatzungsmitglieder wurden getötet. Ich habe eine Reihe von Satellitenfotos, die Ihnen einen Eindruck von der Stärke der Explosion vermitteln werden.«

Ein Bild erschien auf beiden Monitoren. Radford erklärte,

dass es sich dabei um Satellitenaufnahmen aus einer seitlichen Position in hoher Umlaufbahn handelte, die nachts mit einer Infrarotkamera gemacht worden waren. Die Küsten von Dänemark und Schweden waren in kräftigem Blau und das Kattegat in Grün abgebildet. In der Mitte des Fotos zog ein dicker roter Wärmefleck ihre Aufmerksamkeit auf sich. Radford kommentierte die Reihe, in der der Fleck allmählich zu enormer Größe anwuchs, bis er fast die schwedische Küste erreichte.

»Beobachter aus Stockholm in Schweden und aus Hamburg in Deutschland berichten, sie hätten den Lichtblitz der Explosion gesehen«, berichtete Radford. »Manche dachten sogar, eine Kernwaffe sei detoniert. Ein paar TV-Sender haben das auch berichtet, und Sie können sich die Panik vorstellen, die das ausgelöst hat.

Bisher ist man in Norwegen noch damit einverstanden, unserer Bitte zu entsprechen und es als Unfall an Bord eines Flüssiggastankers darzustellen. Eine ganze Menge Menschen sind aber äußerst beunruhigt deshalb, darunter die führenden Schifffahrtslinien der Welt, und natürlich Lloyd's of London, und von der UNO wird eine sofortige Untersuchung verlangt. Was den Ablauf betrifft, so sind wir uns mit den Norwegern einig, dass der Tanker von zwei Torpedos getroffen wurde. Sie wissen, dass sie von einem russischen U-Boot abgefeuert worden sind, und es ist nur eine Frage der Zeit, bis die norwegische Marine sich die ganze Sache zusammenreimt. Sie haben bereits zugegeben, dass sie im Verlauf der vergangenen Woche ihrer Einschätzung nach zwei russische U-Boote verfolgt haben. Wir wissen, dass sie die SOSUS-Kontakte als Beweis dafür haben. Außerdem bestätigen uns die Gespräche, die wir abgehört haben, dass sie den Verdacht hegen, die Russen könnten ihre U-Boote nicht unter Kontrolle haben. Bisher hat im Oberkommando in Stavanger noch niemand das Wort Terrorist benutzt, aber das dürfte nur eine Frage der Zeit sein. Und ebenso eine Frage der Zeit ist es, bis die Norweger, die Schweden und vielleicht sogar die Dänen offiziell protestieren.«

»Und was ist mit den Russen?«, erkundigte sich der Präsident.

»Sie ziehen ihre Verbände aus der Barentssee ab, und es lässt sich jetzt schon eine gesteigerte Aktivität in der Ostsee nachweisen. Mr. President, wenn sie Ihnen jetzt noch keine Fragen stellen, werden sie es sehr bald tun.«

»Subitow hat um ein privates Gespräch über den, wie er sagte, *Zwischenfall* gebeten, und ich kann ihn nicht hinhalten. Morgen werde ich es wahrscheinlich vom Präsidenten selbst zu hören bekommen.«

Friedman fragte: »Karl, haben Sie etwas von Grischkow gehört?«

»Noch nicht. Aber das werde ich. Darauf können Sie wetten.«

Der Präsident leerte sein Wodkaglas und stellte es zur Seite. Nach einer langen Pause sagte er: »Und was ist aus Scott geworden?«

»Unserer Meinung nach ist er entweder im Kattegat oder in der Ostsee. Wir können das nicht sicher sagen, aber ich bin überzeugt, dass er nach wie vor die K-363 verfolgt.«

»Könnte es sein, dass die K-363 bei der Explosion versenkt worden ist?«, fragte der Präsident.

»Das ist zweifelhaft, Sir«, sagte Radford. »Wir hätten das wahrscheinlich über Satellit registriert. Wir haben von der Wärmebildkamera die Standorte von vier Wracks – und der Fregatte –, aber keine Spur von etwas anderem.«

»Also auf den Satellitenaufnahmen sind keinerlei Spuren von ihr?«

»Nein, Sir. Unsere Lasersatelliten sind in diesen Gewässern nutzlos. Das trübe Wasser macht uns blind.«

Der Präsident richtete sich an Friedman. »Was meinen Sie, Paul? Sollen wir den Russen sagen, was wir vorhaben, oder weiter das Unschuldslamm spielen?«

Friedman spielte mit seinen Manschetten, die sich ein Stück aus seinem Sakko herausgeschoben hatten. »Warum sollten wir die Karten auf den Tisch legen? Lassen Sie doch Scott die Sache für uns zu Ende bringen. Wir stehen dicht vor dem Abschluss.«

Der Präsident richtete sich an Radford. »Karl, wenn Sie mit Grischkow gesprochen haben, sehen Sie doch zu, ob sie Scott erreichen und von ihm einen Bericht bekommen können.«

»Ich werde es versuchen, aber ich könnte mir vorstellen, dass er im Augenblick alle Hände voll zu tun hat«, antwortete Radford zögernd.

Der Präsident wendete sich wieder an Friedman. »Paul, ich kann bei den Russen nicht mehr lange mauern. Subitow ist kein Dummkopf. Wenn es Scott nicht innerhalb der nächsten zwei Tage schafft, dieses Schwein Zakajew an die Wand zu nageln, dann ist die Sache vorbei, und wir müssen ihnen reinen Wein einschenken.«

Diese Aussicht ließ bei Friedman einen Ausdruck in sein Gesicht treten, als erleide er körperliche Schmerzen.

»Zugegeben, Zakajew weiß zu viel. Ich bin aber bereit, eine Wette einzugehen, dass er zum Schluss tot sein wird, ob wir es nun sind, die ihn finden, oder die Russen.«

Darauf folgte eine lange Stille, bis Friedman schließlich sagte: »Ich weiß es nicht. Ich weiß es einfach nicht.«

»Was wissen Sie nicht, Paul?«, fragte der Präsident.

Radford wartete schweigend in Virginia ab.

Friedman schob sich seine herausgerutschten Manschetten in die Ärmel zurück. »Ich weiß nicht, was Zakajew vorhat.«

»Was er vorhat«, sagte der Präsident, »ist, die Russen zu vernichten und ihre Regierung zu stürzen. Das hat er vor.«

Friedman sah dem Präsidenten direkt in die Augen. »Bei allem Respekt, Sir, könnten Sie oder Karl mir vielleicht sagen, wie? Wie will er das schaffen? Wie will er die Russen vernichten? Er hat keine Raketen, keine Kanonen, nur Torpedos, und mit denen kann man nur Schiffe versenken. Das hat er unter Beweis gestellt, indem er einen Tanker mit Flüssiggas und drei weitere Schiffe mit einer Fracht im Wert von einer Milliarde Dollar versenkt hat. Er hat dabei außerdem fast hundert Seeleute getötet, ein norwegisches Kriegsschiff beschädigt, den Kapitän getötet und einem guten Teil von Skandinavien und Deutschland einen Riesenschrecken eingejagt. Ja, Zakajew ist ein Terrorist, und er hasst die Russen, und er hat sie und uns dastehen lassen wie einen Haufen Vollidioten. Das macht er aber nicht nur so aus Spaß, oder weil er beweisen will, wie schlau er ist, oder dass er den Russen jederzeit in den Arsch treten kann, wenn er will. All das hat er bewiesen, indem er ihnen ihr gottverdammtes U-Boot gestohlen hat. Er hat einen Plan, und den kenne ich nicht, und genau das ist es, was mir eine tödliche Angst macht. Den Russen sollte es genauso gehen, wenn sie nur ein bisschen nachdenken!«

Radford lächelte, als er seine eigenen Worte hier in etwas anderer Form von Friedman zu hören bekam.

Friedman presste die Lippen zusammen und wandte den Blick ab.

»Und mir sollte es genauso eine tödliche Angst machen, wollen Sie mir das damit sagen, Paul?«, fragte der Präsident.

»Ich bitte um Entschuldigung. Ich habe mich total im Ton vergriffen. Das wollte ich nicht.«

»Klar wollten Sie das! Geben Sie es zu!«

Friedman sagte kein Wort.

»Na ja, wenn es Sie tröstet, Paul, Zakajew macht mir tatsächlich eine Scheißangst. Ein Grund mehr für Scott, ihn zu erledigen, bevor die Russen ihn erwischen.«

17

Crystal City, Alexandria, Virginia

Karl Radford sah auf die Uhr und runzelte die Stirn. Unten wartete ein Wagen. In einer Stunde sollte er zum Frühstück bei einem Treffen der Vereinigung Ehemaliger Nachrichtendienstbeamten in Arlington eine Rede halten, und Grischkows Ankunft in Seweromorsk zur Videokonferenz an dem abgeschirmten Anschluss hatte sich verzögert.

Während er wartete, blickte er auf den Computermonitor auf seinem Schreibtisch, und sein Gesicht verfinsterte sich noch mehr. Angezeigt waren die nicht beantworteten Funkrufe der verschiedenen an dieses System angeschlossenen Einheiten überall auf der Welt. Die Liste war nicht lang, nur zehn Einheiten waren angefunkt worden, und zwei davon wurden dechiffriert, während Radford sich die Liste ansah. Ganz oben auf der Liste aber stand *Badger One*, Radfords Codename für Jake Scott. Neben Scotts Namen blinkte ein rotes Lämpchen, was bedeutete, dass es keine Reaktion auf den Zyklus von Funkrufen gegeben hatte, den die Niederfrequenzanlage in Wisconsin gestern spät am Abend begonnen hatte.

Es ist noch zu früh, sich ernsthaft Sorgen zu machen, redete Radford sich ein. Das Wetter im Kattegat war miserabel und wurde ständig schlechter. Der Angriff und seine Folgen hatten es nötig gemacht, dass ein Teil des Schiffsverkehrs durch den Sund und in die umliegenden Häfen umgeleitet wurde. Satellitenaufnahmen zeigten einen Stau vor Falkenberg und einen weiteren südlich von Kopenhagen. Wenn sich die Schiffe so dicht an dicht drängten wie Baumstämme in einem Fluss, dann hatte Scott tatsächlich alle Hände voll zu tun.

Eine neuer Aufruf für *Badger One* erschien. Die Niederfrequenzrufe waren nun automatisch auf einmal stündlich statt einmal jede halbe Stunde umgestellt worden. Noch zu früh, sich ernsthaft Sorgen zu machen, sagte sich Radford noch einmal.

Ein Tonsignal von der Video-Konferenzanlage sorgte dafür, dass Radford sich umsah. Ein Digitaltimer zählte auf null zurück, und der Schirm wurde hell.

Radford räusperte sich und drehte sich ganz dem Schirm zu. »Hallo, Mikhail.«

Grischkow saß hinter einem Schreibtisch, hatte die Ellbogen auf einen Tisch gestützt und blickte angewidert in die Kamera, als würde die Zigarette, die er gerade rauchte, schlecht schmecken. »Guten Tag, General.«

»Irgendwie kommt es mir vor, als würden wir uns nur über dieses Ding –«, begann Radford.

»Ich habe Sie gewarnt, uns nicht für Idioten zu halten«, unterbrach Grischkow ihn. »Die K-363 hat diesen Flüssiggastanker torpediert und diese Schiffe versenkt, und eine norwegische Fregatte beinahe auch noch. Der Kapitän ist ums Leben gekommen – nein, streiten Sie es nicht ab! Wir wissen genau, dass Ihr Captain Scott Zeuge des Angriffs war, weil er die K-363 nämlich verfolgt hat, seit sie aus der Olenya-Bucht ausgelaufen ist. Norwegen hat bei unserem Botschafter in Oslo formellen Protest erhoben und angedroht, die Angelegenheit vor die UNO zu bringen. Unser Fehler war es, überhaupt auf Ihre List mit der K-480 hereinzufallen. Aber damit ist es jetzt vorbei. Wir haben Befehl an unsere Verbände in der Ostsee ausgegeben, Zakajew und seine Terroristenbande zu finden und festzunehmen.«

»Übersehen Sie da nicht etwas, Admiral?«, warf Radford kalt ein.

»Und das wäre?«

»Die Deutschen, Polen und Finnen, ganz zu schweigen von Ihren früheren Sowjetrepubliken Estland und Lettland, die ja bekanntlich auch an der Ostsee liegen, werden wissen wollen, was da vor sich geht, wenn sie diese plötzliche Aktivität der russischen Marine sehen.«

»Wir sind Ihnen bereits einen Schritt voraus. Alle diese Länder wurden informiert, dass wir Flottenmanöver durchführen. Ihr Präsident wird noch heute über unsere Absichten informiert, und zugleich wird ihm unsere Missbilligung Ihres Verhaltens ausgesprochen. Er wird aufgefordert werden, irgendwelche weiteren Schritte zu unterlassen, die unsere Suche nach der K-363 behindern könnten. Darüber hinaus erwarten wir von Ihnen, dass Sie den wahren Charakter unserer Operationen vor den genannten Ländern geheim halten, und vor allen anderen ebenso. Ihr Präsident wird außerdem darüber informiert werden, dass weitere Einmischungen durch Scott, wie sie auch aussehen mögen, einen sofortigen Angriff auf die K-480 und ihre Versenkung durch uns zur Folge haben werden.«

»Sie können uns doch hier nicht bedrohen!«, protestierte Radford.

»Aber wir bedrohen Sie doch nicht, General. Wir informieren Sie lediglich darüber, dass die Anwesenheit von Captain Scott und Dr. Thorne an Bord der K-480 nicht mit irgendeiner Entscheidungsbefugnis von Seiten der USA über ein Schiff der russischen Marine verbunden ist. Wenn es hart auf hart geht, werden Scott, Thorne und sogar Colonel Abakow wie Piraten behandelt werden, und wenn wir sie zusammen mit Zakajew, Litwanow und seiner Mannschaft dingfest machen, dann werden sie verhaftet.«

»Niemand behauptet, wir hätten irgendwelche Befehlsbefugnisse über die K-480. Trotzdem haben wir aber nach internationalem Seefahrtsrecht bestimmte Rechte.«

»Ich bin kein Experte für internationales Seefahrtsrecht, General. Ich bin aber Seemann und weiß, dass Piraten nach jedem Seefahrtsrecht gejagt und vor Gericht gestellt werden dürfen.«

»Scott ist kein Pirat. Und falls Sie das bereits vergessen haben, Sie und Admiral Staschinski haben es ausdrücklich genehmigt, dass er als Beobachter zusammen mit Dr. Thorne und Colonel Abakow an Bord eines Ihrer U-Boote kommen darf.«

»Allerdings als Beobachter, aber nicht als Agenten, die es sich zum Ziel gesetzt haben, eine russische Operation mit dem Ziel der Verhaftung einer Bande von Terroristen zu durchkreuzen.«

»Niemand durchkreuzt Ihre Pläne«, versuchte Radford den wütenden Russen zu beschwichtigen. »Wir wollen Ihnen nach wie vor nur helfen, diesen Zakajew zu finden, wenn Sie uns lassen.«

Grischkow schnaubte verächtlich. »Sie uns helfen lassen? Sie wollen doch nur Zakajew finden und zum Schweigen bringen, bevor wir ihn fangen und befragen können. Ist das etwa nicht so? Das ist doch der eigentliche Grund, warum Sie sich der K-480 bemächtigt haben, oder etwa nicht?«

Radford zwang sich dazu, Ruhe zu bewahren. Wie viel wusste Grischkow wirklich, und wie dünn war das Eis, auf dem sie hier operierten? »Ich weiß beim besten Willen nicht, wovon Sie da reden. Welchen Grund sollten wir denn haben, Zakajew zum Schweigen bringen zu wollen?«

»Ganz einfach! Weil Sie Zakajew und seine Terroristen in Tschetschenien unterstützt haben! Und jetzt haben Sie Angst, er könnte uns das erzählen, wenn wir ihn fangen.«

»Verdammt noch mal, Mikhail, das ist eine Lüge, und das wissen Sie auch!«

Grischkow blieb stumm.

»Sie haben keinerlei Beweise dafür, dass wir Zakajew jemals unterstützt haben.«

»Oh doch, ich habe Beweise!«

»Welche denn? Wo sollen die denn sein?«

Wieder schnaubte Grischkow. Er stand auf, stützte sich auf beide Fäuste und lehnte sich so nahe an die Kamera, dass das Weitwinkelobjektiv seine Züge verzerrte.

»Wo die sind, fragen Sie? Das will ich Ihnen sagen! Sie sind draußen in der Ostsee bei Ihrem Captain Scott, der Jagd auf die K-363 macht! Mehr Beweise brauche ich nicht.«

Die Tür ging auf, und Radfords Sekretärin kam geschäftig in das Büro, wo sie ihn mit leerem Blick vor dem blanken Monitor sitzend vorfand. »General Radford, meine Güte, Sie kommen noch zu spät zu Ihrer Rede in Arlington.«

Radford riss sich unter ihrem tadelnden Blick zusammen und nahm seine Unterlagen vom Tisch auf. »Schon gut. Ich bin ja schon unterwegs, Phyllis. Bitte sorgen Sie dafür, dass die Audio-Aufzeichnungen meines Gesprächs mit General Grischkow auf meinem Schreibtisch bereitliegen, wenn ich zurückkomme.«

Sie half ihm in den Mantel. »Ja, Sir, sie werden sie rechtzeitig bekommen.«

Ein Leibwächter erwartete den Admiral am Fahrstuhl. Die Türen zischten leise, als sie sich schlossen. Die Kabine sank nach unten, und Radfords Magen protestierte. Der Amiral sah kurz auf seine Armbanduhr, die vier Zeitzonen anzeigte. Es war ihm klar, dass der Präsident in St. Petersburg einen langen Tag mit schwierigen Verhandlungen mit den Russen hinter sich hatte. Das, was er gleich zu hören bekommen würde, würde seine Laune nicht gerade verbessern.

Litwanow spürte die Erschöpfung, nachdem er die K-363 im Windschatten eines Tankers unter liberianischer Flagge durch den Öresund gelotst hatte. Er stützte beide Ellbogen auf die Seekarte der Ostsee auf dem Tisch vor sich. Es war eine nervenzerfetzende Fahrt durch flache Gewässer voll mit Schiffen aller Größen gewesen, in denen dazu noch schwedische und dänische Küstenwachboote auf der Suche nach Eindringlingen unter Wasser gewesen waren. An einer Stelle war die K-363 auf einer Sandbank auf Grund gelaufen und hatte sich gerade noch mühsam befreien können, bevor sie von einem riesigen Tanker von zweihunderttausend Tonnen gerammt wurde.

Litwanow schob sich die verdreckte Mütze zurück, tippte auf die Seekarte und sagte mit schwerer Stimme: »Hier, die Südpassage zwischen der Insel Bornholm und der polnischen Küste ist sehr breit und außerdem tief, über fünfundsechzig Meter. Wir müssen dort vorsichtig sein, aber eigentlich sollten wir es schaffen, in die Ostsee zu gelangen, ohne dass man uns entdeckt.«

»Aber was ist mit den deutschen und polnischen Küstenpatrouillen?«, fragte Zakajew.

»Ab östlich von Sassnitz überlassen es die Deutschen den Polen, die südliche Ostsee zu kontrollieren. Die polnische Marine hat moderne Fregatten und Wachboote, und dazu U-Boote.

Sie sind ziemlich erfolgreich, wenn es darum geht, Waffen- und Drogenschmuggler abzufangen, aber die Jagd auf U-Boote ist etwas völlig anderes. Das können sie nicht. Und außerdem brauchen wir nur noch vierundzwanzig Stunden. Danach ist es zu spät, auch wenn jedes Land an der Ostsee Kriegsplan Rot auslöst.«

»Kriegsplan Rot?«

»Die völlige Mobilmachung, um eine Bedrohung der Region von der See her auszuschalten.«

Zakajew fuhr sich mit einer Hand über den Mund. »Ich verstehe. Und was ist mit diesem U-Boot, das uns Ihrer Meinung nach verfolgt? Wo wollen Sie dem eine Falle stellen?«

»Hier!« Litwanow deutete auf einen Bereich auf der Karte östlich von Bornholm, der mit der Beschriftung *Gefährlich* gekennzeichnet war. »Das ist ein alter Munitionsabladeplatz.«

»Ist es dort nicht zu riskant?«

»Wer weiß das schon? Das ist noch ein Überbleibsel aus dem Zweiten Weltkrieg. Dort wurden Tonnen von chemischen Kampfstoffen und Munition, die man den Nazis abgenommen hatte, einfach auf Schiffe verladen und dann reingekippt. Im Lauf der Zeit sind dann die Hülsen korrodiert, und das Gift wurde ins Meer freigesetzt. Ab und zu wirft mal ein Fischer dort seine Netze aus, fängt eine Bombe und fliegt in die Luft. Man sollte sich von dort fernhalten, aber für uns ist es eine gute Stelle, den russischen Kapitän zu überraschen, wer immer das auch ist. Und wenn er von einem unserer Torpedos erwischt wird, werden die Fischer von Bornholm denken, einer der Ihren hätte eine richtig große Bombe gefangen.«

»Aber warum machen wir uns mit ihm so viel Mühe?«, fragte Zakajew. »Er kann uns doch jetzt nicht mehr aufhalten, dazu ist es zu spät.«

»Vielleicht. Aber dieser Junge ist gut. *Zu gut* vielleicht. Und weil er gut ist, wäre es ein Fehler, ihn zu ignorieren. Wir müssen ihn stattdessen versenken.«

Scott wartete auf einen Frachter, der nach Süden unterwegs war. Gegen Mitternacht tauchte ein riesiges Containerschiff aus dem Regen auf, das sich durch die hohen Wellen kämpfte und mit seinen Maschinen einen Lärm machte wie ein Güterzug.

Scott machte sich bereit, sich hinter das riesige Schiff zu klemmen und in seinem Kielwasser in den Öresund einzufahren. Das war bei schlechtem Wetter und den engen Verhältnissen ein gefährliches Manöver, und er hatte sich darauf vorbereitet, indem er Luft in die Ballasttanks leiten lassen und damit ihren Tiefgang verringert hatte, auch wenn der Turm dadurch gefährdet wurde.

Die Seekarten, die er sich angesehen hatte, meldeten kaum mehr als zwanzig Meter Wassertiefe mitten im Kanal, die sich nördlich von Helsingør allmählich auf zehn Meter verringerte und danach wieder auf zwanzig Meter stieg. Russische Navigationskarten waren jedoch oft veraltet, das wusste Scott, und die auf dem Tisch vor ihm war 1981 gedruckt worden.

»Gefechtsstationen bemannt und bereit, Kapitan«, meldete der Starpom.

Nachdem die Mannschaft also auf Gefechtsstation bereit und das Schiff für den unwahrscheinlichen Fall, dass sie mit ihrem Schrittmacher zusammenstießen oder, schlimmer noch, auf Grund liefen, dichtgemacht worden war, war es nun an der Zeit, die Fahrt ihres Lebens anzutreten.

Er wartete kurz, hörte die riesige Schraube des Frachters, die sich durch das Wasser pflügte, spürte seine Druckwelle am Rumpf der K-480 und gab den Befehl: »Periskop ausfahren!«

Auf der Backbordseite sah er eine Stahlwand vorüberziehen und den Namen *Sea Eagle*, der turmhoch am Bug prangte.

»Geschwindigkeit anpassen«, befahl Scott, »beschleunigen auf zehn Knoten!«

Die K-480 geriet in die Turbulenzen im Kielwasser des Frachters und begann von einer Seite zur anderen zu schwanken. Sofort gab Scott Anweisungen. Die K-480 drehte sich in eine parallele Position zu dem Frachter, ließ sich dann langsam in das brodelnde Kielwasser zurückfallen und hängte sich direkt achtern an den Frachter. Er sah eine von einem Scheinwerfer angestrahlte polnische Flagge an einem Mast über dem Heck der *Sea Eagle* flattern und nahm an, dass sie nach Danzig unterwegs war.

»Auf die Tiefe achten!«, bellte Scott.

Er hatte die erfahrensten Höhen- und Steuerrudergänger für die Aufgabe eingeteilt, die K-480 während ihrer Fahrt im Kielwasser der *Sea Eagle* unter Kontrolle zu halten. In der Tauchstation packten diese Männer die Joysticks fester.

Minuten später fuhren sie bei Hornbæk in den Sund ein. Scott bemerkte die blinkenden Lichter in der Mitte des Kanals und am Ufer, die vor Sandbänken warnten und Engstellen im Kanal anzeigten. Ohne Zwischenfall passierten sie eine weitere Markierung an Land, einen hohen kommerziellen Funkmast mit einem rot blinkenden Licht an der Spitze.

Scott stand am Periskop und achtete darauf, dass sie auf Position am Hecklicht der *Sea Eagle* blieben. Zunächst erwies es sich als schwierig, die Geschwindigkeit und die Steuermanöver richtig auszubalancieren, damit sie sich nicht unter das Heck schoben und in das schwere Ruder oder in den Bereich der riesigen Schraube kamen. Ebenso wenig durften sie zurückfallen und damit die Deckung verlieren, die die *Sea Eagle* ihnen mit ihrer Masse und den Turbulenzen ihres Kielwassers lieferte. Bald jedoch fiel es ihnen so leicht, ihre Position zu halten, als würden sie auf einem Highway hinter einem schweren LKW herfahren.

»Kapitan, wir nähern uns den ersten Fahrwassermarkierungen«, meldete der Starpom. »Ålsgårde liegt steuerbord.«

»Sehr gut.« Scott schwang das Periskop zum Land herum und sah die Küstenstadt Ålsgårde. Nur wenige Meter von der Küste entfernt sah er eine beleuchtete Fabrik und einen Parkplatz, die als Orientierungspunkt für die Fahrrinne in der Mitte des Kanals dienten. Die Lichterkette warnte vor gefährlich flachem Wasser.

Scott trat von dem Periskop zurück. »Starpom, Sie haben das Ruder. Halten Sie unsere Position.«

Der junge Offizier zögerte einen Augenblick, bevor er den Befehl ausführte. Man sah ihm an, wie stolz er darüber war, dass Scott so viel Vertrauen in seine seemännischen Fähigkeiten hatte. »Aye, Sir. Ich übernehme das Ruder.«

»Halten Sie die Augen offen«, sagte Scott. »Nur für den Fall, dass der Pole plötzlich langsamer wird. Fahren Sie ihm nicht hinten rein.«

»Aye, Kapitan. Ich meine, nein, Kapitan.«

Scott trat zum Navigationstisch und machte ein Zeichen neben die erste Boje, an der sie vorbeigekommen waren. Gleich würden sie an einer weiteren Reihe von Bojen vorbeikommen und danach an einer Kabelüberführung. Darauf folgte ein scharfer Knick, wo die Fahrrinne bei Kronborg Pynt nach Südosten führte. Einige Kilometer unterhalb von Kronborg Pynt würden sie Ven umfahren, eine Insel vor der schwedischen Küste, wo sich die Fahrrinne in einen östlichen und einen westlichen Zweig teilte. Scott erinnerte sich von seiner früheren Fahrt in die Ostsee mit der *Chicago*, dass er auf dem Weg um Ven herum zahlreichen Schiffen und Fähren hatte ausweichen müssen und dabei zweimal fast auf Grund gelaufen wäre.

Nachdem sie die zweite Boje passiert hatten, pflügte sich in der entgegengesetzten Richtung ein Öltanker der BP, den der Starpom auf über zweihundertfünfzigtausend Tonnen schätzte, durch die andere Fahrrinne. Allein die schiere Masse und das starke Kielwasser wirkten sich sogar auf die riesige *Sea Eagle* aus, die ebenso wie einige andere kleinere Schiffe und die K-480 vom Kurs abgebracht wurden.

Alex trat neben Scott, nachdem er die Höhen- und Steuerrudergänger in den höchsten Tönen für ihre Geschicklichkeit gelobt hatte, dass diese das U-Boot während der Vorüberfahrt des Tankers auf Kurs gehalten hatten.

»Wie lange wird das dauern?«, fragte sie Scott.

»Nicht mehr lange. Bist du nervös?«

»Sehr. Das ist ja noch schlimmer als bei der Abschaltung des Reaktors.«

»Auf einem Atom-U-Boot gibt es nichts Schlimmeres als ein Problem mit der Kühlanlage. Trotzdem muss ich zugeben, dass das hier riskant ist.«

»Ich mache mir außerdem Gedanken wegen der Langwellen-Funkrufe. Was ist, wenn sie deshalb versuchen, uns zu erreichen, weil sie uns mitteilen wollen, dass sie die K-363 gefunden haben und all die Mühe hier vergeblich ist?«

»Sie versuchen schon seit Stunden, sich mit uns in Verbindung zu setzen, aber wir können nichts machen, bis wir den Sund hinter uns haben und einen Funkmast ausfahren können. Wenn sie die K-363 versenkt haben, gratulieren wir ihnen dazu, kehren um und fahren nach Hause. Wenn nicht, sind wir genau da, wo wir sein müssen, um den Job zu erledigen.«

Sie sah ihn einen Moment lang wortlos an, und er hatte kurz den Eindruck, dass sie nicht damit zufrieden war, wie er sich selbst während der Mission verhalten und sie durchgeführt hatte. Trotzdem, ob es ihr nun gefiel oder nicht, sie musste sich damit abfinden. Später, wenn alles vorbei war, würde er die Zeit finden, sie alles verstehen zu lassen. Da war aber auch noch etwas anderes in ihrem Blick, das ganz tief saß und ihr Kummer machte.

»Worum geht es, Alex? Um Botkin?«, fragte er sie.

»Ja ... oder nein ...«

»Was denn?«

»Wir müssen dringend reden. Ich habe Berechnungen angestellt, und –«

»Was für Berechnungen?«

»Zu der Strahlungsstreuung mit dem Wind und –«

»Kapitan!«

Scott eilte an die Seite des Starpom neben der Periskophalterung.

»Kapitan, die *Sea Eagle* wird langsamer.« Der Starpom überließ Scott das Periskop.

»Sie haben das Ruder, Starpom«, sagte Scott. »Bleiben Sie dran.«

»Aye, Kapitan. Maschinenraum, gehen Sie auf acht Knoten. Halten Sie sich bereit für volle Kraft auf beiden Maschinen.«

Die K-480 drosselte die Geschwindigkeit und hielt ihren Sicherheitsabstand von der *Sea Eagle*. Die Turbulenzen am teilweise freiliegenden Rumpf und um den Turm wurden schwächer, und damit auch das Zischen des vorbeiziehenden Wassers.

»Was geht da vor sich?«, fragte Scott. »Können Sie etwas sehen?«

Die Fahrt im Kielwasser der *Sea Eagle* hatte den Sonarempfang schwer gestört. Sie waren taub, aber mit dem ausgefahrenen Periskop nicht blind.

»Eine Fähre kreuzt vor der *Sea Eagle* ihren Kurs … von Schweden nach Dänemark … das wird sehr knapp. Die *Sea Eagle* hätte die Fähre rammen können, wenn sie ihre Fahrt nicht gedrosselt hätte.«

Der Starpom schwenkte das Periskop schnell einmal um die Achse. Als er es nicht wieder auf die Fähre richtete, die backbord vorüberzog, witterte Scott Probleme.

»Etwas …« Die Knöchel des Starpom am Haltegriff des Periskops wurden weiß. »Ein Küstenwachboot … kommt von achtern näher … ein dänisches, glaube ich … Entfernung … unter einem Kilometer … kräftige Bugwelle … der hat es eilig … Suchscheinwerfer angeschaltet.« Er riss sich von dem Periskop los und sah zu Scott hinüber. Das Gesicht des jungen Lieutenants glänzte wie polierte Bronze.

Scott hatte die Wahl zwischen zwei Möglichkeiten, der Entdeckung durch die Dänen zu entgehen, und keine davon war angenehm: Er konnte sich von der *Sea Eagle* lösen, zurückfallen und in dem flachen Wasser tauchen, womit er eine Bodenberührung und einen möglichen Schaden am Rumpf riskierte, oder er konnte vorziehen, neben der *Sea Eagle* herfahren und hoffen, dass ihr riesiger Rumpf sie verstecken würde.

Scott hatte nur wenige Minuten Zeit, eine Entscheidung zu treffen, aber sein Instinkt riet ihm, abzuwarten, weil der Kapitän des dänischen Küstenwachboots etwas anderes im Sinn hatte als ein Atom-U-Boot, das versuchte, sich durch den Sund zu schleichen.

Alex sah unruhig zwischen dem Starpom am Periskop und Scott mitten in der Kommandozentrale hin und her. Abakow schien verstanden zu haben, was Scott vermutete.

»Der ist gar nicht hinter uns her, Starpom, nur hinter dieser Fähre, weil sie sich so vor der *Sea Eagle* vorbeigedrängt hat. Damit hat ihr Kapitän die Regeln der Seefahrt verletzt. Die Fähre ist ein beladenes Schiff und darf damit nicht vor einem Schiff dessen Kurs kreuzen.«

Alex schien das nicht glauben zu wollen. »Jake, bist du sicher?«, fragte sie ängstlich.

»Starpom«, sagte er, ohne direkt auf ihre Frage zu antworten, »was macht das Küstenwachboot jetzt?«

Der Starpom hing nach wie vor am Periskop. »Kapitan, Sie haben recht! Er gibt Zeichen mit seinem Suchscheinwerfer. Und er ... er schwenkt nach Steuerbord ab ... um die Fähre nach Helsingør abzufangen.«

Scott wischte sich mit einem Hemdsärmel das Gesicht ab. Auch Abakow stand die Erleichterung deutlich ins Gesicht geschrieben.

Die K-480 ließ sich hinter die *Sea Eagle* zurückfallen und verließ bei Helsingør Rot in südlicher Richtung die Fahrtrinne. Das Frachtschiff zog unbeirrt weiter. Niemand an Bord hatte etwas davon bemerkt, dass sie während der letzten beiden Stunden Gesellschaft gehabt hatten.

Nach wie vor unter Wasser, dirigierte Scott die K-480 langsam in tiefere Gewässer auf der Ostseite von Ven hinüber. Sie begegneten dabei überraschend wenig Schiffsverkehr, und so überließ Scott dem Starpom die Führung um Ven herum und dann weiter nach Süden nach Salthom, wo ein Tunnel unter dem Sund Malmö in Schweden mit Kopenhagen in Dänemark verband.

Bei Falterborev, einer leicht gekrümmten Landzunge, die von Schweden aus in die Ostsee ragte, zogen in einer Entfernung von einem Kilometer zwei raketenbestückte Schnellboote der Stockholm-Klasse an der K-480 vorbei, reagierten aber nicht auf sie. Ein Öltransporter der deutschen Bundesmarine überholte sie auf dem Weg nach Bornholm, das Scott auf der Seekarte als ihr nächstes Ziel markiert hatte, zog jedoch auch über ihnen weiter, ohne sie zu beachten.

»Wenn wir Bornholm erreicht haben«, erklärte Scott dem Starpom, »fangen wir mit unserer Suche nach der K-363 an.«

Nachdem die Mannschaft von den Gefechtsstationen abgerufen worden war, ließ Scott vom Versorgungsunteroffizier Dosen mit geräuchertem Lachs, Schwarzbrot und Tee ausgeben, und danach erhielt jeder Mann eine kleine Wodkaration. Dann nahm sich Scott die Zeit, durch das Schiff zu gehen und die Männer für ihre Leistung während des Wegs durch den Sund zu loben. Nachdem Scott in der Reaktor-Kontrollabteilung mit dem Chefingenieur und dem obersten Antriebsingenieur den Status des Reaktors und den Stand der Reparaturarbeiten an der Hauptkühlschleife besprochen hatte, machte er sich auf den Weg in die Krankenstation, um sich Botkin anzusehen.

Dort holte Alex ihn ein.

»Jake, wir müssen reden«, sagte sie heiser nach einem mitleidigen Blick auf Botkins geschwollenes Gesicht.

»Sobald wir unseren Funkverkehr erledigt haben. Der Funker bereitet das gerade vor.«

»Herrgott noch mal, Jake, ich sagte, wir müssen reden! Sofort!«

»Also gut, ich höre.«

»Nicht hier. Außerdem möchte ich, dass Yuri auch hört, was ich zu sagen habe.«

»Wenn es um ihn geht« – er machte eine Kopfbewegung zu Botkin hinüber –, »dazu gibt es nichts weiter zu sagen.«

Sie drehte sich langsam um und warf Scott einen durchdringenden Blick zu. »Nein, es geht nicht um ihn, es geht um uns, um die K-363! Und vor allem um Zakajew und Litwanow! Ich sagte dir doch, dass ich ein paar Berechnungen angestellt habe.«

Wieder verging ein langer Moment, bis Scott sagte: »Also gut, hol Yuri. Wir können uns in meiner Kabine unterhalten.«

Die Kajüte war klein, und sie mussten sich aneinander vorbeidrängen, um hineinzugelangen. Scott zog mit einer Stiefelspitze einen Metallstuhl zu sich, drehte ihn um und bot ihn Alex an. Er selbst setzte sich auf seine Koje, während Abakow mit verschränkten Armen an der geschlossenen Tür stand.

»Also gut, ich höre«, sagte Scott.

Alex hielt kurz beide Hände zusammengedrückt an den Mund, und dann holte sie tief Luft und begann zu reden.

»Ich weiß nicht, ob ihr mich jetzt beide für verrückt halten werdet, aber ich möchte, dass ihr euch ganz genau anhört, was ich zu sagen habe.« Sie zog die Schultern hoch und fröstelte leicht.

»Die zentrale Frage, die uns die ganze Zeit schon beschäftigt, ist doch die: Was haben Zakajew und Litwanow vor, wenn sie erst einmal in der Ostsee sind? Ich habe versucht, so zu denken, wie sie das tun würden – wie das jeder überzeugte Terrorist tun würde, besonders, wenn er ein Atom-U-Boot gestohlen hat. Zunächst schien es so, als würde es da nur eine Möglichkeit geben – eine Cruise Missile auf St. Petersburg zu schießen. Inzwischen wissen wir aber, dass keine Cruise Missiles an Bord sind, nur konventionelle Torpedos, und das ist nicht die Sorte Waffen, die ein Terrorist für einen Angriff auf Russland einsetzen würde. Ich habe mir also die Frage gestellt, was haben Zakajew und Litwanow vor, wenn sie nicht verrückt sind?«

»Nein, verrückt sind sie nicht«, sagte Abakow. »Sie sind völlig klar im Kopf.«

»Und unberechenbar, haben Sie einmal gesagt.«

»Richtig, das auch.«

»Und das hat meine Überlegungen beeinflusst. Mit anderen Worten, ich habe versucht, in unkonventionellen Bahnen zu denken, und überlegt, was möglich sein könnte.« Alex zögerte kurz, sprach aber dann entschlossen weiter. »Wir haben selbst miterlebt, wozu Zakajew und Litwanow fähig sind, als sie diesen Flüssiggastanker torpediert haben. Das war eine Katastrophe. Schiffe sind versenkt und Seeleute getötet worden, und die Explosion hat wahrscheinlich in Skandinavien und im restlichen Europa Furcht und Schrecken verbreitet. Die Leute dort müssen doch gedacht haben, die Welt geht unter. Und das haben die Terroristen nur getan, um die Norweger von ihrer Spur abzubringen! Ihr Verhalten zeigt also, dass sie bereit sind, alles zu tun, um ihren Plan durchzuführen.«

Sie machte eine kurze Pause und holte erneut tief Luft.

»Was für ein Dummkopf ich doch war. Erinnert ihr euch noch an meine Frage, was passieren würde, wenn die K-363 torpediert würde und ihr Reaktor unter Wasser hochgeht? Warte, Jake, lass mich ausreden! Vor zwei Tagen hat Botkin eine Katastrophe verhindert, indem er den Reaktor abgeschaltet hat.

Hätte er das nicht getan, wäre durch die Kernschmelze des Reaktors eine radioaktive Wolke ausgetreten und erst über Skandinavien, dann Russland und anschließend um die ganze Welt gezogen.

Jetzt stellt euch doch einmal vor, was passiert wäre, wenn wir in der Ostsee ein Reaktorproblem gehabt hätten, das wir nicht in den Griff bekommen hätten. Stellt euch vor, dass kein Botkin die Dämpfungsplatten senken würde, dass die Kühlungsschleife nicht repariert wird, dass keine Umgehung gebastelt wird und der Reaktor sich ungehindert immer weiter überhitzt. Dann würde der Kern durch den Boden dieses U-Boots schmelzen und ins Meer fallen wie eine glühende Kohle in ein Glas Wasser. Das ist aber nicht passiert, weil du, Jake, und Botkin und die Ingenieure wussten, wie das zu verhindern war. Jetzt stellt euch aber einmal ein ganz anderes Szenario vor, ein Szenario, in dem jemand vorsätzlich die Kühlung des Reaktors in einem U-Boot abstellt oder die Pumpen und Rohrleitungen hochjagt, sodass er heiß läuft und der Kernbrennstoff schmilzt. Ich denke an den Terroranschlag vom elften September in New York City und die Auswirkungen, die ein relativ isolierter Zwischenfall in Manhattan auf die Nation hatte, und dann dachte ich an den Hafen von New York, oder an Baltimore oder Long Beach.«

Scott sah Alex an, sagte aber kein Wort.

»Sabotage?«, fragte Abakow.

Alex presste sich beide Fäuste an die Stirn, als würde ihr der Gedanke körperliche Schmerzen bereiten. »Mein Gott, seht ihr beide denn nicht, worauf ich hinauswill?« Sie hob die Hände. »Zakajew und Litwanow brauchen keine Waffen an Bord der K-363. *Das U-Boot selbst ist eine Waffe!* Ihr Ziel ist St. Petersburg. Und wir müssen Washington und Moskau davor warnen – *sofort!*«

Sie sah Scott und Abakow an, als wollte sie die beiden mit ihrem Blick zwingen, das zu verarbeiten, was sie ihnen gerade gesagt hatte.

»Herrgott im Himmel, kapiert ihr das denn nicht?«, rief sie.

»Willst du uns sagen, dass Zakajew und Litwanow mit der Mannschaft dieses U-Boots einen Selbstmordanschlag vorhaben?«, fragte Scott, dem es nun endlich klar wurde. Sein Mund wurde abrupt trocken.

»Ja, genau!« Alex sprang auf. »Sie planen, in St. Petersburg den Reaktor dieses U-Boots hochgehen zu lassen! Sie wollen das Boot die Newa hoch und direkt in den Hafen bringen! Die Strahlung, die dabei frei wird, wird Tausende von Opfern fordern. *Darunter die Präsidenten von Russland und den Vereinigten Staaten!*«

Scott, Alex, Abakow, der Starpom und die höheren Wachoffiziere hatten sich um eine Karte der Ostsee, die auf dem Navigationstisch lag, versammelt.

»Ich bin keine Klimatologin«, sagte Alex, »aber wenn man die vorherrschenden Westwinde, die vom Atlantik und der Ostsee über Russland wehen, zugrunde legt, dann könnte eine radioaktive Wolke von St. Petersburg durchaus auch Moskau erreichen. Beide Städte wären dann auf Jahre hinaus unbewohnbar.«

»Wir haben in der Schule gelernt«, meldete sich nun der Starpom, »dass in einem Umkreis von etwa einhundertfünfzig Kilometern von der Ostseeküste aus rund fünfzig Millionen Menschen leben. Das wäre eine unvorstellbare Katastrophe.«

»Wie Sie aus eigener Erfahrung wissen, überhitzt sich ein Reaktor sehr schnell, wenn die Kühlung abgestellt wird. Wenn diese Kühlung nicht wieder zugeführt wird, schmilzt der Reaktorkern innerhalb von etwa zwei Stunden vollständig. Ist dieser Prozess erst einmal in Gang gesetzt und hat einen bestimmten Punkt erreicht, könnte er von den Terroristen nicht mehr unterbrochen werden, selbst wenn Sie es sich anders überlegen. Sie werden innerhalb von wenigen Stunden an schwerster Verstrahlung sterben. Ja, Yuri, was meinen Sie?«

Abakows Glatze glänzte im Licht der Beleuchtung des Kartentischs. »Ich bin der gleichen Meinung. Zakajew wird jetzt, da er seinem Ziel so nahe ist, keine Zeit verschwenden. Sie dürfen aber nicht vergessen, dass er nur das tun kann, was Litwanow zulässt. Mit anderen Worten, Litwanow ist der Cheftaktiker und wird nichts tun, was die Mission gefährden könnte, ganz gleich, was Zakajew will. Das haben wir gesehen, als er den Tanker torpediert hat, um die Norweger loszuwerden. Wenn wir ihn einfangen, wird er kämpfen wie ein Bär, der in die Enge getrieben wurde, statt sich zu verstecken.«

»Ich bin auch der Meinung, dass uns ein Kampf bevorsteht«, sagte Scott.

Er nahm Radfords Botschaft, die sie auf das beharrliche Drängen des Niederfrequenzsenders hin endlich vom Kommunikationssatelliten abgerufen hatten, vom Tisch auf und las sie noch einmal.

SERIENNUMMER 291159SRO TANGO/ALFA
EILT EILT EILT
FM SAT/LANFLT
AN KOMM/BADGER ONE

//ANFRAGE//OPBEREICH BRAVO SIERRA//

1. FUNKSTILLE UNTERBRECHEN UND BERICHT STATUS K-363/BERICHT K-363 KURS GESCHWINDIGKEIT UND POSITION FALLS BEKANNT/BEI KONTAKT AUFBRINGEN UND VERNICHTEN WIEDERHOLE AUFBRINGEN UND VERNICHTEN.

2. SOFORT BERICHT EIGENE POSITION/AKTUALISIERUNG IM VIER-STUNDEN-RHYTHMUS FALLS MÖGLICH.

3. SAT BEOBACHTUNG//RUSS NORDMEERFLT AUFSTELLUNG KALININGRAD U-BOOT-ABWEHRFLT OPS GEGEN K-363/NORDMEERFLT STÄRKE UND ZUSAMMENSETZUNG UNBEKANNT/ENTSPRECHENDE ABWEHRMASSNAHMEN VORBEREITEN.

4. LTG ÜBERPRÜFT STATUS BADGER ONE. NÄHERES SO BALD WIE MÖGLICH.

5. INFO ENDE/RADFORD///

»Wir haben jetzt nur noch den einen Vorteil, dass Zakajew und Litwanow von einer russischen Präsenz in der Ostsee abgelenkt werden könnten«, sagte Scott.

»Darauf würde ich mich nicht verlassen«, erwiderte Abakow. »Wie Sie selbst sagten, wird er höchstwahrscheinlich alles tun, um sein Ziel zu erreichen, selbst wenn es ein Angriff auf sie und uns wäre.«

Alex wendete sich von Abakow Scott zu. »Weiß er denn, dass wir hier sind?«

»Davon bin ich die ganze Zeit schon ausgegangen«, antwortete Scott und kritzelte hastig eine Nachricht auf einen Zettel.

»Was wirst du jetzt tun?«, fragte Alex.

»Washington informieren.«

»Werden sie dir glauben?«

»Können sie es sich denn leisten, das nicht zu tun?«

»Ich höre ihn.«

Litwanow saß gespannt vorgebeugt neben einem Matrosen am Sonar. Grüne Fäden krochen über den Monitor – die aufgefangene Dreihundert-Hertz-Signatur der K-480, die die Bezeichnung Ziel Alpha bekommen hatte. Ein weiterer Kontakt, ein schwerfälliges Containerschiff auf dem Weg nach Norden, Ziel Beta, wurde ignoriert.

»Er ist auf dem Weg aus der nördlichen Fahrrinne, südlich von Bornholm«, sagte Litwanow.

»Glauben Sie, dass er uns hört?«, fragte Zakajew.

»Wenn ja, hätten wir eine Reaktion von ihm bemerkt. Er ist nur vorsichtig – vielleicht wittert er etwas.«

»Wie weit ist er weg?«

»Entfernung zehn Kilometer, General«, antwortete die Feuerleitstelle. »Geschätzte Geschwindigkeit, zehn Knoten.«

»Er wird uns genau in die Torpedos laufen«, sagte Weroschilow schadenfroh.

Litwanow befahl: »Feuerleitstelle – Zielerfassung! Fluten Sie die Rohre drei und vier!«

»Kapitan ...«

Litwanow fuhr zu dem leitenden Sonaroffizier herum. »Was ist denn?«

»Ich empfange achtern einen Kontakt. Bewegt sich langsam – jetzt pingt er, Sir.«

»Scheiße! Ein russisches Schnellboot, da könnte ich wetten. Peilung?«

»Eins-neun-eins. Ich habe noch einen. Die gleiche Peilung, langsame Fahrt. Lässt nach. Verzerrung durch Thermik.«

»Entfernung?«

»Zwanzig Kilometer«, meldete die Feuerleitstelle.

Litwanow verfolgte die Fäden der neuen Kontakte, wie sie den Monitor herunterliefen. »Sie werden warten müssen, aber behalten Sie sie im Auge. Jetzt kümmern wir uns erst einmal um unseren Freund in der Akula. Bereitmachen für Abschuss der Torpedos.«

»Sonar?«, bellte Scott.

»Nichts außer einem Containerschiff, Sir. Sehr schlechte Bedingungen. Sehr unklares Klangbild ...« Er hob eine Hand.

»Ja, was ist?«

Der Mann am Sonar setzte sich mit beiden Händen hastig den Kopfhörer auf. »Pings. Pings im Norden.«

»Russen. Sie haben keine Zeit verschwendet. Also gut, dann

wollen wir mal. Auf Periskoptiefe gehen. Wir fahren unseren Mast aus und senden.«

»Aye, Kapitan, Periskoptiefe.«

»Wird die K-363 unseren Funkspruch auffangen?«, fragte Alex.

»Ja, wenn sie die Antenne ausgefahren haben und auf Empfang sind. Ich glaube aber nicht, dass es so ist.« Scott warf einen Blick zu Alex hinüber, die die Anzeige des Tiefenmessers, die momentan bei einunddreißig Metern stand, beobachtete. Trotz ihres von Schweiß glänzenden Gesichts und der Ölflecken war sie noch immer schön und begehrenswert. Er dachte an ihre Liebesnacht in Moskau und wie verwundbar sie ihm damals erschienen war. Dann aber meldete sich die Realität wieder, und er fragte sich, wie man in Washington darauf reagieren würde, wenn ihre Analyse von Zakajews Plan auf den Schreibtischen der engsten Berater des Präsidenten landen würde. Er hatte keine Ahnung, was sich in der Zwischenzeit zwischen Washington und Moskau abgespielt hatte, aber er hatte das deutliche Gefühl, dass da etwas ganz und gar nicht stimmte. Alex hatte das schon richtig gesehen: Er war ihr Müllmann und würde auch diesen Dreck beseitigen müssen.

»Nähern uns Periskoptiefe«, meldete der Starpom.

»Ein Zusatzgeräusch!« Der Mann am Sonar fuhr auf seinem Hocker zu Scott herum. »Ein Zusatzgeräusch! Torpedorohre werden geflutet! Peilung null-eins-null!«

Fast direkt voraus.

»Das ist die K-363«, sagte Scott. »Beide Maschinen volle Kraft voraus, Ruder hart steuerbord! Gehen Sie runter auf sechzig Meter! Ablenkungsköder bereitmachen! Der Bastard hat uns überrascht.«

Die K-480 beschleunigte stark. Als sie abtauchte, wurde

ihnen der Boden unter den Füßen weggezogen wie bei einem Fahrstuhl, der ungebremst in die Tiefe stürzt.

»Torpedo abgefeuert! Ich höre deutlich den Abschuss!« Einen Moment später. »Er pingt. Er jagt uns!«

Der scharfe russische TEST-71-M-Torpedo raste mit einer Geschwindigkeit von vierzig Knoten auf sie zu.

»Beide Maschinen minimale Kraft!«, befahl Scott. »Ablenkungsköder abfeuern!«

Ein Luftstoß und der plötzlich angestiegene Druck in den Ohren meldete, dass ein Ablenkungsköder aus einem der Bugrohre der K-480 ausgestoßen worden war und nun im rechten Winkel zum Kurs des U-Boots davonschoss.

»Ruder hart backbord, beide Maschinen volle Kraft voraus!«, befahl Scott. Die Schiffsschraube begann sich durchs Wasser zu pflügen und schob die K-480 nach links weg von dem Ablenkungsköder und dem näher kommenden Torpedo. Scott wusste, dass sie eine Chance hatten, davonzukommen, wenn er ihren gegenwärtigen Kurs abrupt verließ und dabei eine Verwirbelung im Wasser hinterließ. Außerdem war da noch der verführerische Ablenkungsköder.

»Sonar«, sagte Scott, während er durch die Kommandozentrale ging. »Geben Sie mir sofort die Position der K-363 ...«

»Aye, Kapitan.«

»... und machen Sie die Rohre eins und zwei bereit.«

»Er hört es, Kapitan. Er hat beschleunigt und ist abgedreht – ah! Ablenkungsköder im Wasser!«

»Entfernung zum Ziel?«, fragte Litwanow.

»Unter dreitausend Meter ... Er hat die Maschinen abgestellt. Treibt. Ich habe ihn verloren, Sir.«

»Ist unser Torpedo noch aktiv?«

»Noch aktiv. Kapitan.«

»Haben Sie eine Peilung auf seinen Ablenkungsköder?«

»Drei-drei-eins, auf schneller Drift nach Norden.«

»Während unser Ziel sich nach Süden bewegt.«

»Torpedo dreht nach Norden ab. Ich glaube, er verfolgt den Ablenkungsköder ... Ja, Kapitan, jagt ganz klar den Ablenkungsköder.«

»Verschwendet. Wir drehen nach Süden ab, suchen ihn und versuchen noch einen Schuss –«

Der Mann am Sonar richtete sich abrupt auf. »Kapitan – ein Torpedo!« Er klang fast empört. »Er hat auf uns geschossen.«

Litwanow zögerte keinen Augenblick. »Ablenkungsköder – Feuer!«

Alex hatte neben Abakow Schutz gesucht. Scott wollte ihr sagen, dass es hier keine Möglichkeit gab, sich zu verstecken, aber er war zu sehr damit beschäftigt, dem Torpedo der K-363 auszuweichen. Er sah die nackte Angst in ihrem Gesicht – und in dem von Abakow ebenso wie in den Gesichtern der übrigen Männer in der Kommandozentrale. Er war mit seinen Überlegungen über die taktische Lage so beschäftigt gewesen, dass er selbst bisher keine Angst verspürt hatte.

Das Bild, das ihm vor Augen stand, zeigte ihm zwei U-Boote, die einen Totentanz aufführten, zwei Torpedos im Wasser, die ein Ziel suchten, und zwei Geräuscherzeuger, die dafür gebaut waren, sie auf sich zu lenken. Trotzdem könnte einer der Torpedos Glück haben und sein Ziel finden.

»Zusatzgeräusche. Tanks werden geflutet. Hochgeschwindigkeitswirbel, Kapitan. Ziel entfernt sich schnell nach Osten.«

»Weg von unserem Torpedo.«

Wenn die Geräuscherzeuger aussetzten, würden beide Torpedos weiter nach Zielen jagen, bis sie eines fanden oder die Batterien verbraucht waren.

»Sonar, wo ist der Torpedo, den die K-363 abgefeuert hat?«, fragte Scott.

»Peilung null-eins-null, driftet nach rechts. Beschleunigt.«

Scott sah zu Alex und Abakow hinüber. »Ihr könnt euch entspannen. Er entfernt sich von uns. Hoffen wir, dass er sich nicht dieses Containerschiff aussucht.«

»Das war knapp, was?«, bemerkte Abakow, der noch immer leichenblass war.

»Unser Ablenkungsköder hat gut funktioniert. Sein Ablenkungsköder wird unseren Torpedo wahrscheinlich genauso in die Irre führen.« Er richtete sich an Alex. »Bist du in Ordnung?«

»Ich schaffe das schon«, sagte sie. »Was ist mit der Nachricht? Können wir sie senden?«

»Nicht, solange die K-363 Torpedos auf uns abschießt.«

»Jake, wir können nicht mehr länger warten. Sie müssen es erfahren.«

Der Mann am Sonar meldete sich erneut. »Die K-363 ist direkt nach Norden abgedreht, Kapitan.«

»Wo ist unser Aal?«

»Ich habe ihn verloren, Sir.«

»Die Nachricht wird warten müssen. Verfolgen wir die K-363.«

18

St. Petersburg

Der Präsident stand an einem Fenster mit vergoldeter Stuckumrandung in der Nordfassade des Winterpalastes. Er sah auf die Newa hinaus, die im Schein der untergehenden Sonne golden glänzte. Am Kai hatten zwei Ausflugsschiffe festgemacht.

»Das muss ihnen das Geschäft ruinieren«, sagte der Präsident.

»Wie bitte, Sir?«, fragte Paul Friedman.

»Der FSB hat während der Gipfelkonferenz den Schiffsverkehr total gesperrt. Auf der Mokya auch. Keine Touristen. Das spüren die Besitzer dieser Ausflugsschiffe sicher.«

»Das kann ich mir gut vorstellen. Na ja, die Flüsse werden nach Abschluss der Konferenz ja wieder geöffnet.«

»Ich fühle mit den Leuten, Paul. Wir haben noch drei Tage vor uns, und wie Sie bin ich froh, wenn ich diese Sache hier hinter mir habe.«

Friedman nickte, obwohl er sich nicht sicher war, welche Sache der Präsident gern hinter sich hätte, die Gipfelkonferenz oder die Jagd nach der K-363 in der Ostsee. Beides, vermutete er.

Der Präsident wandte sich vom Fenster ab und durchquerte den reich verzierten Raum. Er lockerte seine Krawatte und ließ sich auf einen barocken, mit rotem und goldenem Seidendamast gepolsterten Sessel sinken. Eine üppige nackte Schönheit von Fragonard, die sich mit zwei sie bewundernden Nymphen vergnügte, sah von ihrem Platz über einem gigantischen Kamin aus Marmor und Gold auf den Präsidenten herab.

»Würden Sie mir bitte einen Drink geben, Paul? Danke. Wie auch immer, ich dachte, wir sollten uns unterhalten, bevor die anderen eintreffen, um den russischen Vorschlag für den IWF zu diskutieren. Die Sache steht kurz davor, überzukochen. Der Präsident blieb höflich und erwähnte Grischkows Anschuldigungen über unsere Verbindung zu Zakajew nicht, aber die Sache hing trotzdem in der Luft. Außerdem glauben sie uns nicht, dass wir den Kontakt zu Scott verloren haben. Nichts von dem, was ich ihnen gesagt habe, konnte sie überzeugen, dass das stimmt.«

Friedman schüttelte den Kopf.

Das Gesicht des Präsidenten zeigte deutlich, unter welchem Stress er stand. »Paul, die Leute stehen ganz dicht davor, zu explodieren. Subitow möchte jetzt gleich gegen Tschetschenien losschlagen und nicht abwarten, bis sie Zakajew gefangen haben.«

Friedmans Augenbrauen stiegen ruckartig in die Höhe. »Wie denn zuschlagen?«

»Er hat das nicht ausgesprochen, aber wie Sie wissen, ist er ja schon die ganze Zeit scharf darauf, im Kaukasus Kernwaffen einzusetzen.«

»Er ist verrückt.«

»Er hat seine Anhänger, Paul.«

»Die sind auch verrückt.« Friedman machte sich während des Gesprächs Notizen. »Gibt es denn um den russischen Präsidenten herum noch jemand, der nicht zu Subitows Fraktion gehört und glaubt, sie könnten Zakajew fangen?«

»Staschinski hält es für möglich. Aber was spielt das noch für eine Rolle, wenn Subitow sich durchsetzt? Sie suchen doch nur nach einem Vorwand, die Sache, die sie in Tschetschenien angefangen haben, zu Ende zu bringen, und das könnte er sein. Wenn Sie es auf der anderen Seite schaffen würden, Zakajew zu fangen, könnte das die Lage ändern und die Wahrscheinlichkeit voreiliger Schritte verringern.«

»Ich neige dazu, Ellsworth zuzustimmen. Ich meine, es ist so gut wie unmöglich, ihn zu fangen.«

»Ich sehe das genauso, Paul. Außerdem ginge es mir weit besser, wenn ich wüsste, was Scott vorhat, und ob er überhaupt noch beteiligt ist oder nicht. Was kann Karl denn in der Sache für uns tun?«

»Nicht viel, Sir, fürchte ich. Das Wetter war in der letzten Zeit sehr schlecht in der Ostsee, und die SRO-Satelliten zeigen rein gar nichts, nicht einmal auf MAD. Gordon hat ein paar P-3Cs in die Ostsee geschickt, aber wir müssen äußerst vorsichtig sein, damit wir keine Konfrontation mit den Russen heraufbeschwören. Sie haben zwei Be-12, drei Il-38 und eine unbekannte Anzahl von Mi-14-Hubschraubern zur U-Boot-Bekämpfung von der Operation in der Barentssee in die Ostsee abkommandiert. Die Ostsee ist über zweihundertsechzigtausend Quadratkilometer groß, und es wird nicht leicht sein, in einem so großen Meer zwei U-Boote zu finden. Dann noch herauszufinden, welches das von Scott ist, ist eine ganz andere Sache.« Friedman zögerte und tippte sich mit seinem Stift gegen die Schneidezähne.

»Was überlegen Sie, Paul?«, erkundigte sich der Präsident.

»Ich dachte nur gerade, wenn die Russen einen oder alle beide vor uns finden, dann könnten sie stark abgeneigt sein, die Sache friedlich beizulegen.«

»Sie meinen, sie schießen zuerst und stellen die Fragen später?«

»Etwas in der Richtung.«

Der Präsident stand auf und blickte zu dem Fragonard-Akt mit den herumtollenden Nymphen hinauf. »Sie gehen davon aus, dass Scott nichts passiert ist«, sagte er zu der nackten jungen Dame. Dann wandte er sich wieder Friedman zu. »Er hat Ellsworth gesagt, dieses verdammte U-Boot, auf dem er ist, wäre ein Schrotthaufen.«

»Karl ist überzeugt, dass es ihm gut geht, und Ellsworth auch.«

Der Präsident stand auf und ging wieder an das Fenster, das den Blick zur Newa ermöglichte, um seine Anspannung zu vertreiben. »Es freut mich, dass sie solche Optimisten sind. Ich wünschte nur, ich könnte genauso optimistisch sein.«

»Ellsworth meint, es ist ein Kommunikationsproblem«, sagte Friedman und drehte halb seinen Stuhl herum, sodass er jetzt zum Rücken des Präsidenten sprach. »Karl glaubt das auch.«

»Also warten wir ab und sehen zu, ob sie recht behalten.«

»Ja, Sir.«

»Und selbst wenn es ein Kommunikationsproblem ist, kann Scott trotzdem Zakajew finden und ausschalten.«

»Ellsworth sagt, Scott wäre ein Überlebenskünstler.«

»Das sollte er besser auch sein, wenn die Russen ihn vor uns finden und mit Zakajew verwechseln.«

Zakajew sah Litwanow über den Tisch in der Messe an.

»Nehmen Sie einen Schluck.« Litwanow schob Zakajew eine Flasche Wodka zu.

Zakajew griff danach und zog sie aus Litwanows Reichweite. »Ich habe es Ihnen schon einmal gesagt, Sie trinken zu viel!«

Litwanow saß Zakajew unrasiert, verdreckt und mit seiner schmutzstarrenden Mütze im Genick gegenüber und starrte ihn wortlos an. Nach einer Weile sagte er: »Und ich habe Ihnen schon einmal gesagt, das macht nichts, weil –«, er wedelte mit einer vagen Bewegung in der Luft herum, »– weil ich, wir alle hier, sehr bald tot sein werden.«

Zakajew sah, dass Litwanows Blick dabei kurz zu dem Mädchen zuckte. Er wusste, was Litwanow sah: dass ihre Augen stumpf geworden waren, ihre Haut teigig und blass, und dass sie abgenommen hatte. Auch er und die Mannschaft hatten sich in ähnlicher Weise verändert. Wer Tag und Nacht dem Tod ins Auge blickte, konnte nicht erwarten, dass das spurlos an einem vorüberging. Es wäre besser, die Sache gleich zu Ende zu bringen, hatte er beschlossen.

»Wir schaffen es nie bis St. Petersburg«, sagte Zakajew. »Ich möchte den Reaktor jetzt gleich hochgehen lassen, bevor die russischen Verbände aus dem Norden hier eintreffen und bevor dieses U-Boot uns wieder aufspürt.« Er sah Litwanow dabei fest in die Augen, als wollte er die Möglichkeit eines Widerspruchs von vornherein ausschließen.

»Es spürt uns garantiert wieder auf«, sagte Litwanow müde. Der Angriff und der Gegenangriff hatten ihn viel Kraft gekostet, und das sah man ihm an. »Es ist wahrscheinlich weniger als vierzig Kilometer weit weg. Dieser Kapitän wird uns finden.«

»Sie sind ja geradezu besessen von ihm. Geben Sie es zu. Inzwischen geht es Ihnen doch nur noch darum, diesen Kapitän in dem anderen U-Boot zu besiegen. Sie wollen gar nicht mehr Russland vernichten, nur noch diesen Mann. Das ist jetzt Ihr Ziel. Vielleicht haben Sie es sich auch anders überlegt und wollen nach Russland zurück, alles gestehen und um

Verzeihung dafür betteln, dass Sie deren U-Boot gestohlen haben.«

Litwanow betrachtete die Wodkaflasche und hob dann seinen Blick zu Zakajew. »Glauben Sie das wirklich, General?«

»Ich sehe es doch! Je länger Sie mit ihm spielen, desto länger können Sie das hinausschieben, was Sie geschworen haben. Was alle Ihre Männer geschworen haben.«

Litwanow ballte die Hände, die auf dem Tisch lagen, zu Fäusten. »Nennen Sie mich einen Feigling?«

»Beweisen Sie mir, dass Sie keiner sind!«, forderte Zakajew ihn heraus.

Litwanow war bereits halb von seinem Stuhl aufgestanden, als das Mädchen ihm die Wodkaflasche hinschob. »Hier«, sagte sie.

»Ich habe geschworen, den Reaktor in St. Petersburg hochgehen zu lassen, nicht mitten in der Ostsee.«

Zakajew hatte sich nicht gerührt. »Ob wir es hier tun oder in St. Petersburg, Russland wird die Konsequenzen tragen müssen und die Schuld daran zugeschoben bekommen. Das reicht doch.«

Litwanow beachtete die Flasche nicht, setzte sich aber wieder hin. »Sie glauben, wir können den Reaktor einfach hochjagen, nicht wahr?« Er schnipste mit den Fingern. »Bumm, und aus ist es!«

»Das haben Sie doch selbst gesagt!«, rief Zakajew. »Ich habe Ihnen geglaubt. Wollen Sie jetzt sagen, das ginge nicht?«

»Nein, das will ich nicht sagen«, protestierte Litwanow und packte die Flasche. »Ich sage nur, wenn wir es nicht schaffen, dieses U-Boot da draußen auszuschalten, bevor es uns zu nahe kommt, ist es gut möglich, dass es uns torpediert, bevor wir mit unseren Sprengladungen den Reaktor zerstören können. Er wird die Detonation der Ladungen hören, und dann weiß er ganz genau, wo wir sind. Er wird annehmen, bei uns wäre ein Unglück passiert, und damit hätte er ja auch gar nicht so unrecht. Dann ist er in null Komma nichts hier, und wenn er uns dann an der Oberfläche sieht, wird er nicht mehr lange fragen, ob er uns helfen kann. Er weiß dann sofort, was los ist, und wird uns angreifen, noch bevor der Reaktor überhitzt. Ich habe Ihnen ja gesagt, es dauert zwei Stunden, bis er durch den Rumpf geschmolzen ist, und so viel Zeit haben wir dann nicht, weil er weniger als eine Stunde von uns entfernt ist.«

»Woher wollen Sie denn so genau wissen, wo er ist?«, fragte Zakajew.

Litwanow goss sich einen Wodka ein, schob sich die Mütze mit einem Daumen unter dem Schild noch weiter zurück und stürzte den Drink hinunter. »Glauben Sie vielleicht«, fragte er, während ihm das Wasser in die Augen stieg, »wir hätten ihn verjagt wie einen Köter mit eingeklemmtem Schwanz? Dieser Mann da draußen, wer er auch ist, hat keine Angst vor uns. Es kommt mir vor, als wüsste er ganz genau, was wir vorhaben.«

»Dann verschwenden wir hier nur unsere Zeit«, sagte Zakajew. »Machen Sie es sofort. Jagen Sie den Reaktor hoch, und wenn dieser Russe erscheint, torpedieren Sie ihn. Aber machen Sie es sofort.«

Litwanow drehte das leere Glas unablässig zwischen den Fingern. Er sah zu dem Mädchen hinüber, dessen tief liegende Augen jetzt größer schienen als je zuvor, und dann musterte er Zakajew nachdenklich. »Ich bin nicht überzeugt davon, dass er Russe ist.«

»Was reden Sie denn da?«, fragte Zakajew. »Natürlich ist er Russe!«

Litwanow drehte das Glas ständig weiter. Er hielt den Blick fest auf das Mädchen gerichtet, als er weitersprach. »Er verfolgt uns nicht wie ein russischer Kapitän. Er legt kurze Sprints ein, und dann lässt er sein Boot treiben, er schlägt Haken und fährt Kurven, er geht plötzlich auf Lautlosbetrieb, und vor allem macht er keine volle Kehre – was die *Amerikanski* den *Crazy Ivan*, den verrückten Iwan nennen –, wenn er den Sonar frei haben will. Was wir da gesehen haben, das sind die taktischen Manöver eines amerikanischen Kapitäns, nicht die eines russischen.«

Zakajew spürte, dass ihm allmählich die Geduld ausging. Der Mann war offensichtlich total betrunken und redete Unsinn daher. Der Druck war wohl zu groß für ihn geworden, und Zakajew fragte sich, ob es der Mannschaft vielleicht genauso ging. Wenn es so war, dann war die Mission zum Scheitern verurteilt. Einen kurzen Augenblick überlegte er sich, ob er Litwanow auf der Stelle erschießen sollte. Das könnte aber zur Folge haben, dass Weroschilow ihm den Befehl verweigerte, und dann müsste er den auch töten. Und wo sollte das danach aufhören? Selbst wenn er die gesamte Mannschaft umbrachte, könnte er die Sprengladungen wahrscheinlich vorbereiten, aber dann wusste er nicht, wo er sie anbringen sollte. Und wer sollte dann das U-Boot führen?

»Ein Amerikaner?«, fragte Zakajew.

Darauf wusste Litwanow keine Antwort.

»Doch nicht in einer russischen Akula!«, erklärte Zakajew und stand auf. »Ausgeschlossen!«

Noch immer sagte Litwanow nichts.

»Uns wird die Zeit knapp, Georgi. Ich gebe Ihnen jetzt einen Befehl. Bereiten Sie Ihre Mannschaft vor. Sagen Sie den Männern, dass wir den Reaktor hochgehen lassen.«

Litwanow nickte.

»Wer wird die Ladungen vorbereiten?«

»Der Starpom«, antwortete Litwanow. »Er hat sich freiwillig dafür gemeldet.«

»Also gut, dann setzen Sie Weroschilow daran. Sonst noch etwas?«

Litwanow bewegte sich wie in Zeitlupe. Er stand auf, stützte die Fäuste auf den Tisch und sah das Mädchen an. »Vielleicht sollte ich euch beide verheiraten. Das darf ein Kapitän auf seinem Schiff.«

Das Mädchen sah zuerst Zakajew an, dann Litwanow. »Wir sind bereits verheiratet, Kapitan«, sagte sie mit erzwungener Fröhlichkeit.

»Das wusste ich nicht. Glückwunsch.« Litwanow zog sich die Mütze in die Stirn und ging.

Sie war fast nichts in seinen Armen. So federleicht und zerbrechlich. Sie klammerte sich an ihn wie ein Kind – wie das Kind, das sie ja noch war.

»Das habe ich mitgenommen«, sagte sie und löste ihre Arme von seinem Hals. »Es ist alles, was mir geblieben ist.« Sie wickelte das Hochzeits-Fotoalbum ihrer Eltern aus dem Öltuch und hielt es auf ihrem Schoß, damit Zakajew es ansehen konnte.

»Ich erinnere mich«, sagte er. »Es ist sehr hübsch.«

Innen waren Farbfotos eines großen, gut aussehenden Mannes in einem einfach geschnittenen Anzug und einer schlanken, schönen Frau in einem traditionellen Hochzeitskleid mit einem Blumenstrauß in der Hand in der typischen Pose eines Hochzeitsfotos. Die Finger des Mädchens glitten liebkosend über die Fotos, verweilten auf den Gesichtern und zeichneten ihre Konturen nach, als könnte sie sie fühlen.

Zakajew setzte sich neben sie, sodass ihre Körper sich berührten. Irgendwie hatte sie sich verändert und kam ihm nicht mehr wie seine Frau, sondern eher wie seine Tochter vor. Was sie verbunden hatte, war verschwunden, und er spürte, dass auch sie selbst sich ihm entzogen hatte. Es gab noch mehr Bilder anzusehen, obwohl er sie alle schon oft gesehen hatte, die Namen der abgebildeten Personen kannte, ihre Geschichten und die Orte, an denen die Aufnahmen gemacht worden waren. Freunde, Tanten, Onkel, Großeltern. Kinder von Freunden. Vettern. Ein freundlicher schwarz-weißer Hund, der es gelernt hatte, Pfötchen zu geben, und das stolz vorführte.

Sie schlug das Album zu und lehnte ihren Kopf an seine Schulter. »Darf ich hier bei dir bleiben, Ali?«

»Natürlich. Wenn du das willst.«

»Ich bin froh, dass es fast vorbei ist. Du auch?«

»Ja.«

»Bist du wütend auf Litwanow?«

»Nicht wütend, nur enttäuscht.«

»Du traust ihm nicht, oder?«

»Ein Mann fasst nicht freiwillig den Entschluss, zu sterben«, sagte Zakajew. »Aber selbst wenn er das tut, hat er das Recht, seine Meinung zu ändern.«

Sie verstummten beide und lauschten den leisen, weit entfernten Geräuschen der Motoren der K-363.

Schließlich rollte sich das Mädchen in der Koje zusammen, und Zakajew deckte sie mit einer groben Wolldecke zu. Er legte das Album neben sie, damit sie es gleich finden konnte, wenn sie wieder aufwachte. Zakajew wischte ihr ein paar Haarsträhnen von der Wange und küsste sie.

Er zog einen gebügelten militärischen Arbeitsanzug an, den er in seinem kleinen Trolley mitgebracht hatte, dann ein Paar abgestoßene Schnürstiefel und ein Koppel aus Segeltuch. Dann steckte er die H&K P7 unter dem Hemd in den Bund seiner Arbeitshose.

Zakajew dachte über das nach, was er dem Mädchen gesagt hatte: Ein Mann fasst nicht freiwillig den Entschluss, zu sterben. Aber selbst wenn er das tut, hat er das Recht, seine Meinung zu ändern. Zakajew spürte den kalten Stahl der Pistole an seinem Bauch. Falls Litwanow tatsächlich seine Meinung ändern sollte, war er bereit.

Die Männer, die in der Kommandozentrale auf Wache waren, zeigten wortlos ihre Überraschung über Zakajews veränderte Bekleidung, besonders Litwanow, der seinen Blick über ihn wandern ließ, aber nichts dazu sagte.

»Weroschilow bereitet die Ladungen vor«, sagte Litwanow ohne Aufforderung. Er deutete auf die Männer in der Kommandozentrale, und dann gestikulierte er zum Bug und nach achtern. »Die Männer haben außerdem gesagt, sie sind bereit, das zu tun, was sie geschworen haben.«

»Ausgezeichnet«, sagte Zakajew. »Es war mir eine Ehre, zusammen mit ihnen zu dienen. Und mit Ihnen, Georgi.«

»Danke, General«, sagte Litwanow. »Eines wäre da noch zu tun: Die stündliche Nachrichtensendung von CNN um dreizehn Uhr abzuhören, ob es etwas Neues über die Party in St. Petersburg gibt. Außerdem haben wir eine Peilung zu den Schnellbooten nördlich von uns. Ich glaube, das sind Grischas, aber es regnet, und das beeinträchtigt die Geräuschanalyse. Es sind mindestens vier, vielleicht sogar sechs, und sie haben alle ihren Sonar aktiviert. Sie fahren mit zehn Knoten nach Süden. Es ist schwer zu sagen, wie viel Zeit uns bleibt, bis sie hier in der Gegend eintreffen. Das kommt darauf an, wie gründlich sie sind.«

»Was ist mit dem U-Boot?«

»Nichts. Das macht mir Gedanken. Er ist irgendwo da draußen. Ich weiß es einfach. Er ist nicht unsichtbar, aber fast.«

»Kapitan – Sendung in fünf Minuten«, meldete ein *Mitschman*.

Regen peitschte auf die unruhige Ostsee. Die Sichtweite schätzte Litwanow auf weniger als einen Kilometer, und den Horizont konnte man nur ahnen. Er schwenkte das Periskop einmal im Kreis, sah etwas und erstarrte. Ein viermotoriges Flugzeug, dessen Propeller wie Silberscheiben glänzten, war urplötzlich aus dem Regen aufgetaucht und flog auf das Periskop der K-363 zu. In dem Sekundenbruchteil, den Litwanow für seine Reaktion brauchte, erkannte er deutlich, dass der Bombenschacht des Flugzeugs bereits offen stand und ein dunkles Objekt daraus auf die Wasserfläche aufschlug.

»Not-Tauchmanöver! Höhenruder voll absenken! Maschinen volle Kraft voraus!«

Chaos brach in der Kommandozentrale aus. Litwanow verlor den Boden unter den Füßen, als die K-363 sich in einem beängstigend steilen Winkel – über dreißig Grad – mit der Nase voran senkte. Er konnte sich gerade noch an einer Verstrebung festhalten, bevor er mit Weroschilow zusammenstieß, der hinter den Männern an den Kontrollen der Tauchstation stand. Sie hatten die Steuerknüppel bereits bis zum Anschlag vorgeschoben.

Die K-363 beschleunigte und bohrte sich in das nur einhundertsechzig Meter tiefe Wasser.

Zakajew hielt sich an einem Geländer fest, musste aber fallenden Gegenständen – Werkzeugen, Büchern, einem Klemmbrett – ausweichen, die das schräge Deck hinunter gegen die Beine der Männer, in die Ecken und unter Geräte prallten. Er dachte an das Mädchen, das vielleicht aus seiner Koje gefallen war, und hoffte, dass es sich nicht verletzt hatte.

»Druckluft ablassen«, ordnete Litwanow an. Er war auf ein Knie herabgesunken und hatte den Blick fest auf den Tiefenmesser gerichtet, der sechsundneunzig Meter anzeigte. Der Geschwindigkeitsmesser stand auf fünfzehn Knoten und stieg weiter.

»Das war eine von unseren, glaube ich. Eine May. War fast bis zur Wasserfläche runter. Sie muss einen MAD-Kontakt gehabt haben –«

»Torpedo! Sonar aktiviert! An Steuerbord!«

Litwanow sprang auf und brüllte: »Ruder hart backbord! Ablenkungsköder abfeuern!«

Das U-Boot schwenkte wie ein Flugzeug bei einer Kehre nach links. Der plötzlich gestiegene Luftdruck und ein sattes Rauschen meldeten den Ausstoß eines Geräuscherzeugers in die entgegengesetzte Richtung ihres Schwenks.

»Peilung Torpedo eins-sieben-acht. Sonar aktiviert.«

»Noch einen Ablenkungsköder abfeuern!«

Eine weitere Druckschwankung und ausgestoßene Luft.

»Ruder mittschiffs.«

Zakajew holte tief Luft.

Die K-363 schwenkte nach rechts und stabilisierte sich etwas, hatte die Nase aber weiter nach unten gerichtet.

»Wo ist dieser Torpedo?«

»Schwenkt nach rechts – den Ablenkungsködern nach.«

Zakajew atmete aus.

»Vielleicht war das alles, was sie –«, sagte Litwanow, wurde aber sofort widerlegt.

»Weiterer Torpedo! Sonar aktiviert! Backbord voraus! Sehr nahe!«

»Eine Peilung! Ich brauche eine Peilung!«, brüllte Litwanow.

»Eins-eins-zwei, Kapitan. Geschwindigkeit konstant.«

»Mistkerl!«, zischte Litwanow. »Er gibt einfach nicht auf!« Er taumelte vorwärts. »Zwei Ablenkungsköder abfeuern!« Er fuhr zum Tiefenmesser herum, der auf einhundertzehn Meter stand. Das Wasser unter dem Kiel wurde knapp. »Bei einszwanzig austarieren.«

»Kapitan, ich habe den ersten Torpedo abgeschüttelt.«

»Vergessen Sie das, wo ist der zweite –?«

Ein Donnerschlag traf die K-363, und sie machte einen Ruck zur Seite. Litwanow prallte an den Hauptgebläsekrümmer und fiel rücklings zu Boden. Auch Zakajew stürzte, aber vorher sah er noch, wie sich eine Isolationsplatte an der Backbordseite der Kommandozentrale vom Rumpf löste und auf dem Deck zerbrach. Einen Moment später wurde es in der Kommandozentrale dunkel.

Zakajew war halb benommen und sah einen bläulichen Lichtschein in der Luft, roch brennende Isolierung und hörte das Knistern und Zischen eines Kabels, das sich noch unter Strom stehend in einem der Kabelschränke wand. Die Not-Kampfbeleuchtung war angegangen.

Er sah Rauch. Nein, es war nur der weiße Kohlendioxidnebel aus einem Feuerlöscher. Ein Matrose rannte zwischen den Trümmern umher und richtete einen Feuerlöscher auf eine

Funken sprühende Instrumentenwand. Ein weiterer Matrose klopfte herausgesprungene Sicherungskippschalter mit dem Handballen wieder in ihre alte Position. Irgendwo füllte sich ein Hohlraum mit Wasser. Sanken Sie? Nein, das glaubte er nicht. Sein gerade noch frisch gebügelter Arbeitsanzug und seine Haut waren mit Korkstückchen der Rumpfisolierung und Farbresten von Schotten und Geräten gesprenkelt.

»Schadensmeldung!«, brüllte Litwanow in die Sprechanlage. Er war wieder aufgestanden und rieb sich das Hinterteil.

Zakajew erhob sich mühsam und wischte sich ab. Die Pistole in seinem Hosenbund hatte sich schmerzhaft in seinen Bauch gebohrt, aber das ignorierte er. Er schob sich an Matrosen vorbei, die sich verzweifelt bemühten, wieder Ordnung herzustellen und die nötigsten Reparaturen vorzunehmen. Er torkelte vorwärts, aus der Kommandozentrale in den schmalen, rauchigen Gang hinter Schott drei, in dem sich die Offizierskabinen befanden. Er drückte sich an die Wand, um zwei Matrosen mit Werkzeugen in der Hand Platz zu machen, die nach achtern rannten. Irgendwo hörte er jemand etwas rufen. Dann wurde es still.

Die Lichter flackerten, gingen aus und dann wieder an. Der beißende Geruch von schwelendem Gummi und Phenolharz stieg Zakajew in die Nase. Er wischte sich die Augen ab und hustete in eine Faust. Einen Augenblick lang dachte er schon, er wäre zu weit gegangen, aber dann bemerkte er, dass er genau vor der Tür seiner Kabine stand.

Er schob die Schiebetür auf und trat ein. Ein Lichtstrahl aus dem Gang fiel in die dunkle Kabine. Er tastete die Koje ab, die noch warm, aber leer war. Zakajews Herz klopfte wie ein Hammer in seiner Brust, während er nach dem Lichtschalter über dem kleinen Schreibtisch tastete. Er hatte Angst. Und dann war die Erinnerung wieder da. Er sah seine Kinder in dem Garten in Grosny, ihre kleinen Körper ausgeblutet und marmorweiß, von Kugeln aus russischen Maschinenpistolen zerfetzt. Seine Frau Irina, vergewaltigt, mit Gewehrkolben erschlagen, das Gesicht nicht mehr zu erkennen. Und er sah das Mädchen, das in Grosny über die Trümmer kletterte, das Fotoalbum fest in einer Hand, die andere nach ihm ausgestreckt. Sie hatte geweint, und die Tränen hatten Streifen auf ihrem verdreckten Gesicht hinterlassen.

Zakajew sank auf die Knie. Sie lag auf dem Rücken, den Kopf in einem unnatürlichen Winkel abgeknickt, einen Arm wie zu einem lässigen Gruß zurückgeworfen. Wie an jenem Tag, an dem er sie aus den Ruinen von Grosny geholt hatte, hatte sie geweint. Tränen hingen noch wie kleine Diamanten an ihren langen Wimpern und den feinen Härchen ihrer Wangen. Ihre toten Augen starrten zu ihm auf und sahen nichts. Eine Beere aus dunkelrotem Blut hatte sich in einem Mundwinkel gesammelt. Er wischte das Blut mit einer Fingerspitze ab und ließ es auf seine Zunge tropfen. Er hatte sie immer nur *Dewuschka* – Mädchen – genannt, obwohl ihr Name Irina gewesen war.

Die Explosion hatte die K-480 vom Bug bis zum Heck durchgerüttelt und die Sonarlinien über den Monitor hinwegtanzen lassen. Sie hatten die Torpedos bei ihrer Jagd nach den Ablenkungsködern beobachtet – vier gerade Linien auf dem Monitor –, bis sich die Linien an einem Punkt vereinigt hatten, und dann hatten sie die Explosion wie Donnergrollen gehört und den Schlag der Druckwelle gespürt.

»Was meinen Sie?«, fragte Abakow. »Haben sie sie versenkt?«

»Keine Bruchgeräusche«, erwiderte Scott. »Diese May, die wir in der Nähe des Aufschlags gesehen haben, wird Hilfe herbeiholen. Das wird jetzt ungemütlich dort oben.«

»Was machen wir jetzt?«, wollte Alex wissen. Sie hatte sich wieder gefangen und aufgejubelt, als der Torpedo hochgegangen war, weil sie angenommen hatte, die K-363 wäre getroffen worden. Jetzt schien sie wieder bedrückt.

»Was wir jetzt auf keinen Fall tun dürfen, ist, irgendwelche Funksprüche loszuschicken«, sagte Scott. »Jede Schnellmeldung würde sofort abgefangen. Außerdem ist diese May ganz ähnlich ausgerüstet wie unsere P-3Cs und würde uns finden. Sie hat ganz bestimmt noch jede Menge Torpedos übrig. Und aktive und passive Sonarbojen, und diesen Dingern kann man nur schwer ausweichen. Die nehmen alles auf. Das Einzige, was noch zu unseren Gunsten sprechen könnte, ist, dass die Russen vielleicht gar nicht wissen, dass wir hier sind. Wenn sie uns also erfassen, könnte sie das verwirren, und das könnte wiederum uns die Chance bieten, von hier zu verschwinden.«

»Aber Zakajew und Litwanow wissen doch, dass wir hier sind«, wendete Alex ein.

»Ganz recht. Und sie sitzen genau in der Klemme zwischen uns im Südosten und den Russen im Norden. Wir könnten versuchen, die K-363 in eine Ecke zu zwängen, und wenn die Russen dann nicht eingreifen, könnten wir sie erledigen.«

»Mit *eingreifen*«, erkundigte sich Alex, »meinst du doch bestimmt, wenn die Russen uns nicht auch noch angreifen.«

»Gegen beide Parteien möchte ich nicht kämpfen«, sagte Scott.

»Und ich möchte nicht von der russischen Marine versenkt werden«, erwiderte Alex.

Scott markierte die Position der Torpedodetonation auf der Seekarte. Eine elektronische Prüfung zeigte, dass die May nach wie vor in immer größeren Kreisen über ihnen flog und nach ihrer Beute suchte. Nur der allem Anschein nach undurchdringliche Regenvorhang verhinderte, dass Scott die May zu Gesicht bekam, als sie bei einem ihrer Flüge über das Zielgebiet einen Moment lang über dem Horizont zu sehen war.

»Die K-363 ist irgendwo südlich des Kreises, den die May fliegt. Er braucht tiefes Wasser, also wird er nicht nach Westen in Richtung Gotland fahren, wo es seicht ist, jetzt nicht mehr. Wir werden langsam direkt nach Osten fahren und zusehen, was sich ergibt. Wenn wir Glück haben, erwischen wir ihn vielleicht ... hier.« Er stach mit der Zirkelspitze in die Seekarte.

Karl Radford steckte im Stau auf der Memorial Bridge fest. Er sah, das sich die Autos bis weit hinter der Abfahrt zum Jefferson Davis Highway stauten.

Grischkow. Er hatte kaum an sich halten können. Es hatte einen Angriff gegeben, vielleicht sogar eine Versenkung, aber das hatte auf jeden Fall Druck vom Präsidenten genommen, und genau das brauchte Friedman. Plötzlich schien sich niemand mehr Gedanken um Scott, Alex Thorne, den russischen Untersuchungsbeamten Abakow oder die Mannschaft dieser Akula zu machen. Entbehrlich. Ellsworth hatte Scott einen Überlebenskünstler genannt. Vielleicht würde er dafür noch den Beweis liefern.

Radford sah auf die Uhr, hob dann den Hörer des abgeschirmten Telefons ab, wartete kurz und sagte dann: »Sind wir nach St. Petersburg freigeschaltet?«

»Halten Sie sich bereit, Sir.«

Der vertraute Ton war zu hören, dann Friedman: »Guten Morgen, Karl. Der Präsident verspätet sich. Was haben Sie?«

»Nicht viel. Wir können Grischkows Angaben bestätigen, dass ein russisches Flugzeug vor Gotland ein U-Boot angegriffen hat, aber ich kann nicht bestätigen, dass es versenkt worden ist. Wir haben nichts von der Wärmebildkamera, außer der Detonation des Torpedo-Sprengkopfs. Bei dem Wetter haben wir Probleme mit der Satellitenbeobachtung.«

»Weiter.«

»Wir haben außerdem die Bestätigung für einen Bericht, dass ein russisches Flugzeug, eine Il-38 May, das gleiche Modell wie beim Angriff auf das U-Boot, vor Saaremaa, Estland, abgestürzt ist. Die Russen haben einige Schiffe für die Suche nach Überlebenden abkommandiert.«

»Wie viele Flugzeuge sind damit noch für die U-Boot-Abwehrpatrouille übrig?«

»Nur zwei Mays. Die Be-12 eignen sich nicht dafür, die sind total veraltet. Die Hubschrauber genauso. Ihre Reichweite ist zu gering, und sie können nicht lange genug in der Luft bleiben für eine Suche.«

»Und wie viele Schnellboote?«

»Drei Grischas. Drei weitere sind auf der Suche nach Überlebenden dieses Flugzeugabsturzes.«

»Hat Grischkow Ihnen das erzählt?«

»Er weiß, dass wir feststellen können, was sich da tut. Sie haben nichts damit zu gewinnen, wenn sie das abstreiten.«

»Wie sicher sind sie, dass es die K-363 war, die sie angegriffen haben?«

»Ich würde sagen, einigermaßen.«

»Und was ist mit Scott? Wo ist er?«

»Von ihm habe ich nichts gehört.«

Nach einer längeren Pause sagte Friedman: »Wie stehen die Chancen, dass die Russen Zakajew versenkt haben?«

»Ich kann da nur Vermutungen anstellen.«

»Aber er könnte beschädigt sein?«

»Klar.«

»Beschädigt, aber nicht so schwer, dass er nicht mehr in der Lage ist, den Russkis zu entkommen.«

»Er könnte es schaffen.«

Wieder eine Pause.

»Dann benötigen wir also Scott eventuell immer noch, damit er den Dreck für uns aufräumt?«

»Sicher. Wir schicken nach wie vor unsere Funksignale und warten auf seine Antwort.«

»Ich berichte es dem Präsidenten.«

Radfords Wagen setzte sich in Bewegung. Er warf durch die getönten Scheiben einen Blick hinüber zum Nationalfriedhof Arlington und überlegte, dass es in der Ostsee keine Spur von Öl oder radioaktiven Trümmern gegeben hatte, die einen Hinweis auf den möglichen Totalverlust eines Atom-U-Boots liefern könnten. Er hatte das sichere Gefühl, dass Zakajew nach wie vor da draußen war. Aber wo zum Teufel war Scott? Abrupt ließ seine Zuversicht nach.

Litwanow sah wirklich erschüttert aus.

»Niemand soll sie berühren!«, befahl Zakajew.

»Natürlich nicht, General«, sagte Litwanow und sah dabei in die Kabine, in der die Leiche des Mädchens auf die Koje gebettet worden war. »Es tut mir leid«, war alles, was Litwanow herausbrachte.

»Es war unvermeidlich«, sagte Zakajew. Er trat rückwärts aus der Kabine und schob die Tür zu.

»Sind die Ladungen angebracht?«, fragte Zakajew.

»Sie sind bereits mit den Zündern verbunden. Weroschilow muss noch in das Reaktorgehäuse und sie an den primären und sekundären Kühlschleifen anbringen.« Er beschrieb, was Weroschilow in dem Reaktorgehäuse passieren und welche Folgen die Strahlung für ihn haben würde.

»Wie wird er sie zünden?«

»Gar nicht. Sie sind über ein Kabel mit einer Fernzündung an der Hauptreaktorkonsole verbunden. Der Chefingenieur hat sich freiwillig bereit erklärt, diesen Teil zu übernehmen.«

»Dann ist die Zeit jetzt gekommen. Tauchen Sie auf, und zünden Sie sie.«

Litwanow fuhr sich mit der Zunge über die Lippen. »Da oben kreist ein Flugzeug. Das könnte uns angreifen.«

»Nicht, wenn Sie auftauchen. Sie werden dann annehmen, dass wir kapitulieren.«

»Vielleicht glauben Sie das aber nicht.«

»Dann benutzen Sie Ihr Funkgerät. Wenn Sie es ihnen sagen, dann glauben sie es auch.«

Litwanow wischte sich mit dem Handrücken über den Mund und drehte sich um, um zu gehen. Doch Zakajew packte ihn am Arm und hielt ihn auf. »Jetzt keine Verzögerungen mehr, Georgi!«, ermahnte er ihn.

Die gesamte Mannschaft, mit Ausnahme des Chefingenieurs, befand sich in der Kommandozentrale, während sich das U-Boot auf Lautlosbetrieb dicht über dem Meeresboden langsam nach Osten auf Estland zuschob. Die Matrosen beobachteten Zakajew voller Hochachtung und Mitgefühl; der Tod des Mädchens hatte sie tief gerührt. Als Litwanow ihnen mitteilte, dass es Zeit war, die Sprengladungen anzubringen, zogen sich die Männer langsam an ihre Stationen zurück und hingen dort allein ihren Gedanken nach.

Litwanow hörte Starpom Weroschilow sagen: »Es war uns eine Ehre, Sie an Bord zu haben, General Zakajew.« Er wartete Zakajews Antwort nicht ab, sondern verschwand nach achtern zum Reaktorgehäuse, um die Sprengladungen anzubringen.

Litwanow drehte sich um und befahl: »Fertigmachen zum Auftauchen!«

»Kapitan – ich höre ein U-Boot, das die Ballasttanks leert!«

»Alle Maschinen stopp!«, ordnete Scott sofort an.

Der Mann am Sonar schaltete die Lautsprecher an, damit alle den Vorgang, das Krachen und Knistern explodierender Luftblasen, mithören konnten. Es dauerte einen Moment, bis sich das Geräusch so weit gelegt hatte, dass eine genaue Entfernungsbestimmung und Peilung der K-363 möglich war, und bis Scott sich ein genaueres Bild von der Position der beiden U-Boote zueinander machen konnte.

»Sie ist verdammt nahe!«, sagte Scott überrascht und voller angespannter Erwartung.

Es klang so, als wäre das aufsteigende U-Boot weniger als hundert Meter von der K-480 entfernt und etwa dreißig Meter unter ihr.

»Warum haben wir sie nicht gehört?«, fragte Alex.

»Sie hatte sich unter einer Seewasserschicht versteckt«, erklärte Scott ihr. »Einer, die kälter als die Schichten darüber ist.

Das lenkt das Sonar ab. Deshalb haben wir sie nicht gehört, und das ist auch der Grund dafür, dass diese verdammte May dort oben im Kreis herumfliegt und nichts findet. Das Boot ist praktisch unsichtbar.«

»Aber warum tauchen sie auf?«, wunderte sich Alex.

Während des Aufstiegs zur Wasseroberfläche würde sich die K-363 einen oder zwei Augenblicke auf gleicher Höhe mit der K-480 befinden.

»Kapitan – sie ist direkt steuerbords neben uns!«, rief der Mann am Sonar. Er war so aufgeregt, dass sich seine Stimme fast überschlug.

Scotts Gedanken rasten. Er sah die beiden U-Boote vor sich, wie sie parallel zueinander und mit geringem Abstand aneinander vorbeiglitten, bis die K-363 langsam höher als die K-480 gestiegen war.

»Vielleicht wollen sie aufgeben«, vermutete Alex.

Scott stürzte zur Tauchstation und befahl: »Ausweichmanöver! Volle Kraft zurück, Ruder hart steuerbord!« und einen Augenblick später: »Immer so weiter!«

Alex konnte Scott gerade noch ausweichen, als er herumfuhr und das Mikro aus der Halterung riss. »Zielerfassung! Schnellschuss! Rohr eins und zwei Bereitschaft!«

Achtern begannen die starken Maschinen der K-480 mit maximaler Leistung zu arbeiten. Die Schraube änderte die Laufrichtung und mühte sich ab, im Wasser Widerstand aufzubauen. Das U-Boot zitterte unter der Belastung, der Rumpf knarrte bedrohlich, und das Deck unter den Füßen der Besatzung vibrierte heftig.

»Was ist denn?«, fragte Alex.

»Er ist dabei, aufzutauchen und den Reaktor hochzujagen!«, brüllte Scott. »Wir müssen ein Stück zurück und schießen!«

Litwanow wurde blass. »Unmöglich!« Er wusste jedoch genau, dass es das nicht war.

»Steuerbord ... sie ist steuerbord ... querab achtern!« Der Mann am Sonar war auf seinem Sitz herumgefahren, um Litwanow zu informieren, doch der brüllte Befehle und hörte ihn nicht.

»Die Ventile öffnen! Not-Tauchmanöver!«

Das Rauschen des Wassers in den Ballasttanks und das Zischen der Luft durch die Ablassventile war ohrenbetäubend.

»Ruder voll rechts!«, rief Litwanow laut, um den Lärm zu übertönen.

Zakajew wäre fast gestürzt, als sich das Deck unter seinen Füßen neigte und die K-363 nach unten glitt. Er klammerte sich an einem Griff fest und hangelte sich durch die Kommandozentrale. »Was machen Sie denn da?«, herrschte er Litwanow an.

Der aber ignorierte sein Geschrei, und auch die Warnung des Mannes am Sonar hörte er nicht: »Kapitan – steuerbord, sie ist steuerbord!«

Zakajew packte Litwanow am Arm und riss ihn herum. »Tauchen Sie auf! Das ist ein Befehl!«

Litwanow riss sich von ihm los. »Sie Idiot, wir sind praktisch direkt über ihnen! Wir können nicht auftauchen! Sie würden uns sofort abschießen!«

Zakajew riss sich die Pistole aus dem Hosenbund und rammte sie Litwanow in den Bauch. »Ich habe Ihnen einen Befehl gegeben!«

»Ich scheiße auf Ihren Befehl! Die schießen uns einen Torpedo in den Arsch –«

Der Krach war hundertmal lauter als bei einem Frontalzusammenstoß zweier Autos mit Höchstgeschwindigkeit. Metall verformte sich kreischend, und irgendwo wurde etwas abgerissen. Die K-363 kippte um, hing einen Moment lang bewegungslos im Wasser, richtete sich dann mit einem plötzlichen Ruck wieder auf und lag wie tot in der See.

19

Die Ostsee, östlich von Gotland

Wasser strömte um die untere Luke herum in die Kommandozentrale, die den Zugang zur Notausstiegsschleuse im Turm bildete. Oberhalb der abgedichteten oberen Luke der Schleuse führte ein Tunnel zur Brücke und dem kleinen Befehlsstand, von dem aus die K-480 an der Oberfläche geführt wurde.

»Schadensmeldung – alle Abteilungen!«, befahl Scott. Einen Augenblick lang waren alle von dem Zusammenstoß etwas benommen. »Aber schleunigst!«

Scott stellte eine Verbindung zur Sonarkonsole her. »Wo ist sie?«

»Verschwunden, Kapitan. Da sind jetzt nur noch Hintergrundgeräusche. Die Pings von den Schnellbooten höre ich aber noch.«

»Weit kann sie nicht sein. Vielleicht ist sie beschädigt. Finden Sie sie!«

»Aye, Kapitan.«

Scott sah kurz zu Alex hinüber, die durchnässt und zitternd dastand. Sie bemerkte seinen Blick und blies die Wangen auf.

Auch der Starpom war triefnass. Er beugte sich aus dem eiskalten Wasserfall, der von der Umrandung der Schleuse niederging. »Sir, die obere Umrandung ist angebrochen, und die Schleuse ist um mindestens fünf Zentimeter verzogen«, meldete er und zeigte mit Daumen und Zeigefinger an, wie viel das etwa war. »Die obere Luke könnte durch den Zusammenstoß aus der Fassung gerissen worden sein.«

»Was bedeutet, dass der Tunnel und der gesamte obere Turmbereich vielleicht beschädigt worden sind. Sie sollten sich besser einmal das Periskop ansehen.«

»Aye, Kapitan.«

»Können wir denn so viel Wassereinbruch verkraften?«, fragte Alex. Wasser staute sich in den Speigatts, über die das Wasser von der Kommandozentrale in die Bilgen ablief.

»Nicht lange. Und wir können die Bilgenpumpen nicht anschalten, weil sie mit ihrem Lärm sofort unsere Position verraten würden.«

»Keine Spur von der K-363?«, fragte Abakow.

»Nichts. Nach allem, was wir wissen, könnten wir direkt unter ihr liegen. Ihr könnt wetten, dass sie uns suchen.«

»Und die Wassereinbrüche?«, beharrte Abakow.

»Die Notausstiegsschleuse im Turm und der Tunnel darüber, der zur Brücke und dem Befehlsstand führt, sind vielleicht beschädigt.«

»Kapitan, die Sichtgeräte haben sich verklemmt«, meldete der Starpom. »Und in der Dichtungsmanschette des Periskops ist ein schlimmes Leck.«

Scott sah es schon vor sich, wie die Ummantelung nachgab und der gesamte Befehlsstand überschwemmt wurde.

»Jetzt sind wir auch noch blind«, sagte Alex.

»Aber nicht taub«, gab Scott zurück. »Unser Sonar funktioniert noch einwandfrei.«

Immer wieder quäkten aus den Lautsprechern des Befehlsstands Schadensmeldungen von anderen Abteilungen: herausgeflogene Sicherungen, undichte Ventile, zerbrochenes Porzellan in der Mannschaftsmesse.

»Da ist nichts, womit wir nicht leben könnten«, meinte Scott dazu. »Ich sehe mir jetzt die Notausstiegsschleuse und den Tunnel an. Ich möchte mich selbst davon überzeugen, wie groß der Schaden ist.«

»Jake, nicht, das ist zu riskant!«, sagte Alex.

»Kannst mir irgendwas nennen, das nicht riskant ist?«

Scott zwängte sich mit Abakows Hilfe in einen orangefarbigen Rettungsanzug.

»Können Sie sich denn in diesem Ding durch die obere Ausstiegsluke zwängen?«, fragte Abakow, während er Scott half, die Verschlüsse des schweren Anzugs dicht zu machen.

»Ich schaffe das schon. Halten Sie die untere Luke verschlossen, bis ich so weit bin, wieder hereinzukommen – nur für den Fall.«

»Nur für welchen Fall?«, fragte Alex.

»Nur für den Fall, dass die Schleuse vollläuft.«

»Jake, was ist denn, wenn die K-363 angreift, während du dort oben bist?«, erkundigte sie sich besorgt.

»Die Leute dort sind wahrscheinlich genauso angeschlagen wie wir und brauchen Zeit, um sich wieder zu fassen. Außerdem dauert das nicht lange.«

Ein *Mitschman* reichte Scott einen Handscheinwerfer. Scott stellte einen Fuß auf den untersten Tritt der Leiter, die zur Schleuse führte. »Starpom.«

»Kapitan?«

»Falls mir dort oben etwas passiert, übernehmen Sie das Kommando.«

»Aye, Kapitan. Keine Sorge. Ich habe drei Männer an das Sonar gesetzt. Wenn die K-363 sich rührt, hören wir sie.«

Scott stieg die Leiter hinauf.

»Jake…«

Er sah zu Alex und Abakow hinunter, die ihn anblickten.

»Sei vorsichtig«, sagte sie, obwohl sie wusste, wie albern das klang.

»Achtung jetzt!«, sagte Scott.

Er drehte das Handrad an der Unterseite der Luke herum, um die Riegel zurückzuziehen. Dann stemmte er den Rücken gegen das Handrad und drückte vorsichtig die Luke aus ihrer Fassung, damit der unterschiedliche Luftdruck zwischen der Kommandozentrale und der Notausstiegsschleuse sich ausgleichen konnte. Nach dieser Dekompression drückte er die Luke ganz auf, stieg in die Schleuse hoch und schloss und verriegelte die Luke wieder.

Innerhalb der Schleuse verbreitete eine einzelne Birne hinter einem Drahtkorb gerade genug Licht, dass Scott sich orientieren konnte. Er schaltete den Handscheinwerfer an und richtete den Strahl auf die silbergrauen Wände der Schleuse und nach oben auf die obere Luke und den Entriegelungsmechanismus. Er sah Wasser durch die Abdichtung der oberen Luke sickern und vermutete, dass die Luke am Ausgang des Tunnels zur Brücke auch beschädigt war. Wenn das der Fall war, dann war möglicherweise auch der Tunnel selbst undicht. Ein schwerer Schaden an der oberen Luke oder ein Zusammenbruch des Tunnels würde die Notausstiegsschleuse und die Kommandozentrale fluten. Unter normalen Umständen war dieser Tunnel trocken, um den Zugang von oben zu ermöglichen. Wenn die K-480 aber in Gewässern sinken sollte, die flach genug waren, um der Mannschaft den Ausstieg zu ermöglichen, dann würde die obere Luke weggesprengt werden, um den Tunnel zu fluten und damit den Ausstieg über die Schleuse zu ermöglichen, in der Scott gerade stand.

Scott hörte plätscherndes Wasser und sah es an seinen orangefarbigen Stiefeln vorbei durch einen breiten Riss im Boden der Schleuse in die Kommandozentrale darunter fließen. Seine Untersuchung zeigte ihm, dass dieser Riss sich weiter an der Wand der Schleuse hochzog. Er folgte ihm durch die kreisförmige Kammer, wo er sich zu einem Netz von kleineren Rissen ausweitete, die an einer Reihe von ungefähr einem Dutzend Reihen zweieinhalb Zentimeter starken Bolzen endete, die gleichmäßig um die gesamte Notausstiegsschleuse vernietet waren. Diese Bolzen verbanden die Schleuse fest mit dem Stahlrahmen der Turmkonstruktion.

Er zuckte zusammen, als er erkannte, dass der Zusammenstoß mit der K-363 nicht nur die Notausstiegsschleuse verzogen hatte, sondern dass durch die Wucht des Aufpralls außerdem einige dieser Bolzen durch die Wand der Kammer aus gehärtetem Stahl gedrückt worden waren, als wäre sie nur eine Scheibe Käse. Durch die vergrößerten, verformten Bolzenlöcher strömte ebenso Wasser wie durch den Riss in der Notausstiegsschleuse.

Scott kam zu dem Schluss, dass der Tunnel über ihm nicht geflutet und der Schaden damit nicht so groß war, wie er befürchtet hatte. Sonst würde das Wasser mit so hohem Druck durch die Luke schießen, dass es seinen Tauchanzug durchschnitten hätte. Er drehte das Handrad an der oberen Luke, um die Riegel zurückzuziehen, und überprüfte, ob nicht der Druck von Meerwasser darauf lastete. Als sie sofort nachgab, drückte er sie hoch.

Ein Sturzbach von eiskaltem Wasser ergoss sich über Scotts Schultern. Er spürte die Kälte des Meerwassers durch den Tauchanzug. Ohne ihn hätte die Kälte ihn bewegungsunfähig gemacht, das wusste er. Die Flut verebbte, und er drückte die schwere Luke ganz hoch, bis er den Sicherheitsverschluss, der sie offen hielt, einrasten hörte.

Über sich sah er einen langen Tunnel, in dem Sprossen und Haltegriffe angeschweißt waren und der ins Dunkel führte. Der Handscheinwerfer zeigte ihm eine Wasserfontäne, die mit hohem Druck direkt unter der geschlossenen Luke am oberen Ende des Tunnels herausschoss. Das Wasser floss an den Tunnelwänden herab durch die offene Luke in die Notausstiegsschleuse und von ihr aus weiter in die Kommandozentrale.

Trotz der aufgerauten Oberfläche der dicken Gummihandschuhe und Stiefel des Anzugs fiel es Scott schwer, die angeschweißten Griffe zu packen zu bekommen. Der Aufstieg war langsam und schwierig. Das Wasser, das in den Tunnel schoss, traf Scott mit voller Wucht und nahm ihm die Luft. Auf halbem Weg rutschte er von einer Sprosse ab und wäre fast heruntergefallen, konnte sich aber gerade noch an einem Griff festhalten.

Er erreichte die Unterseite der oberen Luke, ließ den Strahl seines Handscheinwerfers über den rauen Stahl wandern und sah, dass die Luke nicht beschädigt war. Der Tunnel selbst war eingedrückt worden und von Rissen durchzogen, durch die das Wasser hereinströmte. Scott zweifelte nicht daran, dass der Tunnel dem hohen Wasserdruck nachgeben und völlig zusammenbrechen würde. Dann würden die Notausstiegsschleuse und die Kommandozentrale geflutet.

Er sah sich nach dem Notfall-Sprechfunkgerät um, das, wie er wusste, am unteren Ende des Tunnels hing. Er entdeckte den großen, flachen Sprechknopf, der auffällig weiß angestrichen war, und schlug mit der flachen Hand darauf.

»Kommandozentrale, hier Scott!«, brüllte er.

»Kommandozentrale, aye. Wir hören Sie, Kapitan. Sind Sie in Ordnung?« Es war der Starpom.

»Alles klar«, sagte Scott.

Das war jedoch ein Trugschluss. Scott rutschte aus und fiel drei Sprossen abwärts, bis er sich wieder festhalten konnte. Er blieb an einer scharfkantigen Schweißnaht an einer der Sprossen hängen, riss sich ein Loch in den Anzug und ritzte sich die Haut auf.

»Kapitan ...?«

»Ich bin okay«, keuchte Scott. »Wir haben Schäden an der Schleuse und dem oberen Teil des Tunnels. Wir dürfen nicht tief tauchen, oder es drückt uns Wasser herein.« Er beschrieb ihnen die Schäden und machte sich dann wieder auf den Weg nach unten.

Scott ließ sich die letzten drei Meter des Tunnels fallen und kletterte in die Schleuse. Er entriegelte die obere Luke, verriegelte sie wieder und öffnete dann die untere Luke. Eine eiskalte Flut ergoss sich über Abakow und den Starpom, die ihn unter der Leiter gespannt erwarteten. Scott ließ sich auf das Deck fallen und sank zu einem orangeroten Häufchen zusammen.

Er wurde von der Warnung des Starpom begrüßt: »Kapitan, Sonarkontakt –«

»Die K-363?«, wollte Scott sofort wissen.

»Ich höre eine Umlaufpumpe – keine Hauptpumpe, irgendwas anderes.«

Abakow half Scott aus dem Anzug. Er war triefnass. Und blutig.

»Scott, du bist verletzt!«, rief Alex.

»Später«, antwortete Scott nur. Er stapfte durch die Kommandozentrale zum Sonargerät.

»Naher Kontakt«, sagte der Starpom.

»Peilung?«

»Signatur schwach. Peilung zwei-vier-null ... zwei-drei-neun ... zwei-drei-acht ...«

»Verläuft achtern an Backbord entlang«, sagte Scott.

»Jake, du brauchst trockene Kleidung«, protestierte Alex.

»Und du stehst mir im Weg herum, Doktor«, erwiderte Scott.

Er ignorierte ihren wütenden Blick und wendete sich an den Starpom. »Okay, wir sind auf null-zwei-null. Jetzt ganz langsam vorwärts. Rechts schwenken auf Kurs eins-acht-null. Sehen wir doch mal, ob wir die K-363 finden und ein Gespräch mit unserem Freund Zakajew führen können.«

»Ein Gespräch?« Alex war noch immer wütend, aber außerdem konnte sie nicht glauben, was sie gehört hatte. »Wie meinst du das?«

»In der US Navy nennen wir das *die Gertrude*: Ein Unterwassertelefon, das wie ein Sonar funktioniert. Es sendet in alle Richtungen, und weder mit seiner Reichweite noch mit seiner Sicherheit ist es weit her, aber es ist eine Möglichkeit, mit einem anderen U-Boot zu kommunizieren.« Er deutete auf ein Gerät mit einem Mikro und einem Kopfhörer, das in der Nähe der Tauchstation an der Wand hing. »Ich weiß nicht, wie die Russen ihres nennen.«

»*Nina*«, sagte der Starpom.

»Rufen wir sie.«

»Warum um Himmels willen möchtest du mit ihm reden? Und was würde das nützen?«

»Dies könnte ein guter Zeitpunkt für einen Handel sein. Vielleicht können wir Zakajew klarmachen, dass er keine Optionen mehr hat.«

»Er wird nicht verhandeln«, sagte Abakow. »Ich habe es Ihnen doch gesagt, er ist fest entschlossen, so viele Menschen zu töten, wie er irgendwie kann. Sie verschwenden Ihre Zeit.«

»Nicht, wenn wir so eine Katastrophe verhindern können.«

»Aber was ist, wenn sie ihre Nina nicht angeschaltet haben?«, fragte Alex. »Wie werden sie dich hören?«

»Sie aktiviert sich von selbst. Wenn wir senden, aktiviert das ihre Nina, und sie werden uns hören. Sie brauchen uns nicht zu antworten, aber ich bin überzeugt, dass sie es tun werden.«

»Was macht dich so sicher?«, fragte Alex hartnäckig nach.

Scott sah an ihr vorbei zu Abakow. »Zakajew könnte sich freuen, von einem alten Freund zu hören.«

»Von mir?« Abakow blickte ihn skeptisch an.

»Sicher.«

»Und was soll ich ihm sagen?«

»Sagen Sie ihm, er soll aufgeben.«

»Und ich sage es noch einmal. Ich scheiße auf Ihren Befehl!«

Obwohl Zakajew so klein war, erwies er sich als stärker, als Litwanow das je für möglich gehalten hätte. Er presste dem Kapitän den Unterarm gegen die Kehle, stieß ihn an den Kartentisch und nagelte ihn förmlich darauf fest, ohne sich um die herumfliegenden Seekarten und Instrumente zu kümmern. Dann rammte er Litwanow den gedrungenen Lauf der Pistole ins rechte Ohr.

Die Seeleute verfolgten gelähmt und voller Angst, was sich vor ihren Augen abspielte. Nun sagte Zakajew mit einer bedrohlich ruhigen Stimme: »Ich habe Ihnen einen Befehl gegeben, und Sie werden ihn befolgen!«

Litwanow zerrte an dem Arm, der ihm die Luft abschnürte, aber Zakajew drückte noch fester zu, bis Litwanow die Arme schlaff an den Seiten heruntersinken ließ.

»Mir ist es gleich, wie Sie sterben, Georgi«, sagte Zakajew, »ob es nun durch Verstrahlung oder eine Kugel in den Kopf geschieht. Aber sterben werden Sie. Sie können entweder Weroschilow sagen, er soll die Ladungen zünden, oder ich töte Sie und befehle es ihm selbst. Wichtig ist nur, dass wir unsere Mission durchführen, nicht, wie wir es tun.«

»Das wird nicht funktionieren«, krächzte Litwanow. »Das andere Boot ist irgendwo ganz in der Nähe. Wenn das einen Torpedo abschießt, sinken wir wie ein Stein, und der Reaktor mit uns.«

»Aber er weiß doch gar nicht genau, wo wir sind«, erwiderte Zakajew ruhig.

»Er ist auf der Jagd nach uns, das sagte ich Ihnen doch bereits!«

»Und bisher hat er uns noch nicht gefunden. Haben Sie Angst vor dem Tod? Ist es das?« Zakajew roch Litwanows sauren Atem und seinen durchdringenden Schweißgestank.

»Nein, ich habe keine Angst vor dem Tod.«

»Gut. Dann machen Sie sich mal klar, dass ich nicht zögern werde, Sie zu töten.«

Litwanow nahm das Mikro und legte den Sprechschalter um. Zakajew schob sich weg von Litwanow, trat zurück und beobachtete ihn mit vorgehaltener Pistole. Er bedeutete ihm mit einer kurzen Geste, er solle Weroschilow rufen. Litwanow hob das Mikro an den Mund, aber das Aufblitzen seiner Augen verriet ihn. Zakajew fuhr herum und stand Weroschilow von Angesicht zu Angesicht gegenüber, der ein schweres Werkzeug über seinen Kopf hielt.

Zakajew schoss dem Angreifer in den Unterkiefer. Der ohrenbetäubende Knall des Schusses war in dem engen Raum der Kommandozentrale erdrückend laut. Die Neun-Millimeter-Kugel riss Weroschilow das Gesicht unterhalb der Augen weg und warf ihn rückwärts an die Periskophalterung. Einen Augenblick lang blieb er völlig regungslos stehen. Sein zerschmettertes Gesicht war nur noch ein Brei aus Blut und weißen Knochensplittern. Dann gaben seine Knie nach, und er fiel mit dem Gesicht nach vorne auf den Boden.

Das Werkzeug, das er in der Hand gehalten hatte, ein schwerer Schraubenschlüssel, krachte zusammen mit ihm auf das Deck. Das Werkzeug sprang jedoch hoch, als besäße es ein Eigenleben, überschlug sich mehrfach in der Luft und prallte dann mit einem Geräusch gegen ein paar Stahlrohre, das wie das Läuten von Kirchturmglocken klang, die die Gläubigen zum Gottesdienst rufen.

Litwanow brüllte auf und stürzte sich auf Zakajew wie eine Maschine, die außer Kontrolle geraten war. Zakajew wich zur Seite aus, aber nicht schnell genug, um einer von Litwanows eisenharten Fäusten zu entgehen, die ihm wie ein Hammer seitlich an den Kopf schlug. Ein rasender Schmerz durchzuckte Zakajew und ließ in der rauchigen Luft vor seinen Augen Lichtpunkte tanzen.

Litwanow griff nach der Pistole in Zakajews Hand. Der aber riss sie ihm aus den Fingern und schlug ihm mit dem Lauf auf den Hinterkopf. Litwanow brüllte noch immer, sank aber auf Hände und Knie nieder, verstummte schließlich und schnappte nach Luft.

Zakajew ließ seinen Blick über die Matrosen in der Kommandozentrale wandern, die vor Entsetzen über den seines Gesichts beraubten Weroschilow in atemloser Stille vor ihm standen. Er hielt die Pistole locker in der Hand und winkte damit dem ranghöchsten *Mitschman* Arkadi zu. »*Sie*, bereitmachen zum Auftauchen.«

Dieser riss seinen Blick von Weroschilow und dem stöhnenden Litwanow los, der sich seinen blutverschmierten Kopf hielt und versuchte, sich aufzurichten.

»Haben Sie mich gehört?«

Der *Mitschman* zog sich hastig zur Tauchstation zurück und machte sich an die Vorbereitungen für das Auftauchmanöver.

»Sonar. Wo ist das andere U-Boot?«, fragte Zakajew in nach wie vor ruhigem Tonfall.

»General, ich ...«

»Sehen Sie nicht zum Kapitan, sehen Sie mich an, wenn Sie sprechen.«

»Ich – ich höre es nicht ... Sir.«

»Was hören Sie sonst?«

»Pings aus nördlicher Richtung. Westlich sind aktive Sonarbojen, aber die werden schwächer.«

Zakajew lehnte sich an den Kartentisch. Sie würden auftauchen und so tun, als würden sie sich ergeben. Die Russen würden denken, sie hätten gewonnen. Dafür brauchte er Weroschilow nicht. Oder Litwanow. Er brauchte nur den Chefingenieur, der sich freiwillig bereit erklärt hatte, die Sprengladungen zu zünden. Danach war es eigentlich vorbei.

Er griff nach dem Mikro, das träge schwankend an einem Kabel hing, behielt die Mannschaft dabei genau im Auge, die ihn ihrerseits fasziniert beobachtete, und hob es an den Mund. »Chefingenieur. Hier spricht General Zakajew. Kapitan Litwanow hat sich verletzt. Ich habe das Kommando übernommen. Passen Sie genau auf, was ich Ihnen befehle ...«

Hinter Zakajew gab etwas, das sich anhörte wie der Lautsprecher eines billigen Radios, das einen schlechten Empfang hatte, ein krächzendes Geräusch von sich. Einen Augenblick später hallte eine klanglose, mechanisch klingende Stimme durch die Kommandozentrale, die von langen Sonarwellen unter Wasser weitergetragen worden war.

»Colonel Yuri Abakow ruft Colonel Alikhan Zakajew.«

»Das ist Nina ...!«, rief ein völlig verwirrter Matrose und zeigte auf das Gerät.

Zakajew fuhr herum, als erwartete er, dass ein Bekannter in die Kommandozentrale kam.

»Das Unterwassertelefon«, erklärte der noch immer benommene Litwanow und deutete auf das plötzlich aktivierte Gerät an der Wand hinter Zakajew.

»Colonel Yuri Abakow ruft Colonel Alikhan Zakajew«, meldete sich die Stimme wieder.

Zakajew stand mit dem Mikro in der Hand wie zu Stein erstarrt und lauschte der Stimme aus der Vergangenheit.

»K-480 an K-363. Hier spricht KGB-Colonel Yuri Abakow. Ich rufe KGB-Colonel Alikhan Zakajew.«

Der gescheiterte Putsch von 1991. Abakow hatte Karriere gemacht, war im neuen FSB zum Colonel befördert worden, erinnerte sich Zakajew, und jetzt das. Wie lange hatten sie von dem Plan gewusst? Tage? Monate?

»KGB-Colonel Yuri Abakow ruft KGB-Colonel Alikhan Zakajew. Ali, hören Sie mich?«

Zakajew ließ das Mikro der Sprechanlage los und nahm das Mikro der Nina von der Gabel.

Ein Maat trat vor und stellte den Empfang nach. »Hier spricht General Zakajew.« Seine Stimme wurde verzerrt, aber erkennbar durch das Meer getragen.

»Hallo, Alikhan Andrejewitsch. Es ist lange her.«

»Sie haben sich einen merkwürdigen Platz für ein Treffen ausgesucht, würden Sie nicht auch sagen, Yuri?«

Litwanow war inzwischen aufgestanden und hielt sich eine Hand an den Hinterkopf. Er scheuchte einen Matrosen, der ihm zu Hilfe eilen wollte, weg.

»Mitten in der Ostsee. Ja, äußerst merkwürdig. Vielleicht können wir das ändern.«

»Wie denn?«

»Wir könnten uns eine Stelle suchen, die geeigneter dafür ist, eine alte Freundschaft wiederzubeleben.«

»Wir waren nie Freunde, Yuri. Nur Kollegen.«

»Trotzdem wäre es gut, miteinander zu sprechen.«

»Es gibt nichts zu besprechen.«

»Oh doch, es gibt viel zu besprechen. Wir könnten es schaffen, ein paar Dinge aus der Welt zu schaffen, die uns beide beschäftigen. Vielleicht könnten wir sogar eine Vereinbarung treffen, von der wir beide profitieren.«

»Es gibt keine Vereinbarungen. Keine Kompromisse. Ich schlage vor, Sie sagen das Ihren Hundeführern im Kreml.«

»Im Kreml! Ach was! Das ist eine Sache zwischen Ihnen und mir ...« Abakows Stimme wurde schwächer und stockte. »Können Sie mich noch hören, General?«

»Ich höre Sie. Ach ja, zwischen Ihnen und mir, tatsächlich? Und der russischen Marine.«

»Wir können die russische Marine zurückrufen, wenn Ihnen das Sorgen machen sollte.«

»Wirklich? Hat man Sie inzwischen zum Kapitän eines Atom-U-Boots befördert, Yuri?«, fragte Zakajew höhnisch.

»Nein, nicht ganz. Der Kapitän ist ein Amerikaner.«

Stille.

»Ali?«

»Ein Amerikaner …?«

»Doch, es ist wahr. Captain Jake Scott, US Navy.«

»Ich wusste es!«, sagte Litwanow und griff nach dem Mikro. »Lassen Sie mich mit ihm sprechen.« Zakajew zog das Mikro weg von Litwanow.

»Holen Sie Captain Scott an die Nina«, sagte Zakajew.

Eine kurze Zeit rauschte die Nina nur leise. Dann meldete sich eine Stimme auf Russisch: »Hier spricht Captain Jake Scott.«

»Also hat Kapitan Litwanow richtig vermutet«, sagte Zakajew. »Er hat gesagt, ein Amerikaner hätte das Kommando über dieses U-Boot. Ist die russische Marine jetzt schon so verzweifelt, dass sie ihre Schiffe von Amerikanern führen lässt?«

»Sagen Sie Kapitan Litwanow, dass ich seine Fähigkeiten als U-Boot-Kommandeur sehr schätze«, antwortete Scott. »Er macht seine Sache so gut wie jeder amerikanische U-Boot-Kommandeur, den ich je getroffen habe.«

»Er hat Sie gehört, Captain Scott. Sie verfolgen uns also schon lange? Welches U-Boot ist das eigentlich?«

»Seit Sie aus der Olenya-Bucht ausgelaufen sind, und wir sind auf der K-480.«

»Und wer ist sonst noch bei Ihnen an Bord der K-480, Captain Scott? Jemand aus dem Kreml?«

»Dr. Alexis Thorne, Zweiter Wissenschaftsattaché, Botschaft der USA. Sie ist Expertin für verbrauchte Kernenergiebrennstoffe und die Auswirkungen von Strahlenschäden. Aber verschwenden wir hier keine Zeit, General. Wir wissen, dass Sie vorhaben, den Reaktor an Bord der K-363 hochgehen zu lassen, und ich werde Ihnen jetzt keine Vorlesung darüber halten, was das auf der gesamten nördlichen Erdhalbkugel anrichten wird. Das wissen Sie bereits selbst. Wie Yuri sagte, vielleicht können wir gemeinsam eine Lösung finden – wenn Sie bereit sind, mit uns zu sprechen.«

»Worüber denn?«, fragte Zakajew. »Die Russen sind doch ganz genau wie ihr Amerikaner: Sie machen Versprechungen, die sie nicht zu halten beabsichtigen. Ich habe den Amerikanern geholfen, als sie etwas gegen die Russen in die Hand bekommen wollten, und als unsere Zusammenarbeit ihnen peinlich geworden ist, haben sie sich entschieden, mich umzubringen. Ist das etwa nicht wahr?«

Scott zögerte keine Sekunde. »Doch, das ist wahr.«

»Und Ihr Admiral Drummond hat Sie zu mir geführt?«

»Nein, das waren Sie selbst. Als Sie Ihre Leute losgeschickt haben, um Frank Drummond und diesen Matrosen von Ihrem U-Boot umbringen zu lassen und es dann wie Selbstmord aussehen lassen wollten. Und als Sie Iwan Serow in Murmansk umgebracht haben. All das hat sich zusammengefügt, als wir entdeckt haben, dass die K-363 nicht mehr da war.«

Darauf folgte eine lange Pause, in der nur das Rauschen aus der Nina zu hören war. »Dann sagen Sie mir Folgendes«, sagte Zakajew schließlich. »Haben die Russen wegen Admiral Drummond Sie in einem ihrer U-Boote losgeschickt, um uns aufzuspüren? Damit Sie Ihre Rache bekommen?«

»Nein. Wir und die Russen nahmen an, Sie hätten Cruise Missiles an Bord und würden einen Angriff auf St. Petersburg von der Barentssee aus planen. Wir haben den Russen angeboten, ihnen bei der Verfolgung in der Barentssee zu helfen, aber wir brauchten dann nicht lange, um dahinterzukommen, dass Sie nicht mehr dort waren. Und als die Russen festgestellt haben, dass Sie gar keine Cruise Missiles hatten, die Sie abfeuern könnten, wollten sie Sie fangen. Erst dann hat man uns befohlen, Sie nach Süden zu verfolgen.«

»Und zu versenken.«

»Ja.«

Litwanow war währenddessen unruhig in der Kommandozentrale auf und ab gegangen. Nun nahm er einem der Matrosen die Arbeitsjacke ab und bedeckte Weroschilow damit. Danach sah er sich in der Kommandozentrale um und ließ seinen Blick zwischen dem Sonar und dem Kursplaner hin und her wandern. Seinen Männern, die ihn genau beobachteten, entging das nicht.

»Wissen die Russen, welchen Plan wir haben?«, fragte Zakajew Scott.

»Das weiß niemand außer uns, was günstig für Sie sein könnte, wenn Sie bereit sind, es sich noch einmal zu überlegen.«

»Warum haben Sie es ihnen nicht gesagt?«

»Wir waren zu sehr damit beschäftigt, Ihren Torpedos auszuweichen.«

»Und wenn wir zu fliehen versuchen?«

Litwanow betrachtete die Konsole der Feuerleitstelle und überprüfte die Einstellungen darauf. Als er die Hand vom Kopf nahm, war sie blutbeschmiert. Er betrachtete die Hand, schien aber nicht zu verstehen, was er da sah. Er war wie in Trance.

»Sie würden nicht weit kommen«, sagte Scott. »Russische und amerikanische Flugzeuge kreisen über der Ostsee. Und Sie haben den Radar genauso bemerkt wie wir. Eine Flucht ist unmöglich. Und wenn Sie denken, Sie könnten den Reaktor noch immer hochjagen – den werden wir versenken, bevor Sie ihn zum Schmelzen bringen können. Es ist jetzt Ihre Entscheidung. Kapitan Litwanow ist ein ausgezeichneter Kommandeur und kein Trottel. Er weiß, dass es vorbei ist.«

Zakajew sah über die Schulter, und dann drehte er sich zu Litwanow um, der ihn mit stumpfem Blick musterte.

»Georgi, haben Sie das gehört, er sagt –«

Litwanow rammte seine Faust wie einen Kolben in Zakajews Magen. Zakajew krümmte sich zusammen, und Litwanow knallte ihm beide Fäuste ins Genick. Der kleine General sank vor Litwanows Füße. Der Kapitän riss ihm die Pistole aus der Hand und fuhr herum, um sie den Männern in der Kommandozentrale zu zeigen und ihnen damit zu demonstrieren, dass das Schiff wieder in seiner Gewalt war.

Die Nina rauschte leise, ansonsten herrschte Stille. »General …?«, fragte Scott schließlich zögernd. »General Zakajew …?«

Noch bevor seine Männer Zeit für Schock oder Überraschung fanden, bellte Litwanow einen Befehl: »Sonar! Echo-Entfernung, Sonar aktivieren! Ein Ping!«

Den Bruchteil einer Sekunde später prallte die unverfälschte Schallwelle eines einzelnen Impulses, mit einem Geräusch das wie ein Aufschrei aus der Hölle klang, gegen den Rumpf der K-480 und wurde zurückgeworfen. An Bord der K-363 fingen die Zielerfassungscomputer das Echo auf, berechneten die Entfernung und die Peilung und gaben das Ergebnis an die beiden Torpedos weiter, die in ihren Rohren warteten. Der nächste Laut war Litwanows Befehl: »Rohr eins, Feuer!«

20

Die Ostsee, östlich von Gotland

»Rohr eins, Feuer!«, befahl Scott.

Das Meer war erfüllt vom Aufbrüllen von U-Boot-Maschinen, heulenden Torpedos und ratternden Geräuschködern. Es war nun überflüssig geworden, sich zu verstecken – Geschwindigkeit, nicht Geräuschlosigkeit würde das Gefecht entscheiden.

Die Sonarschirme füllten sich mit Signalen, Warnlampen leuchteten auf.

»Kapitan, Torpedo im Wasser! An Steuerbord!«

Scott sah es auf dem Monitor als dicke rote Linie, die vom Zielpunkt K-363 wegführte.

Nachdem Litwanow die K-480 mit dem Sonar erfasst und den Torpedo abgeschossen hatte, war er mit seinem U-Boot von der Abschussstelle weggeschwenkt. Der Torpedo, den Scott auf die K-363 abgefeuert hatte, zeigte sich auf dem Monitor als breite grüne Linie, die auf die K-363 zuraste. Einen Augenblick später zeigten zwei schmale rote Linien den Ausstoß von zwei Geräuschködern aus der K-363 an.

Die K-480 beschleunigte stark. Tiefer konnte sie nicht mehr tauchen, ohne dass der beschädigte Tunnel im Turm zusammengedrückt worden wäre, was die Notausstiegsschleuse geöffnet und damit das gesamte U-Boot geflutet hätte.

Scott wusste, dass die beiden Torpedos in einer immer größer werdenden Spirale weiter ihr Ziel suchen würden, bis sie es gefunden hatten oder von der Reflexion der Schallwellen durch die verschiedenen Thermalschichten durcheinandergebracht würden und die Geräuschköder als Ziele akzeptierten. Wenn der Torpedo der K-363 sich aber für sein eigentliches Ziel entschied, war sich Scott nicht sicher, ob er ihm entkommen könnte.

Scott sah, wie auf dem Monitor an dem Punkt, wo die breite grüne Linie und eine der schmalen roten Linien sich trafen, ein weißer Fleck erschien.

Der Mann am Sonar zuckte zusammen. »Scheiße! Unser Torpedo, ihr Geräuschköder.«

Der Donner des detonierenden Sprengkopfes rollte noch vor der Druckwelle durch die K-480, bis auch sie eintraf und dem Boot einen so heftigen Stoß versetzte, als wäre es von der Hand eines unsichtbaren Riesen angestoßen worden.

»Können Sie seinen Aal auf dem Weg zu uns hören?«, fragte Scott.

Der Mann am Sonar musste abwarten, bis die Turbulenzen sich gelegt hatten, die letzte Luftblase geplatzt und sämtliches Gas aufgestiegen war. Auch dann noch wurde das eigene Sonar der K-480 durch die starke Beschleunigung gestört, und die Sonarschirme zeigten nur ein verwirrendes Chaos von Strichen, Blinkzeichen und Kaskaden. Das Bild an Bord der K-363 aber war genauso verwirrend, das wusste Scott. Er war entschlossen, diesen kleinen Vorteil auszunutzen.

»Kapitan, ich höre etwas, einen Köder ... ah!«

Wieder erschütterte ein Donnerschlag das Boot.

Alex drängte sich neben Scott. »Haben wir ihn erwischt?«

Der Sonarschirm zeigte noch immer kein ausreichend klares Bild, mit dem Scott etwas anfangen konnte.

»Ich bin mir nicht sicher. Unsere Köder könnten seinen Aal getäuscht haben, so wie seine unseren getäuscht haben.«

Der Computer des Sonarsystems der K-480 wurde von der Datenflut überlastet und hängte sich kurz auf, fuhr dann aber schnell wieder hoch und begann die Informationen zu verarbeiten. Auf den Schirmen hatten sich die beweglichen Linien und blinkenden Leuchtpunkte, die die Torpedos und ihre Ziele dargestellt hatten, in Null-Linien und stationäre Leuchtpunkte verwandelt.

»Wo zum Teufel ist sie?«, fragte Scott den Mann am Sonar, doch der schüttelte den Kopf. »Ich höre nichts, Sir. Nur einen einzigen Köder, einen von uns, glaube ich, sehr schwach.«

»Alle Maschinen stopp«, ordnete Scott an. »Gehen Sie auf Lautlosbetrieb. Hauptumlaufpumpen abschalten. Ruder hart steuerbord.«

»Warum halten wir an?«, fragte Alex ängstlich, als das Boot still wurde und nur noch trieb. Sie verfolgte den Weg der Kompassnadel. »Und warum kehren wir um?«

Scott war beschäftigt und rief ihr nur kurz über die Schulter zu: »Litwanow überlässt nichts dem Zufall. Ich wette, er ist genauso durcheinander wie wir und will jetzt wissen, ob er uns erwischt hat oder nicht.«

»Aber wird er nicht wie du auch vermuten, dass beide Torpedos auf Köder hereingefallen sind?«

»Ein gewisser Zweifel bleibt immer.«

Das Computersystem war wieder hochgefahren und meldete eine verwirrende Anzahl Ziele, von denen jedes die K-363 sein konnte.

»Und was ist, wenn Litwanow wirklich zurückkommt?«

Scott riss sich von den Monitoren los und warf Alex einen entnervten Blick zu. Sie hatte die Augen geschlossen und die aneinandergelegten Hände an die Lippen gehoben. Scott fragte sich, ob sie wohl betete, und kam für sich zu dem Schluss, dass er jegliche Hilfe gebrauchen konnte, die ihm angeboten wurde.

Litwanow sah auf den Sonarmonitor, konnte aber keine Spur eines anderen U-Boots oder irgendwelche Anzeichen dafür entdecken, dass eines nach einem Torpedotreffer in Stücken auf den Meeresboden gesunken war. Die Kaskaden strömten ohne irgendwelche Störungen über die Monitore. Auf der anderen Seite konnte das aber auch ein Trick sein, irgendeine Taktik des *Amerikanski*, die er nicht kannte. Litwanow blies die Wangen auf. Ein amerikanischer Kommandeur in einem russischen U-Boot. Unglaublich. Soweit er über die amerikanische U-Boot-Ausbildung Bescheid wusste, hätte der amerikanische Kapitän nun versuchen müssen, dem Torpedo zu entkommen. Lautlosbetrieb oder Einsatz eines Köders waren als Taktik nicht vorgesehen. Dieser Kapitän aber war nicht der typische amerikanische U-Boot-Kommandeur, und gerade das machte ihn so gefährlich. Dazu kam noch, dass die Explosion von zwei Torpedos, weniger als drei Kilometer von der gegenwärtigen Position der K-363 entfernt, russische Flugzeuge und Schnellboote anlocken würde. Litwanow spürte, dass die Umklammerung um ihn immer enger wurde. Trotzdem musste er Bescheid wissen.

»Beide Maschinen langsame Fahrt voraus!«, befahl er. »Steuermann, bringen Sie uns auf den gleichen Kurs wie die K-480.«

»Aye, Kapitan.«

»Feuerleitstelle, gehen Sie auf ständige Datenauffrischung und Bereitschaft.«

Litwanows Blick strich über die Anzeigen. Sie hatten noch immer vier Rohre geladen, und die grüne Kontrolllampe zeigte ihre Feuerbereitschaft. Die Gyroskope und Turbinen der Torpedos waren abschussbereit.

»Feuerbereit, Sir.«

In diesem Augenblick bemerkte Litwanow eine Bewegung am Rand seines Gesichtsfelds. Zakajew war aufgesprungen und rannte mit dem Werkzeug, das Weroschilow gehalten hatte, in einer Hand um Geräte herum auf die verriegelbare Tür des Schotts am hinteren Ende der Kommandozentrale zu.

Litwanow stürzte ihm nach, aber Zakajew war zu schnell. Er riss die Tür auf und warf sich hindurch. Als Litwanow sie mit der Pistole in der Hand erreichte, wurde ihm die Tür vor der Nase zugeschlagen, und er hörte, wie die Riegel vorgeschoben wurden.

Die Ladungen!, dachte Litwanow. Die Sprengladungen!

»Ali! Ali! Ali!«, schrie Litwanow, nachdem er die Riegel von seiner Seite aus zurückgeschoben und die Tür aufgerissen hatte. Er hastete den schmalen Gang entlang und prallte an eine Ecke, an der der Gang scharf nach rechts abbog und in den verlassenen Maschinenraum achtern führte.

Es war ein Teil des Schiffs, den er nur selten aufsuchte. Es stank nach Dieselöl und heißem Metall. Die Matrosen trafen sich hier, wenn sie dienstfrei hatten, um Haschisch zu rauchen und Wodka zu trinken, wenn der Kapitän nicht an Bord war. Der Gang führte weiter durch den Maschinenraum und endete an einer verschlossenen Tür, die zum Reaktor-Kontrollraum führte. Auf der anderen Seite befand sich der abgeschirmte Tunnel mit der Schleuse, die zum Reaktorraum selbst und zu den vorbereiteten Sprengladungen führte.

Zakajew sprang plötzlich aus seinem Versteck an der Tür des Schotts und warf das schwere Werkzeug nach Litwanow. Es verfehlte ihn und prallte mit einem lauten Schlag vom Schott ab, und dann schlug es gegen Litwanows rechten Unterarm, den er schützend vors Gesicht gehoben hatte. Der Schmerz durchzuckte seinen Arm wie ein Stromschlag, und er sank aufstöhnend auf die Knie. Er kam torkelnd wie ein Betrunkener wieder auf die Füße und prallte gegen ein Abdeckblech, das unter seinem Gewicht nachgab. Die Pistole war davongeschlittert, und in seiner Benommenheit fand er sie nicht.

»Ali! Ali! Ali!«, rief er.

»Ein Lukendeckel, der jemand aus der Hand gerutscht ist, Kapitan?«

»Das glaube ich nicht. Spielen Sie es noch einmal ab.«

Der Mann am Sonar legte Schalter um, justierte den Empfang nach und drückte auf den Wiedergabeknopf.

Das unverwechselbare Geräusch von Stahl, der an Stahl prallt, kam aus dem Lautsprecher über der Sonar-Überwachungsstation.

»Klingt genau wie das Geräusch, das wir schon einmal gehört haben: Metall auf Metall, wie eine Glocke«, sagte Scott. »Das war kein Lukendeckel, etwas anderes, Leichteres.«

»Ein fallengelassenes Werkzeug?«, vermutete Abakow.

»Genau das glaube ich auch«, erwiderte Scott. Er tippte dem Mann am Sonar auf die Schulter. »Geben Sie das bei der Feuerleitstelle ein.«

»Aye, Kapitan.«

Scott drehte sich zur Feuerleitstelle um, wo Datenströme vom Sonar und dem Torpedoraum zusammentrafen.

»Du hattest recht«, sagte Alex. »Litwanow ist zurückgekommen.«

Scott war damit beschäftigt, manuell einen neuen Kurs zu

berechnen, da das automatische System wegen des Lautlosbetriebs ausgeschaltet war, und ignorierte sie.

Einen Moment später erschien ein kaum hörbarer Sonarkontakt als äußerst dünne Spur auf dem Monitor.

»Wenn er das ist, Kapitan«, sagte der Mann am Sonar, »dann operiert er auf einem sehr niedrigen Energielevel. Konvektionskühlung, keine Pumpen.«

»Ja, er ist gerade noch manövrierfähig.«

Scott sah, dass sich die Entfernung zum Ziel um einen Kilometer verringert hatte, fragte aber trotzdem nach.

»Drei Kilometer, Sir.«

»Und direkt voraus«, murmelte Abakow vor sich hin.

»Bei dem Tempo wird er den ganzen Tag brauchen, bis er hier ist.« Scott trat von den Monitoren zurück und streckte sich. »Versuchen wir doch einmal etwas.«

Die Männer hörten das und machten sich bereit, seinen Befehl auszuführen.

»Wir schießen einen Aal mit einem großen Gyroskop-Winkel auf ihn ab, zugleich aber voreingestellt mit harter Drosselung, damit der Aal sich ihm von hinten nähert. Er kann das Ding unmöglich ignorieren, auch wenn er ursprünglich gar nicht direkt auf ihn gezielt ist. Er wird ihn kommen hören und versuchen zu verschwinden – und zwar schnell. Damit gibt er dem Aal dann ein Ziel, dem er folgen kann.«

Alex wollte etwas sagen, aber Scott brachte sie mit einer Handbewegung zum Schweigen. »Bis er eine Peilung für unser Torpedo hat und sich ausgerechnet hat, wo wir sind, sind wir von dem Abschusspunkt längst weg und schicken noch einen Aal ins Wasser. Vielleicht ihm direkt in den Arsch.«

Litwanow sank gegen die Knöpfe und Schalter der Kontrolltafel, die mit dem Dieselhilfsgenerator verbunden war. Er packte das Werkzeug, das Zakajew nach ihm geworfen hatte, war aber zu schwach, es hochzuheben. Lichtpunkte tanzten vor seinen Augen. Er spürte eine leichte Übelkeit und überlegte sich, ob er eine Gehirnerschütterung hatte, oder Schlimmeres.

Nun sah er vorsichtig um die Ecke der Kontrolltafel zu der geschlossenen wasserdichten Tür des Reaktor-Kontrollraums. Er wusste genau, wo Zakajew sich versteckte. Er war in einer kleinen Abstellkammer für Schmiermittel und saubere Baumwolllumpen. Da er klein war, würde er mit Leichtigkeit dort hineinpassen. Damit war er aber gefangen. Wenn er versuchte, die wasserdichte Tür zu öffnen, musste Litwanow das Werkzeug nur ein kurzes Stück weit werfen, um ihm den Schädel zu zerschmettern oder das Rückgrat zu brechen. Es war Litwanow klar, dass sein Arm gebrochen war und er sich nicht auf einen direkten Kampf mit Zakajew einlassen durfte.

Während Litwanow auf dem Deck saß, sah er nach oben und bemerkte ein Mikro, das an den Rand der Kontrolltafel angeklemmt war. Er griff hinauf, nahm es ab und zog es zu sich. Als das Kabel ganz gestreckt war, legte er den Sprechschalter um und rief die Kommandozentrale. Seine Stimme hallte über die Lautsprecher in jeder Station durch das ganze Boot. Er wusste, dass Zakajew jedes seiner Worte hören würde.

»Kapitan, sind Sie verletzt? Was geht da vor sich?«

Er erkannte die Stimme. Es war der ranghöchste *Mitschman* Arkadi.

»Wer führt das Boot?«

»Ich, Kapitan. Und ich habe Handfeuerwaffen aus der Waffenkammer geholt. Ich bringe sie.«

»Nein. Bleiben Sie in der Kommandozentrale.« Er holte tief

Luft. »Chefingenieur, wenn Sie zuhören, hier spricht der Kapitän. Lösen Sie die Sprengladungen nicht aus, bis ich es Ihnen ausdrücklich befehle. General Zakajew ist nicht mehr der Leiter dieses Unternehmens, und Sie werden keinen seiner Befehle befolgen. Bewaffnen Sie sich für den Fall, dass General Zakajew versucht, in den Reaktor-Kontrollraum einzudringen und die Ladungen selbst zu zünden.« Er schaltete ab. Es war ihm klar, dass der Chefingenieur einen Kampf mit dem kleinen General auf keinen Fall überleben würde, falls es diesem gelang, in den Reaktorkontrollraum vorzudringen.

Nach einer kurzen Pause schaltete Litwanow das Mikro wieder an.

»Arkadi.«

»Ja, Kapitan?«

»Wo ist der *Amerikanski?*«

»Wir versuchen, ihn zu finden.«

»Und die russischen Schnellboote?«

»Kommen zügig von Norden näher.«

»Sie wissen, dass wir hier sind. Arkadi?«

»Kapitan?«

»Wenn Sie Kontakt mit dem *Amerikanski* bekommen, sofort das Feuer eröffnen.«

»Aye, Kapitan.«

Litwanow wurde fast ohnmächtig vor Schmerz, als er seinen Arm am Hemdsärmel nahm und ihn sich auf den Schoß legte. Er versuchte, einen klaren Kopf zu bekommen, und dachte nach. Er und Zakajew waren keine Feinde, sie waren Freunde. Nein, mehr als Freunde: Sie waren Soldaten in einem brutalen Krieg. Die Amerikaner und die Russen waren ihre Feinde. Trotzdem saßen sie hier, die Zeit wurde knapp, die Mission ein Trümmerhaufen, und sie kämpften gegeneinander.

Die Schuld daran hatte Zakajew, der kleine General, der gedacht hatte, alles würde so einfach werden. Der kleine General, der keine Ahnung von strategischen Manövern und Taktik auf See hatte, der nur wusste, wie man einen Hinterhalt legte und russische Speznaz tötete. Einfach nach St. Petersburg fahren, hatte er gepredigt, und dort als Märtyrer sterben. Wenn es nach Zakajew gegangen wäre, wären sie inzwischen längst versenkt, und die Russen würden zur Feier des Tages Tschetschenien zu Staub zermahlen.

»General, erkennen Sie vielleicht jetzt, was ich gemeint habe?«, rief Litwanow.

Stille.

»Der Amerikaner ist entschlossen, uns zu versenken!«

Weiterhin Stille.

»Jetzt, da er Bescheid weiß, wird er nicht ruhen, bis er uns erledigt hat! Das sehen Sie jetzt doch auch ein, oder?«

Aus der Dunkelheit antwortete eine Stimme. »Ich sehe nur das, was ich vorher auch schon gesehen habe, dass Sie von diesem Amerikaner besessen sind. Das ist Ihr Privatkrieg, den wir hier austragen, nicht der Krieg, zu dem wir uns gemeinsam verpflichtet haben. Dafür hätte ich Sie töten sollen, als ich die Möglichkeit hatte.«

Litwanow wischte sich mit einem von Blut und Schweiß getränkten Hemdsärmel das Gesicht ab. Er hörte die Stimmen seiner toten Frau und seiner Kinder, die nach ihm riefen, aber es gab nichts, was er für sie tun konnte. Er hörte ihre Schreie in seinem Kopf. Nein, das waren nicht ihre Schreie, das war eine Stimme, die aufgeregt aus dem Lautsprecher rief: »Torpedo im Anmarsch!«

»Er hört ihn«, sagte Scott. »Er dreht schnell ab.«

Jetzt hatten sie eine Peilung zur K-363 und die genaue Entfernung. Der Computer der Feuerleitstelle schluckte die Daten und schickte sie weiter an die Torpedos, die in ihren Rohren warteten.

Ein neues Licht flackerte auf, und dann erschien eine breite rote Linie auf dem Sonarschirm, die von der K-363 ausging.

»Er hat einen Torpedo entlang der Linie unseres abgeschossenen Aals abgefeuert«, sagte Scott. Er spürte, dass Alex und Abakow ihm über die Schulter sahen.

Der Mann am Sonar deutete auf eine geschwungene grüne Linie. »Genau, wie Sie gesagt haben, Kapitan, er schwenkt von achtern auf die Steuerbordseite der K-363 ein.«

»Da, sehen Sie! Er hat noch einen in Richtung der gleichen Peilung abgeschossen«, sagte Abakow.

»Bereitmachen, Geräuschköder abzusetzen!«, befahl Scott. Er erkannte, dass sein Plan funktionieren könnte. Wenn sie vom Abfeuerungspunkt abdrehten, würde sie das vielleicht außerhalb der Reichweite der Sonare der Torpedos bringen, die die K-363 abgeschossen hatte. Trotzdem wollte er den Köder bereithaben, falls er ihn brauchen sollte.

Vier rote Punkte flogen wie glühende Funken aus einem Kamin von der K-363 weg. Ihre dünnen, rot markierten Sonarspuren breiteten sich wie gespreizte Finger im Kielwasser der davonschießenden eigenen Torpedos aus. Dann aber begannen die Torpedos vor ihren Augen von ihrem Kurs abzuweichen und zurück zu den Ködern zu schwenken. Einen Augenblick später begannen sie hin und her zu wackeln, als könnten sie sich nicht für ein Ziel entscheiden.

»Großer Gott!«, sagte Scott. »Sie haben ihre Köder zu früh

abgestoßen. Jetzt haben ihre eigenen Torpedos sie anvisiert und schlagen einen Bogen. Wenn sie von den Ködern nicht abgefangen werden, richten sie sich stattdessen auf die K-363 selbst!«

Irgendetwas spukte Scott im Kopf herum, das man ihm einmal bei einer nachrichtendienstlichen Einweisung über russische Torpedos und ihre Neigung erzählt hatte, mit den eigenen Ködern Probleme zu bekommen. Von einem fehlerhaften Entfernungsmesser war da die Rede gewesen, und dass sie keinen Selbstverfolgungsblocker hätten ...

Sie verfolgten atemlos, wie die beiden breiten roten Linien herumschwangen und begannen, sich langsam den vier schmalen roten Linien zu nähern, die von der K-363 ausfächerten. Einer der Torpedos schien eine der schmalen roten Linien zu überschneiden. Einen Sekundenbruchteil später erschütterte eine ungeheure Unterwasserdetonation die K-480.

»Seht nur! Sein anderer Torpedo! Was macht er denn?«, fragte Alex. Sie war erschüttert und zeigte das auch.

»Er ist durch eine Lücke in der Deckung zwischen den Ködern gekommen und sucht jetzt ein Ziel«, antwortete Scott. »Jetzt läuft es auf ein Rennen zwischen ihrem und unserem Aal zur K-363 hinaus.«

Die rote Linie war nun, wie die grüne Linie, die von der K-480 ausging, nur noch Zentimeter von der Darstellung der K-363 auf dem Schirm entfernt. Die rote Linie holte auf.

»Können sie denn nichts tun?«, fragte Alex. Fast hatte Scott das Gefühl, als könnte er einen Anflug von Traurigkeit in ihrer Stimme hören.

»Zu spät«, sagte Scott.

Litwanow hörte die Sonarwellen, die vom Rumpf abprallten. Dann folgten eine kreischende Turbine und der hohe dopplermäßige Anstieg der gegenläufig rotierenden Torpedoschrauben. Er erkannte instinktiv, dass es ihr eigener Torpedo war, der da in einem großen Kreisbogen auf sie zukam.

Er ignorierte Zakajew, wuchtete sich auf die Füße und stürmte aus dem Maschinenraum in die Kommandozentrale. Er ignorierte den Schmerz, der sich von seinem gebrochenen Arm aus direkt in sein Gehirn zu bohren schien, und brüllte: »Sofort tiefer gehen! Ruder hart steuerbord!« Das Bild der aufeinander zulaufenden Linien auf dem Sonarmonitor aber spottete nur Litwanows verzweifelten Versuchen, die Katastrophe noch abzuwenden. Ein Aufschrei, eine Mischung aus Verzweiflung und Wut, stieg ihm aus der Kehle.

Zakajew zerrte einen Moment lang an der Tür zum Reaktorkontrollraum, die der Chefingenieur von der anderen Seite verschlossen hatte. Besiegt sank er auf das Deck und dachte an das Mädchen Irina. Er sah ihr schönes Gesicht vor sich, sah noch einmal die Tränen, die sie um ihre ermordete Familie geweint hatte. Er sah Drummond und den spöttischen Ausdruck in seinem Gesicht in dem Hotelzimmer in Murmansk. Ein Witz, hatte Drummond gedacht. Der Matrose auch. Alle waren sie tot, der bärenstarke Russe, Serow und seine Leute. Jetzt war auch er an der Reihe, zu sterben.

Zakajew hörte, wie der Gefechtskopf des Torpedos den Rumpf durchschlug und detonierte. Einen Sekundenbruchteil lang spürte er den enormen Anstieg des Luftdrucks und eine sengende Hitze. Und dann spürte er gar nichts mehr.

Die Druckwelle raste durch die Kommandozentrale und tötete alle darin. Plasma flog von vorn bis hinten durch das Boot, drückte Schotte ein, zerschmetterte Maschinen, entzündete Treibstoff und ließ die Gefechtsköpfe der Torpedos detonieren. Der Kernreaktor wurde in einem Stück aus seiner Verankerung gerissen und sank von Trümmern umgeben auf den Boden der Ostsee.

Es war in einem Augenblick vorbei, die Wucht der Explosion in einer gigantischen Fontäne von schmutzigem Wasser gefangen, die mehr als dreißig Meter in die Luft schoss und sofort wieder in sich zusammensank, als hätte sie es eilig, alles endlich zu Ende zu bringen. Zurück blieb nur eine kleine Kuppel aus sprudelnden Blasen, die das Grab der K-363 markierten.

Der Cocktailempfang in der Eremitage war seit über einer Stunde im Gang. Beide Präsidenten lachten und tranken Champagner. Der russische Außenminister trank Wodka, ebenso der Verteidigungsminister. Admiral Staschinski, festlich gekleidet in seiner Marine-Paradeuniform mit roter Schärpe und Orden, zog amerikanischen Bourbon vor. Er hörte zu, als der bärtige russische Präsident jedem Wort der First Lady der Vereinigten Staaten, deren wie Satin schimmernde braune Haut einen drastischen Kontrast zu ihrem Minikleid aus weißer Seide von Lagerfeld bildete, mit gespannter Aufmerksamkeit folgte.

Die Stimmung war locker und entspannt, weil die Berichte, die vorher von den russischen Marineeinheiten in der Ostsee eingetroffen waren, ebenfalls entspannt gewesen waren. Suchmannschaften am Schauplatz des Dramas hatten Trümmer der K-363 gefunden, aber es hatte keinerlei Indizien dafür gegeben, dass aus dem Reaktor des U-Boots irgendwelches radioaktives Material entwichen war.

Der Zigarrenrauch, der in dichten, unregelmäßigen Schichten im Raum hing, teilte sich wie ein Meer, als Paul Friedman zum Präsidenten ging. Nachdem er höflich gewartet hatte, bis dieser mit seinem schmutzigen Witz fertig war, bat er ihn um ein kurzes Gespräch.

»Aber sicher, Paul«, sagte der Präsident, wischte sich kurz über die Augen und sah sich um. »Wie wäre es mit dem Zimmer da drüben?«

Sie traten in ein kleines Nebenzimmer der großen Galerie, in der der Empfang stattfand. Friedman gab dem Präsidenten eine Nachricht von Karl Radford. Zunächst betrachtete sie der Präsident noch mit den schlimmsten Befürchtungen, dass Scott sich in seinem Bericht über die Zerstörung der K-363 getäuscht hatte und der Reaktor vielleicht doch geschmolzen war. Auf seinen Befehl hin hatte man den Russen nichts davon gesagt, wie knapp sie an einer ungeheuren Katastrophe vorbeigeschrammt waren, sondern ihnen nur den Tod von Zakajew und den anderen berichtet.

»Keine Angst, Sir«, beruhigte Friedman ihn. »Ich glaube, das wird Sie freuen.«

Der Präsident las die Nachricht durch, und sein besorgter Gesichtsausdruck verwandelte sich in reinste Freude. »Wissen die Russen das schon?«

»Nein, Sir. Wir haben es selbst gerade erst erfahren.«

»Sollen wir es ihnen sagen?«

»Warum nicht?« Friedman zuckte kurz mit den Achseln. »Der hiesige Marine-Standortkommandeur hätte fast einen Schlaganfall bekommen, als er es erfahren hat, aber was konnte er schon machen? Er musste sogar noch eine Eskorte stellen. Es könnte sein, dass Staschinski sich vor Wut in die Hose scheißt, wenn er es hört, aber es ist zu spät. Außerdem vertragen wir uns wieder mit den Russen.«

Der Präsident kehrte zum Empfang zurück, bat kurz um Ruhe und sagte, er hätte etwas zu verkünden. Die Rockband hörte auf zu spielen, und aller Augen richteten sich auf den großen schwarzen amerikanischen Regierungschef, der mitten im Raum stand.

»Wie Sie alle wissen«, sagte er, »liegt der historische Kreuzer *Aurora* bei der Marineakademie Nachimow vor Anker. Ein Schuss aus einer ihrer Kanonen gab 1917 das Signal für den Sturm auf den Winterpalast und den Beginn der Oktoberrevolution. Er symbolisiert unter anderem auch die Bedeutung, die die Bürger von St. Petersburg ihrer Beziehung zum Meer beimessen, und ganz besonders dem Finnischen Meerbusen. Im Lauf der Jahre haben Schiffe aus allen Ecken der Welt in St. Petersburg angelegt. In dieser Tradition wird bald in St. Petersburg noch ein Schiff einlaufen, und ich glaube, mit einiger Sicherheit sagen zu können, dass es das erste seiner Art ist, das dies tut.«

Da niemand mit dieser Ankündigung so recht etwas anzufangen wusste, begannen alle gleichzeitig darüber zu reden.

Der Präsident bat die Anwedensen noch einmal um Ruhe und fuhr fort: »Mr. President, Ladys und Gentlemen, ich habe soeben erfahren, dass das russische Atom-Kampf-U-Boot K-480 morgen Vormittag in St. Petersburg einlaufen wird. Ich schlage vor, dass wir dort alle dieses Schiff und seine Mannschaft in der Heimat willkommen heißen.«

Eine russische Flagge, die an der stark beschädigten Brücke der K-480 hing, flatterte in der steifen, kalten Brise. Matrosen hatten mit Schweißgeräten die Abdeckung am Turm herausgeschnitten, die beim Zusammenstoß mit der K-363 eingedrückt worden war und den Zugang zum Führungsstand versperrt hatte.

In Kronstadt hatte die K-480 eine Eskorte von Trawlern, Loggern und privaten Motorbooten erhalten. Alle hatten unbedingt das riesige schwarze Atom-U-Boot aus der Nähe sehen wollen, das sich mühsam einen Weg nach St. Petersburg suchte, dass sie sogar einen Zusammenstoß mit einem der zahlreichen Nachbarschiffe oder das Kentern in der hohen Bugwelle der K-480 riskiert hatten.

Scott deutete auf den niedrigen Höcker der Vasilewski-Insel vor ihnen, die die Newa in zwei Arme teilte. Kirchtürme und Kuppeldächer von Palästen hatten sich im Schein der Morgendämmerung rosa gefärbt.

»Wir sind fast zu Hause, Yuri«, sagte Scott. Abakow stand neben Alex und hatte das Kinn, auf beide Fäuste gestützt, auf das Tiefenruder aus schwarzem Metall gelegt. »Bald sehen Sie Ihre Frau und Ihre Kinder wieder. Erinnern Sie sich noch an sie?«

»Glauben Sie nicht, dass meine Frau sauer auf mich ist, weil ich so lange weg war?«, brummte Abakow.

»Und Botkin wird die Behandlung seiner Verstrahlung bekommen, die er braucht. Er ist viel härter, als ich dachte. Wenn überhaupt jemand, dann verdient er eine Heldenbegrüßung.«

»Ich hoffe, du hast recht, Jake, und die russische Marine verleiht ihm einen Orden. Und ich hoffe, der russische Präsident wird sich freuen, uns in St. Petersburg ankommen zu sehen«, sagte Alex.

»Zum Teufel mit ihm«, erwiderte Scott. »Zum Teufel mit dem ganzen Kram. Das ist unsere Chance, uns die Stadt anzusehen. Du hast doch gesagt, du wärst noch nie hier gewesen.«

»Nein, noch nie.«

»Also tun wir das, was ein Tourist tun würde.«

»Du meinst, das U-Boot zurückgeben, als wäre es ein Mietwagen?«

»Ich glaube, sie werden froh sein, dass sie es in einem Stück zurückbekommen, meinst du nicht auch?«, fragte Scott.

»St. Petersburg ist eine wunderbare Stadt«, bemerkte Abakow. »Ich kann Ihnen einige gute Restaurants empfehlen.« Er sah traumverloren auf die Vasilewski-Insel hinaus.

»Sieh nur!« Alex deutete die Newa hinauf. »Mein Gott, das müssen Hunderte sein!«

Eine wahre Flotte von beleuchteten kleinen Schiffen jeglicher Art ergoss sich aus den beiden Mündungen der Newa, um die K-480 zu begrüßen. Zwei Feuerwehrboote ließen zwei gekrümmte Wasserstrahlen aufsteigen und bildeten so einen Bogen, unter dem die K-480 durchfahren konnte.

»Wir bekommen das volle Programm«, meinte Abakow spöttisch, als ein Hubschrauber ratternd über sie hinwegflog.

»Scott«, sagte Alex, »es ist kalt hier oben.«

Er legte einen Arm um sie, und sie drückte sich an ihn, um sich an ihm zu wärmen.

»Es gibt da nach wie vor eine ganze Menge, was ich nicht verstehe«, fuhr sie zitternd fort.

»Ich glaube, das werden wir nie.«

»Ich dachte an Frank. Und an seine Frau.«

»Möchtest du sie kennenlernen?«, fragte Scott.

»Ja, das möchte ich. Es gibt da so Vieles, das ich sie fragen möchte. Und das ich ihr sagen will.« Sie sah zu Scotts entschlossenem Gesicht hoch.

»Ich bringe Frank nach Hause«, sagte er. »Komm mit mir.«

Sie glitten auf das in der Morgensonne leuchtende St. Petersburg zu und wurden von einer Kakophonie aus Hupen, Trillerpfeifen und durchdringenden Schiffssirenen begrüßt.

Danksagungen und Quellen

War Plan Red hätte ohne die Beratung und Unterstützung vieler Menschen nicht geschrieben werden können. Ich habe das Glück, von einem der besten Literaturagenten in dem Geschäft, Ethan Ellenberg, vertreten zu werden. Er hat mich bei der Hand genommen, mir gezeigt, wie es geht, und dann hat er es geschehen lassen. Meine tiefste Dankbarkeit gilt den Profis von Simon & Schuster/Pocket Books und meinen Redakteuren Kevin Smith und David Chesanow, deren Sachkenntnis und herausgeberisches Geschick aus *War Plan Red* mehr gemacht haben, als ich je gehofft hätte. Und ohne die Liebe und Ermutigung meiner Frau Karen wäre nichts von alldem möglich gewesen.

Mangels eigener persönlicher Erfahrung mit Atom-U-Booten habe ich Experten hinzugezogen, die mich durch die unglaublich komplexe Welt geführt haben, die moderne U-Boot-Fahrer bewohnen. Ich möchte jedoch betonen, dass diese Experten – zum Teil Marineoffiziere, die tatsächlich das Kommando über Atom-U-Boote haben – mich zwar über die Fakten belehrt und dabei betont haben, was möglich wäre und was nicht, ich aber allein über die Verwendung dieser Fakten verantwortlich bin, oder dafür, dass sie in manchen Fällen ignoriert wurden. Meine besondere Dankbarkeit gilt Captain Donald C. Shelton, U.S. Navy (Ret.) für seine unschätzbare Unterstützung und sein nie nachlassendes Interesse an *War Plan Red.*

Ebenso Cristina Chuen, Senior-Forschungsassistentin, Center

for Nonproliferation Studies am Monterey Institute of International Studies, die mir wichtige Informationen über die russische Nordmeerflotte geliefert hat, und Nina Kudryashova und Aleksey Ogrenich, meinen guten Freunden, die mir die Nuancen der russischen Kultur und Geschichte erläuterten. Danke auch an Steve Ernst, Armando Rodriguez, Tom und Tina Bell, John Lord, Geof Rochester, Joanna Taylor, Jerry Cummin, Christine Sweeney und Konteradmiral Virgil I. Hill, U. S. Navy (Ret.), die mir alle Informationen, Beratung und kritische Unterstützung gegeben haben.

Nachschlagewerke, die für mich besonders hilfreich waren, verdienen auch Erwähnung. *Combat Fleets of the World* von A. D. Baker III., veröffentlicht von U. S. Naval Institute Press ist das definitive Werk über Organisation, Schiffe und Bewaffnung der Marinen der Welt. Es ist für jeden, der sich für moderne Seekriegsführung interessiert, absolut unverzichtbar. Es ist außerdem ein Buch, das es wert ist, darin zu blättern, und wenn es nur aus dem einen Grund ist, sich von den Tausenden von verschiedenen Kriegsschiffstypen und Kampfflugzeugen fesseln zu lassen, die auf der Welt unterwegs sind. *Hostile Waters* von Peter Hutchthausen, Igor Kurdin und R. Alan White ist die Geschichte einer atomaren Katastrophe an Bord eines russischen U-Boots auf Patrouille vor der Ostküste der USA. Dieses Buch versetzt den Leser direkt in die K-219, in der tapfere Männer um die Rettung ihres Schiffs und das Leben ihrer Kameraden kämpfen. *K-19 the Widowmaker*, ebenfalls von Peter Hutchthausen, ist eine packende Geschichte (und ein Spielfilm) über eine weitere Beinahe-Katastrophe an Bord eines russischen Atom-U-Boots. Diese beiden Bücher bieten unter anderem dem aufmerksamen Leser die Möglichkeit, die riesigen Unterschiede, aber auch die bemerkenswerten Ähnlichkeiten im Aufbau und in der Kultur der Marine der USA und Russlands kennenzulernen.

Ein weiteres wichtiges Werk, das ich zurate gezogen habe, war *Chechnya* von Anatol Lieven. Ich fand darin Inspirationen für einige meiner Figuren und außerdem eine Belehrung über die Geschichte des Krieges zwischen Russland und Tschetschenien. Lieven bietet fesselnde Augenzeugenberichte über diesen Krieg, wie er von seinen Opfern gesehen wird, und dazu eine Analyse seiner Ursprünge und des Terrorismus, den er hervorgebracht hat.

Zum Schluss gilt mein besonderer Dank der Naval Submarine League und ihrer Vierteljahresschrift *The Submarine Review*. Sie ist zum Bersten voll mit Informationen über die US- und die russische U-Boot-Flotte und bietet eine echte Einführung in die Historie, die Gegenwart und die Zukunft der U-Boot-Kriegsführung.